黄河文明与河洛文化丛书

主编 罗子俊　副主编 王东洋

隋唐洛阳文学研究

许智银 著

人民出版社

《黄河文明与河洛文化丛书》

总　　序

河流是陆地表面经常或间歇流动的天然水体，它为人类生存及文明发展提供了丰富的淡水资源。黄河和长江是中国最大的两条河流。江河纵横奔腾的流域，因有充沛的淡水供应和便利的水运条件，成为文明的发祥地。黄河和长江是中华文明的摇篮，黄河流域和长江流域是中华文明的两大发祥地。

“君不见黄河之水天上来，奔流到海不复回。”这是李白《将进酒》中的诗句。黄河在中国古代被称为“四渎之宗”、百水之首。它纵横流淌的北温带80万平方公里的黄土高原和冲积平原，曾经是林草丰茂、自然生态良好的地域。先民在黄河诸支流（如湟水、汾河、渭水、洛水等）流经的台地采集、狩猎，进而发展农耕业，奠定了文明根基，又创造了辉煌的青铜和礼乐文明。20世纪初，中国的现代田野考古在黄河流域起步，发现了仰韶、大汶口、龙山等新石器文化遗址，发掘了安阳殷墟、成周洛邑等商周故城，与《尚书》《左传》《史记》等传世史典对史前及夏商周三代文化在黄河流域繁衍的记述相印证，证明了黄河流域是中华文明的发祥地。

黄河文明延续数千年而不断，至南宋以前黄河中下游地区一直是中华文明的核心地区。黄河文明包括物质文明、政治文明与精神文明，也可称作物质文化、制度文化与精神文化。黄河孕育了河湟文化、关中文化、河洛文化、齐鲁文化，哺育着中华民族，塑造了中华民族自强不息的民族品格。

2019年9月18日，习近平总书记在郑州主持召开黄河流域生态保护和高质量发展座谈会并发表重要讲话，指出："黄河文化是中华文明的重要组成部分，是中华民族的根和魂。要推进黄河文化遗产的系统保护，深入挖掘黄河文化蕴含的时代价值，讲好'黄河故事'，延续历史文脉，坚定文化自信，为实现中华民族伟大复兴的中国梦凝聚精神力量。"

河洛地区是黄河与其支流伊洛河交汇之地，处于黄河中游及中下游之交。司马迁在《史记》里曾说："昔三代之居，皆在河洛之间。"河洛地区被古人称作"天下之中"，历史上长期是我国政治、经济、文化的中心。河洛文化是植根于河洛地区的历史文化，是黄河文化的源头和核心，也是中华民族最为古老的传统文化，被学者称为中华文明之源、中华文化之根。

河南科技大学位于十三朝古都洛阳，是研究河洛文化的重镇之一。此前已有多部河洛文化研究成果面世，在省内外产生了较大影响。如今又"更上一层楼"，推出本套《黄河文明与河洛文化丛书》。丛书内容大体可分为以下四个方面：

文物考古方面有两种：《石刻文献与河洛文化论稿》一书选取河洛地区出土的重要石刻，如汉魏石经、西晋《辟雍碑》、北宋富弼家族墓志等，探讨它们与河洛文化传承的关联，发掘其所涉及的时代和史事，如都城迁徙、制度改革、家族兴衰、思想风俗等，视角独特，颇具新意。毡帐是游牧文化的重要标志，公元4世纪由北方草原传入中原。《胡风东渐与族群互动——魏晋至隋唐时期帐篷形象的考古学研究》一书广泛收集与毡帐相关的考古文物资料，区分其系统，考察其源流，并探讨载帐骆驼俑的发展演变，以揭示中古时期中国北方的族群互动和文化交流，再现胡风东渐下的中原社会生活场景。

社会生活和规范方面有两种：《汉唐间河洛地区社会生活研究》一书从衣、食、住、行和民间娱乐五个方面阐述河洛地区居民的社会生活，诸如食物品种、饮食器具、饮食习惯，纺织品生产销售与服饰演变，居住环境、建筑风格与住宅类型、室内布局，交通工具、道路修建与出行习俗，节令习俗与游艺活动等，可谓应有尽有，并指出河洛地区的社会生活代表着中国北方社会生活的整体水平，居民的生活方式与理念体现了时代发展的方向。《河洛民间契约与地方社会秩序》一书在系统整理河洛地区民间契约文书的基础上，结合地方文献，从微观和宏观两个方面，对土地房产契约、钱债契约、婚书、继嗣文书、分家文书、养老契约、金兰谱等契约文书进行深入探讨，揭示其与田宅交易规范、借贷习俗、婚姻习俗、析产习俗、养老习惯及结义习俗的关系，可以加深人们对河洛地区社会规范和社会秩序的认识。

文学方面也有两种：《孔颖达与〈诗经〉学研究》一书以黄河文明和河洛文化为背景，从文学和经学两个角度对《诗经》学进行溯源性考察。《诗经》是黄河文明的产物，风、雅、颂中的很多篇什产生于以洛阳为中心的河洛地区，“三百篇”在东周洛阳做了最后的集结。唐初，李世民秦王幕府“十八学士”之一的著名经学家孔颖达，奉唐太宗之命对唐前《诗经》学进行集大成式的整理，是为《毛诗正义》。《孔颖达与〈诗经〉学研究》即是对孔颖达《诗经》学进行的拓展和深化研究：文学方面包括《诗经》的文本构成、风格审美和主题阐释，经学方面则对孔颖达的著述、学行进行考证，分析其《诗经》学的体系、价值取向及思想内涵。作者认为，《诗经》文学之美就是黄河最生动的历史映像，孔颖达经学思想的理性与担当就是黄河彰显出来的民族精神。《隋唐洛阳文学研究》一书不是单纯按文学体裁诗歌、辞赋、散文、小说等进行研究，而是紧密结合东都洛阳的历史文化进行阐述，通过文学作品探讨洛阳城的风貌，如寓居洛阳的文人群体的闲适生活、对洛阳风景名胜的咏赞、对洛阳四时节令习俗的考察等，颇具特色。

文化传承创新方面有《河洛文化循迹》一书，该书从时间和空间两个维度，展现河洛文化的历史与现实。时间层面上，追溯河洛文化的历史脉络和文化价值，呈现河洛文化的现代传承与形态转换；空间层面上，切实考察河洛山水城镇的地域空间，深入探究河洛文明的特色文化空间。该书作者通过走访洛阳的城市、乡村、特色民族村寨，考察博物馆、实体书店以及古代书院遗址，探讨河洛文化的历史传承与现代转型，揭示河洛文明既源远流长又与时俱进的精神力量。

本丛书洋洋二百万言，内容丰富。著者多为富于学养的中青年学者，且有先期研究成果。书稿选题新颖，史料翔实，研究深入，观点持之有故，言之成理，有助于人们系统、全面认识河洛文化和黄河文化，挖掘其蕴含的时代价值；有利于推进文化遗产的系统保护，延续历史文脉，坚定文化自信，可谓“开卷有益”。丛书即将由人民出版社梓行，以惠学林，可喜可贺，遂草成以上推介文字，聊以充序。

程有为

2022 年 3 月 20 日于郑州文化路洛峭斋

编者的话

2019年9月，习近平总书记在郑州主持召开黄河流域生态保护和高质量发展座谈会，提出“黄河文化是中华文明的重要组成部分，是中华民族的根和魂”，作出“保护、传承、弘扬黄河文化”的重要指示。黄河流域长期是中国古代政治、经济和文化的中心，孕育了河湟文化、河洛文化、关中文化与齐鲁文化等丰富多彩的地域文化。

河洛文化根植于河洛地区，由生活在河洛地区的华夏部族、汉民族及其他民族的人民群众共同创造，并在与周边地域文化的交流中不断发展完善，最终成为中原文化、黄河文化的核心，成为中华传统文化的主根和主源。以洛阳为中心的河洛地区，横跨黄河中游南北两岸，是中华文明的重要发源地。这里成为“最早的中国”，是五帝时代以迄唐宋时期古代中国的首善之区。唐宋以后，伴随着中国政治、经济中心的转移，尽管河洛地区有所衰落，但其在中华文明进程中仍发挥着不可替代的作用。新中国成立后，古都洛阳焕发出新的生机，是“一五”时期全国八个重点建设的工业城市之一，为我们留下了宝贵的工业遗产与民族记忆。研究河洛文化，探寻黄河文明，是历史担当和时代呼唤，关乎沿黄区域经济与社会发展，更关乎中华民族的文化自信与伟大复兴！

河南科技大学坐落于古都洛阳，具备开展黄河文明与河洛文化研究得天独厚的区位优势。人文学院的教学与科研以河洛文化为特色，逐渐形成文、史、哲、法各学科协同发展的新格局，在全省乃至全国具有一定地位和影响。近年来人文学院获批近20项国家社科基金项目，大都与黄河文明或河洛文化密切相关。围绕黄河文明与河洛文化，凝练科研方向，回答时代问题，优化科研团队，培养后备人才，积极打造更高级别的科研平台，是人文学院教学与科研的重点方向。

《黄河文明与河洛文化丛书》坚持以习近平新时代中国特色社会主义思想为指导，贯彻习近平总书记关于“保护、传承、弘扬黄河文化”的重要指示精神，推进黄河文化遗产的系统保护，深入挖掘黄河文化蕴含的时代价值，讲好“黄河故事”，延续历史文脉，坚定文化自信，为实现中华民族伟大复兴的中国梦凝聚精神力量！本丛书注重河洛文化、黄河文明与中华文明的内在学理研究，以河洛文化研究为抓手，深化黄河文明的研究阐释；以河洛文化的繁荣兴盛，助推华夏文明的传承创新！

《黄河文明与河洛文化丛书》出版得到中央支持地方高校改革发展资金项目“河南丝绸之路文化资源保护发展研究院”（17010002-2020）资助，谨致谢忱！以洛阳为中心的隋唐大运河，沟通了陆上丝绸之路与海上丝绸之路，河洛文化由陆上与海上丝绸之路传播至海内外，成为古代中国与丝路沿线诸国文明交融、文化交流的重要形式，在中外文化交流史上居于重要地位。

本丛书也是河南科技大学人文学院主持的河南高等教育教学改革研究与实践项目“‘一带一路’视域下河洛文化教育资源的整合与利用”（2019SJGLX259）的成果之一。坚持教学与科研双轮驱动，注重科研反哺教学，是我们矢志不渝的教育理念。

《黄河文明与河洛文化丛书》编委会

2022年2月16日

目　　录

绪论　洛城文化的再现

洛阳，天下之中的驰名古都，历史悠久，举世公认。“洛城本天邑，洛水即天池”①，“洛阳城阙天中起，长河夜夜千门里”②，洛阳的都城地位得自天时地利，洛阳的都城文化起源最早，无论是“九朝古都”还是“十三朝古都”之说，隋唐时期的洛阳都城无疑是辉煌耀眼的顶峰，而唐代文学尤其是唐诗在中国文学史上臻于极致，二者可谓相得益彰。唐代及后世文人对隋唐洛阳的歌咏，展示了历史曾经的惊天动地和点滴细节，既有华美优雅，波澜壮阔，也有悲喜交加，荡气回肠，文人才子的情怀总是不同于史家笔法，有点独具慧眼，有点癫狂另类，却更富于意味，耐人品读。

初唐诗人陆敬，生卒年都已无可考证，早期跟从隋末农民起义军领袖窦建德，为国子祭酒，义军失败后归唐，亲历朝代更替的巨变，擅长言志抒怀，一首《游隋故都》留下几多苍凉感慨。诗人“洛城聊顾步，长想遂留连”，缓缓行走洛城街头，思绪纷纷连绵交织。“水斗宫初毁，风变鼎将迁”，宫城遭受毁坏，国家随之灭亡。“皋陶德不建，汾隅祀忽焉。宗祊旷无象，声朔缅谁

① （清）彭定求等：《全唐诗》（增订本）卷一百三十八《储光羲〈送恂上人还吴〉》，中华书局1999年版，第1406页。

② （唐）沈佺期、宋之问著，陶敏、易淑琼校注：《沈佺期宋之问集校注》，《宋之问集校注》卷一《明河篇》，中华书局2001年版，第409页。

传”，传统礼法失却秩序，先祖大业后继无人，宗庙祭祀失却常态，帝王之治无处寻觅。“枌榆何冷落，禾黍郁芊绵”，帝乡何其荒凉，故都令人悲悯。“悲歌尽商颂，太息悯周篇。来苏伫圣德，濡足乃乘乾”，改朝易代多长叹，李唐灭隋一如商汤伐桀。“平原悴秋草，乔木敛寒烟。翻黄坠疏叶，凝翠积高天。参差海曲雁，寂寞柳门蝉”，四望远眺，极目所见，衰草黄叶乔木青翠，飞雁鸣蝉心中怅然。“兴悼今如此，悲愁复在旃。彷徨不忍去，杖策屡回邅”①，念如今物是人非悲从中来，彷徨徘徊不堪离去。陆敬借助隋朝洛阳都城的阔大背景，追忆往昔吊古伤今，咏史抒怀以鉴来者，显示了唐代洛阳城对隋代洛阳城的历史承袭与变革意识。

隋都洛阳城在隋炀帝杨广眼里是很美丽的，恰如其《东宫春》所云：

洛阳城边朝日晖，天渊池前春燕归。
含露桃花开未飞，临风杨柳自依依。
小苑花红洛水绿，清歌宛转繁弦促。
长袖逶迤动珠玉，千年万岁阳春曲。②

东宫代表了都城的殿宇，天渊池是宫城内一个较大的水域，三国魏文帝时开凿，位于今洛阳老城烧沟村一带。春天时节的洛阳城，桃花饱含露珠欲开而未开，杨柳随风飘扬轻柔而婀娜，到处是花红水绿，轻歌曼舞，真希望千年万岁都如此啊。杨广其实是个写文章作诗词的好手，留下了许多乐府歌辞，对促进七言诗体的发展是有功的，他的《晚春诗》也是夸赞洛阳春天美不胜收：

洛阳春稍晚，四望满春晖。
杨叶行将暗，桃花落未稀。
窥帘燕争入，穿林鸟乱飞。

---

① 《全唐诗》（增订本）卷三十三，第455—456页。

② 逯钦立辑校：《先秦汉魏晋南北朝诗·隋诗》卷三，中华书局1983年版，第2664—2665页。

唯当关塞者，溽露方霑衣。①

晚春的洛阳城依然美丽如画，燕子甚至争相穿帘进入人家。他的《还京师诗》则写出了帝王出行的威武，“东都礼仪举，西京冠盖归”，大业四年（608 年）三月，隋炀帝自东都洛阳回还京师长安，离开时欢送的仪仗隆重盛大，随行的官员和车辆浩浩荡荡。“是月春之季，花柳相依依。云跸清驰道，雕辇御晨晖。嘹亮铙笳奏，葳蕤旌旆飞。后乘趋文雅，前驱厉武威”②，在柳絮追花舞的春景中，道路清理畅通，皇车迎着朝阳出发，乐声响彻天际，旌旗蔽云遮日，前有威武将军开道，后有文雅之士簇拥，显现出了朝廷的九五至尊气势。隋代歌颂洛阳城的诗歌还有李巨仁的《京洛篇》，诗云：

京洛类神仙，蔼蔼却云烟。
渐台临太液，玉树并甘泉。
车喧平乐外，骑拥濯龙前。
竞结萧朱绶，争攀李郭船。
独悲韩长孺，死灰犹未燃。③

诗人将洛阳城喻为仙境，云雾密集缭绕，太液池里有渐台，甘泉宫中有玉树，平乐观外车马喧哗，濯龙池前人声鼎沸，真是奇幻美妙令人向往啊。

进入唐代，诗人强烈的社会历史责任感和建功立业的英雄志，使他们对洛阳都城的兴衰极为关注，或登高望洛城，或特意经过洛城，或针对洛城有感而发，都有名篇佳作流传，见证了洛阳城的沧海桑田。隋唐之际客居洛阳的诗人杨师道，作《阙题》描写洛阳城云：

汉家伊洛九重城，御路浮桥万里平。
桂户雕梁连绮翼，虹梁绣柱映丹楹。
朝光欲动千门曙，丽日初照百花明。

① 《先秦汉魏晋南北朝诗·隋诗》卷三，第 2671 页。
② 《先秦汉魏晋南北朝诗·隋诗》卷三，第 2669 页。
③ 《先秦汉魏晋南北朝诗·隋诗》卷七，第 2725 页。

燕赵蛾眉旧倾国，楚宫腰细本传名。①

洛阳都城区域广阔宫殿繁华，御路浮桥绵延不绝，雕梁画栋绮彩辉映，朝霞丽日奇花异卉，令人赏心悦目。初唐诗人李峤咏《洛》诗云：

九洛韶光媚，三川物候新。

花明丹凤浦，日映玉鸡津。

元礼期仙客，陈王睹丽人。

神龟方锡瑞，绿字重来臻。②

诗人赞美洛阳山川津浦风光秀丽，有洛神、洛书等神话传说，文化底蕴悠久深厚。唐武德中，河南荥阳人郑世翼，青年即有盛名，却恃才狂放傲慢，今存诗仅得五首，其一为《登北邙还望京洛》，诗人“步登北邙坂，踟蹰聊写望”，登上北邙山随意瞭望，所见洛阳城雄伟壮观。“宛洛盛皇居，规模穷大壮”，因为是盛皇所居，所以规模极其宏大壮丽。“三河分设险，两崤资巨防”，有黄河、伊河、洛河、东崤山、西崤山，以及东虎牢关、西汉函谷关等天堑拱卫防御。“飞观紫烟中，层台碧云上。青槐夹驰道，迢迢修且旷。左右多第宅，参差居将相。清晨谒帝返，车马相追访。胥徒各异流，文物纷殊状。嚣尘暗天起，箫管从风飏”，亭台楼阁高耸入云，槐树夹道笔直宽阔，两旁林立着王公将相的高门大宅，早朝后车马往来熙熙攘攘，不同官府的衙役手持各异的文书，尘烟滚滚中箫声飘扬。“伊余孤且直，生平独沦丧。山幽有桂丛，何为坐惆怅”③，像吾辈这样孤寒且耿直的人，虽郁郁不得志，也可欣赏深山丛集的桂树，而无须嗟叹忧伤。郑世翼站立在北邙山上回望洛阳城，写出了都城的繁华气象，倾吐了文士的才情志气。

光宅元年（684年），武则天临朝听政，改东都为神都，多所建制，如薛昭文《陈十事疏》中其八即言：“臣闻惟王建国，辨方正位。况河雒之名都，

---

① 《全唐诗》（增订本）卷三十四，第460页。

② 《全唐诗》（增订本）卷五十九，第703页。

③ 《全唐诗》（增订本）卷三十八，第492页。

帝王之二宅，为万国辐凑之地，乃四方表则之邦。若不广辟康庄，何以壮观辇毂？……今陛下富有四海，作宅神都，当六龙游豫之时，是万方朝聘之日。洛阳大道，所宜法于前规；鼎邑长衢，岂可隳于旧制？其都城六街，请下河南府及左右金吾，仰仍旧依古制分擘广狭步数，不得纵任居人侵占，俾朝会之地，免有湫隘之弊也。"① 神都洛阳作为万方朝仪之地，极尽富丽堂皇，彰显了大唐帝国的威严。沈佺期武后时期曾为朝官，有《洛阳道》描写他下朝归来所见，诗云：

九门开洛邑，双阙对河桥。
白日青春道，轩裳半下朝。
乘羊稚子看，拾翠美人娇。
行乐归恒晚，香尘扑地遥。②

神都雄伟壮观繁华热闹的景象，令诗人欢快喜悦无比。开元二十二年（734年），张九龄为宰相，上奏朝廷设置十道采访使检查地方之官，作诗《奉和圣制送十道采访使及朝集使》云："三年一上计，万国趋河洛。课最力已陈，赏延恩复博。"③ 依惯例三年一次，各道地方官员纷纷来到洛阳，谒见皇上、宰相，计簿上报全年的户口、税赋、狱讼等要事，奉使朝觐络绎不绝，集中考核接受皇恩奖赏，反映了唐代国力的强盛。诗僧齐己《煌煌京洛行》亦云："圣君垂衣裳，荡荡若朝旭。大观无遗物，四夷来宰服。清晨回北极，紫气盖黄屋。双阙耸双鳌，九门如川渎。梯山航海至，昼夜车相续。我恐红尘深，变为黄河曲。"④ 川流不息的车马行走于都城，见证了唐代的开阔气度。

中唐诗人韦应物青年时期因门荫侍从玄宗，桀骜不驯，横行乡里，后浪

① （清）董诰等编，孙映逵等点校：《全唐文》卷八百四十三，山西教育出版社 2002 年版，第 5223 页。

② （唐）沈佺期、宋之问著，陶敏、易淑琼校注：《沈佺期宋之问集校注》，《沈佺期集校注》卷四《诗》，中华书局 2001 年版，第 228 页。

③ （唐）张九龄著，刘斯翰校注：《曲江集》，广东人民出版社 1986 年版，第 286 页。

④ 《全唐诗》（增订本）卷八百四十七，第 9653—9654 页。

子回头，读书应举中进士，诗风“真而不朴，华而不绮”，代宗广德元年（763年）出任洛阳丞，赋诗《登高望洛城作》，寄寓了对时政的感慨。“高台造云端，遐瞰周四垠。雄都定鼎地，势据万国尊”，高大的楼台直达云端，举目俯视无边无际，建都洛阳不胜雄伟，位居八方诸侯之尊。“河岳出云雨，土圭酌乾坤。舟通南越贡，城背北邙原”，黄河中岳行风化雨，周时的天文台经天纬地，隋炀帝开凿的运河通往江浙，洛阳城背靠着北边的邙山。“帝宅夹清洛，丹霞捧朝暾。葱茏瑶台榭，窈窕双阙门”，洛水穿流过皇城宫室，五彩云霞托出初升的太阳，楼台亭榭青翠华丽，宫殿大门美好无伦。“十载构屯难，兵戈若云屯。膏腴满榛芜，比屋空毁垣”，十年建造难，一战摧毁易，安史之乱使肥沃的土地杂草丛生，鳞次栉比的房屋塌成废墟。“圣主乃东眷，俾贤拯元元。熙熙居守化，泛泛大府恩”，唐肃宗派兵收复洛阳，贤德良臣挽救众生百姓，人民安居守礼，朝廷施恩宽广。“至损当受益，苦寒必生温。平明四城开，稍见市井喧”，损极自会有溢，寒极必定生温，天色微明城门便已大开，洛城街市终于渐见喧闹。“坐感理乱迹，永怀经济言。吾生自不达，空鸟何翩翩”，亲身经历拨乱反正，心中不忘经世济民，个人才华虽然不足，也愿意为民上传下达。“天高水流远，日晏城郭昏。裴回讫旦夕，聊用写忧烦”①，观天望水，日落城暗，徘徊至晚，抒我忧怀。韦应物以自己亲身经历的洛阳繁华和战乱荒芜之不同感受，表达了对国家大事的关切，将个体遭遇和国家命运紧密相连，体现出达济天下的情怀。韦应物的另一首《广德中洛阳作》，描写了安史之乱中官军与叛军对洛阳的劫掠践踏，“生长太平日，不知太平欢。今还洛阳中，感此方苦酸”，今昔对比，倍感和平珍贵。“饮药本攻病，毒肠翻自残。王师涉河洛，玉石俱不完”，安史叛乱是内部自残，军队进入河洛烧杀抢掠，导致人烟断绝千里萧条，万室空虚。“时节屡迁斥，山河长郁盘。萧条孤烟绝，日入空城寒”，时令不停迁移变化，山河却被阻塞隔断，乡村人烟稀

① （唐）韦应物著，陶敏、王友胜校注：《韦应物集校注》卷七《登眺》，上海古籍出版社1998年版，第423页。

少，城市户绝空荡。“蹇劣乏高步，缉遗守微官。西怀咸阳道，踯躅心不安”①，自己不才，在洛阳做官缉拿罪犯安抚民众，想到责任重大，心中充满不安。诗人因自己不能力挽狂澜匡时救世而心情悲伤，嗟叹不已。

安史之乱是唐代由盛转衰的导火线，也是洛阳都城神话破灭的起始，城市遭受的创伤几乎惨不忍睹，如李白《扶风豪士歌》描写道：

洛阳三月飞胡沙，洛阳城中人怨嗟。
天津流水波赤血，白骨相撑如乱麻。
我亦东奔向吴国，浮云四塞道路赊。
东方日出啼早鸦，城门人开扫落花。
梧桐杨柳拂金井，来醉扶风豪士家。②

起首两句已经饱含无限伤感，安禄山攻破东京，僭称“大燕皇帝”，洛阳成为叛军政治中心，叛军气焰嚣张，洛阳城人心嗟怨，三月春日却见天津桥下血流成河，到处白骨如麻。其时，李白避难奔亡东南，沿途乌云密布，道路遥远艰难，东南地区的日出啼鸦、闲扫落花、醉卧杨柳之太平景象，与洛阳城的悲惨境况形成了鲜明对比。乐府诗人张籍借用乐府旧题《董逃行》，表现了安禄山作乱给百姓带来的痛苦，“洛阳城头火曈曈，乱兵烧我天子宫。宫城南面有深山，尽将老幼藏其间”，宫城被焚火势冲天，避难的人群躲进深山。“重岩为屋橡为食，丁男夜行候消息。闻道官军犹掠人，旧里如今归未得”，忍饥挨饿等候消息，听说官军还在为恶不能回家。“董逃行，汉家几时重太平”③，究竟何时才能太平安宁啊！大中十年（856 年）及第的李郢，擅长写景状怀，曾做《故洛阳城》云“胡兵一动朔方尘，不使銮舆此重巡。清洛但流呜咽水，上阳深锁寂寥春”，安禄山之兵自北长驱直入攻破洛阳，帝车载着

① （唐）韦应物著，陶敏、王友胜校注：《韦应物集校注》卷六《感叹》，上海古籍出版社 1998 年版，第 419 页。

② （唐）李白著，（清）王琦注，郁贤皓校注：《李太白全集校注》卷五，凤凰出版社 2015 年版，第 819 页。

③ （唐）张籍著，李冬生注：《张籍集注》，黄山书社 1989 年版，第 58 页。

明皇奔去了蜀地，洛水依然流淌却似在呜咽，上阳宫虽然尚存却只剩寂寞寥落。安史之乱后唐朝皇帝便不再东幸，洛阳东都的地位在那个以皇宫为天下的时代，只能是每况愈下了。“云收少室初晴雨，柳拂中桥晚渡津。欲问升平无故老，凤楼回首落花频”[①]，嵩岳少室山还是风来雨去，禁苑虹桥边晚来依然杨柳吹拂，世间却已再无旧时遗老可问往昔升平之事，只留下凤楼外满地的落花。晚唐诗人韦庄有多首诗都写到丧乱情景，如《洛北村居》云：

> 十亩松篁百亩田，归来方属大兵年。
>
> 岩边石室低临水，云外岚峰半入天。
>
> 鸟势去投金谷树，钟声遥出上阳烟。
>
> 无人说得中兴事，独倚斜晖忆仲宣。[②]

诗人寓居洛阳，表面上看风景不错，但金谷园里的群鸟，上阳宫中的钟声，对唐朝中兴的失望，都令人深感凄然，只能像王粲那样远眺斜阳一声长叹了。又有《赠戍兵》云：“汉皇无事暂游汾，底事狐狸啸作群。夜指碧天占晋分，晓磨孤剑望秦云。红旌不卷风长急，画角闲吹日又曛。止竟有征须有战，洛阳何用久屯军。”[③]《睹军回戈》云：“关中群盗已心离，关外犹闻羽檄飞。御苑绿莎嘶战马，禁城寒月捣征衣。漫教韩信兵涂地，不及刘琨啸解围。昨日屯军还夜遁，满车空载洛神归。”[④] 黄巢起义后，唐僖宗跑到四川避难，两诗皆是讥讽唐末地方军阀时溥的失职丑行，为国担忧，斥责藩镇军阀坐观战事无所作为。

“古来利与名，俱在洛阳城”，诗人于邺《过洛阳城》发此慷慨感言，道出了洛阳作为都城的文化魅力，自古以来京都就是名流云集的地方，也是功名利禄的象征，更是人们理想追求的目标。“九陌鼓初起，万车轮已行”，六

---

① 《全唐诗》（增订本）卷五百九十，第 6907 页。

② （唐）韦庄著，聂安福笺注：《韦庄集笺注》卷三，上海古籍出版社 2002 年版，第 127—128 页。

③ （唐）韦庄著，聂安福笺注：《韦庄集笺注》卷三，上海古籍出版社 2002 年版，第 116 页。

④ （唐）韦庄著，聂安福笺注：《韦庄集笺注》卷三，上海古籍出版社 2002 年版，第 117 页。

街九陌的人为了名利夜半即起，不计其数的车辆奔波在大道阡陌上。“周秦时几变，伊洛水犹清”，从周到秦历史几经大变，唯有穿城而过的伊水和洛水清澈如故。“二月中桥路，鸟啼春草生”①，时令二月跨上洛水中桥，但见春草丛中燕飞莺啼，景色美妙的洛阳城朝气蓬勃，充满生气，一片繁华景象。天宝十二年（753 年）中进士的张继曾羁留东都，赋《洛阳作》云：

洛阳天子县，金谷石崇乡。

草色侵官道，花枝出苑墙。②

洛阳自古就是帝王居所，随处可见御道宫墙，玉树琼花。贞元十五年（799 年）中进士的张籍，在《洛阳行》中赞颂道“洛阳宫阙当中州，城上峨峨十二楼”，皇宫城阙位居天下之中，高耸入云雄伟辉煌。“六街朝暮鼓冬冬，禁兵持戟守空宫。百官月月拜章表，驿使相续长安道。……陌上老翁双泪垂，共说武皇巡幸时”③，唐代后期朝廷在东都设有留守官职，对洛阳城的管理井然有序，但人们还是怀念武则天时期的神都盛况。想当年“南渡洛阳津，西望十二楼。明堂坐天子，月朔朝诸侯。清乐动千门，皇风被九州。庆云从东来，泱漭抱日流”④，天子在明堂宣教明政，接待八方诸侯各国使者，皇恩远播，吉祥无边，那是何等的气势啊。唐末诗人王贞白《洛阳道》云：

喧喧洛阳路，奔走争先步。

唯恐著鞭迟，谁能更回顾。

覆车虽在前，润屋何曾惧。

贤哉只二疏，东门挂冠去。⑤

喧闹的洛阳大道上，为名利奔走的人流争先恐后无暇回顾，更不用说急流勇

---

① 《全唐诗》（增订本）卷七百二十五，第 8397 页。

② 《全唐诗》（增订本）卷二百四十二，第 2710 页。一作《初出徽安门》，徽安门为洛阳城北门。

③ （唐）张籍著，李冬生注：《张籍集注》，黄山书社 1989 年版，第 53 页。

④ （唐）王昌龄著，胡问涛、罗琴校注：《王昌龄集编年校注》卷二《放歌行》，巴蜀书社 2000 年版，第 64 页。

⑤ 《全唐诗》（增订本）卷七百〇一，第 8135 页。

退了，像汉代疏广、疏受那样不贪利禄的人实在太少了。晚唐诗人郑渥《洛阳道》亦云："客亭门外路东西，多少喧腾事不齐。杨柳惹鞭公子醉，苎麻掩泪鲁人迷。通宵尘土飞山月，是处经营夹御堤。顷刻知音几存殁，半回依约认轮蹄。"① 不知道有多少喧腾闹事，令人纸醉金迷，不惜生命孜孜以求。唐末诗人任翻《洛阳道》又云："憧憧洛阳道，尘下生春草。行者岂无家，无人在家老。鸡鸣前结束，争去恐不早。百年路傍尽，白日车中晓。求富江海狭，取贵山岳小。二端立在途，奔走无由了。"② 人们不由自主陷入了功名利禄的旋涡，岌岌乎富贵浮云，无以自拔。中晚唐诗人于武陵《洛阳道》更是直言："浮世若浮云，千回故复新。旋添青草冢，更有白头人。岁暮容将老，雪晴山欲春。行行车与马，不尽洛阳尘。"③ 告诫人们应珍惜年华，看淡功名。大和九年（835 年），诗人杜牧来到洛阳，以监察御史身份分司东都大约两年，其间作《洛阳长句二首》云：

草色人心相与闲，是非名利有无间。
桥横落照虹堪画，树锁千门鸟自还。
芝盖不来云杳杳，仙舟何处水潺潺。
君王谦让泥金事，苍翠空高万岁山。

天汉东穿白玉京，日华浮动翠光生。
桥边游女珮环委，波底上阳金碧明。
月锁名园孤鹤唳，川酣秋梦凿龙声。
连昌绣岭行宫在，玉辇何时父老迎。④

元人方回《瀛奎律髓》卷四《风土类》论曰："唐自天宝以后不复驾幸东都，

① 《全唐诗》（增订本）卷七百七十四，第 8865 页。
② 《全唐诗》（增订本）卷七百二十七，第 8411 页。
③ 《全唐诗》（增订本）卷五百九十五，第 6946 页。
④ （唐）杜牧撰，何锡光校注：《樊川文集校注》卷三，巴蜀书社 2007 年版，第 279 页。

此诗有望幸之意。'树锁千门'一句极佳。'芝盖''仙舟'乃指缑氏山王乔事及李、郭事，亦切。"① 王子乔是周灵王的太子，在嵩山修炼得道，于缑氏山乘白鹤仙逝，李膺与郭泰同舟共济貌似神仙的故事，都发生在洛阳。洛阳不被帝王临幸，也就意味着地位失落，所以杜牧急切地盼望君王的芝盖玉辇和仙舟在洛阳城出现，哀叹盛衰之变，伤感天宝承平之世不得再见。

"洛城今古足繁华"，晚唐诗人雍陶"行到窈娘身没处"②，有感于武则天时期，乔知之和婢女窈娘生死相许的爱情故事，发出一声喟叹，道出了洛阳都城的千古风流，无数名人志士因之永垂青史。羁留洛阳的张继描写神都苑内《明德宫》云："碧瓦朱楹白昼闲，金衣宝扇晓风寒。摩云观阁高如许，长对河流出断山。"③ 明德宫为隋代显仁宫，在皇宫神都苑合璧宫的东南，金碧辉煌，高耸入云。杜牧《洛阳》诗云：

文争武战就神功，时似开元天宝中。
已建元戈收相土，应回翠帽过离宫。
侯门草满宜寒兔，洛浦沙深下塞鸿。
疑有女娥西望处，上阳烟树正秋风。④

《唐诗鼓吹评注》论曰："前四句言洛阳之盛，后四句感洛阳之衰。首言东都盛治之日，文以经邦，武以守国，其功成矣。时似开元、天宝之世，盖以明皇四十年太平天子，其初玄戈戢影，相土来归，翠帽回车，离宫巡幸，此所以言盛治也。夫何致安史之乱，东都凋败，侯门草满而潜兔，洛浦沙深而聚鸿。至今上阳虽存，疑当时女娥西望陵寝之处，当此秋风萧索，惟见草树凝烟而已。能不追慕文武之功哉!"⑤ 洛阳由盛而衰，岂能不令人追思。晚唐诗

① （元）方回选评，李庆甲集评校点：《瀛奎律髓汇评》，上海古籍出版社 1986 年版，第 194 页。
② 《全唐诗》（增订本）卷五百一十八《雍陶〈洛中感事〉》，第 5968 页。
③ 《全唐诗》（增订本）卷二百四十二，第 2717 页。
④ （唐）杜牧撰，何锡光校注：《樊川文集校注》外集，巴蜀书社 2007 年版，第 1351 页。
⑤ （清）钱牧斋、何义门评注，韩成武等点校：《唐诗鼓吹评注》卷六，河北大学出版社 2000 年版，第 306 页。

人张祜《洛阳感寓》颇能给人以警醒，诗云：

扰扰都城晓四开，不关名利也尘埃。
千门甲第身遥入，万里铭旌死后来。
洛水暮烟横莽苍，邙山秋日露崔嵬。
须知此事堪为镜，莫遣黄金漫作堆。

诚如《唐诗选脉会通评林》周珽所论：“此见洛阳人旦起奔兢名利，而英雄富贵终归泯灭，甲第属人，坟冢相望，故戒言当以此为鉴，不必苦营营于名利，虽积金成堆何用也？达人醒世之语，不胜沉痛，所嫌太率露耳。所以为晚唐。”① 张祜一生“千首诗轻万户侯”，性爱山水，多次寓居洛阳，他用直白的语言沉痛告诫人们，应当远离名利烦恼，莫为金钱富贵所累，可谓旁观者清也。

洛阳都城的命运与唐帝国的兴衰息息相关，唐懿宗朝的李庾《东都赋》总结唐代洛阳的变故曰：“始乎周卜，今日隋革。进八百里，作唐东宅。”唐代洛阳城沿袭了隋朝的形制。“世治则都，世乱则墟。时清则优偃，政弊则戚居”，太平时期洛阳是人人向往的都城，动乱年代则化为残垣废墟；世道清明人们悠闲自得，时政败坏人们忧愁悲戚，洛阳盛国家兴，洛阳衰国家败。“勿谓往代，试言前载”，远的不说，就看本朝吧。“开元太平，海波不惊。乃驾神都，东人夸荣。时则辚辚其车，殷殷其徒。行者不赍，衣食委衢。冠冕之夫，绮罗之妇。百室连歌，千筵接舞。高楼大观，陈宾宴侣。金堂玉户，丝哇管语。我道如尧，我税如貉。贫庾而稻，贱笥而裼。比屋相视，耻衣空帛。开场分肆，不列麰麦。同轨同文，昼呼夜欢”，开元年间平安无事，号称神都以为荣光，车来人往川流不息，出行方便市场繁荣，人们生活富裕，安居乐业，欢歌祥和，政治清明，闲适安逸，谷仓满粮，衣柜充实，屋宇密集，享用奢华，酒肆林立，食物多样，国家统一，百姓欢呼。然而伴随着“父怿子

① 《全唐诗》（增订本）卷五百一十一，第 5864 页。陈伯海书系主编，朱易安、查清华副主编：《唐诗汇评》增订本 5，上海古籍出版社 2015 年版，第 3474 页。

愉，去径即盘”，“我俗既饶，我人既骄”，统治者过度沉湎于享乐离经叛道，追求财富骄奢淫逸，“安不思危，逸而忘劳”，于是祸起萧墙，“天宝之季，渔阳兵起。逆旗南指，我无坚垒。匝甸鼙动，冲天羯腥。门开丽景，殿据武城。杀人如刈，焚庐若薙。蜀驾先移，胤师后誓。伤四年之委烬，奋二将以建勋。天落妖彗，风摧阵云。及夫埽台榭之灰，收京野之骨。徵郡国之版在，验地官之籍列。太平之人，已十无七八”，安史之乱战鼓震响，叛贼胡军直冲洛阳，占领了洛阳丽景门和宫城宝殿，杀人放火屠戮劫掠，圣驾转移至蜀川，王师奋力收复洛阳后，收拾残局查验户籍，竟是满目疮痍十室九空。等到“至德复兴，六纪于兹。七圣储休，平痈补痍。故含识之士女，植发之童儿。皆能痛其丧乱，而期我康时”①，唐肃宗中兴洛阳，人口得以生息，先圣亦感欣慰，治旧补缺安抚民心，国家才又有了希望。李庾作为李唐宗室，借史鉴今居安思危，既沉痛悲悼国家遭乱的惨状，又寄希望于统治者励精图治，保民久安，高瞻远瞩之见实属难能可贵。唐末于邺《洛中有怀》感叹道：“潺潺伊洛河，寂寞少恩波。銮驾久不幸，洛阳春草多。”② 随着东都地位的失落，洛阳的鼎盛辉煌成了历史的曾经和后人的梦想。

唐代诗人笔下的洛阳城市风貌，气象万千美不胜举，如韦庄《北原闲眺》回望洛阳城云：“千年王气浮清洛，万古坤灵镇碧嵩。”③ 马戴《洛中寒夜姚侍御宅怀贾岛》云：“夜木动寒色，洛阳城阙深。”④ 窦庠《奉酬侍御家兄东洛闲居夜晴观雪之什》云：“洛阳宫观与天齐，雪净云消月未西。”⑤ 于濆《拟古讽》云：“洛阳大道傍，甲第何深邃。”⑥ 刘禹锡《吟乐天自问怆然有

① 《全唐文》卷七百四十，第 4507—4508 页。
② 《全唐诗》（增订本）卷七百二十五，第 8394 页。
③ （唐）韦庄著，聂安福笺注：《韦庄集笺注》卷三，上海古籍出版社 2002 年版，第 115 页。
④ 《全唐诗》（增订本）卷五百五十六，第 6497 页。
⑤ 《全唐诗》（增订本）卷二百七十一，第 3037 页。
⑥ 《全唐诗》（增订本）卷五百九十九，第 6986 页。

作》云："洛阳城里多池馆，几处花开有主人?"[1] 李颀《送刘四》云："洛阳十二门，官寺郁相望。青槐罗四面，渌水贯中央。"[2] 这些诗词分别从城阙、高楼、宫观、池馆、甲第、御道等，多方面、多视角地突出了洛阳都城的繁盛华美，向人们展示了洛阳帝都曾经的辉煌显赫。隋唐洛阳城历经数百年风风雨雨形成的都城文化遗产宝库，赋予了洛阳在人类历史文化长河中的话语资本，至今仍在泽被后世，让我们且爱且珍惜它吧。

---

① （唐）刘禹锡著，卞孝萱校订：《刘禹锡集》卷三十二，中华书局 1990 年版，第 450—451 页。

② （唐）李颀著，刘宝和注：《李颀诗评注》卷一，山西教育出版社 1990 年版，第 54 页。

第一章　诗歌华章的风物

唐代诗歌是唐代文人写作运用最广泛的体裁，古体诗、格律诗、乐府、歌行、四言、五言、六言、七言等，莫不被发挥到了无与伦比的极致，其中内容涉及隋唐洛阳都城文化的作品，可谓数量丰赡，感情细腻，风格多样，全面展现了隋唐洛阳都城的文化风采和人文景象。

第一节　书市掠影

比较隋唐长安和洛阳城，有一种说法认为长安宏大，洛阳繁华，自然有其道理，而这繁华的表现之一即是交通便利，贸易顺畅，物品丰富，市场繁荣。众所周知，都市文化的传播有赖于书肆的发展，唐代洛阳南市就有卖书的店铺。贞元十四年（798 年），晚唐诗人吕温的友人崔仁亮，在东都买到了一卷《研神记》，无意发现书缝处有上官昭容的题名，煞是欣喜，分享给朋友观看，惹得吕温诗意大发，慨叹而作《上官昭容书楼歌》，云“汉家婕好唐昭容，工诗能赋千载同。自言才艺是天真，不服丈夫胜妇人。歌阑舞罢闲无事，纵恣优游弄文字”，上官昭容即武则天时掌管文书制诰的上官婉儿，唐中宗后妃之一，被封为昭容，故又称上官昭容，与汉代班婕好齐名，精通诗赋文采斐然，自恃才女不服男儿。“玉楼宝架中天居，缄奇秘异万卷余。水精编帙绿钿轴，云母捣纸黄金书。风吹花露清旭时，绮窗高挂红绡帷。香囊盛烟绣结络，翠羽拂案青琉璃。吟披啸卷终无已，皎皎渊机破研理。词萦彩翰紫鸾回，思耿寥天碧云起"，上官昭容创作了大量诗文奇书，使用的是珍贵的纸墨，书房环境优雅，陈设精美，文思流畅无穷尽，辞藻华丽等云天。"碧云起，心悠哉，境深转苦坐自摧。金梯珠履声一断，瑶阶日夜生青苔"，只可惜用情太深心中自苦，香消玉殒一命呜呼。"青苔秘空关，曾比群玉山。神仙杳何许，遗逸满人间"，其人虽已化作神仙离去，却把作品留在了人间。"君不见洛阳南市卖书肆，有人买得研神记。纸上香多蠹不成，昭容题处犹分明，令人惆怅难为情"①，如今有人在洛阳南市卖书的市场，购得《研神记》一卷，书中有香囊保护未遭虫蠹，书缝处上官昭容的题名依然分明可见，看着那清晰的字迹，令人百感交集心绪难平。

唐代洛阳南市即隋时丰都市，规划整齐，店铺林立。宋人李昉《太平广记》卷二百八十《梦五·鬼神上·炀帝》引《大业拾遗》记载云：

> 武德四年，东都平后，观文殿宝厨新书八千许卷将载还京师。上官魏梦见炀帝，大叱云："何因辄将我书向京师。"于时太府卿宋遵贵监运，东都调度，乃于陕州下书，着大船中，欲载往京师。于河值风覆没，一卷无遗。上官魏又梦见帝，喜云："我已得书。"帝平存之日，爱惜书史，虽积如山丘，然一字不许外出。及崩亡之后，神道犹怀爱悋。按宝厨新书者，并大业所秘之书也。②

唐高祖武德四年（621年），唐廷平定东都洛阳以后，准备将观文殿书库的八千多卷新书运回长安。隋炀帝为此托梦上官魏，斥责说不应该运走他的书。后来在运送途中，由于走水路遇到暴风雨，船只颠覆，一卷书也没留下。此事过后，上官魏又梦见隋炀帝高兴地说，朕又得到了那些书。隋炀帝生前也是爱书之人，观文殿书库的这批新书，应是大业年间秘密珍藏下来的。清人

① 《全唐诗》（增订本）卷三百七十一，第4185页。
② （宋）李昉：《太平广记》卷二百八十，中华书局1961年版，第2229页。

徐松《唐两京城坊考》卷五《东京·宫城·观文殿》校补记引《大业拾遗》云："武德四年，东都平后，观文殿宝厨新书八千许卷，欲载往京师，于河值风覆没，一卷无遗。又陆龟蒙《和皮日休诗》云：'近有隋后主，搜罗势骈阗。宝函映玉局，彩翠明霞鲜。伊唐受命初，载史声连延。砥柱不我助，惊波涌沦涟。遂令往古书，半在余浮泉。'即咏此事也。"① 晚唐诗人陆龟蒙曾作诗对这一事件加以评论，痛惜不已。观文殿宝厨有八千多卷新书，可见宫中藏书是很丰富的。

书肆有交易，书楼也备受人们关注，洛阳城里的书楼在当时堪称儒雅风景。唐代佚名《大唐传载》记载袁德师书楼云：

> 汝南袁德师，故给事高之子。尝于东都买得娄师德故园地起书楼。洛人语曰："昔曰娄师德园，今乃袁德师楼。"②

因为谐音异字的巧妙回文偶合，袁德师书楼在洛阳民间广泛传扬开来。娄师德故宅和袁德师书楼位于择善坊，在定鼎门街之东第四街，从南向北数第六坊，遗址区在今洛龙区安乐镇茹凹村。娄师德（630—699 年），字宗仁，郑州原武（今河南原阳县）人，是唐朝宰相、名将，唐人张鷟《朝野佥载》卷五记载：娄师德曾经"为纳言、平章事，又检校屯田，行有日矣。咨执事早出，娄先足疾，待马未来，于光政门外横木上坐。须臾有一县令，不知其纳言也，因诉身名，遂与之并坐"。此处言及的光政门，即是开元以后改名长乐门的宫城西门，昭宗迁东都后，又改长乐门为光政门。娄师德以纳言之职知宰相事，又去检校屯田，快到出发的日子时，娄师德告诉下属早一点出发，他因脚有病，便坐在光政门外的横木上等坐骑。不一会儿来了一个县令，不认识他，报了身份和姓名后，与他一起并排坐在横木上。"令有一子，远觇之，走告曰：'纳言也。'令大惊，起曰：'死罪。'纳言曰：'人有不相识，法有何死罪。'令因诉云。有左嶷，以其年老眼暗奏解。'某夜书表状亦得，眼

① （清）徐松撰，李健超增订：《增订唐两京城坊考》，三秦出版社 2006 年版，第 270 页。

② 上海古籍出版社编：《唐五代笔记小说大观》上册，上海古籍出版社 2000 年版，第 884 页。

实不暗’。纳言曰：‘道是夜书表状，何故白日里不识宰相。’令大惭，曰：‘愿纳言莫说向宰相，纳言南无佛不说。’公左右皆笑。”① 县令手下有一人，走近告诉他说旁边坐的是纳言。县令大吃一惊，赶紧道歉说罪该万死。娄师德说道：“有不相识的人，没有不相识的死罪。”县令于是诉说道，有个人叫左嶷，说我年老眼花，奏请上面要解除我的职务，我眼力不差，夜里还能书写表状呢。娄师德于是问道：“夜里能写表状，白天却不认得宰相吗？”县令不好意思地请求说：“请纳言千万不要跟宰相说啊，阿弥陀佛，千万不要说啊。”旁边的人听了，莫不哈哈大笑起来。娄师德颇有雅量，历史上多有传颂。

洛阳城南著名的李德裕平泉别墅山居中，书楼是其最具文人情怀的景观，开成年间，李德裕在淮南任职，因思念自己的洛阳平泉山居而作《春暮思平泉杂咏二十首》，第三首为《书楼晴望》，诗云：

幽居人世外，久厌市朝喧。
苍翠连双阙，微茫认九原。
残红映巩树，斜日照轘辕。
薄暮柴扉掩，谁知仲蔚园。②

平泉别墅的书楼远离喧闹的街市，紧邻伊阙视野广阔，落日斜阳余晖漫道，最适宜隐居生活。诗中第四句下自注曰“东望尽见万安山南名臣丘垄”，说明诗人站在书楼上眺望远方时，能够望见万安山南起伏的冢墓，意味着他有归老洛阳之意。白居易所居的履道坊宅也有书楼，大和七年（833 年），白居易曾作《池上闲咏》描写自己的书楼，首联云“青莎台上起书楼，绿藻潭中系钓舟”，书楼在莎草台的烘托下，与绿藻池中的渔舟遥相呼应。颔联云“日晚爱行深竹里，月明多在小桥头”，诗人喜欢在竹林漫步，桥头赏月。颈联尾联

① （唐）张鷟撰，郝润华、莫琼辑校：《朝野佥载辑校》卷五，山东人民出版社 2018 年版，第 113 页。

② 《全唐诗》（增订本）卷四百七十五，第 5441 页。

云“暂尝新酒还成醉，亦出中门便当游。一部清商聊送老，白须萧飒管弦秋”①，于池园悠然饮酒，洒脱听乐，享受闲适，罔顾老之将至。全诗如《唐宋诗醇》所论：“天机清妙，吐属自然，不知者或以为开宋派矣。”② 可见，在宅第中起书楼，应该是时人的一种风尚。

唐代洛阳的南、北、西三市，较之隋代稍有变动，更有利于商业发展。韦庄《洛阳吟》云：

万户千门夕照边，开元时节旧风烟。
宫官试马游三市，舞女乘舟上九天。
胡骑北来空进主，汉皇西去竟升仙。
如今父老偏垂涕，不见承平四十年。③

诗题下诗人自注曰：“时大驾在蜀，巢寇未平，洛中寓居，作七言。”中和二年（882 年）秋，韦庄逃出长安，战乱未熄，寄寓洛城，眼观宫殿宏伟高耸，宫官畅游三市，于是思念开元盛世，感伤战乱而潸然泪下，表达了对盛世的期盼。开元年间还有新市，储光羲《洛阳道五首献吕四郎中》之五云：

洛水照千门，千门碧空里。
少年不得志，走马游新市。④

开元十四年（726 年），储光羲到洛阳待选，面对千门万户倒映于洛水之中，如同在碧空里一般的美景，反而慨言“少年不得志，走马游新市”，多少有些失意的惆怅。这里的新市，一说是北市，清人徐松《唐两京城坊考》卷五《东京·外郭城》云：“东城之东，第三南北街，北当安喜门西街，从南第一曰景行坊……次北北市。本临德坊，显庆中立为北市。”⑤ 相对于高宗显庆年

① （唐）白居易著，谢思炜校注：《白居易诗集校注》卷三十一，中华书局 2017 年版，第 2372 页。
② （清）乾隆御选，冉苒校点：《唐宋诗醇》卷二十六，中国三峡出版社 1997 年版，第 548 页。
③ （唐）韦庄著，聂安福笺注：《韦庄集笺注》卷三，上海古籍出版社 2002 年版，第 109 页。
④ 《全唐诗》（增订本）卷一百三十九，第 1417 页。
⑤ （清）徐松撰，李健超增订：《增订唐两京城坊考》，三秦出版社 2006 年版，第 407—410 页。

间，可以说是新市。一说为三市之外新设立的商业区。无论哪种说法，都可见出市场的繁荣兴盛，如郑渥《洛阳道》所描写“通宵尘土飞山月，是处经营夹御堤”①，如李庾《东都赋》所夸张“惟洛泱泱，滨盈万室；帷城职职，市廛骈集”②，洛水之滨人口众多，洛阳城里集市遍布，帝都一片繁华兴旺。

第二节　坊里题歌

唐人杜宝《大业杂记》记载隋朝创建东都制度曰：“堤南有民坊。坊各周四里，开四门，临大街。门并为重楼，饰以丹粉。洛南有九十六坊，洛北有三十坊，大街小陌，纵横相对”，“每坊东西南北各广三百步，开十字街，四出趋门”③，勾勒出了隋朝洛阳城坊里的概貌，格局非常严整。《历代宅京记》记述唐东都城曰：“东都城，左成皋，右函谷，前伊阙，后邙山。南面三门：中曰定鼎，左曰长夏，右曰厚载。东面三门：中曰建春，南曰永通，北曰上东。北面二门：东曰安喜，西曰徽安。西连禁苑。苑西四门：南曰迎秋，次曰游义，次曰龙烟，北曰灵溪。皇城在都城之西北隅，南面三门：中曰端门，左曰左掖门，右曰右掖门。东面一门，曰宾耀。西面二门，南曰丽景，北曰宣耀。东城在皇城之东。东曰宣仁门，南曰承福门。”④ 可以看出，至唐代洛阳城有所兴废，但基本沿用隋代，经年积久的岁月沉淀，留下了许多历史文化题记歌咏。

上林坊位于洛水之北，东城之南，承福门之东，从西数第四坊，西与铜驼街接邻，遗址大概在今老城区南关贴郭巷一带。唐武宗会昌元年（841 年），崔少尹（疑为崔晋）在洛阳任河南少尹，于上林坊得到一处宅院，白居易

① 《全唐诗》（增订本）卷七百七十四，第 8865 页。
② 《全唐文》卷七百四十，第 4508 页。
③ （唐）杜宝：《大业杂记》，中华书局 1991 年版，第 2 页。
④ （清）顾炎武：《历代宅京记》卷九《雒阳下 · 唐》，中华书局 1934 年版，第 157 页。

《题崔少尹上林坊新居》云：

坊静深居新且幽，忽疑缩地到沧洲。
宅东篱缺嵩峰出，堂后门开洛水流。
高下三层盘野径，沿洄十里泛渔舟。
若能为客烹鸡黍，愿伴田苏日日游。①

崔少尹位于上林坊的新居，街市安静，环境幽深，适宜隐居，东望可见山，堂后能玩水，小道盘旋能上高楼，洛水畅流可以行舟浮游，主人好客备好饭食，贤德知己频频往来，显示了当时洛阳官员的志趣风尚，喜好隐居城市享受自然之乐。

立德坊位于洛水北岸，东城之东，第一南北街，北当徽安门西街，从南数第一坊，四面带水，环以渠潭，东南遥望嵩山。元和元年（806 年），孟郊应河南尹郑余庆的邀请，担任河南水陆运从事、试协律郎，成为郑余庆的幕僚，随后在这里安家落户，诗人创作了一系列诗歌反映这段时期的生活和思想状况，予以纪念抒怀，如《立德新居十首》《生生亭》《寒溪九首》等，表达了自己对新家的喜爱，心情相对宽舒。《立德新居十首》之一云："立德何亭亭，西南耸高隅。阳崖泄春意，井圃留冬芜。胜引即纡道，幽行岂通衢。碧峰远相揖，清思谁言孤。寺秩虽未贵，家醪良可哺。"立德坊地势高耸，位于洛水北岸，冬日略显荒凉，群友在小道上寻幽，举头望见嵩山相随，官职不高，自酿家酒随意享用，生活闲适快乐。

之二云："耸城架霄汉，洁宅涵絪缊。开门洛北岸，时锁嵩阳云。夜高星辰大，昼长天地分。厚韵属疏语，薄名谢嚣闻。兹焉有殊隔，永矣难及群。"新居高出洛阳城，中有云烟弥漫，开门可见嵩山，深夜忽感时短，诗名虽已闻达遐迩，也不随俗逐流，心意有隔便自甘寂寞，绝不附和那一般众人，表明了自己格格不入的另类思想。

① （唐）白居易著，谢思炜校注：《白居易诗集校注》卷三十五，中华书局 2017 年版，第 2692 页。

之三云："宾秩已觉厚，私储常恐多。清贫聊自尔，素责将如何。俭教先勉力，修襟无余它。良栖一枝木，灵巢片叶荷。仰笑鹍鹏辈，委身拂天波。"受聘河南水路运从事的俸禄尚且能够维持生计，清贫欠债也不算什么，牢记俭朴的教诲保持高尚的襟怀，不求富贵荣华，但愿置身高云心乐淡泊，这正是诗人清贫守志情趣高洁的表现。

之四云："疏门不掩水，洛色寒更高。晓碧流视听，夕清濯衣袍。为于仁义得，未觉登陟劳。远岸雪难暮，劲枝风易号。霜禽各啸侣，吾亦爱吾曹。"简陋的门外水流潺潺，洛水天寒更有清趣，晨起欣赏碧水美景，晚来水边洗涤衣裳，居住陋室追求仁义，劳顿登高在所不惜，积雪不会昏暗，狂风不折巨木，鸟儿呼朋唤伴，我爱我的朋友，希望与友人一同分享高洁的志趣。

之五云："崎岖有悬步，委曲饶荒寻。远树足良木，疏巢无争禽。素魄衔夕岸，绿水生晓浔。空旷伊洛视，仿佛潇湘心。何必尚远异，忧劳满行襟。"探胜寻幽不畏路途艰辛，远方大树有陋巢鸟儿不争，月光笼罩着水边陆地，洛阳城景象美如潇湘，不必舍近求远忧伤苦心，新居的环境足以怡情养性。

之六云："悬途多仄足，崎圃无修畦。芳兰与宿艾，手撷心不迷。品子懒读书，辕驹难服犁。虚食日相投，夸肠讵能低。耻从新学游，愿将古农齐。"无限风光在险峰，明眼人不会混淆芳兰与宿艾，官僚子弟如同不会驾车的马驹，白吃食物奢侈浮夸，我不敢苟同那些时髦学者，却只愿意学习淳朴农夫。可见诗人以培植才力修养道德为终极目标，瞧不起徒享虚名养尊处优的所谓新进士子。

之七云："都城多耸秀，爱此高县居。伊洛绕街巷，鸳鸯飞阁闾。翠景何的砾，霜飔飘空虚。突出万家表，独治二亩蔬。一旬一手版，十日九手锄。"洛城地势高悬，洛水环绕翠鸟啼鸣，景色明朗清风徐徐，超出万家拥有田产，公务闲暇之余亲手耕种，享受田园生活的乐趣。

之八云："手锄良自勖，激劝亦已饶。畏彼梨栗儿，空资玩弄骄。夜景卧难尽，昼光坐易消。治旧得新义，耕荒生嘉苗。锄治苟惬适，心形俱逍遥。"

耕种自勉不忘劝教，只怕小孩子纵情玩乐，贪睡懒惰浪费光阴无所事事，研习旧学才能生出新苗，边耕边读身心俱安。训诫勉励后生勤奋读书，莫要虚度光阴，体现了诗人的教育理念。

之九云："玉蹄裂鸣水，金绶忽照门。拂拭贫士席，拜候丞相轩。德疏未为高，礼至方觉尊。岂唯耀兹日，可以荣远孙。如何一阳朝，独荷众瑞繁。"之十云："东南富水木，寂寥蔽光辉。此地足文字，及时隘骖骓。仄雪踏为平，涩行变如飞。令畦生气色，嘉绿新霏微。天意资厚养，贤人肯相违。"①诗人在篇末缀语曰："末二章，冬至日郑相至门，以属意在焉。"可见末尾这二章是专为郑余庆冬至日来访新居而做。元和二年（807 年）冬至日这天，郑余庆驾车出行，光临立德坊，家里人隆礼招待，荣幸之至，甚感光耀。诗人此前曾隐逸江南水乡，默默无闻，来到洛阳这块文章隆盛之地，备受礼遇，诸事遂愿，一切如意，园畦美好欣欣向荣，绿色喜庆弥漫其间，工作生活待遇优厚，全赖贤人郑余庆的提携。郑余庆曾为宰相，受命为河南尹后，聘请孟郊到洛阳做官，对诗人有知遇之恩，又在冬至日亲自登门造访，令孟郊心存感激，欢欣喜悦溢于言表。《立德新居十首》组诗细致入微地表现了孟郊在此生活的具体场景和情感思想，笔触所到倍感亲切，使后人对诗人有了更多感性化的了解。

孟郊在新居附近建造了一个亭子，取名生生亭，由万物相生不绝而得名。诗人作《生生亭》云：

> 滩闹不妨语，跨溪仍置亭。
> 置亭嵽嵲头，开窗纳遥青。
> 遥青新画出，三十六扇屏。
> 袅袅立平地，棱棱浮高冥。
> 一日数开扇，仙闪目不停。

① （唐）孟郊著，郝世峰笺注：《孟郊诗集笺注》卷五，河北教育出版社 2002 年版，第 241—250 页。

徒夸远方岫，曷若中峰灵。
拔意千余丈，浩言永堪铭。
浩言无愧同，愧同忍丑醒。
致之未有力，力在君子听。[①]

水声虽然喧闹却也无妨说话，亭子位于溪边山顶，远方的青山一览无余，嵩山三十六峰犹如三十六座屏风，拔地而起高耸入云，目移景换忽明忽暗，嵩山峰峦灵秀无比，气势高迈，浩然卓绝，不同流俗，诚望诸贤君子多多赏识。此诗为亭子修成而作，着重写在亭上远望所见嵩山的超凡绝伦，末尾几句似有特殊寓意，或为自己鸣不平，希望统治者识拔人才。

茶仙卢仝是孟郊的同气朋友，元和四年（809年）冬，自洛阳去扬州处理家业，临行前与孟郊话别，作《孟夫子生生亭赋》云："玉川子沿孟冬之寒流兮，辍棹上登生生亭。夫子何之兮，面逐云没兮南行。百川注海而心不写兮，落日千里凝寒精。予日衰期人生之世斯已矣，爰为今日犹犹歧路之心生。悲夫，南国风涛，鱼龙畜伏。予小子戆朴，必不能济夫子欲。嗟自惭承夫子而不失予兮，传古道甚分明。予且广孤目遐赍（一作赏）于天壤兮，庶得外尽万物变化之幽情。然后惭愧而来归兮，大息吾躬于夫子之亭。"[②] 卢仝自号玉川子，是"初唐四杰"之一卢照邻的后代，居住洛阳，有几间陋室，属于贫困家庭，性格狷介，为人正直。农历十月登上生生亭，感叹生命渐衰，前途无望，自己迂愚朴直，不能如孟郊那样传古道甚分明，只好畅怀于天地万物之间舒展身心。尤信雄论曰："孟郊筑亭寒溪，凭轩遥青，中峰灵变，拔意千丈，浩言永铭，虽现实落寞，而意气自励。卢仝闻郊置亭，溯游寒流，停棹登亭，千里斜阳凝寒，哀南国之风涛险谲，鬼龙潜伏不出，而孟夫子将何之；仝自谦戆朴无能，不能济孟夫子之欲，而展其怀抱。仝虽咨嗟自惭，而心承

① （唐）孟郊著，郝世峰笺注：《孟郊诗集笺注》卷五，河北教育出版社2002年版，第230—231页。

② 《全唐诗》（增订本）卷三百八十八，第4399页。

孟夫子而不失，且愿共传古道，与孟夫子同息影于生生之亭。二人相善，心契如此，洵为难能。”① 所言甚是，见地极佳。此诗不拘旧格，字数参差不齐，亦诗亦赋，似文似赋，突破了诗与文的界限，有韩孟诗风的特点。

立德坊新居周边有溪流环绕，孟郊因此而作《寒溪九首》，其一云：“霜洗水色尽，寒溪见纤鳞。幸临虚空镜，照此残悴身。潜滑不自隐，露底莹更新。豁如君子怀，曾是危陷人。始明浅俗心，夜结朝已津。净漱一掬碧，远消千虑尘。始知泥步泉，莫与山源邻。”寒溪的水清澈空明可见游鱼，如镜的溪水映照着我的老病躯体，深底处显露的杂物更见出它的晶莹剔透，胸无城府的君子总是遭受陷害，心情郁结随俗自解，捧一掬清水洗掉尘间烦虑，应该知道，污浊的泉水岂能和遥远洁净的山泉为邻。诗人一生穷愁清高，在此以溪水清寒为喻自比，申说自己不移志趣。

其二云：“洛阳岸边道，孟氏庄前溪。舟行素冰拆，声作青瑶嘶。绿水结绿玉，白波生白珪。明明宝镜中，物物天照齐。仄步下危曲，攀枯闻孀啼。霜芬稍消歇，凝景微茫齐。痴坐直视听，戆行失踪蹊。岸童劚棘劳，语言多悲凄。”孟郊居地的溪流，船行冻化冰碎如玉，绿白相映，光照万物，小心行路忽听有人哭涕，天寒地冻景色模糊，只顾往前迷失路途，遇见儿童戚戚悲伤言说打柴。这是一幅令人心酸的图景，诗人注意到了民生的艰难。

其三云：“晓饮一杯酒，踏雪过清溪。波澜冻为刀，剸割凫与鹥。宿羽皆翦弃，血声沉沙泥。独立欲何语，默念心酸嘶。冻雪莫作春，作春生不齐。冻血莫作花，作花发孀啼。幽幽棘针村，冻死难耕犁。”写出了出门所见的凄惨景象，生命被弃，贫富不均，村庄荒凉。

其四云：“篙工磓玉星，一路随迸萤。朔冻哀彻底，獠馋咏潜鯹。冰齿相磨啮，风音酸铎铃。清悲不可逃，洗出纤悉听。碧潋卷已尽，彩双飞飘零。下蹑滑不定，上栖折难停。哮嘐呷喢冤，仰诉何时宁。”破冰行船不易通过，

① 尤信雄：《孟郊研究》，文津出版社 1984 年版，第 87 页。

寒冬无处可去狩猎，风吹人战栗，呼号心伤悲，碧水不再流波，飞鸟不再蹁跹，路滑兽不走，枝枯鸟难栖，各种动物的冤鸣，何时才能平息安宁啊。这首诗的写法具有寓言的意味，诗人借鸟兽的痛楚为百姓呼吁，希望引起关注。

其五云："一曲一直水，白龙何鳞鳞。冻飙杂碎号，齑音坑谷辛。柧棱吃无力，飞走更相仁。猛弓一折弦，余喘争来宾。大严此之立，小杀不复陈。皎皎复皎皎，氲氲复氲氲。瑞晴刷日月，高碧开星辰。独立两脚雪，孤吟千虑新。天欃徒昭昭，箕舌虚龂龂。尧圣不听汝，孔微亦有臣。谏书竟成章，古义终难陈。"溪流曲曲折折，寒风夹杂着遍地辛酸的号哭，奏章难以上达不如禽兽更加相爱，弓弦折断幸存者来归，大大小小的杀戮不可尽说。天明气盛，碧空吉祥，贤臣为国图谋思虑，奈何乱贼奸佞当道，蒙昧圣上朝政衰微，谏书成篇也难把先贤义理陈明。诗人目睹人民遭受痛苦，战后满目疮痍，希望朝臣担当中兴大任，帝王铲除叛逆虚心纳谏。意欲上书进言，终于还是无从上达。

其六云："因冻死得食，杀风乃不休。以兵为仁义，仁义生刀头。刀头仁义腥，君子不可求。波澜抽剑冰，相劈如仇雠。"诗人认为战争一定危及生命，即使打着正义的旗号也是违背仁义的，由此坚决反对动刀用兵。"刀头仁义腥"极有思致，耐人寻味。

其七云："尖雪入鱼心，鱼心明愀愀。恍如罔两说，似诉割切由。谁使异方气，入此中土流。翦尽一月春，闭为百谷幽。仰怀新霁光，下照疑忧愁。"鱼儿被杀心有忧惧，仿佛在向精灵诉说不幸，少数民族入主中原，犹如天地闭塞变成寒冬，仰头盼望日月照亮下土。此诗仍有寓言意味，孟郊坚持"古道"的反战思想，把战乱归咎于未受教化的民族。

其八云："溪老哭甚寒，涕泗冰珊珊。飞死走死形，雪裂纷心肝。剑刃冻不割，弓弦彊难弹。常闻君子武，不食天杀残。劚玉掩骼胔，吊琼哀阑干。"诗人自称溪边老者，为死亡的禽兽哀痛，希望不再出现残杀，不再伤悼孤坟。

其九云："溪风摆余冻，溪景衔明春。玉消花滴滴，虬解光鳞鳞。悬步下清曲，将期濯芳津。千里冰裂处，一勺暖亦仁。凝精互相洗，漪涟竞将新。忽如剑疮尽，初起百战身。”[①] 春来景明，冰消冻解，万象更新，期待仁政普行大地。这九首组诗借景抒怀，言物及人，巧设寓言，情感激切，同情贫民饥寒冻馁，表现了诗人关心民瘼的仁者情怀，具有一定的社会意义。

孟郊在立德坊生活了九年，还有一些反映日常生活的诗作，如《洛桥晚望》云：

天津桥下冰初结，洛阳陌上人行绝。
榆柳萧疏楼阁闲，月明直见嵩山雪。[②]

冬日的傍晚，诗人眺望天津桥，天寒水冻少行人，稀稀落落的榆树和柳树掩映着亭台楼阁，明月中依稀可见远处的中岳嵩山，一幅冷寂清丽的画面，也是诗人孤寂高洁的内心世界写照。《旅次洛城东水亭》云：

水竹色相洗，碧花动轩楹。
自然逍遥风，荡涤浮竞情。
霜落叶声燥，景寒人语清。
我来招隐亭，衣上尘暂轻。[③]

暂住在洛阳城东水亭，四望景色无比宜人，水清竹翠花飞扬，风吹自在舒人心，霜打叶落景色幽静，非常恰合隐居之意，令诗人倍感轻松舒心。其实孟郊之前曾在洛阳参加过进士考试，有《初于洛中选》云：

尘土日易没，驱驰力无余。
青云不我与，白首方选书。
宦途事非远，拙者取自疏。
终然恋皇邑，誓以结吾庐。

---

① （唐）孟郊著，郝世峰笺注：《孟郊诗集笺注》卷五，河北教育出版社 2002 年版，第 232—240 页。

② （唐）孟郊著，郝世峰笺注：《孟郊诗集笺注》卷五，河北教育出版社 2002 年版，第 220 页。

③ （唐）孟郊著，郝世峰笺注：《孟郊诗集笺注》卷五，河北教育出版社 2002 年版，第 220 页。

帝城富高门，京路饶胜居。

碧水走龙蛇，蜿蜒绕庭除。

寻常异方客，过此亦踟蹰。①

此诗作于唐宪宗贞元十六年（800年），孟郊到洛阳应铨选之时，充满了怀才不遇的愤懑。孟郊不屑于投机钻营，也不羡慕富贵高门，宁愿洁身自隐，多次参加进士考试不中，直到两年后46岁时才登进士第，所以留下了“春风得意马蹄疾，一日看尽长安花”的狂放之语。孟郊诗风清寒，一如他的为人，乐府诗人王建《哭孟东野二首》云：“吟损秋天月不明，兰无香气鹤无声。自从东野先生死，侧近云山得散行。”“老松临死不生枝，东野先生早哭儿。但是洛阳城里客，家传一本杏殇诗。”② 赞美孟郊诗文深掘物象，硬瘦通神，发自肺腑，感人至深。孟郊和他的《游子吟》“慈母手中线，游子身上衣。临行密密缝，意恐迟迟归。谁言寸草心，报得三春晖”③，是人间情深意长的象征，立德坊因之而蓬荜生辉。

通远坊位于洛水之北，东城之东，第六南北街，从南数第四坊，著名乐工李龟年于此有宅。郑处诲《明皇杂录》卷下记载：“唐开元中，乐工李龟年、彭年、鹤年兄弟三人，皆有才学盛名。彭年善舞，鹤年、龟年能歌，尤妙制《渭川》，特承顾遇。于东都大起第宅，僭侈之制，逾于公侯。宅在东都通远里，中堂制度甲于都下。”④ 李龟年的宅第奢侈豪华，甚至超过了一般的公侯。不料后来遭遇战乱，李龟年流落到了江南，良辰美景之时为人唱歌，供人欣赏谋取生活。杜甫曾经在江南遇到李龟年，回想当年不胜感慨，作《江南逢李龟年》云：

岐王宅里寻常见，崔九堂前几度闻。

① （唐）孟郊著，郝世峰笺注：《孟郊诗集笺注》卷三，河北教育出版社2002年版，第137页。
② （唐）王建著，尹占华校注：《王建诗集校注》卷九，巴蜀书社2006年版，第372—373页。
③ （唐）孟郊著，郝世峰笺注：《孟郊诗集笺注》卷一，河北教育出版社2002年版，第13页。
④ 上海古籍出版社编：《唐五代笔记小说大观》上册，上海古籍出版社2000年版，第962页。

正是江南好风景，落花时节又逢君。①

回忆往昔在洛阳，李龟年因才学盛名到处受到追捧，那是何等荣耀辉煌，而今在江南的落花时节与他相逢，目睹其遭遇失意，怎能不令人思绪惆怅呢。全诗抚今思昔，世境之乱离，人情之聚散，皆寓于其中。

尚善坊位于定鼎门街之东第一街，从南向北数第六坊，遗址大致在今洛龙区安乐镇安乐村的西北部，有一部分被中国国花园占压，坊北即为天津桥，坊内有岐王李范等众多达官贵人的宅第。大和五年（831 年），白居易在洛阳任河南尹，作《题岐王旧山池石壁》诗云：

树深藤老竹回环，石壁重重锦翠斑。

俗客看来犹解爱，忙人到此亦须闲。

况当霁景凉风后，如在千岩万壑间。

黄绮更归何处去，洛阳城内有商山。②

前四句描写岐王李范旧宅景色，环境优美宁静，令人心情恬淡。后四句转而抒怀，寄情于景，表白自己愿意像商山四皓那样隐居在这里，颇有韵味。《唐宋诗醇》评论曰："一气相生，珠圆玉润，此七律正宗也。'况当'一联开宋调而气味自厚。"③ 岐王李范本名李隆范，是唐睿宗李旦的儿子，唐玄宗李隆基的弟弟，避李隆基的名讳改为李范，雅好音律，善待人才，经常召集京城名流集会盛宴，所以杜甫《江南逢李龟年》诗云"岐王宅里寻常见"，想当年也是风光无限啊。

修行坊位于定鼎门街之东第二街，从南向北数第三坊，遗址大概在今洛龙区安乐镇西岗村，晚唐诗人段成式有宅于此。咸通三年（862 年）秋，温庭筠到洛阳与段成式相见，作《和太常段少卿东都修行里有嘉莲》诗云：

春秋罢注直铜龙，旧宅嘉莲照水红。

---

① （唐）杜甫著，（清）仇兆鳌注：《杜诗详注》卷二十三，中华书局 2015 年版，第 1696 页。
② （唐）白居易著，谢思炜校注：《白居易诗集校注》卷二十八，中华书局 2017 年版，第 2218 页。
③ （清）乾隆御选，冉苒校点：《唐宋诗醇》卷二十六，中国三峡出版社 1997 年版，第 546 页。

两处龟巢清露里，一时鱼跃翠茎东。

同心表瑞荀池上，半面分妆乐镜中。

应为临川多丽句，故持重艳向西风。[①]

首联写修行里直对宫门，初秋盛开的嘉莲映红水面。中间两联近镜头描写龟游莲叶之上，鱼戏莲叶东西，一茎双花的奇观，荷叶田田的美丽。尾联用嘉莲的超凡美艳，赞美嘉莲主人诗多丽句。段成式于咸通四年（863年）六月去世，所以这首诗对他们两人来说，纪念意义非同寻常。段成式居住修行里，在《酉阳杂俎》中多次被提及，《酉阳杂俎》前集卷十八《广动植之三·木篇》云：

成式修行里私第，大堂前有五鬣松两株，大财如碗。甲子年结实，味与新罗、南诏者不别。五鬣松，皮不鳞。中使仇士良水硙亭子在城东，有两鬣皮不鳞者。又有七鬣者，不知自何而得，俗谓孔雀松，三鬣松也。松命根下遇石则偃，盖不必千年也。[②]

修行里的两棵松树因长得奇特，引起了段成式的注意，他又用中使仇士良水磨亭子也有两鬣皮不长鳞的松树来作旁证，明其确有。前集卷十一《广知》云："旧说不见辅星者将死。成式亲故常会修行里，有不见者，未周岁而卒。"[③] 辅星即北斗七星从勺柄数起第二颗星，古代称为开阳星。不见辅星即辅星沉没，往往喻人将死。前集卷十七《广动植之二·虫篇》记述民间忌白习俗，云："白蜂窠，成式修行里私第，果园数亩。壬戌年，有蜂如麻子蜂，胶土为窠于庭前檐，大如鸡卵，色正白可爱，家弟恶而坏之，其冬果衅钟手足。《南史》言，宋明帝恶言白。问金楼子言，子婚日，疾风雪下，帏幕变白，以为不祥。抑知俗忌白久矣。"[④] 在中国传统的观念中，白色往往与死亡

① （唐）温庭筠著，刘学锴校注：《温庭筠全集校注》卷九《诗》，三晋出版社2016年版，第461页。

② （唐）段成式撰，曹中孚校点：《酉阳杂俎》，上海古籍出版社2012年版，第106页。

③ （唐）段成式撰，曹中孚校点：《酉阳杂俎》，上海古籍出版社2012年版，第62页。

④ （唐）段成式撰，曹中孚校点：《酉阳杂俎》，上海古籍出版社2012年版，第103—104页。

联系在一起，段成式不仅从弟弟捅坏白色的蜂巢而冻坏手足中受到启发，又列举《南史》和《金楼子》的史实确证忌白习俗由来已久。

温庭筠与段成式私交甚好，《太平广记》卷三百五十一《鬼三十六·段成式》引《南楚新闻》云："太常卿段成式，相国文昌子也，与举子温庭筠亲善，咸通四年六月卒。"① 温庭筠还有《和段少常柯古》云："称觞惭座客，怀刺即门人。素向宁知贵，清淡不厌贫。野梅江上晚，堤柳雨中春。未报淮南诏，何劳问白蘋。"② 这是咸通三年春，温庭筠回顾在襄阳与段成式交往的诗作，此时段成式已经入朝为太常少卿。咸通元年（860 年），段成式离开襄阳后，与温庭筠之间仍然有书信往来，"以其古学相遇，常送墨一铤与飞卿，往复致谢。递搜故事者九函，在禁集中"③。这里段成式提到送给温庭筠"墨一铤"，在段成式给温庭筠的八封信《与温飞卿书八首》④ 中也记载有赠送墨铤的情况，如其一云："近集仙旧吏献墨二铤，谨分一挺送上。虽名殊九子，状异二螺，如虎掌者非佳，似兔支者差胜。"这八首都是由墨论及书艺，对温庭筠的文章才华大加褒扬。温庭筠作有《答段成式书七首》答谢段成式的美意，如其一云："节日僮幹至，奉彼荣诲，蒙赍易州墨一挺。竹山奇制，上蔡轻烟。色夺紫帷，香含漆简。虽复三台故物，贵重相传；五两新胶，乾轻入用。"⑤ 除此之外，段成式还曾赠送温庭筠葫芦管笔，他在《寄温飞卿葫芦管笔往复书》句首云："桐乡往还，见遗葫芦笔管，辄分一枚寄上。"信中再次

① （宋）李昉：《太平广记》卷三百五十一，中华书局 1961 年版，第 2782 页。

② （唐）温庭筠著，刘学锴校注：《温庭筠全集校注》卷七《诗》，三晋出版社 2016 年版，第 373 页。

③ （五代）刘崇远：《金华子》卷上《段成式》，上海古籍出版社编：《唐五代笔记小说大观》下册，上海古籍出版社 2000 年版，第 1752 页。《唐语林》卷二《文学》云："（段成式）连典江南数郡，皆有名山：九江匡庐、缙云烂柯、庐陵麻姑。前进士许棠寄诗云：'十年三领郡，领郡管仙山。'庐陵时，为人妄诉，逾年方辨，乃退居于襄阳。温博士庭筠亦谪随县尉，节度使徐太师留在幕府，与成式尤相善。尝送墨一铤与庭筠，往复致谢，搜故事者凡几函。"（宋）王谠撰，周勋初校证：《唐语林校证》，中华书局 1987 年版，第 154 页。

④ 《全唐文》卷七百八十七，第 4851 页。

⑤ 《全唐文》卷七百八十六，第 4844 页。

赞美了温庭筠的才华。温庭筠则有《答段柯古赠葫芦管笔状》云“前者伏蒙雅赐葫芦笔管一茎，久欲含词，聊申拜贶”，“一枚为贵，岂异陆生；三寸见珍，遂兼扬子”，表达了对段成式的谢意。[①] 段成式与温庭筠这种以纸、笔作为“徵事”，展开往复论难的笔谈，实际上是六朝以来的遗风。所谓“徵事”，明胡应麟云：“六代文人之学，有徵事、有策事，徵者共举一物，各疏见闻，多者为胜，如孝标对被、王摛夺簟之类是也；策者暗举所知，令人射复，中者为优，如沈约得三、刘显失一之类是也。齐、梁之交此风特盛，亦犹晋之清言。”这种现象到唐代依然存在，“六朝策事，唐、宋校士悉其遗风，惟徵事绝不复睹，仅段成式、温庭筠以一物传简往来，遂成卷轴。又段尝出猎，得兔数十头，遗父僚属，每头疏事若干其下，比僚属传观，无一重者”[②]。由此可见，段成式与温庭筠之间通过往复书信，就墨、笔、纸的历史掌故和制作使用的描述，既展示了各自的才华，也使这种文学体式得以继续风靡文坛，加深了两人的感情交流。除了书信往来，段成式还将自己所造的特殊纸张寄给温庭筠。《寄温飞卿笺纸》的序文云：“予在九江，出意造云蓝纸，既乏左伯之法，全无张永之功，辄送五十枚，并绝句一首，或得闲中暂当药饵也。”[③] 绝句诗云：“三十六鳞充使时，数番犹得裹相思。待将袍袄重抄了，尽写襄阳播掿词。”[④] 段成式希望温庭筠用所寄的云蓝纸写尽襄阳的名曲，表达了深深的思念之情，修行坊里的嘉莲是他们情谊的见证。

仁风坊也作仁丰坊，位于定鼎门街之东第八街街东，自南向北数第六坊，

---

① 刘学锴认为，温庭筠《答段柯古赠葫芦管笔状》作于荆南节度使萧邺幕府中，徐商离开襄阳赴京后，温庭筠又转投萧邺。刘学锴著：《温庭筠传论》，安徽大学出版社 2008 年版，第 148 页。

② （明）胡应麟：《少室山房笔丛》庚部卷三九《华阳博议》卷下，上海书店出版社 2009 年版，第 401 页。

③ （宋）许顗：《彦周诗话》，也有这一记载。据潘吉星先生研究，云蓝纸的制作原理是让浅蓝色染液在纸面上流动，由其流动轨迹自然形成云状。日本也出现过这类纸，称为云纸。参见李佳行《纸》，中国华侨出版社 2008 年，第 125 页。

④ “播掿词”，（明）杨慎《升庵诗话》卷九作“掘柘词”。他在解释“掘柘”时引段成式《寄温庭筠云草蓝纸》诗曰：“三十六鳞充使时，数番犹得寄相思。待将袍袄重抄了，写尽襄阳《掘柘词》。”并且说：“《掘柘词》，温集中亦有。”

长安员外郎李建于此有一座宅子。洛阳人元稹曾作《仁风李著作园醉后寄李十（一）》云：“胧明春月照花枝，花下音声是管儿。却笑西京李员外，五更骑马趁朝时。”① 据《唐人行第录》考证，李十是“李十一”的脱字，李十一即李建②，当时任长安员外郎，与元稹颇有交情，家住洛阳仁风坊，其兄为李逊，曾为著作郎，所以其宅邸被又称为“李著作园”，李家兄弟都是元稹密友。管儿是李家的艺伎，擅长演奏琵琶。几个人在李家宅园聚会宴乐，元稹醉后作此诗以纪念。吴伟斌《元稹考论》认为，此诗当作于贞元十一至十二年间（795—796 年），元稹当时应该十七十八岁上下。因为白居易曾作《和微之十七与君别及胧月花枝之咏》，与元稹酬唱，诗云：“别时十七今头白，恼乱君心三十年。垂老休吟花月句，恐君更结后身缘。”③ 诗题中的“胧月花枝之咏”檃栝的就是起首“胧明春月照花枝”之句，管儿是元稹的初恋，白居易以“恼乱君心三十年”“恐君更结后身缘”来打趣自己的老朋友。元和五年（810 年），元稹又作《琵琶歌》（寄管儿兼诲铁山）云：“段师弟子数十人，李家管儿称上足。管儿不作供奉儿，抛在东都双鬓丝。……李家兄弟皆爱酒，我是酒徒为密友。著作曾邀连夜宿，中碾春溪华新绿。平明船载管儿行，尽日听弹无限曲。……自兹听后六七年，管儿在洛我朝天。游想慈恩杏园里，梦寐仁风花树前。……著作施樽命管儿，管儿久别今方睹。管儿还为弹六幺，六幺依旧声迢迢。……如今左降在闲处，始为管儿歌此歌。歌此歌，寄管儿。管儿管儿忧尔衰，尔衰之后继者谁。继之无乃在铁山，铁山已近曹穆间。性灵甚好功犹浅，急处未得臻幽闲。努力铁山勤学取，莫遣后来无所祖。”④ 元稹在诗里回忆了他与管儿在“李著作”家中的初次见面和重逢，两人有过一

① （唐）元稹撰，谢永芳编著：《元稹诗全集　汇校汇注汇评》丁编《律诗》，崇文书局 2016 年版，第 352 页。

② 岑仲勉著：《唐人行第录》（外三种），中华书局 2004 年版，第 46 页。

③ （唐）白居易著，谢思炜校注：《白居易诗集校注》卷二十八，中华书局 2017 年版，第 2211 页。

④ （唐）元稹撰，谢永芳编著：《元稹诗全集　汇校汇注汇评》戊编《乐府》，崇文书局 2016 年版，第 540—541 页。

段尽日听曲朝夕相处的美好生活，令诗人念念不忘。①

里仁坊位于长夏门之东第五街，从南向北数第一坊，外郭城东南隅，遗址大致在今洛龙区安乐镇狮子桥村，茶仙卢仝曾在此买屋置家，其《冬行三首》之二云："长年爱伊洛，决计卜长久。赊买里仁宅，水竹且小有。"② 因为喜欢洛阳，诗人为长久打算决定借钱在里仁购宅，院落里有水有竹很幽静。元人辛文房《唐才子传》卷五云："仝，范阳人。初隐少室山，号玉川子。家甚贫，惟图书堆积。后卜居洛城，破屋数间而已。"③ 卢仝家里非常贫穷，房屋也很破旧，但却拥有大量图书，闻名洛阳城，温庭筠《醉歌》云："洛阳卢仝称文房，妻子脚秃舂黄粱。"④ 卢仝长期寓居洛阳，声名著称于文林。孟郊《忽不贫喜卢仝书船归洛》云：

贫孟忽不贫，请问孟何如。卢仝归洛船，崔嵬但载书。
江潮清翻翻，淮潮碧徐徐。夜信为朝信，朝信良卷舒。
江淮君子水，相送仁有余。我去官色衫，肩经入君庐。
喃喃肩经郎，言语倾琪琚。琪琚铿好词，乌鹊跃庭除。
书船平安归，喜报乡里闾。我愿拾遗柴，巢经于空虚。
下免尘土侵，上为云霞居。日月更相锁，道义分明储。
不愿空岧峣，但愿实工夫。实空二理微，分别相起予。
经书荒芜多，为君勉勉锄。勉勉不敢专，传之方在诸。⑤

前云元和四年（809 年）冬，卢仝从洛阳到扬州处理家业，行前作《孟夫子生生亭赋》，第二年从扬州用船满载书籍返洛，孟郊听闻后喜不自禁，作此诗予以颂扬，感慨长途航行不易，跑前跑后帮忙整理珍藏书籍，希望有助于传

① 吴伟斌著：《元稹考论》，河南人民出版社 2008 年版，第 435—437 页。

② 《全唐诗》（增订本）卷三百八十八，第 4393 页。

③ （元）辛文房著，傅璇琮主编：《唐才子传校笺》第二册，中华书局 1989 年版，第 267—268 页。

④ （唐）温庭筠著，刘学锴校注：《温庭筠全集校注》卷二《诗》，三晋出版社 2016 年版，第 84 页。

⑤ （唐）孟郊著，郝世峰笺注：《孟郊诗集笺注》卷九，河北教育出版社 2002 年版，第 469 页。

扬古道。全诗展示了文人嗜书如痴，将书籍视为财富的可爱情态。卢仝在扬州变卖家产是为了偿还在洛阳置屋的债务，如《冬行三首》之二所云“卖宅将还资，旧业苦不厚。债家征利心，饿虎血染口”，“扬州屋舍贱，还债堪了不。此宅贮书籍，地湿忧蠹朽。……何当归帝乡，白云永相友”①，扬州的家业并不殷实，债主又贪心谋利，房屋价钱又很低廉，卖房的钱不知是否能够还债，藏书的旧宅地面潮湿，令人担心书被虫蛀，赶紧回到洛阳吧，做白云永远的朋友。诗人将书全部运回洛阳住宅，受到了大家的欢迎。

卢仝非常重视家庭教育，读他的《寄男抱孙》便知，诗云：

别来三得书，书道违离久。书处甚粗杀，且喜见汝手。
殷十七又报，汝文颇新有。别来才经年，囊盎未合斗。
当是汝母贤，日夕加训诱。尚书当毕功，礼记速须剖。
喽罗儿读书，何异摧枯朽。寻义低作声，便可养年寿。
莫学村学生，粗气强叫吼。下学偷功夫，新宅锄蘂莠。
乘凉劝奴婢，园里耨葱韭。远篱编榆棘，近眼栽桃柳。
引水灌竹中，蒲池种莲藕。捞漉蛙蟆脚，莫遣生科斗。
竹林吾最惜，新笋好看守。万箨苞龙儿，攒迸溢林薮。
吾眼恨不见，心肠痛如搊。宅钱都未还，债利日日厚。
箨龙正称冤，莫杀入汝口。丁宁嘱托汝，汝活箨龙不。
殷十七老儒，是汝父师友。传读有疑误，辄告咨问取。
两手莫破拳，一吻莫饮酒。莫学捕鸠鸽，莫学打鸡狗。
小时无大伤，习性防已后。顽发苦恼人，汝母必不受。
任汝恼弟妹，任汝恼姨舅。姨舅非吾亲，弟妹多老丑。
莫恼添丁郎，泪子作面垢。莫引添丁郎，赫赤日里走。
添丁郎小小，别吾来久久。脯脯不得吃，兄兄莫捻搜。

① 《全唐诗》（增订本）卷三百八十八，第4393页。

他日吾归来，家人若弹纠。一百放一下，打汝九十九。[①]

诗的内容虽长，却通晓明了，卢仝自己不热衷名利场，但非常重视子弟学习诗书经典，如《尚书》《礼记》等，由孩子母亲督促实施，针对不同的课程采用不同的学习方法，或轻声默读，或理解记忆，还可请教村里的宿儒，子弟很快就超出村学里的学生许多。卢仝虽然喜爱隐居漫游，但他也很会教子理家，要求儿子读书不忘管家，告诉他"宅钱都未还，债利日日厚"，家里经济状况不好，要监督奴婢尽心干活，照料好新宅的水塘园林等，提醒他莫要学坏，须孝顺母亲，关心弟妹，不履行就要惩罚，这些面面俱到的琐碎絮叨和不厌其烦的忠告，满满是一个父亲的深厚爱意，用心何其良苦，至今仍有令人动容的魅力和价值。

韩愈非常赏识卢仝，《新唐书》卷一百七十六《卢仝传》云："卢仝居东都，愈为河南令，爱其诗，厚礼之。"[②]《唐才子传》卷五云卢仝："家甚贫，惟图书堆积。后卜居洛城，破屋数间而已。一奴，长须，不裹头；一婢，赤脚，老无齿。终日苦哦，邻僧送米。朝廷知其清介之节，凡两备礼征为谏议大夫，不起。时韩愈为河南令，爱其操，敬待之。尝为恶少所恐，诉于愈，方为申理，仝复虑盗憎主人，愿罢之，愈益服其度量。"[③] 韩愈于宪宗元和六年（811年），任河南令，作诗《寄卢仝》云：

玉川先生洛城里，破屋数间而已矣。一奴长须不裹头，一婢赤脚老无齿。辛勤奉养十余人，上有慈亲下妻子。先生结发憎俗徒，闭门不出动一纪。至今邻僧乞米送，仆忝县尹能不耻。俸钱供给公私余，时致薄少助祭祀。劝参留守谒大尹，言语才及辄掩耳。水北山人得名声，去年去作幕下士；水南山人又继往，鞍马仆从塞闾里。少室山人索价高，两以谏官征不起。彼皆刺口论世事，有力未免遭

① 《全唐诗》（增订本）卷三百八十七，第4383页。
② （宋）欧阳修、宋祁：《新唐书》卷一七六《卢仝传》，中华书局1975年版，第5268页。
③ （元）辛文房著，傅璇琮主编：《唐才子传校笺》第二册，中华书局1989年版，第267—269页。

驱使。先生事业不可量，惟用法律自绳己。春秋三传束高阁，独抱遗经究终始。往年弄笔嘲同异，怪辞惊众谤不已。近来自说寻坦途。犹上虚空跨绿弭。去年生儿名添丁，意令与国充耘耔。国家丁口连四海，岂无农夫亲耒耜。先生抱才终大用，宰相未许终不仕。假如不在陈力列，立言垂范亦足恃。苗裔当蒙十世宥，岂谓贻厥无基阯？故知忠孝生天性，洁身乱伦安足拟。昨晚长须来下状："隔墙恶少恶难似，每骑屋山下窥阚，浑舍惊怕走折趾。凭依婚媾欺官吏，不信令行能禁止。"先生受屈未曾语，忽此来告良有以。嗟我身为赤县令，操权不用欲何俟。立召贼曹呼伍百，尽取鼠辈尸诸市。先生又遣长须来，如此处置非所喜。况又时当长养节，都邑未可猛政理。先生固是余所畏，度量不敢窥涯涘。放纵是谁之过欤？效尤戮仆愧前史。买羊沽酒谢不敏，偶逢明月曜桃李。先生有意许降临，更遣长须致双鲤。①

卢仝的破屋虽然只有几间，却养活着上老下小一奴一婢十几口人，邻僧经常给他送米，韩愈也用俸禄接济他。卢仝钻研古经名气很大，但是不愿应征做朝官，受到邻居恶少欺侮，也能顾全大局不去计较，性爱山林，钟情隐逸，心思高远，品行淳厚，诗风怪异。全诗"叙事纪实，对落拓士人深表同情。诗分两大部分，从开头到'洁身乱伦安足拟'，写出卢仝的思想品德。他生活困顿，衣食不给，韩愈身为县令，略有接济；劝其谒见大吏，却遭到拒绝，与待价而沽的凡人不同；又赞扬他'独抱遗经'，好古敏求，突出他是有道之士。从'昨晚长须来下状'到结尾，描述卢仝受恶少欺侮，反而代恶少请求宽恕，写出卢仝的性情极为敦厚。最后写韩愈煮酒邀请卢仝，卢仝回赠书信，二人情意融洽！……质而不俚，晓畅如话，流露幽默与谐谑"②。欧阳修《六

① （唐）韩愈著，屈守元、常思春主编：《韩愈全集校注》元和六年，四川大学出版社 1996 年版，第 540 页。

② （唐）韩愈著，王基伦注析：《韩愈诗选》，中州古籍出版社 2016 年版，第 136 页。

一诗话》称赞韩愈诗："其资谈笑，助谐谑，叙人情，状物态，一寓于诗，而曲尽其妙。"① 此诗正是这样拙朴有味，诙谐有致，使卢仝的形象跃然纸上。

卢仝与韩愈交情很深，元和六年（811年）春，关内关外连月大雪，白居易、韩愈都有诗记述，白居易《春雪》云："元和岁在卯，六年春二月。月晦寒食天，天阴夜飞雪。连宵复竟日，浩浩殊未歇。大似落鹅毛，密如飘玉屑。寒销春茫苍，气变风凛冽。兹雪今如何，信美非时节。"② 鹅毛大雪，连日不停，天地一片苍茫，大风带来寒流，有违时节。韩愈《辛卯年雪》云："元和六年春，寒气不肯归。河南二月末，雪花一尺围。"③《李花》二首之二云："当春天地争奢华，洛阳园苑尤纷拿。谁将平地万堆雪，剪刻作此连天花。日光赤色照未好，明月暂入都交加。夜领张彻投卢仝，乘云共至玉皇家。长姬香御四罗列，缟裙练帨无等差。静濯明妆有所奉，顾我未肯置齿牙。清寒莹骨肝胆醒，一生思虑无由邪。"④"雪花一尺围""平地万堆雪"都写出了大雪纷飞的景状。卢仝在洛阳家里贫病交加，作《苦雪寄退之》思念韩愈，诗云：

天王二月行时令，白银作雪漫天涯。
山人门前遍受赐，平地一尺白玉沙。
云颓月坏桂英下，鹤毛风剪乱参差。
山人屋中冻欲死，千树万树飞春花。
菜头出土胶入地，山庄取粟埋却车。
冷絮刀生削峭骨，冷齑斧破慰老牙。
病妻烟眼泪滴滴，饥婴哭乳声呶呶。
市头博米不用物，酒店买酒不肯赊。

---

①（清）何文焕：《历代诗话》，中华书局2004年版，第272页。

②（唐）白居易著，谢思炜校注：《白居易诗集校注》卷一，中华书局2017年版，第67页。

③（唐）韩愈著，屈守元、常思春主编：《韩愈全集校注》元和六年，四川大学出版社1996年版，第535页。

④（唐）韩愈著，屈守元、常思春主编：《韩愈全集校注》元和六年，四川大学出版社1996年版，第537页。

闻道西风弄剑戟，长阶杀人如乱麻。
天眼高开欺草芽，我死未肯兴叹嗟。
但恨口中无酒气，刘伶见我相揄揶。
清风搅肠筋力绝，白灰压屋梁柱斜。
圣明有道□命汉，可得再见朝日耶。
柴门没胫昼不扫，黄昏绕树栖寒鸦。
唯有河南韩县令，时时醉饱过贫家。①

诗人对雪景的描写极不同于一般的咏雪，创造出了一种新奇境界。清代无名氏《静居绪言》论曰："仝之《苦雪寄退之》一诗，前叙雪，次述妻子寒馁，再叙自己无酒吃，结语忽曰：'唯有河南韩县令，时时醉饱过贫家。'夫贫士操行，不食嗟来，安可乞食于人而讥人醉饱？况未闻昌黎沉湎于酒者，不亦过乎！"② 其实结句"惟有河南韩县令，时时醉饱过贫家"，也可以理解为是对韩愈的日常帮助表示感激，诗语醉饱只是一种戏谑之言，不必过于追究。卢仝的《酬愿公雪中见寄》也作于此时，诗云："积雪三十日，车马路不通。贫病交亲绝，想忆唯愿公。春鸠报春归，苦寒生暗风。檐乳堕悬玉，日脚浮轻红。梅柳意却活，园圃冰始融。更候四体好，方可到寺中。"③ 愿公即李愿，大雪天里收到李愿寄来的诗，诗人欣喜不已，援笔作答，言自己在这积雪不化道路阻塞的一个月里，最想的人就是李愿，看到信件就像感到了春天，冰雪消融，阳光普照，树木萌芽，万物复苏，我羸弱的身体很快也要好了，到时候咱们盘谷寺中再叙谈。卢仝的感情朴实率真，诗风尚奇古怪，自成一家，明人冯梦龙《古今谈概》怪诞部第二《诗文好怪》云其："诗体与马异俱尚险怪。二人'结交诗'云：'同不同，异不异，是谓大同而小异。'"④ 卢仝

① 《全唐诗》（增订本）卷三百八十九，第 4401 页。
② 郭绍虞、富寿荪编：《清诗话续编》三，上海古籍出版社 1983 年版，第 1640 页。
③ 《全唐诗》（增订本）卷三百八十九，第 4401 页。
④ （明）冯梦龙纂：《古今谈概》，黑龙江人民出版社 1988 年版，第 81 页。

天性高古介僻，诗语奇谲，读者难解，识者易知，后来者仿效比拟，遂为一格宗师，可谓唐代文学史上的一朵奇葩。

值得一提的是，卢仝在洛阳长寿寺还有一首题壁诗，僧含曦《酬卢仝见访不遇题壁》有记述。诗云：

长寿寺石壁，卢公一首诗。
渴读即不渴，饥读即不饥。
鲸吞海水尽，露出珊瑚枝。
海神知贵不知价，留向人间光照夜。[①]

长寿寺位于嘉善坊，即长夏门之东第二街，从南向北数第四坊，遗址区大致在今洛龙区安乐镇栖霞宫村、茹凹村和军屯村之间。含曦是“元和（806—820年）间洛阳长寿寺僧人，谙熟佛典，兼通儒道。喜为古体诗，力求新奇。与卢仝为友。《全唐诗》存诗一首”[②]。含曦上人很欣赏卢仝的诗，赞颂为“珊瑚枝”，光照人间。这首诗就是酬答卢仝那首题壁诗的，原诗名为《访含曦上人》云：“三入寺，曦未来。辘轳无人井百尺，渴心归去生尘埃。”[③] 卢仝访友不遇，去了三次都没有见到含曦上人，渴慕而不得满足的心情如同百尺井水，可望却不可即，为了表示深深的遗憾和渴盼再见，于是在寺壁上题写了这首诗，因为写法新颖，细节突出，果然引起了含曦上人的注意，这就有了含曦上人的《酬卢仝见访不遇题壁》，给后人留下了一段神奇的诗交故事。卢仝和含曦上人之间经常互访，如卢仝《寄赠含曦上人》所云：“访余十数度，相去三五里。见时心亦喜，不见心亦喜。见时谈谑乐，四座尽角嘴。不见养天和，无人聒人耳。昨朝披雪来，面色赤䩄䩄。……雪晴天气和，日光弄梅李。春鸟娇关关，春风醉旎旎。道上正无尘，人家有花卉。高僧有拄

① 《全唐诗》（增订本）卷八百二十三，第9357页。
② 张忠纲主编：《全唐诗大辞典》，语文出版社2000年版，第30页。
③ 《全唐诗》（增订本）卷三百八十七，第4387页。

杖，愿得数觌止。”① 两人志趣相投，谈笑甚欢，无论晴天还是下雪，彼此心心相印。

洛阳城里的题壁诗还有很多，如李兼《题洛阳县壁》云：“猾吏畏服，县妖破胆。好录政声，闻于御览。”② 诗前小注叙曰：“李果迁洛阳令，民吏畏服。时有李兼，夜闻衢中有人语曰：‘李令正人，此中不可久居。’启门视之，寂无影响，方知其妖。兼遂书其壁云云。”可见此诗是歌颂洛阳县令李果的，因治理严明以至于妖孽都为之恐惧，诗语煞是奇幻。五代王仁裕《开元天宝遗事》卷下《县妖破胆》将李果作李杲，记云：“李杲迁洛阳令，严刑峻法，民吏畏服。县之积弊，杲尽革之，逾月之中，县务清简。时有进士刘兼，赴举上都，舍于村邸。至夜中，闻户外街衢中有数人相语曰：‘李令今古正人也。吾辈见其行事威猛，令人破胆，此中不可久居，宜迁于他邑，可求血食也。’兼讶其事，遂启门视之，寂无影响，方知乃邑之妖神也。兼遂书赞一首于村邸之壁，云：‘狡吏畏威，县妖破胆。好录政声，闻于御览。’后明皇旌其能，赐金百两及章服焉。”③ 题洛阳县壁诗和遗事所记内容一致，显示了人们对清明世风的美颂。

诗人兼书法家贺知章曾在一寺庙留下一首题壁诗，被洛阳人刘禹锡无意中发现，刘禹锡《洛中寺北楼见贺监草书题诗》云：

高楼贺监昔曾登，壁上笔踪龙虎腾。
中国书流让皇象，北朝文士重徐陵。
偶因独见空警目，恨不同时便伏膺。
唯恐尘埃转磨灭，再三珍重嘱山僧。④

大和元年（827 年），刘禹锡任主客郎中分司东都，一个偶然的机会，他在洛

① 《全唐诗》（增订本）卷三百八十九，第 4402 页。
② 《全唐诗》（增订本）卷八百七十三，第 9958 页。
③ 上海古籍出版社编：《唐五代笔记小说大观》下册，上海古籍出版社 2000 年版，第 1731 页。
④ （唐）刘禹锡著，卞孝萱校订：《刘禹锡集》卷二十四，中华书局 1990 年版，第 312 页。

阳一寺庙的北楼，惊奇地发现了贺知章的题诗，那可是草书墨迹。贺知章曾作过秘书监，故有贺监之称。看着墙壁上龙飞虎腾般的墨字，想到令人崇拜的书法家皇象和徐陵，诗人感到惊心动魄，佩服不已，又担心时间久了，尘埃漫蚀会使字迹磨灭，于是再三嘱咐庙里老僧把它们珍重保护起来。当时贺知章已经作古，刘禹锡的反复交代体现出了很强的文物保护意识，可惜这座寺庙的具体情况今天已无从可考。贺知章以一首七言绝句《咏柳》“碧玉妆成一树高，万条垂下绿丝绦。不知细叶谁裁出，二月春风似剪刀”，家喻户晓，人尽皆知，他的书法成就同样是艺术瑰宝。刘禹锡还有一首诗是应和白居易题壁诗的，名为《乐天示过敦诗旧宅有感一篇，吟之泫然追想昔事，因成继和以寄苦怀》，云：“凄凉同到故人居，门枕寒流古木疏。向秀心中嗟栋宇，萧何身后散图书。本营归计非无意，唯算生涯尚有余。忽忆前言更惆怅，丁宁相约速悬车。”[1] 自注曰：“敦诗与予及乐天三人同甲子，平生相约同休洛中。”诗意反映了白居易《与梦得偶同到敦诗宅感而题壁》一诗的写作背景和思想内容，白居易《与梦得偶同到敦诗宅感而题壁》原诗为：

山东才副苍生愿（《汉书》云：“山东出相。”），
川上俄警逝水波。
履道凄凉新第宅（敦诗宅在履道，修造初成），
宣城零落旧笙歌（崔家妓乐，多归宣州也）。
园荒唯有薪堪采，
门冷兼无雀可罗。
今日相随偶同到，
伤心不是故经过。[2]

敦诗，乃崔群字，住宅亦在履道里，为白居易南邻，于大和元年前刺宣州，妓乐随从也相跟迁到了宣州，白居易有感于崔家新修的宅院变得荒凉杂乱，

---

① （唐）刘禹锡著，卞孝萱校订：《刘禹锡集》卷三十四，中华书局 1990 年版，第 485 页。
② （唐）白居易著，谢思炜校注：《白居易诗集校注》卷三十三，中华书局 2017 年版，第 2539 页。

遂作诗题壁，同去的刘禹锡因作诗相和，感慨人去楼空，故友不见。

大中六年（852年），许浑请疾分司东都，作《三川守大夫刘公早岁寓居敦行里肆，有题壁十韵，今之置第乃获旧居，洛下大僚因有唱和，叹咏不足辄献此诗》云：

旅馆当年葺，公才此日论。林繁轻竹祖，树暗惜桐孙。
炼药藏金鼎，疏泉陷石盆。散科松有节，深薙草无根。
龙卧池犹在，莺迁谷尚存。昔为扬子宅，今是李膺门。
积学萤尝聚，微词凤早吞。百年明素志，三顾起新恩。
雪耀冰霜冷，尘飞水墨昏。莫教垂露迹，岁晚杂苔痕。[①]

刘公即刘瑑，大中六年（852年）为河南尹，与许浑过从甚密，早年寓居敦行里肆时，曾作十韵诗题壁，如今购置宅第仍选择旧居，因机缘巧合，洛下同仁相与咏叹唱和，从此诗中可见题壁诗的一般风貌。八仙之一吕洞宾，名岩，道号纯阳子，也有一首《题东都妓馆壁》流传，诗云："一吸鸾笙裂太清，绿衣童子步虚声。玉楼唤醒千年梦，碧桃枝上金鸡鸣。"[②] 记述了仙人之间的传奇故事。这些题壁诗是唐代文化迁播流传的重要方式，值得珍视。

皇城乾元门上有一首王彦威的刻石诗，很是独特，宋代计有功《唐诗纪事》记载王彦威云："长安旧俗，以不历台省出领廉车节镇者，率呼为粗官，大率重内而轻外。今东京皇城乾元门，旧宣武军鼓角楼也。节度使王彦威有诗刻石在其上曰：'天兵十万勇如貔，正是酬恩报国时。汴水波澜喧鼓角，隋堤杨柳拂旌旗。前驱红旆关西将，列坐青娥赵国姬。寄语长安旧冠盖，粗官到底是男儿。'彦威自太常博士出辟使府，至兹镇，故有是句。后梁氏建国，其石不知所在。薛能亦有《谢寄茶》诗云：'粗官寄与真抛却，赖有诗情合得

① （唐）许浑撰，罗时进笺证：《丁卯集笺证》卷十二，中华书局2012年版，第778页。《全唐诗》（增订本）卷五百二十六为杜牧诗。

② 《全唐诗》（增订本）卷八百五十八，第9765页。

尝。’弘文馆旧不置学士，文宗特置一员，以待彦威。”① 王彦威的刻石诗慷慨刚正有精神，不甘于被轻视，最是富于骨气。

永通坊位于长夏门之东第五街，从南向北数第二坊，遗址区大致在今洛龙区李楼镇董村和西高村，本名依仁坊，《河南志》引韦述记云：“此坊东出外城之永通门，其后门塞，又改坊名。”② 前云白居易《自问》诗自注曰“晦叔亭台在依仁”，可明崔玄亮宅于此。崔玄亮，因避讳唐玄宗，一名崔元亮，字晦叔，自号三癖翁，曾作过右散骑常侍，也称崔常侍，长期寓居洛阳，元和初，召为监察御史，转殿中侍御史，历膳部、驾部员外郎，出为洛阳令，与白居易多所唱和。大和四年（830 年），白居易任太子宾客分司洛阳，作《闻崔十八宿予新昌弊宅，时予亦宿崔家依仁新亭。一宵偶同，两兴暗合，因而成咏，聊以写怀》诗云：

> 陋巷掩弊庐，高居敞华屋。
> 新昌七株松，依仁万茎竹。
> 松前月台白，竹下风池绿。
> 君向我斋眠，我在君亭宿。
> 平生有微尚，彼此多幽独。
> 何必本主人，两心聊自足。③

崔十八即崔玄亮，与白居易相知，其时在长安，住在了白居易在长安的新昌旧宅，非常巧合的是，白居易同一时间也住在了崔玄亮的洛阳依仁新亭，两处住宅都一样幽静怡人，崔玄亮的依仁宅有竹子万棵，还有风池。诗人感慨景致与人之间和人与人之间一样，自有默契存在，这就是深厚情谊心心相印的可贵啊！白居易《崔十八新池》专咏依仁新池云：“爱君新小池，池色无人

---

① （宋）计有功著，王仲镛校笺：《唐诗纪事校笺》卷五十一《王彦威》，中华书局 2007 年版，第 1746 页。

② （清）徐松撰，李健超增订：《增订唐两京城坊考》卷五《东京・外郭城》，三秦出版社 2006 年版，第 373 页。

③ （唐）白居易著，谢思炜校注：《白居易诗集校注》卷二十二，中华书局 2017 年版，第 1775 页。

知。见底月明夜，无波风定时。忽看不似水，一泊稀琉璃。”① 池水之色犹如“稀琉璃”，比喻非常新奇，可见池水之清明。崔玄亮卒于大和七年（833 年）七月，白居易《哭崔常侍晦叔》，言二人“交分何其深”，遗憾地反问“丘园共谁卜，山水共谁寻。风月共谁赏，诗篇共谁吟。花开共谁看，酒熟共谁斟”，“吾道自此孤，我情安可任。唯将病眼泪，一洒秋风襟”②，思念往昔亲密交往，沉痛悼念逝去亡灵，可见诗人何其多情。正是有赖白居易的纪实诗语，后人才得以了解崔玄亮宅第的些许情形。依仁里的西北有一口井，李商隐《井泥四十韵》云：“皇都依仁里，西北有高斋。昨日主人氏，治井堂西陲。工人三五辈，辇出土与泥。到水不数尺，积共庭树齐。他日井甃毕，用土益作堤。曲随林掩映，缭以池周回。下去冥寞穴，上承雨露滋。寄辞别地脉，因言谢泉扉。升腾不自意，畴昔忽已乖。伊余掉行鞅，行行来自西。一日下马到，此时芳草萋。四面多好树，旦暮云霞姿。晚落花满地，幽鸟鸣何枝。萝幄既已荐，山樽亦可开。待得孤月上，如与佳人来。……浮云不相顾，寥泬谁为梯。悒怏夜参半，但歌井中泥。”③ 此高门大宅一定是富贵人家，不知何人所修建，其主人打造了此井。诗中慨叹天意人事，流露出颓唐之气，怨愤深沉。

利仁坊在永通坊之北，和州刺史张择，终老于自己的东都利仁里宅第。张姓为江南豪门大族，白居易为张择作有《唐故通议大夫和州刺史吴郡张公神道碑铭》（并序），言其逝世于天宝十三载（754 年）正月二十一日。白居易与张家往来相熟，故大和九年（835 年）有《利仁北街作》云：

草色斑斑春雨晴，利仁坊北面西行。

踟蹰立马缘何事，认得张家歌吹声。④

① （唐）白居易著，谢思炜校注：《白居易诗集校注》卷二十二，中华书局 2017 年版，第 1773 页。

② （唐）白居易著，谢思炜校注：《白居易诗集校注》卷二十九，中华书局 2017 年版，第 2259 页。

③ （唐）李商隐著，郑在瀛编著：《李商隐诗全集　汇编今注简释》大中十二年，崇文书局 2011 年版，第 532 页。

④ （唐）白居易著，谢思炜校注：《白居易诗集校注》卷三十二，中华书局 2017 年版，第 2463 页。

春日雨后草色清丽，诗人沿着利仁坊北向西行，勒马驻足犹豫不前，原来是听到了张家院里传出的熟悉乐声。此诗反映了后人的升平生活，想起张择在世之时的各种情景，白居易不露声色地表达了自己的万端怀念思绪。

崇让坊位于长夏门之东第四街，从南向北数第一坊，遗址大致在今洛龙区安乐镇狮子桥村，内有礼部尚书苏颋竹园、河阳节度使王茂元宅、太仆卿分司东都韦瓘宅等。苏颋《秋社日崇让园宴得新字》云：

鸣爵三农稔，句龙百代神。
运昌叨辅弼，时泰喜黎民。
树缺池光近，云开日影新。
生全应有地，长愿乐交亲。①

苏颋宅第的崇让竹园极有景致，《河南志》引韦述记曰："此坊出大竹及桃，诸坊即细小。"② 崇让园在当时闻名遐迩，经常举办各种宴饮活动。古代社日享祀土地神，春秋都要祭祀，一般用戊日，春社在立春后的第五个戊日，秋社在立秋后的第五个戊日，称作春祈秋报，秋社日的功能偏重于感谢报答神明的恩惠。苏颋于秋社日在崇让园设宴赋诗，言时运安泰，百姓欢喜，全赖土地神所赐，歌颂朝政清明。

王茂元的女婿是李商隐，以故李商隐作有多首关于王茂元崇让宅的诗歌。会昌元年（841 年），李商隐《临发崇让宅紫薇》云：

一树浓姿独看来，秋庭暮雨类轻埃。
不先摇落应为有，已欲别离休更开。
桃绶含情依露井，柳绵相忆隔章台。
天涯地角同荣谢，岂要移根上苑栽。③

---

① 《全唐诗》（增订本）卷七十三，第 800 页。

② （清）徐松撰，李健超增订：《增订唐两京城坊考》卷五《东京・外郭城》，三秦出版社 2006 年版，第 360 页。

③ （唐）李商隐著，郑在瀛编著：《李商隐诗全集　汇编今注简释》，崇文书局 2011 年版，第 185 页。

这一年秋天，李商隐受招赴陈州为掌书记，临行出发之际面对崇让宅的紫薇有感而赋。秋日黄昏细雨中，一树紫薇该凋不落，那是为我而开，此后无人观赏不必再开。露井桃、章台柳，各有托根之所，比寂寞孤独的紫薇幸运得多，然而天涯地角，盛衰有时，不必非要移栽到上林苑，寄寓了受党人排挤的愤懑。大中十年（856年）春，李商隐往返京洛期间，于崇让宅东亭宴饮，赋诗《崇让宅东亭醉后沔然有作》云：

曲岸风雷罢，东亭霁日凉。新秋仍酒困，幽兴暂江乡。

摇落真何遽，交亲或未亡。一帆彭蠡月，数雁塞门霜。

俗态虽多累，仙标发近狂。声名佳句在，身世玉琴张。

万古山空碧，无人鬓免黄。骅骝忧老大，䴔鸠妒芬芳。

密竹沉虚籁，孤莲泊晚香。如何此幽胜，淹卧剧清漳。①

风歇雨停后天气放晴，池塘平静，亭内越发凉爽，新秋酒醉东亭，恍惚间看风光似在江南水乡。亲友或在否，自己独漂泊，功名多是牵累，宁愿遁世求仙。青山常在，人生短暂，胸怀抱负，却遭嫉妒。虽无竹林清音，仍有孤莲余香，此东亭景色清幽可人，岂能醉卧而无视？诗人貌似倦于游幕企图遁世求仙，实则思亲念故感伤不已。本年稍晚，李商隐又赋《七月二十九日崇让宅宴作》云：

露如微霰下前池，月过回塘万竹悲。

浮世本来多聚散，红蕖何事亦离披。

悠扬归梦惟灯见，濩落生涯独酒知。

岂到白头长只尔？嵩阳松雪有心期。②

诗人感慨季节更替，浮生若梦，岳丈妻子都已离世，人事多有变化，只有屋

---

① （唐）李商隐著，郑在瀛编著：《李商隐诗全集　汇编今注简释》，崇文书局2011年版，第511页。

② （唐）李商隐著，郑在瀛编著：《李商隐诗全集　汇编今注简释》，崇文书局2011年版，第512页。

宇依旧，半生漂泊，潦倒不堪，暮年恋乡，悲凉之气充溢全篇，当是睹物思人戚戚之极矣。大中十一年（857年）春正月，李商隐路过洛阳于崇让宅小住，作《正月崇让宅》云：

> 密锁重关掩绿苔，廊深阁迥此徘徊。
> 先知风起月含晕，尚自露寒花未开。
> 蝙拂帘旌终展转，鼠翻窗网小惊猜。
> 背灯独共余香语，不觉犹歌起夜来。①

崇让宅已渐渐显出荒凉，寒风起夜露寒花未开，蝙蝠拂帘老鼠翻窗，思念亡妻余香犹在，禁不住夜起吟歌。此诗伤悼妻子王氏，“鼠翻窗网小惊猜”，是不是妻子回来了？“背灯独共余香语”，仿佛其人还在，两情刻骨铭心之状呼之欲出，真乃多情人之痴语。以上几首诗描写了崇让宅的风景旧事，忆人抒怀，展示了李商隐体物写情的独特风格。

韦正卿之子韦瓘分司东都时亦宅于此，大中二年（848年）十二月七日，韦瓘由桂管观察使分司东都，自任所赴洛阳途中经过浯溪时作《浯溪题壁记》云：

> 分司优闲，诚为忝幸。宦途蹇薄，分亦可知。因吟“作官不了却归来，还是杜陵一男子”。余洛川弊庐，在崇让里，有竹千竿，有池一亩。罢郡之日，携猿一只，越鸟一双，叠石数片，将归洛中。方与猿鸟为伍。得丧之际，岂足介怀。②

永州浯溪颇多唐人留题，太仆卿分司东都韦瓘这篇题壁记很有影响，韦瓘因与李德裕相善，遭李宗闵厌恶，李德裕罢相后被贬分司东都，携猿带鸟回归东都崇让里赋闲谪居。从题壁记内容可以推断出，韦瓘分司东都之前在崇让里就拥有了宅第，其中有千竿竹林，一亩池塘，仕途遇挫后遂萌生退隐之意，

① （唐）李商隐著，郑在瀛编著：《李商隐诗全集　汇编今注简释》，崇文书局2011年版，第515页。

② 《全唐文》卷六百九十五，第4213页。

于是携带一只猿、一双鸟和数片叠石回归洛阳，相与陪伴共度余生，聊以养心。

履道坊位于长夏门之东第四街，从南向北数第二坊，遗址区大致在今洛龙区安乐镇狮子桥村，坊内有白居易、许浑等人宅第。清人赵翼《瓯北诗话》卷四《白香山诗》云：白居易“及刺杭州归，有余赀，又买东都履道里杨凭宅，有林园池馆之胜，遂有终焉之志”①。白居易非常喜欢履道宅第，作《归履道宅》云：

驿吏引藤舆，家童开竹扉。往时多暂住，今日是长归。

眼下有衣食，耳边无是非。不论贫与富，饮水亦应肥。②

全诗极有韵味，元人方回《瀛奎律髓》卷三十五《庭宇类》赞曰：“五、六岂不自适？然他人不能道，亦不肯道。”③ 又作《题新居寄宣州崔相公》云：

门庭有水巷无尘，好称闲官作主人。

冷似雀罗虽少客，宽于蜗舍足容身。

疏通竹径将迎月，扫掠莎台欲待春。

济世料君归未得，南园北曲谩为邻。④

诗人称自己是闲官，描写新居环境，诗题下注曰：“所居南邻即崔家池。”崔家池即崔群宅，两家南北相邻。崔群，字敦诗，号养浩，出身清河崔氏，温尔儒雅，曾为宰相。白居易又有《闻乐感邻》诗云：“老去亲朋零落尽，秋来弦管感伤多。尚书宅畔悲邻笛，廷尉门前叹雀罗。绿绮窗空分妓女，绛纱帐掩罢笙歌。欢娱未足身先去，争奈书生薄命何。”自注云：“东邻王大理去冬云亡，南邻崔尚书今秋薨逝。”⑤ 南邻崔尚书即指崔群宅第，两家一南一北。又《祭崔相公文》云：“洛城东隅，履道西偏，修篁回合，流水潺湲，与公居

---

① （清）赵翼：《瓯北诗话》，凤凰出版社 2009 年版，第 39 页。

② （唐）白居易著，谢思炜校注：《白居易诗集校注》卷二十七，中华书局 2017 年版，第 2128 页。

③ （元）方回选评，李庆甲集评校点：《瀛奎律髓汇评》，上海古籍出版社 1986 年版，第 1413 页。

④ （唐）白居易著，谢思炜校注：《白居易诗集校注》卷二十三，中华书局 2017 年版，第 1849 页。

⑤ （唐）白居易著，谢思炜校注：《白居易诗集校注》卷二十六，中华书局 2017 年版，第 2113 页。

第，门巷相连。”① 崔群卒于大和六年（832 年）八月，白居易注重邻里关系，诗中多有提及。其《罢府归旧居》（自此后重授宾客归履道宅作）云：“陋巷乘篮入，朱门挂印回。腰间抛组绶，缨上拂尘埃。屈曲闲池沼，无非手自开。青苍好竹树，亦是眼看栽。石片抬琴匣，松枝阁酒杯。此生终老处，昨日却归来。”② 诗人把这里当作自己将来要终老的地方，念念不忘。《履道新居二十韵》云：

履道坊西角，官河曲北头。林园四邻好，风景一家秋。
门闭深沈树，池通浅沮沟。拔青松直上，铺碧水平流。
篱菊黄金合，窗筠绿玉稠。疑连紫阳洞，似到白蘋洲。
僧至多同宿，宾来辄少留。岂无诗引兴，兼有酒销忧。
移榻临平岸，携茶上小舟。果穿闻鸟啄，萍破见鱼游。
地与尘相远，人将境共幽。泛潭菱点镜，沉浦月生钩。
厨晓烟孤起，庭寒雨半收。老饥初爱粥，瘦冷早披裘。
洛下招新隐，秦中忘旧游。辞章留凤阁，班籍寄龙楼。
病惬官曹静，闲惭俸禄优。琴书中有得，衣食外何求。
济世才无取，谋身智不周。应须共心语，万事一时休。③

履道新居在诗人眼里林园好，风景美，有树有水有野花，可以招待宾客，可以饮酒品茶，远离尘俗，平淡生活，惬意无比，满满都是喜爱之情。在《吾庐》中诗人又夸赞曰：“吾庐不独贮妻儿，自觉年侵身力衰。眼下营求容足地，心中准拟挂冠时。新昌小院松当户，履道幽居竹绕池。莫道两都空有宅，林泉风月是家资。”④ 诗人提到自己长安的新昌小院有松树，而履道宅多翠竹，林泉风月都一样惹人陶醉。他在《履道春居》中描写春日云：“微雨洒园林，

---

① （唐）白居易著，顾学颉校点：《白居易集》卷七十，中华书局 1979 年版，第 1477 页。
② （唐）白居易著，谢思炜校注：《白居易诗集校注》卷三十一，中华书局 2017 年版，第 2360 页。
③ （唐）白居易著，谢思炜校注：《白居易诗集校注》卷二十三，中华书局 2017 年版，第 1843 页。
④ （唐）白居易著，谢思炜校注：《白居易诗集校注》卷二十三，中华书局 2017 年版，第 1848 页。

新晴好一寻。低风洗池面，斜日拆花心。暝助岚阴重，春添水色深。不如陶省事，犹抱有弦琴。”① 绘景精细，体物入微，结句翻案尤佳。又有《晚春寄微之并崔湖州》云：“洛阳陌上少交亲，履道城边欲暮春。崔在吴兴元在越，出门骑马觅何人。”② 暮春时节，诗人思念友人元微之和崔湖州。又有《晚归府》云：“晚从履道来归府，街路虽长尹不嫌。马上凉于床上坐，绿槐风透紫蕉衫。”③ 绿槐夹道，诗人骑马归来，写出了晚上回家的安闲自适。《咏兴五首·解印出公府》亦写欢喜回家，云：“解印出公府，斗擞尘土衣。百吏放尔散，双鹤随我归。归来履道宅，下马入柴扉。马嘶返旧枥，鹤舞还故池。鸡犬何忻忻，邻里亦依依。年颜老去日，生计胜前时。有帛御冬寒，有谷防岁饥。饱于东方朔，乐于荣启期。人生且如此，此外吾不知。”④ 履道宅里马嘶鹤舞，鸡鸣犬吠，居民和睦，有吃有穿，令人满足。履道里的秋天在《七月一日作》中被描写得极为生动，诗云：

> 七月一日天，秋生履道里。闲居见清景，高兴从此始。
> 林间暑雨歇，池上凉风起。桥竹碧鲜鲜，岸莎青靡靡。
> 苍然古磐石，清浅平流水。何言中门前，便是深山里。
> 双僮侍坐卧，一杖扶行止。饥闻麻粥香，渴觉云汤美。
> 平生所好物，今日多在此。此外更何思，市朝心已矣。⑤

秋景清丽，秋雨清凉，草亮竹鲜，水浅石出，一杖两童，粗茶淡饭，令诗人再无所求。履道居宅有一池，白居易经旬不见便特为之赋诗《履道池上作》，云：“家池动作经旬别，松竹禽鱼好在无。树暗小巢藏巧妇，渠荒新叶长慈姑。不因车马时时到，岂觉林园日日芜。犹喜春深公事少，每来花下得踟

---

① （唐）白居易著，谢思炜校注：《白居易诗集校注》卷二十五，中华书局2017年版，第1993页。
② （唐）白居易著，谢思炜校注：《白居易诗集校注》卷二十三，中华书局2017年版，第1862页。
③ （唐）白居易著，谢思炜校注：《白居易诗集校注》卷二十七，中华书局2017年版，第2162页。
④ （唐）白居易著，谢思炜校注：《白居易诗集校注》卷二十九，中华书局2017年版，第2247页。
⑤ （唐）白居易著，谢思炜校注：《白居易诗集校注》卷三十，中华书局2017年版，第2329页。

蹰。”[①] 诗人先问候松竹琴鱼，然后巧妙回答一切安好，希望公事之余多在此逗留。池塘是纳凉的好去处，其《池畔逐凉》云：“风清泉冷竹修修，三伏炎天凉似秋。黄犬引迎骑马客，青衣扶下钓鱼舟。衰容自觉宜闲坐，蹇步谁能更远游。料得此身终老处，只应林下与滩头。”[②]《池上逐凉二首》云：“青苔地上消残暑，绿树阴前逐晚凉。轻屐单衣薄纱帽，浅池平岸庳藤床。簪缨怪我情何薄，泉石谙君味甚长。遍问交亲为老计，多言宜静不宜忙。”“窗间睡足休高枕，水畔闲来上小船。棹遣秃头奴子拨，茶教纤手侍儿煎。门前便是红尘地，林外无非赤日天。谁信好风清簟上，更无一事但翛然。”[③] 池畔风景最好，白居易经常到池上歇息乘凉。池西又一小楼，白居易《会昌二年春题池西小楼》云：

花边春水水边楼，一坐经今四十秋。
望月桥倾三遍换，采莲船破五回修。
园林一半成乔木，邻里三分作白头。
苏李冥蒙随烛灭，陈樊漂泊逐萍流。
虽贫眼下无妨乐，纵病心中不与愁。
自笑灵光岿然在，春来游得且须游。[④]

诗中自注曰：“苏庶子弘、李中丞道枢及陈、樊二妓，十余年皆楼中歌酒中伴，或殁或散，独予在焉。”白居易思念故人，不畏老迈，心态积极，精神健康。履道居宅还有一亭子，白居易《重戏赠》写到亭子云：“集贤池馆从他盛，履道林亭勿自轻。往往归来嫌窄小，年年为主莫无情。”[⑤] 亭子虽然不大，不能跟集贤池馆相比，但依然值得珍爱。其《洛下诸客就宅相送偶题西亭》

① （唐）白居易著，谢思炜校注：《白居易诗集校注》卷二十八，中华书局2017年版，第2230页。
② （唐）白居易著，谢思炜校注：《白居易诗集校注》卷三十六，中华书局2017年版，第2776页。
③ （唐）白居易著，谢思炜校注：《白居易诗集校注》卷三十三，中华书局2017年版，第2510—2511页。
④ （唐）白居易著，谢思炜校注：《白居易诗集校注》卷三十六，中华书局2017年版，第2767页。
⑤ （唐）白居易著，谢思炜校注：《白居易诗集校注》卷三十二，中华书局2017年版，第2445页。

云："几榻临池坐，轩车冒雪过。交亲致杯酒，僮仆解笙歌。流岁行将晚，浮荣得几多。林泉应问我，不住意如何。"① 对西亭依依不舍。

白居易对履道居宅的喜爱可以说是无以复加，不惜笔墨予以赞美，《履道居三首》又云：

莫嫌地窄林亭小，莫厌贫家活计微。
大有高门锁宽宅，主人到老不曾归。

东里素帷犹未彻，南邻丹旐又新悬。
衡门蜗舍自惭愧，收得身来已五年。

世事平分众所知，何尝苦乐不相随。
唯余耽酒狂歌客，只有乐时无苦时。②

诗人安贫乐道，不慕豪宅，但爱自家。《履道西门二首》又云："履道西门有弊居，池塘竹树绕吾庐。豪华肥壮虽无分，饱暖安闲即有余。行灶朝香炊早饭，小园春暖掇新蔬。夷齐黄绮夸芝蕨，比我盘飧恐不如。""履道西门独掩扉，官休病退客来稀。亦知轩冕荣堪恋，其奈田园老合归。跛鳖难随骐骥足，伤禽莫趁凤凰飞。世间认得身人少，今我虽愚亦庶几。"③ 悠闲安居，老有所乐。白居易经常怀念履道居宅，如《忆洛中所居》云：

忽忆东都宅，春来事宛然。
雪销行径里，水上卧房前。
厌绿栽黄竹，嫌红种白莲。
醉教莺送酒，闲遣鹤看船。
幸是林园主，惭为食禄牵。

① （唐）白居易著，谢思炜校注：《白居易诗集校注》卷二十五，中华书局 2017 年版，第 1996 页。
② （唐）白居易著，谢思炜校注：《白居易诗集校注》卷二十八，中华书局 2017 年版，第 2241 页。
③ （唐）白居易著，谢思炜校注：《白居易诗集校注》卷三十六，中华书局 2017 年版，第 2757 页。

宦情薄似纸，乡思争于弦。

岂合姑苏守，归休更待年。[①]

诗人归心似箭，无奈为宦情羁绊。《忆庐山旧隐及洛下新居》云：“形骸黾勉班行内，骨肉句留俸禄中。无奈攀缘随手长，亦知恩爱到头空。草堂久闭庐山下，竹院新抛洛水东。自是未能归去得，世间谁要白须翁。”[②] 表明自己老了要回洛阳新居。宋人葛立方《韵语阳秋》卷十三云：“白乐天所至处，必筑居，在渭上有蔡渡之居，在江州有草堂之居，在长安有新昌之居，在洛中有履道之居，皆有诗以纪胜。故其自谓云：‘余自幼迨老，若白屋，若朱门，凡所止，虽一日二日，辄覆篑土为台，聚拳石为山，环斗水为池。’所谓君子之居，一日必葺者邪？”[③] 在白居易众多的住所里，履道宅是他晚年的钟爱，这一系列的履道居宅诗作，表现了他的日常生活细节，证明了他在这里居住的惬意舒适，白居易和履道里已成为一个不可分割的文化整体符号。白居易乐天赢高寿，自文宗大和三年（829 年）到洛阳居于履道里，至武宗会昌六年（846 年）病逝葬于龙门香山寺，于洛阳度过了他生命的最后十几年时光，为洛都文坛增添了辉煌的色彩。

许浑曾在履道里租房居住，大中六年（852 年），许浑分司东都，在洛阳作《分司东都寓居履道叨承三川尹刘侍郎大夫恩知上四十韵》云：

命世须人瑞，匡君在岳灵。气和薰北陆，襟旷纳东溟。

赋妙排鹦鹉，诗能继鹡鸰。蒲亲香案色，兰动粉闱馨。

周孔传文教，萧曹授武经。家僮谙禁掖，厩马识金铃。

性与奸邪背，心因启沃冥。进贤光日月，诛恶助雷霆。

阊阖开时召，箫韶奏处听。水精悬御幄，云母展宫屏。

捧诏巡汧陇，飞书护井陉。先声威虎兕，余力活蟭螟。

① （唐）白居易著，谢思炜校注：《白居易诗集校注》卷二十五，中华书局 2017 年版，第 1952 页。

② （唐）白居易著，谢思炜校注：《白居易诗集校注》卷二十五，中华书局 2017 年版，第 1973 页。

③ （宋）葛立方著：《韵语阳秋》，中华书局 1985 年版，第 103 页。

荣重秦军箭，功高汉将铭。戈鋋回紫塞，干戚散彤庭。
顺美皇恩洽，扶颠国步宁。禹谟推掌诰，汤网属司刑。
稚榻蓬莱掩，膺舟巩洛停。马群先去害，民籍更添丁。
猾吏门长塞，豪家户不扃。四知台上镜，三惑井中瓶。
雅韵凭开匣，雄铓待发硎。火中胶绿树，泉下斸青萍。
五岳期双节，三台空一星。凤池方注意，麟阁会图形。
寒暑逾流电，光阴甚建瓴。散曹分已白，崇直眼由青。
赐第成官舍，佣居起客亭。松筠侵巷陌，禾黍接郊坰。
宿雨回为沼，春沙淀作汀。鱼罾栖翡翠，蛛网挂蜻蜓。
迟晓河初转，伤秋露已零。梦余钟杳杳，吟罢烛荧荧。
字小书难写，杯迟酒易醒。久贫惊早雁，多病放残萤。
雪劲孤根竹，风彫数荚蓂。转喉空婀娜，垂手自娉婷。
胫细摧新履，腰羸减旧鞓。海边慵逐臭，尘外怯吞腥。
隐豹窥重巘，潜虬避浊泾。商歌如不顾，归棹越南溟。①

诗题中刘侍郎即刘瑑，大中六年（852年）为河南尹，与许浑关系密切，当年八月十五日，许浑还作有《中秋日拜起居表，晨渡天津桥即事十六韵，献居守相国崔公兼呈工部刘公》②，首句云："碧树康庄内，清川巩洛间。"刘公亦指刘瑑，崔公为崔珙。许浑在"赐第成官舍，佣居起客亭"一句下自注曰："某六代祖，国初赐宅在仁和里，寻已属官舍，今于履道坊赁宅居止。"可明许浑因为祖宅归公，所以此时在履道坊租赁宅邸居住。许浑又在末句"归棹越南溟"之下自注曰："某家在朱方，扬子江界有南、北。"朱方在今江苏省镇江市丹徒区东南。诗人志在升迁，因贫病更加急切，于是念及家乡。

① （唐）许浑撰，罗时进笺证：《丁卯集笺证》卷十二，中华书局2012年版，第783—784页。《全唐诗》（增订本）卷五百二十六为杜牧诗。

② （唐）许浑撰，罗时进笺证：《丁卯集笺证》卷十二，中华书局2012年版，第780页。《全唐诗》（增订本）卷五百二十六为杜牧诗。

履信坊本名恭俭坊，避武太后曾祖讳俭改名，位于长夏门之东第四街，从南向北数第三坊，遗址区为今洛龙区安乐镇军屯村、董村和狮子桥村，中有邠王守礼、馆陶公主、太子少保韦夏卿、武昌军节度使元稹、太子宾客李仍叔、将军柳当等人的宅第。清人徐松《唐两京城坊考》卷五《东京·外郭城》云："长夏门之东第四街，从南第一曰崇让坊。……次北履信坊……太子宾客李仍叔宅。宅有樱桃池，仍淑尝与白居易、刘禹锡会其上。"[①] 李仍叔宅的樱桃池樱桃岛樱桃树樱桃花常常被诗人提及，大和七年（833 年）秋末冬初，因为李训迁擢升官，舒元舆自洛阳著作郎分司之位赴京入朝任职，白居易赋诗赠别，作《履信池樱桃岛上醉后走笔，送别舒员外兼寄宗正李卿、考功崔郎中》云：

樱桃岛前春，去春花万枝。
忽忆与宗卿闲饮日，又忆与考功狂醉时。
岁晚无花空有叶，风吹满地乾重叠。
蹋叶悲秋复忆春，池边树下重殷勤。
今朝一酌临寒水，此地三回别故人。
樱桃花，来春千万朵，来春共谁花下坐。
不论崔李上青云，明日舒三亦抛我。[②]

诗题中提到了三个人，舒员外即舒元舆，白居易有《送舒著作重授省郎赴阙》诗云："三岁相依在洛都，游花宴月饱欢娱。惜别笙歌多怨咽，愿留轩盖少踟蹰。"[③] 宗正李卿即李仍叔，字周美，时任宗正卿。考功崔郎中即崔龟从，时任考功郎中。白居易假借在履信池樱桃岛上，送别舒三舒元舆升迁赴任之机，致意兼达李仍叔和崔龟从。诗以樱桃花为起兴，"忽忆与宗卿闲饮日，又忆与考功狂醉时"，追昔念今，不胜凄惶，抒发了流年似水的慨叹，语言表现形式

---

① （清）徐松撰，李健超增订：《增订唐两京城坊考》，三秦出版社 2006 年版，第 360—364 页。
② （唐）白居易著，谢思炜校注：《白居易诗集校注》卷二十九，中华书局 2017 年版，第 2263 页。
③ （唐）白居易著，谢思炜校注：《白居易诗集校注》卷三十一，中华书局 2017 年版，第 2392 页。

和手法都很新颖。诗人在樱桃岛上多次送别故友，樱桃的春荣秋枯是离情别恨的无奈，樱桃的形象中寄寓了诗人的潇洒情怀。李仍叔樱桃岛上的樱桃花盛开时，赏花人总是熙熙攘攘，刘禹锡《和乐天燕李周美中丞宅池上赏樱桃花》云：

樱桃千万枝，照耀如雪天。王孙燕其下，隔水疑神仙。

宿露发清香，初阳动暄妍。妖姬满髻插，酒客折枝传。

同此赏芳月，几人有华筵？杯行勿遽辞，好醉逸三年。①

此诗为应和白居易池上赏樱桃花而作，白居易原诗为《樱桃花下有感而作》（开成三年春，季美周宾客南池者）云："蔼蔼周美宅，樱繁春日斜。一为洛下客，十见池上花。烂漫岂无意，为君占年华。风光饶此树，歌舞胜诸家。失尽白头伴，长成红粉娃。停杯两相顾，堪喜且堪嗟。"② 李仍叔，字周美，时为太子宾客分司东都，白居易诗作"季美周"为误。美周宅即李周美居宅，从大和年间到开成三年，樱桃岛上的樱桃花年年开放，而人却在渐变衰老，怎能不令人感慨万千呢。

太子少保韦夏卿亦宅于履信坊，吕温《故太子少保赠尚书左仆射京兆韦府君神道碑》，云韦夏卿"以元和元年三月十二日，薨于东都履信里之私第，享年六十有四"③，因病老死于家中。韦夏卿"性通简，好古，有远韵，谈说多闻。晚岁将罢归，署其居曰'大隐洞'。与齐映、穆赞、赞弟员友善，虽同游，终年不见其喜怛。抚孤侄恩逾己子。为政务通理，不甚作条教。所辟士如路隋、张贾、李景俭等，至宰相达官，故世称知人"④。唐代佚名《大唐传载》云："韦献公夏卿不经方镇，惟止于东都留守。郡吏八人，而路公隋、皇甫崖州镈，皆为宰相；张尚书贾、段给事平仲、卫大夫中行、李常侍翱、李

① （唐）刘禹锡著，卞孝萱校订：《刘禹锡集》卷三十四，中华书局1990年版，第491页。
② （唐）白居易著，谢思炜校注：《白居易诗集校注》卷三十六，中华书局2017年版，第2718页。
③ 《全唐文》卷六百三十，第3755页。
④ （宋）欧阳修、宋祁：《新唐书》卷一百六十二《韦夏卿传》，中华书局1975年版，第4996页。

谏议景俭、李湖南词，皆至显官：亦名知人矣。”① 韦夏卿有识人之才，以知人出名，知人善任，极有古贤风韵，把他住的寓所叫“大隐洞”，并命元稹作诗。元稹是洛阳人，也是韦夏卿的女婿，遂作《韦居守晚岁常言退休之志，因署其居曰大隐洞，命予赋诗，因赠绝句》云：

谢公潜有东山意，已向朱门启洞门。

大隐犹疑恋朝市，不如名作罢归园。②

元稹在诗中以晋代的谢安比喻韦夏卿，显示出浓浓的推重之意，调侃说倒不如干脆叫作“罢归园”，因为大隐于朝市还是依恋世俗名利场的表现。贞元十九年（803 年），韦夏卿到洛阳赴任东都留守、东都畿汝防御使，元稹带着新婚妻子韦丛陪侍岳丈一道回洛阳，作《陪韦尚书丈归履信宅因赠韦氏兄弟》记述此事，诗云：“紫垣驺骑入华居，公子文衣护锦舆。眠阁书生复何事，也骑羸马从尚书。”③ 言外有不胜荣幸之至的感觉，明显是讨好老丈人。元稹对韦府这一时期的生活在《梦游春诗七十韵》中有描写，云“韦门正全盛，出入多欢裕。甲第涨清池，鸣驺引朱辂。广榭舞萎蕤，长筵宾杂厝”④，欢歌宴舞，华贵至极。白居易《和梦游春诗一百韵》（并序）写道“新修履信第，初食尚书禄。九酝备圣贤，八珍穷水陆”⑤，元稹真是春风得意的乘龙快婿啊。刘禹锡的新乐府《泰娘歌》并引也是记韦府盛事，诗云：

泰娘家本阊门西，门前渌水环金堤。

有时妆成好天气，走上皋桥折花戏。

风流太守韦尚书，路傍忽见停隼旟。

① 上海古籍出版社编：《唐五代笔记小说大观》上册，上海古籍出版社 2000 年版，第 898 页。

② （唐）元稹撰，谢永芳编著：《元稹诗全集　汇校汇注汇评》丁编《律诗》，崇文书局 2016 年版，第 334 页。

③ （唐）元稹撰，谢永芳编著：《元稹诗全集　汇校汇注汇评》丁编《律诗》，崇文书局 2016 年版，第 333 页。

④ （唐）元稹撰，谢永芳编著：《元稹诗全集　汇校汇注汇评》己编《补遗》，崇文书局 2016 年版，第 560—561 页。

⑤ （唐）白居易著，谢思炜校注：《白居易诗集校注》卷十四，中华书局 2017 年版，第 1130 页。

斗量明珠鸟传意，绀幰迎入专城居。
长鬟如云衣似雾，锦茵罗荐承轻步。
舞学警鸿水榭春，歌撩上客兰堂莫。
从郎西入帝城中，贵游簪组香帘栊。
低鬟缓视抱明月，纤指破拨生胡风。
繁华一旦有消歇，题剑无光履声绝。
洛阳旧宅生草莱，杜陵萧萧松柏哀。
妆奁虫网厚如茧，博山炉侧倾寒灰。
蕲州刺史张公子，白马新到铜驼里。
自言买笑掷黄金，月堕云中从此始。
安知鹏鸟坐隅飞，寂寞旅魂招不归。
秦嘉镜有前时结，韩寿香销故箧衣。
山城少人江水碧，断雁哀猿风雨夕。
朱弦已绝为知音，云鬟未秋私自惜。
举目风烟非旧时，梦寻归路多参差。
如何将此千行泪，更洒湘江斑竹枝。①

根据诗歌前序言所云，“泰娘本韦尚书家主讴者。初，尚书为吴郡，得之，命乐工诲之琵琶，使之歌且舞。无几何，尽得其术。居一二岁，携之以归京师。京师多新声善工，于是又损去故技，以新声度曲，而泰娘名字往往见称于贵游之间。元和初，尚书薨于东京，泰娘出居民间。久之，为蕲州刺史张愻所得。其后愻坐事谪居武陵郡。愻卒，泰娘无所归。地荒且远，无有能知其容与艺者。故日抱乐器而哭，其音焦杀以悲。洛客闻之，为歌其事，以足于乐府云”。泰娘的悲喜人生令人叹息，她陪侍韦夏卿从吴郡到长安，从长安再到洛阳，因技艺精湛而成为韦府的主角，闻名于当时贵游之间。韦府的歌者不

① （唐）刘禹锡著，卞孝萱校订：《刘禹锡集》卷二十七，中华书局1990年版，第350—351页。

知其名的还有很多，她们是韦府繁盛一时的见证。

诗人元稹的宅第也在履信坊，白居易《予与微之老而无子，发于言叹著在诗篇。今年冬各有一子，戏作二什，一以相贺，一以自嘲》，之一贺元稹，云：

常忧到老都无子，何况新生又是儿。
阴德自然宜有庆，皇天可得道无知。
一园水竹今为主，百卷文章更付谁。
莫虑鹓雏无浴处，即应重入凤凰池。①

白居易自注曰："微之履信新居多水竹也，微之文集凡一百卷。"微之，元稹字。白居易祝贺元稹老年得子，称赞其新居种竹不俗，文章多达百卷。白居易又有《过元家履信宅》伤悼元稹云："鸡犬丧家分散后，林园失主寂寥时。落花不语空辞树，流水无情自入池。风荡宴船初破漏，雨淋歌阁欲倾欹。前庭后院伤心事，唯是春风秋月知。"② 元人方回《瀛奎律髓》卷四十九《伤悼类》论曰："元微之身后如此，友宦官，攻裴晋公（裴度），所得几何，而竟以惭愤卒于武昌。白公虽平生深交，不忍言其短，而亦可见矣。"③ 白居易所写是实情，但格调显然不很高。元稹卒于大和五年（831 年）七月，一生是非功过只能任由后人评说了，但他的诗文却是永久的，传奇《莺莺传》已被后世演绎殆尽。大和八年（834 年）春天，白居易作《自问》诗云："依仁台废悲风晚，履信池荒宿草春。自问老身骑马出，洛阳城里觅何人。"④ 原注曰："晦叔亭台在依仁，微之池馆在履信。"晦叔，右散骑常侍崔玄亮字。崔玄亮的依仁亭台，元微之的履信池馆，如今都已台废池荒，诗人自己也年事已高，洛阳城里还能找到几多旧友啊。诗中充满了人事沧桑百年兴废的历史喟叹。

---

① （唐）白居易著，谢思炜校注：《白居易诗集校注》卷二十八，中华书局 2017 年版，第 2185 页。
② （唐）白居易著，谢思炜校注：《白居易诗集校注》卷二十七，中华书局 2017 年版，第 2166 页。
③ （元）方回选评，李庆甲集评校点：《瀛奎律髓汇评》，上海古籍出版社 1986 年版，第 1805 页。
④ （唐）白居易著，谢思炜校注：《白居易诗集校注》卷三十一，中华书局 2017 年版，第 2383 页。

刘禹锡《吟乐天自问怆然有作》云："亲友关心皆不见，风光满眼倍伤神。洛阳城里多池馆，几处花开有主人?"① 诗人与白居易心心相通，可谓人间自有真情在。

从善坊位于长夏门之东第四街，从南向北数第六坊，遗址区大致在今洛龙区李楼镇西白碛村和北王村，内有刘太白宅第。元稹《送刘太白》诗题下自注曰："太白居从善坊。"诗云：

洛阳大底居人少，从善坊西最寂寥。

想得刘君独骑马，古堤愁树隔中桥。②

刘敦质，字太白。贞元末年，洛阳人元稹在长安送别好友刘太白，想象从善坊街道空旷，行人寂寥的情景，抒发二人不堪离别的苦楚。刘敦质与白居易也相善，白居易有诗《哭刘敦质》云："小树两株柏，新土三尺坟。苍苍白露草，此地哭刘君。哭君岂无辞，辞云君子人。如何天不吊，穷悴至终身。愚者多贵寿，贤者独贱迍。龙亢彼无悔，蠖屈此不伸。哭罢持此辞，吾将诘羲文。"③ 刘敦质卒于贞元二十年（804年），此诗表达了对友人的悼念之情，"愚者多贵寿，贤者独贱迍"，可谓意味深长。

嘉庆坊位于长夏门之东第三街，从南向北数第一坊，遗址大致在今洛龙区安乐镇狮子桥村。嘉庆坊的李树闻名遐迩，嘉庆李成为一时名品，《演繁露》引韦述《两京记》云："东都嘉庆坊内有李树，其实甘鲜，为京城之美，故称嘉庆李。"④ 五代尉迟偓《中朝故事》"旧说"条记载："乾符中，僖皇在蜀。洞庭柑橘、东都嘉庆李、睦仁柿，亦味醋而涩。"⑤ 东都嘉庆李名噪一时，白居易《和万州杨使君四绝句·嘉庆李》云："东都绿李万州栽，君手封题我

---

① （唐）刘禹锡著，卞孝萱校订：《刘禹锡集》卷三十二，中华书局1990年版，第450—451页。

② （唐）元稹撰，谢永芳编著：《元稹诗全集　汇校汇注汇评》丁编《律诗》，崇文书局2016年版，第329页。

③ （唐）白居易著，谢思炜校注：《白居易诗集校注》卷一，中华书局2017年版，第39页。

④ （清）徐松撰，李健超增订：《增订唐两京城坊考》卷五《东京·外郭城》，三秦出版社2006年版，第347页。

⑤ 上海古籍出版社编：《唐五代笔记小说大观》下册，上海古籍出版社2000年版，第1784页。

手开。把得欲尝先怅望，与渠同别故乡来。”① 东都的嘉庆李受到了诗人的赞美。

陶化坊位于长夏门之东第二街，从南向北数第三坊，遗址区大致处在今洛龙区安乐镇栖霞宫村和军屯村，校书郎吕炅有宅于此。吕炅是今河南偃师人，贞元十九年（803 年）举博学宏词科，因排行老二，又称吕二。元和四年（809 年），元稹在洛阳偶然遇到了吕炅，不胜感慨，作《赠吕二校书》云：

同年同拜校书郎，触处潜行烂漫狂。
共占花园争赵辟，竞添钱贯定秋娘。
七年浮世皆经眼，八月闲宵忽并床。
语到欲明欢又泣，傍人相笑两相伤。②

诗题下自注曰：“与吕校书同年科第，后为别七年，元和己丑岁八月，偶于陶化坊会宿。”元稹和吕炅都曾任职校书郎，两人私交甚好，七年不见后相逢于洛阳吕二私宅，同床话旧，悲喜交加，不觉天亮。白居易与两人同年，交往频繁，作有酬和诗《和元九与吕二同宿话旧感赠》云：“见君新赠吕君诗，忆得同年行乐时。争入杏园齐马首，潜过柳曲斗蛾眉。八人云散俱游宦，七度花开尽别离。闻道秋娘犹且在，至今时复问微之。”③ 回忆往日情谊，不胜感怀。

慈惠坊位于长夏门之东第二街，从南向北数第七坊，坊北即洛水横堤，遗址区现已为今洛河占压，内有开元名相姚崇宅。诗人孟浩然曾客居洛阳，作《姚开府山池》云：

主人新邸第，相国旧池台。馆是招贤辟，楼因教舞开。
轩车人已散，箫管凤初来。今日龙门下，谁知文举才。④

---

① （唐）白居易著，谢思炜校注：《白居易诗集校注》卷十八，中华书局 2017 年版，第 1454 页。

② （唐）元稹撰，谢永芳编著：《元稹诗全集　汇校汇注汇评》丁编《律诗》，崇文书局 2016 年版，第 350 页。

③ （唐）白居易著，谢思炜校注：《白居易诗集校注》卷十四，中华书局 2017 年版，第 1112 页。

④ （唐）孟浩然著，佟培基笺注：《孟浩然诗集笺注》卷下，上海古籍出版社 2013 年版，第 483 页。

姚开府即姚崇，本名元崇，陕州硖石人，玄宗时迁紫微令，开元四年（716年），授开府仪同三司，姚崇宅邸有一山池，后为金仙公主所居，所以首联云“主人新邸第，相国旧池台”，一新一旧物是人非，中间两联云当年招贤的轩车已无踪迹，今日歌舞楼台已换新人，尾联感慨自己无人赏识，不得升腾。诗人以宅第的人事变迁，象征洛阳都城的盛衰，殊有况味。

永丰坊位于长夏门之东第一街，从南向北数第三坊，遗址区在今洛龙区安乐镇郑村和栖霞宫村，坊内西南角荒园中有一株垂柳，富于姿色，因为白居易的题写而出名，留下了“永丰柳”的传奇，原因和经过极有想象色彩和故事性。白居易有艺伎樊素和小蛮，《全唐诗话》卷二《白居易》记载：

> 樊素善歌，小蛮善舞，乐天赋诗有曰：“樱桃樊素口，杨柳小蛮腰。”至于高年，又赋诗曰：“失尽白头伴，长成红粉娃。”因为《杨柳词》以托意云：“一树春风万万枝，嫩于金色软于丝。永丰东角荒园里，尽日无人属阿谁。”及宣宗朝，国乐唱是词，帝问永丰在何处？左右具以对，遂因命取永丰柳两枝，植于禁中。自感上知，又为诗云：“一树衰残委泥土，双枝移种植天庭。定知此后天文里，柳宿光中见两星。”洛下文士无不继作。韩常侍琮时为留守，亦有诗和云：“折柳歌中得翠条，远移金殿种青霄。上阳宫女吞声送，不分先归舞细腰。”卢贞和云：“一树依依在永丰，两枝飞去杳无踪。玉皇曾采人间曲，应逐歌声入九重。”示意也。①

会昌二年（842年），白居易以刑部尚书致仕，因为喜欢樊素和小蛮，于是借《杨柳词》抒发人生苦短，感慨身世遭际，不料诗曲传唱至长安，大受追捧，演绎出了一段“永丰柳”的故事。会昌五年（845年），白居易作《永丰坊西南角园中有垂柳一株，柔条极茂，白尚书曾赋诗传入乐府，遍流京都，近有诏旨取两枝植于禁苑，乃知一顾增十倍之价非虚言也。因此偶成绝句，非敢

① （宋）尤袤：《全唐诗话》卷二《白居易》，中华书局1985年版，第44页。

继和前篇》，抒发感慨。《白尚书篇云》："一树春风千万枝，嫩于金色软于丝。永丰西角荒园里，尽日无人属阿谁。"《河南尹卢贞和》云："一树依依在永丰，两枝飞去杳无踪。玉皇曾采人间曲，应逐歌声入九重。"《刑部尚书致仕白居易和》云："一树衰残委泥土，双枝荣耀植天庭。定知玄象今春后，柳宿光中添两星。"① 诗中言"永丰柳"枝繁叶茂，柔嫩多姿，轻盈婀娜，生机无限，然却处于荒凉冷落之地，无人来顾惜，只能终日守寂寞。全诗景乐境哀，对比鲜明，写景和寓意完美融合，叹里坊寥落，寄慨遥深，很快就传唱到了京城，唐宣宗听说后宣旨下诏，令取两枝永丰柳来植于禁苑中。白居易感激皇上的知遇之恩，明言因感而发，不为妄语。当时担任东都留守的韩琮作《和白乐天诏取永丰柳植上苑，时为东都留守》（或作《柳》）云："折柳歌中得翠条，远移金殿种青霄。上阳宫女含声送，不忿先归舞细腰。"② "永丰柳"因此声名鹊起，不断为文人吟咏。

太子宾客杜氏宅第即在此坊，宋人计有功《唐诗纪事》记载蒋防作有《杜宾客永丰里新居》云："退迹依三迳，辞荣继二疏。圣情容解印，帝里许悬车。已去龙楼籍，犹分御廪储。风泉输耳目，松竹助玄虚。调护心常在，山林意有余。应嗤紫芝客，远就白云居。"③ 描写了杜宾客永丰里新居的优美环境，以及主人的心志情趣。

洛阳城郊在唐代诗人的眼里处处皆美景，因为诗人赋诗很多时候是兴之所至有感而发，不会去一一交代坐实其事，这正是诗歌具有超越时空共情审美特点的原因，能给人以无限遐想。生卒无考的张万顷凭一首《东溪待苏户曹不至》为人所知，诗云：

洛阳城东伊水西，千花万竹使人迷。

---

① （唐）白居易著，谢思炜校注：《白居易诗集校注》卷三十七，中华书局 2017 年版，第 2801—2803 页。

② 《全唐诗》（增订本）卷五百六十五，第 6609 页。

③ （宋）计有功著，王仲镛校笺：《唐诗纪事校笺》卷四十一《蒋防》，中华书局 2007 年版，第 1418 页。

台上柳枝临岸低，门前荷叶与桥齐。

日暮待君君不见，长风吹雨过青溪。①

此东溪位于洛阳城东伊水西，有千花万竹令人着迷。张万顷天宝六年（747年），曾在洛阳任河南府法曹，安禄山陷洛阳后被任伪河南尹，他在洛阳城东的河滨等候同僚好友苏户曹，等到日暮起风雨，也没有见人影。从诗中欢快的语气，清秀的民歌风韵来看，诗人甚是为苏户曹遗憾，因为他没有欣赏到千花万竹柳垂荷高的东溪美景。开元二十六（738 年）或二十七年（739 年），厌薄世俗的李颀来到洛阳，作《裴尹东溪别业》云：

公才廊庙器，官亚河南守。别墅临都门，惊湍激前后。

旧交与群众，十日一携手。幅巾望寒山，长啸对高柳。

清欢信可尚，散吏亦何有。岸雪清城阴，水光远林首。

闲观野人筏，或饮川上酒。幽云淡徘徊，白鹭飞左右。

庭竹垂卧内，村烟隔南阜。始知物外情，簪绂如刍狗。②

诗人借河南府尹裴宽的东溪别墅，抒写了对高人雅境生活的向往。别墅紧靠都门，四周溪流环绕，是休闲度假的好地方，可以休沐优游，可以举头望山，可以高歌长啸，自然面前重臣同于散吏，欣赏岸雪水光，观看河中放筏，或者河边饮酒作乐。淡云白鹭，竹影炊烟，瞬间领悟到了山林田园野趣的惬意舒适，在这里人与狗没有区别。城内城外，各有洞天。大和四年（830 年），白居易出游，《题平泉薛家雪堆庄》云：

怪石千年应自结，灵泉一带是谁开。

蹙为宛转青蛇项，喷作玲珑白雪堆。

赤日旱天长看雨，玄阴腊月亦闻雷。

① 《全唐诗》（增订本）卷二百〇二，第 2114 页。

② （唐）李颀著，刘宝和注：《李颀诗评注》卷一，山西教育出版社 1990 年版，第 93—95 页。

所嗟地去都门远，不得肩舁每日来。[①]

平泉位于洛阳城南，有伊水流过，适合营造园林山庄，薛家雪堆庄千年怪石奇异林立，泉水灵异曲折回旋，喷射玲珑望似雪，旱天能看雨，腊月响如雷，如果不是距离都门太远，真想天天都来看观览。白居易甚至在《斋居》云"明年官满后，拟买雪堆庄"[②]，打算买下雪堆庄，可见薛家雪堆庄具有典型性，代表了平泉一带别墅山庄的特色，反映了唐代此类建筑的审美情趣。贞元二、三年（786—787年）间，诗人张籍曾游历寓居洛阳。[③] 从王建《洛中张籍新居》可知，张籍的新居虽然僻静，但室陋德馨，深受同道喜爱。《洛中张籍新居》诗云："最是城中闲静处，更回门向寺前开。云山且喜重重见，亲故应须得得来。借倩学生排药合，留连处士乞松栽。自君移到无多日，墙上人名满绿苔。"[④] 张籍的新居是最安闲幽静的地方，门前有寺庙，远望见青山，亲朋好友特地来拜访，他到来后没多长时间，题名留姓的各类人物便不计其数，显示了诗人在诗坛上的盛名。

白居易《题洛中第宅》云："水竹谁家宅，门高占地宽。悬鱼挂青甃，行马护朱阑。春树笼烟暖，秋庭锁月寒。松胶黏琥珀，筠粉扑琅玕。试问池台主，当为将相官。终身不曾到，唯展宅图看。"洛阳城中王公贵族的高门大宅，何等富丽堂皇，可惜主人不曾来归，元人方回《瀛奎律髓》卷三十五《庭宇类》论曰："尾四句，尽贵人第宅终不能归之态。"[⑤] 又有《同诸客题于家公主旧宅》云："平阳旧宅少人游，应是游人到即愁。春谷鸟啼桃李院，络丝虫怨凤凰楼。台倾滑石犹残砌，帘断珍珠不满钩。闻道至今萧史在，髭须

---

① （唐）白居易著，谢思炜校注：《白居易诗集校注》卷二十八，中华书局2017年版，第2212页。

② （唐）白居易著，谢思炜校注：《白居易诗集校注》卷二十八，中华书局2017年版，第2228页。

③ 徐礼节著：《张籍王建诗歌研究》，黄山书社2015年版，第81—84页。

④ （唐）王建著，尹占华校注：《王建诗集校注》卷七，巴蜀书社2006年版，第302页。

⑤ （元）方回选评，李庆甲集评校点：《瀛奎律髓汇评》，上海古籍出版社1986年版，第1412页。

雪白向明州。”[1] 于家公主即唐宪宗之女永昌公主，下嫁给了于頔之子于季友。《新唐书》卷八十三云：“梁国惠康公主，始封普宁。帝特爱之。下嫁于季友。元和中，徙永昌。”[2] 白居易与友人面对于家公主旧宅的凋敝凄凉景象，油然而生凄怆之情，公主已亡，驸马已奔明州，令人徒生悲伤。《唐宋诗醇》卷二十六论曰：“写景秾丽，倍觉苍凉，一结黯然神伤，不堪卒读。”[3] 读后确实如此。大和八年（834 年），白居易作有《寄明州于驸马使君三绝句》云：“有花有酒有笙歌，其奈难逢亲故何。近海饶风春足雨，白须太守闷时多。平阳音乐随都尉，留滞三年在浙东。吴越声邪无法用，莫教偷入管弦中。何郎小妓歌喉好，严老呼为一串珠。海味腥咸损声气，听看犹得断肠无。”[4] 想象于驸马远离洛阳，听见新歌一定会思念旧人。白居易晚年常多感触，如《感旧》写怀云：“晦叔坟荒草已陈，梦得墓湿土犹新。微之捐馆将一纪，杓直归丘二十春。城中虽有故第宅，庭芜园废生荆榛。箧中亦有旧书札，纸穿字蠹成灰尘。平生定交取人窄，屈指相知唯五人。四人先去我在后，一枝蒲柳衰残身。岂无晚岁新相识，相识面亲心不亲。人生莫羡苦长命，命长感旧多悲辛。”[5] 题序交代：“故李侍郎杓直，长庆元年春薨。元相公微之，大和六年秋薨。崔常侍晦叔，大和七年夏薨。刘尚书梦得，会昌二年秋薨。四君子，予之执友也。二十年间，凋零共尽。唯予衰病，至今独存。因咏悲怀，题为《感旧》。”白居易的知己至交崔玄亮、刘禹锡、元稹、李建都作古后，他每每面对旧宅荒园思念不已，为了纪念，兴诸歌咏。正是无数诗人的吟咏歌唱，才使洛阳都城里坊的生活万象、各等人物、世事百态，得以窥见一斑，令人千古怀思。

---

① （唐）白居易著，谢思炜校注：《白居易诗集校注》卷三十一，中华书局 2017 年版，第 2387 页。

② （宋）欧阳修、宋祁：《新唐书》卷八十三《宪宗十八女传》，中华书局 1975 年版，第 3667 页。

③ （清）乾隆御选，冉苒校点：《唐宋诗醇》，中国三峡出版社 1997 年版，第 549 页。

④ （唐）白居易著，谢思炜校注：《白居易诗集校注》卷三十二，中华书局 2017 年版，第 2432 页。

⑤ （唐）白居易著，谢思炜校注：《白居易诗集校注》卷三十六，中华书局 2017 年版，第 2743 页。

第三节　都市风流

生活在隋唐洛阳都城的万千大众人物，书写了历史的文化影像，上至王公大臣，下至黎民百姓，他们在诗人笔下以奇异的神采跃然纸上，一时走进皇宫大殿，一时穿行于坊里曲巷，来来往往熙熙攘攘，洒脱飘逸风流倜傥，创造了都市丰富多彩的日常图景。

京洛多佳丽，诗人笔下的洛阳美人娇柔艳丽，堪比洛水女神。骆宾王《咏美人在天津桥》云：

美女出东邻，容与上天津。
整衣香满路，移步襪生尘。
水下看妆影，眉头画月新。
寄言曹子建，箇是洛川神。①

天津桥横跨洛河之上，风流俊俏的洛阳美人从容悠闲地走在桥上，所经之处清香满路，身轻如飘，对水装扮，画眉似月，简直就是曹植《洛神赋》中的洛水女神。武元衡《赠佳人》云：“步摇金翠玉搔头，倾国倾城胜莫愁。若逞仙姿游洛浦，定知神女谢风流。”② 洛城美女装饰华丽，柔姿赛若神仙。又有《代佳人赠张郎中》云：“洛阳佳丽本神仙，冰雪颜容桃李年。心爱阮郎留不住，独将珠泪湿红铅。”③ 也将佳人比拟洛神仙女，突出了洛阳美人丰姿绰约的神韵。杜牧《书情》则直接把洛阳美人称为洛神，诗云：“谁家洛浦神，十四五来人？媚发轻垂额，香衫软着身。摘莲红袖湿，窥渌翠蛾频。飞鹊徒来往，平阳公主亲。”④ 十四五岁的洛阳女儿，服饰得体，举手投足都惹人怜爱。

---

① （唐）骆宾王著，（清）陈熙晋笺注：《骆临海集笺注》卷二，上海古籍出版社 1985 年版，第 65 页。

② 《全唐诗》（增订本）卷三百一十七，第 3570 页。

③ 《全唐诗》（增订本）卷三百一十七，第 3581 页。

④ （唐）杜牧著，陈允吉校点：《杜牧全集》别集，上海古籍出版社 1997 年版，第 225 页。

洛城美人拾翠的风俗，更是增添了都城女性的鲜活魅力，沈佺期《洛阳道》云：

九门开洛邑，双阙对河桥。

白日青春道，轩裳半下朝。

乘羊稚子看，拾翠美人娇。

行乐归恒晚，香尘扑地遥。①

拾翠是古代妇女独有的乐趣，每当春天来临，妇女们成群结队地外出采摘百草，以为娱乐。神都洛邑城开九门，城阙巍峨，雄伟壮观。城里中心大道上阳光灿烂，文武百官下朝乘车归府，牧童骑在羊背上悠然自得，洛阳女儿拾翠归来千娇百媚，生机盎然。

一位名叫真珠的洛阳美女给李贺留下了难忘的记忆，李贺用《洛姝真珠》描写她的美丽贤惠，起首云“真珠小娘下清廓，洛苑香风飞绰绰。寒鬓斜钗玉燕光，高楼唱月敲悬珰”，真珠犹如仙姬神女自天而降，轻盈绰约，解佩为节，对月吟唱。接着写她“兰风桂露洒幽翠，红弦袅云咽深思。花袍白马不归来，浓蛾叠柳香唇醉。金鹅屏风蜀山梦，鸾裾凤带行烟重，八骢笼晃脸差移，日丝繁散曛罗洞”，独守空房，弹筝排忧，哀怨所恋不归，一夜辗转反侧，慵懒梳洗打扮。结尾四句“市南曲陌无秋凉，楚腰卫鬓四时芳。玉喉窱窱排空光，牵云曳雪留陆郎”②，以得意歌妓媚态迎客，四季皆有赏者光临，反衬真珠之落寞。美女真珠娇柔窈窕，贞静自守，宁愿寂寞冷清，也不曲意奉迎，寄托了才子李贺的几多幽怨情怀。杨师道《初宵看婚》则反映了洛阳女儿婚嫁时的羞涩艳丽，楚楚动人，“洛城花烛动，戚里画新蛾。隐扇羞应惯，含情愁已多。轻啼湿红粉，微睇转横波。更笑巫山曲，空传暮雨过”③，

① （唐）沈佺期、宋之问著，陶敏、易淑琼校注：《沈佺期宋之问集校注》，《沈佺期集校注》卷四《诗》，中华书局2001年版，第228页。

② （唐）李贺著，（清）王琦注释，王步高、刘林辑校汇评：《李贺全集》诗之卷一，珠海出版社2002年版，第73页。

③ 《全唐诗》（增订本）卷三十四，第460页。

烛光里新娘娥眉婉转，情感缠绵，温柔娇羞，令人怜爱。刘希夷《代悲白头翁》云“洛阳城东桃李花，飞来飞去落谁家。洛阳女儿好颜色，坐见落花长叹息”，写出了洛阳女儿对时光流逝青春易去的惋惜之情，“年年岁岁花相似，岁岁年年人不同”①，时光催人老，怎能不惜时如金呢！白居易《长相思》云：

九月西风兴，月冷露华凝。思君秋夜长，一夜魂九升。
二月东风来，草坼花心开。思君春日迟，一日肠九回。
妾住洛桥北，君住洛桥南。十五即相识，今年二十三。
有如女萝草，生在松之侧。蔓短枝苦高，萦回上不得。
人言人有愿，愿至天必成。愿作远方兽，步步比肩行。
愿作深山木，枝枝连理生。②

洛阳女儿情意深长，情思深沉，痴心感人。张祜《横吹曲辞·捉搦歌》云：“门上关，墙上棘，窗中女子声唧唧。洛阳大道徒自直。女子心在婆舍侧，呜呜笼鸟触四隅。养男男娶妇，养女女嫁夫。阿婆六十翁七十，不知女子长日泣，从他嫁去无悒悒。”③ 表现了洛城女子的孝心，不忍离开年迈的双亲，宁可牺牲自己的婚姻。

洛阳乐女才艺非凡，表演风姿引人注目，大和八年（834 年），白居易在洛阳赋闲，作《杨柳枝二十韵》云：

小妓携桃叶，新歌蹋柳枝。妆成剪烛后，醉起拂衫时。
绣履娇行缓，花筵笑上迟。身轻委回雪，罗薄透凝脂。
笙引簧频暖，筝催柱数移。乐童翻怨调，才子与妍词。
便想人如树，先将发比丝。风条摇两带，烟叶贴双眉。
口动樱桃破，鬟低翡翠垂。枝柔腰袅娜，荑嫩手葳蕤。
唳鹤晴呼侣，哀猿夜叫儿。玉敲音历历，珠贯字累累。

① （唐）刘希夷著，陈文华注：《刘希夷诗注》，上海古籍出版社 1997 年版，第 37 页。
② （唐）白居易著，谢思炜校注：《白居易诗集校注》卷十二，中华书局 2017 年版，第 918 页。
③ 《全唐诗》（增订本）卷五百一十，第 5837 页。

袖为收声点，钗因赴节遗。重重遍头别，一一拍心知。

塞北愁攀折，江南苦别离。黄遮金谷岸，绿映杏园池。

春惜芳华好，秋怜颜色衰。取来歌里唱，胜向笛中吹。

曲罢那能别，情多不自持。缠头无别物，一首断肠诗。①

诗题下自序曰："《杨柳枝》，洛下新声也。洛之小妓，有善歌之者，词章音韵，听可动人，故赋之。"可见此杨柳枝诗是白居易依洛阳新声所作，为洛阳一位善歌的小妓而赋写，曲罢不忍离别，送作一首断肠诗。《杨柳枝二十韵》描写了洛中小妓的妆容、步态、开口、表演，以及曲罢的姿态神情等，《杨柳枝》歌声"唳鹤晴呼侣，哀猿夜叫儿。玉敲音历历，贯珠字累累"，清澈激越，激动人心。小妓人如树，发比丝，腰袅娜，手葳蕤，"风条摇两带，烟叶贴双眉"，整个人如杨柳般娇柔飘逸。奏乐的、制调的、写词的才子，都是歌伎演唱《杨柳枝》时不可或缺的组成部分，显现出都城歌酒宴舞的繁盛流行。本年白居易又有《山游示小妓》云：

双鬟垂未合，三十才过半。

本是绮罗人，今为山水伴。

春泉共挥弄，好树同攀玩。

笑容花底迷，酒思风前乱。

红凝舞袖急，黛惨歌声缓。

莫唱杨柳枝，无肠与君断。②

诗人戏言"莫唱杨柳枝，无肠与君断"，说明洛阳的《杨柳枝》新声极其优美动人，洛阳小妓在诗人笔下多才多艺，美丽可爱。

王諲的《夜坐看搊筝》展示了洛阳艺人的高超才能，诗云："调筝夜坐灯光里，却挂罗帷露纤指。朱弦一一声不同，玉柱连连影相似。不知何处学新

---

① （唐）白居易著，谢思炜校注：《白居易诗集校注》卷三十二，中华书局 2017 年版，第 2453 页。

② （唐）白居易著，谢思炜校注：《白居易诗集校注》卷二十九，中华书局 2017 年版，第 2269 页。

声，曲曲弹来未睹名。应是石家金谷里，流传未满洛阳城。”① 夜色帘幕中，艺人纤细的手指灵巧地拨动朱色琴弦，不知名的新曲飘荡在洛阳城。王湾（一作祖咏）《观挡筝》亦云：“虚室有秦筝，筝新月复清。弦多弄委曲，柱促语分明。晓怨凝繁手，春娇入曼声。近来唯此乐，传得美人情。”② 王湾和祖咏都是洛阳人，王湾曾任洛阳尉，《观挡筝》有可能是在洛阳。毕耀（杜甫集作曜）《情人玉清歌》（一作张南容诗）云：

洛阳有人名玉清（一作洛阳城中有一人名玉清），可怜玉清如其名。

善踏斜柯能独立，婵娟花艳无人及。

珠为裙，玉为缨。

临春风，吹玉笙。悠悠满天星。

黄金阁上晚妆成，云和曲中为曼声。

玉梯不得蹈，摇袂两盈盈。城头之日复何情。③

毕耀与杜甫相善，曾任监察御史，某次到洛阳巡查，遇到了玉清。乐妓玉清善吹玉笙，身穿珠裙，佩戴着香囊，盛装巧扮出台演奏，轻摇手袖节奏舒缓，斜柯独立表演杂技，形象轻盈可感。此诗可谓洛阳乐人艺术活动的写实资料，甚是可贵。

李白的《春夜洛城闻笛》和张仲素的《夜闻洛滨吹笙》，更反映了洛阳乐人的多种多样以及都城音乐氛围的异常浓厚。《春夜洛城闻笛》云：“谁家玉笛暗飞声？散入春风满洛城。此夜曲中闻《折柳》，何人不起故园情？”④ 唐玄宗开元二十三年（735 年），李白客居洛阳，春夜里，一阵动听的玉笛声，不知从谁家悄悄飞来，随着春风传遍了整个洛阳城。美妙的笛声充满感伤凄

① 《全唐诗》（增订本）卷一百四十五，第 1474 页。

② 《全唐诗》（增订本）卷一百一十五，第 1171 页。

③ 《全唐诗》（增订本）卷二百五十五，第 2857 页。

④ （唐）李白著，（清）王琦注，郁贤皓校注：《李太白全集校注》卷二十二，凤凰出版社 2015 年版，第 3249 页。

凉，诗人听出了其中《折杨柳》的伤离惜别意味，产生了强烈的思乡之情。洛阳城里名不见经传的艺人，用自己悠扬的笛声，勾起了无数羁旅行人的乡关情怀。不见其人只闻其声，音乐和诗歌相得益彰，成为经典示范。张仲素《夜闻洛滨吹笙》云：

王子千年后，笙音五夜闻。
逶迤绕清洛，断续下仙云。
泄泄飘难定，啾啾曲未分。
松风助幽律，波月动轻文。
凤管听何远，鸾声若在群。
暗空思羽盖，余气自氛氲。①

洛水之滨，五更时分，如仙人王子晋所吹一样的美妙笙音，回荡在林间水面，动人心弦。

洛阳都城贵族妇女的奢侈生活，在王维《洛阳女儿行》中有出色的描绘，诗云："洛阳女儿对门居，才可颜容十五余。良人玉勒乘骢马，侍女金盘脍鲤鱼。画阁朱楼尽相望，红桃绿柳垂檐向。罗帏送上七香车，宝扇迎归九华帐。"贵族女性起居饮食出行讲究奢华，婚礼场面铺排张扬。"狂夫富贵在青春，意气骄奢剧季伦。自怜碧玉亲教舞，不惜珊瑚持与人。春牕曙灭九微火，九微片片飞花瑱。戏罢曾无理曲时，妆成只是熏香坐"，贵妇所嫁所谓良人男子狂夫骄奢放纵，通宵达旦地享受欢娱，贵妇生活空虚。"城中相识尽繁华，日夜经过赵李家。谁怜越女颜如玉，贫贱江头自浣纱。"② 贵妇出入权门人家，春风得意，而贫贱人家的女子虽貌美却终日劳作，生活艰辛。通篇写尽了贵族女子的娇贵之态，讽刺其空虚无聊的骄奢生活。《洛阳女儿行》诗题下原注云"时年十六，一作十八"，是王维早年的得意之作，可谓绮丽博大，不事雕

① 《全唐诗》（增订本）卷三百六十七，第 4148 页。
② （唐）王维著，（清）赵殿成笺注：《王右丞集笺注》卷六《古诗》，上海古籍出版社 1998 年版，第 99 页。

绘而彩色自然。崔颢的《相和歌辞·相逢行》亦反映了皇亲贵戚家少妇的奢靡生活，诗云“妾年初二八，家住洛桥头。玉户临驰道，朱门近御沟”，言其住在豪门大宅。“使君何假问，夫婿大长秋。女弟新承宠，诸兄近拜侯”，言其妹妹在宫中得宠，丈夫、兄弟被封侯做官。“春生百子殿，花发五城楼。出入千门里，年年乐未休”①，言其生活无忧无虑，只知享乐，无所事事。刘元淑《妾薄命》云“谁家夫婿不从征，应是渔阳别有情。莫道红颜燕地少，家家还似洛阳城”②，埋怨征人移情别恋，以洛阳城作比，可见洛阳红颜之多。洛阳都城丽人如云，洛阳女儿美艳无比，穿戴奇异，形形色色，引人注目，使洛阳都城充满了市井气息和无穷活力。

东都男儿多豪爽，当然也不乏帅哥靓仔，储光羲《洛阳道五首献吕四郎中》第一首描写洛阳大道春天树绿花繁，“洛水春冰开，洛城春树绿。朝看大道上，落花乱马足”。第二首、第三首即写游侠爱宝剑，“剧孟不知名，千金买宝剑。出入平津邸，自言娇且艳”，“大道直如发，春日佳气多。五陵贵公子，双双鸣玉珂”，游侠公子骑马驰骋，奔走于洛阳都城。第四首“春风二月时，道傍柳堪把。上枝覆官阁，下枝覆车马”，描绘洛阳春柳。第五首显明立意，“洛水照千门，千门碧空里。少年不得志，走马游新市”③，无数的少年壮士，因为志向难酬，于是走马从军建立功业。追求建功立业是时人的共同价值取向，隐逸诗人孟浩然《同储十二洛阳道》亦云：“珠弹繁华子，金羁游侠人。酒酣白日暮，走马入红尘。”④ 公子游侠年少气盛，渴望成功，奔走于繁华闹市，乐此不疲。韦应物《答河南李士巽题香山寺》描写洛都少年游宦生活云：

洛都游宧日，少年携手行。

---

① 《全唐诗》（增订本）卷二十，第235页。

② 《全唐诗》（增订本）卷七百七十三，第8852页。

③ 《全唐诗》（增订本）卷一百三十九，第1417页。

④ （唐）孟浩然著，佟培基笺注：《孟浩然诗集笺注》卷中，上海古籍出版社2013年版，第224页。

投杯起芳席，总辔振华缨。

关塞有佳气，岩开伊水清。

攀林憩佛寺，登高望都城。①

游宦东都的少年，穿行于繁华大道，访客宴饮，漫游于水滨佛寺，充满了浪漫豪气。李白《洛阳陌》中的少年最是英俊潇洒，诗云："白玉谁家郎，回车渡天津。看花东陌上，惊动洛阳人。"② 洛阳陌是乐府旧题，陌即街道，《乐府诗集》卷二十三列于《横吹曲辞》，多写洛阳士女游乐之事。开元年间，李白游洛阳，遇到了一位贵公子"白玉郎"，此帅哥貌比潘岳，驾车过天津桥于东陌看花时，竟然惊动了全洛阳城的人都来围观，其洁白如玉的美貌程度便不难想象了。京洛少年风华正茂，踌躇满志，奔走于红尘都市，追求建功立业，显示了繁华都市的引人魅力。

刘希夷的《公子行》反映了都城贵公子游冶奢华的生活，诗云：

天津桥下阳春水，天津桥上繁华子。

马声回合青云外，人影动摇绿波里。

绿波荡漾玉为砂，青云离披锦作霞。

可怜杨柳伤心树，可怜桃李断肠花。

此日遨游邀美女，此时歌舞入娼家。

娼家美女郁金香，飞来飞去公子傍。

的的珠帘白日映，娥娥玉颜红粉妆。

花际裴回双蛱蝶，池边顾步两鸳鸯。

倾国倾城汉武帝，为云为雨楚襄王。

古来容光人所羡，况复今日遥相见。

① （唐）韦应物著，陶敏、王友胜校注：《韦应物集校注》卷五《酬答》，上海古籍出版社 1998 年版，第 349 页。

② （唐）李白著，（清）王琦注，郁贤皓校注：《李太白全集校注》卷四，凤凰出版社 2015 年版，第 630 页。

愿作轻罗着细腰，愿为明镜分娇面。

与君相向转相亲，与君双栖共一身。

愿作贞松千岁古，谁论芳槿一朝新。

百年同谢西山日，千秋万古北邙尘。①

皇城正南门外洛水上的天津浮桥，是洛阳城的中心繁华地段，贵族公子来此寻花问柳。唐汝询《唐诗解》曰："此讥公子之荒于色也。言公子乘春出游，骑从鲜明，景物灿烂，因感花柳而念切倡家。于是邀美女而留宿焉。斯时也，日映珠帘，明妆如玉，得公子而成蛱蝶，鸳鸯之嘉耦矣。因思汉武慕倾城之容，楚襄有朝云之梦，皆未亲睹而倾心羡之。今我既见此人，可不亲密之哉？愿为轻罗、明镜以相依耳。是以恩情日厚，永好相期，生同游，死同穴。北邙西日，义无独存，约誓之言也。"② 诗的结尾历来有不同说法，沈德潜《唐诗别裁集》认为是："公子惑于声色，而娼家以诳语答之，犹所云同生同死也。绝不说破其诳，令人于言外思之。"③ 今人也有人认为诗的通篇是纯情的，是歌颂青春爱情的美好，三十句的歌行可分为三个层次，从出游赏景，到得遇所爱，最后结成佳偶，双方互表忠贞。姑且亦为一说吧。洛城坊间也有公子恶少，佚名的《京洛语》云："衣裳好，仪貌恶。不姓许，即姓郝。"④ 从中可见出一些贵族公子的丑恶，诗题下注曰："许钦明与郝处俊乡党亲族，两家子弟类多丑陋，而盛饰车马以游里巷，京洛为之语曰。"兵部侍郎许钦明宅第在仁和坊，位于长夏门之东第一街，从南向北数第一坊，遗址大概位置在今洛龙区安乐镇郑村。

在担任洛阳要职的众多官员中，悯农诗人李绅最为刚直严厉，其《拜三川守》云：

---

① 《全唐诗》（增订本）卷八十二，第883页。

② （明）唐汝询选释，王振汉点校：《唐诗解》卷十一，河北大学出版社2001年版，第240页。

③ （清）沈德潜选编，刘福元等点校：《唐诗别裁集》卷五《七言古诗》，河北人民出版社1997年版，第69页。

④ 《全唐诗》（增订本）卷八百七十六，第9991页。

恭承宠诏临伊洛，静守朝章化比间。
风变市儿惊偃草，雨晴郊薮谬随车。
改张琴瑟移胶柱，止息笙篁辨鲁鱼。
唯有从容期一德，使齐文教奉皇居。①

诗前序文交代："开成元年三月二十五日，蒙恩除河南尹。四月六日，诏下洛阳。是月自春不雨，已逾六旬。此日谢恩，未诣公府，驰祷龙祠。止九日，大降膏泽，连霔浃日，时苗顿茂。又里巷比多恶少，皆免（一作危）帽散衣，聚为群斗。或差肩追绕击大毬，里言谓之打棍谙论，士庶苦之，车马逢者不敢前，都城为患日久。诏下之日，此辈皆失所在，却归负贩之业，闾里间无复前患。"开成元年（836年）三月二十五日，李绅被任命为河南尹，四月六日，来到洛阳就职。适逢天旱，入春以后不下雨超过两个多月，没有进入衙门办公，直接骑马飞奔龙王庙，祈祷求雨，连续九天后，大雨喜降，下了长达十天，快旱死了的庄家苗又重新变得青绿起来。当时洛阳里巷的地痞无赖，经常衣冠不整，聚众斗殴，挥舞木杆在街上玩击球，市民百姓敢怒不敢言，听说李绅上任后，皆纷纷改邪归正，不再为患。《拜三川守》表现了他上任后的果敢举措，在黄河、洛水和伊水三川流过的洛阳，他严守规则教化闾里，施行道德教育取得了成效。他认为为政的法度要随机应变，因地制宜，就像调整琴瑟的弦柱达到音调谐和一样，改变民风要从文教开始，使礼乐法度深入人心。李绅的这些为政之道，至今仍有借鉴意义。洛阳丞韦应物以一首《任洛阳丞请告》的辞职诗，表明了自己不同流合污的决心。诗云：

方凿不受圆，直木不为轮。揆材各有用，反性生苦辛。
折腰非吾事，饮水非吾贫。休告卧空馆，养病绝嚣尘。
游鱼自成族，野鸟亦有群。家园杜陵下，千岁心氛氲。
天晴嵩山高，雪后河洛春。乔木犹未芳，百草日已新。

---

① 《全唐诗》（增订本）卷四百八十二，第5525页。

著书复何为，当去东皋耘。[①]

韦应物任洛阳丞应在代宗广德年间，诗人请求辞宫退隐实属一种反抗，也是事出有因。由于惩办不法军骑，诗人反而被讼于府衙，不公的处理令人愤激。诗人用方正的凿孔不容圆物，方直的木头不做车轮，宣称坚守耿直秉性，绝不违背本性折腰弄权，哪怕辞官回乡清心守静，做一个田夫野老。韦应物的高洁气节，正是传统士人的精神风骨，千古可堪为标榜。

都城是三教九流人物的汇集处，各色人等千人千面，杜牧的《洛中送冀处士东游》记载了一位独具个性的世外高人冀处士，诗云：

处士有儒术，走可挟车辀。坛宇宽帖帖，符彩高酋酋。
不爱事耕稼，不乐干王侯。四十余年中，超超为浪游。
元和五六岁，客于幽魏州。幽魏多壮士，意气相淹留。
刘济愿跪履，田兴请建筹。处士拱两手，笑之但掉头。
自此南走越，寻山入罗浮。愿学不死药，粗知其来由。
却于童顶上，萧萧玄发抽。我作八品吏，洛中如系囚。
忽遭冀处士，豁若登高楼。拂榻与之坐，十日语不休。
论今星璨璨，考古寒飕飕。治乱掘根本，蔓延相牵钩。
武事何骏壮，文理何优柔。颜回捧俎豆，项羽横戈矛。
祥云绕毛发，高浪开咽喉。但可感神鬼，安能为献酬。
好入天子梦，刻像来尔求。胡为去吴会，欲浮沧海舟。
赠以蜀马箠，副之胡罽裘。饯酒载三斗，东郊黄叶稠。
我感有泪下，君唱高歌酬。嵩山高万尺，洛水流千秋。
往事不可问，天地空悠悠。四百年炎汉，三十代宗周。
二三里遗堵，八九所高邱。人生一世内，何必多悲愁。

① （唐）韦应物著，陶敏、王友胜校注：《韦应物集校注》卷八《杂兴》，上海古籍出版社 1998 年版，第 491 页。

歌阕解携去，信非吾辈流。[1]

开成元年（836年），杜牧以监察御史分司东都居住洛阳，与冀处士一见如故，两人相谈甚欢，处士是不做官的士人，诗中从多个方面表现了冀处士兼有文武奇才的不凡形象和特征。冀处士虽有经邦济世的儒术才华，却能淡泊名利，处世潇洒飘逸，“不爱事耕稼，不乐干王侯。四十余年中，超超为浪游”，其学识极为丰富深刻，“论今星璨璨，考古寒飕飕。治乱掘根本，蔓延相牵钩”。诗人说自己“我作八品吏，洛中如系囚”，因此“忽遭冀处士，豁若登高楼。拂榻与之坐，十日语不休”，与他倾心交流，促膝相谈，在情投意合中表现了对出世的渴盼。诗中对洛水、嵩山、宗周、炎汉、自然、历史的描写，衬托出了冀处士人格形成的背景。冀处士兼具儒士、处士、纵横家于一身，可谓洛阳都城高人形象的代表。李德裕《访韦楚老不遇》云：“昔日征黄绮，余惭在凤池。今来招隐士，恨不见琼枝。”[2] 诗中的韦楚老字寿朋，长庆进士，为风韵高洁之隐士。宋人阮阅《诗话总龟前集》卷四十六《隐逸门》云韦楚：“居洛阳平康之南，与李卫公别第为邻，山水奇秀。楚风韵高洁，卫公当轴，荐为左拾遗，不起。后出镇，过平康往访之，楚游于山谷。卫公叹恨久之，题其门曰：‘昔日趣黄诏，余惭在凤池。今来招隐士，恨不见琼枝。’”[3] 李卫公是李德裕的别称，曾居宰相掌有实权，韦楚老为玉树琼枝的知名贤才，乐处山林，故意回避李德裕的拜访，显示了真正隐士的本色，也是一枚高人。许浑《白马寺不出院僧》歌颂了一位寺院僧人，诗云：

禅空心已寂，世路任多歧。
到院客长见，闭关人不知。
寺喧听讲绝，厨远送斋迟。

---

① （唐）杜牧撰，何锡光校注：《樊川文集校注》卷一，巴蜀书社2007年版，第84—86页。

② 《全唐诗》（增订本）卷四百七十五，第5448页。

③ （宋）阮阅编著，周本淳校点：《诗话总龟前集》卷四十六引《诗史》，人民文学出版社1987年版，第435页。

墙外洛阳道，东西无尽时。[①]

白马寺的这位僧人，四大皆空无所挂碍，任凭世事再繁华也不放在心上，客人经常来寺院，却不了解僧人需要闭关，其间不能参加任何活动，斋饭也不时被推迟耽搁，即使墙外的洛阳大道上车水马龙络绎不绝，也不能影响他的心思，因为他已目空一切。当时洛阳还能见到天竺僧人，陈羽《洛下赠彻公》云："天竺沙门洛下逢，请为同社笑相容。支颐忽望碧云里，心爱嵩山第几重。"[②] 诗人用素描的笔触，活画出了天竺沙门彻公的憨态。

洛阳帝都深厚的文化积淀孕育了一代又一代的文人才子，"洛阳才子"已经成为一个独具内涵的典故成语，特指如西汉鸿儒贾谊般精通百家，读书万卷，满腹经纶的洛阳英才。隋唐洛阳都城还有许多不可一一列举姓名的"洛阳才子"，"洛阳自古多才子，唯爱春风烂漫游"[③]，"长安重游侠，洛阳富才雄"[④]，洛阳才子已为历史公认，在文人士子笔下频频出现。如翁承赞云"洛阳才子多情思，横把金鞭约马头"[⑤]，王维既云"洛阳才子姑苏客，桂苑殊非故乡陌"[⑥]，又云"书生邹鲁客，才子洛阳人"[⑦]，孟浩然云"洛阳访才子，江岭作流人"[⑧]，包何云"南国佳人去不回，洛阳才子更须媒"[⑨]，戎昱云"独掩

---

① （唐）许浑撰，罗时进笺证：《丁卯集笺证》卷四，中华书局 2012 年版，第 219 页。

② 《全唐诗》（增订本）卷三百四十八，第 3906 页。

③ 《全唐诗》（增订本）卷四百七十四《徐凝〈和秋游洛阳〉》，第 5418 页。

④ （唐）卢照邻著，李云逸校注：《卢照邻集校注》卷一《结客少年场行》，中华书局 1998 年版，第 44 页。

⑤ 《全唐诗》（增订本）卷七百〇三《翁承赞〈柳〉》，第 8168 页。

⑥ （唐）王维著，（清）赵殿成笺注：《王右丞集笺注》卷六《古诗》，上海古籍出版社 1998 年版，第 102 页。

⑦ （唐）王维著，（清）赵殿成笺注：《王右丞集笺注》卷八《近体诗》，上海古籍出版社 1998 年版，第 149 页。

⑧ （唐）孟浩然著，佟培基笺注：《孟浩然诗集笺注》卷下《洛中访袁拾遗不遇》，上海古籍出版社 2013 年版，第 535 页。

⑨ 《全唐诗》（增订本）卷二百〇八《包何〈同阎伯均宿道士观有述〉》，第 2171 页。

衡门秋景闲，洛阳才子访柴关”①，褚载云“除却洛阳才子后，更谁封恨吊怀沙”②，张乔云“不把瑶华借风月，洛阳才子更何人”③，岑参云“洛阳才子能几人，明年桂枝是君得”④，于季子云“分明寄语长安道，莫教留滞洛阳才”⑤，韦庄云“洛阳城里春光好，洛阳才子他乡老”⑥，白居易云“洛中多君子，可以恣欢言”⑦。这些在洛阳生活和羁留的无数文人士子，彰显了洛阳自古多英贤的不争事实，“洛阳才子”无论走到何处，都是都城洛阳的骄傲。

① （唐）戎昱著，臧维熙注：《戎昱诗注》，《九日贾明府见访》，上海古籍出版社 1982 年版，第 68 页。

② 《全唐诗》（增订本）卷六百九十四《褚载〈句〉》，第 8064 页。

③ 《全唐诗》（增订本）卷六百三十九《张乔〈赠河南诗友〉》，第 7378 页。

④ （唐）岑参著，陈铁民、侯忠义校注，陈铁民修订：《岑参集校注》卷四《送韩巽入都觐省便赴举》，上海古籍出版社 2004 年版，第 347 页。

⑤ 《全唐诗》（增订本）卷八十《于季子〈早春洛阳答杜审言〉》，第 869 页。

⑥ （唐）韦庄著，聂安福笺注：《韦庄集笺注》浣花词《菩萨蛮・洛阳城里春光好》，上海古籍出版社 2002 年版，第 415 页。

⑦ （唐）白居易著，顾学颉校点：《白居易集》卷十二《中隐》，中华书局 1979 年版，第 490 页。

第二章　散文辞赋的雅颂

《册府元龟》卷十三《帝王部·都邑》云："《周礼》曰：'惟王建国，辨方正位，体国经野，以为民极。'《春秋传》曰：'有宗庙先君之主曰都。'《诗》不云乎：'京邑翼翼，四方是则。'"① 京师帝都作为王朝政治文化中心，历来是四方的典范，隋唐洛阳都城也不例外，彼时的洛阳具有深厚的文化底蕴、广阔的艺术空间以及丰富的市井风情，备受赋家瞩目，有关洛阳的散文辞赋既佳且繁，以别有的风韵书写了都市的雅致气象和风貌。

第一节　都洛为正殿堂天作

唐人李庾《东都赋》云："郏鄏之地，中居帝域。贤相圣营，龟符墨食。""九衢六陌，亦称河洛。始乎周卜……作唐东宅……若乃用洛为池，带河为沼。洞八门之会要，控二梁之夭娇。……既而天踵以正，地产以实。祯符所纪，嘉名不一。"古代国君择都最看重的不外乎"军事上固若金汤，经济上富甲天下，地形环境上山川秀丽，交通上四通八达"，而洛阳基本符合这些要求，加之"昔先王之经邑也，掩观九隩，靡地不营。土圭测景，不盈不缩。

① （宋）王钦若等编纂，周勋初等校订：《册府元龟》卷十三《帝王部·都邑》，凤凰出版社2006年版，第127页。

总风雨之所交，然后以建王城”，以及自夏以来建都洛阳的历史传统影响，因此形成了以都洛为正的赋赞文化。李庾进而酣畅淋漓地夸饰铺排了唐代洛阳的清明政治和繁盛景象，赞曰：“帝功既成，封禅礼行。显祖光宗，勒岱而祈嵩。我甸我郊，三圣之灵坛在焉。……监署惟三，卿曹亦九。台阁高闶，支驭东方。仍俾二官，别持宪纲。……郊圻作固，屯兵孟津。千里无烟，万夫狺狺。实兼武牢，以食济温。……礼乐所流，厥惟旧周。追鲁俗而为邻，化殷顽而作柔。异材挺擢，多士优游。原膴膴而耕溺，水濊濊而洗由。士得天爵，孝称行原。身行大节，里有旌门。以继前修，以垂后昆。”可谓国家大治，制度完备，礼乐风行，民人殷富，宛然一幅幸福祥和的优美图画。又极言洛都建筑形胜：“凿门导伊，两阜屏开。育仁颐智，堂奥庭隈。尔其左掖通东，右掖洞西。笼故地之铜驼，抱旧里之玉鸡。御沟接泒，苑树通堤。抗凤楼于内庭，矗端门于天街。上阳别宫，丹粉多状。鸳瓦鳞翠，虹梁叠壮。横延百堵，高量十丈。出地标图，临流写障。霄倚霞连，屹屹言言。翼太和而耸观，侧宾曜而疏轩。若蓬莱之真侣，瀛洲之列仙。”夸耀开元太平盛世：“开元太平，海波不惊。乃驾神都，东人夸荣。时则辚辚其车，殷殷其徒。行者不赍，衣食委衢。冠冕之夫，绮罗之妇。百室连歌，千筵接舞。高楼大观，陈宾宴侣。金堂玉户，丝哇管语。我道如尧，我税如貉。贫庾而稻，贱笥而裼。比屋相视，耻衣空帛。开场分肆，不列穄麦。同轨同文，昼呼夜欢。父怿子愉，去经即盘。既兆既亿，动动植植。无声之乐，熏然不息。”① 赋文句式整齐，音韵铿锵，气势充沛，观照周详，自然造成不同凡响的感觉，使唐代洛都的堂皇气势跃然纸上。

明堂是武皇的独创，是东都标志性建筑，为帝王宣明政教服务。刘允济的《明堂赋》和《万象明堂赋》，刻画了武则天于东都洛阳所建“万象神宫”的宏伟壮观。刘允济甚至因献《明堂赋》，被武后手诏褒美，拜著作郎，擢凤

① 《全唐文》卷七百四十，第 4507—4508 页。

阁舍人。赋云："于是览时则，徵月令。观百王，绥万姓。肆类之典攸集，郊禋之礼爰盛。衣冠肃于虔诚，礼乐崇于景令。三阳再启，百辟来朝。元纁雾集，旌旆云摇。湛恩毕被，元气斯调。罗九宾之玉帛，舞六代之咸韶。泽被翔泳，庆溢烟霄。穆穆焉，皇皇焉。粤自开辟，未有若斯之壮观者矣！焕乎王道，昭赍三才。远乎圣怀，周流九垓。鸿名齐于太昊，茂实光乎帝魁。浃群山于雨露，通庶品以风雷。盛矣美矣，皇哉唐哉！"① 赋中对唐代君王追求仁政和礼乐之治大加推崇，溢美之词显而易见。其《万象明堂赋》铺叙更加绮丽，颂扬之意越发突出。唐代明堂建制为历代之最，唐人尤其引为自豪，李白《明堂赋》（并序）美颂曰：

观夫明堂之宏壮也，则突兀曈昽，乍明乍蒙，大古元气之结空。巃嵸颓沓，若嵬若嶪，似天阊地门之开阖。尔乃划岩峉以岳立，郁穹崇而鸿纷。冠百王而垂勋，烛万象而腾文。豁惚恍以洞启，呼嵌岩而傍分。又比乎昆山之天柱，矗九霄而垂云。

夫其背泓黄河，垠濑清洛。太行却立，通谷前廓。远则标熊耳以作揭，豁龙门以开关。点翠彩于洪荒，洞清阴乎群山。及乎烟云卷舒，忽出乍没。岌嵩喷伊，倚日薄月。雷霆之所鼓荡，星斗之所伾扤。挐金龙之蟠蜿，挂天珠之碑矹。

近则万木森下，千宫对出。熠乎光碧之堂，炅乎琼华之室。锦烂霞驳，星错波沏。飒萧寥以飕飗，窅阴郁以栉密。含佳气之青葱，吐祥烟之郁律。

于是元元淡然，不知所在，若群云从龙，众水奔海，此真所谓我大君登明堂之政化也。②

李白于开元二十三年（735 年）前后游东都，以写实的手法恣肆铺排，描写了

① 《全唐文》卷一百六十四，第 1007 页。

② （唐）李白著，（清）王琦注，郁贤皓校注：《李太白全集校注》卷二十四，凤凰出版社 2015 年版，第 3419、3422、3432、3460 页。

唐代明堂的华丽壮观，幽深高俊，上依天象，下符地形，雄伟壮阔，外观锦绣灿烂，郁郁乎美哉！赋文最后歌颂君王的文治武功，教化垂成。王諲《明堂赋》突出明堂亮点云：“其藻画周设，雕刻具美。绮寮豁达以生风，重檐周流以藏晷。嵚崟崎巇，状昆岳含雾而插天衢；隆崇崥兀，若蓬莱驾鳌而涌海水。屹乎氤氲，孤标紫氛。璇题皓饰，金铺洞文。”[①] 不独状写宏大，而且极具细微工笔功夫。任华《明堂赋》概括明堂华丽曰：“实造化之难测，非翰墨之所详。”描写祭祀场景云：“吾君正冠冕，垂衣裳。佩玉玺，腰干将。猛簴列，崇牙张。百揆时序，万国来王。敦行尚年，既在南而近夏；贵仁亲族，乃居东而曰阳。中主尊于太室，西导德于总章。务兢兢之孝理，匪晏晏之乐康。然后知响明之位正，随时之教盛。因方备色，乘五运以顺行；选士养贤，崇四学而敷令。岂直若斯而已哉?”[②] 形象地赞美了君王的仁德教化之功。他认为“伊数君之余制，各殊途而并逸；虽信美于当年，是无取于今日”，对否定明堂的意见予以批判，力挺武则天革故鼎新的气派，略有新意。

于沼《明堂赋》描写明堂建筑及布政云：“宅中而起，继天而作。遥眂嵩、少，俯枕伊、洛。巍巍煌煌，厥高不可乎弥度。眂龙欃以蚴蟉，亘虹梁而各落。綷以绮藻，施以丹雘。四闼以四气而开，八窗以八风斯廓。祥风布影，对宝槛以交辉；皎日悬光，曜金床而璀错。于是陈三献之礼，臻九成之乐。申仪于辟雍，崇业于太学。甄古今之至理，议沿袭之踳驳。既而顺斗极，运天关。皇恩普矣，贵贱以颁。东门之外，以朝乎九国；南门之下，将享于八蛮。正德是宏，惠风斯布。”强调明堂的政治意义：“夫明堂者，明帝之德，体天为状。必资阐化以准程，岂独宏规而取壮?出庶物而咸仰，包宇宙而为量。惟先圣之是则，信百代之可尚。”[③] 可见唐人对明堂情有独钟的歌颂，实际上是对唐朝东都朝廷功业的礼赞。唐人封演《封氏闻见记》卷四《明

① 《全唐文》卷三百三十三，第 2006—2007 页。

② 《全唐文》卷三百七十六，第 2261 页。

③ 《全唐文》卷九百四十七，第 5804 页。

堂》云：

垂拱四年，则天于东都造明堂，为宗祀之所，高三百尺。又于明堂之侧，造天堂以侔佛像。大风摧倒，重营之。火灾延及，明堂并尽。

无何，又敕于其所复造明堂，侔于旧制。所铸九州鼎，置于明堂之下。当中豫州鼎高一丈八尺，受一千八百石。其余各依方面，并高一丈四尺，受一千二百石。都用铜五十六万七百一十二斤。

开元中，改明堂为听政殿，颇毁撤，而宏规不改。顶上金火珠迥出空外，望之赫然。省司试举人，作《明堂火珠诗》，进士崔曙诗最清拔。其诗曰："正位开重屋，陵空大火珠。夜来双月满，曙后一星孤。天净光微灭，烟生望若无。还知圣明代，国宝在神都。"

史贼入洛阳，登明堂，仰观栋宇，谓其徒曰："大好舍屋。"又指诸鼎曰："煮物料处亦大近。"洎残孽奔走，明堂与慈阁俱见焚烧。①

科举考试以《明堂火珠》为题目，崔曙所做夺冠，描绘了明堂顶部装饰物"火珠"的不同凡响。东都明堂所置九鼎皆有铭文，《全唐诗话》卷一《武后》记载："万岁通天元年，铸九鼎成，置于东都明堂之庭。后自制《曳鼎歌》，令曳鼎者唱和。开元二年，太子宾客薛谦光献《东都九鼎铭》，其《蔡州鼎铭》，武后所制。文曰：'牺农首出，轩昊应期。唐虞继踵，汤禹乘时。天下光宅，域内雍熙。上玄降灵，方建隆基。'紫薇令姚崇奏曰：'圣人启运，休兆必彰，请宣付史馆。'"②《蔡州鼎铭》是武后自制，明皇御名从"方建隆基"已现出兆示。

上阳宫是唐代洛阳东都王朝盛衰的实体见证，贾登《上阳宫赋》云："天子卜惟洛食，受于河图。开上阳之别馆，取大壮之规模。尔其则以三象，当乎四术。沓云构而承天，擎露盘而洗日。俯驰道而将半，临御沟而对出。疑海上之仙家，似河边之织室。昔者响明南面，十月游巡。既其避暑，亦以迎

① （唐）封演著，张耕注评：《封氏闻见记》，学苑出版社2001年版，第84页。

② （宋）尤袤：《全唐诗话》卷一《武后》，中华书局1985年版，第6页。

春。镂章霞布，环卫星陈。集诸侯则朝乎万国，张广乐则和乎千人。得横汾于即事，将燕镐而为邻。”起首说明缘起，勾画背景，纵笔渲染，继而描摹雄伟壮丽，铺陈天子巡游和诸侯朝觐的隆盛场面，最后感慨“大驾斯去，华宫不御。闭玉户而藏春，掩金台而罢曙。见芳草之空积，看桂花之独著。人多望幸之诚，地惜离宫之处。别有洛阳下客，东鲁余风。辞官北部，对问南宫”①，只剩下清寂一片，供人怀吊。谢观《上阳宫望幸赋》云“宫阙崇崇，萦带洛河之上，据临天地之中。俨百司以环拱，流百川兮会同”，“且夫中岳为内，四岳为藩。此则前控伊阙，右辟轘辕。乃文公立圭之地，是成王定鼎之原。宁劳百二之势，足居九五之尊。所以乾乾属望，恋恋何言”，雄伟壮丽的上阳宫，地位险要，天下至尊，“况复伊洛王畿，崤函近地。往复无劳人之役，逦迤有行宫之备。冀我王之临兮，示天下为家之意”②，作者说百姓盼望君王临幸，也是婉言希望自己能得到赏识。两篇赋文皆是勾勒上阳宫的宏伟瑰丽，渲染上阳宫的笙歌燕舞，从一个侧面歌颂了唐王朝在东都的辉煌建制。

第二节　山河拱戴景气自佳

洛阳周围山河拱戴，洛水如一条锦带穿越而过，尤其受民众喜爱。白居易《洛川晴望赋》铺写洛川秋日明丽的景色曰：“三川浩浩以奔流，双阙峨峨而屹立。飞梁径度，讶残虹之未消；翠瓦光凝，惊宿雨之犹湿。嘉三时之是务，观五谷之斯入。览涤场之在勤，知滞穗之见拾。及夫日色黯黯，寒光荧荧。远水澄碧，群山结青。山水隐映，花气氤冥。”水势汪洋浩大，河桥犹如飞虹，雨后翠瓦闪亮，收获季节五谷丰登，苍茫暮色中河面荧光闪烁，清澈碧绿，与远处的群山相互掩映，阵阵花香氤氲飘荡，给人以无限遐思。作者又遥望洛浦上阳宫云：“瞻上阳之宫阙兮，胜仙家之福庭。望中岳之林岭兮，

① 《全唐文》卷四百，第2422页。

② 《全唐文》卷七百五十八，第4635页。

似天台之翠屏。宜其回銮舆兮检玉牒，朝千官兮御百灵。使西宾之夸少弭，东人之思攸宁。不亦盛哉！”① 上阳宫美如仙境，嵩山峻岭青翠似屏风，君主威严朝政肃然，人民安居乐业。诗人眺望洛水，但见洛城风景宜人，世间歌舞升平，禁不住挥毫吟诵发为叹咏。

为了歌功颂德，辞赋作者有时还会附会天象来婉曲赞誉王朝昌盛太平，一如李庾《东都赋》所云“表贤则河水变清，瑞圣则洛图屡出”，于是唐人往往借黄河洛水的变化来美誉当朝。吕温《河出荣光赋》是唐代“河出荣光”类题材辞赋的代表作，赋云：

> 当其布德惟新，储庆兹始。浊色既变，荣光乃起。乍若烛龙喷焰，上腾钟岭之云；又似阳乌回翔，下落咸池之水。增华一代，振耀千祀。信能陵晏海而比崇，蔑浴日而专美。时则纤埃不惊，和风充盈。大野初霁，圆灵始清。皎且洁兮，孤明不杂；焕其炳兮，五色斯呈。祥烟敛彩，瑞日韬晶。掩轻云而旁属，拂薰风而上征。百辟具瞻，孰云其相照？一人乃眷，自合于皇明。庶品昭苏，众幽光被。大哉有国之庆！赫兮为君之瑞！②

作者描摹“河出荣光”的壮观形态，以之为吉祥征兆，彰显当朝帝王顺天应民的太平世道。郑宗哲的《温洛赋》则就洛水转温借题发挥，吟咏感叹天子之盛德。赋云：“惟上天降厥瑞，瑞著于川。惟君人临厥圣，圣通于天。由盛德之应矣，化清洛之温然。”诚如《易乾凿度》所云“王者有盛德之应，则洛水先温”。那洛水“其外也皎兮如镜，其中也煦然如春。夏虫不疑，失轻冰于曲渚；秋鸿欲去，恋微暖于通津”。“就其深则酌之不竭，变其性乃即之也温。状真宰为炉于其底，意邹子吹律于其源。”③ 笔触形象生动地写出了洛水之温的皎洁情趣，想象比拟信手拈来，颇富感染力，喜悦之情溢于言表。全赋虽

① （唐）白居易著，顾学颉校点：《白居易集》卷十二，中华书局1979年版，第1538—1539页。
② 《全唐文》卷六百二十五，第3726页。
③ 《全唐文》卷九百五十八，第5880页。

云符瑞，却不流俗，徵典佐切，比拟精工。此类赋文的庙堂文学性质，决定了它的政治功能和歌功颂德维护王道皇权本能，赋家们以政治为中心审视洛都，通过各个不同层面的书写，完成了对王朝政治礼教制度等的全面礼赞。

新潭是唐代洛阳城重要的漕运码头，《旧唐书》卷四十九《食货志》云："大足元年六月，于东都立德坊南穿新潭，安置诸州租船。"① 新潭位于北市立德坊的南面，泄城渠、泻口渠、漕渠于此交汇，是隋唐大运河漕运系统的中转枢纽，王泠然和张环的《新潭赋》再现了新潭曾经的繁荣景象。王泠然《新潭赋》云：

> 国之天府，名曰河南，水有清洛，涨乎新潭。夫其贯都成川，习坎为德，石门呀豁而洞泻，绿树逶迤而夹植。源自山来，漕因人力。或清浅而见底，或深沈而莫测。奔狭口以雷声，积中心而黛色。若乃方将暮春，大集都人。锦筵横石，罗幕藉尘。骑影攒临，变作桃花之浪；衣香乱入，翻为莲叶之津。由其地势多美，所以潭名永新。观其城阙映带，闾阎萦绕。半向石崇之园，斜经潘岳之沼。星月沈浮乎其内，烟云洗沸乎其表。不生芰荷，但聚鱼鸟。通舳舰之利，于国既多。开浸灌之功，与人非少。自记从调，恒来此游。朝林坐而疑夕，夏潭行而觉秋。清可照人，实欣逢于朗镜；虚宣受物，伫相引于仙舟。带洛常耻，临淄更羞。况获忝乎于派，终敢希乎下流。②

元人辛文房《唐才子传》云王泠然："山东人，开元五年裴耀卿下进士。授将侍郎、守太子校书郎。工文赋诗，气质豪爽，当言无所回忌。乃卓荦奇才，济世之器。惜其不大显而终。"③ 王泠然文章有名人有才，可惜遭遇不爽，这也是唐代许多文人的共性，这篇小赋语言晓畅如话，写景绘物清新别致，读

① （五代）刘昫等：《旧唐书》卷四十九《食货志下》，中华书局 1975 年版，第 2113 页。
② 《全唐文》卷二百九十四，第 1773 页。
③ （元）辛文房著，傅璇琮主编：《唐才子传校笺》第一册卷一，中华书局 1987 年版，第 180—184 页。

起来情趣盎然。新潭由洛水涨溢而成，树绿水黛深深浅浅，轰鸣如雷。暮春时节桃艳菏香，丝竹宴饮游人如织。作者来洛常游新潭，清晨坐于此恍惚如傍晚，夏天行于此好似秋日般凉爽。新潭不仅能满足人们赏景的需要，而且还有交通灌溉之利的实用价值，着实可爱。

张环是开元年间的进士，官至侍御史，其《新潭赋》云"惟国之左，当河之南。分逶迤之旧洛，涨浩漾之新潭"，在都城的东面，黄河的南边，新潭由洛水而出。"观其沙石中映，鱼龙内涵。泛危槎而独隐，纷众水以相参。原夫引派潜回，疏源洞出。淙石门以雷注，透金塘而箭疾"，鱼游沙中，舟泛水上，蜿蜒流出，迅疾如雷鸣。"暝浮天汉之云，书洗嵎夷之日。虽习坎之为常，乃流谦而不溢"，攀行悬崖峭壁上，顺从地势而流下。"若夫正月登晦，韶风报春。花明上巳，柳暗长津。出金埒之游骑，下琼楼之美人。爱清流之亹亹，走香驾以辚辚。乐此幽胜，禊乎阳滨。竭主第之罗幕，尽侯家之锦茵。窥浴鸟之呼伴，见飞鱼之触纶。既灵长于上国，恒见美于斯辰"，每到春日，游人来此赏景祭祀，其乐也融融。"若夫黛色冲融，清光晶了。绿苔一点，疑濯发于江波；青杨四周，若连帷于汉沼。湛珠彩于星夜，流镜华于月晓。苟形影之可观，乃妍媸而必表"，四周水清苔绿，翠树如幕，澄光照镜，美丑可辨。"岁苍茫兮寒气升，潭皎洁兮生坚冰。比玉卮而逾净，对琼华而更凝。犹不若镜室之为朗，铨台之可称。庶狂愚之可鉴，知简要而相承"①，寒冬来临，潭水结冰，胜玉赛琼。王泠然和张环两篇赋的内容基本相类，用语也有重复，后者还写到了冬天的冰雪情景，完整地呈现了新潭的四季之美和实用便利。

洛城之南的龙门山色云气自佳，游龙门是洛阳人的一大爱好，河南县尉卢竧的《龙门赋》描写了人们清明游龙门的情景，首写龙门位置，"国门门南二十里，双阙峨峨夹伊水。不论形胜接皇居，远泽灵仙亦飞拟"。继写游人王公士女，"洛阳士女重清明，闻向龙门更着情。铁关金锁在开钥，宝马香车透

① 《全唐文》卷三百五十二，第 2114 页。

出城。城中歌舞纷相乱，侠客骄矜仙结伴。晻暧前惊上路尘，崩腾角赴长津岸”，骑马乘车相结伴，闹闹嚷嚷出城去。“谷谷山山遍胜游，红红绿绿采芳舟。车上绮罗遥水面，船中鼓笛应山头。山头极目无穷已，咫尺分明见城里。南瞻草树塞野春，北望楼台半天起。赤县英寮爱水嬉，清流鼓棹弄河湄。妙管繁弦听旧曲，花笺彩笔赋新诗。弱柳偏宜骄舞态，芳梅并入艳歌词。贪游恋赏嫌舟疾，惜景怜春诉酒迟。王子晋，浮丘伯，昔日伊川迎羽客，曷若今晨宴芳陌。李元礼，郭林宗，昔时洛水泛仙，何如今日会禅宫。石为龛，金为像，半隐半现遥相望。下有水，上有山，一登一弄不能还。莫怪河边马蹀躞，都由树里鸟关关”，众人在龙门登山临水，纵情游玩，恣肆欢乐。“严城黯黯映相催，车骑纷纷尽欲回。隐隐山河拔地出，雄雄钟鼓自天来。来辞绿水泛红尘，朱颜酡兮骄上春。踏锦筵，坼绮幕，绿野醺兮怅余乐。归骑遥排定鼎门，看人半在香山阁。香山阁上彩云飞，彩阁香山望转微。嫩柳高花随意摘，金鞍绣毂当头归。可怜寒食风光好，光景不留人渐老。勿谓行乐长若思，盛衰恰似河边草”①，傍晚日暮，游人归还，深长慨叹人生苦短盛衰无常，有曲尽其致之妙。

第三节　集会宴饮慷慨诵咏

宴会赋诗是唐人的一道风景，睿宗文明元年（684 年），天子在洛阳，陈子昂首次任职，被授予秘书省正字，太子司直宗秦客（武则天堂姐儿子）在金谷亭大宴宾客，酒过三巡，众人一起吟诵座上食物，陈子昂被命令作《麈尾赋》（并序），云：

甲申岁天子在洛阳，余始解褐，守麟台正字。太子司直宗秦客置酒金谷亭，大集宾客。酒酣共赋座上食物，命余为麈尾赋焉。

---

① 张锡厚录校：《敦煌赋汇》，江苏古籍出版社 1996 年版，第 278 页。

> 天之浩浩兮，物亦云云。性命变化兮，如丝之棼。或以神好正直，天盖默默；或以道恶彊梁，天亦茫茫。此仙都之灵兽，固何负而罹殃。始居幽山之薮，食乎丰草之乡。不害物以利已，每营道而同方。何忘情以委代，何代情之不忘。卒罘网以见逼，受庖割而罹伤。岂不以斯尾之有用，而杀身于此堂？为君雕俎之羞，厕君金盘之实。承主人之嘉庆，对象筵与宝瑟。虽信美于兹辰，讵同欢于畴昔。客有感而叹者。曰：命不可思，神亦难测。吉凶悔吝，未始有极。借如天道之用，莫神于龙。受戮为醢，不知其凶。王者之瑞，莫圣于麟。遇害于野，不知其仁。神既不能自智，圣亦不能自知。况林栖而谷走，及山鹿与野麋。古人有言，天地之心，其间无巧。冥之则顺，动之则夭。谅物情之不异我心，又何兢于猜矫。故曰天之神明，与物推移。不为事先，动而辄随。是以至人无已，圣人不知。予欲全身而远害，曾是浩然而顺斯。①

麈尾是一种道具，魏晋时期清谈家用来作为手执之物，至唐代仍在士大夫中流行，宋代以后逐渐失传。此麈尾指麈尾肉，清人王士禛《香祖笔记》卷二记载："今京师宴席，最重鹿尾，虽猩唇、驼峰，未足为比。然自唐已贵之，陈子昂《麈尾赋》云……若六朝已来，则以麈尾为谈柄耳，未闻充盘俎也。耶律楚材西域诗，亦以'鹿尾''驼蹄'作对。"② 古人以麈尾为器物，唐人以麈尾为盘中食，面对宴席上的麈尾，陈子昂联想到麈鹿的本性，活动在深山幽林，与世无争，奈何竟被宰杀，任人食用呢？进而借有客之语感叹人生命运难卜，祸福难料，又引老庄之语告诫自己，要全身远害，对麈鹿因尾肉鲜美而被害表示了深切的同情。相传麈是一种大鹿，麈与群鹿同行时，摇动麈尾可以指挥群鹿行走方向。文明元年（684 年）唐高宗驾崩于洛阳宫，"灵驾将西归，子昂乃献书阙下，时皇上以太后居摄，览其书而壮之，召见问状。

① （唐）陈子昂著，徐鹏校点：《陈子昂集》卷一，上海古籍出版社 2013 年版，第 1—2 页。
② （清）王士禛撰，湛之点校：《香祖笔记》，上海古籍出版社 1982 年版，第 41 页。

子昂貌寝寡援，然言王霸大略、君臣之际，甚慷慨焉。上壮其言而未深知也，乃敕曰：‘梓州人陈子昂，地籍英灵，文称伟曜，拜麟台正字。’时洛中传写其书，市肆闾巷，吟讽相属，乃至转相货鬻，飞驰远迩。”① 陈子昂才华横溢，上书给武则天受到赏识，谈论政事慷慨激切，在洛阳城被人们争相传颂。《麈尾赋》是陈子昂仅存的一篇赋文，尤其值得珍重。

都城名流常有宴会，参与者必赋诗作文，王勃的《秋日宴洛阳序》即是一次宴会后所作，序云“夫以东京胜地，南吕高秋，三涂镇而九派分，白露下而清风肃”，东京洛阳，古之胜地，八月秋季，白露时节，秋风萧瑟。“或出或处，人多朝野之欢；以嬉以游，时极登临之所”，有出仕的，有隐居的，人各乐其所乐，嬉戏游玩，不时登高远眺。“征衣流寓，切下走之蓬襟；解榻邀期，属上宾之桂席”，我客居他乡，身着征衣，相约友朋，参加这次聚会。“于是齐道实，款琴樽，倜傥论心，留连促膝。但有潘杨之密戚，得无管鲍之深知；簪组盛而车马喧，庭宇虚而管弦亮”，与会者谈时论道，伴乐畅饮，促膝谈心，倾诉衷肠，关系亲密如潘安仁和杨仲武，深知交心岂不如管仲与鲍叔？高官显贵的门庭宽阔热闹，往来车马喧叫管弦嘹亮。“近临铜陌，斜控银墟。菊照新花，泛轻香于远次；荷凋晚叶，翻翠影于长波”，此地临近繁华的铜驼街，傍依王宫花苑，菊花盛开，远近飘香；荷花却已凋谢，叶衰枝败，依旧在水中摇动着。“听瞩方穷，献酬逾洽。年忘小大，傲天地于平生；志混荣枯，得林泉之意气”，听乐观景结束后，开始敬酒酬答，不分年龄，傲视天地，希望一同盛衰。“愿长绳以系日，几近光阴；思短札以凌云，或陈歌咏。人采古韵，成者先呈”②，但愿时光永驻，寄托凌云之志，或作诗或赋文，莫不采用古韵，先完成的人先展示。王勃此序作于咸亨三年（672年）秋天，将宴会的时间、地点、人物、活动情况等都一一予以交代，抒发了自己身世遭际的诸多感慨，可谓序文中的精品。

① 《全唐文》卷二百三十八《卢藏用〈陈子昂别传〉》，第1435页。

② 《全唐文》卷一百八十一，第1103页。

送别设宴赋诗是古之传统，自《诗经》即有，韩愈的《送窦从事序》为送别窦平而作，起云“逾瓯闽而南，皆百越之地。于天文，其次星纪，其星牵牛。连山隔其阴，讵海敌其阳，是维岛居卉服之民，风气之殊，著自古昔。唐之有天下，号令之所加，无异于远近。民俗既迁，风气亦随。雪霜时降，疠疫不兴，濒海之饶，固加于初。是以人之之南海者，若东西州焉”，言广州虽是百越之地，距离遥远，但唐时已改旧俗，去广州已经很方便。“皇帝临天下二十有二年，诏工部侍郎赵植为广州刺史，尽牧南海之民。署从事扶风窦平”，贞元十七年（801 年），窦平应赵植邀请赴广州为幕僚。“平以文辞进。于其行也，其族人殿中侍御史牟，合东都交游之能文者二十有八人，赋诗以赠之”，窦平临行前，东都留守判官窦牟设宴祖饯，与东都友朋文人二十八人，一起赋诗赠行。“于是昌黎韩愈嘉赵南海之能得人，壮从事之答于知我，不惮行之远也；又乐贻周之爱其族叔父，能合文辞以宠荣之，作《送窦从事少府平序》”①。韩愈当时在东都洛阳休居，与窦平叔父窦牟相善，于是作序纪念。这种诗酒文会活动是文人群体交往的重要形式，也是一时送别风尚的表现，极有文献价值。独孤及《崔中丞城南池送徐侍郎还京序》也是一篇送别之序，代宗永泰元年（765 年），独孤及应召入长安行至洛阳时，恰遇崔中丞（崔昭）为徐侍郎（徐浩）归京饯行，其时与会的有十八人，莫不赋诗相赠，独孤及被推作序。起云徐侍郎“昔为河南督邮、河阳令，其解龟也，东人思其遗美。今出入夷险，历二十载而一来，厅树未老，佐吏半在，公位望章绶，辉光城邑，观者荣之”，言徐侍郎来洛阳受到欢迎。“而东都主人，亦以笾豆醆斝，徵会修好之不暇，凡萃止十有五日而去。去之日，主人叹瞻伫之莫及也，故又釃酒于此池”，洛阳友人热情款待，离开之日又于城南池设宴饯行。“池上有双彩舻，与竹斋对，布宾主位于樽之左右，而兰台、金闺、建礼、承明之英，十有八人，序列其次。池外有阙塞双岭，遥作外户，嵩高逶

① 《全唐文》卷五百五十五，第 3319 页。

迤，数峰当窗。伊洛春树，若刺绣布锦，仙桃火然，顾我则笑”，池上列坐有十八人，池外景色俊美。“于是游眺之不足，则举白以相劝，而狂歌送之。唱棹鸣榔，箫鼓陈乎其间。醉中疑三江五湖，去人不远，谓千虑万事，无非妄作，况少别可以兴怆乎？但驷马行尘，明日将远，登而无赋，谓樽酒何？宜歌而诗之，且以见追攀者之志”①，宴会上众人醉酒放歌，赋诗饯送，依依惜别。

第四节　郁乎文哉士子有节

洛阳城浓郁的文化氛围，养成了士子百姓的大义刚直风尚。唐代长安御史台在洛阳设有东都留台，赵煜《东都留台石柱记》颂扬了东都留台御史的美德。赋云：

> 天垂象，圣人则之。故星有执法，职有持宪，皆铁冠绣衣，直指不阿，俾在位者肃如也。日者天子在镐，庶官分守，于是乎有留台，所以上至中司，鹗峙都邑。夫洛阳有明堂辟雍，太仓武库，郊庙百祀，邦畿百域，有不如法，得举劾之。至若密网峻威，微文深诋，众所严惮，愈于京师。盖由临之者专也，奉之者一也。专则权有独断，一则政无多门，前达以之，立名于此。暨皇运中兴，与人休息。虽风移代变，烦简则殊；而举直错枉，典型犹在。殿中侍御史河东薛公，朝之望也。复修旧职，凛然生风，秦官汉仪，斯不替矣。乃篆石题记，使人不遗，聊纪于近，庶昭厥德。始自乾元岁，掌留务者，次而书之，以垂于后。大历八年月日记。②

据岑仲勉考证，作者赵煜为赵骅，《旧唐书》一作赵晔，开元二十三年（735年）进士及第，官至秘书少监。东都留台是“唐朝东都所置御史台，分司监

① 《全唐文》卷三百八十七，第2333页。
② 《全唐文》卷三百三十，第1991页。

察弹劾之事，置御史中丞一员、侍御史一员、殿中侍御史二员、监察御史三员。宪宗元和（806—820年）以后不置中丞，以侍御史、殿中侍御史、监察御史主留台务”①。从文中可知东都留台的职能范围不仅监察百官，也包括洛阳的明堂、辟雍、太仓、武库、郊庙百祀、邦畿百域，涵盖财政经济、武器装备以及礼仪祭祀，如有违法，皆可弹劾，权力还是很大的，所以官员们对东都留台的忌惮甚至超过京师西台，因为东都留台的权力更为专一集中。殿中侍御史河东薛公是众望所归，整治风气卓有成效，于是篆刻《石题记》，以传后世，起自乾元年，依次而记。东都留台的设置时间一般认为在开元以后，天宝十四载（755年），安禄山进犯东都洛阳，杀害了留台御史中丞卢奕，独孤及于是作《故御史中丞卢奕谥议》为之请谥，云：

卢奕刚毅而忠，直方而清，励精吏事，所居可纪。天宝十四载，洛阳陷没，于时东京人士，狼狈鹿骇，猛虎磨牙而争其肉，居位者皆欲保性命而完妻子。或先策高足，争脱羿彀；或不耻苟活，甘饮盗泉。奕独正身守位，蹈义不去，以死全节，誓不辱身。势窘力屈，以朝服就执，犹慷慨感愤，数贼枭獍之罪。观者股栗，奕不变其色，西向而辞君，然后受害。虽古烈士，方之者鲜矣。或曰：“洛阳之存亡，操兵者实任其咎，非执法吏所能抗。师败将奔，去之可也。委身寇仇，以死谁怼?”及以为不然。勇者御而忠者守，必社稷是卫，则生死以之。危而去之，是智免也，于忠何有？盖荀息杀身于晋，不食其言也；仲由结缨于卫，不避其难也；玄冥勤其官而水死，守位而忘躯也；伯姬待保姆而火死，先礼而后身也。彼四人者，死之日皆于事无补，夫岂爱死而贾祸也。以为死轻于义，故蹈义而捐生。古人书之，使事君者劝。然则禄山之乱，大于里克、孔悝；廉察之任，切于玄冥之官。分命所系，不啻保姆；逆党兵威，烈于水火。

① 吕宗力主编：《中国历代官制大辞典》（修订版），商务印书馆2015年版，第228页。

> 于斯时也，能与执干戈者同其戮力，挽之不来，推之不去，岂不以师可亏，义不可苟，身可杀，节不可夺。故全其操持于白刃之下，孰与夫怀安偷生者同其风哉？谨按谥法，图国忘身曰“贞”，秉德尊业曰“烈”。奕执宪戎马之间，志藩王室，可谓图国矣；国危不能救，而继之以死，可谓忘身矣；历官十一任，言必正事必果，而清节不挠，去之若始至，可谓秉德矣；先时黄门以直道佐时，奕嗣之以忠纯，可谓尊业矣。请谥曰“贞烈”。谨议。[①]

独孤及将卢奕在洛阳陷落后的英勇不屈，与居位者的贪生怕死苟且撞钟加以比较，排除诘难，列举先贤范例，结合谥号的命法，请求朝廷给予卢奕贞烈的谥号。从卢奕的表现来看，他为官清正，面对乱贼浩然无惧，不去设法逃脱求生，而是刚毅尽忠，死不辱身，实在是可歌可泣，无愧于贞烈谥号。唐人刘肃《大唐新语》卷五《节义第十》记载卢奕：禄山之难，御史中丞卢奕留司东都。禄山反，未至间，奕遣家属入京，誓以守死。贼至，奕朝服持印，坐厅事以见贼徒，谓曰：“为人臣，识忠与顺耳，使不为逆节，死无恨焉。”贼徒皆怆然改容，遂遇害。[②] 可见卢奕留守东都洛阳时，已经做好了以身殉职的准备，当时的东都洛阳已是岌岌可危，卢奕没有回天之术，卢奕的无奈实属事出有因。

推崇孝廉是传统举措，东都从善坊的孝子刘敦儒，年龄四十九，因为事母纯孝，被广为颂扬，“洛中谓之刘孝子”，元和年间曾经任职东都留守的权德舆上《奏孝子刘敦儒状》，赞曰：“名儒史官之家，积成教义，至性诚孝，感动人伦。”刘敦儒的曾祖刘知幾，字子玄，为唐代名儒，历任史官二十余年，著有《史通》，祖父刘贶，官太乐令，博通经史，是名副其实的史官之家。“母患风狂，心绪乖乱，无辜榜棰，常至僵仆，或冻于积雪之下，或曝于

---

① 《全唐文》卷三百八十六，第 2325—2326 页。

② （唐）刘肃等撰，恒鹤等校点：《大唐新语》（外五种），上海古籍出版社 2012 年版，第 46—47 页。

赫日之中，腐烂皲瘃，略无完体，见其楚毒，方肯饮食”。刘敦儒的母亲因为患有精神病，经常无缘无故地毒打他，棒打鞭抽直到跌倒半死，雪地冷冻烈日暴晒，甚至于体无完肤，看到他痛苦不堪，母亲才肯吃喝。每每这时，刘敦儒“苏而复起，常惧人知，承顺恬然，不觉疾痛。因心之道，贯于神明，欲盖弥彰，事久方著。蒸蒸不匮，十有六年”。刘敦儒苏醒过来后，还担心别人知道，表现出不怨不恨的平和神态。时间一长，人们就明察出了他的孝道修养，至今已经十六年了。“贞元二十年，留守韦夏卿具状奏闻。奉其年八月二十九日敕，宣付史馆，旌表门闾”。韦夏卿贞元二十年（804年）任东都留守时，已经详细上过奏章，当时太史馆奉敕表彰了他的家庭。“臣至洛都，具详事实，闻诸族类，布在风谣。今又十年，不改其养，饥寒所迫，衣食阙然，晨昏所奉，朝不继夕。伏以底禄筮仕，资荫多门，至行绝人，尤可嘉奖。伏望天恩特授一解褐京官，使分司就养，则私计可给，寸禄为荣。庶厚时风，以宏教理。伏乞圣慈，允臣所奏。谨录奏闻，伏候敕旨”①。如今我来到洛阳，仍然听到人们在传扬他的事迹，又是十年过去了，他依然如故侍奉赡养母亲，常常饥寒交迫，缺吃少穿，朝不保夕。像他这样品行超绝的人，确实应当表彰嘉奖，盼望陛下赏赐他一个虚官，用俸禄解决生计困难，也使他以此为荣，进而弘扬孝道，淳厚民风。从唐宪宗李纯所作《授刘敦儒兵曹参军分司东都制》来看，应该是解决了问题，制云：“孝子刘敦儒，生于儒门，禀此至性。王祥笃行，起孝敬而不移；曾参养志，积岁年而罔怠。用宏劝奖，宜服官常，分曹洛师，俾遂私志。可守左龙武军兵曹参军分司东都。”② 刘敦儒的至孝行为，受到了两任东都留守的推举，成为洛中孝道风尚的典范。翰林孙毂也是孝子，宋人王谠《唐语林》卷一《德行》记载：孙侍郎毂在翰林，父为太子詹事，分司东都。毂因春时游宴欢，忽念温凊，进状乞省觐。其词曰：“‘陟彼岵兮’，孰不瞻父？‘方寸乱矣’，何以事君？”自内廷径出。时皆称之。至

① 《全唐文》卷四百八十六，第2944页。

② 《全唐文》卷五十七，第376页。

华阴，拜河南尹。[1] 侍郎孙毂在春游欢宴之时，忽然想到高堂父母，已经久违侍奉之礼，便直接打报告引用古语说自己要回家探亲，不等批复就出发了。这份孝心和孝行得到了首肯和推崇，因而被朝廷授以河南尹。

诗人杜审言有孝子名杜并，刘肃《大唐新语》卷五《孝行第十一》记载："杜审言雅善五言，尤工书翰，恃才謇傲，为时辈所嫉。自洛阳县丞贬吉州司户，又与群寮不叶。司马周季重与员外司户郭若讷共构之，审言系狱，将因事杀之。审言子并，年十三，伺季重等酬宴，密怀刃以刺季重。季重中刃而死，并亦见害。季重临死，叹曰：'吾不知杜审言有孝子，郭若讷误我至此！'审言由是免官，归东都，自为祭文以祭并。士友咸哀并孝烈，苏颋为墓志，刘允济为祭文。则天召见审言，甚加叹异，累迁膳部员外。"[2] 杜审言是杜甫的祖父，擅长五言诗及书法，恃才正直，傲骄清高，因而被人嫉妒，从洛阳县县丞之位，被贬为吉州司户。到了吉州，仍不能与同僚搞好关系，被周季重和郭若讷陷害，以致进了监狱，关涉性命。杜审言的儿子杜并，当时不过十三岁，在宴会上伺机刺杀了周季重，自己也被杀害。周季重临死前叹息道："没有想到杜并如此至孝，郭若讷害死我了。"杜审言因此又回到了东都洛阳，亲自作祭文祭祀儿子，士林好友也都对杜并的忠孝刚烈赞叹不已，苏颋出面为他写了墓志铭，刘允济也为他作有祭文，连武则天也召见杜审言，对杜并称叹惊异有加。《大唐新语》卷五《孝行第十一》还记载了张审素两个儿子的孝行，云：

> 张审素为雟州都督，有告其赃者，敕监察杨汪按之。汪途中为审素之党所劫，对汪杀告事者。汪到益州，诬审素谋反，构成其罪，遂斩之，籍没其家。子琇与兄瑝年幼，徙岭外，后各逃归。汪后更名万顷，转殿中侍御史。开元二十三年，瑝、琇于东都候万顷，手刃之，系表于斧刃，言复仇之状，遂奔逃。行至汜水，为吏所得。

---

① （宋）王谠撰，周勋初校证：《唐语林校证》，中华书局 1987 年版，第 17 页。
② （唐）刘肃等撰，恒鹤等校点：《大唐新语》（外五种），上海古籍出版社 2012 年版，第 47 页。

> 时人皆矜琇等幼稚孝烈，能复父仇，多言合从矜恕。张九龄欲活之，裴曜卿、李林甫固言不可。玄宗以为然，顾谓九龄等曰：“复仇礼法所许，杀人亦格律具存。孝子之心，义不顾命；国家设法，焉得容此？杀人成复仇之志，赦之亏格律之道。然道路喧议，当须告示。”乃下诏曰：“张瑝兄弟同杀，推问款成，律有正条，俱合至死。近闻士庶颇有喧词，矜其为父报仇，或言本罪冤滥。但国家设法，事存久要，盖以济人，期于止杀。咎繇作士，法在必行；曾参杀人，亦不可恕。不能加以刑戮，肆诸市朝，宜付河南府告示决杀。”瑝、琇既死，士庶痛之，为作哀诔，榜于衢路。市人敛钱，于死处造义井。并葬于北邙，恐为万顷家人所发，作疑冢数所于其所。其为时人之所痛悼者如此。①

张审素担任雟州都督时，被人告发有贪污行为，监察御史杨汪奉命前往审察此事，途中被张审素同党劫持，又当着杨汪的面杀掉了告发人。杨汪到了雟州后，罗织张审素罪名，以谋反罪斩杀了他，抄没全部家产。张审素的儿子张瑝和张琇，因年幼被流放岭南，后逃了回来。此事之后，杨汪改名为杨万顷，任职殿中侍御史。开元二十三年（735 年），张瑝和张琇来到东都洛阳，等候杨万顷，寻机亲手杀死了他，然后在斧刃上绑上一篇表文，讲明了为父报仇的原委。两人逃命到汜水时，被官吏捕获。怎么处置这两个孩子，当时就起了争议。张九龄认可多数人说法，意欲怜悯宽恕，裴曜卿、李林甫等坚持治罪，玄宗也主张依法处理，不可宽恕。在道义和法律的冲突中，玄宗下诏明确告诉百姓，杀人复仇若不依照刑律处死，会损害法律公正，引起不良社会风气。张瑝和张琇兄弟被处死后，士子庶民写作祭文张贴在大街路口，予以哀悼。商人们为之建造义井，合葬于北邙山上，为了防止杨万顷家人挖掘，还在墓地周边修建了多座假坟。张氏兄弟的死活实际上反映了朝廷上层

① （唐）刘肃等撰，恒鹤等校点：《大唐新语》（外五种），上海古籍出版社 2012 年版，第 48 页。

官僚之间的矛盾纠葛，玄宗所言自有其考量。

洛阳城中不仅有孝子，还有贤女，沈亚之（字下贤）《表刘薰兰》云："刘薰兰者，洛阳中女子也，字嫣荪，故居家时名郑儿。元和九年，年十六，房叔豹来求弹弦者，其母以郑儿入焉。后以善笑得大悦，因更名薰兰。叔豹为人喜酒多废，薰兰勉之曰：'某以孙稚蒙君曲娱之爱，使得奉巾馔，诚不足以正非是。然而君之齿方壮，且又足给，幸疴恙无有，乃终日碌碌自堕，如即至力（阙。）旦暮将何以拔之？若终不更，则亲戚友朋，视君若某，皆貊之乎。'于是房叔豹蹶然自咎，遂取古籍《诗》、《书》并学之。是岁余罢陇西军，来舍房氏，始闻其语，因嘉之，遂为著篇以继劝。且古语有云：'女为悦己者容。'亦见其志也。如薰兰之能引媚其志，归于至理，岂不知贤女之为容。"① 洛阳女子刘薰兰，十六岁被她母亲送给房叔豹，跟随学习音乐歌舞技艺。房叔豹嗜酒无为，刘薰兰巧言相劝道：你正当壮年，不能自甘堕落，如野蛮之人令人不齿。房叔豹翻然悔悟，于是开始钻研古籍《诗经》《尚书》等，他的朋友沈下贤听说后，认为应该记录下来广泛宣扬，刘薰兰确实是个不同于一般的贤女子。沈下贤的朋友南卓，也深为刘薰兰的志气所打动，称赞她眼界见识非同寻常，作《题刘薰兰表后》云："余所善房叔豹，豹好色，得刘薰兰最为嬖，后即不复顾他色。始余与房晏言，薰必预，故余得周视薰兰所举。凡为言，虽尚才功柔戏以乐左右，而往往甚正。命独恨对薰兰，凝视之移晷刻，将有嘲述，卒不能云云，顾余才不足当语薰耳。十年冬，余友沈下贤抵豹居，下贤诚才，尤精为太史公言，一见其书，果能备薰善。时余贡于京师，豹与张孝标美善言文，并挑笑事，因录沈述采。余知薰之色，而待沈之才，才色两相宜耶。故复叙之，以系于沈左。"② 南卓赞美沈下贤的文采，夸赞他能为太史公司马迁言，正好可以记述刘薰兰的事迹，以便传之久远。

---

① 《全唐文》卷七百三十八，第4494—4495页。

② 《全唐文》附录《唐文拾遗》卷二十九，第6364页。

沈亚之还有一篇《歌者叶记》，记载洛阳金谷里一名叫叶的女子的故事，云：

唐贞元元年，洛阳金谷里有女子叶，学歌于柳巷之下，初与其曹十余人居，独叶歌无等。后为成都率家妓，及率死，复来长安中，而毂下声家闻其能，咸与会唱。次至叶当引弄，及举音，则弦工吹师皆失职自废。既罢，声党相谓约慎语，无令人得闻知。是时博陵大家子崔莒，贤而自患其室饶，乃曰："吾绿组初秩，宁宜厚畜以自封耶?"遂大置宾客，门下纵乐，与之遨游，极费无有所悋。他日，莒宴宾堂上，乐属因言曰："有新声叶者，歌无伦，请延之。"即乘小车诣莒。莒且酣，为一掷目作乐，乃合韵奏绿腰，俱瞩叶曰："幸终声。"叶起与歌一解，一坐尽眙。是日归莒，莒沉浮长安数十年，叶之价益露。然以莒能善人，而优曹亦归之，故卒得不贡声禁中。叶为人洁峭自处，虽谐者百态争笑于前，未尝换色。元和六年，莒从事岐公在朔方，时余往谒焉，会与公宾舍于邮，在莒邻，夜闻其歌，有一人坐泣甚悲，良久复悦，及卒声而悲悦再三。曰："孰为之？是欲吾不得自任耳。"明旦问其状，乃叶为也。后莒复从岐公来彭城，十年，余过其居，问叶安在？曰近逝矣。自赵璧、李元、冯世称为知音之尤，皆擅鼓弦，及为余言叶之歌，使其妙自备，则音属不知和矣。呜呼，岂韩娥之嗣与？惜其终莫有能继其声者，故余著之，欲其闻于后世云。①

洛阳金谷里叶女子的歌声妙绝后世，命运极具传奇色彩，是那个时代歌妓的普遍遭际。

唐宗室李约，字存博，号萧斋，贞元十五年（799年）任浙西节度从事，官至兵部员外郎，后弃官归隐。精通楷隶，收藏了很多书画，曾经以重金求

① 《全唐文》卷七百三十六，第4484页。

得南朝梁代萧子云的飞白大书“萧”字，放置于仁风里宅邸小亭，由此得号萧斋。张谂《萧斋记》特为此而作，文云：“萧字俱载舟还洛阳仁风里第，思所以尽其瞻玩藏置之宜，谓箱椟临视不时，又有缄启动摇之变，遂建精室，陷列于垣，复本书之意，得遥睹之美。寂对虚牖，势若飞惊。虽烟露交飞，龙鸾萦动，轻旆翻扬，微云卷舒，不能状也。李君以至行雅操，著名当时。逃遥道枢，脱落荣利，识洞物表，神交古人。而风致之余，特精楷隶；所得魏晋已降名书秘迹多矣。亦不越于尺素之间，未为殊情也。盖壁字奇踪，乃为希宝。意象所得，非常域也。故异而室之，文而志之。夫萧之为言也，切然而清；于文也，蔚然而整。宜乎铭壁，宜乎命斋。萧斋之名，与此字传矣。”① 萧子云字景乔，梁武帝时官至侍中、园子祭酒，书法师承钟繇、王羲之，擅长行书、草书和小篆。梁武帝建造寺庙，曾经命令萧子云飞白大书一“萧”字，后被画痴李约从江南购得，用船运回洛阳仁风里居宅，建室赏玩，又将书斋命为“萧斋”。崔备为之做《壁书飞白“萧”字记》云：

壁书“萧”字者，梁侍中萧子云之书也。韩晋公领浙西之岁，得于建邺佛寺，置之南徐官舍，函以屋壁，俯瞰坐隅。及晋公入赞庙谟，启于私第，朱方官吏，候其代者，完葺旧府，圬墁故堂。吏人以壁字昏蒙，方以垩帚涂上。时故殿中李侍御士举为部从事，以晋公翰墨，代无等俦，自获壁书，施榻于下，耽玩研味，略无已时。士举重焉，给而方得。及士举府除职停，寓壁字于小吏之舍。至甲申岁，士举为江西从事，通好江淮。时李评事约盛阅图书，以示寮友。士举方以壁字言于座中，李君因而求之。士举云：“得卿皇象、羊欣、萧纶真草各一帖，大郑画屏一扇，即辍与之，不尔，当自持去。”李君富于图书，酷好遐异，遂以所求三帖并法士画屏一扇易焉。后十余日，壁书自吴负来，士举于道病卒。向若李君不阅雅迹，

① 《全唐文》卷六百九十五，第 4208 页。

士举不言此书，即壁字为朽壤于小吏之家，逸品绝前贤之迹。固知兴亡继绝，后不乏人；工极艺精，中必有物。加以子云与国同姓，所书“萧”字，圜卷侧掠，体法备焉。信曩贤之妙门，实后代之茂范。其飞白书起于蔡中郎，（蔡邕待诏门下，见役者以垩帚成字，心有悦焉，归而为飞白书。汉末魏初皆以题署宫阙。）其后张敬礼、王逸少、子敬并称妙绝。子云曲尽其法，欧阳率更云：“萧侍中飞白，轻浓得中，如蝉翼掩素。”其为前贤所重如此。嗟乎！景峤此书，今访天下绝矣。惟此“萧”字，在乎旧都，三百年间，竟无颓圮，俾后人传授，似阴有保持。余与李君寓家南徐，邻而友善，获睹妙迹。感其将坏，晋公出之；方绝之迹，李君维之。用徵其事，故以“萧”字志之。①

崔备详细记述了飞白“萧”字书的珍贵价值，以及李约获得“萧”字书的来龙去脉及其过程，令人赞赏叹绝。李约自己作《壁书飞白“萧”字赞》云：

梁侍中萧子云书，祖述钟王，备该众体，始变蔡张二王飞白古法，妙绝冠时。虽名存传记，而迹绝简素，惟建邺古壁余此“萧”字焉。韩晋公鉴古善书，闻之嗟异，迁之于南徐，置于海榴堂座右之壁。余后获之，载以入洛，书之故实，事之本末，中书舍人张公、崔监察备撰记详焉。余少好图书，耽嗜奇古。由此虽志业不立，而性莫能迁。非不干求爵禄，心懵时事，自与名疏；非欲乖时好尚，养疴守独，所见遂僻。僻则僻矣，与夫酣湎声色，并走权利者，俱亡羊也，亡则孰多？余每阅玩古迹，而图书之光，如逢古人，似得良友，加以琴酒静畅，书斋昼闲，荣富贱贫，是日何在？至若寻翰墨轻浓之势，穷点画分布之能，与日弥深，随见逾妙。嗟夫！昔贤垂不朽之艺，如传宝于后世。后人睹妙绝之迹，见得意于当时。名

① 《全唐文》卷五百四十四，第3266页。

齐日月，情契古今。《传》曰：“游于艺，艺可已乎?”知者相贺，比获《兰亭》之书；世情观之，未若野人之块。不阙于世，在世为无用之物；苟适余意，于余则有用已多。乃作赞曰：

昔创飞白，蔡氏所得。起于垩帚，播于翰墨。张王继作，子云精极。

壁昏蜃素，墨古池色。翻飞露白，乍轻乍浓。翠箔映雪，罗衣从风。

崩云委地，游雾萦空。拨刺势动，蟉蟠气雄。昆池骇鲸，禹门斗龙。

攒毫叠札，或横或纵。层层阵云，森森古松。君子况德，高人比踪。

抱素自洁，含章内融。逸疑方外，纵在矩中。密而不杂，疏而有容。

艺通造化，比象无穷。子云臣梁，萧字逾贵。点画均丰，姿形端异。

巧绝茧素，名空传记。明征褒贬，惟此一字。①

李约获得飞白“萧”字书之后，船载入洛，心爱不已，特以“萧斋”为号即是明证。张谂、崔备及李约的三篇文章，对弘扬书法艺术也是功莫大焉，故特罗列于此，以备爱好者品鉴。

咏洛辞赋是洛阳文学中的珍贵奇葩，是洛阳都城文化的集中表现，无论是全景式的鸟瞰拍摄记录，还是撷取一隅一端的精雕细琢，合而观之，它们用文学的独到语言方式为我们留下了关于洛阳都城的宝贵资料，多角度立体地展现了洛阳都城彪炳千古的辉煌气象。

① 《全唐文》卷五百一十四，第3091页。

第三章　宫廷朝士的吟唱

隋唐洛阳的都城建制，为宫廷侍御文人及朝臣名士表现文采提供了丰富的题材，加上帝王的各种朝廷游宴集庆活动，使得这一时期的宫廷文学呈现出一片繁荣景象。尤其是武则天迁都洛阳，光宅元年（684 年）改东都为神都后，洛阳的都城地位达到登峰造极，在武则天周围形成了一批御用文人，主要创作应制文字，为武氏政权歌功颂德。

第一节　侍宴奉和之作

在帝王的各种朝廷宴会上，最受瞩目的往往是能文赋诗的朝臣，一旦被欣赏，便立即飞黄腾达。大业四年（608 年）三月，隋炀帝“尝自东都还京师，赐天下大酺四日。为五言诗，诏群官诗成者奏之”①。炀帝自为《还京师诗》云：“东都礼仪举，西京冠盖归。是月春之季，花柳相依依。云跸清驰道，雕辇御晨晖。嘹高铙笳奏，葳蕤旌旆飞。后乘趋文雅，前驱厉武威。”②全诗铺排仪仗浩荡，声乐震天，前呼后拥，颇有帝王气势。其时上奏的众多五言诗中，受到隋炀帝好评的有王胄、庾自直等人。王胄《奉和赐酺诗》云：

① （唐）李延寿等：《北史》卷八十三《文苑传》，中华书局 1974 年版，第 2813 页。

② 《先秦汉魏晋南北朝诗·隋诗》卷三，第 2669 页。

河洛称朝市，崤函实奥区。周营曲阜作，汉建奉春谟。

大君苞二代，皇居盛两都。招摇正东指，天驷乃西驱。

展軨齐玉轪，式道耀金吾。千门驻罕毕，四达俨车徒。

是节春之暮，神皋华实敷。皇情感时物，睿思属枌榆。

诏问百年老，恩隆五日酺。小人荷镕铸，何由答大炉。①

隋炀帝浏览后，连连称善，对一众侍臣曰："气高致远，归之于胄。"② 颍川人庾自直《初发东都应诏诗》云："二龙承玉轴，万骑翊林塘。纵观此何事，巡驾幸淮扬。伊雒山川转，江河道路长。照日秋原净，分花曲水香。稻粱叨岁月，羽翮仰恩光。后尘归旧里，还如仙鹤翔。"③ 隋炀帝评论曰"意密理新"④。隋炀帝每有所作，都要令群臣相和，成为一时风气。许善心《奉和还京师诗》云："重光阐帝图，肆觐荷来苏。卜洛连新邑，因秦还旧都。雷警三辰卫，星陈七萃驱。从风折凤羽，曜日拖鱼须。宪章殚礼乐，容服备车徒。回銮入丰镐，从跸度枌榆。冉冉年和变，迟迟节物徂。余花照玉李，细叶翦珪梧。朝夕万国凑，海会百川输。微生逢大造，倏忽改荣枯。"⑤ 这类诗作通常都是歌功颂德，形式工整典雅，因为是帝王所倡，所以具有比试性质，无形中也促进了诗歌的繁荣。

唐太宗幸洛阳时，曾和群臣宴会于积翠池，《资治通鉴》卷一百九十四云贞观十一年（637 年）三月："庚子，上宴洛阳宫西苑，泛积翠池。"⑥《大唐新语》卷八《文章第十八》记载：

太宗在洛阳，宴群臣于积翠池。酒酣，各赋一事。太宗赋《尚书》曰："日昃玩百篇，临灯披五典。夏康既逸怠，商辛亦沉湎。恣

---

① 《先秦汉魏晋南北朝诗·隋诗》卷五，第 2699 页。

② （唐）魏徵等：《隋书》卷七六《王胄传》，中华书局 1973 年版，第 1741 页。

③ 《先秦汉魏晋南北朝诗·隋诗》卷六，第 2709 页。

④ （唐）魏徵等：《隋书》卷七六《王胄传》，中华书局 1973 年版，第 1741 页。

⑤ 《先秦汉魏晋南北朝诗·隋诗》卷六，第 2707—2708 页。

⑥ （宋）司马光编著：《资治通鉴》卷一百九十四《唐纪十》，中华书局 1956 年版，第 6127 页。

情昏主多，克己明君鲜。灭身资累恶，成名由积善。”魏徵赋西汉曰：“受降临轵道，争长趣鸿门。驱传渭桥上，观兵细柳屯。夜燕经柏谷，朝游出杜原。终藉叔孙礼，方知天子尊。”太宗曰：“魏徵每言，必约我以礼。”①

唐太宗于洛阳宫西苑积翠池大宴群臣，酒酣耳热之际，亲自赋《尚书》诗，魏徵借西汉相和，婉言规劝，两人诗皆以古为鉴，太宗感慨以赞，表现了君臣之间的知遇之情，极其难能可贵。西苑积翠池武后朝曰神都苑凝碧池，武则天亦常于此赐宴群僚，武三思《凝碧池侍宴应制得出水槎》云：“彼木生何代，为槎复几年。欲乘银汉曲，先泛玉池边。拥溜根横岸，沉波影倒悬。无劳问蜀客，此处即高天。”借咏物美誉朝廷。② 李怀远仅存的一首诗《凝碧池侍宴看竞渡应制》曰：

上苑清銮路，高居重豫游。前对芙蓉沼，傍临杜若洲。
地如玄扈望，波似洞庭秋。列筵飞翠斝，分曹戏鹢舟。
湍高棹影没，岸近榜歌遒。舞曲依鸾殿，箫声下凤楼。
忽闻天上乐，疑逐海查流。③

虽然通篇摹写景物，亦可见出宴会时还有竞渡等活动助兴。安禄山陷洛阳后，“宴其徒于凝碧宫，其乐工皆梨园弟子、教坊工人。维闻之悲恻，潜为诗曰：‘万户伤心生野烟，百官何日再朝天？秋槐花落空宫里，凝碧池头奏管弦。’贼平，陷贼官三等定罪。维以《凝碧诗》闻于行在，肃宗嘉之。”④ 王维与凝

① （唐）刘肃等撰，恒鹤等校点：《大唐新语》（外五种），上海古籍出版社 2012 年版，第 71 页。（五代）刘昫等撰《旧唐书》卷七一《魏徵传》云：太宗在洛阳宫，幸积翠池，宴群臣，酒酣各赋一事。太宗赋《尚书》曰：“日昃玩百篇，临灯披《五典》。夏康既逸豫，商辛亦流湎。恣情昏主多，克己明君鲜。灭身资累恶，成名由积善。”徵赋西汉曰：“受降临轵道，争长趣鸿门。驱传渭桥上，观兵细柳屯。夜宴经柏谷，朝游出杜原。终藉叔孙礼，方知皇帝尊。”太宗曰：“魏徵每言，必约我以礼也。”中华书局 1975 年版，第 2558 页。

② 《全唐诗》（增订本）卷八十，第 864 页。

③ 《全唐诗》（增订本）卷四十六，第 561 页。

④ （五代）刘昫等：《旧唐书》卷一百九十《王维传》，中华书局 2013 年版，第 5052 页。

碧池的故事由是演为后世传奇。

唐高宗李治都洛阳时，上官仪为光禄大夫，擅长五言诗，绮错婉媚，工于格律，多是奉和应制之作，被称为“上官体”。神都时期的武则天于洛阳大有作为，进行了一系列的改革，文学上亦多举措，诚如周祖譔所言：“有唐一代，洛阳地区文学之盛，其唯武后之世欤！”① 其时，最突出的表现就是一批宫廷侍御文人的出现以及宫廷诗的繁荣。这些被女皇赏识而得以进入禁殿的文士儒臣，如沈佺期、宋之问、苏味道、李峤、崔融、杨炯、陈子昂等，追随天子左右，尽兴陪欢，附和应制，赋诗宴乐，粉饰太平，显示了这一时期文人团体为帝王宫廷活动服务的娱乐化特点。武则天为了证明自己的统治符合天意，于洛水举行拜洛仪式，大酺臣民，《旧唐书》卷二十四《礼仪志》曰：

> 则天垂拱四年四月，雍州永安人唐同泰伪造瑞石于洛水，献之。其文曰：“圣母临人，永昌帝业。”于是号其石为“宝图”，赐百官宴乐……其年五月下制，欲亲拜洛受“宝图”。先有事于南郊，告谢昊天上帝。令诸州都督、刺史并诸亲，并以拜洛前十日集神都。于是则天加尊号为圣母神皇。大赦天下。改“宝图”为“天授圣图”，洛水为永昌。封其神为显圣侯，加特进，禁渔钓，祭享斋于四渎。所出处号曰圣图泉……至其年十二月，则天亲拜洛受图，为坛于洛水之北，中桥之左。皇太子皆从，内外文武百僚、蛮夷酋长，各依方位而立。珍禽奇兽，并列于坛前。文物卤簿，自有唐已来，未有如此之盛者也。②

拜洛仪式可谓兴师动众，则天皇后亲自撰写大享拜洛乐章十五首，用于仪式演奏，其中《拜洛》云：“菲躬承睿顾，薄德忝坤仪。乾乾遵后命，翼翼奉先规。抚俗勤虽切，还淳化尚亏。未能弘至道，何以契明祇？”受图所用《显

---

① 周祖譔：《武后时期之洛阳文学》，《厦门大学学报》1991 年第 1 期。
② （五代）刘昫等：《旧唐书》卷二十四《礼仪志》，中华书局 1975 年版，第 925 页。

和》云："顾德有惭虚菲，明祇屡降祯符。汜水初呈秘象，温洛荐表昌图。玄泽流恩载洽，丹襟荷渥增愉。"[①] 为了美化自己德行，强调宝图出现乃是天意。当时朝臣李峤、苏味道、牛凤及等皆有应制诗作相和，李峤《奉和拜洛（一作受图温洛）应制》云："七萃銮舆动，千年瑞检开。文如龟负出，图似凤衔来。殷荐三神享，明禋万国陪。周旗黄鸟集，汉幄紫云回。日暮钩陈转，清歌上帝台。"[②] 李峤同时还作有《皇符》美誉其事，献上表贺，受到有识者讥嘲。[③] 苏味道《奉和受图温洛应制》云："绿绮膺河检，清坛俯洛滨。天旋俄制跸，孝享属严禋。陟配光三祖，怀柔洎百神。雾开中道日，雪敛属车尘。预奉咸英奏，长歌亿万春。"[④] 牛凤及《奉和受图温洛应制》云："八神扶玉辇，六羽警瑶溪。戒道伊川北，通津涧水西。御图开洛匮，刻石与天齐。瑞日波中上，仙禽雾里低。微臣矫羽翮，抃舞接鸾鹥。"[⑤] 莫不是美饰之言，附和虚假事实，描写仪式规模宏大，赞颂皇朝威仪隆盛。陈子昂有《洛城观酺应制》亦记述此事，"圣人信恭己，天命允昭回。苍极神功被，青云秘箓开。垂衣受金册，张乐宴瑶台。云凤休征满，鱼龙杂戏来。崇恩逾五日，惠泽畅三才。玉帛群臣醉，徽章缛礼该"，极言宴会热闹非凡。结尾云"方睹升中禅，言观拜洛回。微臣固多幸，敢上万年杯"[⑥]。"言观拜洛回"，点明所记乃拜洛大酺盛事，确实如前云"文物卤簿，自有唐已来，未有如此之盛者也"。崔融作有《进洛图颂表》云：

奉某年月日敕，令臣撰《洛图颂》。伏以陛下圣烈丰懿，应期首出，珍符炳铄，旷代罕闻。虽皋繇歌虞，伯禹申叹，其或生于今日，

---

① （五代）刘昫等：《旧唐书》卷三十《音乐志》，中华书局 1975 年版，第 1114 页。

② 《全唐诗》（增订本）卷六十一，第 722 页。

③ （宋）王钦若等编纂，周勋初等校订：《册府元龟》卷四百八十二《台省部·谄佞》云："李峤，则天时为侍御史。雍州人唐同泰献洛水瑞石，峤上《皇符》一篇以美其事，有识者多讥之。"凤凰出版社 2006 年版，第 5457 页。

④ 《全唐诗》（增订本）卷六十五，第 751 页。

⑤ 《全唐诗》（增订本）卷九十九，第 1068 页。

⑥ （唐）陈子昂著，徐鹏校点：《陈子昂集》卷一，上海古籍出版社 2013 年版，第 18 页。

尚不足以谈天，况臣涉学盖浅，揆才多陋，安可润色皇化，对扬神休？窃读古文，幽寻旧式：言大道者，莫先于典诰，序以之生焉；美盛德者，莫近于《诗》什，《颂》以之成焉：其辞婉而微，其事简而要。今臣斟酌前训，拟议鸿猷，述《洛图颂》一篇并序，谨诣宣义门奉进。诚未能探索元奥，宪章经书，庶几竭肝胆，效尘露，增日月之末光，偕天地而不朽，斯亦微臣之愿足矣。臣拜手稽首，冒颜以闻。死罪死罪。①

崔融为文华婉，当时没有人能与他抗衡，《洛出宝图颂》尤其精工，围绕武则天拜洛受图，产生了一系列的文人誉美称颂之作。武后每有动作，都会受到文人吹捧，魏知古《奉和春日途中喜雨》："皇游向洛城，时雨应天行。丽日登岩送，阴云出野迎。濯枝林杏发，润叶渚蒲生。丝入纶言喜，花依锦字明。微臣忝东观，载笔伫西成。"即是此类。元人方回《瀛奎律髓》卷十七《晴雨类》论曰："此乃和武后诗。五韵律诗多有之，第七句巧。"② 此时诗体未定，大多还是齐梁体。

"永昌元年（689 年）春正月，神皇亲享明堂，大赦天下，改元，大酺七日。"③ 明堂是国家礼制的象征，武则天于明堂举行大赦，宴飨宾客，意在巩固强化自己的皇权威望。陈子昂作《大周受命颂》四章（并序）予以赞美，《大周受命颂》序云："臣闻大人升阶，神物绍至，必有非人力所能存者，上招飞鸟，下动泉鱼。"《神凤章》云："天命神凤，降祚我周。彩容有穆，其仪孔休。惟我有周，实保天德。上帝临命，纂承皇极。人曰天祐，有皇女希。造天立极，缅然猷徵。赫我皇帝，乃先厥微。匪天之命，凤鸟谁归？因生锡氏，革号循机。岂不顺乎天而应乎人？帝曰：'俞哉。'"《庆云章》云："昆仑元气，实生庆云。大人作矣，五色氤氲。……非我天子，庆云谁昌？非我

① 《全唐文》卷二百一十七，第 1308 页。
② （元）方回选评，李庆甲集评校点：《瀛奎律髓汇评》，上海古籍出版社 1986 年版，第 643 页。
③ （五代）刘昫等：《旧唐书》卷六《则天皇后纪》，中华书局 1975 年版，第 119 页。

圣母，庆云谁光？庆云应矣，周道昌矣。九万八千，天授皇年。”①《大周受命颂》获得了武则天的赏识，陈子昂因此而拜麟台正字，后迁右拾遗。杨炯的《老人星赋》云：“赫赫宗周，皇天降休。丽哉神圣，皇天降命。……穆穆神皇，受天之祥。”“赫赫宗周”“穆穆神皇”，亦是歌颂武周政权。杨炯还有《盂兰盆赋》也是颂扬之辞，记录了武则天于如意元年（692 年）七月十五日，率百官亲临洛阳南门观看盂兰盆节的盛况。赋云：“圣神皇帝御洛城南门，会十方贤众，盖天子之孝也。……圣神皇帝乃冠通天，佩玉玺，冕旒垂目，纩塞耳。前后正臣，左右直史，身为法度，声为宫徵。穆穆然南面以观矣。……武尽美矣，周命唯新。圣神皇帝于是乎唯寂唯静，无营无欲，寿命如天，德音加玉。……太阳夕，乘舆归，下端闱，入紫微。”② 描写了武则天君临天下的不凡风采，具有纪实性。

武后则天朝造天枢于神都是一大建树，《资治通鉴》卷二百零五记载延载元年（694 年）秋七月戊寅：“武三思帅四夷酋长请铸铜铁为天枢，立于端门之外，铭记功德，黜唐颂周；以姚璹为督作使。诸胡聚钱百万亿，买铜铁不能足，赋民间农器以足之。”天册万岁元年（695 年）“夏，四月，天枢成，高一百五尺，径十二尺。八面，各径五尺。下为铁山，周百七十尺，以铜为蟠龙麒麟萦绕之；上为腾云承露盘，径三丈，四龙人立捧火珠，高一丈。工人毛婆罗造模，武三思为文，刻百官及四夷酋长名，太后自书其榜曰：‘大周万国颂德天枢。’”③ 矗立于皇城端门之外的天枢赫然一时，引来万人赋文献诗。武则天大宴群臣百官以及外邦使臣酋长，席间命令众臣作诗纪盛，尤以李峤《奉和天枢成宴夷夏群僚应制》最著名，诗云：

辙迹光西崦，勋庸纪北燕。何如万方会，颂德九门前。

① （唐）陈子昂著，徐鹏校点：《陈子昂集》卷七，上海古籍出版社 2013 年版，第 162—165 页。

② 《全唐文》卷一百九十，第 1148 页。

③ （宋）司马光编著：《资治通鉴》卷二百〇五《唐纪二十一》，中华书局 1956 年版，第 6496、6502—6503 页。

灼灼临黄道，迢迢入紫烟。仙盘正下露，高柱欲承天。

山类丛云起，珠疑大火悬。声流尘作劫，业固海成田。

帝泽倾尧酒，宸歌掩舜弦。欣逢下生日，还睹上皇年。①

赞美皇上政绩远及边陲，从大处着眼，将天枢的高大气势多方凸显，结以颂赞。《大唐新语》卷八《文章第十八》论曰："天枢下置铁山，铜龙负载，狮子、麒麟围绕。上有云盖，盖上施盘龙以托火珠。珠高一丈，围三丈，金彩荧煌，光侔日月。武三思为其文，朝士献诗者不可胜纪，唯峤诗冠绝当时。"② 在献诗者不可胜数的作品中，李峤的诗脱颖而出，被誉为冠绝当时，可见其应制之作的功力确实高超。

上阳宫为洛都名胜，唐高宗时建造，武则天予以增修益广，晚年老来多居于此，不时举行赐宴活动，君臣唱和的诗作甚至编次成集。宋之问《早秋上阳宫侍宴序》云："圣皇乃望芝田，赋葛天，和者万，唱者千，乃命小臣，编纪众作，流汗拜首，而为序云。"③ 早秋的某次宴饮之后，圣皇赋葛天，众人的唱和之作逾千上万，宋之问奉诏编辑作序。宋之问《上阳宫侍宴应制得林字》云："广乐张前殿，重裘感圣心。砌蓂霜月尽，庭树雪云深。旧渥骖宸御，慈恩忝翰林。微臣一何幸，再得听瑶琴。"④ 描摹秋景，对能参与宴会深表荣幸，符合其宫廷文人的特点。宗楚客《奉和幸上阳宫侍宴应制》云："紫庭金凤阙，丹禁玉鸡川。似立蓬瀛上，疑游昆阆前。鸟将歌合转，花共锦争鲜。湛露飞尧酒，熏风入舜弦。水光摇落日，树色带晴烟。向夕回雕辇，佳气满岩泉。"⑤ 纯是景语誉词，标准的应制之作，无论对哪一次侍宴都适合。

---

① 《全唐诗》（增订本）卷六十一，第 723 页。

② （唐）刘肃等撰，恒鹤等校点：《大唐新语》（外五种），上海古籍出版社 2012 年版，第 73 页。

③ （唐）沈佺期、宋之问著，陶敏、易淑琼校注：《沈佺期宋之问集校注》，《宋之问集校注》卷六《序》，中华书局 2001 年版，第 647—648 页。

④ （唐）沈佺期、宋之问著，陶敏、易淑琼校注：《沈佺期宋之问集校注》，《宋之问集校注》卷一《诗》，中华书局 2001 年版，第 405 页。

⑤ 《全唐诗》（增订本）卷四十六，第 564 页。

唐玄宗也经常在上阳宫举办宴饮活动，从张九龄《上阳水窗旬宴得移字韵》可以看出，大约一旬十日一次，诗云：

河汉非应到，汀洲忽在斯。
仍逢帝乐下，如遂海槎窥。
春赏时将换，皇恩岁不移。
今朝游宴所，莫比天泉池。①

天泉池即三国魏黄初五年所筑天渊池，唐人避高祖李渊讳，因名天泉池，晋怀帝曾经与群臣于此集会赋诗，张九龄将此次宴会比为晋代天泉池会，赞美皇恩永驻。开元二十年（732 年），唐玄宗于上阳宫洛水东洲宴饮百官，《资治通鉴》卷二百一十三记载：玄宗开元二十年，“夏，四月，乙亥，宴百官于上阳东洲，醉者赐以衾褥，肩舆以归，相属于路。”东洲，胡三省注云：“上阳宫南临雒水，引雒水为中洲于宫之东。”② 玄宗以赏赐被褥，鼓励群臣开怀畅饮。孙逖《奉和四月三日上阳水窗赐宴应制得春字》云：

今日逢初夏，欢游续旧旬。
气和先作雨，恩厚别成春。
凤吹临清洛，龙舆下紫宸。
此中歌在藻，还见跃潜鳞。③

上阳水窗的宴会，从春至夏，一旬接续一旬，游乐不绝。全诗美言宴会之盛，歌颂君臣相悦的和乐之情。

唐玄宗在东都时曾大酺天下，赏赐臣民聚会宴饮，郑处诲《明皇杂录》卷下云：“唐玄宗在东洛，大酺于五凤楼下，命三百里内县令、刺史率其声乐来赴阙者，或谓令较其胜负而赏罚焉。时河内郡守令乐工数百人于车上，皆

---

① （唐）张九龄著，刘斯翰校注：《曲江集》，广东人民出版社 1986 年版，第 281 页。

② （宋）司马光编著：《资治通鉴》卷二百一十三《唐纪二十九》，中华书局 1956 年版，第 6798 页。

③ 《全唐诗》（增订本）卷一百一十八，第 1189 页。

衣以锦绣，伏厢之牛，蒙以虎皮，及为犀象形状，观者骇目。”又云：“每赐宴设酺会，则上御勤政楼。金吾及四军兵士未明陈仗，盛列旗帜，皆帔黄金甲，衣短后绣袍。太常陈乐，卫尉张幕后，诸蕃酋长就食。府县教坊大陈山车旱船、寻撞走索、丸剑角抵、戏马斗鸡。又令宫女数百，饰以珠翠，衣以锦绣，自帷中出，击雷鼓为《破阵乐》《太平乐》《上元乐》。又引大象、犀牛入场，或拜舞，动中音律。”① 唐玄宗大酺东都的情景，于张说诗中反映最集中，其《东都酺宴五首》（并序）云：

先天元祀，孟冬十月，东都留守韦公，寅奉圣朝，廷宣嘉旨。乃合洛京之五省，招河伊之二县，将吏咸集，佩章有序。锵锵济济，侃侃訚訚。供帐于兴教之门，式酺宴也。……是日六乐振作，万舞苒弱，鸟兽徘徊，士女踊跃，则知众庶观听之所乐也。旨酒络绎，大庖燔炙，芳溢风烟，醉流阡陌，又知衣冠之所适也。由近而视远，万国之庆皆然；自明而察幽，三灵之欣可接。若夫吟咏德泽，播越人声，斯固雅颂之余波，政教之遗美。凡我词客，安敢阙如，赋诗展事，垂列于后。

先天（712—713年）是唐玄宗即位后第一个年号。先天元年（712年）十月，李隆基即位后，传旨在东都洛阳大会五府二县官僚，合聚饮宴。《东都酺宴五首》之一描绘宴会之盛云：

尧舜传天下，同心致太平。吾君内举圣，远合至公情。
锡命承丕业，崇亲享大名。二天资广运，两曜益齐明。
道畅昆虫乐，恩深朽蠹荣。皇舆久西幸，留镇在东京。
合宴千官入，分曹百戏呈。乐来嫌景遽，酒著讶寒轻。
喜气连云阁，欢呼动洛城。人间知几代，今日见河清。②

“合宴千官入，分曹百戏呈”，“喜气连云阁，欢呼动洛城”，“人间知几代，今

① 上海古籍出版社编：《唐五代笔记小说大观》上册，上海古籍出版社2000年版，第962页。
② （唐）张说撰，熊飞校注：《张说集校注》卷五，中华书局2013年版，第165—173页。

日见河清”，千官集宴，百戏纷呈，一城之人欢呼雀跃，热闹景象可以想见。之二云：“重华升宝历，轩帝眇闲居。政成天子孝，俗返上皇初。忘味因观乐，欢心寄合酺。自怜疲马意，恋恋主恩余。”歌颂唐玄宗功业，感谢赏赐宴饮。之三云：“朱城尘噎灭，翠幕景情开。震震灵鼍起，翔翔云舞来。雕盘装草树，绮乘结楼台。共喜光华日，酣歌捧玉杯。”歌舞酒宴，隆盛无比。之四云：“晓月调金鼓，朝暾对玉盘。争驰群鸟散，斗伎百花团。遇圣人知幸，承恩物自欢。洛桥将举烛，醉舞拂归鞍。”酺宴之日，六乐齐作，百鸟翔集，士女踊跃，人们举烛洛桥，醉舞不归。之五云：“恺宴惟今席，余欢殊未穷。入云歌袅袅，向日伎丛丛。驮管催酣兴，留关待曲终。长安若为乐，应与万方同。”希望天下同庆，君民同乐。张祜有《大酺乐二首》亦是东都大酺的写照，其一云：“车驾东来值太平，大酺三日洛阳城。小儿一伎竿头绝，天下传呼万岁声。”表现了人们对太平盛世的倾心。其二云：“紫陌酺归日欲斜，红尘开路薛王家。双鬟笑说楼前鼓，两伎争轮好结花。”[①] 说明宴庆活动的形式极其多样。开元十三年（725 年）十月，唐玄宗自洛阳出发，东封泰山，十二月回还东都洛阳，下令赐大酺七日，张九龄《奉和圣制登封礼毕洛城酺宴》云：

> 大君毕能事，端扆乐成功。运与千龄合，欢将万国同。
> 汉酺歌圣酒，韶乐舞薰风。河洛荣光遍，云烟喜气通。
> 春华顿觉早，天泽倍加崇。草木皆沾被，犹言不在躬。[②]

大君唐玄宗登泰山封禅功成名就，万民欢呼国运长久，赐宴七日，河洛普享荣光，天子恩泽崇厚，却不居功自满。开元二十四年（736 年）冬十月，唐玄宗由东都还西京，张九龄有《奉和圣制初出洛城》云：“东土淹龙驾，西人望翠华。山川只询物，宫象岂为家。十月回星斗，千官捧日车。洛阳无怨思，

① 《全唐诗》（增订本）卷五百一十一，第 5877 页。
② （唐）张九龄著，刘斯翰校注：《曲江集》，广东人民出版社 1986 年版，第 174 页。

巡幸更非赊。”[①] 天子的车驾在洛阳倏忽已三载，长安百姓翘首以待天子归来。反映了东西两都对皇帝的期盼，皆是希望皇帝长久滞留。

东都丽正殿书院为唐代宫中藏书之地，人才荟萃，济济一堂，经常得到皇帝赏宴，多有君臣和作。想当初丽正殿书院建成后，张说曾作即席诗《恩制赐食于丽正殿书院宴（赋得）林字》云：

东壁图书府，西园翰墨林。
诵诗闻国政，讲易见天心。
位窃和羹重，恩叨醉酒深。
缓歌春兴曲，情竭为知音。[②]

“东壁图书府”即指丽正殿书院，言书院建成上应天上东壁二星，下合历代古人盛举。“西园翰墨林”言书院是文人学士聚集的地方，可以学习治国安邦的知识。诗人自己身居宰相高位，感恩戴德，定要尽忠报答知遇之恩。唐玄宗李隆基《春晚宴两相及礼官丽正殿学士探得风字》（并序）云：“朕以薄德，祗膺历数。正天柱之将倾，纫地维之已绝。……既家六合，时巡两京。……乃置旨酒，命英贤，有文苑之高才，有掖垣之良佐，举杯称庆，何乐如之。同吟湛露之篇，宜振凌云之藻。于时岁在乙丑，开元十三年三月二十七日。”其诗曰：“乾道运无穷，恒将人代工。阴阳调历象，礼乐报玄穹。介胄清荒外，衣冠佐域中。言谈延国辅，词赋引文雄。野霁伊川绿，郊明巩树红。冕旒多暇景，诗酒会春风。”[③] 玄宗于丽正殿燕飨百僚，奖掖人才，希望国运亨通，天下太平。张说、王湾等人皆有奉和之作留存。张说《春晚宴两相及礼官丽正学士侍宴应制》（探得开字）云：“圣政惟稽古，宾门引上才。坊因购书立，殿为集贤开。髦彦星辰下，仙章日月回。字如龙负出，韵是凤衔来。

① （唐）张九龄著，刘斯翰校注：《曲江集》，广东人民出版社 1986 年版，第 291 页。
② （唐）张说撰，熊飞校注：《张说集校注》卷五，中华书局 2013 年版，第 188 页。
③ 《全唐诗》（增订本）卷三，第 33—34 页。

庭柳余春驻，宫莺早夏催。喜承芸阁宴，幸捧柏梁杯。”① 诗押开韵，符辙合律，赞扬皇帝重视人才之德。王湾《丽正殿赐宴同勒天前烟年四韵应制》云：“金殿忝陪贤，琼羞忽降天。鼎罗仙掖里，觞拜琐闱前。院逼青霄路，厨和紫禁烟。酒酣空忭舞，何以答昌年。”② 诗押天、前、烟、年之韵，表达了要为朝廷效力的意愿。丽正殿书院后改为集贤书院，《旧唐书》卷九十七《张说传》云：开元十三年（725 年），“玄宗寻召说及礼官学士等赐宴于集仙殿，谓说曰：‘今与卿等贤才同宴于此，宜改名为集贤殿。’因下制改丽正书院为集贤殿书院，授说集贤院学士，知院事”③。玄宗亲作《集贤书院成送张说上集贤学士赐宴得珍字》曰：“广学开书院，崇儒引席珍。集贤招衮职，论道命台臣。礼乐沿今古，文章革旧新。献酬尊俎列，宾主位班陈。节变云初夏，时移气尚春。所希光史册，千载仰兹晨。”④ 表明了一代帝王开书院纳贤革新的远大胸怀。张说作《奉和送赴集贤殿书院上学士赐宴应制赋得辉字》云：“侍帝金华讲，千龄道固稀。位将贤士设，书共学徒归。首命深燕隗，通经浅汉韦。列筵荣赐食，送客愧儒衣。贺燕窥檐下，迁莺入殿飞。欲知朝野庆，文教日光辉。”⑤ 引用燕国郭隗等典故，表达了对当朝的感恩戴德之情。

于洛滨设宴饯别是洛阳都城的独特风情，《全唐诗话》卷一《玄宗》云：

> 开元十六年，帝自择廷臣为诸州刺史。许景先治虢州，源光裕郑州，寇泚宋州，郑温琦邠州，袁仁恭杭州，崔志廉襄州，李昇期邢州，郑放定州，蒋挺湖州，裴观沧州，崔成遂州，凡十一人。行，诏宰相、诸王、御史以上祖道洛滨，盛具，奏太常乐，帛舫水嬉。命高力士赐诗，令题座右。帝亲书，且给笔纸，令自赋，赉绢三千遣之。

① （唐）张说撰，熊飞校注：《张说集校注》卷二，中华书局 2013 年版，第 78 页。

② 《全唐诗》（增订本）卷一百一十五，第 1171 页。

③ （五代）刘昫等：《旧唐书》卷九七《张说传》，中华书局 1975 年版，第 3054 页。卷八《玄宗本纪》云：开元十三年“夏四月丁巳，改集仙殿为集贤殿，丽正殿书院改集贤殿书院”。第 188 页。

④ 《全唐诗》（增订本）卷三，第 35 页。

⑤ （唐）张说撰，熊飞校注：《张说集校注》卷四，中华书局 2013 年版，第 150—151 页。

帝诗云："眷言思共理，鉴寐想惟良。猗与此推择，声绩著周行。贤能既俟进，黎献实伫康。视人当如子，爱人亦如伤。讲学试诵论，阡陌劝耕桑。虚誉不可饰，清知不可忘。求名迹易见，安直德自彰。狱讼必以情，教民贵有常。恤惸且存老，抚弱复绥强。勉哉各祗命，知予眷万方。"①

唐玄宗亲自选派许景先、源光裕等十一人到各地为刺史，为了表明朝廷的重视，玄宗召集宰相、诸王、御史以上人员，于洛滨隆重祖道饯行，又亲自赋诗书写，令题为座右铭。诗中"视人当如子，爱人亦如伤。讲学试诵论，阡陌劝耕桑。虚誉不可饰，清知不可忘"② 等语，切实可取，亦不失为帝王对臣下的教诲。张说《洛桥北亭诏饯诸刺史》即是描写此次宴会，诗云："离亭拂御沟，岸曲舞船楼。诏饯朝廷牧，符分海县忧。股肱还入郡，父母更临州。扇逐仁风转，车随零雨流。恩光水上溢，荣色柳间浮。预待群方最，三公不远求。"③ 诗中云"岸曲舞船楼"，应是《全唐诗话》所云"帛舫水嬉"的真实写照，"恩光水上溢"则点明了饯别送行的重大意义，全诗突出了朝廷举行盛宴的良苦用心。

第二节　侍游奉和之作

洛阳都城周围河山拱戴，山水形胜之美有目共睹，如龙门、嵩山、少林寺等，向来是游览观赏的好去处，爱好游赏的历朝帝王也经常临幸这些地方，与随从的朝臣和文人雅士观景赋诗，不亦乐乎，因而留下了众多此类应制名作。

唐代神都武则天时有两次御游赋诗活动影响最大，在文学史上被传为佳

① （宋）尤袤：《全唐诗话》卷一《玄宗》，中华书局 1985 年版，第 3—4 页。
② 《全唐诗》（增订本）卷三《李隆基〈赐诸州刺史以题座右〉》，第 27 页。
③ （唐）张说撰，熊飞校注：《张说集校注》卷五，中华书局 2013 年版，第 190 页。

话。第一次是游龙门。刘餗《隋唐嘉话》卷下记载："武后游龙门，命群官赋诗，先成者赏锦袍。左史东方虬既拜赐，坐未安，宋之问诗复成，文理兼美，左右莫不称善。乃就夺袍衣之。"[①] 这即是著名的龙门夺锦袍故事，宋之问应制诗作的美名亦因此蜚声一时。姑且赏析一下宋之问的《龙门应制》，诗中描写龙门景色云："宿雨霁氛埃，流云度城阙。河堤柳新翠，苑树花先发。洛阳花柳此时浓，山水楼台映几重。……山壁崭岩断复连，清流澄澈俯伊川。塔影遥遥绿波上，星龛奕奕翠微边。层峦旧长千寻木，远壑初飞百丈泉。彩仗蜺旌绕香阁，下辇登高望河洛。东城宫阙拟昭回，南陌沟塍殊绮错。林下天香七宝台，山中春酒万年杯。微风一起祥花落，仙乐初鸣瑞鸟来。鸟来花落纷无已，称觞献寿烟霞里。歌舞淹留景欲斜，石间犹驻五云车。鸟旗翼翼留芳草，龙骑骎骎映晚花。千乘万骑銮舆出，水静山空严警跸。郊外喧喧引看人，倾都南望属车尘。嚣声引飏闻黄道，王气周回入紫宸。"直感活泼，清新流畅，花柳楼台，古木佛龛，将初春的龙门山景之美和盘托出，确实值得称道。最后说"先王定鼎三河固，宝命乘周万物新。吾皇不事瑶池乐，时雨来观农扈春"[②]，回归到歌唱武周革命，阿谀圣上，落入应制诗作的俗套。此外武三思的《奉和春日游龙门应制》和沈佺期的《从幸香山寺应制》，亦为参与武后御游制作。前者云："凤驾临香地，龙舆上翠微。星宫含雨气，月殿抱春辉。碧涧长虹下，雕梁早燕归。云疑浮宝盖，石似拂天衣。露草侵阶长，风花绕席飞。日斜宸赏洽，清吹入重闱。"[③] 诗写凤驾出游光临龙门，庙宇楼台，山川万物皆若受宠，一片祥和，笼罩四野。后者云："南山奕奕通丹禁，北阙峨峨连翠云。岭上楼台十地起，城中钟鼓四天闻。旃檀晓阁金舆度，鹦鹉晴

---

① 上海古籍出版社编：《唐五代笔记小说大观》上册，上海古籍出版社 2000 年版，第 109 页。《唐诗纪事》卷十一《宋之问》亦云："武后游龙门，命群官赋诗，先成者赐以锦袍。左史东方虬诗成，拜赐。坐未安，之问诗后成，文理兼美，左右莫不称善，乃就夺锦袍衣之。"（宋）计有功著，王仲镛校笺：《唐诗纪事校笺》，中华书局 2007 年版，第 381 页。

② （宋）计有功著，王仲镛校笺：《唐诗纪事校笺》，中华书局 2007 年版，第 381—382 页。

③ 《全唐诗》（增订本）卷八十，第 864—865 页。

林采眊分。愿以醍醐参圣酒，还将祇苑当秋汾。”① 沈佺期在描绘了龙门山色之后，将武则天此游比拟为汉武帝游汾河，婉曲逢迎。

另一次是游嵩山石淙。武则天于久视元年（700 年），“乙巳，太后幸嵩山；春，一月，丁卯，幸汝州之温汤；戊寅，还神都。作三阳宫于告成之石淙”②。告成县三阳宫建成后，“久视年，则天幸三阳宫，自夏涉秋，不时还都”③。久视元年五月，武则天携太子及群臣至嵩山石淙游宴，亲自御制诗文，与众人相唱和。《全唐文》卷九十七载高宗武皇后《夏日游石淙诗序》云：“若夫圆峤方壶，涉沧波而靡际；金台玉阙，陟县圃而无阶。唯闻《山海》之经，空览神仙之记。爰有石淙者，即平乐涧也。尔其近接嵩岭，俯届箕峰，瞻少室兮若莲，睇颍川兮如带。既而蹑崎岖之山径，荫蒙密之藤萝。汹涌洪湍，落虚潭而送响；高低翠壁，列幽涧而开筵。密叶舒帷，屏梅氛而荡燠；疏松引吹，清麦候以含凉。就林薮而王心神，对烟霞而涤尘累。森沈邱壑，即是桃源；淼漫平流，还浮竹箭。纫薜荔而成帐，耸莲石而如楼。洞口全开，溜千年之芳髓；山腰半坼，吐十里之香粳，无烦昆、阆之游，自然形胜之所。当使人题彩翰，各写琼篇。庶无滞于幽栖，冀不孤于泉石，各题四韵，咸赋七言。”④ 序文交代了石淙的地理位置及优美风光，御游随从皆有七言诗作留存。武则天《石淙》即平乐涧诗云：“三山十洞光玄箓，玉峤金峦镇紫微。均露均霜标胜壤，交风交雨列皇畿。万仞高岩藏日色，千寻幽涧浴云衣。且驻欢筵赏仁智，雕鞍薄晚杂尘飞。”⑤ 妙笔生花，极有文采。王士禛《香祖笔记》卷二曰：

唐武后游石淙倡和诗，首御制，自皇太子、相王以下，和者十

① （唐）沈佺期、宋之问著，陶敏、易淑琼校注：《沈佺期宋之问集校注》，《沈佺期集校注》卷一《诗》，中华书局 2001 年版，第 28 页。

② （宋）司马光编著：《资治通鉴》卷二百〇六《唐纪二十二》则天后久视元年，中华书局 1956 年版，第 6545 页。

③ （五代）刘昫等：《旧唐书》卷九十七《张说传》，中华书局 1975 年版，第 3049 页。

④ 《全唐文》卷九十七，第 604 页。

⑤ 《全唐诗》（增订本）卷五，第 60 页。

> 六人。相王之后，次梁王武三思，次内史狄仁杰，次奉宸令张易之、麟台监中山县开国男张昌宗，又次鸾台侍郎李峤、凤阁侍郎苏味道、夏官侍郎姚元崇，奉宸大夫汾阴县开国男薛曜书，久视元年五月，刊于平乐涧之北崖。诸诗惟李峤、沈佺期二篇差成章，余皆拗拙，可资笑柄耳。
>
> 黄冈叶井叔（封）知登封县，撰《嵩阳石刻集记》，始著录之，而删去九首，不为无见。而朱竹垞太史，憾其阙略，以得睹全碑为喜，则亦好奇之过也。当牝朝淫昏之世，二张每侍行幸，预倡和，已令千古齿冷，而列衔于李峤、苏味道辈之前，诸人亦俯首甘之，当时君臣上下，岂复知有羞恶之心哉！①

此次石淙唱和者除了太子李显、相王李旦、梁王武三思外，诗的排序依次是狄仁杰、张易之、张昌宗、李峤、苏味道、姚元崇、阎朝隐、崔融、薛曜、徐彦伯、杨敬述、于季子、沈佺期等人，有权势者在前，而罔顾诗名，简直是寡廉鲜耻。王士禛认为在众多诗中，只有李峤和沈佺期的诗合韵可观，其他的皆不值一提。李峤《石淙》云："羽盖龙旗下绝冥，兰除薜幄坐云扃。鸟和百籁疑调管，花发千岩似画屏。金灶浮烟朝漠漠，石床寒水夜泠泠。自然碧洞窥仙境，何必丹丘是福庭。"② 沈佺期《嵩山石淙侍宴应制》曰："金舆旦下绿云衢，彩殿晴临碧涧隅。溪水泠泠杂行漏，山烟片片引香炉。仙人六膳调神鼎，玉女三浆捧玉壶。自惜汾阳纡道驾，无如太室览真图。"③ 两诗押韵对仗皆很工整，显露出盛唐七律诗的风韵。太子李显时作《石淙》云："三阳本是标灵纪，二室由来独擅名。霞衣霞锦千般状，云峰云岫百重生。水炫珠光遇泉客，岩悬石镜厌山精。永愿乾坤符睿算，长居膝下属欢情。"④ 相王

① （清）王士禛撰，湛之点校：《香祖笔记》，上海古籍出版社 1982 年版，第 34 页。

② 《全唐诗》（增订本）卷六十一，第 728 页。

③ （唐）沈佺期、宋之问著，陶敏、易淑琼校注：《沈佺期宋之问集校注》，《沈佺期集校注》卷一《诗》，中华书局 2001 年版，第 30 页。

④ 《全唐诗》（增订本）卷二，第 25 页。

李旦时作《石淙》云："奇峰嶾嶙箕山北，秀崿岧峣嵩镇南。地首地肺何曾拟，天目天台倍觉惭。树影蒙茏鄣叠岫，波深汹涌落悬潭。□愿紫宸居得一，永欣丹扆御通三。"[①] 梁王武三思《奉和圣制夏日游石淙山》云："此地岩壑数千重，吾君驾鹤□乘龙。掩映叶光含翡翠，参差石影带芙蓉。白日将移冲叠巘，玄云欲度碍高峰。对酒鸣琴追野趣，时闻清吹入长松。"[②] 狄仁杰《奉和圣制夏日游石淙山》云："宸晖降望金舆转，仙路峥嵘碧涧幽。羽仗遥临鸾鹤驾，帷宫直坐凤麟洲。飞泉洒液恒疑雨，密树含凉镇似秋。老臣预陪悬圃宴，余年方共赤松游。"[③] 张易之《奉和圣制夏日游石淙山》云："六龙骧首晓骎骎，七圣陪轩集颍阴。千丈松萝交翠幕，一丘山水当鸣琴。青鸟白云王母使，垂藤断葛野人心。山中日暮幽岩下，泠然香吹落花深。"[④] 张昌宗《奉和圣制夏日游石淙山》云："云车遥裔三珠树，帐殿交阴八桂丛。涧险泉声疑度雨，川平桥势若晴虹。叔夜弹琴歌白雪，孙登长啸韵清风。即此陪欢游阆苑，无劳辛苦向崆峒。"[⑤] 苏味道《嵩山石淙侍宴应制》云："雕舆藻卫拥千官，仙洞灵谿访九丹。隐暧源花迷近路，参差岭竹扫危坛。重崖对耸霞文驳，瀑水交飞雨气寒。天洛宸襟有余兴，裴回周矚驻归銮。"[⑥] 姚崇《奉和圣制夏日游石淙山》云："二室三涂光地险，均霜揆日处天中。石泉石镜恒留月，山鸟山花竞逐风。周王久谢瑶池赏，汉主悬惭玉树宫。别有祥烟伴佳气，能随轻辇共葱葱。"[⑦] 阎朝隐《奉和圣制夏日游石淙山》云："金台隐隐陵黄道，玉辇亭亭下绛雰。千种冈峦千种树，一重岩壑一重云。花落风吹红的历，藤垂日晃绿葐蒀。五百里内贤人聚，愿陪阊阖侍天文。"[⑧] 崔融《嵩山石淙侍宴

① 《全唐诗》（增订本）卷二，第 25 页。
② 《全唐诗》（增订本）卷八十，第 863 页。
③ 《全唐诗》（增订本）卷四十六，第 559 页。
④ 《全唐诗》（增订本）卷八十，第 865 页。
⑤ 《全唐诗》（增订本）卷八十，第 866 页。
⑥ 《全唐诗》（增订本）卷六十五，第 752 页。
⑦ 《全唐诗》（增订本）卷六十四，第 745 页。
⑧ 《全唐诗》（增订本）卷六十九，第 767 页。

应制》云："洞口仙岩类削成，泉香石冷昼含清。龙旗画月中天下，凤管披云此地迎。树作帷屏阳景翳，芝如宫阙夏凉生。今朝出豫临悬圃，明日陪游向赤城。"① 薛曜《奉和圣制夏日游石淙山》云："玉洞幽寻更是天，朱霞绿景镇韶年。飞花藉藉迷行路，啭鸟遥遥作管弦。雾隐长林成翠幄，风吹细雨即虹泉。此中碧酒恒参圣，浪道昆山别有仙。"② 徐彦伯《石淙》云："碧淀红涔崿嶂间，淙嵌洑岨洊成湾。琪树璿娟花未落，银芝窋咤露初还。八风行殿开仙榜，七景飞舆下石关。张茑席云平圃宴，焜煌金记蕴名山。"③ 杨敬述《奉和圣制夏日游石淙山》云："山中别有神仙地，屈曲幽深碧涧垂。岩前暂驻黄金辇，席上还飞白玉卮。远近风泉俱合杂，高低云石共参差。林壑偏能留睿赏，长天莫遽下丹曦。"④ 于季子《奉和圣制夏日游石淙山》云："九旗云布临嵩室，万骑星陈集颍川。瑞液含滋登禹膳，飞流荐响入虞弦。山扉野径朝花积，帐殿帷宫夏叶连。微臣献寿迎千寿，愿奉尧年倚万年。"⑤ 这些诗的内容大同小异，亦各有可取之处吧。

薛曜书写的《夏日游石淙诗并序》摩崖碑，"刻于石淙北壁，高三百六十五厘米，宽二百四十厘米，楷书。碑文横列上中下三排，竖书。第一排首行为题《夏日游石淙诗并序》。下边依次是武则天序文（计十六行、行十四字）、圣制（武则天）诗、太子李显、相王李旦和梁王武三思的侍游应制诗。第二排依次是狄仁杰、张易之、张昌宗、李峤、苏味道、姚元崇侍游应制诗。第三排依次是阎朝隐、崔融、薛曜、徐彦伯、杨敬述、于季子和沈佺期侍游应制诗。碑之最后一行，上下通刻。上刻：大周久视元年岁次庚子律中蕤宾十九日丁卯。下刻：左奉宸大夫汾阴县开国男臣薛曜奉敕书。"⑥ 宋之问当时亦

① 《全唐诗》（增订本）卷六十八，第 765 页。
② 《全唐诗》（增订本）卷八十，第 867 页。
③ 《全唐诗》（增订本）卷七十六，第 827 页。
④ 《全唐诗》（增订本）卷八十，第 869 页。
⑤ 《全唐诗》（增订本）卷八十，第 869 页。
⑥ 黄明兰、朱亮编著：《洛阳名碑集释》，朝华出版社 2003 年版，第 130 页。

在从行陪游之列，作有《三阳宫石淙侍宴应制》（得幽字），诗云：

离宫秘苑胜瀛洲，别有仙人洞壑幽。
岩边树色含风冷，石上泉声带雨秋。
鸟向歌筵来度曲，云依帐殿结为楼。
微臣昔忝方明御，今日还陪八骏游。①

宋之问是初唐倡导律诗的大家，这首七言律诗写得很工整精巧。“石淙会饮”的应制之作，其实并不都如王士禛所言的那么糟糕，其内容固然没有深刻思想，多所逢迎，千篇一律，无足可取，但其形式的尝试对唐代七言律诗走向成熟的影响是不言而喻的。

宋之问又有《奉和梁王宴龙泓应教得微字》，应作于参与梁王武三思游宴龙泓之时。《旧唐书》卷一百八十三《外戚传》曰：“三思，元庆子也。少以后族累转右卫将军。则天临朝，擢拜夏官尚书。及革命，封梁王，赐实封一千户。”② 武三思《宴龙泓》云：“登临开胜托，眺瞩尽良游。岩崿萦纡上，澄潭屈曲流。泛兰清兴洽，折桂野文遒。别后相思处，崎岖碧涧幽。”③ 宋之问《奉和梁王宴龙泓应教得微字》云：

水府沦幽壑，星轺下紫微。
鸟惊司仆驭，花落侍臣衣。
芳树摇春晚，晴云绕座飞。
淮王正留客，不醉莫言归。④

龙泓即龙潭，此当指嵩山九龙潭。《古今图书集成》卷五十六《方舆汇编·山川典》“嵩山部”记云：“在卢岩之北为龙潭下寺。……自寺右转折而上至九

① （唐）沈佺期、宋之问著，陶敏、易淑琼校注：《沈佺期宋之问集校注》，《宋之问集校注》卷一，中华书局2001年版，第412页。

② （五代）刘昫等：《旧唐书》卷一百八十三《外戚传·武承嗣传附从父弟三思传》，中华书局1975年版，第4734页。

③ 《全唐诗》（增订本）卷八十，第864页。

④ （唐）沈佺期、宋之问著，陶敏、易淑琼校注：《沈佺期宋之问集校注》，《宋之问集校注》卷一《诗》，中华书局2001年版，第386页。

龙潭，山围中忽开平地，形势尤佳，相传武后曾建离宫于此。”两诗皆写龙潭幽深澄碧，景色秀美，众人兴致勃勃登览，流连忘返。宋之问《宴龙泓诗序》称颂此次郊游曰：“潭如月映，狎之者无从……斜驰洛邑，径路接于风烟；却枕寒郊，年代成乎今昔。群公以乘星戾止，纳言以捧日来游，虽复八舍七车，情每存于野托；貂冠鹊印，志弥尚于幽寻：探胜迹而忘疲，对良朋而不倦。于是藉织草，挹清樽，咀芝术，浮兰桂，同谢客之山行，类渊明之野酌。……此之嘉会，佥曰难逢，曹子建七步之才，论情实愧；江文通五色之管，岂宜虚掷。”[①] 龙潭景色宜人，群公悠然临赏，诗作文采斐然，堪称嘉会难逢。

姚崇又有应制诗《故洛阳城侍宴应制》云：“游豫停仙跸，登临对晚晴。川凫连倒影，岩鸟应虚声。野奏风成曲，山居云作缨。今朝丘壑上，高兴小蓬瀛。”[②]《春日洛阳城侍宴》云：“南山开宝历，北渚对芳蹊。的历风梅度，参差露草低。尧樽临上席，舜乐下前溪。任重由来醉，乘酣志转迷。”[③] 皆是随从武则天举行宴会所作，即景写来，附会歌颂朝政清明。宫廷御游虽然走出了宫殿朝堂，但宫廷文化形成的书写风格并不能一下子改变，宫廷御游文学的扈从性质决定了其取悦逢迎的内容，尽管其中融入了较为清新的自然山水风景描写。

宫廷中各种形式的宴饮庆典以及御游活动，为宫廷文学的发展提供了条件，无论是帝王的敕令，还是圣皇的评比夸赞奖赏，于宫廷文学的繁荣都起到了巨大的促进作用，显而易见地推动了古代文学的进程。宫廷文学是洛阳帝都文化的重要内容，对于其以颂美为主装点门面的风尚，我们应该结合时代文化予以具体评判，不能一概以糟粕而论，唯有如此，才能扬其所长，避

① （唐）沈佺期、宋之问著，陶敏、易淑琼校注：《沈佺期宋之问集校注》，《宋之问集校注》卷六《序》，中华书局 2001 年版，第 654 页。

② 《全唐诗》（增订本）卷六十四，第 745 页。

③ 《全唐诗》（增订本）卷六十四，第 746 页。

其所短，正确看待文化与文学。如何看待评价宫廷文学多为应制之作呢，宋人葛立方《韵语阳秋》卷二曰：

> 应制诗非他诗比，自是一家句法，大抵不出于典实富艳尔。夏英公《和上元观灯诗》云：“鱼龙曼衍六街呈，金锁通宵启玉京。冉冉游尘生辇道，迟迟春箭入歌声。宝坊月皎龙灯淡，紫馆风微鹤焰平。宴罢南端天欲晓，回瞻河汉尚盈盈。”王岐公诗云：“雪消华月满仙台，万烛当楼宝扇开。双凤云中扶辇下，六鳌海上驾山来。镐京春酒霑周燕，汾水秋风陋汉材。一曲昇平人共乐，君王又进紫霞杯。”二公虽不同时，而二诗如出一人之手，盖格律当如是也。丁晋公《赏花钓鱼诗》云：“鹦惊凤辇穿花去，鱼畏龙颜上钓迟。”胡文公云：“春暖仙蓂初霾靡，日斜芝盖尚徘徊。”郑毅夫：“水光翠绕九重殿，花气浓薰万寿杯。”皆典实富艳有余。若作清癯平淡之语，终不近尔。①

“典实富艳”可谓宫廷文学的可贵之处，它是文人士子思想学问才华的展现，也是一种文学风格。如何认识宫廷文学一味颂美的内容，张说《东都酺宴五首》序云：“若夫吟咏德泽，播越人声，斯固雅颂之余波，政教之遗美。凡我词客，安敢阙如，赋诗展事，垂列于后。”② 张说从传承雅颂余波的责任和义务高度，指出了宫廷文学服务于政教的本质。文学不能脱离于文化，宫廷文学其实是宫廷文化的集中折射。历代朝廷通过各种宴会彰显皇帝隆恩，明示太平盛世，美饰君臣关系，笼络天下人才，侍宴官僚文人的奉和应制之作投其所好，服务于政教需要，一味颂赞，虽然不全是虚情假意，间或也有诗人真实的感恩戴德之情流露，甚至也有写景摹状的佳句名篇，但还是难掩宫廷宴会文学粉饰太平的实质。

---

① （宋）葛立方：《韵语阳秋》，中华书局 1985 年版，第 14 页。
② （唐）张说撰，熊飞校注：《张说集校注》卷五，中华书局 2013 年版，第 166 页。

第四章　市井小说的奇闻

隋唐洛阳都城奇人会聚卧虎藏龙，市井坊间万象纷呈，许多人物故事被小说家演绎成传奇典型，广为流播，为人们所喜闻乐道。这些奇传异闻涉及的领域非常广泛，上至宫廷下到市井，人物形形色色，三教九流无所不包，想象丰富奇特，读来引人遐思。

第一节　积德坊里杨素沉浮

弘农华阴（今陕西华阴）人杨素，字处道，辅佐杨坚建立隋朝有功，隋文帝时为司徒，封越国公。隋炀帝杨广即位后，由于杨素助主平陈功勋巨大，遂将东京上春门甲第一区整一坊赏赐给杨素建宅，这就是隋朝的游艺坊，至唐为积德坊，位于洛水之北，东城之东，第六南北街，从南数第一坊，坊内有沉香堂，靠近唐上东门。杨素出身名门望族，青年时期胸怀大志，下笔成章，《隋书》赞誉其文曰“词气宏拔，风韵秀上，亦为一时盛作”①，足为一时豪杰，后期为官擅权，日渐骄盛，招致唾骂，一生从功臣宿将最后走到乱国奸臣，令人唏嘘。宋人曾慥《类说》卷六《河洛记》之“婆娑罗树”，记

① （唐）魏徵等：《隋书》卷四八《杨素传》，中华书局 1973 年版，第 1292 页。

载杨素修建洛阳城云："洛城山北谓之邙山，上无木，惟北岭上有古樗树，婆娑四五亩。杨素建都城，以此树为南北标准。嫌樗木名恶，号婆娑罗树。佛经言婆娑罗树是如来涅槃之所，其言不祥。后杨玄感乱，李密围城，及太宗征世充，皆于此树驻车，下瞰城中。"① 樗树俗名臭椿，杨素嫌弃不好听，改名为婆娑罗树，不料又犯了佛家的忌讳。

《太平广记》卷三百六十一《妖怪三·杨素》引《广古今五行记》云："大业五年，尚书令杨素于东都造宅。潜于宫省，遣人就卫尉少卿萧吉，请择良日入新宅。吉知其不终，乃以书一卷付之。此书专是述死丧之事，素开而恶之，乃焚于前庭。素宅内造沉香堂，甚精丽。初成，闭之三日，然后择日，始开视之，四壁如新血所洒，流于地，腥气触人，素甚恶之，竟遇鸩而死。九年，素长子礼部尚书杨玄感，庭中无故有血洒地，玄感惧，遂举兵反，伏诛。"② 杨素在东都建宅时，为了选个好日子迁入新居，暗中派人到宫中，去求尚书令院卫尉少卿萧吉帮忙选定，而萧吉预料到杨素不会得到善终，就给了他一卷书。杨素打开书一看是专门记述丧葬事情的，非常厌恶，就生气地烧了。杨素宅内的沉香堂极其精丽，建成后封闭三天，择日打开一看，墙壁地上全是鲜血，腥气逼人，杨素讨厌至极，结果遇毒酒死亡。大业九年，杨素的长子杨玄感，官至礼部尚书，有一天看见院子里忽然满地是血，十分恐惧，于是起兵造反，最终被杀。唐人李冗《独异志》卷上云："隋杨素家，富侈至极，家童数千人，后庭曳罗绮之女亦数千，都会之处，邸店碾硙，不知纪极。性贪营利，心无厌足，时议鄙之。"③ 杨素贪图奢华没有极限，遭到当时人的议论指责。

杨素的诗却骨力健拔，蝉蜕陈隋，值得称道，明人蒋一葵《尧山堂外纪》卷二十一《六朝》（隋）记载：

---

① （宋）曾慥编纂，王汝涛校注：《类说校注》上，福建人民出版社1996年版，第182—183页。
② （宋）李昉：《太平广记》卷三百六十一，中华书局1961年版，第2864页。
③ 上海古籍出版社编：《唐五代笔记小说大观》上册，上海古籍出版社2000年版，第919页。

> 杨素尝以五言诗赠薛道衡，词气颖拔，风韵秀上，为一时盛作。其略云：“滔滔彼江汉，实为南国纪。作牧求明德，若人应斯美。高卧未褰帷，飞声已千里。还望白云天，日暮秋风起。岘山君傥游，泪落应无已。”又云：“北风吹故林，秋声不可听。雁飞穷海寒，鹤唳霜皋净。含毫心未传，闻音路犹夐。惟有孤城月，徘徊独临映。吊影余自怜，安知我疲病。”未几素卒，道衡曰：“人之将死，其言也善。若是乎？”①

薛道衡是隋朝著名的诗人，杨素与之有赠诗往来，可见其诗名之高。杨素因爱人文才成人之美，留下了一段佳话，唐人刘餗《隋唐嘉话》卷上云：“李德林为内史令，与杨素共执隋政。素功臣豪侈，后房妇女锦衣玉食千人。德林子百药夜入其室，则其宠妾所召也。素俱执于庭，将斩之。百药年未二十，仪神俊秀，素意惜之，曰：‘闻汝善为文，可作诗自叙。称吾意，当免汝死。’后解缚，授以纸笔，立就。素览之欣然，以妾与之，并资从数十万。”② 李德林与杨素是同事，李德林的儿子李百药受杨素爱妾的召唤，夜晚来到房中幽会，被杨素捉奸抓到厅堂上准备一并杀了。当看到李百药少年倜傥清秀俊美时，心生不舍，令其作诗自辩。李百药把笔立成，当即交出，杨素看完煞是满意，当场将爱妾送给李百药为妻，并且资助钱财数十万，于是皆大欢喜。在文才和美人钱财之间，杨素选择了诗，后来竟又上奏请授李百药为尚书礼部员外郎，才气真的很重要啊。

杨素归还人妻也与他爱才有关，唐人李冗《独异志》卷下云：“隋朝徐德言妻陈氏，叔宝妹。因惧乱不能相保，德言乃破一镜分之，以为他年不知存亡，但端午日各持其半镜，于市内卖之，以图相合。”徐德言的妻子即陈后主的妹妹乐昌公主，遭遇乱世不能自保，两人约定若幸存以破镜复圆为信物。“至期适市，果有一破镜”，到了约定的时间，果然遇到一个卖半片镜子的，

---

① （明）蒋一葵撰，吕景琳点校：《尧山堂外纪》（外一种）一，中华书局 2019 年版，第 352 页。

② 上海古籍出版社编：《唐五代笔记小说大观》上册，上海古籍出版社 2000 年版，第 92 页。

徐德言于是在镜子背面题诗曰："镜与人俱去，镜归人不归。无复嫦娥影，空余七月辉。"情意绵绵，令人伤感。其时陈氏正被杨素所钟爱，把镜子拿给杨素看，杨素"乃命德言对饮，三人环坐，令陈氏赋诗一章，即还之"。三人对饮，杨素以诗考验陈氏，陈氏立等赋诗曰："今日何迁次，新官对旧官。笑啼俱不敢，方验作人难。"素感之，乃还德言。[1] 世事变迁实在难料，面对前后两位新旧丈夫时，乐昌公主陈氏不知该哭还是该笑，做人何其艰难不堪啊。杨素被陈氏的诗情打动，于是选择把陈氏还给了徐德言。传说陈氏和徐德言回到江南后，白头相守一直到老。

爱闲谈的杨素有时也很傻，隋人侯白《启颜录·嘲诮》记载一口吃者很聪明，云："隋朝有人敏慧，然而口吃。杨素每闲闷，即召与剧谈。"腊月无事，无聊的杨素找来一个聪敏的结巴与他闲谈。尝岁暮无事对坐，因戏之云："有大坑深一丈，方圆亦一丈，遣公入其中，何法得出？"此人低头良久，乃问云："有梯出否？"素曰："只论无梯，若论有梯，何须更问？"其人又低头良久，问曰："白白白白日？夜夜夜夜地？"素云："何须云白日夜地。若为得出？"乃云："若不是夜地，眼眼不瞎，为甚物入入里许？"素大笑。又问云："忽命公作军将，有小城，兵不过一千已下，粮食唯有数日，城外被数万人围，若遣公向城中，作何谋计？"低头良久，问云："有有救救兵否？"素云："只缘无救，所以问公。"沉吟良久，举头向素云："审审如如公言，不免须败。"素大笑。又问云："计公多能，无种不解。今日家中有人蛇咬足，若为医治？"此人即应声报云："取五月五日南墙下雪雪涂涂即即治。"素云："五月何处得有雪？"答云："若五月五日无雪，腊月何处有蛇咬？"素笑而遣之。[2] 口吃者果然机灵，每次都能巧妙应对，令杨素开心大笑。这些出自笔记小说的记录书写，可谓是那个时代杂闻消息传播的新鲜渠道，促进了后世小说的发达。

---

① 上海古籍出版社编：《唐五代笔记小说大观》上册，上海古籍出版社 2000 年版，第 950 页。

② （隋）侯白著，曹林娣、李泉辑注：《启颜录》，上海古籍出版社 1990 年版，第 57 页。

第二节　至尊皇上是是非非

唐代的几位著名皇帝都有一些趣闻糗事流传民间，为人们乐道不疲。唐太宗李世民一生戎马倥偬大有作为，在洛阳也有许多故事。宋人王谠《唐语林》卷三《规箴》记载：太宗常幸洛阳，颇见可欲，多治隋氏旧宫，或纵畋游。魏徵骤谏，上忻然罢，曰："非公，无此语。"① 太宗幸洛阳本来想放纵一番，结果被魏徵声色俱厉地进谏阻止，太宗于是愉快地听从作罢。唐人刘肃《大唐新语》卷十三《记异第二十九》云：

> 沙门玄奘俗姓陈，偃师人，少聪敏，有操行。贞观三年，因疾而挺志往五天竺国，凡经十七岁，至贞观十九年二月十五日，方到长安。足所亲践者一百一十一国，探求佛法，咸究根源。凡得经论六百五十七部，佛舍利并佛像等甚多。京城士女迎之，填城隘郭。时太宗在东都，乃留所得经像于弘福寺。有瑞气徘徊像上，移晷乃灭。遂诣驾，并将异方奇物朝谒。太宗谓之曰："法师行后，造弘福寺，其处虽小，禅院虚静，可谓翻译之所。"太宗御制《圣教序》；高宗时为太子，又作《述圣记》；并勒于碑。②

贞观十九年（645年），唐太宗在洛阳接见了玄奘，并指示将弘福寺用来专门翻译经书，又亲自御制《圣教序》刻在碑上。柳宗元《龙城录》之《阎立本有丹青之誉》记载："阎立本画《宣王吉日图》，太宗文皇帝上为题字。时朝中诸公皆议论东都从幸，上出示图于诸臣，称为越绝前世。已而忽藏于衣袖，笑谢而退。自是立本有丹青之誉。"③ 阎立本是初唐著名的政治家及画家，擅

---

① （宋）王谠撰，周勋初校证：《唐语林校证》，中华书局1987年版，第302页。

② （唐）刘肃等撰，恒鹤等校点：《大唐新语》（外五种），上海古籍出版社2012年版，第107页。

③ 上海古籍出版社编：《唐五代笔记小说大观》上册，上海古籍出版社2000年版，第144—145页。

长绘画、建筑等，被誉为“丹青神化”，颇受太宗赏识。

武则天喜好占梦，唐人张鷟《朝野佥载》卷三记载：则天后尝梦一鹦鹉，羽毛甚伟，两翅俱折。以问宰臣，群公默然。内史狄仁杰曰：“鹉者，陛下姓也；两翅折，陛下二子庐陵、相王也。陛下起此二子，两翅全也。”武承嗣、武三思连项皆赤。后契丹围幽州，檄朝廷曰：“还我庐陵、相王来！”则天乃忆狄公之言，曰：“卿曾为我占梦，今乃应矣。朕欲立太子，何者为得？”仁杰曰：“陛下内有贤子，外有贤侄，取舍详择，断在圣衷。”则天曰：“我自有圣子，承嗣、三思是何疥癣！”承嗣等惧，掩耳而走。即降敕追庐陵，河内王等奏，不许入城，龙门安置。贼徒转盛，陷没冀州，则天急，立为太子，充元帅。初募兵，无有应者，闻太子行，北邙山头皆兵满，无容人处。贼自退散。① 狄仁杰为女皇解梦，意在立庐陵王为太子，后来果然应验，百姓拥护，“贼兵退散”。关于武则天立太子，唐人刘肃《大唐新语》卷九《谀佞第二十一》记载：则天称尊号，以睿宗为皇嗣，居东宫。洛阳人王庆之希旨，率浮伪千余人诣阙，请废皇嗣而立武承嗣为太子。召见，两泪交下。则天曰：“皇嗣我子，奈何废之？”庆之曰：“神不享非类，今日谁国，而李氏为嗣也？”则天固谕之令去，庆之终不去，面覆地，以死请。则天务遣之，乃以内印印纸，谓之曰：“持去矣。须见我，以示门者，当闻也。”庆之持纸，去来自若。此后屡见，则天亦烦而怒之，命李昭德赐杖。昭德命左右引出光政门外，昌言曰：“此贼欲废皇嗣而立武承嗣。”命扑之，眼耳皆血出，乃榜杀之。② 洛阳人王庆之不识时务非要请求废除太子，以致被设计杀害。

唐玄宗可谓真命天子，唐人卢肇《逸史》玄宗记载：“玄宗微时，尝至洛阳令崔日用宅。崔公设馔未熟，玄宗因寝庭前。一架花初开，崔公见一巨黄

---

① （唐）张鷟撰，郝润华、莫琼辑校：《朝野佥载辑校》卷三，山东人民出版社 2018 年版，第 59 页。

② （唐）刘肃等撰，恒鹤等校点：《大唐新语》（外五种），上海古籍出版社 2012 年版，第 81 页。

蛇食藤花，惊不敢近。逡巡不见，玄宗觉曰：‘大奇，饥甚，睡梦中吃藤花，滋味分明记，今已得余饱。’崔公乃知他日启圣之验也。”① 崔日用所见“巨蛇食藤花”的情景，分明就是玄宗日后成圣的预兆呀。唐人郑綮《开天传信记》记载：“上于诸王友爱特甚，常思作长枕，与诸王同起卧。诸王有疾，上辄终日不食，终夜不寝，形忧于色。左右或开谕进食，上曰：‘弟兄，吾手足也。手足不理，吾身废矣，何暇更思美食安寝邪？’上于东都起五王宅，于上都制‘花萼相辉’之楼，盖为诸王为会集宴乐之地。上与诸王靡日不会聚，或讲经义、论理道，间以球猎蒲博、赋诗饮食，欢笑戏谑，未常怠惰。近古帝王友爱之道，无与比也。”② 宋人王谠《唐语林》卷一《德行》记载曰：“玄宗诸王友爱特甚，常思作长枕大被，与同起卧。诸王或有疾，上辗转终日不能食。左右开喻进膳，上曰：‘弟兄，吾之手足。手足不理，吾身废矣，何暇更思寝食？’上于东都起五王宅，又于上都创花萼楼，益与诸王会聚。或讲经义，赋诗饮酒，欢笑戏谑，未尝猜忌。”③ 玄宗与诸位兄弟同床共枕，亲密无间，嬉戏游玩，又于东都建造五王宅，安置众兄弟，留下了“长枕大被”兄弟友爱的典故。

《唐语林》卷五《补遗》记载玄宗召人祈雨云：玄宗尝幸东都，天大旱，且暑。时圣善寺有竺乾僧无畏，号曰三藏，善召龙致雨之术。上遣力士疾召无畏请雨，无畏奏曰：“今旱，数当然尔。召龙兴烈风雷雨，适足暴物，不可为也。”上使强之，曰：“人苦暑久矣！虽暴风疾雷，亦足快意。”无畏辞不获已，遂奉诏。有司为陈请雨具，而幡幢像设甚备。无畏笑曰：“斯不足以致雨。”悉令撤之。独盛一钵水，无畏以小刀于水钵中搅旋之，梵言数百咒水。须臾之间，有龙，其状如指，赤色，首瞰水上。俄顷，没于水钵中。无畏复

---

① （明）陶宗仪等编：《说郛三种》卷二十四《逸史》，上海古籍出版社2012年版，第435页。

② 上海古籍出版社编：《唐五代笔记小说大观》下册，上海古籍出版社2000年版，第1222—1223页。

③ （宋）王谠撰，周勋初校证：《唐语林校证》，中华书局1987年版，第3页。

以刀搅水，咒者三。有顷，白气自钵中兴，如炉烟，径上数尺，稍引去讲堂外。无畏谓力士曰："亟去，雨至矣！"力士驰马，去而四顾，见白气疾旋，自讲堂而西，若尺素腾上。既而昏霾，大风震雷，暴雨如泻。力士驰及天津之南，风雨亦随马而至矣。街中大树多拔。力士复奏，衣尽沾湿。孟温礼为河南尹，目见其事。温礼子尝言于李栖筠，与力士同在先朝。吏部员外郎李华撰《无畏碑》，亦云前后奉诏，禳旱致雨，灭火回风，昭昭然遍诸耳目也。①

这种天旱祈雨的故事，发生在玄宗尝幸东都的时候，自然别有意味了。

宋人李昉《太平广记》卷二百四十《谗佞二·李林甫》引《国史补》记载玄宗开元二十四年幸长安云：

> 玄宗在东都，宫中有怪，明日，召宰相，欲西幸。裴稷山、张曲江谏曰："百姓场圃未毕，请候冬间。"是时，李林甫初拜相，窃知上意，及罢退，佯为蹇步。上问何故脚疾，对曰："臣非病足，愿独奏事。"乃言："二京，陛下东西宫也，将欲驾幸，何用择时？设有妨于刈获，独免过路赋税。臣请宣示有司，即日西幸。"上大悦，自此驾幸长安，不复东矣。旬日，耀卿、九龄俱罢，而牛仙客进。②

玄宗欲西幸长安，直臣裴耀卿和张九龄进言谏阻，建议等到冬天农闲再行，结果却被罢相。奸相李林甫偷偷摸摸曲意逢迎，反而得逞，玄宗后来确实不再采纳逆耳忠言了。但唐玄宗对文士还是重用的，唐人刘肃《大唐新语》卷十一《褒锡第二十四》记载：

> 右补阙毋煚，博学有著述才，上表请修古史，先撰目录以进。玄宗称善，赐绢百匹。性不饮茶，制《代茶余序》，其略曰："释滞销壅，一日之利暂佳；瘠气侵精，终身之累斯大。获益则归功茶力，贻患则不为茶灾。岂非福近易知，祸远难见。"煚直集贤，无何，以热疾暴终。初，煚梦着衣冠上北邙山，亲友相送。及至山顶，回顾，

① （宋）王谠撰，周勋初校证：《唐语林校证》，中华书局1987年版，第467页。

② （宋）李昉：《太平广记》卷二百四十，中华书局1961年版，第1856页。

> 不见一人，意恶之。及卒，僚友送至北邙山，咸如所梦。玄宗闻而悼之，赠朝散大夫。①

右补阙毋煚博学多才，擅长撰写文章，上书请求编写古史，写好目录后进献皇上。唐玄宗称赞很好，赐给他一百匹绢。毋煚没有饮茶的习惯，替别人作了一篇饮茶序文，讲了饮茶一天的好处和一生的后患，说明福气近容易感到，灾祸远难以看到。毋煚在集贤院供事，不久因热病暴死。之前，毋煚曾梦见自己穿戴整齐上了北邙山，亲戚朋友都来相送，等到了山顶，回头看时，却不见一人，他心里感觉很不吉利。等死后，安葬于北邙山，亲友同僚皆来送行，一切如他所梦。唐玄宗得知他去世后，追赠为朝散大夫，予以悼念。

第三节　高官宅第靡费奢华

都城高官宅第游乐饮食等的奢华，历来为人诟病，诸如许敬宗之类都是极端的典型。《太平广记》卷二百三十六《奢侈一 · 许敬宗》引《独异记》云："唐许敬宗奢豪，尝造飞楼七十间，令妓女走马于其上，以为戏乐。"② 清人徐松《唐两京城坊考》卷五《东京 · 外郭城》云：定鼎门街东第二街，北隔洛水，当皇城之左掖门。……次北修业坊。景云女道士观。郧国公主宅。本许敬宗宅。③ 今人考修业坊位于定鼎门东第二街，从南向北数第五坊，遗址大概在今洛龙区安乐镇安乐村和西岗村。《太平广记》卷二百六十五《轻薄一 · 许敬宗》引《国史纂异》又云许敬宗："第舍华僭，至造连楼，使诸妓走其上，纵酒奏乐自娱。……许敬宗性轻，见人多忘之，或谓其不聪。曰：'卿自难识，若是曹、刘、沈、谢，暗中摸索著亦可识。'"许敬宗居宅豪华逾越制度，建造飞楼七十间，嗜酒观妓娱乐，眼睛向上，目中无人，过分轻

---

① （唐）刘肃等撰，恒鹤等校点：《大唐新语》（外五种），上海古籍出版社 2012 年版，第 93 页。
② （宋）李昉：《太平广记》卷二百三十六，中华书局 1961 年版，第 1816 页。
③ （清）徐松撰，李健超增订：《增订唐两京城坊考》，三秦出版社 2006 年版，第 294—298 页。

狂纵欲好浮华。等他死后，博士袁思古议曰：“敬宗位以才升，历居清级。然弃长子于荒徼，嫁少女于夷落。闻诗学礼，事绝于趋庭。纳采问名，惟闻于黩货。请谥为‘缪’。”① 谥号是盖棺定论的评价，所以为人怎能无所顾忌呢。唐人康骈《剧谈录》卷下《洛中豪士》讽刺洛城豪贵大户云：

乾符中，洛中有豪贵子弟，承藉勋荫，物用优足。恣陈锦衣玉食，不以充诎为戒，饮馔华鲜，极口腹之欲。有李使君出牧罢归，居止亦在东洛，深感其家恩旧，欲召诸子从容。有敬爱寺僧圣刚者，常所来往，李因以具宴为说。僧曰：“某与为门徒久矣。每见其饮食，穷极水陆滋味，常馔必以炭炊，往往不惬其意。此乃骄逸成性，使君召之可乎？”李曰：“若朱象髓、白猩唇恐不可致；止于精洁修办小筵，亦未为难。”于是广求珍异，俾妻孥亲为调鼎，备陈绮席雕盘，选日邀致，弟兄列坐矜持，俨若冰玉。肴羞每至，曾不下箸。主人揖之再三，唯沾果实而已。及至水餐，俱致一匙于口，各相眄良久，咸若飧荼食蘖李，莫究其由。但以失饪为谢。明日复睹圣刚，备述诸子情貌，僧曰：“某前者所说，岂谬哉！”而因造其门以问之曰：“李使君特备一筵，肴馔可为丰洁，何不略领其意？”诸子曰：“燔炙煎和，未得其法。”僧曰：“他物纵不可食，炭炊之餐，又嫌何事？”乃曰：“上人未知。凡以炭炊馔，先烧令熟，谓之炼火，方可入爨，不然，犹有烟气。李使君宅炭不经炼，是以难于餐啖。”僧抚掌大笑曰：“此非贫道所知也。”及大寇先陷瀍洛，财产剽掠俱尽，昆仲数人，与圣刚同时窜避，潜伏山谷，不食者三日。贼锋稍远，徒步将往河桥，道中小店始开，以脱粟为餐而卖。僧囊中有钱数文，买于土杯同食。腹枵既甚，粱肉之美不如。僧笑而谓曰：“此非炼炭

① （宋）李昉：《太平广记》卷二百六十五，中华书局1961年版，第2071页。

所炊，不知可与诸郎君吃否?”但低首惭靦，无复词对。[①]

洛中豪贵子弟讲究饮食，无所不用其极，用精炭烧的饭竟然也能闻出烟气，不肯尝吃，简直是穷奢极欲。古人云：“膏粱之性难正。”其此之谓乎？以故圣人量腹而食，贤者戒于奢逸。还有更过分的张氏兄弟，唐人张鷟《朝野佥载》卷二记载：“周张易之为控鹤监，弟昌宗为秘书监，昌仪为洛阳令，竞为豪侈。易之为大铁笼，置鹅鸭于其内，当中爇炭火，铜盆贮五味汁，鹅鸭绕火走，渴即饮汁，火炙痛即迴，表里皆熟，毛落尽，肉赤烘烘，乃死。昌宗活拦驴于小室内，起炭火，置五味汁如前法。昌仪取铁橛钉入地，缚狗四足于橛上，放鹰鹞，活按其肉，食肉尽而狗未死，号叫酸楚，不复可听。易之曾过昌仪，忆马肠，取从骑破胁取肠，良久乃死。后诛易之、昌宗等，百姓脔割其肉，肥白如猪肪，煎炙而食。昌仪打双脚折，抉取心肝而后死，斩其首送都，谚云‘走马报’。”[②] 张易之兄弟烧烤鹅、鸭、驴等，令饮五味汁的制作方法，有违人道，令人不齿。

御食无疑更讲究，《太平广记》卷二百三十四《御厨》引《卢氏杂说》云：“御厨进馔，凡器用有少府监进者，用九飣食，以牙盘九枚，装食味于其间，置上前，亦谓之看食。见京都人说，两军每行从进食，及其宴设，多食鸡鹅之类。就中爱食子鹅，鹅每只价值二三千。每有设，据人数取鹅。燖去毛，及去五脏，酿以肉及糯米饭，五味调和。先取羊一口，亦燖剥，去肠胃，置鹅于羊中，缝合炙之。羊肉若熟，便堪去却羊，取鹅浑食之，谓之浑羊殁忽。翰林学士每遇赐食，有物若毕罗，形粗大，滋味香美，呼为诸王修事。”[③] 什么“浑羊殁忽”“诸王修事”，无非是巧吃海喝而已。

---

① 上海古籍出版社编：《唐五代笔记小说大观》下册，上海古籍出版社 2000 年版，第 1485—1486 页。

② （唐）张鷟撰，郝润华、莫琼辑校：《朝野佥载辑校》卷二，山东人民出版社 2018 年版，第 31—32 页。

③ （宋）李昉：《太平广记》卷二百三十四，中华书局 1961 年版，第 1792 页。

第四节　巫术占梦引人遐想

巫术预言常有警示作用，为人乐传，唐人刘餗《隋唐嘉话》卷上记载："洛阳南市，即隋之丰都市也。初筑外垣之时，掘得一冢，无砖甓。棺中有平上朱衣，铭云：'筮言居朝，龟言近市，五百年间，于斯见矣。'校其年月，当魏黄初二年。"[①] 唐人张鷟《朝野佥载》卷五记云："东都丰都市在长寿市之东北。初筑市垣，掘得古冢，土藏，无砧甓，棺木陈朽，触之便散。尸上着平上帻，朱衣。得铭云：'筮道居朝，龟言近市，五百年间，于斯见矣。'当时达者参验，是魏黄初二年所葬也。"[②] 丰都市中挖得一座古墓，土埋没有砧垫砖瓦，棺材木头已经腐烂，尸体戴一平巾帻，是魏晋时武官所戴的一种头巾，身着朱衣。把发现的铭文内容和当时人的验证进行对照，结果确实和古代的预言一致，令人充满了沧海桑田的历史轮回感。唐代洛阳南市即隋代丰都市，唐人杜宝《大业杂记》云："跨水有临寰桥，桥南二里，有丰都市，周八里，通门十二，其内一百二十行，三千余肆，甍宇齐平，四望一如，榆柳交阴，通渠相注。市四壁有四百余店，重楼延阁，互相临映，招致商旅，珍奇山积。"[③] 整个市场规划整齐，环境优美，店铺林立，建筑奢华，物品丰富，人来车往，一片繁荣景象。《隋唐嘉话》卷下云："东封之岁，洛阳平御路，北市东南隅得铭汉丞相长史朱买臣墓云：'蓍言市，千载之后阿谁是？'"[④] 也是巫术预言一类，充满奇异色彩。

东都洛阳的占卜术得天独厚，《酉阳杂俎》前集卷五《怪术》云："天宝

---

① 上海古籍出版社编：《唐五代笔记小说大观》上册，上海古籍出版社 2000 年版，第 93 页。

② （唐）张鷟撰，郝润华、莫琼辑校：《朝野佥载辑校》卷五，山东人民出版社 2018 年版，第 121 页。

③ （唐）杜宝：《大业杂记》，中华书局 1991 年版，第 6 页。

④ 上海古籍出版社编：《唐五代笔记小说大观》上册，上海古籍出版社 2000 年版，第 114 页。

末，术士钱知微尝至洛，遂榜天津桥表柱卖卜，一卦帛十匹。”① 可见有人通过从事占卜算卦讨生活。柳宗元《龙城录》之《武居常有身后名》记载：“武居常，天后高祖也。少时游洛下，人呼为猴颊郎，以居常颐下有须，若猿颔也，其上有四靥。一日，伊水上遇一丐者曰：‘郎君当有身后名。而骨法当刑。然有女，当八十年后起家暴贵，寻亦浸微。’居常不信，后卒如言。丐者岂非异人乎？”② 唐人钟辂《续前定录》记载武居常云：“武居常，天后高祖也。少时游洛下，人谓为猴颊郎，以居常颐下有若猿颔也。其上有四靥。一日伊水上遇一丐者曰：‘郎君当有身后名，而骨法当刑，然有女当八十八后起家暴贵，寻亦浸微。’居常不之信，后卒如其言。”③ 可见武居常遇到的乞丐，并不是一般的乞讨人。唐人康骈《剧谈录》卷上《裴晋公天津桥遇老人》记载：

> 裴晋公度，微时羁寓洛中，常乘蹇驴入皇城。方上天津桥，时淮西不庭已数年矣，有二老人傍桥柱而立，语云：“蔡州用兵日久，征发甚困于人，未知何时得平定。”忽睹裴公，惊愕而退。有仆者携书囊后行，相去稍远，闻老人云：“适忧蔡州未平，须待此人为将。”既归，仆者具述其事，裴公曰：“见我龙钟相戏尔！”其秋，东府乡荐，明年及第。洎秉钧衡，朝廷议授吴元济节钺，既而延英候对，宪皇以问宰臣，裴公奏曰：“贼臣跋扈四十余年，圣朝姑务含弘，盖虑凋伤一境，不闻归心效顺，乃欲坐据一方，若以旄钺授之，翻恐恣其凶逆。以陛下聪明神武，藩镇皆愿勤王。臣请一诏追兵，可以平荡妖孽。”于是命晋公为淮西节度使，兴师致讨。时陈许汴滑三帅，先于郾城县屯军。晋公统精甲五万会之，受律鼓行而进，直造蔡州城下。才两月，擒贼以献，淮西遂平。后入朝居廊庙，六拜正

① （唐）段成式撰，曹中孚校点：《酉阳杂俎》，上海古籍出版社2012年版，第35页。

② 上海古籍出版社编：《唐五代笔记小说大观》上册，上海古籍出版社2000年版，第140页。

③ （唐）钟辂纂：《前定录　续录》（及其他二十种）上册，中华书局1991年版，第24页。

司徒，为侍中中书令，儒风武德，振耀古今。洎留守洛师，每话天津桥老人之事。①

裴度所遇老者大概是先知之神人，可以预见未来。裴度因功被封为晋国公，世称裴晋公，这一则裴度天津桥遇老人的故事，应该是后人附会于裴度的，不过裴度确实平定淮西时知人善任，招数出奇，功莫大焉。同书卷上《御史滩》记载牛僧孺云："河南府伊阙县前临大溪，每僚佐有入台者，即水中先有小滩涨出，石砾金沙，澄澈可爱。牛相国为县尉，一旦忽报滩出，翌日，宰邑者与同僚列筵于亭上观之，因召耆宿备询其事。有老吏云：'此必分司御史，非西台之命，若是西台，滩上当有鸂鶒双立，前后居人以此为则。'相国潜揣县僚无出于己，因举杯祝曰：'既能有滩，何惜鸂鶒。'宴未终，俄有一双飞下，不旬日，拜西台监察御史。"② 当初牛僧孺做县尉时，忽然有一天小滩有鸂鶒出现，预示有人要入御史台，果然不出十天，牛僧孺便被拜西台监察御史。御史东台在洛阳为分司，西台在长安，牛僧孺更想到长安任监察御史。同书《洛中大水》又记民间传闻云：

咸通四年秋，洛中大水，苑囿庐舍，靡不淹没。厥后，香山寺僧云："其日将暮，见暴水自龙门川北下，有如决江海，鼓怒之间，殷若雷震，有二黑牛出于水上，掉尾跃空而进。"众僧与居人凭高望之，谓城中悉为鱼矣。俄见定鼎、长夏二门，阴曀忽开，亦有青牛奋跃而出，相去约有百步，黑牛奔走而回，向之怒浪惊澜，翕然遂低数丈。是夕飘溺尤甚，京邑遂至萧条。十余年间，尚未完葺。先是，皇城守阍者，白昼闻五凤楼中有人歌云："天津桥畔火光起，魏王堤上看洪水。"时郑相国涯留守洛师，闻之，以为妖妄。经月余，从事宴罢夜归，执烛者有火烬遗落，骑从才过，烟焰已高，救之不

① 上海古籍出版社编：《唐五代笔记小说大观》下册，上海古籍出版社2000年版，第1470—1471页。

② 上海古籍出版社编：《唐五代笔记小说大观》下册，上海古籍出版社2000年版，第1463页。

及，遂烧其半。及潦将兴，谷洛先涨，魏王与月波二堤俱坏，乃明阍者之言。①

如此看来，皇城看门人大白天听到的五凤楼歌声，“天津桥畔火光起，魏王堤上看洪水”，是有预言之意的。《唐语林》卷七《补遗》记载民谣云：咸通初，洛中谣曰：“勿鸡言，送汝树上去；勿鸭言，送汝水中去。”又曰：“勿笑父母不认汝。”及李纳为河南尹，是年大水，纳观水于魏王堤上，波势浸盛，虑其覆溺，于是策马而回。时人语曰：“昔瓠子将坏，而王尊不去；洛水未至，而李纳已回。”是时男女多栖于木，咸为所漂者，父母观之不能救。② 相较于汉代王尊在黄河淹没瓠子金堤时，亲自率领官吏百姓抗洪的典实，河南尹李纳洪水当头自己先跑，实在不值得一说，但之前的洛中谣语，应当是善意的提醒。这两次洪水都发生在咸通年间，流传下来自有其意义。

《太平广记》卷一百五十三《定数八·李藩》引《逸史》记载李藩云：

李相藩，尝寓东洛，年近三十，未有宦名。夫人即崔构庶子之女。李公寄托崔氏，待之不甚厚。时中桥胡芦生者善卜，闻人声，即知贵贱。李公患脑疮，又欲挈家居扬州，甚愁闷，乃与崔氏弟兄访胡芦生。芦生好饮酒，人诣之，必携一壶，故谓为胡芦生。李公与崔氏各携钱三百，生倚蒲团，已半酣。崔氏弟兄先至，胡芦生不为之起，但伸手请坐。李公以疾后至，胡芦生曰：“有贵人来。”乃命侍者扫地。既毕，李公已到。未下驴，胡芦生笑迎执手曰：“郎君贵人也。”李公曰：“某贫且病，又欲以家往数千里外，何有贵哉？”芦生曰：“纱笼中人，岂畏迍厄？”李公请问纱笼之事，终不说。遂往扬州，居于参佐桥。使院中有一高员外，与藩往还甚熟。一旦来诣藩，既去，际晚又至，李公甚讶之。既相见，高曰：“朝来拜候，

① 上海古籍出版社编：《唐五代笔记小说大观》下册，上海古籍出版社 2000 年版，第 1476—1477 页。

② （宋）王谠撰，周勋初校证：《唐语林校证》，中华书局 1987 年版，第 667 页。

却归困甚，昼寝，梦有一人。召出城外，于荆棘中行。见旧使庄户，卒已十年，谓某曰：‘员外不合至死，为物所诱，且便须回。某送员外去。’却引至城门。某谓之曰：‘汝安得在此?’云：‘我为小吏，差与李三郎当直。’某曰：‘何处李三郎?’曰：‘住参佐桥之员外，与李三郎往还，故此祗候。’某曰：‘三郎安得如此?’曰：‘是纱笼中人。’诘之不肯言，因曰：‘某饥，员外能与少酒饭钱财否？子城不敢入，请与城外置之。’某谓曰：‘就三郎宅中得否?’曰：‘若如此，是杀某也。’遂觉，已令于城外与置酒食，且奉报好消息。”李公微笑。数年，张建封仆射镇扬州，奏李公为巡官校书郎。会有新罗僧，能相人，且言张公不得为宰相，甚怀怏。因令于使院中，看郎官有得为宰相者否。遍视良久，曰：“并无。”张公尤不乐，曰：“莫有郎官未入院否?”报云：“李巡官未入。”便令促召。逡巡至，僧降阶迎，谓张公曰：“巡官是纱笼中人，仆射且不及。”张公大喜，因问纱笼中之事。僧曰：“宰相冥司必潜纱笼护之，恐为异物所扰，余官即不得也。”方悟胡芦生及高所说。李公竟为宰相也。信哉！人之贵贱分定矣。①

丞相李藩，三十岁时住在东洛，还没当官，寄住在岳丈崔构家，遭到冷遇。洛阳中桥当时有个叫胡芦生的，能听人声音算命，知人贵贱。李藩患了脑疮，打算搬到扬州去，心情不好，便与崔家两兄弟到胡芦生处算命。好喝酒的胡芦生醉醺醺地靠在蒲团上，等李藩一到，就说贵人来了，令人洒水扫地，上前拱手迎接，称李藩是纱笼中人。李藩到扬州后住在参佐桥，有一个高员外，早上才见过李藩，晚上又来看望，告诉李藩他白天睡觉时做了一个梦，梦中提到李藩是纱笼中人。几年后，张建封镇守扬州，聘任李藩做了巡官校书郎。一天，遇到个会看相的新罗和尚，把张建封的部属都看过后，又说李藩是纱

① （宋）李昉：《太平广记》卷一百五十三，中华书局1961年版，第1099—1100页。

笼中人。张建封于是问他纱笼中人是怎么回事，新罗和尚回答说："若是宰相，阴间就会以纱笼守护，防止被伤害，其他的没有这种待遇。"呵呵，原来胡芦生是说李藩能当宰相啊，欲以此来说明，人生贵贱早由天定。王谠《唐语林》卷六《补遗》记载窦庭芝云：

> 宝应中，员外郎窦庭芝分司东都，敬事卜者葫芦生，言吉凶多中，往来甚频。一日，入门甚叹惋，庭芝问之，曰："君家大祸将至，举族恐无遗类。"庭芝惶恐，问所以避之者。云："非遇黄中君、鬼谷子不可救。然黄中君难见，但见鬼谷子，当无患矣。"具说形貌服饰，令浃旬求之。于是窦与兄弟群从洎妻子奴仆，晓夕求访于洛下。时李邺侯居忧于河清县，骑驴入洛，至中桥南，遇大尹避道，驴惊逸而走，径入庭芝所居。与仆者共造其门，值车马将出，忽见邺侯，皆惊视之。俄有人出云："此是分司窦员外宅，所失驴收在马厩。请客入座，员外尝愿修谒。"如此者数四。不获已，就其第。庭芝出，降阶而拜，延接殷勤，遂至信宿。至于妻孥，咸备家人之礼。数日告去，赠送甚厚，但云："贵达之日，愿以一家为托。"邺侯居于河清，信使旁午于道。（原注：庭芝初与邺侯相值，葫芦生遽至其家，云："既遇此人，无复忧矣！"）及朱泚之乱，庭芝方为陕府观察，德宗幸奉天，遂降；贼平，德宗首命诛之。邺侯自南岳徵回，因第贼臣罪状，请庭芝减死。上不许，云："卿以为宁王姻党乎？"（原注：庭芝姊为宁王妃）邺侯具白以旧事，上乃原其罪。邺侯始奏，上密使中官夜乘传陕州问之，与庭芝云符合。德宗曰："黄中君，盖我也；谓卿为鬼谷子，何也？"（原注或云：李氏之先君灵城，在清谷前、浊谷后，恐以此言之。）①

葫芦、胡芦通用，此葫芦生和上面的洛阳中桥胡芦生当为一人。员外郎窦庭

① （宋）王谠撰，周勋初校证：《唐语林校证》，中华书局1987年版，第557—558页。

芝分司东都洛阳，葫芦生谈论吉凶没有不准的，得到窦庭芝的敬重。一天早晨，葫芦生来到窦家，叹息不已，窦庭芝问他怎么回事，他只好如实相告说你家将有大祸了。窦家人哭啼不知所措，求他解救，他说："若能遇上黄中君，或者是鬼谷子，便可以免祸患了。"因黄中君不好遇到，葫芦生就描述了鬼谷子的形貌及服饰，要求十天内找到。于是窦庭芝全家及奴仆们，不分昼夜满洛阳城求访鬼谷子。当时住在河清的李泌，骑着骡子到洛阳城探亲访友，走到中桥时，遇到京城长官的车马，赶紧回避，不料骡子受惊，直接跑进了窦庭芝的家里，李泌带领仆人也一起来到窦家。窦家人正要出门，看到李泌莫不惊愕退回。不一会儿，有人出来告诉李泌，骡子在马棚里面呢，主人请您进去坐坐。李泌来到厅中，窦庭芝在阶下参拜后，殷勤地接待李泌，住了两宿，全家人都按礼节一一拜见，临走时赠送了非常丰厚的礼物。葫芦生在窦庭芝家见到了李泌，就对窦庭芝说不用再担心了，这个人可以救你。等到朱泚叛乱时，窦庭芝担任陕西廉察使，听说皇帝到了奉天，就赶紧自首了。德宗拨乱反正，李泌做了宰相，德宗要杀窦庭芝，李泌向皇上求情，详细地叙述了以前的事情，皇上派人秘密审查，窦庭芝提供的笔录和李泌所讲一模一样。德宗对李泌说："葫芦生所说黄中君应该指我，你为什么叫鬼谷子呢？"李泌解释说大概是因为祖坟在河清谷前的鬼谷吧。葫芦生的神算确实有些玄乎呢。

唐人张鷟《朝野佥载》卷一记载民间酒令云："龙朔年已来，百姓饮酒作令云：'子母相去离，连台拗倒。'子母者，盏与盘也；连台者，连盘拗倒盏也。及天后永昌中，罗织事起，有宿卫十余人于清化坊饮，为此令。此席人进状告之，十人皆弃市。自后庐陵徙均州，则子母相去离也；连台拗倒者，则天被废，诸武迁放之兆。"① 清化坊的位置在洛水之北，东城之南，从西第一街从南向北数第三坊，遗址大概在今老城区，是神都洛阳城最繁华的里坊

① （唐）张鷟撰，郝润华、莫琼辑校：《朝野佥载辑校》卷一，山东人民出版社2018年版，第15页。

之一。清化坊里流传的酒令中蕴含着影射意义，其实应该是民意不满酷吏滥刑的反映。清化坊里既有饮酒的酒肆，还有住宿的旅店，《太平广记》卷一百七十九《贡举二·阎济美》引《乾𦘧子》云："两都置举，座住已在洛下。比某到洛，更无相知，便投迹清化里店。属时物翔贵，囊中但有五缣，策蹇驴而已。有举公卢景庄已为东府首荐，亦同处焉。"① 两个赶考的人，都住到了洛阳清化里客店，其时物价还很高。清化坊里还有一位传奇术士袁天纲，《太平广记》卷二百二十一《相一·袁天纲》引《定命录》记载袁天纲故事云：

> 天纲初至洛阳，在清化坊安置。朝野归凑，人物常满。是时杜淹、王珪、韦挺三人来见，天纲谓淹曰："兰台成就，学堂宽广。"谓珪曰："公法令成就，天地相临，从今十年，当得五品要职。"谓挺曰："公面似大兽之面，文角成就，必得贵人携接，初为武官。"复语杜淹曰："二十年外，终恐三贤同被责黜，暂去即还。"淹寻迁侍御史，武德中为天策府兵曹文学馆学士。王珪为隐太子中允。韦挺自隋末，隐太子引之为率更。武德六年，俱配流巂州。淹等至益州，见天纲泣曰："袁公前于洛阳之言，皆如高旨，今日形势如此，更为一看。"天纲曰："公等骨法，大胜往时，不久即回，终当俱享荣贵。"至九年六月，俱追入。又过益州，造天纲。天纲曰："杜公至京，即得三品要职，年寿非天纲所知。王韦二公，在后当得三品，兼有寿。然晚途皆不深遂，韦公尤甚。"及淹至京，拜御史大夫、检校吏部尚书。赠天纲诗曰："伊吕深可慕，松乔定是虚。系风终不得，脱屣欲安如？且珍纨素美，当与薜萝疏。既逢杨得意，非复久闲居。"王珪寻为侍中，出为同州刺史。韦挺历蒙州刺史，并卒于官。皆如天纲之言。②

袁天纲来到东都时，住在清化坊居宅，杜淹、王珪、韦挺前来求问仕途，袁

---

① （宋）李昉：《太平广记》卷一百七十九，中华书局 1961 年版，第 1335 页。

② （宋）李昉：《太平广记》卷二百二十一，中华书局 1961 年版，第 1694—1695 页。

天纲为杜淹、王珪、韦挺一一指点，后来都如愿以偿，袁天纲的名声因此更加神秘响亮。清化坊的位置在洛水之北，东城之南，从西第一街从南向北数第三坊，遗址大概在今老城区。《太平广记》卷一百四十七《定数二·桓臣范》引《定命录》记载桓臣范奇遇云：

> 汝州刺史桓臣范自说：前任刺史入考，行至常州。有暨生者，善占事。三日，饮之以酒，醉。至四日，乃将拌米并火炷来。暨生以口衔火炷，忽似神言。其时有东京缑氏庄，奴婢初到，桓问以庄上有事。暨生云："此庄姓卢，不姓桓。"见一奴，又云："此奴即走，仍偷两贯钱。"见一婢，复云："此婢即打头破血流。"桓问："今去改得何官?"暨生曰："东北一千里外作刺史，须慎马厄。"及行至扬府，其奴果偷两千而去。至徐州界，其婢与夫相打，头破血流。至东京，改瀛洲刺史。方始信之。常慎马厄，反至郡，因拜跪，左脚忽痛，遂行不得。有一人云解针，针讫，其肿转剧，连膝焮痛。遂请告，经一百日停官。其针人乃姓马，被上佐械系责之。言马厄者，即此人也。归至东都，于伊阙住，其缑氏庄卖与卢从愿。方知诸事无不应者。桓公自此信命，不复营求。①

桓臣范为汝州刺史时，遇到一个会占卜的暨生，说到东京缑氏庄情况和桓臣范的遭遇，应该如何如何，后来果然一一应验，暨生堪称神明，桓臣范也因此看破红尘，相信命运，不再汲汲于功名利禄。《太平广记》卷一百一十八《报应十七·韦丹》引《河东记》记载唐江西观察使韦丹云：

> 年近四十，举五经未得。尝乘蹇驴，至洛阳中桥。见渔者得一鼋，长数尺，置于桥上，呼呻余喘，须臾将死。群萃观者，皆欲买而烹之。丹独悯然，问其直几何。渔曰："得二千则鬻之。"是时天正寒，韦衫袄袴，无可当者，乃以所乘劣卫易之。既获，遂放于水

---

① （宋）李昉：《太平广记》卷一百四十七，中华书局1961年版，第1063页。

中，徒行而去。时有胡芦先生，不知何所从来，行止迂怪，占事如神。后数日，韦因问命，胡芦先生倒屣迎门，欣然谓韦曰："翘望数日，何来晚也?"韦曰："此来求谒。"先生曰："我友人元长史，谈君美不容口，诚托求识君子，便可偕行。"韦良久思量，知闻间无此官族。因曰："先生误，但为某决穷途。"胡芦曰："我焉知? 君之福寿，非我所知。元公即吾师也，往当自详之。"相与策杖至通利坊，静曲幽巷。见一小门，胡芦先生即扣之。食顷，而有应门者开门延入。数十步，复入一板门。又十余步，乃见大门，制度宏丽，拟于公侯之家。复有丫鬟数人，皆及姝美，先出迎客。陈设鲜华，异香满室。俄而有一老人，须眉皓然，身长七尺，褐裘韦带，从二青衣而出。自称曰："元之。"向韦尽礼先拜。韦惊，急趋拜曰："某贫贱小生，不意丈人过垂采录，韦未喻。"老人曰："老夫将死之命，为君所生，恩德如此，岂容酬报? 仁者固不以此为心，然受恩者思欲杀身报效耳。"韦乃矍然，知其鼋也，然终不显言之。遂具珍羞，流连竟日。既暮，韦将辞归，老人即于怀中出一通文字，授韦曰："知君要问命，故辄于天曹，录得一生官禄行止所在，聊以为报。凡有无，皆君之命也。所贵先知耳。"又谓胡芦先生曰："幸借吾五十千文，以充韦君改一乘，早决西行，是所愿也。"韦再拜而去。明日，胡芦先生载五十缗至逆旅中，赖以救济。其文书具言，明年五月及第；又某年平判入登科，受咸阳尉；又明年登朝，作某官。如是历官一十七政，皆有年月日。最后年迁江西观察使，至御史大夫。到后三年，厅前皂荚树花开，当有迁改北归矣。其后遂无所言，韦常宝持之，自五经及第后，至江西观察使。每授一官，日月无所差异。洪州使厅前，有皂荚树一株，岁月颇久。其俗相传，此树有花，地主大忧。元和八年，韦在位，一旦树忽生花，韦遂去官，至中路而卒。初韦遇元长史也，颇怪异之。后每过东路，即于旧居寻访不获，问于胡芦先生。先生曰："彼神龙也，处化无常，安可寻也?"韦曰："若然者，安有中桥之患?"胡芦曰："迍难困厄，凡人之与圣人，神龙之与遄蠕，皆一时不免也，又何得异焉?"①

文中提到的通利坊位于长夏门之东第二街，从南向北数第五坊，遗址区大部分现已被洛河南堤占压。韦丹穷困潦倒时，去占卜问命，被引导到通利坊，这里僻静幽深，元长史在此恭候多时，从怀中掏出一文书说，你一生的官禄行止都会按此书所言经过。韦丹后来及第、升官、老死，果然如书所言，甚至连日期都没有一点差异。唐人皇甫枚《三水小牍》卷下《广明庚子大风雨之异》记载冰雹灾害云："广明庚子岁，余在汝坟温泉之别业。夏四月朔旦，云物暴起于西北隅，瞬息间浓云四塞，大风坏屋拔木，雨且雹，雹有如杯棬者。鸟兽尽殪，被于山泽中。至午方霁，观行潦之内，虾蟹甚众。明日，余抵洛城。自长夏门之北，夹道古槐十拔去五六矣，门之鸱吻亦失矣，余以为非吉征。至八月，汝州召募军李巡光等一千五百人，自雁门回掠东都南市，焚长夏门而去，入蜀。自兹诸夏骚荡矣。上天垂戒，岂虚也哉!"② 皇甫枚把自然灾害和汝州召募军李巡光的烧杀抢掠行为相对应，认为大雨冰雹等是上天垂戒人间的征兆。

人生若梦，梦想成真是人之所望也。唐人钟辂《前定录》记载王璠际遇云："王璠，以元和五年登科。尝梦为河南尹，平旦视事，有二客来谒。一衣紫而东坐，一衣绯而西坐。绯者谓紫者曰：'仑邦如何处置?'曰：'已科决，递出界讫。'觉乃书于诰牒之后别纸上。后二十年，果除河南尹。既至三日，留守大将，知水北院官，与洛阳令，及分司郎官，偕至，问答一如梦中。遽命开箧，取官诰所志者备焉，乃是郎官家奴，窃物而遁。送县，县断如此。"③ 河南尹王璠二十年前的梦境，在二十年后一一复现，真乃人生恍惚若梦也。

---

① （宋）李昉：《太平广记》卷一百一十八，中华书局1961年版，第827—829页。

② 上海古籍出版社编：《唐五代笔记小说大观》下册，上海古籍出版社2000年版，第1190页。

③ （唐）钟辂纂：《前定录　续录》（及其他二十种）上册，中华书局1991年版，第16页。

钟辂又有《续前定录》记载郑滂做梦事迹云：

> 进士郑滂，在名场岁久，辈流多已荣达，常有后时之叹。一夕，忽梦及第，而与韦周方同年。当时韦氏举人无名周方者，益闷之。大和元年秋，移举洛中。时韦弘景尚书廉察陕邦，族弟景方，赴举过陕。尚书诘曰："我名弘景，汝兄弘方，汝名景方，兄弟各分吾名一字，诚无意也。"遂更名周方，滂闻之，喜曰："吾及第有望矣！"四年，周方升名而果同年焉。滂子溥，又自说应举时，曾梦看及第榜上但见凤字。大中元年，求解凤翔，偶看本府乡贯首便是凤字。至东都，试缑山月夜闻王子晋吹笙诗，生侧诸诗悉有凤字，明年果登第焉。①

景方改名周方，进士郑滂洛中及第，恰好应验了郑滂之前所做的黄粱一梦。郑滂子溥到东都金榜题名，亦是一如梦中所见。《太平广记》卷一百五十九《定数十四·崔元综》引《定命录》记载崔元综婚姻云："崔元综任益州参军日，欲娶妇。吉日已定，忽假寐，见人云：'此家女非君之妇。君妇今日始生。'乃梦中相随，向东京履信坊十字街西道北有一家，入宅内东行屋下，正见一妇人生一女子，云：'此是君妇。'崔公惊寤，殊不信之。俄而所平章女，忽然暴亡。自此后官至四品，年五十八，乃婚侍郎韦陟堂妹，年始十九。虽嫌崔公之年，竟嫁之。乃于履信坊韦家宅上成亲，果在东行屋下居住。寻勘岁月，正是所梦之日，其妻适生。崔公至三品，年九十。韦夫人与之偕老，向四十年，食其贵禄也。"② 崔元综梦中娶妇的情景全都变成了事实，五十八岁时迎娶洛阳履信坊韦陟家十九岁的堂妹，一起生活四十年后乃终，是真有情缘啊。宋人钱易《南部新书》庚卷记载令狐绹与李德裕交情云："咸通中，令狐绹尝梦李德裕诉云：'吾获罪先朝，过亦非大，已得请于帝矣。子方持衡柄，诚为吾请，俾穷荒孤骨，得归葬洛阳，斯无恨矣。'他日，令狐率同列上

---

① （唐）钟辂纂：《前定录　续录》（及其他二十种）上册，中华书局 1991 年版，第 21 页。
② （宋）李昉：《太平广记》卷一百五十九，中华书局 1961 年版，第 1143—1144 页。

奏，懿皇允纳，卒获归葬。”① 令狐绹把梦中李德裕所托之语上奏唐懿宗，得到准许，使得李德裕最终实现了归葬洛阳的愿望。

第五节　各等人物众生百相

洛阳自古多雄才，豪杰人士千古流传，如隋代卢思道富于才辩，为人欣赏，受到推举。隋人侯白《启颜录·辩捷》记载隋文帝东都朝官的辩才云：陈徐陵为散骑常侍，聘隋，隋文帝时在东都，选朝官有辩捷者，令对南使。当时初夏微热，又徐是南人，隋官一人弄徐陵曰：“今日之热，总由徐常侍来。”徐陵应声答曰：“昔王肃入洛，为彼制仪；今我来聘，使卿知寒暑。”众遂无答。徐陵时年七十五，复有一人问曰：“徐常待年几?”徐陵又即答曰：“小于如来五岁，大于孔子二年。”众人皆笑，又无以报。隋文帝既以徐陵辩捷，频有机俊，无人酬对，深以为羞，乃更访朝官，有谁可令使。当时有人举卢思道颇有辩捷，堪令对使。文帝闻之甚喜，即召思道，令对南使。朝官俱送往见徐陵，徐陵遥见思道年最幼小，笑曰：“此公甚小。”思道遥即应曰：“以公小臣，不劳长者。”须臾坐定，徐陵谓思道曰：“昔殷迁顽人，本居兹邑；今之存者，并是其人。”思道应声答曰：“昔永嘉南渡，尽居江左，今存者唯君一人。”众皆大笑。徐陵遂无以可答。② 卢思道虽然年纪不大，却才思敏捷，应对自如，为隋文帝赢得了场面尊严。

由隋入唐的屈突通亦名屈突仲通，受到唐高祖李渊赏识，被誉为忠臣，唐人刘肃《大唐新语》卷五《忠烈第九》记载屈突仲通云：屈突仲通，隋炀帝所任，留镇长安。义师既济河，通将兵至潼关以御义师，遂为刘文静所败。通至归东都，不顾家属，文静遣通子寿往喻之，通曰：“昔与汝为父子，今为仇雠。”命左右射之。乃下马，东向哭曰：“臣力屈兵散，不负陛下，天地鬼

① （宋）钱易著，梁太济笺证：《南部新书溯源笺证》，中西书局 2013 年版，第 315—316 页。

② （隋）侯白著，曹林娣、李泉辑注：《启颜录》，上海古籍出版社 1990 年版，第 9—10 页。

神，照臣此心。”洎见高祖，高祖曰：“何见之晚也?”通泣曰：“不能尽人臣之节，于此奉见，为本朝之辱，以愧相王。”高祖曰：“忠臣也。”以为兵部尚书。[①]《大唐新语》卷五《节义第十》又云：高祖命屈突仲通副太宗讨王世充，时通二子俱在充所。高祖谓通曰：“东征之事，今且相属。其如两子何?”通对曰：“臣以朽老，诚不足当重任，但自惟畴昔就执事，岂以两儿为念！两儿若死，自是其命，终不以私害公也。”高祖叹息曰：“徇义之夫，一至于此！可尚也。”[②] 屈突仲通被刘文静打败后，逃到东都洛阳，顾不上照应家属，刘文静利用屈突仲通的儿子屈突寿劝降，屈突仲通命令部将射击屈突寿。当认识到隋朝败势已定，不得已投降时，屈突仲通便下马对着隋炀帝方向泣诉说：“作为臣子，我已竭尽全力，天地鬼神明察我的忠心。”等见到唐高祖李渊，屈突仲通又哭着说：“投降是我的耻辱，有愧于隋朝君主啊。”李渊于是称赞他为“忠臣”，死后太宗又谥他为“忠”，赞颂其忠义之心。在讨伐王世充一战上，屈突仲通仍然表现出了忠义的节气，当时他的两个儿子都在东都洛阳王世充统治下，面对东征这件事，屈突仲通毫不犹豫地说：“我身居高位，享有朝廷大恩，断不能存有私念，只顾及两个儿子的性命，他们死活有自己的命运，决不能因私害公。”唐高祖敬重屈突仲通的志士境界，赞叹不已。作为降将，唐高祖对屈突仲通恩威并重，用心真是良苦啊！

隋末瓦岗义军首领李密部队中多有结义兄弟，彼此忠信，甚为动人，唐人刘餗《隋唐嘉话》卷上记载徐世勣和单雄信事迹云：

> 英公始与单雄信俱臣李密，结为兄弟。密既亡，雄信降王充，勣来归国。雄信壮勇过人。勣后与海陵王元吉围洛阳，元吉恃其膂力，每亲行围。王充召雄信告之，酌以金碗。雄信尽饮，驰马而出，枪不及海陵者尺。勣惶遽，连呼曰：“阿兄，阿兄，此是勣主！”雄信揽辔而止，顾笑曰：“胡儿不缘你，且了竟。”充既平，雄信将就

① （唐）刘肃等撰，恒鹤等校点：《大唐新语》（外五种），上海古籍出版社 2012 年版，第 44 页。

② （唐）刘肃等撰，恒鹤等校点：《大唐新语》（外五种），上海古籍出版社 2012 年版，第 46 页。

戮，英公请之不得，泣而退。雄信曰："我固知汝不了此。"勣曰："平生誓共为灰土，岂敢念生，但以身已许国，义不两遂。虽死之，顾兄妻子何如?"因以刀割其股，以肉啖雄信，曰："示无忘前誓。"雄信食之不疑。①

英公即徐世勣，他和单雄信同在李密瓦岗军时，曾经结拜为兄弟，李密失败后，单雄信投了王世充，徐世勣归了李渊。王世充占据洛阳后，徐世勣和李渊的儿子海陵王李元吉率军围攻，单雄信勇武过人，王世充以酒给单雄信壮行，请单雄信擒贼王。单雄信一饮而尽驰马杀去，直取李元吉，但被徐世勣喊住，没有杀死李元吉。李世民攻占洛阳城后，活捉了单雄信，将要处死，徐世勣前去求情，李世民没有允许。徐世勣想起当初结拜时生死与共的誓言，对单雄信说："忠义不能两全，我且不死，替你照顾妻子及儿女吧。"说完又拔刀割下腿上一块肉，送给单雄信，表示没有忘记当初约定。单雄信也接过肉吃下，表明毫不怀疑兄弟之情。

唐人张鷟《朝野佥载》附录记载江融英烈行为云：唐左史江融耿介正直。扬州徐敬业反，被罗织，酷吏周兴等枉奏杀之，斩于东都都亭驿前。融将被诛，请奏事引见，兴曰："囚何得奏事!"融怒叱之曰："吾无罪枉戮，死不舍汝。"遂斩之，尸乃激扬而起，蹭蹬十余步，行刑者踏倒，还起坐；如此者三，乃绝。虽断其头，似怒不息。无何周兴死。② 江融可谓刚烈之士，不屈不挠的精神辉映千古。唐人姚汝能《安禄山事迹》卷中记载颜杲卿和袁履谦英勇不屈云："禄山虽盗据河朔，百姓怨其残暴，所在叛去，累其兵力不能进尺寸之地。乃遣其党史思明、蔡希德以平卢步骑五千攻常山，颜杲卿力屈而城陷（初，杲卿使男泉明及张通幽、贾深献捷，且求救于太原王承业。通幽献计于承业，承业亦心害其功，逗遛其子，久而方遣，仍以所得贼将以为己功，

① 上海古籍出版社编：《唐五代笔记小说大观》上册，上海古籍出版社 2000 年版，第 96 页。

② （唐）张鷟撰，郝润华、莫琼辑校：《朝野佥载辑校》附录补辑，山东人民出版社 2018 年版，第 157 页。

是以承业等骤加官爵，故杲卿屈焉)。思明执杲卿及袁履谦送于禄山，怒缚于洛水桥柱。杲卿诟骂之声，至死不绝。履谦性刚狷，诟贼尤甚。贼怒之，先截其舌，履谦以血喷贼面，遂脔割之，路人皆不忍视。”① 颜杲卿和袁履谦于洛水桥柱壮烈就义，百姓扼腕叹息。颜杲卿之兄为颜真卿，颜氏家族诚多英豪。

唐人封演《封氏闻见记》卷九《淳信》赞扬陆元方正直清廉：“陆少保，字元方，曾于东都卖一小宅，家人将受直矣。买者求见，元方告其人曰：‘此宅甚好，但无出水处。’买者闻之，遽辞不买。子姪以为言，元方曰：‘汝太奇，岂可为钱而诳个人！’”② 史称陆元方为官清廉慎重，从此事可以看出陆元方正直不贪的品行，实在难能可贵。王谠《唐语林》卷三《方正》记此事云：“陆少保，字元方，曾于东都卖一小宅。家人将受直矣，买者求见，元方因告其人曰：‘此宅子甚好，但无出水处耳。’买者闻之，遽辞不买。子侄以为言，元方曰：‘不尔，是欺之也。’”③ 东都陆少保卖宅不欺人，如实相告，宁愿卖不出去，也不允许子侄失信于人，正直诚信令人敬佩。尚书李景让的母亲，以正直严明教育子女为人所传颂，《唐语林》卷四《贤媛》记云：

> 李尚书景让少孤，母夫人性严明，居东都。诸子尚幼，家贫无资。训励诸子，言动以礼。时霖雨久，宅墙夜隤，僮仆修筑，忽见一船槽，实之以钱。婢仆等来告，夫人戒之曰：“吾闻不勤而获，犹谓之灾；士君子所慎者，非常之得也。若天实以先君余庆悯及未亡人，当令诸孤学问成立，他日为俸钱入吾门，此未敢取。”乃令闭如故。其子景温、景庄皆进士擢第，并有重名，位至方镇。④

李景让早年丧父，住在洛阳，家境贫穷，面对忽然得到的意外钱财，他的母

① （唐）姚汝能：《安禄山事迹》，上海古籍出版社 1983 年版，第 27—28 页。
② （唐）封演著，张耕注评：《封氏闻见记》，学苑出版社 2001 年版，第 190 页。
③ （宋）王谠撰，周勋初校证：《唐语林校证》，中华书局 1987 年版，第 190 页。
④ （宋）王谠撰，周勋初校证：《唐语林校证》，中华书局 1987 年版，第 412 页。

亲毫不动心，一分不取，鼓励子女发愤图强，勿贪不劳之财。洛阳都城天子朝中，自然不乏敢言的直臣，刘肃《大唐新语》卷二《刚正第四》记载李昭德打击酷吏事迹云：则天朝谀佞者必见擢用。有人于洛水中获白石，有数点赤，诣阙请进。诸宰臣诘之，其人曰："此石赤心，所以进。"昭德叱之曰："洛水中石岂尽反邪！"左右皆失笑。昭德建立东都罗城及尚书省洛水中桥，人不知其役而功成就。除数凶人，大狱遂罢。[1] 李昭德为加强洛阳防守，为营建东都敢于直言，功莫大焉。

洛都的神探不止狄仁杰，还有许多，唐人刘肃《大唐新语》卷四《持法第七》记载张行岌办案清明云：则天朝，或罗告驸马崔宣谋反者，敕御史张行岌按之。告者先诱藏宣家妾，而云："妾将发其谋，宣杀之，投尸于洛水。"行岌按无状。则天怒，令重按。行岌奏如初。则天曰："崔宣反状分明，汝宽纵之。我令俊臣勘当，汝无自悔。"行岌曰："臣推事不弱俊臣，陛下委臣，必须状实。若顺旨妄族人，岂法官所守，臣必以为陛下试臣矣。"则天厉色曰："崔宣若实杀妾，反状自然明矣。不获妾，如何自雪更不得实，我即令俊臣推勘，汝自无悔也。"行岌惧，逼宣家访妾。宣再从弟思竞，乃于中桥南北，多致钱帛，募匿妾者。数日略无所闻。而其家每窃议事，则告者辄知之。思竞揣家中有同谋者，乃佯谓宣妻曰："须绢三百匹，雇刺客杀此告者。"而侵晨微服俟于台侧。宣家有馆客姓舒，婺州人，言行无缺，为宣家所信，委之如子弟。须臾，见其人至台侧门入，以通于告者。遽密称云："崔家雇人刺我，请以闻。"台中惊扰。思竞素重馆客，馆客不之疑，密随之行。到天津桥，料其无由至台，乃骂之曰："无赖险獠！崔宣破家，必引汝同谋，汝何路自雪？汝幸能出崔家妾，我遗汝五百缣，归乡足成百年之业；不然，杀汝必矣。"其人悔谢，乃引思竞于告者之党，搜获其妾，宣乃得免。[2] 御史张行岌

① （唐）刘肃等撰，恒鹤等校点：《大唐新语》（外五种），上海古籍出版社 2012 年版，第 23 页。

② （唐）刘肃等撰，恒鹤等校点：《大唐新语》（外五种），上海古籍出版社 2012 年版，第 37—38 页。

不畏皇威，经过委屈审查，坐实了崔宣之案为诬告，为民伸张了正义。

隋唐河南府治所在洛阳，很多河南尹也极有作为。唐人高彦休《唐阙史》卷下《崔尚书雪冤狱》赞美崔碣昭雪平反云：

> 尚书博陵公碣，任河南尹，摘奸翦暴，为天下吏师。先是，有结客王可久者，膏腴之室，岁鬻茗于江湖间，常获丰利而归。是年又笈贿适楚，始返楫于彭门，值庞勋构逆，阱于寇域，逾期不归。有妻美少，且无伯仲息胤之属。妻尝善价募人，访于贼境之内，四裔竟无得其影迹者。或曰："已戕于巨盗而帑其财贿矣。"洛城有杨乾夫者，以善卜称。妻晨持一缣决疑于彼。杨生素熟于事，且利其色，思以计中之。乃为端蓍虔祝，六位既兆，则曰："所忧岂非伉俪耶？是人绝气久矣，象见坟墓矣，遇劫杀与身并矣。"妻号咷将去，即又勉之曰："阳乌已晚，幸择良辰清旭，更垂访问，当为再祝。"妻诚信之。他日复往，振策布算，宛得前卦，乃曰："神也，异也，无复望也。"仍言号恸非所以成礼者，第择日举哀，缞服髽发，绘佛饭僧，以资冥福。妻且悲且愧，以为诚言，无巨细事，一以托之。杨生主办，雅竭其志，则又谓曰："妇人茕独而积财贿，寇盗方炽，身之灾也。宜割爱以谋安适。"妻初不纳，夜则飞砾以惧之，昼则声寇以饵之。妻多杨之义，遂许嫁焉。杨生既遂志，乃悉籍所有，雄据优产。又逾月，皆货旧业，挈妻卜居洛渠北。其明年，徐州平，天子下洗兵诏，大憝就擒，外胁从其间者，宥而不问，给篆为信，纵归田里。可久髡裸返洛，疥痒瘠秽，丐食于路。至则访其庐舍，已易主矣；曲讯妻室，不知所从。辗转饥寒，循路号叫。渐有人知者，因指其新居。见妻及杨肆目门首。欲为揖认，则诃詈诟辱，仅以身免。妻愕眙以异，复制于杨。可久不胜其冤，诉于公府。及法司按劾，杨皆厚贿以行，取证于妻，遂诬其妄。时属尹正长厚，不能辩奸，于是以诬人之罪加之，痛绳其背肩校强。可久冤楚相萦，

殆将溘尽，命禄未绝，洛尹更任，则衔血赍冤，诉于新政。新政亦不能辩，其所鞫吏，得以肆堇毒于箦言，且曰：“以具狱讼旧政者，有汉律在。”则又列赍配邑之遐者，隶执重役，可久双眦洒血而目枯焉。时博陵公伊水燕居，备聆始卒，天启良便，再领三川，狱吏屏息，覆盆举矣。揽辔观风化之三日，潜命就役所出可久以至，仍敕吏掩乾夫一家，并素鞫吏同桎其颈。且命可久暗籍其家服玩物，所存尚夥，而鞫吏贿赂丑迹昭焉。既捶其胁，复血其背，然后擢发折足，同弃一坎，收录家产，手授可久。时离毕作沴，黳云复郁，断狱之日，阳轮洞开，通逵相庆，有至出涕者。沉冤积愤，大亨畅于是日。古之循吏，孰能拟诸！①

河南府尹崔碣为民惩邪除暴，堪称百官楷模，尤其是为洛阳商人王可久翻案的判决，更是大快人心。王可久到南方做买卖，因为遭遇庞勋起事，陷于战乱地区不得按时返回。家里妻子年轻美貌，多次雇人去寻找没有结果，还有人说王可久已经遇害了。洛阳城中的杨乾夫，摆摊算卦，王可久的妻子找他占卜丈夫的死活，不料被他算计。杨乾夫欺骗说王可久已经死亡，耍尽手腕霸占了王可久的妻子和家财，然后变卖王家祖业，搬迁到洛渠北居住。一年后南方局势平息，王可久满身疾病，一路乞讨回到洛阳家中，却发现什么都没有了。饥寒中王可久到处寻找妻子，在知情人帮助下找到了杨乾夫和妻子的新居，不料杨乾夫百般阻挠，夫妻没法相认。王可久不堪冤屈，两次告状，都被杨乾夫行贿蒙混了过去，两任贪官把王可久逼到双目失明。后来天赐良机，博陵公崔碣上任洛阳长官，第三天就派人处理王可久一案，拘禁了杨乾夫，严惩了前两任官员，最后处以死刑。王可久的冤情得以昭雪，云层覆盖的天空出现了太阳，老百姓拍手称快，颂扬清官。

河南尹中为官清廉的还有李杰，唐人刘肃《大唐新语》卷四《政能第八》

① 上海古籍出版社编：《唐五代笔记小说大观》下册，上海古籍出版社 2000 年版，第 1349—1350 页。

记载：李杰为河南尹，有寡妇告其子不孝，其子不能自理，但云："得罪于母，死甘分。"杰察其状，非不孝子也，谓寡妇曰："汝寡居，唯有一子。今告之，罪至死，得无悔乎？"寡妇曰："子无赖，不顺母，宁复惜之！"杰曰："审如此，可买棺木来取儿尸。"因使人俟其后。寡妇既出，谓道士曰；"事了矣。"俄将棺至。杰冀其悔，再三喻之，寡妇执意如初。道士立于门外，密令擒之，一问承伏，曰："某与寡妇有私，常为儿所制，故欲除之。"杰乃杖杀道士及寡妇，便以向棺盛之。[①] 李杰的判案过程实在高明，堪比神探，最后道士和寡妇咎由自取，躺在了自己准备的棺材里。河南尹张延赏处理有过失官吏的方法，也很有智慧，《唐语林》卷一《政事上》云："张延赏为河南尹，官吏有过，未曾屈辱。所犯既频，不可容者，但谢遣之。先自下拜，立与之辞，即令郡官祖送。由是寮属敬惮，各修饬，河南大治。"[②] 张延赏以礼让方式驱逐有过罪吏，令人心服口服，河南大治也是必然。同书卷四《企羡》又记载河南尹卢贞礼贤事迹云："白居易葬龙门山。河南尹卢贞刻《醉吟先生传》于石，立于墓侧。相传洛阳士人及四方游人过瞩墓者，必奠以卮酒，故冢前方丈之土常成渥。"[③] 卢贞推崇白居易，刻石于墓侧，人们以祭酒纪念白居易，显示了洛阳文化风气的隆盛。

也有另类的河南尹，唐人郑綮《开天传信记》记载裴宽好佛云：上命裴宽为河南尹，宽性好释氏，师事普寂禅师，旦夕造谒焉。居一日，宽诣寂，寂曰："有少事，未暇款语，且请迟回休憩也。"宽乃屏宾从，止于空室。见寂洁涤正堂，焚香端坐。坐未久，忽闻扣门连声云："一行天师至。"一行入，诣作礼，礼寂之足。礼讫，附耳密语，其貌绝恭。寂但顾云无不可者，语讫入礼，礼语如是三。寂惟云："是，是！"一行语讫，降阶入南堂，自阖其扉。

---

① （唐）刘肃等撰，恒鹤等校点：《大唐新语》（外五种），上海古籍出版社 2012 年版，第 42 页。

② （宋）王谠撰，周勋初校证：《唐语林校证》，中华书局 1987 年版，第 58 页。

③ （宋）王谠撰，周勋初校证：《唐语林校证》，中华书局 1987 年版，第 381 页。

寂乃徐命弟子云："遣声钟，一行和尚灭度矣。"左右疾走视之，一如其言。后寂灭度，宽复衰绖。葬之日，徒步出城送之，甚为缙绅所讥也。宽子谞复为河南尹，素好诙谐，多异笔。尝有投牒，误书纸背。谞判云："者畔似那畔，那畔似者畔。我不可辞与你判，笑杀门前著靴汉。"又有妇人投状争猫儿，状云："若是儿猫，即是儿猫；若不是儿猫，即不是儿猫。"谞大笑，判状云："猫儿不识主，旁我搦老鼠。两家不须争，将来与裴谞。"遂纳其猫儿，争者亦哂。[①] 裴宽虽然贵为河南尹，但却好佛，崇拜普寂禅师，不顾忌被人讥嘲，为普寂服丧送葬。他的儿子裴谞后来也做了河南尹，遇到诉状，能够巧妙处理，戏谑的判语很有智慧，一切以解决问题为宗旨。裴宽的宅第在仁和坊，位于长夏门东第一街从南向北数第一坊，遗址大概位置在今洛龙区安乐镇郑村，家族兴旺。唐人柳玭《柳氏叙训》记载裴宽：

> 今东都仁和里裴尚书宽，子孙众盛，实为名阀。天后时，宰相魏玄同选尚书之先为长婿，未成婚而魏陷罗织狱，一家徙于岭表。来俊臣辈既死，始沾恩还北。魏之长女已逾笄，及湖外，其家议北裴必不复求婚，沦落贫窭，无以为衣食资，诣老比邱尼，祈披缁居其寺，女亦甘愿下发有日矣。有客尼自外至，闻其议曰："一见魏氏女，可乎?"见之，曰："此女俗福丰厚，必有令匹，子孙将遍天下，宜事北归。"言讫而去，遂不敢议。及荆门，则裴自京洛赍资聘，俟魏氏之北反，已数月矣。今势利之徒，奉权幸如不及，舍信誓如反掌，则裴之蕃衍，乃天之报施也。郑司徒言于河南文公云：裴某作刺史，儿女皆饭饼饵。人言其为吏清白，与周给亲爱，不可不信矣。[②]

天后朝裴宽为尚书，与宰相魏玄同的女儿有婚约，还没有来得及成婚魏家就

① 上海古籍出版社编：《唐五代笔记小说大观》下册，上海古籍出版社 2000 年版，第 1228—1229 页。

② 楼含松主编：《中国历代家训集成》（汉—唐编），浙江古籍出版社 2017 年版，第 97 页。

遭遇了变故，被流放岭外，后来虽然遇恩返回，但家道已经贫穷，女儿也过了婚嫁年龄。裴宽坚守婚约，仍然前往迎接，显示出了高尚的风范，所以有子孙繁盛的福报。

洛阳令中亦有清正廉明被传颂的，五代王仁裕《开元天宝遗事》卷下《县妖破胆》记载洛阳令李杲政绩云："李杲迁洛阳令，严刑峻法，民吏畏服。县之积弊，杲尽革之，逾月之中，县务清简。时有进士刘兼，赴举上都，舍于村邸。至夜中，闻户外街衢中有数人相语曰：'李令今古正人也。吾辈见其行事威猛，令人破胆，此中不可久居，宜迁于他邑，可求血食也。'兼讶其事，遂启门视之，寂无影响，方知乃邑之妖神也。兼遂书赞一首于村邸之壁，云：'狡吏畏威，县妖破胆。好录政声，闻于御览。'后明皇旌其能，赐金百两及章服焉。"① 进士刘兼所遇到的妖孽，对洛阳令李杲闻风丧胆，足以证明李杲革新除旧卓有成效。

文献中记载的隋唐时洛阳官吏的反面形象也是有的，如猖狂弄权的张昌仪，唐人张鷟《朝野佥载》卷三记载：张昌仪为洛阳令，借易之权势，属官无不允者。鼓声动，有一人姓薛，赍金五十两遮而奉之。仪领金，受其状，至朝堂，付天官侍郎张锡。数日失状，以问仪，仪曰："我亦不记得，有姓薛者即与。"锡检案内姓薛者六十余人，并令与官。其蠹政也如此。② 张昌仪一伙如此弄权玩忽职守，简直就是国家的蠹虫。《朝野佥载》附录记载洛阳丞宋之逊不仁不义云："唐洛阳丞宋之逊，太常主簿之问弟，罗织杀驸马王同皎。初，之逊谄附张易之兄弟，出为兖州司仓，遂亡而归，王同皎匿之于小房。同皎，慷慨之士也，忿逆韦与武三思乱国，与一二所亲论之，每至切齿。之逊于帘下窃听之，遣侄昙上书告之，以希韦之旨。武三思等果大怒，奏诛同皎之党。兄弟并授五品官，之逊为光禄丞，之问为鸿胪丞，昙为尚衣奉御。

---

① 上海古籍出版社编：《唐五代笔记小说大观》下册，上海古籍出版社 2000 年版，第 1731 页。

② （唐）张鷟撰，郝润华、莫琼辑校：《朝野佥载辑校》卷三，山东人民出版社 2018 年版，第 83 页。

天下怨之，皆相谓曰：“之问等绯衫，王同皎血染也。”[①] 宋之逊是宋之问的弟弟，恩将仇报，罗织罪名陷害王同皎，尽管得以升官迁职，却被时人唾骂。《朝野佥载》卷一还记载了宋之逊的另一糗事，云：“洛阳县令宋之逊，性好唱歌，出为连州参军。刺史陈希古者，庸人也，令之逊教婢歌。每日端笏立于庭中，呦呦而唱，其婢隔窗从而和之，闻者无不大笑。”[②] 宋之逊到连州当参军，教授刺史陈希古的婢女唱歌，婢女隔着帘子嗷嗷学唱，那情景真是滑稽可笑至极了。宋之问兄弟人品不好，是其被嘲弄的主要原因。《朝野佥载》附录又记载了两个愚蠢的洛阳官员，云：唐洛州司马弓嗣业、洛阳令张嗣明，造大枷，长六尺、阔四尺、厚五寸，倚前，人莫之犯。后嗣明及嗣业，资遣逆贼徐真北投突厥，事败，业等自着此枷，百姓快之也。[③] 弓嗣明、张嗣业两人自作自受，真令百姓痛快。

洛阳留守官员中同样有颐指气使的，如崔珙，气量狭小，性情急躁。《太平广记》卷二百四十四《褊急·崔珙》引《芝田录》云：

> 唐崔珙为东都留守，判尚书省事。中书舍人崔荆为庶子，公务谒珙，珙不为见。荆乃求与珙素厚善者，使候问之，珙怒不已。他日，因酒酣，复诘之。居守益忿曰：“珙誓不与此人相面，且人为文词，言语何限，岂可以珙弟兄作假对耶?”荆尤不喻，亲族咸忧慄不安。甥族中有颖悟者，采取文集，许之。乃掌制日，贬崔球为抚州郡丞云：“因缘雁序，鼓扇浇风。”荆因尔成疾。[④]

崔珙任东都留守时，兼管尚书省事务。中书舍人崔荆做庶子，因为公事拜见崔珙，崔珙竟然发誓不见，原因无非是文辞借对之类，崔荆因此忧虑成疾。

---

① （唐）张鷟撰，郝润华、莫琼辑校：《朝野佥载辑校》附录补辑，山东人民出版社 2018 年版，第 165 页。

② （唐）张鷟撰，郝润华、莫琼辑校：《朝野佥载辑校》卷一，山东人民出版社 2018 年版，第 26 页。

③ （唐）张鷟撰，郝润华、莫琼辑校：《朝野佥载辑校》附录补辑，山东人民出版社 2018 年版，第 158 页。

④ （宋）李昉：《太平广记》卷二百四十四，中华书局 1961 年版，第 1888 页。

可见两人都是小心眼子。唐人皇甫枚《三水小牍》逸文记载刘允章盛气凌人云：东都留守刘允章，文学之宗，气颇高介，后进循常之士，罕有敢及门者。咸通中，自礼部侍郎授鄂州观察使。明年皮日休登第，将归觐于苏台，路由江夏，因投刺焉。刘待之甚厚，至于饔饩有加等。留连累日，仍致宴于黄鹤楼以命之，监军使与参佐悉集后，日休方赴召，已酒酣矣。既登楼，刘以其末至，复乘酒应命，心薄之。及酒数行，而日休吐论纷扰，顿亡礼敬，刘作色谓曰："吴儿，勿恃蕞尔之才，且可主席？"日休答曰："大丈岂南岳诸刘乎？何倨贵如是。"刘大怒，戟手遥指而诟曰："皮日休！知鹦鹉洲是祢衡死处不？"日休不敢答，但嵬峨如醉，掌客者扶出。翌日微服而遁于浙左。[1] 东都留守刘允章，高傲耿直，对皮日休的宴会失礼怒不可遏，手指相骂，吓得皮日休第二天赶紧穿上便服逃走了，晚唐诗人皮日休也真是遇人不淑啊。

武周时期最多酷吏，侯思止可谓极其无良，唐人张鷟《朝野佥载》卷二记载："周侍御史侯思止，醴泉卖饼食人也，罗告，准例酬五品。于上前索御史，上曰：'卿不识字。'对曰：'獬豸岂识字？但为国触罪人而已。'遂授之。凡推勘，杀戮甚众，更无余语，但谓囚徒曰：'不用你书言笔语，但还我白司马。若不肯来俊，即与你孟青。'横遭苦楚非命者，不可胜数。白司马者，北邙山白司马坂也；来俊者，中丞来俊臣也；孟青者，将军孟青棒也。后坐私蓄锦，朝堂决杀之。"[2] 武则天称帝后，任命的侍御史侯思止，只是一个醴泉县卖饼的，因为罗织罪名诬告人，依例可以授予五品官衔，他却请求要御史之职，皇上说你不认识字怎么判案，侯思止就用传说中的怪兽獬豸不识字，却可以明辨好人坏人，用角去触顶犯了罪的人予以回答，皇上一听竟然同意授予他为侍御史。侯思止每每审案都要杀死很多人，而且从来不多说话，只是警告囚徒说："不用你书言笔语，但还我白司马。若不肯来俊，即与你孟

---

① 上海古籍出版社编：《唐五代笔记小说大观》下册，上海古籍出版社 2000 年版，第 1203 页。

② （唐）张鷟撰，郝润华、莫琼辑校：《朝野佥载辑校》卷二，山东人民出版社 2018 年版，第 32—33 页。

青。”被审讯的人痛苦不堪，死去的不计其数。所谓白司马是指洛阳北邙山白司马坂，泛言墓地，来俊是指极端残忍如御史中丞来俊臣一般的人，孟青是指将军孟青使用过的杖杀人的木棒，真是荒唐至极的胡作非为。侯思止后来私自积蓄锦缎犯罪，被朝廷判决杀掉，实在是罪有应得。

洛阳的风流名士是都城的浪漫，唐人刘肃《大唐新语》卷八《文章第十八》记载上官仪的风流倜傥云：高宗承贞观之后，天下无事，上官仪独为宰相。尝凌晨入朝，循洛水堤步月徐辔，咏诗曰：“脉脉大川流，驱马历长洲。鹊飞山月曙，蝉噪野云秋。”音韵凄响，群公望之如神仙焉。[①] 上官仪于凌晨沿洛水堤岸上朝，踏月徐行，不辍吟诗，仿佛神仙一般，令人羡慕。唐人孟棨《本事诗·情感》记载顾况题诗红叶云：

> 顾况在洛，乘间与一二诗友游于苑中，坐流水上，得大梧叶，上题诗曰：“一入深宫里，年年不见春。聊题一片叶，寄与有情人。”况明日于上游，亦题叶上，放于波中。诗曰：“花落深宫莺亦悲，上阳宫女断肠时。帝城不禁东流水，叶上题诗欲寄谁？”后十余日，有客来苑中寻春，又于叶上得诗，以示况。诗曰：“一叶题诗出禁城，谁人酬和独含情？自嗟不及波中叶，荡漾乘春取次行。”[②]

上阳宫红叶题诗的故事，千百年来感动着无数的信男情女。明人蒋一葵《尧山堂外纪》卷三十一《唐》记载贾岛为僧时，居法乾寺，洛阳令不许僧午后出寺。岛有诗云：“不如牛与羊，犹得日暮归。”一日，宣宗微行至寺，闻钟楼上有吟声，遂登楼，于岛案上取诗览之，岛攘臂睨之曰：“郎君何会此耶？”遂夺取诗卷。帝惭下楼去。既而岛知之，亟谢罪。乃赐御札，后除为长江簿。初之任，道中赋诗曰：“策杖驰山驿，逢人问梓州。长江何日到，行客替生愁。”夜过东川，守者厚礼之，岛献《感恩诗》曰：“匏革奏终非独乐，军城

---

① （唐）刘肃等撰，恒鹤等校点：《大唐新语》（外五种），上海古籍出版社 2012 年版，第 71 页。

② 上海古籍出版社编：《唐五代笔记小说大观》下册，上海古籍出版社 2000 年版，第 1239—1240 页。

未晓启重门。何时却入三台贵，此日空知八座尊。罗绮舞间收雨点，貔貅阃外卷云根。逐迁属吏随宾列，拨棹扁舟不忘恩。”① 贾岛的恃才傲物，自有其诗可证。唐人李冗《独异志》卷下记载魏元忠神气刚直云：魏元忠，初为洛阳令，有罪戮于都市，已坐讫，天后以元忠有平徐敬业之功，特敕免之。承制者走而传呼：“释元忠。”传呼先至，执捉者扶令起。元忠曰：“敕未至，岂可求生?”有顷方至。观者咸服其安闲神异也。② 像魏元忠这么淡定的洛阳令，绝对称得上名士一类人物。唐人李肇《唐国史补》卷下记载崔师本发明游戏云：“洛阳令崔师本，又好为古之樗蒲。其法：三分其子三百六十，限以二关，人执六马，其骰五枚，分上为黑，下为白。黑者刻二为犊，白者刻二为雉。掷之全黑者为卢，其采十六；二雉三黑为雉，其采十四；二犊三白为犊，其采十；全白为白，其采八；四者贵采也。开为十二，塞为十一，塔为五，秃为四，撅为三，枭为二；六者杂采也。贵采得连掷，得打马，得过关，余采则否。新加进九退六两采。”③ 摴蒱是古代一种博戏，类似掷骰子或飞行棋，最初用樗木制成投子，所以叫作樗蒲或摴蒱，掷具一般五枚一组，又叫五木之戏。崔师本虽为洛阳令，却有此才艺爱好，自创的玩法流传下来，也算一项贡献吧。

宋代尤袤《全唐诗话》卷六《不知名》记载无名御史故事云：有为御史分务洛京者，其爱姬为李逢吉一阅，遂不复出。明日，以诗投之云：“三山不见海沉沉，岂有仙踪尚可寻。青鸟去时云路断，嫦娥归处月宫深。纱窗暗想春相忆，书幌谁怜夜独吟。料得此时天上月，只应偏照两人心。”李得诗含笑曰：“大好诗。”遂绝。④ 宋人阮阅《诗话总龟后集》卷四十七《丽人门》所记更详细一些：

---

① （明）蒋一葵撰，吕景琳点校：《尧山堂外纪》（外一种）二，中华书局 2019 年版，第 495—496 页。

② 上海古籍出版社编：《唐五代笔记小说大观》上册，上海古籍出版社 2000 年版，第 940 页。

③ 上海古籍出版社编：《唐五代笔记小说大观》上册，上海古籍出版社 2000 年版，第 198 页。

④ （宋）尤袤著：《全唐诗话》卷六《不知名》，中华书局 1985 年版，第 131 页。

> 太和初，有为御史分务洛京者，有妓善歌。时太尉李逢吉留守，求一见。既不敢辞，盛妆以往。李命与众姬相见，李姬四十余辈皆出其下。既入，不复出。顷之，李亦辞以疾遂罢坐。信宿耗绝，但怨叹不能已已，为诗两篇投献。明日李但含笑曰："大好诗。"遂绝。诗曰："三山不见海沉沉，岂有仙踪尚可寻？青鸟去时云路断，姮娥归去月宫深。纱窗暗想春相忆，书幌谁怜夜独吟！料得此时天上月，只应偏照两人心。"一篇亡。[1]

这位分务洛京的御史，虽没有留下姓名，但其与爱姬的真情值得称赞。《太平广记》卷一百六十八《气义三·郑还古》引《卢氏杂说》记载郑还古与柳当将军信守诺言云："郑还古，东都闲居，与柳当将军者甚熟。柳宅在履信东街，有楼台水木之盛。家甚富，妓乐极多。郑往来宴饮，与诸妓笑语既熟，因调谑之。妓以告柳，怜郑文学，又贫，亦不之怪。郑将入京求官，柳开筵饯之。酒酣，与妓一章曰：'冶艳出神仙，歌声胜管弦。眼看白苎曲，欲上碧云天。未拟生裴秀，如何乞郑玄。莫教金谷水，横过坠楼前。'柳见诗甚喜。曰：'某不惜此妓，然吾子方求官，事力空困，将去固不易支持。专待见荣命，便发遣入京，充贺礼。'及郑入京，不半年，除国子博士。柳见除目，乃津置入京。妓行及嘉祥驿，郑已亡殁。旅亲寻到府界。柳闻之悲叹不已，遂放妓他适。"[2] 柳当将军家居履信东街，宅子里有楼台水木之盛，招待来东都闲居的郑还古，许诺一妓，自不食言，真是讲义气的君子啊！

唐人阙名《玉泉子》记载吕元膺处事方式云：吕元膺为东都留守，常与处士对棋之次，有文簿堆拥。元膺方秉笔阅览，棋侣谓吕必不顾局矣，因私易一子以自胜。吕辄已窥之，而棋侣不悟。翌日，吕请棋处士他适，内外人莫测，棋者亦不会，仍以束帛赆之。如是十年许。吕疾亟，命儿侄列前曰："游处交友，尔宜精择。吾为东都留守，有一棋者云云，吾以他事俾去。当日

---

① （宋）阮阅编著，周本淳校点：《诗话总龟后集》，人民文学出版社 1987 年版，第 295 页。
② （宋）李昉：《太平广记》卷一百六十八，中华书局 1961 年版，第 1224 页。

一棋子，亦未足介意，但心迹可畏。亟言之，虑其忧畏；终不言，又恐汝辈灭裂于知闻。”言毕，惘然长逝。[①] 东都留守吕元膺发现了处士的小聪明，为了赢棋偷偷移动了一个子，但没有声张，只是客气地打发他离开，临死前才告诉了家人，可谓用心良苦啊。宋人钱易《南部新书》庚卷记载苗晋卿善于教人云：苗晋卿为东都留守，有健士屡犯科禁，罪当杖罚。谓之曰：“留守鞭武人甚易，舍之甚难。舍人之所易，难。遂舍之。武人自励，卒成善士。”[②] 大约天宝十三、十四载，洛阳留守苗晋卿用刑有度，虽然没有鞭打那个屡犯科律禁条的武士，选择放了他，结果却是武人悔过自励，终成善人。唐人韦绚《刘宾客嘉话录》正编记载李揆才能云：

> 卢新州为相，令李揆入蕃。揆对德宗曰：“臣不惮远使，恐死于道路，不达君命。”上恻然，欲免之，谓卢相曰：“李揆莫老无?”杞曰：“和戎之使，须谙练朝廷事，非揆不可。且使揆去，向后差使小于揆年者，不敢辞远使矣。”揆既至蕃，蕃长曰：“闻唐家有一第一人李揆，公是否?”揆曰：“非也。他那个李揆，争肯到此?”恐其拘留，以此诬之也。揆门户等一，文学第一，官职第一。致仕东都，大司徒杜公罢淮海入洛，见之，言及头头第一之说。揆曰：“若道门户，门户有所自，承余裕也。官职，遭遇尔。今形骸凋悴，看即下世，一切为空，何第一之有?”[③]

丞相卢杞命令年迈的李揆出使蕃邦，李揆担心死在途中，有辱使命，请求皇上网开一面，但卢杞坚持说和戎使者非李揆莫属，因为他熟悉朝廷情况，可以起表率作用。李揆来到蕃邦，蕃邦的酋长对他早有耳闻，原来他就是那个唐朝“第一人”：门户第一，文学第一，官职第一。李揆退休回到洛阳后，对自己的各种“第一”不以为然，放下了一切，可谓真知高人。唐人李肇《唐

---

① 上海古籍出版社编：《唐五代笔记小说大观》下册，上海古籍出版社2000年版，第1434页。
② （宋）钱易著，梁太济笺证：《南部新书溯源笺证》，中西书局2013年版，第318页。
③ 上海古籍出版社编：《唐五代笔记小说大观》上册，上海古籍出版社2000年版，第805页。

国史补》卷上记载颜真卿的外孙韦丹为人仁义：韦丹少在东洛，尝至中桥，见数百人喧集水滨，乃渔者网得大鼋，系之桥柱，引颈四顾，似有求救之状。丹问曰："几千钱可赎?"答曰："五千文。"丹曰："吾只有驴直三千，可乎?"曰："可。"于是与之。放鼋水中，徒步而归。[1] 韦丹为了放生一只大鼋，卖掉驴徒步走回去，是真正的动物保护者啊！

都城洛阳的能人巧匠随处可闻，唐人刘餗《隋唐嘉话》卷上记载秦叔宝超人勇武云：秦武卫勇力绝人，其所将枪逾越常制。初从太宗围王充于洛阳，驰马顿之城下而去。城中数十人，共拔不能动，叔宝复驰马举之以还。迄今国家每大陈设，必列于殿庭，以旌异之。[2] 秦琼字叔宝，气力过人，他所用的枪，十几个人一起也拔不动，后来经常在国家举行大祭时被展览，以示表彰。名相宋璟为人耿直又精通音乐，王谠《唐语林》卷五《补遗》记载：

> 宋开府璟虽耿介不群，亦知音乐，尤善羯鼓（原注：鼓乐部行丐乱云："南山起云，北山起雨"者，是宋开府所为）。尝与明皇论羯鼓事，曰："不是青州石末，即须鲁山花瓷。撚小碧上，掌下须有朋（原注：去声）肯（原注：去声）声。"据此，乃汉震第二鼓也。且颡用石末、花磁，固是腰鼓，掌下朋肯声，是以手拍鼓，非羯鼓明矣（原注：第二鼓左以杖，右以指）。开府又曰："头如青山峰，手如白雨点。"此即羯鼓之能事。山峰取不动，雨点取碎急。上与开府兼善两鼓，而羯鼓偏好，以其比汉震稍雅细焉。开府之家悉传之。东都留守郑叔则祖母，即开府之女。今尊贤里郑氏第，有小楼，即宋夫人习鼓之所也。[3]

宋璟擅长羯鼓，曾经与玄宗讨论打鼓之法，相谈甚欢。东都留守郑叔则祖母是宋开府之女，尊贤坊里郑氏宅第有一小楼，就是宋夫人习鼓的地方。当时

---

① 上海古籍出版社编：《唐五代笔记小说大观》上册，上海古籍出版社 2000 年版，第 173 页。
② 上海古籍出版社编：《唐五代笔记小说大观》上册，上海古籍出版社 2000 年版，第 98 页。
③ （宋）王谠撰，周勋初校证：《唐语林校证》，中华书局 1987 年版，第 477—478 页。

的洛阳牡丹也有故事，唐人段成式《酉阳杂俎》续集卷二《支诺皋中》记载洛阳牡丹云："东都尊贤坊田令宅，中门内有紫牡丹成树，发花千朵。花盛时，每月夜有小人五六，长尺余，游于上。如此七八年。人将掩之，辄失所在。"[①] 尊贤坊田令宅的紫牡丹开花千朵，有花仙游玩其中，可见当时洛阳牡丹之盛行。柳宗元《龙城录》之《宋单父种牡丹》记载花匠宋单父云："洛人宋单父，字仲儒。善吟诗，亦能种艺术。凡牡丹变易千种，红白斗色，人亦不能知其术。上皇召至骊山，植花万本，色样各不同。赐金千余两，内人皆呼为花师。亦幻世之绝艺也。"[②] 洛阳人宋单父传播牡丹品种，确实不愧"花师"之称。《酉阳杂俎》前集卷五《诡习》记载残疾艺人云："大历中，东都天津桥有乞儿，无两手，以右足夹笔，写经乞钱。欲书时，先再三掷笔，高尺余，未曾失落。书迹官楷，手书不如也。"[③] 市场上卖艺乞钱的残疾人，也有绝活。

各种仙道异人也为民众广泛流传，津津乐道，如曾经做过唐朝右丞相的李林甫，据说为仙籍之人，《太平广记》卷十九《神仙十九·李林甫》引《逸史》记载李林甫：

唐右丞相李林甫，年二十，尚未读书。在东都，好游猎打球，驰逐鹰狗，每于城下槐坛下，骑驴击，略无休日。既惫舍驴，以两手返据地歇。一日，有道士甚丑陋，见李公踞地，徐言曰："此有何乐，郎君如此爱也？"李怒顾曰："关足下何事？"道者去。明日又复言之。李公幼聪悟，意其异人，乃摄衣起谢。道士曰："郎君虽善此，然忽有颠坠之苦，则悔不可及。"李公请自修谨，不复为也。道士笑曰："与郎君后三日五更会于此。"曰："诺。"及往，道士已先至，曰："为约何后！"李乃谢之。曰："更三日复来。"李公夜半往。

① （唐）段成式撰，曹中孚校点：《酉阳杂俎》，上海古籍出版社 2012 年版，第 129 页。
② 上海古籍出版社编：《唐五代笔记小说大观》上册，上海古籍出版社 2000 年版，第 151 页。
③ （唐）段成式撰，曹中孚校点：《酉阳杂俎》，上海古籍出版社 2012 年版，第 30 页。

良久道士至，甚喜，谈笑极洽，且曰："某行世间五百年，见郎君一人，已列仙籍，合白日升天；如不欲，则二十年宰相，重权在己。郎君且归熟思之，后三日五更，复会于此。"李公回，计之曰："我是宗室，少豪侠。二十年宰相，重权在己，安可以白日升天易之乎？计已决矣。"及期往白。道士嗟叹咄叱，如不自持，曰："五百年始见一人，可惜可惜！"李公悔，欲复之。道士曰："不可也，神明知矣。"与之叙别曰："二十年宰相，生杀权在己，威振天下，然慎勿行阴贼，当为阴德，广救拔人，无枉杀人，如此则三百年后，白日上升矣。官禄已至，可使入京。"李公匍匐泣拜，道士握手与别。时李公堂叔为库部郎中，在京，遂诣。叔父以其纵荡，不甚记录之，颇惊曰："汝何得至此？"曰："某知向前之过，今故候觐，请改节读书，愿受鞭棰。"库部甚异之，亦未令就学。每有宾客，遣监杯盘之饰，无不修洁。或谓曰："汝为吾著某事。"虽雪深没踝，亦不去也。库部益亲怜之，言于班行，知者甚众。自后以荫叙，累官至赞善大夫。不十年，遂为相矣。权巧深密，能伺上旨，恩顾隆洽，独当衡轴，人情所畏，非臣下矣。数年后，自固益切，大起大狱，诛杀异己，冤死相继，都忘道士槐坛之言戒也。时李公之门，将有趋谒者，必望之而步，不敢乘马。忽一日方午，有人扣门，吏惊候之。见一道士甚枯瘦，曰："愿报相公。"阍者呵而逐之外，吏又鞭缚送于府，道士微笑而去。明日日中复至，门者乘间而白。李公曰："吾不记识，汝试为通。"及道士入，李公见之，醒然而悟，乃槐坛所睹也。惭悸之极，若无所措，却思二十年之事，今已至矣。所承教诫，曾不暂行，中心如疾，乃拜。道士迎笑曰："相公安否？当时之请，并不见从，遣相公行阴德，今枉杀人，上天甚明，谴谪可畏，如何？"李公但榼额而已。道士留宿，李公尽除仆使，处于中堂，各居一榻。道士唯少食茶果，余无所进。至夜深，李公曰："昔奉教言，尚有升天之挈，今复遂否？”道士曰：“缘相公所行，不合其道，有所窜责，又三百年，更六百年，乃如约矣。”李公曰：“某人间之数将满，既有罪谴，后当如何？”道士曰：“莫要知否？亦可一行。”李公降榻拜谢。曰：“相公安神静虑，万想俱遣，兀如枯株，即可俱也。”良久，李公曰：“某都无念虑矣。”乃下招曰：“可同往。”李公不觉，便随道士去。大门及春明门到辄自开，李公援道士衣而过，渐行十数里。李公素贵，尤不善行，困苦颇甚。道士亦自知之，曰：“莫思歇否？”乃相与坐于路隅。逡巡，以数节竹授李公曰：“可乘此，至地方止，慎不得开眼。”李公遂跨之，腾空而上，觉身泛大海，但闻风水之声。食顷止，见大郭邑，介士数百，罗列城门。道士至，皆迎拜，兼拜李公。约一里，到一府署，又入门，复有甲士，升阶至大殿，帐榻华侈。李公困，欲就帐卧，道士惊，牵起曰：“未可，恐不可回耳。此是相公身后之所处也。”曰：“审如是，某亦不恨。”道士笑曰：“兹介廨鳞之属，其间苦事亦不少。”遂却与李公出大门，复以竹杖授之，一如来时之状。入其宅，登堂，见身冥坐于床上。道士乃呼曰：“相公，相公！”李公遂觉，涕泗交流，稽首陈谢。明日别去，李公厚以金帛赠之，俱无所受，但挥手而已，曰：“勉旃，六百年后，方复见相公。”遂出门而逝，不知所在。先是，安禄山常养道术士，每语之曰：“我对天子亦不恐惧，唯见李相公若无地自容，何也？”术士曰：“公有阴兵五百，皆有铜头铁额，常在左右，何以如此，某安得见？”禄山乃奏请宰相宴于己宅，密遣术士于帘间窥伺。退曰：“奇也，某初见李相公，有一青衣童子，捧香炉而入，仆射侍卫，铜头铁额之类，皆穿屋逾墙奔逆而去，某亦不知其故也，当是仙官暂谪在人间耳。”①

---

① （宋）李昉：《太平广记》卷十九，中华书局1961年版，第129—131页。

唐朝右丞相李林甫，二十岁时还不知读书，住在东都洛阳，游手好闲，经常跑到城边槐坛下，骑驴击球不消停，歇息时两手倒立，与常人不同。有一道士面貌丑陋，见李林甫喜欢倒立，跟他攀谈，李林甫怒目相视不理会。几次三番后，李林甫感觉到道士不寻常，于是主动道谢，道士说："你虽精通此道，但若有颠坠之祸，你后悔都来不及的。"李林甫深以为然，从此改邪归正，恭谨修身。道士考验过李林甫后，跟他说："你已名列仙籍，可以白日升天，如果不愿意，可在世上做二十年太平宰相，享受大权在握的荣华富贵。你选择一下吧。"李林甫觉得自己是皇帝宗室，生性豪侠，便决定放弃白日升天，愿做二十年太平宰相。道士虽然替他惋惜，但也无奈，告别时嘱咐他："二十年做宰相，掌握生杀之权，威振天下，一定要多积阴德，不可滥杀无辜，三百年后便能白日升天。如今官运已到，你可以进京去实现了。"李林甫此后步步高升，不出十年就当了宰相，依仗着玄宗的恩宠，为所欲为，诛除异己，冤死的人不计其数，早已忘掉了槐坛道士的告诫。忽然有一天道士上门造访，告诉他时间已到，天帝明察，欲行谴责。李林甫问是否还有升天的希望，道士说需再过三百年，六百年后才能如约。李林甫想知道将来是怎样的境况，道士就让他闭目跟随体验了一番，然后不知去向走了。安禄山连天子都不畏惧，偏偏见到李林甫感到无地自容，术士经过窥视观察，说道真是神奇，李相公林甫大概是被贬谪在人间的仙官，和前面的道士所说名列仙籍一致。

昆仑奴等奇异之人也受到关注，《太平广记》卷一百九十四《豪侠二·昆仑奴》引《传奇》云勋臣一品："命甲士五十人，严持兵仗围崔生院，使擒磨勒。磨勒遂持匕首，飞出高垣，瞥若翅翕，疾同鹰隼。攒矢如雨，莫能中之。顷刻之间，不知所向。然崔家大惊愕。后一品悔惧，每夕，多以家童持剑戟自卫，如此周岁方止。后十余年，崔家有人见磨勒卖药于洛阳市，容颜如旧耳。"[①] 唐大历中，有个崔生，家中有个昆仑奴叫磨勒，灵异不似正常人，被

① （宋）李昉：《太平广记》卷一百九十四，中华书局 1961 年版，第 1454 页。

功臣一品追杀，却毫发无伤，十余年后，竟然在洛阳市场卖药，容颜如旧，还能被崔家人认出来。唐人李冗《独异志》卷上记载苗登长相奇怪云：“唐大历中，河南尹相里造刑洛阳尉苗登，有尾长二尺余。”① 明人蒋一葵《尧山堂外纪》卷二十九《唐》亦云：崔护不登科，怒其考官苗登，苗即崔从舅也。乃私试为判头毁其舅曰：“甲背有猪皮之异。”其判曰：“曹人之袒重耳，骈胁载观；相里之剥苗登，猪皮斯见。”初登为东畿尉，相里造为尹，曾欲笞之，袒其背，有猪毛长数寸，故云。② 苗登是崔护的从舅，背部有猪毛，尾巴长二尺多，确实是怪人。唐人张鷟《朝野佥载》卷五记载在街坊里所见云：“先天年，洛下人牵一牛奔，腋下有一人手，长尺余，巡坊而乞。”③ 说明街坊里有乞讨者，形象怪异。

第六节　古迹遗存眩目耀眼

隋唐洛阳多有古物遗迹留存，常被人们传道，如金谷古木、蔡邕石经、名人字画等。唐代佚名《大唐传载》记：“洛阳金谷去城二十五里。晋石崇依金谷为园苑，高台飞阁，余址隐嶙。独有一皂荚树甚大，至今郁茂。”④ 金谷园的皂荚古树葱茏参天，见证了历史的变迁。唐人韦绚《刘宾客嘉话录》记载：“东都顷年创造防秋馆，穿掘多得蔡邕鸿都学所书石经，至今人家往往有之。”⑤ 竟然挖到太学故地，汉代遗没的鸿都石经被唐人复得，家家都有保存。《太平广记》卷二百一十四《画五·杂编》引《卢氏杂说》云：“余旧宅在东洛归德坊南街，厅屋是杏木梁。西壁有韦旻郎中散马七匹，东壁有张旭草真

---

① 上海古籍出版社编：《唐五代笔记小说大观》上册，上海古籍出版社2000年版，第909页。

② （明）蒋一葵撰，吕景琳点校：《尧山堂外纪》（外一种）二，中华书局2019年版，第476页。

③ （唐）张鷟撰，郝润华、莫琼辑校：《朝野佥载辑校》卷五，山东人民出版社2018年版，第123页。

④ 上海古籍出版社编：《唐五代笔记小说大观》上册，上海古籍出版社2000年版，第888页。

⑤ 上海古籍出版社编：《唐五代笔记小说大观》上册，上海古籍出版社2000年版，第802页。

踪数行，旭世号张颠，宅之东果园，《两京新记》是马周旧宅。”[①]《卢氏杂说》为唐代卢言所做，卢言是洛阳人，文宗开成二年（837 年）为驾部员外郎，曾与白居易等一十五人祓禊洛滨，卢氏旧宅应为卢言宅。宋人郭若虚《图画见闻志》卷五《卢氏宅》云：“唐德州刺史王倚家有笔一管，稍粗于常用笔管，两头各出半寸已来，中间刻从军行一铺，人马毛发，亭台远水，无不精绝……倚之子绍孙，博雅好古，善琴阮，其所居乃卢氏旧宅，在洛中归德坊南街，厅屋是杏木梁，西壁有韦旻郎中画散马七匹，东壁有张长史草书数行，长史世号张颠，宅之东果园，《两京新记》所载是马周旧宅。”[②] 归德坊南街卢氏旧宅为王倚之子绍孙居住，屋梁为杏木，西墙壁有名人画，东墙壁有名人字，保存完好。归德坊位于定鼎门街之东第四街，从南向北数第一坊，遗址大概在今洛龙区安乐镇郑村西部。

庙宇道观亦有多处，唐人康骈《剧谈录》卷下《老君庙画》云：东都北邙山，有玄元观，南有老君庙，台殿高敞，下瞰伊洛，神仙泥塑之像，皆开元中杨惠之所制，奇巧精严，见者增敬。壁有吴道玄画五圣真容及老子化胡经事，丹青绝妙，古今无比。（杜工部题诗云：“配极玄都閟，凭高禁御长。守祧严具礼，掌节镇非常。碧瓦初寒外，金茎一气旁。山河扶绣户，日月近雕梁。仙李蟠根大，猗兰奕叶光。世家遗旧史，道德付今王。画手看前辈，吴生远擅场。森罗移地轴，妙绝动宫墙。五圣联龙衮，千官列雁行。冕旒俱秀发，旌旆尽飞扬。翠柏深留景，红梨迥得霜。风筝吹玉柱，露井冻银床。身退卑周室，经传拱汉皇。谷神如不死，养拙更何乡。”）爱敬寺复有雉尾病龙，莫知画者谁氏。绘事奇巧，皆入神之迹。（雉尾在东庑观音院，天王部从中绯衣神人抱野雉一只，逼而观之，势若飞动。）政平坊安国观，明皇朝玉真公主所建，门楼高九十尺，而柱端无栱料。殿南有精思院，琢玉为天尊老君之像。叶法善、罗公远、张果先生并图之于壁。院南池沼引御渠水注之，垒

① （宋）李昉：《太平广记》卷二百一十四，中华书局 1961 年版，第 1643 页。
② （宋）郭若虚撰：《图画见闻志》卷五，辽宁教育出版社 2001 年版，第 55—56 页。

石像蓬莱、方丈、瀛洲三山。女冠多上阳退宫嫔御，其东与国学相接。咸通中，有书生云："每清风朗月，即闻山池之内步虚笙磬之音。"卢尚书有诗云："夕照纱窗起暗尘，青松绕殿不知春。君看白首诵经者，半是宫中歌舞人。"① 北邙山玄元观老君庙的壁画实在高妙，令人叹绝。爱敬寺的雉尾，逼真显神。政平坊的安国观，犹如仙境。唐人张鷟《朝野佥载》卷一记载："景龙四年，洛州凌空观失火，万物并尽，惟有一真人岿然独存，乃泥塑为之。后改为圣真观。"② 凌空观的泥塑真人经火犹存，继续与圣真观同在。

洛阳的"窈娘堤"来自一段情爱故事，唐人孟棨《本事诗·情感第一》记载：

> 唐武后时，左司郎中乔知之有婢名窈娘，艺色为当时第一。知之宠爱，为之不婚。武延嗣闻之，求一见，势不可抑。既见，即留，无复还理。知之愤痛成疾，因为诗，写以缣素，厚赂阍守以达。窈娘得诗悲惋，结于裙带，赴井而死。延嗣见诗，遣酷吏诬陷知之，破其家。诗曰："石家金谷重新声，明珠十斛买娉婷。昔日可怜君自许，此时歌舞得人情。君家闺阁不曾难，好将歌舞借人看。富贵雄豪非分理，骄奢势力横相干。别君去君终不忍，徒劳掩袂伤红粉。百年离别在高楼，一旦红颜为君尽。"时载初元年三月也。四月下狱，八月死。③

乔知之和婢女窈娘以生死相许的情爱故事，确实令人感动。开元二十七年（739 年），洛水暴涨，毁坏了天津桥，水井也被淤没，后人于此修筑河堤，名为"窈娘堤"，纪念窈娘的不幸遭遇。据今人考证，井的位置在唐皇城正南门端门外，约在今洛阳周公庙附近。

---

① 上海古籍出版社编：《唐五代笔记小说大观》下册，上海古籍出版社 2000 年版，第 1488 页。

② （唐）张鷟撰，郝润华、莫琼辑校：《朝野佥载辑校》卷一，山东人民出版社 2018 年版，第 9 页。

③ 上海古籍出版社编：《唐五代笔记小说大观》下册，上海古籍出版社 2000 年版，第 1238—1239 页。

东都的官锦坊非同一般，有专织宫锦的“巧儿”，《太平广记》卷二百五十七《嘲诮·织锦人》引《卢氏杂说》记载当时的织锦人云：唐卢氏子不中第，徒步及都城门东。其日风寒甚，且投逆旅。俄有一人续至，附火良久，忽吟诗曰：“学织缭绫功未多，乱投机杼错抛梭。莫教宫锦行家见，把此文章笑杀他。”又云：“如今不重文章事，莫把文章夸向人。”卢愕然，忆是白居易诗，因问姓名。曰：“姓李，世织绫锦，离乱前，属东都官锦坊织宫锦巧儿，以薄艺投本行。皆云：‘如今花样，与前不同。’不谓伎俩儿以文采求售者，不重于世，且东归去。”① 这里的“巧儿”，是唐代官营织锦手艺人的称呼，姓李的李氏“巧儿”，安史之乱前，在东都官锦坊世代从事织锦业，凭借这点技艺到长安投靠本行，不料如今不似从前了，花样翻新了，只重文采，不重手艺，李氏于是只得返回东都洛阳。可以想见安史之乱后织锦人的生活变化，求生亦很艰难，洛阳织锦业也遭受到了重创。

北当徽安门东街的思恭坊里有妓馆，多情爱故事流传，唐人戴孚《广异记》“朱七娘”记载：东都思恭坊朱七娘者，倡妪也，有王将军素与交通。开元中，王遇疾卒，已半岁，朱不知也。其年七月，王忽来朱处。久之日暮，曰：“能随至温柔坊宅否？”朱欲许焉。其女弹唱有名，不欲母往，乃曰：“将军止此故佳，将还有所惮耶？”不获已，王以后骑载去。入院，欢洽如故。明旦，王氏使婢收灵床被，见一妇人在被中，遽走还白。王氏诸子惊而来视，问其故，知亡父所引，哀恸久之，遂送还家焉。② 东都洛阳思恭坊位于洛水之北，东城之东，第二南北街，北当徽安门东街，从南数第二坊。思恭坊有一妓女朱七娘，被王将军钟情，开元年间，王将军因病而死，时过半年，朱七娘还不知道信息。七月的一天，王将军突然又来找朱七娘，停留直到晚上，还要把朱七娘带回去。朱七娘的女儿能歌善舞会弹唱，不同意母亲去，但没有拦住。王将军带着朱七娘回家后欢爱如常。第二天清早，王将军妻子使婢

① （宋）李昉：《太平广记》卷二百五十七，中华书局 1961 年版，第 2005 页。

② （唐）戴孚撰，方诗铭辑校：《广异记》，中华书局 1992 年版，第 77 页。

女去收拾灵柩的被褥，结果发现了朱七娘。家人经过询问，弄清了事情的原委，就把她送回了家。咸通十一年（870年）五月三日匡秀撰写的《有唐吴兴沈氏墓志铭并序》记载青楼女子沈子柔云：

吴兴沈子柔，洛阳青楼之美丽也。居留府官籍，名冠于辈流间，为从事柱史源匡秀所瞩殊厚。子柔幼字小娇，凡洛阳风流贵人，博雅名士，每千金就聘，必问达辛勤，品流高卑，议不降志。居思恭里。实刘媪所生，有弟有姨，皆亲骨肉。善晓音律，妙攻弦歌，敏慧自天，孝慈成性。

咸通寅年，年多疠疫，里社比屋，人无吉全。子柔一日晏寝香闺，扶衾见接，饫展欢密，倏然吁嗟曰："妾幸辱郎之顾厚矣，保郎之信坚矣，然也，妾自度所赋无几，甚疑旬朔与疠疫随波。虽问卜可禳，虑不能脱。"余只谓抚讯多阙，怨兴是词。时属物景喧秾，栏花竞发，余因召同舍毕来醉欢。俄而未及浃旬，青衣告疾，雷犇电掣，火裂风摧，医救不施，奄忽长逝。呜呼！天植万物，物固有尤，况乎人之最灵，得不自知生死。所恨者贻情爱于后人，便销魂于触向，空虞陵谷，乃作铭云：

丽如花而少如水，生何来而去何自？火燃我爱爱不销，刀断我情情不已。虽分生死，难拆因缘，刻书贞珉，吉安下泉。咸通十一年五月三日匡秀撰并书。①

洛阳青楼女子沈子柔，居住在思恭里，聪慧美丽，有东京留守府官籍，通晓音律，擅长弦歌，待客不卑不亢，咸通十一年（870年）五月，病逝于思恭坊宅。匡秀是一贵公子，对沈子柔一往情深，为其写作了墓志，铭文表达爱意也很坦率炽烈，值得肯定。《广异记》"薛迥"记载狎娼云："唐河东薛迥与其徒十人于东都狎娼妇，留连数夕，各赏钱十千。后一夕午夜，娼偶求去，迥

① 周绍良、赵超主编：《唐代墓志汇编续集》咸通066，上海古籍出版社2001年版，第1085页。

留待曙。妇人躁扰，求去数四，抱钱出门。迥敕门者无出客，门者不为启锁。妇人持钱，寻审至水窦，变成野狐，从窦中出去，其钱亦留。”① 这里提到河东薛迥与其徒在东都狎娼，说明洛阳有娼妓馆所，可能就在思恭坊。

北当安喜门东街的殖业坊里有酒家、商铺，更是传说故事的多发地，唐人封演《封氏闻见记》卷六《石志》记载王戎墓云：“东都殖业坊十字街有王戎墓，隋代酿家穿旁作窖，得铭曰：‘晋司徒尚书令安丰侯王君铭。’有数百字。然古人葬者亦有石志，但不如今代贵贱通为之耳。”② 殖业坊位于洛水之北，东城之东，第四南北街，从南数第三坊。石志即墓志，王戎为魏晋名士，自幼聪悟，与阮籍、嵇康交好，曾受诏伐吴，凭功晋爵安丰县侯。隋代酿酒的作坊，挖窖得到了一块王戎墓志铭，铭文有几百字。这里的石志是墓志之一种，也叫圹志、圹铭、椁铭、埋铭、葬志、圹记等。唐人张鷟《朝野佥载》卷五记一酒家的丑陋婢女云：“兵部郎中朱前疑貌丑，其妻有美色。天后时，洛中殖业坊西门酒家有婢，蓬头垢面，伛肩皤腹，寝恶之状，举世所无。而前疑大悦之，殆忘寝食。乃知前世言宿瘤蒙爱，信不虚也。夫人世嗜欲，一何殊性。”③ 殖业坊西门酒家有个婢女，蓬头垢面，弯腰鼓腹，丑恶至极，但朱前疑却对她喜欢到废寝忘食，这就是嗜好的不同啊！《太平广记》卷二百五十九《嗤鄙二·赵仁奖》引《御史台记》记载商人做生意云：

唐赵仁奖，河南人也，得贩于殖业坊王戎墓北，善歌《黄獐》，与宦官有旧，因所托附。景龙中，乃负薪诣阙，遂得召见。云：“负薪助国家调鼎。”即日台拜焉。睿宗朝，左授上蔡丞。使于京，访寻台中旧列，妄事欢洽。……仁奖在台，既无余能，唯以《黄獐》自炫。宋务先题之曰：“赵奖出王戎幕下，入朱博台中。舍彼负薪，登

① （唐）戴孚撰，方诗铭辑校：《广异记》，中华书局1992年版，第211—212页。

② （唐）封演著，张耕注评：《封氏闻见记》，学苑出版社2001年版，第138页。

③ （唐）张鷟撰，郝润华、莫琼辑校：《朝野佥载辑校》卷五，山东人民出版社2018年版，第115页。

兹列柏。行人不避骢马，坐客唯听《黄獐》。”时崔宣一使于都，仁奖附书于家，题云：“西京赵御史书。附到洛州殖业坊王戎墓北第一铺，付妻一娘。”宣一以书示朝士。……时朝士相随，遇一胡负两束柴，曰：“此胡合拜殿中。”或问其由，答曰：“赵仁奖负一束而拜监察，此负两束，固合授殿中。”①

唐代河南人赵仁奖，妻子名一娘，在殖业坊王戎墓北第一铺贩卖生意，可见商铺很多，所以编序排号，或为商业区。赵仁奖擅长唱《黄獐》曲，托请朝中宦官求官。景龙年间，赵仁奖亲自背了一束柴火进朝面见皇帝，当时时兴谄阙，问他为什么要负薪来，回答说治国如烹菜调味，背柴添火协助理国，竟然受到称赞，授官做了御史台监察御史，没有其他才能，只是炫耀会唱《黄獐》，被人作诗嘲笑。崔宣一出使长安时，赵仁奖让他给家里捎一封信，地址就是洛州殖业坊王戎墓北第一铺，收信人是妻子一娘。朝中大臣一起外出，看到一个胡人背了两捆薪柴，有人故意说，这个胡人可以拜殿中侍御史，因为赵仁奖背了一束柴就拜监察御史，这个胡人背了两束当然要再高一级了，众人哈哈大笑。赵仁奖凭借负柴得官，堪称历史笑话。

绥福坊里有小吃，名噪一时，唐人李匡乂《资暇集》卷下《李环饧》云：“苏乳煎之轻饧，咸云十年来始有，出河中。余实知其由，此武臣李环家之法也。余弱冠前，步月洛之绥福里，方见夜作，问之，云乳饧。时新开是肆，每斤六十文。明日市得而归，不三数月，满洛阳盛传矣。开成初，余从叔听之镇河中，自洛招致饧者居于蒲，蒲土因有是饧。其法宁闻传得，唯博口军人窃得法之十八九，故今奉天亦出轻饧，然而劣于蒲者，不尽其妙焉。”② 绥福里的苏乳煎之轻饧，六十文一斤，盛行洛阳城，开成初（836 年）流传到蒲州，后来又传到奉天，广为人爱。绥福坊位于长夏门之东第四街，从南向北数第五坊，遗址区为今洛龙区李楼镇西白碛村、北王村和杨村。

---

① （宋）李昉：《太平广记》卷二百五十九，中华书局 1961 年版，第 2022 页。
② 王汝涛编校：《全唐小说》第三册，山东文艺出版社 1993 年版，第 2289 页。

西域胡人在洛阳有专门的居住区，建有胡祆神庙，经常举行各种活动引人观看，唐人张鷟《朝野佥载》卷三云："河南府立德坊及南市西坊皆有胡祆神庙。每岁，商胡祈福，烹猪羊，琵琶鼓笛，酣歌醉舞，酹神之后，募一胡为祆主，看者施钱并与之。其祆主取一横刀，利同霜雪，吹毛不过，以刀刺腹，刃出于背，仍乱扰肠肚流血。食顷，喷水咒之，平复如故。此盖西域之幻法也。"① 所谓"西域幻法"是胡人的祭祀活动，西域胡商一边烹猪宰羊，一边演奏各种乐器，载歌载舞。祆教教主的利刀刺腹穿背等，惊心骇目，充满了异域风味，令人喝彩。

隋唐洛阳城是隋唐历史的缩影，芸芸众生在洛阳的都城舞台上，演绎了无数精彩的戏剧片段，那些具体到里坊言之凿凿的传奇，使历史的画面鲜活生动起来，也让历史人物和历史事件跃然纸上，融入了生活。

---

① （唐）张鷟撰，郝润华、莫琼辑校：《朝野佥载辑校》卷三，山东人民出版社 2018 年版，第 64 页。

第五章　文人群体的闲适

隋唐洛阳都城是文人雅士仕宦安居的理想之地，尤其是唐代洛阳称为东都后，大批官员留守分司东都，政务不是很多，闲暇充裕的惬意生活非常适合文人的写作活动，于是出现了以闲适为特点的文人及群体，他们赏山乐水，相互酬唱，写景抒怀，歌咏人生，留下了大量的精彩篇章。

第一节　以白居易为首的闲逸唱和

唐代洛阳在武氏政权败亡后，虽不如长安繁盛却具有独特的吸引人之处，这就是政治统治相对薄弱，文化环境宽松优越，交通便利，经济繁荣，一大批文人士子或来做官，或来赋闲，或来定居，借助东都周围优美的自然胜景、园林台阁，创造了洛阳城市浓郁的人文文化。中晚唐以白居易为中心、以闲适官员和耄耋老人为主体的赋闲文人团体，留恋光景，集会宴饮，应酬唱和，成为洛阳都城文化的千古佳话。

唐代中央官职在洛阳分设的一套职官系统，称为东都分司，《旧唐书》卷一百六十六《白居易传》云："大和三年夏，乐天始得请为太子宾客，分秩于洛下，息躬于池上。"①《新唐书》卷一百一十九《白居易传》云："大和初，

① （五代）刘昫撰：《旧唐书》卷一百六十六《白居易传》，中华书局 1975 年版，第 4355 页。

二李党事兴，险利乘之，更相夺移，进退毁誉，若旦暮然。杨虞卿与居易姻家，而善李宗闵。居易恶缘党人斥，乃移病还东都。除太子宾客分司。逾年，即拜河南尹，复以宾客分司。开成初，起为同州刺史，不拜，改太子少傅，进冯翊县侯。会昌初，以刑部尚书致仕。六年，卒，年七十五，赠尚书右仆射，宣宗以诗吊之。遗命薄葬，毋请谥。"① 白居易自文宗大和三年（829 年）称病到洛阳居于履道里，至武宗会昌六年（846 年）病逝葬于龙门香山寺，在洛阳度过了他生命的最后十八年时光，以白居易为核心的闲适文人群体，诗酒狂放，耽玩园林，创作了大量的闲适知性诗篇，尤其是白居易本人的闲适诗歌，为洛都文坛增添了辉煌的色彩。

白居易曾作《洛下卜居》，记载他起初抵达洛阳的情景："三年典郡归，所得非金帛。天竺石两片，华亭鹤一只。饮啄供稻粱，包裹用茵席。诚知是劳费，其奈心爱惜。远从余杭郭，同到洛阳陌。下担拂云根，开笼展霜翮。贞姿不可杂，高性宜其适。遂就无尘坊，仍求有水宅。东南得幽境，树老寒泉碧。池畔多竹阴，门前少人迹。未请中庶禄，且脱双骖易（买履道宅价不足，因以两马偿之）。岂独为身谋，安吾鹤与石。"②《旧唐书》卷一百六十六《白居易传》中亦有购置履道宅的记载："初，居易罢杭州，归洛阳。于履道里得故散骑常侍杨凭宅，竹木池馆，有林泉之致。家妓樊素、蛮子者，能歌善舞。"③ 清人徐松《唐两京城坊考》卷五《东京·外郭城》记载履道坊的具体方位为：长夏门之东第四街，从南第一曰崇让坊。……次北履道坊。……西门内，刑部尚书白居易宅……按居易宅在履道西门，宅西墙下临伊水渠，渠又周其宅之北。④ 白居易非常喜欢履道里，作《池上篇》（并序）赞美其形胜优美，风景秀丽，云："都城风土水木之胜，在东南偏。东南之胜，在履道

① （宋）欧阳修：《新唐书》卷一百一十九《白居易传》，中华书局 1975 年版，第 4303—4304 页。
② （唐）白居易著，谢思炜校注：《白居易诗集校注》卷八，中华书局 2017 年版，第 705 页。
③ （五代）刘昫撰：《旧唐书》卷一百六十六《白居易传》，中华书局 1975 年版，第 4354 页。
④ （清）徐松撰，李健超增订：《增订唐两京城坊考》，三秦出版社 2006 年版，第 360—361 页。

里。里之胜，在西北隅。西闬北垣第一第，即白氏叟乐天退老之地。地方十七亩，屋室三之一，水五之一，竹九之一，而岛树桥道间之。”① 作《履道里第宅记》云：

> 坐向南方。于东五亩为宅，其宅西十二亩为园，方正共十七亩。园中花忻（开）最茂。有映日堂三间，有九老堂五间，有池水可泛舟。舟中有胡床，床前有广酒池。池中龟游鱼跃。池上有桥。道（旁）有蒲、蒲桃（葡萄）。岛（上）杨柳槐梧荫翳清凉。池东有粟廪，池北有书库，池西有琴亭，池南有（天）竺石两（峰）。岸上有华亭鹤一只。②

白居易非常喜欢履道池，又有《履道新居二十韵》云：“履道坊西角，官河曲北头。林园四邻好，风景一家秋。……地与尘相远，人将境共幽。”③ 诗人对履道里的喜爱溢于言表。履道里距龙门不远，白居易《修香山寺记》云：“洛都四郊，山水之胜，龙门首焉。龙门十寺，观游之胜，香山首焉。”④ 表现了对龙门的格外钟情。因此，履道池台和龙门香山成为白居易闲适文人团体集会游宴、对酌吟唱、修道习禅、休闲养性的理想场所，留下了履道坊聚会和香山宴会等文人雅集的佳话。

白居易有多首诗表达了他的闲适情怀，如题目直接命名《闲适》一诗云：“禄俸优饶官不卑，就中闲适是分司。风光暖助游行处，雨雪寒供饮宴时。肥马轻裘还粗有，粗歌薄酒亦相随。微躬所要今皆得，只是蹉跎得校迟。”⑤ 又《从同州刺史改授太子少傅分司》云：“承华东署三分务，履道西池七过春。歌酒优游聊卒岁，园林萧洒可终身。留侯爵秩诚虚贵，疏受生涯未苦贫。月

---

① （唐）白居易著，顾学颉校点：《白居易集》卷六十九，中华书局 1979 年版，第 1450 页。

② 白书斋、顾学颉：《白居易家谱》，中国旅游出版社 1983 年版，第 100 页。

③ （唐）白居易著，谢思炜校注：《白居易诗集校注》卷二十三，中华书局 2017 年版，第 1843 页。

④ （唐）白居易著，顾学颉校点：《白居易集》卷六十八，中华书局 1999 年版，第 1441 页。

⑤ （唐）白居易著，谢思炜校注：《白居易诗集校注》卷三十四，中华书局 2017 年版，第 2580 页。

俸百千官二品，朝廷雇我作闲人。”[①] 又《偶作寄朗之》云：“自到东都后，安闲更得宜。分司胜刺史，致仕胜分司。何况园林下，欣然得朗之。仰名同旧识，为乐即新知。有雪先相访，无花不作期。斗醡干酿酒，夸妙细吟诗。里巷千来往，都门五别离。岐分两回首，书到一开眉。叶落槐亭院，冰生竹阁池。雀罗谁问讯，鹤氅罢追随。身与心俱病，容将力共衰。老来多健忘，唯不忘相思。”[②] 又《咏怀》云：“我知世如幻，了无干世意。世知我无堪，亦无责我事。由兹两相忘，因得长自遂。自遂意何如，闲官在闲地。闲地唯东都，东都少名利。闲官是宾客，宾客无牵累。嵇康日日懒，毕卓时时醉。酒肆夜深归，僧房日高睡。形安不劳苦，神泰无忧畏。从官三十年，无如今气味。鸿虽脱罗弋，鹤尚居禄位。唯此未忘怀，有时犹内愧。”[③] 又《城东闲行因题尉迟司业水阁》云：“闲绕洛阳城，无人知姓名。病乘篮舆出，老著茜衫行。处处花相引，时时酒一倾。借君溪阁上，醉咏两三声。”[④] 又《初到洛下闲游》云：“汉庭重少身宜退，洛下闲居迹可逃。趁伴入朝应老丑，寻春放醉尚粗豪。诗携彩纸新装卷，酒典绯花旧赐袍。曾在东方千骑上，至今躞蹀马头高。”[⑤] 又《老夫》云：“七八年来游洛都，三分游伴二分无。风前月下花园里，处处唯残个老夫。世事劳心非富贵，人间实事是欢娱。谁能逐我来闲坐，时共酣歌倾一壶。”[⑥] 又《洛阳堰闲行》曰：“洛阳堰上新晴日，长夏门前欲暮春。遇酒即沽逢树歇，七年此地作闲人。”[⑦] 又《分司洛中多暇，数与诸客宴游，醉后狂吟偶成十韵，因招梦得宾客，兼呈思黯奇章公》云：“性与时相远，身将世两忘。寄名朝士籍，寓兴少年场。老岂无谈笑，贫犹有酒浆。随时求伴侣，逐日用风光。数数游何爽，些些病未妨。天教荣启乐，人

---

① （唐）白居易著，谢思炜校注：《白居易诗集校注》卷三十三，中华书局 2017 年版，第 2489 页。
② （唐）白居易著，谢思炜校注：《白居易诗集校注》卷三十七，中华书局 2017 年版，第 2797 页。
③ （唐）白居易著，谢思炜校注：《白居易诗集校注》卷二十九，中华书局 2017 年版，第 2279 页。
④ （唐）白居易著，谢思炜校注：《白居易诗集校注》卷二十三，中华书局 2017 年版，第 1863 页。
⑤ （唐）白居易著，谢思炜校注：《白居易诗集校注》卷二十五，中华书局 2017 年版，第 1957 页。
⑥ （唐）白居易著，谢思炜校注：《白居易诗集校注》卷三十三，中华书局 2017 年版，第 2512 页。
⑦ （唐）白居易著，谢思炜校注：《白居易诗集校注》卷三十二，中华书局 2017 年版，第 2464 页。

恕接舆狂。改业为逋客，移家住醉乡。不论招梦得，兼拟诱奇章。要路风波险，权门市井忙。世间无可恋，不是不思量。”① 又《达哉乐天行》（一作健哉乐天行）云：

达哉达哉白乐天，分司东都十三年。
七旬才满冠已挂，半禄未及车先悬。
或伴游客春行乐，或随山僧夜坐禅。
二年忘却问家事，门庭多草厨少烟。
庖童朝告盐米尽，侍婢暮诉衣裳穿。
妻孥不悦甥侄闷，而我醉卧方陶然。
起来与尔画生计，薄产处置有后先。
先卖南坊十亩园，次卖东都五顷田。
然后兼卖所居宅，仿佛获缗二三千。
半与尔充衣食费，半与吾供酒肉钱。
吾今已年七十一，眼昏须白头风眩。
但恐此钱用不尽，即先朝露归夜泉。
未归且住亦不恶，饥餐乐饮安稳眠。
死生无可无不可，达哉达哉白乐天。②

诸如此类，不胜枚举，鉴于“月俸百千官二品，朝廷雇我作闲人”“自到东都后，安闲更得宜”“闲地唯东都，东都少名利。闲官是宾客，宾客无牵累”“闲绕洛阳城，无人知姓名”，过于清闲舒适，白居易有时还会感到愧疚，不甚好意思。不过，他能以豁达的心态面对衰老，调戏年迈，自是可爱。也正因为拥有富裕的闲暇时光，才使他在洛阳留下了众多雅致的诗篇。

“洛中多君子，可以恣欢言”③，白居易经常呼朋唤友相会聚饮，如《戏

① （唐）白居易著，谢思炜校注：《白居易诗集校注》卷三十四，中华书局 2017 年版，第 2572 页。
② （唐）白居易著，谢思炜校注：《白居易诗集校注》卷三十六，中华书局 2017 年版，第 2746 页。
③ （唐）白居易著，顾学颉校点：《白居易集》卷二十二《中隐》，中华书局 1999 年版，第 490 页。

招诸客》云："黄醅绿醑迎冬熟，绛帐红炉逐夜开。谁道洛中多逸客，不将书唤不曾来。"① 与白居易往来酬唱的闲适官员有裴度、李德裕、牛僧孺、刘禹锡、令狐楚、李绅、姚合、舒元舆、李宗闵、皇甫曙、崔玄亮等文人贤士。裴度曾两次任东都留守，《旧唐书》卷一百七十《裴度传》云：元和十四年，"中官用事，衣冠道丧。度以年及悬舆……东都立第于集贤里，筑山穿池，竹木丛萃，有风亭水榭，梯桥架阁，岛屿回环，极都城之胜概。又于午桥创别墅，花木万株，中起凉台暑馆，名曰'绿野堂'。引甘水贯其中，酾引脉分，映带左右。"② 裴度的住宅位于集贤坊，距离白居易的履道宅很近，白居易有《和刘汝州酬侍中见寄长句，因书集贤坊胜事戏而问之》云：

洛川汝海封畿接，履道集贤来往频。
一复时程虽不远，百余步地更相亲。
朱门陪宴多投辖，青眼留欢任吐茵。
闻道郡斋还有酒，风前月下对何人？

诗注曰："汝去洛程一宿，履道、集贤两宅相去一百三十步。"③ 两家相距一百余步，非常方便来往。裴度曾任中书令宰相，晚年辞官居洛阳，私宅午桥庄别墅景色出众，风亭水榭，暖阁凉台，其中有绿野堂，遗址位于洛阳南郊豆腐店村一带。开成元年（836年），绿野堂建成后，白居易作《奉和裴令公新成午桥庄绿野堂即事》云："旧径开桃李，新池凿凤凰。只添丞相阁，不改午桥庄。远处尘埃少，闲中日月长。青山为外屏，绿野是前堂。引水多随势，栽松不趁行。年华玩风景，春事看农桑。"④ 又作《奉和令公绿野堂种花》云："绿野堂开占物华，路人指道令公家。令公桃李满天下，何用堂前更种花？"⑤ 称颂裴度有功于国，培养提携的人才遍布天下，对绿野堂夸赞有余。

① （唐）白居易著，谢思炜校注：《白居易诗集校注》卷三十一，中华书局2017年版，第2350页。
② （五代）刘昫撰：《旧唐书》卷一百七十《裴度传》，中华书局1975年版，第4432页。
③ （唐）白居易著，谢思炜校注：《白居易诗集校注》卷三十二，中华书局2017年版，第2468页。
④ （唐）白居易著，谢思炜校注：《白居易诗集校注》卷三十三，中华书局2017年版，第2490页。
⑤ （唐）白居易著，谢思炜校注：《白居易诗集校注》卷三十三，中华书局2017年版，第2502页。

刘禹锡亦有《奉和裴令公新成绿野堂即事》云：

蔼蔼鼎门外，澄澄洛水湾。堂皇临绿野，坐卧看青山。
位极却忘贵，功成欲爱闲。官名司管籥，心术去机关。
禁苑陵晨出，园花及露攀。池塘鱼拨刺，竹径鸟绵蛮。
志在安潇洒，尝经历险艰。高情方造适，众意望征还。
好客交珠履，华筵舞玉颜。无因随贺燕，翔集画梁间。①

赞美绿野堂环境优雅，适宜赏景作乐。白居易还有《和裴令公南庄一绝》云："陶庐僻陋那堪比，谢墅幽微不足攀。何似嵩峰三十六，长随申甫作家山。"② 题下自注裴诗云："野人不识中书令，唤作陶家与谢家。"认为裴度南庄胜过陶家与谢家。又有《奉酬侍中夏中雨后游城南庄见示八韵》云："岛树间林峦，云收雨气残。四山岚色重，五月水声寒。老鹤两三只，新篁千万竿。化成天竺寺，移得子陵滩。心觉闲弥贵，身缘健更欢。帝将风后待，人作谢公看。角里年虽老，高阳兴未阑。佳辰不见召，争免趁杯盘。"③ 裴度因平定淮西叛乱有功，被赐封晋国公，世称"裴晋公"。此诗甚工，仍是状写南庄的美景。又有《长斋月满携酒先与梦得对酌醉中同赴令公之宴戏赠梦得》云："斋宫前日满三旬，酒榼今朝一拂尘。乘兴还同访戴客，解醒仍对姓刘人。病心汤沃寒灰活，老面花生朽木春。若怕平原怪先醉，知君未惯吐车茵。"④ 可见白居易与裴度、刘禹锡三人关系非同一般，非常亲密。大和八年（834年），白居易曾作《夜宴醉后留献裴侍中》云："九烛台前十二姝，主人留醉任欢娱。翩翻舞袖双飞蝶，宛转歌声一索珠。坐久欲醒还酩酊，夜深初散又踟蹰。南山宾客东山妓，此会人间曾有无？"⑤ 因为酒醉娱乐，于是留宿。裴度曾作《白二十二侍郎有双鹤留在洛下予西园多野水长松可以栖息遂以诗请之》，向

---

① （唐）刘禹锡著，卞孝萱校订：《刘禹锡集》卷三十四，中华书局1990年版，第481页。
② （唐）白居易著，谢思炜校注：《白居易诗集校注》卷三十三，中华书局2017年版，第2554页。
③ （唐）白居易著，谢思炜校注：《白居易诗集校注》卷三十二，中华书局2017年版，第2438页。
④ （唐）白居易著，谢思炜校注：《白居易诗集校注》卷三十三，中华书局2017年版，第2526页。
⑤ （唐）白居易著，谢思炜校注：《白居易诗集校注》卷三十二，中华书局2017年版，第2450页。

白居易讨要双鹤，诗云：“闻君有双鹤，羁旅洛城东。未放归仙去，何如乞老翁。且将临野水，莫闭在樊笼。好是长鸣处，西园白露中。”[①] 白居易《答裴相公乞鹤》（一作《酬裴相公乞予双鹤》）云：“警露声音好，冲天相貌殊。终宜向辽廓，不称在泥涂。白首劳为伴，朱门幸见呼。不知疏野性，解爱凤池无？”[②] 两人以鹤为题嬉戏说事，颇有情趣。

裴度经常“视事之隙，与诗人白居易、刘禹锡酣宴终日，高歌放言，以诗酒琴书自乐，当时名士，皆从之游”[③]。名士风流的诗文酒会享誉一时，开成二年（837 年）三月三日上巳节的洛滨祓禊会最为轰动。白居易记云：“开成二年三月三日，河南尹李待价以人和岁稔，将禊于洛滨。……一十五人，合宴于舟中。由斗亭，历魏堤，抵津桥，登临溯沿，自晨及暮，簪组交映，歌笑间发，前水嬉而后妓乐，左笔砚而右壶觞，望之若仙，观者如堵。尽风光之赏，极游泛之娱。美景良辰，赏心乐事，尽得于今日矣。若不记录，谓洛无人，晋公首赋一章，铿然玉振，顾谓四座，继而和之，居易举酒抽毫，奉十二韵以献。”这次文人盛会由当时的河南尹李珏发起，裴度召集，参与者有“太子少傅白居易、太子宾客萧籍、李仍叔、刘禹锡、前中书舍人郑居中、国子司业裴恽、河南少尹李道枢、仓部郎中崔晋、伺封员外郎张可续、驾部员外郎卢言、虞部员外郎苗愔、和州刺史裴俦、淄州刺史裴洽、检校礼部员外郎杨鲁士、四门博士谈弘谟等一十五人”[④]。白居易《惜春赠李尹》中的李尹即是河南尹李珏，诗云：

春色有时尽，公门终日忙。两衙但不阙，一醉亦何妨。

芳树花团雪，衰翁鬓扑霜。知君倚年少，未苦惜风光。[⑤]

---

① 《全唐诗》（增订本）卷三百三十五，第 3759 页。

② （唐）白居易著，谢思炜校注：《白居易诗集校注》卷二十五，中华书局 2017 年版，第 2010 页。

③ （五代）刘昫等：《旧唐书》卷一百七十《裴度传》，中华书局 1975 年版，第 4432 页。

④ （唐）白居易著，谢思炜校注：《白居易诗集校注》卷三十三，中华书局 2017 年版，第 2547 页。

⑤ （唐）白居易著，谢思炜校注：《白居易诗集校注》卷三十三，中华书局 2017 年版，第 2537 页。

李珏开成二年五十三岁，白居易时年六十六岁，故结尾曰“知君倚年少，未苦惜风光”。白居易曾作《对酒劝令公开春游宴》，有意促成盛会，诗云：“时泰岁丰无事日，功成名遂自由身。前头更有忘忧日，向上应无快活人。自去年来多事故，从今日去少交亲。宜须数数谋欢会，好作开成第二春。”① 开成第二春即开成二年。刘禹锡亦有《酬乐天请裴令公开春加宴》云：“高名大位能兼有，恣意遨游是特恩。二室烟霞成步障，三川风物是家园。晨窥苑树韶光动，晚渡河桥春思繁。弦管常调客常满，但逢花处即开尊。”② 附和白居易的建议，也希望裴度开春设宴集会。白居易后来常常念及此次盛会，《奉和裴令公三月上巳日游太原龙泉忆去岁禊洛见示之作》云：“去岁暮春上巳，共泛洛水中流。今岁暮春上巳，独立香山下头。风光闲寂寂，旌旆远悠悠。丞相府归晋国，太行山碍并州。鹏背负天龟曳尾，云泥不可得同游。”③ 一众文人宴乐唱和的作品最后编成了《汝洛集》《洛中集》《洛下游赏宴集》等。④ 开成四年（839 年），裴度去世后，白居易作《雪后过集贤裴令公旧宅有感》云：“梁王捐馆后，枚叟过门时。有泪人还泣，无情雪不知。台亭留尽在，宾客散何之？唯有萧条雁，时来下故池。”⑤ 表达了对裴度深深的怀念之情。会昌元年（841 年），白居易又作《过裴令公宅二绝句》云：“风吹杨柳出墙枝，忆得同欢共醉时。每到集贤坊北过，不曾一度不低眉。”“梁王旧馆雪濛濛，愁杀邹枚二老翁（此句兼属梦得）。假使明朝深一尺，亦无人到兔园中。”⑥ 题下自注曰：“裴令公在日，常同听《杨柳枝》歌。每遇雪天，无非招宴。二物如故，因成感情。”面对物是人非，诗人不胜凄怆。

① （唐）白居易著，谢思炜校注：《白居易诗集校注》卷三十三，中华书局 2017 年版，第 2538 页。

② （唐）刘禹锡著，卞孝萱校订：《刘禹锡集》卷三十四，中华书局 1990 年版，第 484 页。

③ （唐）白居易著，谢思炜校注：《白居易诗集校注》卷三十四，中华书局 2017 年版，第 2590 页。

④ 详见贾晋华《唐代集会总集与诗人群研究》上编五“《汝洛集》《洛中集》及《洛下游赏宴集》与大和至会昌东都闲适诗人群”及“《汝洛集》《洛中集》及《洛下游赏宴集》”章节，北京大学出版社 2001 年版。

⑤ （唐）白居易著，谢思炜校注：《白居易诗集校注》卷三十五，中华书局 2017 年版，第 2639 页。

⑥ （唐）白居易著，谢思炜校注：《白居易诗集校注》卷三十五，中华书局 2017 年版，第 2688 页。

刘禹锡和白居易有“刘白”之称，二人意气相投，关系甚好。白居易《赠梦得》云：“年颜老少与君同，眼未全昏耳未聋。放醉卧为春日伴，趁欢行入少年丛。寻花借马烦川守，弄水偷船恼令公。闻道洛城人尽怪，呼为刘白二狂翁。”① 可见两人因过分狂放，在洛阳城格外出名。开成二年（837年），白居易又作《梦得卧病携酒相寻先以此寄》云：“病来知少客，谁可以为娱？日晏开门未，秋寒有酒无。自宜相慰问，何必待招呼。小疾无妨饮，还须挈一壶。”② 诗人带着酒去探望病友，相劝饮酒，可见胸怀之豪放。《旧唐书》卷一百六十《刘禹锡传》云：“禹锡晚年与少傅白居易友善，诗笔文章，时无在其右者。……开成初，复为太子宾客分司，俄授同州刺史。秩满，检校礼部尚书、太子宾客分司。会昌二年七月卒，时年七十一，赠户部尚书。”③ 刘禹锡晚年多居洛阳，与白居易唱和甚多，其《自左冯归洛下酬乐天兼呈裴令公》云：

新恩通籍在龙楼，分务神都近旧丘。

自有园公紫芝侣，仍追少傅赤松游。

华林霜叶红霞晚，伊水晴光碧玉秋。

更接东山文酒会，始知江左未风流。④

明确表达了希望追随少傅白居易，加入诗酒文会的愿望。白居易《喜梦得自冯翊归洛兼呈令公》云：“上客新从左辅回，高阳兴助洛阳才。已将四海声名去，又占三春风景来。甲子等头怜共老，文章敌手莫相猜。邹枚未用争诗酒，且饮梁王贺喜杯。”⑤ 很高兴刘禹锡回到洛阳，希望他助众才兴争诗酒。裴度《度自到洛中，与乐天为文酒之会，时时构咏，乐不可支，则慨然共忆梦得，而梦得亦分司至止，欢惬可知，因为联句》云：“成周文酒会，吾友胜邹枚。

① （唐）白居易著，谢思炜校注：《白居易诗集校注》卷三十三，中华书局2017年版，第2545页。
② （唐）白居易著，谢思炜校注：《白居易诗集校注》卷三十四，中华书局2017年版，第2575页。
③ （五代）刘昫等：《旧唐书》卷一百六十《刘禹锡传》，中华书局1975年版，第4212页。
④ （唐）刘禹锡著，卞孝萱校订：《刘禹锡集》卷三十四，中华书局1990年版，第482页。
⑤ （唐）白居易著，谢思炜校注：《白居易诗集校注》卷三十三，中华书局2017年版，第2522页。

唯忆刘夫子，而今又到来。”联句中白居易有句云：“欲迎先倒屣，亦坐便倾杯。饮许伯伦右，诗推公干才。”① 白居易和裴度热烈欢迎刘禹锡来洛参与诗文酒会，娱心益老。白居易的《和令公问刘宾客归来称意无之作》云：“水南秋一半，风景未萧条。皂盖回沙苑，篮舆上洛桥。闲尝黄菊酒，醉唱紫芝谣。称意那劳问，请钱不早朝。”② 相信刘禹锡回到洛阳，一定会称心如意。白居易的《池上早春即事招梦得》云：

老更惊年改，闲先觉日长。晴薰榆荚黑，春染柳梢黄。

雪破山呈色，冰融水放光。低平稳船舫，轻暖好衣裳。

白角三升榼，红茵六尺床。偶游难得伴，独醉不成狂。

我有中心乐，君无外事忙。经过莫慵懒，相去两三坊。③

可见白居易和刘禹锡住得不远，相从甚密。白居易又有《斋戒满夜戏招梦得》云：“纱笼灯下道场前，白日持斋夜坐禅。无复更思身外事，未能全尽世间缘。明朝又拟亲杯酒，今夕先闻理管弦。方丈若能来问疾，不妨兼有散花天。”④ 白居易晚年信佛吃斋，不关心俗世。刘禹锡《酬乐天斋满日裴令公置宴席上戏赠》云：“一月道场斋戒满，今朝华幄管弦迎。衔杯本自多狂态，事佛无妨有佞名。酒力半酣愁已散，文锋未钝老犹争。平阳不独容宾醉，听取喧呼吏舍声。”⑤ 诗人欣喜白居易斋戒圆满，恭贺他老有所乐。开成三年（838年），白居易作《洛下雪中频与刘李二宾客宴集，因寄汴州李尚书》云：“水南水北雪纷纷，雪里欢游莫厌频。日日暗来唯老病，年年少去是交亲。碧毡帐暖梅花湿，红燎炉香竹叶春。今日邹枚俱在洛，梁园置酒召何人。”⑥ 刘李二宾客即刘禹锡和李仍叔，李尚书是李绅。刘禹锡作《和乐天洛下雪中宴集

---

① 《全唐诗》（增订本）卷七百九十，第8986页。
② （唐）白居易著，谢思炜校注：《白居易诗集校注》卷三十三，中华书局2017年版，第2524页。
③ （唐）白居易著，谢思炜校注：《白居易诗集校注》卷三十三，中华书局2017年版，第2542页。
④ （唐）白居易著，谢思炜校注：《白居易诗集校注》卷三十三，中华书局2017年版，第2523页。
⑤ （唐）刘禹锡著，卞孝萱校订：《刘禹锡集》卷三十四，中华书局1990年版，第483页。
⑥ （唐）白居易著，谢思炜校注：《白居易诗集校注》卷三十四，中华书局2017年版，第2578页。

寄汴州李尚书》云："洛城无事足杯盘，风雪相和岁欲阑。树上因依见寒鸟，座中收拾尽闲官。笙歌要请频何爽，笑语忘机拙更欢。遥想兔园今日会，琼林满眼映旂竿。"① 诸人雪天无事，相约饮酒赋诗。白居易作《题酒瓮呈梦得》云："若无清酒两三瓮，争向白须千万茎？麹糵销愁真得力，光阴催老苦无情。凌烟阁上功无分，伏火炉中药未成。更拟共君何处去，且来同作醉先生。"② 刘禹锡作《酬乐天偶题酒瓮见寄》云："从君勇断抛名后，世路荣枯见几回。门外红尘人自走，瓮头清酒我初开。三冬学任胸中有，万户侯须骨上来。何幸相招同醉处，洛阳城里好池台。"③ 诗人决定抛弃名利，忘记红尘，安闲自处。

刘禹锡又有《乐天以愚相访沽酒致欢，因成七言聊以奉答》云："少年曾醉酒旗下，同辈黄衣颔亦黄。蹴踏青云寻入仕，萧条白发且飞觞。令征古事欢生雅，客唤闲人兴在狂。犹胜独居荒草院，蝉声听尽到寒螀。"④ 感谢白居易买酒款待，一起开怀畅饮，笑语欢谈。开成三年（838 年），白居易还有《戏赠梦得兼呈思黯》云："双鬓莫欺今老矣，一杯莫笑便陶然。陈郎中处为高户，裴使君前作少年（陈商郎中酒户涓滴，裴洽使君年九十余）。顾我独狂多自哂，与君同病最相怜。月终斋满谁开素，须讹奇章置一筵。"⑤ 思黯，牛僧孺字。几个人同病相怜，相约聚会。又有《雪暮偶与梦得同致仕裴宾客王尚书饮》云："黄昏惨惨雪霏霏，白首相欢醉不归。四个老人三百岁，人间此会亦应稀。"⑥ 自注曰："裴年九十余，王年八十余。"王尚书即王起，裴宾客即裴洽。白居易《春夜宴席上戏赠裴淄州》云："九十不衰真地仙（裴年九十，不衰羸），六旬犹健亦天怜（予自谓也）。今年相遇莺花月，此夜同欢歌

---

① （唐）刘禹锡著，卞孝萱校订：《刘禹锡集》卷三十四，中华书局 1990 年版，第 488 页。
② （唐）白居易著，谢思炜校注：《白居易诗集校注》卷三十三，中华书局 2017 年版，第 2535 页。
③ （唐）刘禹锡著，卞孝萱校订：《刘禹锡集》卷三十四，中华书局 1990 年版，第 484 页。
④ （唐）刘禹锡著，卞孝萱校订：《刘禹锡集》卷三十四，中华书局 1990 年版，第 494 页。
⑤ （唐）白居易著，谢思炜校注：《白居易诗集校注》卷三十四，中华书局 2017 年版，第 2583 页。
⑥ （唐）白居易著，谢思炜校注：《白居易诗集校注》卷三十五，中华书局 2017 年版，第 2696 页。

酒筵。四座齐声和丝竹，两家随分斗金钿。留君到晓无他意，图向君前作少年。”① 首句说裴淄川“九十不衰真地仙”，裴使君、裴宾客、裴淄川，应都指前文三月三日洛滨祓禊会十五人之一的淄州刺史裴洽。人之将老，倍加珍惜欢乐时光。刘禹锡早白居易四年仙逝，白居易作《哭刘尚书梦得二首》云：“四海齐名白与刘，百年交分两绸缪。同贫同病退闲日，一死一生临老头。杯酒英雄君与操，文章微婉我知丘。贤豪虽殁精灵在，应共微之地下游。今日哭君吾道孤，寝门泪满白髭须。”② 感情凄怆悲凉，催人泪下，抒发了两人相知与共的生死情谊。

刘禹锡与李德裕之间的唱和之作也比较多，内容主要涉及平泉山居。李德裕在《平泉山居诫子孙记》中，记叙了平泉山居的建造过程：“经始平泉，追先志也。吾随侍先太师忠懿公在外十四年，上会稽，探禹穴，历楚泽，登巫山，游沅湘，望衡峤。先公每维舟清眺，意有所感，必凄然遐想，属目伊川。尝赋诗曰：‘龙门南岳尽伊原，草树人烟目所存。正是北州梨枣熟，梦魂秋日到郊园。’吾心感是诗，有退居伊洛之志。前守金陵，于龙门之西，得乔处士故居。天宝末避地远游，藏为荒榛；首阳微岑，尚有薇蕨；山阳旧径，唯余竹木。吾乃剪荆棘，驱狐狸；始立班生之宅，渐成应叟之地。又得江南珍木奇石，列于庭际。平生素怀，于此足矣！”③ 为了先人的遗志，李德裕苦心经营平泉别墅，但他实际居住的时间并不多，开成元年（836 年）秋冬，他以闲人太子宾客分司身份回到洛阳，在平泉庄生活了几个月，年底就改浙西观察使外任了。平泉别墅处处是美景，李德裕《潭上喜见新月》云：“簪组十年梦，园庐今夕情。谁怜故乡月，复映碧潭生。皓彩松上见，寒光波际轻。还将孤赏意，暂寄玉琴声。”④ 刘禹锡《和李相公平泉潭上喜见初月》云：

① （唐）白居易著，谢思炜校注：《白居易诗集校注》卷三十三，中华书局 2017 年版，第 2545 页。
② （唐）白居易著，谢思炜校注：《白居易诗集校注》卷三十六，中华书局 2017 年版，第 2785 页。
③ 《全唐文》卷七百〇八，第 4286—4287 页。
④ 《全唐诗》（增订本）卷四百七十五，第 5439 页。

“家山见初月，林壑悄无尘。幽境此何夕，清光如为人。潭空破镜入，风动翠蛾嚬。会向琐窗望，追思伊洛滨。”[①] 李德裕是唐武宗时的宰相，故刘禹锡称其李相公，借用清明的月光赞其为人，结语指出山庄位于伊河和洛水之滨。李德裕《初归平泉过龙门南岭遥望山居即事》云：“初归故乡陌，极望且徐轮。近野樵蒸至，平泉烟火新。农夫馈鸡黍，渔子荐霜鳞。惆怅怀杨仆，惭为关外人。”[②] 刘禹锡《和李相公初归平泉过龙门南岭遥望山居即事》云：“暂别明庭去，初随优诏还。曾为鹏鸟赋，喜过凿龙山。新墅烟火起，野程泉石间。岩廊人望在，只得片时闲。”[③] 两诗皆是表达得闲的喜悦，希望享受欢乐时光。李德裕《洛中士君子多以平泉见呼愧获方外之名，因以此诗为报奉寄刘宾客》云：“非高柳下逸，自爱竹林闲。才异居东里，愚因在北山。径荒寒未扫，门设昼长关。不及鸱夷子，悠悠烟水间。”[④] 刘禹锡《和李相公以平泉新墅获方外之名，因为诗以报洛中士君子兼见寄之什》云：“业继韦平后，家依昆阆间。恩华辞北第，潇洒爱东山。满室图书在，入问松菊闲。垂天虽暂息，一举出人寰。”[⑤] 两人皆是夸赞平泉别墅非同一般，以获得方外之名而不胜得意。许浑《出永通门经李氏庄》云：“飞轩危槛百花堂，朝宴歌钟暮已荒。中散狱成琴自怨，步兵厨废酒犹香。风池宿鸟喧朱阁，雨砌秋萤拂画梁。力保山河家又庆，只应中令敌汾阳。”[⑥] 诗题中的李氏庄即是李德裕的平泉别墅，诗人路过有感而记。唐人康骈《剧谈录》卷下《李相国宅》云：“平泉庄去洛城三十里，卉木台榭，若造仙府。有虚槛，前引泉水，萦回穿凿，像巴峡、洞庭、十二峰、九派迄于海门江山景物之状。竹间行径有平石，以手摩之，皆隐隐见云霞、龙凤、草树之形。有巨鱼肋骨一条，长二丈五尺，其

① （唐）刘禹锡著，卞孝萱校订：《刘禹锡集》卷三十七，中华书局1990年版，第551页。
② 《全唐诗》（增订本）卷四百七十五，第5439页。
③ （唐）刘禹锡著，卞孝萱校订：《刘禹锡集》卷三十七，中华书局1990年版，第552页。
④ 《全唐诗》（增订本）卷四百七十五，第5440页。
⑤ （唐）刘禹锡著，卞孝萱校订：《刘禹锡集》卷三十七，中华书局1990年版，第552页。
⑥ （唐）许浑撰，罗时进笺证：《丁卯集笺证》卷七，中华书局2012年版，第463页。

上刻云：‘会昌六年海州送到。’”① 许浑诗所描写已接近平泉别墅原本气派，尾联提及惠及子孙，也非李相国莫属。

李德裕非常喜欢平泉山居，《郊外即事寄侍郎大尹》云：“高秋惭非隐，闲林喜退居。老农争席坐，稚子带经锄。竹径难回骑，仙舟但跂予。岂知陶靖节，只自爱吾庐。”② 侍郎大尹即河南尹李珏，前云开成二年（837 年）三月三日上巳节洛滨祓禊会的发起者。“只自爱吾庐”，是李德裕的真心话，他对平泉别墅念念不忘，写作了大量惦记之作，如《近于伊川卜山居，将命者画图而至，欣然有感聊赋此诗，兼寄上浙东元相公大夫，使求青田胎化鹤》云：“弱岁弄词翰，遂叨明主恩。怀章过越邸，建旆守吴门。西圯阴难驻，东皋意尚存。惭逾六百石，愧负五千言。寄世知婴缴，辞荣类触藩。欲追绵上隐，况近子平村。邑有桐乡爱，山余黍谷暄。既非逃相地，乃是故侯园。野竹多微径，岩泉岂一源。映池方树密，傍涧古藤繁。邛杖堪扶老，黄牛已服辕。只应将唳鹤，幽谷共翩翻。”③《余所居平泉村舍近蒙韦常侍大尹特改嘉名，因寄诗以谢》云：“未谢留侯疾，常怀仲蔚园。闲谣紫芝曲，归梦赤松村。忽改蓬蒿色，俄吹黍谷暄。多惭孔北海，传教及衡门。”④《山信至说平泉别墅草木滋长地转幽深，怅然思归复此作》云：“忽闻樵客语，暂慰野人心。幽径芳兰密，闲庭秀木深。麇麚来涧底，凫鹄遍川浔。谁念沧溟上，归欤起叹音。”⑤《离平泉马上作》（一作离东都平泉）云：“十年紫殿掌洪钧，出入三朝一品身。文帝宠深陪雉尾，武皇恩厚宴龙津。黑山永破和亲虏，乌领全坑跋扈臣。自是功高临尽处，祸来名灭不由人。”⑥《忆平泉山居赠沈吏部一首》（中书作）云：“昔闻羊叔子，茅屋在东渠。岂不念归路，徘徊畏简书。

---

① 上海古籍出版社编：《唐五代笔记小说大观》下册，上海古籍出版社 2000 年版，第 1480 页。
② 《全唐诗》（增订本）卷四百七十五，第 5439 页。
③ 《全唐诗》（增订本）卷四百七十五，第 5435 页。
④ 《全唐诗》（增订本）卷四百七十五，第 5447 页。
⑤ 《全唐诗》（增订本）卷四百七十五，第 5447 页。
⑥ 《全唐诗》（增订本）卷四百七十五，第 5433 页。

乃知轩冕客，自与田园疏。殁世有遗恨，精诚何所如。嗟予寡时用，夙志在林闾。虽抱山水癖，敢希仁智居。清泉绕舍下，修竹荫庭除。幽径松盖密，小池莲叶初。从来有好鸟，近复跃鲦鱼。少室映川陆，鸣皋对蓬庐。张何旧寮寀，相勉在悬舆。常恐似伯玉，瞻前惭魏舒。”①《夏晚有怀平泉林居》（宜春作）云：“孟夏守畏途，舍舟在徂暑。愀然何所念，念我龙门坞。密竹无蹊径，高松有四五。飞泉鸣树间，飒飒如度雨。菌桂秀层岭，芳荪媚幽渚。稚子候我归，衡门独延伫。谁言圣与哲，曾是不怀土。公旦既思周，宣尼亦念鲁。矧余窜炎裔，日夕谁晤语。眷阙悲子牟，班荆感椒举。凄凄视环玦，恻恻步庭庑。岂待庄舄吟，方知倦羁旅。”② 诸如此类，举不胜举。李德裕在外作诗多因平泉山居，有《平泉山居诫子孙记》交代后人云：“留此林居，贻厥后代。鬻吾平泉者，非吾子孙也；以平泉一树一石与人者，非佳子弟也。吾百年后，为权势所夺，则以先人所命，泣而告之：此吾志也。”③ 可见李德裕对平泉山居一往情深，一生念念不忘。

牛僧孺字思黯，曾三次任职东都，与白居易交情深厚，《旧唐书》卷一百七十二《牛僧孺传》云：“开成二年五月，加检校司空，食邑二千户，判东都尚书省事、东都留守、东畿汝都防御使。……洛都筑第于归仁里。任淮南时，嘉木怪石，置之阶廷，馆宇清华，竹木幽邃。常与诗人白居易吟咏其间，无复进取之怀。”④ 牛僧孺到东都任留守后，居住在归仁坊，白居易有《初致仕后戏酬留守牛相公，并呈分司诸寮友》云：

南北东西无所羁，挂冠自在胜分司。
探花尝酒多先到，拜表行香尽不知。
炮笋烹鱼饱飧后，拥袍枕臂醉眠时。

---

① 《全唐诗》（增订本）卷四百七十五，第 5435 页。
② 《全唐诗》（增订本）卷四百七十五，第 5436 页。
③ 《全唐文》卷七百〇八，第 4287 页。
④ （五代）刘昫等：《旧唐书》卷一百七十二《牛僧孺传》，中华书局 1975 年版，第 4472 页。

报君一语君应笑，兼亦无心羡保厘。①

诗人戏言自己致仕退休自由自在，胜过之前任太子少傅分司，每天赏花饮酒，拒绝拜表上奏章，饱食安卧，流连诗酒，不再羡慕为官保民的官吏了。又有《题牛相公归仁里宅新成小滩》一首云：“平生见流水，见此转留连。况此朱门内，君家新引泉。伊流决一带，洛石砌千拳。与君三伏月，满耳作潺湲。深处碧磷磷，浅处清溅溅。碕岸束呜咽，沙汀散沦涟。翻浪雪不尽，澄波空共鲜。两岸滟滪口，一泊潇湘天。曾作天南客，漂流六七年。何山不倚杖，何水不停船？巴峡声心里，松江色眼前。今朝小滩上，能不思悠然？”② 牛僧孺归仁里宅第的小滩，景致非常优美。另一首《与牛家妓乐雨夜合宴》云：“玉管清弦声旖旎，翠钗红袖坐参差。两家合奏洞房夜，八月连阴秋雨时。歌脸有情凝睇久，舞腰无力转裙迟。人间欢乐无过此，上界西方即不知。”③ 诗中描写两家歌儿舞女尽情欢唱，安逸无比，由此可见，此间文人们闲适享乐风气之一斑。

白居易、刘禹锡、牛僧孺之间多有诗作往来酬唱，白居易有《奉和思黯相公雨后林园四韵见示》云：“新晴夏景好，复此池边地。烟树绿含滋，水风清有味。便成林下隐，都忘门前事。骑吏引归轩，始知身富贵。”④ 刘禹锡亦有《牛相公林亭雨后偶成》云：“飞雨过池阁，浮光生草树。新竹开粉奁，初莲爇香炷。野花无时节，水鸟自来去。若问知境人，人间第一处。”⑤ 两诗皆是描写雨后园林风景优美，堪称人间第一佳境。白居易有《酬牛相公宫城早秋寓言见示兼呈梦得》（时梦得有疾）云：“七月中气后，金与火交争。一闻白雪唱，暑退清风生。碧树未摇落，寒蝉始悲鸣。夜凉枕簟滑，秋燥衣巾轻。

① （唐）白居易著，谢思炜校注：《白居易诗集校注》卷三十七，中华书局2017年版，第2790页。
② （唐）白居易著，谢思炜校注：《白居易诗集校注》卷三十六，中华书局2017年版，第2710页。
③ （唐）白居易著，谢思炜校注：《白居易诗集校注》卷三十四，中华书局2017年版，第2605页。
④ （唐）白居易著，谢思炜校注：《白居易诗集校注》卷三十四，中华书局2017年版，第2596页。
⑤ （唐）刘禹锡著，卞孝萱校订：《刘禹锡集》卷三十六，中华书局1990年版，第539页。

疏受老慵出，刘桢疾未平。何人伴公醉，新月上宫城。”① 刘禹锡亦有《酬留守牛相公宫城早秋寓言见寄》云：“晓月映宫树，秋光起天津。凉风稍动叶，宿露未生尘。景气尚芳丽，旷望感心神。挥毫成逸韵，开阁迟来宾。摆去将相印，渐为逍遥身。如招后房宴，却要白头人。”② 两诗皆是写景抒情，显明意气相投。刘禹锡还有《和牛相公南溪醉歌见寄》云：

脱屣将相守冲谦，唯于山水独不廉。
枕伊背洛得胜地，鸣皋少室来轩檐。
相形面势然指画，言下变化随顾瞻。
清池曲榭人所致，野趣幽芳天与添。
有时转入潭岛间，珍木如幄藤为帘。
忽然便有江湖思，沙砾平浅草纤纤。
怪石钓出太湖底，珠树移自天台尖。
崇兰迎风绿泛艳，坼莲含露红襜襜。
修廊架空远岫入，弱柳覆槛流波沾。
渚蒲抽英剑脊动，岸荻迸笱锥头铦。
携觞命侣极永日，此会虽数心无厌。
人皆置庄身不到，富贵难与逍遥兼。
唯公出处得自在，决就放旷辞炎炎。
座宾尽欢恣谈谑，愧我掉头还奋髯。
能令商于多病客，亦觉自适非沉潜。③

描写牛僧孺归仁里宅第形胜得天独厚，枕伊背洛，鸣皋少室如轩檐，感慨“人皆置庄身不到，富贵难与逍遥兼”的遗憾。又有《牛相公留守见示城外新墅有溪竹秋月，亲情多往宿游，恨不得去，因成四韵兼简洛中亲故之什兼命

① （唐）白居易著，谢思炜校注：《白居易诗集校注》卷三十，中华书局2017年版，第2342页。
② （唐）刘禹锡著，卞孝萱校订：《刘禹锡集》卷三十六，中华书局1990年版，第537页。
③ （唐）刘禹锡著，卞孝萱校订：《刘禹锡集》卷三十六，中华书局1990年版，第541—542页。

同作》云：“别墅洛城外，月明村野通。光辉满地上，丝管发舟中。隄艳菊花露，岛凉松叶风。高情限清禁，寒漏滴深宫。”① 又有《和牛相公游南庄醉后寓言戏赠乐天兼见示》云：“城外园林初夏天，就中野趣在西偏。蔷薇乱发多临水，鸂鶒双游不避船。水底远山云似雪，桥边平岸草如烟。白家唯有杯觞兴，欲把头盘打少年。”② 皆是描写牛僧孺别墅庄园的野味情趣，风景宜人，令人向往。

开成二年（837 年），白居易还有《同梦得酬牛相公初到洛中小饮见赠》云：“淮南挥手抛红旆，洛下回头向白云。政事堂中老丞相，制科场里旧将军。宫城烟月饶全占，阙塞风光请中分。诗酒放狂犹得在，莫欺白叟与刘君。”③ 戏言饮酒之乐，抒发自由狂放之怡情。开成三年（838 年），又有《戏答思黯》云：“何时得见十三弦，待取无云有月天。愿得金波明似镜，镜中照出月中仙。”④ 题下自注曰：“思黯有能筝者，以此戏之。”又有《酬思黯戏赠》云：“钟乳三千两，金钗十二行。妒他心似火，欺我鬓如霜。慰老资歌笑，销愁仰酒浆。眼看狂不得，狂得且须狂。”⑤ 题下自注曰：“思黯自云‘前后服锺乳三千两，甚得力，而歌舞之妓颇多’，来诗谑予羸老，故戏答之。”戏言之中见出两人的亲密关系。又有《酬思黯相公见过弊居戏赠》云：“轩盖光照地，行人为徘徊。呼传君子出，乃是故人来。访我入穷巷，引君登小台。台前多竹树，池上无尘埃。贫家何所有，新酒三两杯。欸曲语上马，从容复迟回。留守不外宿，日斜宫漏催。但留金刀赠，未接玉山颓。家酝不敢惜，待君来即开。村妓不辞出，恐君輾然咍。”⑥ 描写了牛僧孺光临舍下的情景，热情款待，深感荣幸。又有《酬寄牛相公同宿话旧劝酒见赠》云：“每

① （唐）刘禹锡著，卞孝萱校订：《刘禹锡集》卷三十六，中华书局 1990 年版，第 538 页。
② （唐）刘禹锡著，卞孝萱校订：《刘禹锡集》卷三十四，中华书局 1990 年版，第 492 页。
③ （唐）白居易著，谢思炜校注：《白居易诗集校注》卷三十三，中华书局 2017 年版，第 2557 页。
④ （唐）白居易著，谢思炜校注：《白居易诗集校注》卷三十四，中华书局 2017 年版，第 2580 页。
⑤ （唐）白居易著，谢思炜校注：《白居易诗集校注》卷三十四，中华书局 2017 年版，第 2575 页
⑥ （唐）白居易著，谢思炜校注：《白居易诗集校注》卷二十九，中华书局 2017 年版，第 2253 页。

来政事堂中宿，共忆华阳观里时。日暮独归愁米尽，泥深同出借驴骑。交游今日唯残我，富贵当年更有谁？彼此相看头雪白，一杯可合重推辞？”[①] 两人同宿话旧，把杯推盏。牛僧孺出镇淮南时，白居易作《洛下送牛相公出镇淮南》相送，云：“北阙至东京，风光十六程。坐移丞相阁，春入广陵城。红旆拥双节，白须无一茎。万人开路看，百吏立班迎。阃外君弥重，樽前我亦荣。何须身自得，将相是门生。”[②] 送行的仪式隆重热烈，煞是气派风光。随后还有往来之作，如《宿香山寺酬广陵牛相公见寄》云：“手札八行诗一篇，无由相见但依然。君匡圣主方行道，我事空王正坐禅。支许徒思游白月，夔龙未放下青天。应须且为苍生住，犹去悬车十四年。”[③] 回忆往昔，表达了思念之情。

前云白居易曾作《闻崔十八宿予新昌弊宅，时予亦宿崔家依仁新亭，一宵偶同，两兴暗合，因而成咏，聊以写怀》和《崔十八新池》，其中的崔十八即崔玄亮，也是白居易的知交。崔玄亮，因避讳唐玄宗，一作崔元亮，字晦叔，自号三癖翁，作过右散骑常侍，也称崔常侍，长期寓居洛阳，元和初，召为监察御史，转殿中侍御史，历膳部、驾部员外郎，出为洛阳令，晚年“移疾归东都，召为虢州刺史。卒，年六十六，赠礼部尚书”[④]，与白居易闲适文人团体意趣投合，多有唱和。崔玄亮《和白乐天》（时以太子宾客分司东都）云：“病余归到洛阳头，拭目开眉见白侯。凤诏恐君今岁去，龙门欠我旧时游。几人樽下同歌咏，数盏灯前共献酬。相对忆刘刘在远，寒宵耿耿梦长洲。”留存的残《句》云：“共相呼唤醉归来。”[⑤] 真实地写出了其时群贤诗人的境况，以及闲游醉欢的快乐场景。大和七年（833 年）十一月，崔玄亮卒于任所后，白居易作《哭崔常侍晦叔》《祭崔常侍文》《唐故虢州刺史赠礼部尚

① （唐）白居易著，谢思炜校注：《白居易诗集校注》卷三十七，中华书局 2017 年版，第 2795 页。
② （唐）白居易著，谢思炜校注：《白居易诗集校注》卷三十一，中华书局 2017 年版，第 2355 页。
③ （唐）白居易著，谢思炜校注：《白居易诗集校注》卷三十三，中华书局 2017 年版，第 2514 页。
④ （宋）欧阳修：《新唐书》卷一百六十四《崔玄亮传》，中华书局 1975 年版，第 5055 页。
⑤ 《全唐诗》（增订本）卷四百六十六，第 5331 页。

书崔公墓志铭并序》等诗文，痛悼友人。

令孤楚字悫士，于大和三年（829 年）三月任检校兵部尚书、东都留守、东畿汝州都防御使，在洛阳与白居易、刘禹锡常有唱和。刘禹锡《和留守令狐相公答白宾客》云：“麦陇和风吹树枝，商山逸客出关时。身无拘束起长晚，路足交亲行自迟。官拂象筵终日待，私将鸡黍几人期。君来不用飞书报，万户先从纸贵知。”[①] 白宾客即白居易，诗中赞美令孤楚精工于诗，文采飞扬，到来后能令洛阳纸贵。本年十一月，令孤楚升任检校右仆射，刘禹锡作《酬令狐相公见寄》云：“才兼文武播雄名，遗爱芳尘满洛城。身在行台为仆射，书来甪里访先生。闲游占得嵩山色，醉卧高听洛水声。千里相思难命驾，七言诗里寄深情。”[②] 回忆在洛阳时的闲情逸致，表达相思深情。大和八年（834 年），白居易《题令狐家木兰花》云：“腻如玉指涂朱粉，光似金刀剪紫霞。从此时时春梦里，应添一树女郎花。”[③] 木兰花花萼细腻温润，如洁白的手指涂过胭脂粉，花色鲜艳夺目，如剪刀裁剪的云霞，木兰花之美，令人想回到梦中继续欣赏。“女郎花”借用古乐府《木兰诗》“同行十二年，不知木兰是女郎”之句，翻出新意，颇有妙思。开成二年（837 年）十一月，令狐楚卒，白居易作《令狐相公与梦得交情素深，眷予分亦不浅，一闻薨逝，相顾泫然。旋有使来，得前月未殁之前数日书及诗寄赠。梦得哀吟悲叹，寄情于诗，诗成示予，感而继和》云：“缄题重叠语殷勤，存殁交亲自此分。前月使来犹理命，今朝诗到是遗文。银钩见晚书无报，玉树埋深哭不闻。最感一行绝笔字，尚言千万乐天君。”[④] 深表遗憾，沉痛悼念。

舒元舆字升远，曾拜监察御史，迁刑部员外郎，大和五年（831 年）八月，改授著作郎，分司东都。大和六年（832 年），白居易《舒员外游香山寺

---

① （唐）刘禹锡著，卞孝萱校订：《刘禹锡集》卷三十二，中华书局 1990 年版，第 438 页。
② （唐）刘禹锡著，卞孝萱校订：《刘禹锡集》卷三十三，中华书局 1990 年版，第 474—475 页。
③ （唐）白居易著，谢思炜校注：《白居易诗集校注》卷三十一，中华书局 2017 年版，第 2405 页。
④ （唐）白居易著，谢思炜校注：《白居易诗集校注》卷三十四，中华书局 2017 年版，第 2577 页。

数日不归，兼辱尺书大夸胜事时。正值坐衙虑囚之际，走笔题长句以赠之》云："香山石楼倚天开，翠屏壁立波环回。黄菊繁时好客到，碧云合处佳人来。酡颜一笑夭桃绽，清吟数声寒玉哀。轩骑逶迟棹容与，留连三日不能回。白头老尹府中坐，早衙才退暮衙催。庭前阶上何所有，累囚成贯案成堆。岂无池塘长秋草，亦有丝竹生尘埃。今日清光昨夜月，竟无人来劝一杯。"① "碧云合处佳人来"下注曰："谓遣英、倩二妓与舒君同游。"舒员外即舒元舆，游香山寺多日不归，对香山美景赞不绝口。白居易又有《秋日与张宾客、舒著作同游龙门，醉中狂歌，凡二百三十八字》云：

秋天高高秋光清，秋风袅袅秋虫鸣。
嵩峰余霞锦绮卷，伊水细浪鳞甲生。
洛阳闲客知无数，少出游山多在城。
商岭老人自追逐，蓬丘逸士相逢迎。
南出鼎门十八里，庄店逦迤桥道平。
不寒不热好时节，鞍马稳快衣衫轻。
并辔踟蹰下西岸，扣舷容与绕中汀。
开怀旷达无所系，触目胜绝不可名。
荷衰欲黄荇犹绿，鱼乐自跃鸥不惊。
翠藻蔓长孔雀尾，彩船橹急寒雁声。
家酝一壶白玉液，野花数把黄金英。
昼游四看西日暮，夜话三及东方明。
暂停杯觞辍吟咏，我有狂言君试听。
丈夫一生有二志，兼济独善难得并。
不能救疗生民病，即须先濯尘土缨。
况吾头白眼已暗，终日戚促何所成？

① （唐）白居易著，谢思炜校注：《白居易诗集校注》卷二十二，中华书局2017年版，第1790页。

不如展眉开口笑，龙门醉卧香山行。①

舒著作也即舒元舆，张宾客即张仲方，三人一起游龙门。长诗将洛阳郊外秋景的美丽悉数尽纳，描述精微，被后人誉为“白家诗句”，引得时人都来学习歌咏洛阳的秋天。徐凝《和秋游洛阳》云：“洛阳自古多才子，唯爱春风烂漫游。今到白家诗句出，无人不咏洛阳秋。”② 洛阳自古是出才子的地方，人们喜爱在春光烂漫中游览赋诗，如今折服于“白家诗句”，竟然热衷于吟咏秋天了。大和七年（833 年）冬，舒元舆赴长安，白居易作诗相送，《送舒著作重授省郎赴阙》云：“三岁相依在洛都，游花宴月饱欢娱。惜别笙歌多怨咽，愿留轩盖少踟蹰。剑磨光彩依前出，鹏举风云逐后驱。从此求闲应不得，更能重醉白家无？”③ 回忆三年来一起度过的欢乐时光，表达依依惜别之情。又有《履信池樱桃岛上，醉后走笔，送别舒员外，兼寄宗正李卿、考功崔郎中》云：“樱桃岛前春，去春花万枝。忽忆与宗卿闲饮日，又忆与考功狂醉时。岁晚无花空有叶，风吹满地乾重叠。踏叶悲秋复忆春，池边树下重殷勤。今朝一酌临寒水，此地三回别故人。樱桃花，来春千万朵，来春共谁花下坐？不论崔李上青云，明日舒三亦抛我。”④ 舒员外即舒元舆。宗正李卿，即李仍叔，字周美，有住宅在履信坊，宅第中有一个池塘，其中有一樱桃岛。履信里和白居易履道里一渠之隔，距离很近。考功崔郎中即崔龟从，白居易本年曾作《送考功崔郎中赴阙》云：“称意新官又少年，秋凉身健好朝天。青云上了无多路，却要徐驱稳著鞭。”⑤ 告诫赴京上任的崔龟从，要稳重行事，以免出错，规戒深挚，对后人具有警示教育的意义。白居易在履信池樱桃岛上屡屡送别

① （唐）白居易著，谢思炜校注：《白居易诗集校注》卷二十九，中华书局 2017 年版，第 2261 页。

② 《全唐诗》（增订本）卷四百七十四，第 5418 页。

③ （唐）白居易著，谢思炜校注：《白居易诗集校注》卷三十一，中华书局 2017 年版，第 2392 页。

④ （唐）白居易著，谢思炜校注：《白居易诗集校注》卷二十九，中华书局 2017 年版，第 2263 页。

⑤ （唐）白居易著，谢思炜校注：《白居易诗集校注》卷三十一，中华书局 2017 年版，第 2374 页。

友人，心中不胜依恋。

大和五年（831年），诗人雍陶辞官闲居来到洛阳，有诗《和河南白尹西池北新葺水斋招赏十二韵》云："二室峰前水，三川府右亭。乱流深竹径，分绕小花汀。池角通泉脉，堂心豁地形。坐中寒瑟瑟，床下细泠泠。雨夜思巫峡，秋朝想洞庭。千年孤镜碧，一片远天青。鱼戏摇红尾，鸥闲退白翎。荷倾泻珠露，沙乱动金星。藤架如纱帐，苔墙似锦屏。龙门人少到，仙棹自多停。游忆高僧伴，吟招野客听。余波不能惜，便欲养浮萍。"① 河南白尹白居易所作原诗为《府西池北新葺水斋，即事招宾，偶题十六韵》，诗云："缭绕府西面，潺湲池北头。凿开明月峡，决破白蘋洲。清浅漪澜急，夤缘浦屿幽。直冲行径断，平入卧斋流。石叠青棱玉，波翻白片鸥。喷时千点雨，澄处一泓油。绝境应难别，同心岂易求？少逢人爱玩，多是我淹留。夹岸铺长簟，当轩泊小舟。枕前看鹤浴，床下见鱼游。洞户斜开扇，疏帘半上钩。紫浮萍泛泛，碧亚竹修修。读罢书仍展，棋终局未收。午茶能散睡，卯酒善销愁。檐雨晚初霁，窗风凉欲休。谁能伴老尹，时复一闲游？"② 两人的诗皆是描写新葺水斋景色优美，环境舒适惬意。雍陶另外还有《洛中感事》云："洛城今古足繁华，最恨乔家似石家。行到窈娘身没处，水边愁见亚枝花。"③ 借武则天时期乔知之和婢女窈娘生死相许的爱情故事，抒发了对洛阳的感怀。《天津桥望春》云："津桥春水浸红霞，烟柳风丝拂岸斜。翠辇不来金殿闭，宫莺衔出上阳花。"④ 感叹天津桥的春天美不胜收，令人陶醉。《洛源驿戏题》云："柳阴春岭鸟新啼，暖色浓烟深处迷。如恨往来人不见，水声呦咽出花溪。"⑤ 后两句用拟人手法写水声，极有情趣。

---

① 《全唐诗》（增订本）卷五百一十八，第5958页。

② （唐）白居易著，谢思炜校注：《白居易诗集校注》卷二十八，中华书局2017年版，第2224页。

③ 《全唐诗》（增订本）卷五百一十八，第5968页。

④ 《全唐诗》（增订本）卷五百一十八，第5969页。

⑤ 《全唐诗》（增订本）卷五百一十八，第5969页。

白居易与张仲方亦多有往来，张仲方曾为散骑常侍、京兆尹，大和七年（833年），出为太子宾客分司洛阳，曾任河南少尹。大和八年（834年），白居易有《早春招张宾客》云："久雨初晴天气新，风烟草树尽欣欣。虽当冷落衰残日，还有阳和暖活身。池色溶溶蓝染水，花光焰焰火烧春。商山老伴相收拾，不用随他年少人。"① 邀请友人张仲方一同赏春踏青。又《张常侍相访》云："西亭晚寂寞，莺散柳阴繁。水户帘不卷，风床席自翻。忽闻车马客，来访蓬蒿门。况是张常侍，安得不开樽。"② 闻听友人张仲方来访，赶紧设宴接待。又《雪中晏起偶咏所怀，兼呈张常侍韦庶子皇甫郎中杂言》云：

穷阴苍苍雪雰雰，雪深没胫泥埋轮。
东家典钱归碍夜，南家贳米出凌晨。
我独何者无此弊，复帐重衾暖若春。
怕寒放懒不肯动，日高眠足方频伸。
瓶中有酒炉有炭，瓮中有饭庖有薪。
奴温婢饱身晏起，致兹快活良有因。
上无皋陶伯益廊庙材，的不能匡君辅国活生民。
下无巢父许由箕颍操，又不能食薇饮水自苦辛。
君不见南山悠悠多白云，又不见西京浩浩唯红尘。
红尘闹热白云冷，好于冷热中间安置身。
三年侥幸忝洛尹，两任优稳为商宾。
非贤非愚非智慧，不贵不富不贱贫。
冉冉老去过六十，腾腾闲来经七春。
不知张韦与皇甫，私唤我作何如人。③

韦庶子即韦缜，白居易本年还有《和韦庶子远坊赴宴未夜先归之作兼呈裴员

① （唐）白居易著，谢思炜校注：《白居易诗集校注》卷三十一，中华书局2017年版，第2399页。
② （唐）白居易著，谢思炜校注：《白居易诗集校注》卷二十九，中华书局2017年版，第2270页。
③ （唐）白居易著，谢思炜校注：《白居易诗集校注》卷三十，中华书局2017年版，第2312页。

外》（员外亦爱先逃归）云："促席留欢日未曛，远坊归思已纷纷。无妨按辔行乘月，何必逃杯走似云？银烛忍抛杨柳曲，金鞍潜送石榴裙。到时常晚归时早，笑乐三分校一分。"[①] 韦缜天不黑就要先归去，白居易戏嘲他是怕喝酒。皇甫郎中即皇甫曙，与白居易关系密切。白居易向三位朋友敞开心怀，表明自己有"中隐"之思。又《除夜言怀兼赠张常侍》云："三百六旬今夜尽，六十四年明日催。不用叹身随日老，亦须知寿逐年来。加添雪兴凭毡帐，消杀春愁付酒杯。唯恨诗成君去后，红笺纸卷共谁开。"[②] 感慨岁月一年又一年，时光易逝。大和九年（835 年）作《张常侍池凉夜闲宴赠诸公》云："竹桥新月上，水岸凉风至。对月五六人，管弦三两事。留连池上酌，款曲城外意。或啸或讴吟，谁知此闲味？回看市朝客，矻矻趋名利。朝忙少游宴，夕困多眠睡。清凉属吾徒，相逢勿辞醉。"[③] 新月微明中五六人池上酌饮，长啸吟咏伴以管弦之声，此种闲适之乐是追逐名利的官场中人不可体会的，奉劝诸位留连池上把盏宴饮，抛却名利是非烦恼。

开成元年（836 年）三月二十五日，李绅被任命为河南尹，四月六日，来到洛阳就职，白居易时任太子少傅分司，与李绅频繁游赏城郊，赋诗咏怀。白居易《叹春风兼赠李二十侍郎二绝》云：

树根雪尽催花发，池岸冰销放草生。
唯有须霜依旧白，春风于我独无情。

道场斋戒今初毕，酒伴欢娱久不同。
不把一杯来劝我，无情亦得似春风。[④]

李二十侍郎即李绅，排行二十。又有《春来频与李二十宾客郭外同游，因赠

① （唐）白居易著，谢思炜校注：《白居易诗集校注》卷三十二，中华书局 2017 年版，第 2451 页。
② （唐）白居易著，谢思炜校注：《白居易诗集校注》外集卷上，中华书局 2017 年版，第 2858 页。
③ （唐）白居易著，谢思炜校注：《白居易诗集校注》卷二十九，中华书局 2017 年版，第 2289 页。
④ （唐）白居易著，谢思炜校注：《白居易诗集校注》卷三十三，中华书局 2017 年版，第 2500 页。

长句》云：“风光引步酒开颜，送老消春嵩洛间。朝踏落花相伴出，暮随飞鸟一时还。我为病叟诚宜退，君是才臣岂合闲？可惜济时心力在，放教临水复登山。”① 题目也有的作李二，后脱落十，还是李绅。又有《春尽日天津桥醉吟偶呈李尹侍郎》云：“宿雨洗天津，无泥未有尘。初晴迎早夏，落照送残春。兴发诗随口，狂来酒寄身。水边行嵬峨，桥上立逡巡。疏傅心情老，吴公政化新。三川徒有主，风景属闲人。”② 李尹侍郎亦是指李绅。三首诗作于同一时段，内容皆是春游，赞叹春风，走出郭外，醉游天津桥，情投意合赠诗往来。之前大和七年（833 年）春天，李绅罢寿州刺史，以太子宾客分司东都，曾作《七年初到洛阳，寓居宣教里，时已春暮，而四老俱在洛中分司》云：“青莎满地无三径，白发缘头忝四人。官职谬齐商岭客，姓名那重汉廷臣。圣朝寡罪容衰齿，愚叟多惭未退身。惟有门人怜钝拙，劝教沈醉洛阳春。”③ 李绅廉察东洛，初到洛阳时，寓居在宣教里。诗中所谓四老即有白居易，春残岁晚，诸人久别重逢，悲喜交加，沉醉欢庆。白居易有《酬李二十侍郎》云：“笋老兰长花渐稀，衰翁相对惜芳菲。残莺著雨慵休啭，落絮无风凝不飞。行掇木芽供野食，坐牵萝蔓挂朝衣。十年分手今同醉，醉未如泥莫道归。”④ 抒写重逢的喜悦，表达了老而弥挚的深情，三、四两句活画出了一个衰字，造语奇警，尤为人所称道。《唐宋诗醇》卷二十六评曰：“颔联似赋似比，意致缠绵，深人无浅语。”⑤ 李绅有《题白乐天文集》云：“寄玉莲花藏，缄珠贝叶扃。院闲容客读，讲倦许僧听。部列雕金榜，题存刻石铭。永添鸿宝集，莫杂小乘经。”⑥ 题下自注曰：“乐天藏书东都圣善寺，号《白氏文集》，绅作诗以美之。”白居易自编的《白氏文集》共六十五卷，藏于东都

---

① （唐）白居易著，谢思炜校注：《白居易诗集校注》卷三十三，中华书局 2017 年版，第 2501 页。

② （唐）白居易著，谢思炜校注：《白居易诗集校注》卷三十三，中华书局 2017 年版，第 2509 页。

③ 《全唐诗》（增订本）卷四百八十一，第 5506 页。

④ （唐）白居易著，谢思炜校注：《白居易诗集校注》卷三十一，中华书局 2017 年版，第 2365 页。

⑤ （清）乾隆御选，冉苒校点：《唐宋诗醇》，中国三峡出版社 1997 年版，第 548 页。

⑥ 《全唐诗》（增订本）卷四百八十三，第 5531 页。

圣善寺，白居易撰有《圣善寺白氏文集记》，李绅赋诗《看题文集后记因成四韵以美之》，并题于白氏文集后。两人互相欣赏，醉心诗意，真是难得的风流倜傥啊！

虢州弘农人杨汝士，与白居易是亲戚。五代王定保《唐摭言》卷十三《惜名》记载：裴令公居守东洛，夜宴半酣，公索联句，元白有得色。时公为破题，次至杨侍郎曰："昔日兰亭无艳质，此时金谷有高人。"白知不能加，遽裂之曰："笙歌鼎沸，勿作此冷淡生活！"元顾曰："白乐天所谓能全其名者也。"① 其中裴令公即裴度，元白为元稹和白居易，杨侍郎即杨汝士。杨汝士是白居易妻兄，曾为工部侍郎、户部侍郎、驾部侍郎，开成元年（836年），白居易有多首诗与之往来。如《晓眠后寄杨户部》云："软绫腰褥薄绵被，凉冷秋天稳暖身。一觉晓眠殊有味，无因寄与早朝人。"②《新秋喜凉因寄兵部杨侍郎》云："外强火未退，中锐金方战。一夕风雨来，炎凉随数变。徐徐炎景度，稍稍凉飙扇。枕簟忽凄清，巾裳亦轻健。老夫纳秋候，心体殊安便。睡足一屈伸，搔首摩挲面。褰帘对池竹，幽寂如僧院。俯观游鱼群，仰数浮云片。闲忙各有趣，彼此宁相见。昨日闻慕巢，召对延英殿。"③《以诗代书寄户部杨侍郎劝买东邻王家宅》云："劝君买取东邻宅，与我衡门相并开。云映嵩峰当户牖，月和伊水入池台。林园亦要闻闲置，筋力应须及健回。莫学因循白宾客，欲年六十始归来。"④ 这些细微的闲情逸致，家常话事，殷勤关心，皆表现出与杨汝士格外的亲密关系。

会昌元年（841年），白居易作《会昌元年春五绝句》⑤ 兼及多人，其一，《病后喜过刘家》云："忽忆前年初病后，此生甘分不衔杯。谁能料得今春事，

---

① 上海古籍出版社编：《唐五代笔记小说大观》下册，上海古籍出版社2000年版，第1695页。

② （唐）白居易著，谢思炜校注：《白居易诗集校注》卷三十三，中华书局2017年版，第2521页。

③ （唐）白居易著，谢思炜校注：《白居易诗集校注》卷二十九，中华书局2017年版，第2295页。

④ （唐）白居易著，谢思炜校注：《白居易诗集校注》卷三十三，中华书局2017年版，第2515页。

⑤ （唐）白居易著，谢思炜校注：《白居易诗集校注》卷三十五，中华书局2017年版，第2685—2688页。

又向刘家饮酒来。”刘家一作梦得，指刘禹锡宅，位于铜驼里，遗址大概在今老城南关一带。诗人病后去拜访刘禹锡，完全忘了之前说过甘愿不饮酒，又要喝酒。

其二，《赠举之仆射》云：“鸡球饧粥屡开筵，谈笑讴吟间管弦。一月三回寒食会（今春与仆射三为寒食之会），春光应不负今年。”举之仆射即王起，为东都留守，判东都尚书省事。白居易的《早入皇城赠王留守仆射》云：“津桥残月晓沉沉，风露凄清禁署深。城柳宫槐谩摇落，悲愁不到贵人心。”① 刘禹锡的《同留守王仆射各赋春中一物，从一韵至七》云：“莺，能语，多情。春将半，天欲明。始逢南陌，复集东城。林疏时见影，花密但闻声。营中缘催短笛，楼上来定哀筝。千门万户垂杨里，百啭如簧烟景晴。”② 皆是与王起相互之间的唱和。三人一起有《会昌春连宴即事》云：

> 元年寒食日，上巳暮春天。鸡黍三家会，莺花二节连。（白居易）
> 光风初澹荡，美景渐暄妍。簪组兰亭上，车舆曲水边。（刘禹锡）
> 松声添奏乐，草色助铺筵。雀舫宜闲泛，螺杯任漫传。（王起）
> 园蔬香带露，厨柳暗藏烟。丽句轻珠玉，清谈胜管弦。（白居易）
> 陌喧金距斗，树动彩绳悬。姹女妆梳艳，游童衣服鲜。（刘禹锡）
> 圃香知种蕙，池暖忆开莲。怪石云疑触，夭桃火欲然。（王起）
> 正欢唯恐散，虽醉未思眠。啸傲人间世，追随地上仙。（白居易）
> 燕来双涎涎，雁去累翩翩。行乐真吾事，寻芳独我先。（刘禹锡）
> 滞周惭太史，入洛继先贤。昔恨多分手，今欢谬比肩。（王起）
> 病犹陪宴饮，老更奉周旋。望重青云客，情深白首年。（白居易）
> 遍尝珍馔后，许入画堂前。舞袖翻红炬，歌鬟插宝蝉。（刘禹锡）
> 断金多感激，倚玉贵迁延。说史吞颜注，论诗笑郑笺。（王起）
> 松筠寒不变，胶漆冷弥坚。兴伴王寻戴，荣同隗在燕。（白居易）

---

① （唐）白居易著，谢思炜校注：《白居易诗集校注》卷三十五，中华书局2017年版，第2677页。

② （唐）刘禹锡著，卞孝萱校订：《刘禹锡集》卷三十四，中华书局1990年版，第495页。

掷卢夸使气，刻烛斗成篇。实艺皆三捷，虚名愧六联。(刘禹锡)

兴阑犹举白，话静每思玄。更说归时好，亭亭月正圆。(王起)①

其三，《卢尹贺梦得会中作》云：“病闻川守贺筵开，起伴尚书饮一杯。任意少年长笑我，老人自觅老人来。”卢尹即卢贞，本年春为河南尹，尚书即刘禹锡，三人一起会饮。白居易有《李卢二中丞各创山居，俱夸胜绝，然去城稍远来往颇劳，弊居新泉实在宇下，偶题十五韵聊戏二君》云：

龙门苍石壁（李所有也），浥涧碧潭水。各在一山隅，迢迢几十里。

清镜碧屏风，惜哉信为美。爱而不得见，亦与无相似。

闻君每来去，矻矻事行李。脂辖复裹粮，心力颇劳止。

未如吾舍下，石与泉甚迩。凿凿复溅溅，昼夜流不已。

洛石千万拳，衬波铺锦绮。海珉一两片，激濑含宫徵。

绿宜春濯足，净可朝漱齿。绕砌紫鳞游，拂帘白鸟起。

何言履道叟，便是沧浪子。君若趁归程，请君先到此。

愿以潺湲声，洗君尘土耳。②

可知卢贞在东都浥涧有山居。李中丞为李仍叔，前云有樱桃岛。山居离城较远，不甚方便。会昌二年（842 年），白居易七十一岁，有《宴后题府中水堂赠卢尹中丞》云：“水斋岁久渐荒芜，自愧甘棠无一株。新酒客来方宴饮，旧堂主在重欢娱。莫言杨柳枝空老，直至樱桃树已枯。从我到君十一尹，相看自置府来无？”③ 题下自注曰：“昔予为尹日创造之。”别有意味。又有《岁暮夜长病中灯下闻卢尹夜宴，以诗戏之且为来日张本也》云：“荣闹兴多嫌昼短，衰闲睡夜觉明迟。当君秉烛衔杯夜，是我停灯服药时。枕上愁吟堪发病，府中欢笑胜寻医。明朝强出须谋乐，不拟车公更拟谁？”④ 诗人认为欢笑胜过

---

① 《全唐诗》（增订本）卷七百九十，第 8990 页。

② （唐）白居易著，谢思炜校注：《白居易诗集校注》卷三十六，中华书局 2017 年版，第 2732 页。

③ （唐）白居易著，谢思炜校注：《白居易诗集校注》卷三十六，中华书局 2017 年版，第 2749 页。

④ （唐）白居易著，谢思炜校注：《白居易诗集校注》卷三十六，中华书局 2017 年版，第 2760 页。

寻医，治病还是要多寻欢乐。卢贞有《和白尚书赋永丰柳》云："一树依依在永丰，两枝飞去杳无踪。玉皇曾采人间曲，应逐歌声入九重。"① 歌咏永丰柳枝。王谠《唐语林》卷四《企羡》云："白居易葬龙门山。河南尹卢贞刻《醉吟先生传》于石，立于墓侧。"② 可见两人感情极其深厚。

其四，《题朗之槐亭》云："春风可惜无多日，家酝唯残软半瓶。犹望君归同一醉，篮舁早晚入槐亭。"朗之即皇甫曙，朗之槐亭即皇甫曙庄居，希望留住春天，共同一醉方休。白居易与皇甫曙的关系极为亲密，其《醉吟先生传》称："与嵩山僧如满为空门友，平泉客韦楚为山水友，彭城刘梦得为诗友，安定皇甫朗之为酒友。"③ 两人除了是酒友，还是亲家。皇甫曙，字朗之，安定（今甘肃省泾州县）人，兄弟中排行老十，又称皇甫十，曾任河南少尹。大和年间，白居易任太子宾客分司东都时，有《偶作寄朗之》云：

历想为官日，无如刺史时。欢娱接宾客，饱暖及妻儿。
自到东都后，安闲更得宜。分司胜刺史，致仕胜分司。
何况园林下，欣然得朗之。仰名同旧识，为乐即新知。
有雪先相访，无花不作期。斗醡干酿酒，夸妙细吟诗。
里巷千来往，都门五别离。歧分两回首，书到一开眉。
叶落槐亭院，冰生竹阁池。雀罗谁问讯，鹤氅罢追随。
身与心俱病，容将力共衰。老来多健忘，唯不忘相思。④

二人交情深厚，颇多唱和。大和八年（834 年），白居易作《池上清晨候皇甫郎中》云："晓景丽未热，晨飙鲜且凉。池幽绿蘋合，霜洁白莲香。深扫竹间径，静拂松下床。玉柄鹤翎扇，银罂云母浆。屏除无俗物，瞻望唯清光。何人拟相访，嬴女从萧郎。"⑤ 诗人扫路除秽，欢迎酒友来访。又《玩半开花赠

① 《全唐诗》（增订本）卷四百六十三，第 5300 页。
② （宋）王谠撰，周勋初校证：《唐语林校证》，中华书局 1987 年版，第 381 页。
③ （唐）白居易著，顾学颉校点：《白居易集》卷七十，中华书局 1999 年版，第 1485—1486 页。
④ （唐）白居易著，谢思炜校注：《白居易诗集校注》卷三十七，中华书局 2017 年版，第 2797 页。
⑤ （唐）白居易著，谢思炜校注：《白居易诗集校注》卷二十九，中华书局 2017 年版，第 2278 页。

皇甫郎中》（八年寒食日池东小楼上作）云："勿讶春来晚，无嫌花发迟。人怜全盛日，我爱半开时。紫蜡黏为蒂，红苏点作蕤。成都新夹缬，梁汉碎燕脂。树杪真珠颗，墙头小女儿。浅深妆驳落，高下火参差。蝶戏争香朵，莺啼选稳枝。好教郎作伴，合共酒相随。醉玩无胜此，狂嘲更让谁？犹残少年兴，未似老人诗。西日凭轻照，东风莫杀吹。明朝应烂熳，后夜更离披。林下遥相忆，樽前暗有期。衔杯嚼蕊思，唯我与君知。"① 花开一半时，最令人爱，写赠酒友一同赏玩。又《酬皇甫郎中对新菊花见忆》云："爱菊高人吟逸韵，悲秋病客感衰怀。黄花助兴方携酒，红叶添愁正满阶。居士荤腥今已断，仙郎杯杓为谁排？愧君相忆东篱下，拟废重阳一日斋。"② 借吟咏菊花抒发人生感怀，别有韵致。开成二年（837 年），白居易新与皇甫结姻，作《闲吟赠皇甫郎中亲家翁》云："谁能嗟叹光阴暮，岂复忧愁活计贫？忽忽不知头上事，时时犹忆眼中人。早为良友非交势，晚接嘉姻不失亲。最喜两家婚嫁毕，一时抽得尚平身。"③ 朋友之情加上姻亲关系，关系更加亲密。开成五年（840 年），又作《皇甫郎中亲家翁赴任绛州宴送出城赠别》云："慕贤入室交先定，结援通家好复成。新妇不嫌贫活计，娇孙同慰老心情。洛桥歌酒今朝散，绛路风烟几日行？欲识离群相恋意，为君扶病出都城。"④ 儿女婚姻感情很好，这一年已经有娇孙可以慰藉老人心情了。开成年间，白居易还有《冬夜对酒寄皇甫十》云："霜杀中庭草，冰生后院池。有风空动树，无叶可辞枝。十月苦长夜，百年强半时。新开一瓶酒，那得不相思？"⑤ 一开新酒便想起酒友，真心相思啊。又《戏酬皇甫十再劝酒》云："净名居士眠方丈，玄晏先生酿老春。手把屈卮来劝戒，世间何处觅波旬？"⑥ 题下自注曰："来句云：且劝香醪

---

① （唐）白居易著，谢思炜校注：《白居易诗集校注》卷三十一，中华书局 2017 年版，第 2401 页。
② （唐）白居易著，谢思炜校注：《白居易诗集校注》卷三十二，中华书局 2017 年版，第 2449 页。
③ （唐）白居易著，谢思炜校注：《白居易诗集校注》卷三十四，中华书局 2017 年版，第 2574 页。
④ （唐）白居易著，谢思炜校注：《白居易诗集校注》卷三十五，中华书局 2017 年版，第 2654 页。
⑤ （唐）白居易著，谢思炜校注：《白居易诗集校注》卷三十三，中华书局 2017 年版，第 2563 页。
⑥ （唐）白居易著，谢思炜校注：《白居易诗集校注》外集卷上，中华书局 2017 年版，第 2875 页。

一屈卮。”这是皇甫曙赠给白居易的唯一残句，难得以这种形式留存了下来。皇甫曙手持酒杯劝说酒友，多喝两杯吧。又《早春持斋答皇甫十见赠》云：“正月晴和风景新，纷纷已有醉游人。帝城花笑长斋客，二十年来负早春。”①帝城春来花开，吸引人们纷纷出游。又《酬皇甫十早春对雪见赠》云：“漠漠复雰雰，东风散玉尘。明催竹窗晓，寒退柳园春。绿醑香堪忆，红炉暖可亲。忍心三两日，莫作破斋人。”②身在斋戒期，坚持不饮酒。会昌年间，白居易又有《闲居偶吟招郑庶子、皇甫郎中》云：“自哂此迂叟，少迂老更迂。家计一不问，园林聊自娱。竹间琴一张，池上酒一壶。更无俗物到，但与秋光俱。古石苍错落，新泉碧萦纡。焉用车马客，即此是吾徒。犹有所思人，各在城一隅。杳然爱不见，搔首方踟蹰。玄晏风韵远，子真云貌孤。诚知厌朝市，何必忆江湖？能来小涧上，一听潺湲无？”③郑庶子即郑俞，与白居易同为贞元年进士。三人不问家计，携酒到园林自得其乐。又《携酒往朗之庄居同饮》云：“慵中又少经过处，别后都无劝酒人。不挈一壶相就醉，若为将老度残春？”④又《出斋日喜皇甫十早访》云：“三旬斋满欲衔杯，平旦敲门门未开。除却朗之携一榼，的应不是别人来。”⑤两位酒友心有灵犀一敲通。

其五，《劝梦得酒》云：“谁人功画麒麟阁，何客新投魑魅乡。两处荣枯君莫问，残春更醉两三场。”不问荣辱，不管是成功还是流放，只须醉饮。会昌元年（841 年）六月，李程接王起任东都留守，白居易有《雪朝乘兴欲诣李司徒留守先以五韵戏之》云：“夜寒生酒思，晓雪引诗情。热饮一两盏，冷吟三五声。铺花怜地冻，销玉畏天晴。好拂乌巾出，宜披鹤氅行。梁园应有兴，何不召邹生。”⑥戏言欲趁下雪，前往饮酒赋诗。又有《李留守相公见过，

① （唐）白居易著，谢思炜校注：《白居易诗集校注》卷三十四，中华书局 2017 年版，第 2582 页。
② （唐）白居易著，谢思炜校注：《白居易诗集校注》卷三十四，中华书局 2017 年版，第 2585 页。
③ （唐）白居易著，谢思炜校注：《白居易诗集校注》卷三十六，中华书局 2017 年版，第 2729 页。
④ （唐）白居易著，谢思炜校注：《白居易诗集校注》卷三十六，中华书局 2017 年版，第 2769 页。
⑤ （唐）白居易著，谢思炜校注：《白居易诗集校注》卷三十六，中华书局 2017 年版，第 2766 页。
⑥ （唐）白居易著，谢思炜校注：《白居易诗集校注》卷三十五，中华书局 2017 年版，第 2697 页。

池上泛舟举酒，话及翰林旧事，因成四韵以献之》云：“引棹寻池岸，移樽就菊丛。何言济川后，相访钓船中。白首故情在，青云往事空。同时六学士，五相一渔翁。”① 李程与白居易于履道池上泛舟，话及翰林旧事，白居易不无遗憾。

皇甫镛也是白居易的至交，白居易为其作有《唐故银青光禄大夫、太子少保、安定皇甫公墓志铭》（并序），云其：皇甫镛，字和卿，“以开成元年七月十日，寝疾，薨于东都宣教里第，享年七十七。初，元和中，公始因郎官分司东洛，由是得伊嵩趣，惬吏隐心。故前后历官八九，凡二十有五年，优游洛中，无哂笑意，忘丧穷达，与道始终，淡然不动其心，以至于考终命。闻者慕之，谓为达人。……居易辱与公游，迨二纪矣：自左、右庶子，历宾客，讫于少、保傅，皆同官东朝，分务东周，在寮友间，闻知最熟”②。宝历元年（825 年），白居易曾作《春雪过皇甫家》云：“晚来篮舆雪中回，喜遇君家门正开。唯要主人青眼待，琴诗谈笑自将来。”③ 诗人坐着竹轿子回家，看到皇甫镛家门敞开，想象主人热情接待来客的情景。皇甫镛居宅在东都宣教里，位于洛阳长夏门之东第二街，从南向北数第二坊，遗址区大致在今洛龙区安乐镇郑村和狮子桥村，东经集贤里即至白居易履道里家。宣教里本名弘教，神龙初年避孝敬皇帝李弘讳而改。

白居易《闲居偶吟招郑庶子、皇甫郎中》中，郑庶子即郑俞，与白居易为同榜进士，贞元十七年（801 年），白居易作《东都冬日会诸同声宴郑家林亭》（得先字）云：“盛时陪上第，暇日会群贤。桂折应同树，莺迁各异年。宾阶纷组珮，妓席俨花钿。促膝齐贫贱，差肩次后先。助歌林下水，销酒雪中天。他日升沉者，无忘共此筵。”④ 这次同年宴会在郑俞家林亭举行，诸人

① （唐）白居易著，谢思炜校注：《白居易诗集校注》卷三十六，中华书局 2017 年版，第 2752 页。
② （唐）白居易著，顾学颉校点：《白居易集》卷七十，中华书局 1999 年版，第 1480 页。
③ （唐）白居易著，谢思炜校注：《白居易诗集校注》卷二十三，中华书局 2017 年版，第 1859 页。
④ （唐）白居易著，谢思炜校注：《白居易诗集校注》卷十三，中华书局 2017 年版，第 996 页。

希望彼此苟富贵勿相忘。郑俞曾为长水县令，后任河南府司录参军，与白居易有诗酒交游。开成元年（836年）寒食日，白居易有《酬郑二司录与李六郎中寒食日相遇同宴见赠》（二人同年）云："偶因冷节会嘉宾，况是平生心所亲。迎接须矜疏傅老，只供莫笑阮家贫。杯盘狼藉宜侵夜，风景阑珊欲过春。相对喜欢还怅望，同年只有此三人。"① 诗题中郑二司录即郑俞，李六郎中不详，三人有同年之谊，寒食日相聚履道里池台会饮，赋诗甚欢。

会昌五年（845年），白居易与七老、九老的尚齿结社之会，历来被东都文人誉为佳话，后人多所传颂。《唐才子传》卷六《白居易》记载："居易累以忠鲠遭摈，乃放纵诗酒。既复用，又皆幼君，仕情顿尔索寞，卜居履道里，与香山僧如满等结净社，疏沼种树，构石楼，凿八节滩，为游赏之乐，茶铛酒杓不相离。尝科头箕踞，谈禅咏古，晏如也。自号'醉吟先生'，作传。酷好佛，亦经月不荤，称'香山居士'。与胡杲、吉旻、郑据、刘真、卢贞、张浑、如满、李元爽燕集，皆年高不仕，日相招致，时人慕之，绘《九老图》。"② 白居易退居洛阳履道里后，寄情诗酒，谈禅好佛，放纵娱乐，与诸位同道老者聚会赋诗，乐享晚年。《全唐诗话》卷三《白居易》记载：

> 七人五百八十四，拖紫纡朱垂白须。囊里无金莫嗟叹，尊中有酒且欢娱。吟成六韵神还壮，饮到三杯气尚粗。嵬峨狂歌教婢拍，婆娑醉舞遣孙扶。天年高迈二疏傅，人数多于四皓图。除却三山五天竺，人间此会且应无。（居易，刑部尚书致仕，年七十四。）
>
> 乐天退居洛中，作尚齿九老之会，其序曰："胡、吉、刘、郑、卢、张等六贤，皆多年寿，余亦次焉。于东都弊居履道坊，为尚齿之会。七老相顾，既醉且欢。静而思之，此会希有，因各赋七言六韵诗一章以记之，或传诸好事者，时会昌五年三月二十四日。"乐天云："其年夏，又有二老年貌绝伦，同归故乡，亦来斯会，续命书姓

① （唐）白居易著，谢思炜校注：《白居易诗集校注》卷三十三，中华书局2017年版，第2505页。
② （元）辛文房著，傅璇琮主编：《唐才子传校笺》第三册，中华书局1990年版，第12—14页。

名年齿，写其形貌，附于图右，与前七老，题为九老图。仍以一绝赠之云：‘雪作须眉云作衣，辽东华表暮双归。当时一鹤犹希有，何况今逢两令威？’”（洛中遗老李元爽，年一百三十六，禅僧如满，年九十五岁。）又云：“时秘书狄兼谟、河南尹卢贞，以年未及七十，虽与会而不及列。”①

多位寿星耆旧于履道坊聚集一堂，谈论古今风物，开怀吟诗作赋，着实令人羡慕，堪称美谈。时人因之绘为香山《九老图》，白居易赋《九老图诗》以配：“雪作须眉云作衣，辽东华表鹤双归。当时一鹤犹希有，何况今逢两令威?”② 胡杲，年八十九，为前怀州司马，作《七老会诗》云：“闲居同会在三春，大抵愚年最出群。霜鬓不嫌杯酒兴，白头仍爱玉炉薰。裴回玩柳心犹健，老大看花意却勤。凿落满斟判酩酊，香囊高挂任氤氲。搜神得句题红叶，望景长吟对白云。今日交情何不替，齐年同事圣明君。”③《全唐诗》卷四百六十三载有诸人的同题《七老会诗》。今存有《香山九老会诗》。元人方回《瀛奎律髓》卷九《老寿类》录白居易《胡吉郑刘卢张六贤皆多年寿，予亦次焉，偶于敝舍，合成尚齿之会。七老相顾，既醉且，静而思之，此世所稀有，因成七言六韵诗以记之，传好事者》云：

七人五百七十岁，拖紫纡朱垂白须。
囊里无金莫嗟叹，樽中有酒且欢娱。
诗吟两句神还壮，酒饮三杯气且粗。
嵬峨狂歌教婢拍，婆娑醉舞遣孙扶。
天年高迈二疏传，人数多于四皓图。
除却三山五天竺，人间此会更应无。

方回论曰：“胡杲年八十九，吉旻年八十六，郑据年八十四，刘贡年八十二，

① （宋）尤袤：《全唐诗话》卷三《白居易》，中华书局1985年版，第67页。
② （唐）白居易著，顾学颉校点：《白居易集》外集卷上《诗词》，中华书局1999年版，第1521页。
③ 《全唐诗》（增订本）卷四百六十三，第5293页。

卢贞年八十二，张浑年七十四，白居易年七十四。（元注：‘已上七人合五百七十岁。会昌五年三月二十四日于白家履道宅同宴，宴罢赋诗。时秘书监狄兼谟、河南尹卢贞，以年未七十，虽与会而不及列。’）予按会者九人，狄兼谟、卢贞以年未七十不著于诗，虽名七老，实九老也。”① 会昌五年（845 年）春天的这次聚会之后，到了夏天，“其年夏，又有二老年貌绝伦，同归故乡，亦来斯会，续命书姓名年齿，写其形貌，附于图右，与前七老，题为九老图。仍以一绝赠之云：‘雪作须眉云作衣，辽东华表暮双归。当时一鹤犹希有，何况今逢两令威？’”会昌五年（845 年）的两次七老、九老“尚齿会”，以赋诗作文为主，激扬才气，润泽精神，成为千古佳话。

九老诗社在文学史上独具意义，张涛、叶君远认为：真正对后世文人结社产生影响的当数中唐诗人白居易晚年所结“香山九老会”。白居易生活的时代正是“安史之乱”后唐王朝由盛转衰期，“牛李党争”日益激烈，白居易在政治仕途上屡次被贬，心情抑郁，在他人生的后期便为自己安排了一条“中隐”之路，以太子宾客的身份分司东都洛阳，于香山寺结“九老会”，度过了他人生的最后十八年。白居易晚年结“九老会”主要为远避党祸，静思谈禅，酌酒赋诗，独善其身以终老，其性质主要是怡老。但是，白居易在唐代毕竟是一位声名仅次于李白和杜甫的重要诗人，其诗歌创作数量在唐代也是首屈一指。对于这样一位著名诗人，如果仅认为他结“九老会”以娱老为主不免过于肤浅。实际上，“九老会”由富有诗才的诗人和僧人组成，白居易与他们在香山寺诗酒唱和，切磋诗艺，创作了大量的恬淡静美、富有禅境禅意的“闲适诗”，不少曾积极参与政治，后来退出政坛闲居洛阳的文人们纷纷心向往之，其影响力不可小觑。后世有很多文人士大夫仿效白居易“香山九老会”晚年结社赋诗相乐。② 这一论述，为我们深刻认识以白居易为中心的闲适文人

① （元）方回选评，李庆甲集评校点：《瀛奎律髓汇评》，上海古籍出版社 1986 年版，第 312—313 页。

② 张涛、叶君远：《文学史视野下的中国古代文人社团》，《河北学刊》2006 年第 1 期。

团体的意义指明了方向。白居易避祸全身、钟情山水、沉溺闲淡、自适其乐的“中隐”思想，于其《中隐》一诗可以略窥一端。《中隐》诗云：

大隐住朝市，小隐入丘樊。丘樊太冷落，朝市太嚣喧。
不如作中隐，隐在留司官。似出复似处，非忙亦非闲。
不劳心与力，又免饥与寒。终岁无公事，随月有俸钱。
君若好登临，城南有秋山。君若爱游荡，城东有春园。
君若欲一醉，时出赴宾筵。洛中多君子，可以恣欢言。
君若欲高卧，但自深掩关。亦无车马客，造次到门前。
人生处一世，其道难两全。贱即苦冻馁，贵则多忧患。
唯此中隐士，致身吉且安。穷通与丰约，正在四者间。[①]

白居易又性嗜旷达，他在《醉吟先生传》中称自己：“性嗜酒，耽琴，淫诗。凡酒徒、琴侣、诗客，多与之游。……每良辰美景，或雪朝月夕，好事者相过，必为之先拂酒罍，次开诗箧。酒既酣，乃自援琴，操宫声，弄《秋思》一遍。若兴发，命家僮调法部丝竹，合奏《霓裳羽衣》一曲。若欢甚，又命小妓歌《杨柳枝》新词十数章。放情自娱，酩酊而后已。往往乘兴，履及邻，杖于乡，骑游都邑，肩舁适野。舁中置一琴、一枕，陶、谢诗数卷。舁竿左右，悬双酒壶。寻水望山，率情便去；抱琴引酌，兴尽而返。”[②] 他在《序洛诗》中声称：“自（大和）三年春至八年夏，在洛凡五周岁，作诗四百三十二首。除丧朋哭子十数篇外，其他皆寄怀于酒，或取意于琴，闲适有余，酣乐不暇；苦词无一字，忧叹无一声，岂牵强所能致耶？”[③] 大和五年（831 年），白居易作《晚归香山寺因咏所怀》坦露心迹云：

我年日已老，我身日已闲。闲出都门望，但见水与山。
阙塞碧岩岩，伊流清潺潺。中有古精舍，轩户无扃关。

---

① （唐）白居易著，顾学颉校点：《白居易集》卷二十二，中华书局 1999 年版，第 490 页。
② （唐）白居易著，顾学颉校点：《白居易集》卷七十，中华书局 1999 年版，第 1485—1486 页。
③ （唐）白居易著，顾学颉校点：《白居易集》卷七十，中华书局 1999 年版，第 1474—1475 页。

> 岸草歇可籍，径萝行可攀。朝随浮云出，夕与飞鸟还。
> 吾道本迂拙，世途多险艰。尝闻嵇吕辈，尤悔生疏顽。
> 巢悟入箕颍，皓知返商颜。岂唯乐肥遁，聊复祛忧患。
> 吾亦从此去，终老伊嵩间。[①]

随着政治热情的衰减，白居易非常享受晚年养尊处优无所事事的隐居生活，直至辞世，实现了他“终老伊嵩间”的愿望。这种人生价值取向在当时有一定的代表性和流行市场，被当世文人普遍效仿而形成风气，亦是时势使然。诚如唐人康骈《剧谈录》卷下《白傅乘舟》所云：“白尚书为少傅，分务洛师，情兴高逸，每有云泉胜境，靡不追游。常以诗酒为娱。因著《醉吟先生传》以叙。卢尚书简辞有别墅，近枕伊水，亭榭清峻。方冬，与群从子侄同游，倚栏眺玩嵩洛。俄而霰雪微下，情兴益高，因话廉察金陵，常记江南烟水，每见居人以叶舟浮泛，就食菰米、鲈鱼。近来思之，如在心目。良久，忽见二人衣蓑笠，循岸而来，牵引水乡蓬艇，船头覆青幕，中有白衣人，与衲僧偶坐。船后有小灶，安桐甑而炊，丱角仆烹鱼煮茗。溯流过于槛前，闻舟中吟啸方甚。卢抚掌惊叹，莫知谁氏。使人从而问之，乃曰：‘白傅与僧佛光，同自建春门往香山精舍。’其后每遇亲友，无不话之，以为高逸之情，莫能及矣。”[②] 此段可谓天然图画，生动形象地描绘出了白居易及其文人团体闲适自得、自娱自乐的情景。

以白居易为代表的洛阳闲适文人团体的活动，对后世文人结社及诗歌流派的发展都有重要影响，韩大强认为洛阳闲适文人团体唱和创作的意义在于：“直接推动着当时诗歌创作。白居易、刘禹锡等人在洛阳的创作开拓了诗的题材疆域，成为宋代日常性诗歌的先导。宋代诗歌以俗为雅，讲究理趣的白话倾向明显是受到白居易等人的影响。白居易等人的‘流丽旷达’的闲适诗对

---

① （唐）白居易著，谢思炜校注：《白居易诗集校注》卷二十九，中华书局 2017 年版，第 2288 页。

② 上海古籍出版社编：《唐五代笔记小说大观》下册，上海古籍出版社 2000 年版，第 1488—1489 页。

词的发展也有非常深刻的影响。……中隐思想在宋代的士大夫中已经成为一种较为普遍的心态和生活实践。……洛阳闲适文人唱和团体在文学史上也构成了一道亮丽的风景，并传为佳话，为唐代文学的繁荣作出了贡献。”① 唐代文人团体无论是前云神都御用文人团体，还是此东都闲适文人团体，其实都是时代文化和都城文化的折射，值得后人借鉴思考。

第二节　其他文人之间的赋闲酬唱

洛阳都城的游谒宴饮唱和之风，在白居易致仕赋闲到来后，由于其影响力较大，相对形成了一个团体，如大和八年（834 年）白居易《晓上天津桥闲望偶逢卢郎中张员外携酒同倾》云：“上阳宫里晓钟后，天津桥头残月前。空阔境疑非下界，飘飖身似在寥天。星河隐映初生日，楼阁葱茏半出烟。此处相逢倾一盏，始知地上有神仙。”② 诗题中的卢郎中是指卢简求，张员外是指张可续，郎中、员外郎是其官职。白居易在上阳宫的破晓钟声响过后，来到天津桥头赏月观日，竟然遇到了两位朋友，于是一起神仙般开怀畅饮起来。他们随时都有机会和闲情逸致，他们是一群城中高人。此外，还有许多其他文人规模不等的宴饮游赏唱和，显示了士人的各种雅好情趣。

唐高宗调露二年（680 年）正月晦日，在卫尉卿高正臣东都洛阳家的林亭，举办了一次文人雅集，参加聚会的有二十一人。高正臣《晦日置酒林亭》云：“正月符嘉节，三春玩物华。忘怀寄尊酒，陶性狎山家。柳翠含烟叶，梅芳带雪花。光阴不相借，迟迟落景斜。”③ 诗题下自注曰：“是宴凡二十一人，皆以华字为韵，陈子昂为之序。”农历正月的最后一天，三春嘉节，诸人寄情

① 韩大强：《生活的留恋与心灵的放达——以白居易为中心的洛阳闲适诗人群》，《中州学刊》2008 年第 5 期。

② （唐）白居易著，谢思炜校注：《白居易诗集校注》卷三十二，中华书局 2017 年版，第 2446 页。

③ 《全唐诗》（增订本）卷七十二，第 784 页。

于杯酒，忘记世俗得失，游玩于高氏林亭，观物赏景，陶冶性情。陈子昂作《晦日宴高氏林亭》（并序）云：

> 夫天下良辰美景，园林池观，古来游宴欢娱众矣。然而地或幽偏，未睹皇居之盛；时终交丧，多阻升平之道。岂如光华启旦，朝野资欢，有渤海之宗英，是平阳之贵戚。发挥形胜，出凤台而啸侣；幽赞芳辰，指鸡川而留宴。列珍羞于绮席，珠翠琅玕；奏丝管于芳园，秦筝赵瑟。冠缨济济，多延戚里之宾；鸾凤锵锵，自有文雄之客。总都畿而写望，通汉苑之楼台；控伊洛而斜□，临神仙之浦溆。则有都人士女，侠客游童。出金市而连镳，入铜街而结驷。香车绣毂，罗绮生风；宝盖雕鞍，珠玑耀日。于时律穷太簇，气淑中京。山河春而霁景华，城阙丽而年光满。淹留自乐，玩花鸟以忘归；欢赏不疲，对林泉而独得。伟矣！信皇州之盛观也。岂可使晋京才子，孤标洛下之游；魏室群公，独擅邺中之会。盍各言志，以记芳游。同探一字，以华为韵。

夸赞宴会主人及宾客，指出同用华字为韵，二十一人各言己志，各记所感。陈子昂《晦日宴高氏林亭》诗云："寻春游上路，追宴入山家。主第簪缨满，皇州景望华。玉池初吐溜，珠树始开花。欢娱方未极，林阁散余霞。"① 戏称高正臣林亭是山家，诸人欢娱，没有极限。洛阳人长孙正隐《晦日宴高氏林亭》云："晦晚属烟霞，遨游重岁华。歌钟虽戚里，林薮是山家。细雨犹开日，深池不涨沙。淹留迷处所，岩岫几重花。"② 亦言山家林薮，令人留恋。王勃之兄王勔《晦日宴高氏林亭同用华字》云："上序披林馆，中京视物华。竹窗低露叶，梅径起风花。景落春台雾，池侵旧渚沙。绮筵歌吹晚，暮雨泛香车。"③ 细述在洛阳高氏林亭，欢歌燕舞不辍的豪放。张锡《晦日宴高文学

---

① （唐）陈子昂著，徐鹏校点：《陈子昂集》补遗，上海古籍出版社 2013 年版，第 276 页。

② 《全唐诗》（增订本）卷七十二，第 789 页。

③ 《全唐诗》（增订本）卷五十六，第 686 页。

林亭》云："雪尽铜驼路，花照石崇家。年光开柳色，池影泛云华。赏洽情方远，春归景未赊。欲知多暇日，尊酒渍澄霞。"① 铜驼路雪，石崇家花，洛阳处处是美景。高瑾《晦日宴高氏林亭》云："试入山亭望，言是石崇家。二月风光起，三春桃李华。莺吟上乔木，雁往息平沙。相看会取醉，宁知还路赊。"② 也认为高氏林亭华美异常，堪比金谷园石崇园林。崔知贤《晦日宴高氏林亭》云："上月河阳地，芳辰景物华。绵蛮变时鸟，照曜起春霞。柳摇风处色，梅散日前花。淹留洛城晚，歌吹石崇家。"③ 踏春赏景，不知不觉天色已晚。高球《晦日宴高氏林亭》云："温洛年光早，皇州景望华。连镳寻上路，乘兴入山家。轻苔网危石，春水架平沙。赏极林塘暮，处处起烟霞。"④ 以温洛言洛水，赞美春景。其他诸人解琬、王茂时、徐皓、高绍、韩仲宣、弓嗣初、周思钧、高峤、周彦晖、周彦昭、陈嘉言等的同题诗，《全唐诗》有收录，皆是情景交融，巧妙点化，内容间有重复。

同一天又一次聚宴后，陈子昂做《晦日重宴高氏林亭》云："公子好追随，爱客不知疲。象筵开玉馔，翠羽饰金卮。此时高宴所，讵减习家池。循涯倦短翮，何处俪长离。"⑤ 高正臣作《晦日重宴》云："芳辰重游衍，乘景共追随。班荆陪旧识，倾盖得新知。水叶分莲沼，风花落柳枝。自符河朔趣，宁羡高阳池。"⑥ 诗题自注曰："是宴九人，皆用池字为韵，周彦晖为之序。"重宴时剩下九人，周彦晖的序言今有缺，其《晦日重宴》诗云："春华归柳树，俯景落蓂枝。置驿铜街右，开筵玉浦陲。林烟含障密，竹雨带珠危。兴阑巾倒戴，山公下习池。"⑦ 周思钧同题诗云："绮筵乘晦景，高宴下阳池。濯

① 《全唐诗》（增订本）卷一百〇五，第 1102 页。
② 《全唐诗》（增订本）卷七十二，第 788 页。
③ 《全唐诗》（增订本）卷七十二，第 784 页。
④ 《全唐诗》（增订本）卷七十二，第 787 页。
⑤ （唐）陈子昂著，徐鹏校点：《陈子昂集》补遗，上海古籍出版社 2013 年版，第 277 页。
⑥ 《全唐诗》（增订本）卷七十二，第 784 页。
⑦ 《全唐诗》（增订本）卷七十二，第 792 页。

雨梅香散，含风柳色移。轻尘依扇落，流水入弦危。勿顾林亭晚，方欢云雾披。”[①] 弓嗣初同题诗云：“年华蔼芳隰，春溜满新池。促赏依三友，延欢寄一卮。鸟声随管变，花影逐风移。行乐方无极，淹留惜晚曦。”[②] 高峤同题诗云：“驾言寻凤侣，乘欢俯雁池。班荆逢旧识，斟桂喜深知。紫兰方出径，黄莺未啭枝。别有陶春日，青天云雾披。”[③] 陈嘉言同题诗云：“高门引冠盖，下客抱支离。绮席珍羞满，文场翰藻摛。蓂华雕上月，柳色蔼春池。日斜归戚里，连骑勒金羁。”[④] 韩仲宣同题诗云：“凤苑先吹晚，龙楼夕照披。陈遵已投辖，山公正坐池。落日催金奏，飞霞送玉卮。此时陪绮席，不醉欲何为。”[⑤] 诸人再次相约与宴，相约不醉不休。高正臣宅的两次林亭宴会参与者中，多数名不见经传，留下来的诗作写景用典皆略显雷同，虽不及知名诗人所作浑然一体，但也朴拙可观，代表了那一时代一般人的应酬之作水平，反映了唐代赋诗写作的广泛流行，具有社会学资料的意义。陈子昂的诗作在这里倒显得很另类了，并不被后人看好，可能是宴会的题材所限吧。

代宗大历六年（771 年），韦应物在洛阳，于贾至林亭与友人聚宴，作《贾常侍林亭宴集》云：“高贤侍天阶，迹显心独幽。朱轩骛关右，池馆在东周。缭绕接都城，氤氲望嵩丘。群公尽词客，方驾永日游。朝旦气候佳，逍遥写烦忧。绿林蔼已布，华沼澹不流。凌露摘幽草，涉烟玩轻舟。圆荷既出水，广厦可淹留。放神遗所拘，觥罚屡见酬。乐燕良未极，安知有沉浮。醉罢各云散，何当复相求。”[⑥] 诗题中贾常侍即贾至，洛阳人，为散骑常侍，“池馆在东周”点明众人在贾至林亭宴集。清人徐松《唐两京城坊考》卷五《东

① 《全唐诗》（增订本）卷七十二，第 793 页。
② 《全唐诗》（增订本）卷七十二，第 788 页。
③ 《全唐诗》（增订本）卷七十二，第 792 页。
④ 《全唐诗》（增订本）卷七十二，第 791 页。
⑤ 《全唐诗》（增订本）卷七十二，第 786 页。
⑥ （唐）韦应物著，陶敏、王友胜校注：《韦应物集校注》卷一《燕集》，上海古籍出版社 1998 年版，第 41 页。

京·外郭城》云："定鼎门街东第三街……次北恭安坊。礼部侍郎贾曾宅。"① 贾曾是贾至之父，贾常侍林亭应该在此。与会群公皆是贤达高士，风和景明，逍遥放浪，不拘形骸沉醉于觥筹交错，率性而为。

元和五年（810年），韩愈为河南令，作《燕河南府秀才》（得生字）云：

吾皇绍祖烈，天下再太平。诏下诸郡国，岁贡乡曲英。
元和五年冬，房公尹东京。功曹上言公，是月当登名。
乃选二十县，试官得鸿生。群儒负己材，相贺简择精。
怒起簸羽翮，引吭吐铿轰。此都自周公，文章继名声。
自非绝殊尤，难使耳目惊。今者遭震薄，不能出声鸣。
鄙夫忝县尹，愧慄难为情。惟求文章写，不敢妒与争。
还家敕妻儿，具此煎炰烹。柿红蒲萄紫，肴果相扶檠。
芳茶出蜀门，好酒浓且清。何能充欢燕，庶以露厥诚。
昨闻诏书下，权公作邦桢。文人得其职，文道当大行。
阴风搅短日，冷雨涩不晴。勉哉戒徒驭，家国迟子荣。②

从"得生字"可知宴会上是分韵赋诗，房公指房式，是开国重臣房玄龄的后人，时为河南尹。权德舆时为宰相，故曰作邦桢。唐宪宗在位时出现了唐室中兴的局面，天下再度太平，文道大行，河南令韩愈宴饮河南府的秀才，希望荣耀家族效忠国家。

杜牧有一首《兵部尚书席上作》云："华堂今日绮筵开，谁唤分司御史来。偶发狂言惊满坐，三重粉面一时回。"③ 诗为宴席上应景而作，唐人孟棨《本事诗·高逸》记载：杜为御史，分务洛阳，时李司徒罢镇闲居，声伎豪华，为当时第一。洛中名士，咸谒见之。李乃大开筵席，当时朝客高流，无

① （清）徐松撰，李健超增订：《增订唐两京城坊考》，三秦出版社2006年版，第299—304页。
② （唐）韩愈著，屈守元、常思春主编：《韩愈全集校注》元和五年，四川大学出版社1996年版，第527—528页。
③ （唐）杜牧撰，何锡光校注：《樊川文集校注》别集，巴蜀书社2007年版，第1482—1483页。

不臻赴。以杜持宪，不敢邀置。杜遣座客达意，愿与斯会。李不得已，驰书。方对花独酌，亦已酣畅，闻命遽来。时会中已饮酒，女奴百余人，皆绝艺殊色。杜独坐南行，瞪目注视，引满三卮，问李云："闻有紫云者，孰是?"李指示之。杜凝睇良久，曰："名不虚得，宜以见惠。"李俯而笑，诸妓亦皆回首破颜。杜又自饮三爵，朗吟而起曰："华堂今日绮筵开，谁唤分司御史来?忽发狂言惊满座，两行红粉一时回。"意气闲逸，旁若无人。[①] 根据文意，杜牧诗应作于大和九年（835 年）或开成元年（836 年），在洛阳任监察御史分司东都，亦即分司御史之时。李司徒应是李听，《旧唐书》卷一百三十三《李听传》云："九年，改陈许节度，未至镇，复除太子太保分司。开成元年，出为河中尹、河中晋慈隰节度使。四年，以疾求代，除太子太保。是岁十月卒，时年六十一，赠司徒。"[②] 诗题"兵部尚书席上作"，拟为"李司徒席上作"更妥。李听罢镇闲居，声伎豪华，为当时第一，洛中风流名士莫不前往拜访，有一天，李司徒大筵洛中官僚名流，只不敢邀请杜牧，因为他是监察御史，多有不便。不料杜牧听说后，派人转告李司徒说愿意参加宴会，李司徒赶紧补送请帖。正在对花独酌的杜牧，拿到请帖即刻赴宴。酒过三巡，看到有一百多绝艺殊色的歌妓，杜牧问李司徒："谁是紫云?"李司徒指给他后，杜牧注视良久，然后说果然名不虚传，要求赠送给他。李司徒俯首大笑，歌妓们也都回头笑。杜牧旁若无人地又饮酒三杯，即席吟诵了这首诗。可见杜牧确实向来清狂，做官不护细行。

刘禹锡于大和元年（827 年），授主客郎中分司东都，作《洛下初冬拜表有怀上京故人》云："凤楼南面控三条，拜表郎官早渡桥。清洛晓光铺碧簟，上阳霜叶剪红绡。省门簪组初成列，云路鸳鸾想退朝。寄谢殷勤九天侣，枪

---

① 上海古籍出版社编：《唐五代笔记小说大观》下册，上海古籍出版社 2000 年版，第 1247—1248 页。

② （五代）刘昫等：《旧唐书》卷一三三《李听传》，中华书局 1975 年版，第 3685 页。

榆水击各逍遥。”[①] 拜表即上奏章。诗人描写洛阳初冬晨景清冷，抒发了对故人的怀念之情。姚合有《和刘禹锡主客冬初拜表怀上都故人》云：“九陌喧喧骑吏催，百官拜表禁城开。林疏晓日明红叶，尘静寒霜覆绿苔。玉佩声微班始定，金函光动按初来。此时共想朝天客，谢食方从阁里回。”[②] 想象百官上奏章时的景象，不胜感慨。姚合又有《洛下夜会寄贾岛》云：“洛下攻诗客，相逢只是吟。夜觞欢稍静，寒屋坐多深。乌府偶为吏，沧江长在心。忆君难就寝，烛灭复星沉。”[③] 乌府指御史台，汉代长安御史台内多柏树，树上栖宿乌鸦，时人遂以“乌台”或“柏台”，代称御史台。由“乌府偶为吏”，可知姚合当时在洛阳为监察御史分司东都。沧江即长江，此指贾岛，贾岛曾任剑南道东川长江主簿，人称“贾长江”。姚合与贾岛为同年生，诗风相近，史称“姚贾”，两人友善，一同居洛时多有往来。如今又与友人宴会，却不见老朋友，心中思念不已，一夜无眠，作诗以寄。诗人之间的互相应和酬唱，既是情感的交流，也是创作的碰撞，汇聚起来便形成了唐代以诗代言的文学风潮。

隋唐洛阳城浓厚的文化风气，滋养出了文人雍容的闲适风度，相互间的往来唱和应对，引领着都市的文化风尚，是高雅文化的群体象征，尤其是白居易，在洛阳广泛交往各类人物，从在任官员到赋闲居者，以及游访过客，他们意气相投，结伴出行，“洛城内外六七十里间，凡观寺、丘墅，有泉石花竹者，靡不游；人家有美酒、鸣琴者，靡不过；有图书、歌舞者，靡不观”，“每良辰美景，或雪朝月夕，好事者相过，必为之先拂酒罍，次开诗箧”[④]，纵情自娱，释放人性，抒写生命，感慨流年，展现了历史的人文情怀。

---

① （唐）刘禹锡著，卞孝萱校订：《刘禹锡集》卷二十四，中华书局 1990 年版，第 316 页。
② （唐）姚合著，刘衍校：《姚合诗集校考》卷九，岳麓书社 1997 年版，第 117 页。
③ （唐）姚合著，刘衍校：《姚合诗集校考》卷三，岳麓书社 1997 年版，第 40 页。
④ （唐）白居易著，顾学颉校点：《白居易集》卷七十，中华书局 1999 年版，第 1485 页。

第六章　风景名胜的咏叹

许浑《洛阳道中》云："洛阳多旧迹，一日几堪愁。风起林花晚，月明陵树秋。兴亡不可问，自古水东流。"① 张祜《洛中作》云："元和天子昔平戎，惆怅金舆尚未通。尽日洛桥闲处看，秋风时节上阳宫。"② 洛阳的风景名胜可谓多矣，一条洛水，飞架天津，一方邙山，抚慰魂灵，汉魏古城，金谷园林，龙门白居易，千年白马寺，见证了悠悠洛阳城的朝代兴亡史，成为隋唐文人最为钟情的书写对象。

第一节　洛水像天河

有唐一代的诗人最爱洛水，佳词丽句也最多，诸如"清洛像天河，东流形胜多"③、"洛城本天邑，洛水即天池"④、"皇宫对嵩顶，清洛贯城心"⑤、

---

① （唐）许浑撰，罗时进笺证：《丁卯集笺证》卷四，中华书局 2012 年版，第 245 页。

② 《全唐诗》（增订本）卷五百一十一，第 5880 页。

③ （唐）张九龄著，刘斯翰校注：《曲江集》《天津桥东旬宴得歌字韵》，广东人民出版社 1986 年版，第 283 页。

④ 《全唐诗》（增订本）卷一百三十八《储光羲〈送恂上人还吴〉》，第 1406 页。

⑤ （唐）姚合著，刘衍校：《姚合诗集校考》卷八《过天津桥晴望》，岳麓书社 1997 年版，第 104 页。

“洛水春冰开，洛城春水绿”“洛水照千门，千门碧空里”[①] 等，不胜枚举。李世民有《临洛水》云“春搜驰骏骨，总辔俯长河”，春季狩猎，揽缰勒马，驻足洛河，所望见的景色是“霞处流萦锦，风前漾卷罗。水花翻照树，堤兰倒插波”[②]，清风荡漾中，远处飞霞织锦，近处兰树映波。武则天有《唐享昊天乐》《唐大飨拜洛乐章》等篇章，代表了后世帝王对于洛水的感怀和祭拜，《唐享昊天乐·第四》云：“巍巍睿业广，赫赫圣基隆。……铭开武岩侧，图荐洛川中。”[③]《唐大飨拜洛乐章·昭和》云：“九玄眷命，三圣基隆。奉成先旨，明台毕功。宗祀展敬，冀表深衷。永昌帝业，式播淳风。”《唐大飨拜洛乐章·致和》云：“天符既出兮帝业昌，愿临明祀兮降祯祥。”[④] 唐朝建都洛阳，帝业昌盛，皆是洛川神灵的庇佑。白居易《洛川晴望赋》铺写洛水秋日明丽的景色云：“三川浩浩以奔流，双阙峨峨而屹立。飞梁径度，讶残虹之未消；翠瓦光凝，惊宿雨之犹湿。……及夫日色黯黯，寒光荧荧。远水澄碧，群山结青。山水隐映，花气氤冥。”[⑤] 水势汪洋浩大，河桥犹如飞虹，苍茫暮色中，河面荧光闪烁，清澈碧绿，与远处的群山相互掩映，阵阵花香氤氲飘荡，给人以无限遐思。李峤歌颂《洛》水典故云：“元礼期仙客，陈王睹丽人。神龟方锡瑞，绿字重来臻。”[⑥] 诗人将洛水上的三个传说：汉代李膺、郭泰泛舟洛水状貌宛然神仙，洛水神女惹陈思王爱慕，以及神龟负书汇集写来，凸显了洛水丰厚的文化底蕴。

“河出图，洛出书”，洛水的灵异历来为人称颂。《古今图书集成·方舆汇编·职方典·河南府部汇考三·河南府山川考下·偃师县》记载：“洛水入河之处，清浊异流。”袁良谟《洛水赋》描绘洛水两岸生活图景曰“若乃冠盖杂

① 《全唐诗》（增订本）卷一百三十九《储光羲〈洛阳道五首献吕四郎中〉》，第 1417 页。
② 《全唐诗》（增订本）卷一，第 7 页。
③ 《全唐诗》（增订本）卷五，第 54 页。
④ 《全唐诗》（增订本）卷五，第 57 页。
⑤ （唐）白居易著，顾学颉校点：《白居易集》卷十二，中华书局 1979 年版，第 1538—1539 页。
⑥ 《全唐诗》（增订本）卷五十九，第 703 页。

沓，士女骈罗。桥傍天津，看玉虹兮散彩；榔鸣前浦，杂渔父兮棹歌”，一派欣欣向荣的都城繁华景象。洛水又有“祥光表异于洛汭，神龟呈瑞于天中”“元圭负书，洩后天之精华；紫气迎风，开宓妃之帘箔”等洛书、洛神美丽的传说，以故“天子爰择砥柱，眷兹名邦”，“躬沐盛治，遥溯成康。喜周疆之波静，为临流而击壤”[①]，帝王皆钟情选择于此为都。全文将洛水、洛都、景观、人文融于一体，夸耀洛水之灵异神奇。神龟洛书是洛水灵异的象征，后世不乏颂扬之作，唐人萧昕、郭邕、张钦敬、叔孙玄观等，皆有《洛出书》同题诗作。萧昕诗云：“海内昔凋瘵，天网斯浡潏。龟灵启圣图，龙马负书出。大哉明德盛，远矣彝伦秩。地敷作乂功，人免为鱼恤。既彰千国理，岂止百川溢。永赖至于今，畴庸未云毕。”[②] 郭邕诗云：“德合天贶呈，龙飞圣人作。光宅被寰区，图书荐河洛。象登四气顺，文辟九畴错。氤氲瑞彩浮，左右灵仪廓。微造功不宰，神行利攸博。一见皇家庆，方知禹功薄。”[③] 张钦敬诗云：“浮空九洛水，瑞圣千年质。奇象八卦分，图书九畴出。含微卜筮远，抱数阴阳密。中得天地心，傍探鬼神吉。昔闻夏禹代，今献唐尧日。谬此叙彝伦，寰宇贺清谧。”[④] 叔孙玄观诗云：“清洛含温溜，玄龟荐宝书。波开绿字出，瑞应紫宸居。物著群灵首，文成列卦初。美珍翔阁凤，庆迈跃舟鱼。俾姒惟何远，休皇复在诸。东都主人意，歌颂望乘舆。”[⑤] 以上诗作皆围绕神龟献书、禹作《洪范》九畴、吉祥瑞兆相应帝王功德等进行书写，体现了“洛书”盛世文化价值心理的广泛影响。

洛水变温亦是洛水天人相应的奇异写照，往往受到文人的赞叹和美饰，唐代郑宗哲的《温洛赋》即认为：“惟上天降厥瑞，瑞著于川。惟君人临厥

---

① 《河南府志》卷五十九，转引自马积高、叶幼明主编《历代词赋总汇》（清代卷），湖南文艺出版社2014年版，第10642—10643页。

② 《全唐诗》（增订本）卷一百五十八，第1619页。

③ 《全唐诗》（增订本）卷七百八十，第8908页。

④ 《全唐诗》（增订本）卷七百八十，第8908页。

⑤ 《全唐诗》（增订本）卷七百八十，第8909页。

圣，圣通于天。由盛德之应矣，化清洛之温然。”赋中描写温洛的情景是“狎而玩，信温温以异流；迫而观，亦滔滔以难量。其外也皎兮如镜，其中也煦然如春”，或把玩，或观赏，洛水的温暖真切实在，以至于“夏虫不疑，失轻冰于曲渚；秋鸿欲去，恋微暖于通津”，借虫鸟的自然表现征实人的感受，活泼生趣。温洛呈祥的原因则是“兹水也有时而温，由一人之德盛”，歌颂天子盛德，正如“霁日初悬，似阳燧之藏深濑；红霞不散，若阴火之在空波”①，促成了洛水变温，顺应了天地大道。“洛书”是洛水的文化符号，“温洛”是洛水感应的象征，洛水因此具有了灵异的性情。

洛水中“洛神”的故事人尽皆知，“洛神”的离思恩怨众说纷纭。李白的《感兴》八首之二《洛浦有宓妃》是漫步洛滨所作，首云“洛浦有宓妃，飘飖雪争飞。轻云拂素月，了可见清辉”，洛水女神宓妃，体态轻盈洁白如雪，飞翔旋舞似云拂清月，光辉了然可见。继云“解珮欲西走，含情讵相违？香尘动罗袜，渌水不沾衣”，巧妙运用《洛神赋》的文句“愿诚素之先达兮，解玉珮以要之”和“体迅飞凫，飘忽若神。陵波微步，罗袜生尘”，暗喻人神相悦。结尾云“陈王徒作赋，神女岂同归？好色伤大雅，多为世所讥”②，认为神女并不会因为陈王作赋而随其同归，陈王之作有好色之嫌，实在不雅，免不了为人讥讽，显示了李白与众不同的见识。旧说曹植《洛神赋》乃为他所喜欢的甄氏而作，李白所论应是有所针对而言的。元代萧士赟《分类补注李太白诗》评曰：“宓妃，宓羲氏之女，溺洛水为神。陈思王曹植作《洛神赋》咏之曰……《高唐》、《神女》二赋乃宋玉寓言以成其文章。《洛神赋》则子建拟之而作。后世之人如痴子听人说梦，以为诚有是事，至为传奇以实之。惟太白知其托词，而讥其伤大雅，可谓识见高远者矣。”③ 刘沧《洛神怨》、

① 《全唐文》卷九百五十八，第5880页。

② （唐）李白著，（清）王琦注，郁贤皓校注：《李太白全集校注》卷二十一，凤凰出版社2015年版，第3056—3057页。

③ （唐）李白撰，（宋）杨齐贤集注，（元）萧士赟补注：《分类补注李太白诗》卷二十四，北京图书馆出版社2003年版，第497页。

唐彦谦《洛神》皆与李白同调，刘沧《洛神怨》云："子建东归恨思长，飘飖神女步池塘。云鬟高动水宫影，珠翠乍摇沙露光。心寄碧沉空婉恋，梦残春色自悠扬。停车绮陌傍杨柳，片月青楼落未央。"① 洛神固然摇曳多姿，美态顾盼引人，而终究不属于人间凡俗，曹子建眷恋神女，只能是春梦一场，空留无尽遗憾。唐彦谦《洛神》云："人世仙家本自殊，何须相见向中途？惊鸿瞥过游龙去，漫恼陈王一事无。"② 人神本不相类，神女空惹陈王一番爱慕。宋人刘克庄《后村诗话·前集》论曰："《洛神赋》，子建寓言也。好事者乃造甄后事以实之，使果有之，当见诛于黄初之朝矣。唐彦谦云：'惊鸿瞥过游龙去，虚恼陈王一事无。'似为子建分疏者。"③ 亦为一说吧。

第二节　独上洛阳桥

洛水上的天津桥，"桥号天津，名实帝道"④，隋炀帝迁都洛阳后，引洛水灌都，形成天汉之象，建天津浮桥，以大船维舟，铁锁钩连，畅通南北，夹路对起四楼，为日月表胜之象。为便利楼船通过，桥体可以自由开合，桥北对应皇城端门，桥南连接定鼎门大街，煞是气派。隋末瓦岗军攻打洛阳时，李密下令放火烧毁了天津桥。唐贞观十四年（640 年），建为石桥，武则天时予以改造，玄宗开元二十年（732 年），又进行大规模改建，成了多孔圆弧的弓形石拱桥，全长三百步（约 500 米），宽二十多步（约 30 米），亦称洛阳桥。桥上建有表柱和亭子，桥两端设置集市和酒楼，"天津晓月"的风景最为人所称道。李益《上洛桥》云："何堪好风景，独上洛阳桥。"⑤ 刘希夷《公子行》云："天津桥下阳春水，天津桥上繁华子。马声回合青云外，人影动摇

---

① 《全唐诗》（增订本）卷五百八十六，第 6856 页。
② 《全唐诗》（增订本）卷六百七十二，第 7748 页。
③ （宋）刘克庄撰，王秀梅点校：《后村诗话》卷一，中华书局 1983 年版，第 11 页。
④ 《全唐文》卷八百五十六《卢损〈陈五事疏〉》，第 5296 页。
⑤ 《全唐诗》（增订本）卷二百八十三，第 3218 页。

绿波里。”[①] 天津桥上一年四季都有好景，是洛阳城里的知名去处，白居易描写天津桥的诗最多，其《天津桥》云：

津桥东北斗亭西，到此令人诗思迷。
眉月晚生神女浦，脸波春傍窈娘堤。
柳丝袅袅风缫出，草缕茸茸雨剪齐。
报道前驱少呼喝，恐惊黄鸟不成啼。[②]

桥东北的斗亭，适宜观景，令人诗思着迷，月照水上，波光粼粼，柳丝如风缫，绿草似雨剪，黄鸟鸣其间，行人留恋驻足不前。又《晓上天津桥闲望偶逢卢郎中张员外携酒同倾》云：“上阳宫里晓钟后，天津桥头残月前。空阔境疑非下界，飘飖身似在寥天。星河隐映初生日，楼阁葱茏半出烟。此处相逢倾一盏，始知地上有神仙。”[③] 破晓之际，望月听钟，境界辽阔，如仙人一般飘飘欲飞。白居易对天津桥的春天最有感触，如《早春晚归》云：“晚归骑马过天津，沙白桥红返照新。草色连延多隙地，鼓声闲缓少忙人。还如南国饶沟水，不似西京足路尘。金谷风光依旧在，无人管领石家春。”[④]《春尽日天津桥醉吟偶呈李尹侍郎》云：“宿雨洗天津，无泥未有尘。初晴迎早夏，落照送残春。兴发诗随口，狂来酒寄身。水边行嵬峨，桥上立逡巡。疏傅心情老，吴公政化新。三川徒有主，风景属闲人。”[⑤]《和友人洛中春感》云：“莫悲金谷园中月，莫叹天津桥上春。若学多情寻往事，人间何处不伤神。”[⑥]《杨柳枝词八首》之二云：“陶令门前四五树，亚夫营里百千条。何似东都正二月，黄金枝映洛阳桥。”[⑦] 从早春到暮春，美丽的春景引发了诗人几多感怀。白居易之外其他诗人也对“天津桥”喜爱有加，阎德隐《三月歌》云：

---

① 《全唐诗》（增订本）卷八十二，第883页。
② （唐）白居易著，谢思炜校注：《白居易诗集校注》卷二十八，中华书局2017年版，第2221页。
③ （唐）白居易著，谢思炜校注：《白居易诗集校注》卷三十二，中华书局2017年版，第2446页。
④ （唐）白居易著，谢思炜校注：《白居易诗集校注》卷二十三，中华书局2017年版，第1852页。
⑤ （唐）白居易著，谢思炜校注：《白居易诗集校注》卷三十三，中华书局2017年版，第2509页。
⑥ （唐）白居易著，谢思炜校注：《白居易诗集校注》卷十三，中华书局2017年版，第1011页。
⑦ （唐）白居易著，谢思炜校注：《白居易诗集校注》卷三十一，中华书局2017年版，第2415页。

洛阳城路九春衢，洛阳城外柳千株。

能得来时作眼觅，天津桥侧锦屠苏。①

天子之屋曰锦屠苏，意指宫殿。洛阳城大道纵横交错，街市繁华，春景秀丽，引人注目。大和五年（831年），雍陶在洛阳，作《天津桥望春》云：“津桥春水浸红霞，烟柳风丝拂岸斜。翠辇不来金殿闭，宫莺衔出上阳花。”② 美好的景色反而触发出了悲绪情怀，念盛世不再，叹宫阙凌乱。美丽的天津桥也承载了恋人的相思情感，苏颋《长相思》云：“君不见天津桥下东流水，南望龙门北朝市。杨柳青青宛地垂，桃红李白花参差。花参差，柳堪结，此时忆君心断绝。”③ 诗人借乐府民歌旧题，抒发相思之苦，用流水有情，春光明媚，衬托人的孤独寂寞，以乐写哀，情意真切。

天津桥的冬天别是一番景象，顾非熊《天津桥晚望》云：“晴登洛桥望，寒色古槐稀。流水东不息，翠华西未归。云收中岳近，钟出后宫微。回首禁门路，群鸦度落晖。”④ 站立洛桥上远望，所见景色清寒冷落，皇帝西归不再幸洛，嵩山高耸，钟声微弱，落日余晖中群鸦飞进皇宫。孟郊《洛桥晚望》云：

天津桥下冰初结，洛阳陌上人行绝。

榆柳萧疏楼阁闲，月明直见嵩山雪。⑤

冰雪、月光融为一体，远望直达嵩岳。阎济美《天津桥望洛城残雪》云：“新霁洛城端，千家积雪寒。未收清禁色，偏向上阳残。”⑥ 白居易《雪后早过天津桥偶呈诸客》云：“官桥晴雪晓峨峨，老尹行吟独一过。紫绶相辉应不恶，白须同色复如何。悠扬短景凋年急，牢落衰情感事多。犹赖洛中饶醉客，时

---

① 《全唐诗》（增订本）卷七百七十三，第8852页。
② 《全唐诗》（增订本）卷五百一十八，第5969页。
③ 《全唐诗》（增订本）卷七十三，第797页。
④ 《全唐诗》（增订本）卷五百〇九，第5825页。
⑤ （唐）孟郊著，郝世峰笺注：《孟郊诗集笺注》卷五，河北教育出版社2002年版，第220页。
⑥ 《全唐诗》（增订本）卷二百八十一，第3192页。

时？我唤笙歌。”[①] 姚合《过天津桥晴望》云：“闲立津桥上，寒光动远林。皇宫对嵩顶，清洛贯城心。雪路初晴出，人家向晚深。自从王在镐，天宝至如今。”[②] 三人诗皆是描写雪后的清冷，雪景的萧飒，独立桥上，目游神思，禁不住怀念皇帝在洛阳的美好时光。许浑《洛中游眺贻同志》云：“康衢一望通，河洛正天中。楼势排高凤，桥形架断虹。远山晴带雪，寒水晚多风。几日还携手，乌鸣花满宫。”《丁卯集笺注》卷二评曰：“此咏洛中时景以见志也。洛阳为天下之中，楼形拟凤，桥势垂虹，壮丽可望；远山带雪，寒水多风，山水可望。皆以‘一望’得之。”[③] 诗中“桥形架断虹”即写天津桥，远望如彩虹飞架洛水。许浑又有《十二月拜起居表回》云：“一章西奏拜仙曹，回马天津北望劳。寒水欲春冰彩薄，晓山初霁雪峰高。楼形向日攒飞凤，宫势凌波压抃鳌。空锁烟霞绝巡幸，周人谁识郁金袍。”[④] 大中六年（852 年），许浑以虞部员外郎请疾分司东都，按唐制，分司官每月必须拜表起居，起居表就是向皇帝问安致祝福的文表，许浑的《中秋日拜起居表，晨渡天津桥即事十六韵，献居守相国崔公兼呈工部刘公》云“月拜西归表，晨趋北向班”[⑤]，也是上朝拜表起居。由于天津桥是入朝路上的必经之地，所以许浑多次写到天津桥的景色。

天津桥下水东流，天津桥上人匆行，有一少年引起了轰动，前引李白《洛阳陌》云：“白玉谁家郎，回车渡天津。看花东陌上，惊动洛阳人。”[⑥] 原来是英俊美男白玉郎，经过天津桥去东陌赏花，引起了洛阳人的惊异关注。

---

① （唐）白居易著，谢思炜校注：《白居易诗集校注》卷二十八，中华书局 2017 年版，第 2234 页。

② （唐）姚合著，刘衍校：《姚合诗集校考》卷八，岳麓书社 1997 年版，第 104 页。

③ （唐）许浑撰，罗时进笺证：《丁卯集笺证》卷一，中华书局 2012 年版，第 30 页。

④ （唐）许浑撰，罗时进笺证：《丁卯集笺证》卷七，中华书局 2012 年版，第 440 页。

⑤ （唐）许浑撰，罗时进笺证：《丁卯集笺证》卷十二，中华书局 2012 年版，第 780 页。《全唐诗》（增订本）卷五百二十六为杜牧诗。

⑥ （唐）李白著，（清）王琦注，郁贤皓校注：《李太白全集校注》卷四，凤凰出版社 2015 年版，第 630 页。

李白又有《古风》五十九首，其十六云：

天津三月时，千门桃与李。朝为断肠花，暮逐东流水。
前水复后水，古今相续流。新人非旧人，年年桥上游。

鸡鸣海色动，谒帝罗公侯。月落西上阳，余晖半城楼。
衣冠照云日，朝下散皇州。鞍马如飞龙，黄金络马头。
行人皆辟易，志气横嵩丘。

入门上高堂，列鼎错珍馐。香风引赵舞，清管随齐讴。
七十紫鸳鸯，双双戏庭幽。行乐争昼夜，自言度千秋。

功成身不退，自古多愆尤。黄犬空叹息，绿珠成衅仇。
何如鸱夷子，散发棹扁舟。①

开元二十二年（734年）正月己丑，唐玄宗幸东都，百官都在洛阳上朝。李白春游天津桥，有感而发，所叙百官上朝下朝情景，以及志得气扬享乐挥霍等，可谓实录。第一段写景，阳春三月，天津桥千家万户桃李盛开艳丽动人，但朝荣暮谢不能长久，感叹流水古今相续，而游人今人非旧人，深叹人生何其短暂。第二段描写公侯们鸡鸣即上朝，月亮从西上阳宫落下来，余光照在城楼上，百官日落散朝时，马若飞龙，吓得行人唯恐躲避不及，气势甚是嚣张。第三段暴露权贵们在家中奢侈享乐，吃着山珍海味，玩着赵舞齐讴，香风阵阵管乐清奏，犹如鸳鸯游戏幽庭，自以为昼夜享乐可以万年。第四段用李斯、石崇的悲剧下场与范蠡功成身退的逍遥自在加以对照，讽刺权贵们贪得无厌。唐汝询《唐诗解》卷三论曰："此叹在朝之臣持爵禄而不能退，终以取祸也。首以桃李为比，见荣华之易尽；次以流水起兴，见人代之数更。于是历叙权

---

① （唐）李白著，（清）王琦注，郁贤皓校注：《李太白全集校注》卷一，凤凰出版社2015年版，第59—60页。

贵豪奢之事，因言彼方溺于富贵之乐，自谓身可永存，不知功成不退，未有不遭罪累者，李斯、石崇之祸可鉴也，岂若范蠡之乘扁舟耶？”① 全诗将描写叙述用典融合一起，挥洒流畅，寓意丰厚，讽刺意味深长。李白对天津桥的印象还有桥南的董家酒楼，《忆旧游寄谯郡元参军》云：

忆昔洛阳董糟丘，为余天津桥南造酒楼。
黄金白璧买歌笑，一醉累月轻王侯。
海内贤豪青云客，就中与君心莫逆。
回山转海不作难，倾情倒意无所惜。

我向淮南攀桂枝，君留洛北愁梦思。
不忍别，还相随。
相随迢迢访仙城，三十六曲水回萦。
……
言亦不可尽，情亦不可极。
呼儿长跪缄此辞，寄君千里遥相忆。②

谯郡即亳州，天宝元年改为谯郡，乾元元年又改回亳州，唐代属河南道，今安徽亳州市。元参军即元演，是李白的好友。李白以浓墨重彩铺写两人的交情，先追忆在洛阳豪饮酣乐的放纵生活，结交贤士，与元演成为莫逆之交。想当年首次相遇在天津桥头的董家酒楼，一见如故，意气相倾，累月欢饮，友谊汪洋恣肆。后来两人义气追随，四次相会，四次分别，感情炽烈，思念不已，因此作诗以寄。张九龄曾作《天津桥东旬宴得歌字韵》云：

清洛象天河，东流形胜多。
朝来逢宴喜，春尽却妍和。

① （明）唐汝询选释，王振汉点校：《唐诗解》，河北大学出版社 2001 年版，第 56 页。
② （唐）李白著，（清）王琦注，郁贤皓校注：《李太白全集校注》卷十一，凤凰出版社 2015 年版，第 1619、1621、1628 页。

泉鲔欢时跃，林莺醉后歌。

赐恩频若此，为乐奈人何。[1]

洛水流经洛阳城有天汉之象，穿城而过形成许多美景。当时百官每十天放假，群臣在天津桥东举行旬宴分韵赋诗，张九龄得歌字韵，宴席上吃的是洛水中的金枪鱼，歌颂皇恩浩荡。则天武后朝时，天津桥还走过一位才子诗人崔湜，宋人张表臣《珊瑚钩诗话》卷三云：

"春回上林苑，花满洛阳城。"崔湜诗也。湜弱冠登科，不十年掌贡举。父揖，同省为侍郎。及登宰辅，始三十有七，容止端雅，文辞清丽。尝暮出端门，下天津桥，马上吟此句。时张说为工部侍郎，望之杳然而叹曰："此句可效，此位可得，其年不可及也。"[2]

崔湜的才气风度简直使人嫉妒，当时的文豪张说，望着儒雅的崔湜由相府退朝出端门回私宅，立马天津桥上从容赋诗，不无羡慕地感叹，年轻真是好啊！

洛阳桥曾经战火洗礼，历尽磨难，刘叉《天津桥》云："洛阳宫阙照天地，四面山川无毒气。谁令汉祖都秦关，从此奸雄转相炽。"[3] 洛阳都城为兵家必争之地，南北来往天津桥总是要冲。冯著《洛阳道》云："洛阳宫中花柳春，洛阳道上无行人。皮裘毡帐不相识，万户千门闭春色。春色深，春色深，君王一去何时寻。春雨洒，春雨洒，周南一望堪泪下。蓬莱殿中寝胡人，鸩鹊楼前放胡马。闻君欲行西入秦，君行不用过天津。天津桥上多胡尘，洛阳道上愁杀人。"[4] "洛阳道"是乐府旧题，唐人多用以写新意。胡人皮裘毡帐横行于天津，烧杀抢掠制造恐怖。天宝十四载（755 年）十二月，安禄山叛军攻陷洛阳，此后洛阳城走向衰败，冯著时任洛阳尉，亲历战乱，写来格外真切。李白《扶风豪士歌》亦是描写安史之乱的名篇，诗云：

---

① （唐）张九龄著，刘斯翰校注：《曲江集》，广东人民出版社 1986 年版，第 283 页。

② （宋）张表臣编：《珊瑚钩诗话》，中华书局 1985 年版，第 22 页。

③ 《全唐诗》（增订本）卷三百九十五，第 4459 页。

④ 《全唐诗》（增订本）卷二百一十五，第 2248 页。

洛阳三月飞胡沙，洛阳城中人怨嗟。
天津流水波赤血，白骨相撑如乱麻。
我亦东奔向吴国，浮云四塞道路赊。

东方日出啼早鸦，城门人开扫落花。
梧桐杨柳拂金井，来醉扶风豪士家。

扶风豪士天下奇，意气相倾山可移。
作人不倚将军势，饮酒岂顾尚书期。
雕盘绮食会众客，吴歌赵舞香风吹。

原尝春陵六国时，开心写意君所知。
堂中各有三千士，明日报恩知是谁。

抚长剑，一扬眉，清水白石何离离！
脱吾帽，向君笑；饮君酒，为君吟。
张良未逐赤松去，桥边黄石知我心。①

洛阳失守陷入胡人之手后，安禄山称帝洛阳，百姓遭遇战乱不幸，纷纷逃难，李白避乱来到吴地，相遇侠义之士。东南一隅相对安宁，日出鸦啼，城门洞开，杨柳金井，人扫落花，一幅安详太平景象。扶风豪士不倚权势，热情好客，盛宴款待，诗人却抚长剑意难平，愿以天下为己任，为帝国建功立业。末句调笑入神，可谓太白真处，常人不可及。戎昱《相和歌辞·苦哉行五首》原注云："宝应中过滑州、洛阳后同王季友作。"诗云：

彼鼠侵我厨，纵狸授粱肉。鼠虽为君却，狸食自须足。

---

① （唐）李白著，（清）王琦注，郁贤皓校注：《李太白全集校注》卷五，凤凰出版社 2015 年版，第 819 页。

冀雪大国耻，翻是大国辱。膻腥逼绮罗，砖瓦杂珠玉。
登楼非骋望，目笑是心哭。何意天乐中，至今奏胡曲。

官军收洛阳，家住洛阳里。夫婿与兄弟，目前见伤死。
吞声不许哭，还遣衣罗绮。上马随匈奴，数秋黄尘里。
生为名家女，死作塞垣鬼。乡国无还期，天津哭流水。

登楼望天衢，目极泪盈睫。强笑无笑容，须妆旧花靥。
昔年买奴仆，奴仆来碎叶。岂意未死间，自为匈奴妾。
一生忽至此，万事痛苦业。得出塞垣飞，不如彼蜂蝶。

妾家青河边，七叶承貂蝉。身为最小女，偏得浑家怜。
亲戚不相识，幽闺十五年。有时最远出，只到中门前。
前年狂胡来，惧死翻生全。今秋官军至，岂意遭戈鋋。
匈奴为先锋，长鼻黄发拳。弯弓猎生人，百步牛羊膻。
脱身落虎口，不及归黄泉。苦哉难重陈，暗哭苍苍天。

可汗奉亲诏，今月归燕山。忽如乱刀剑，搅妾心肠间。
出户望北荒，迢迢玉门关。生人为死别，有去无时还。
汉月割妾心，胡风凋妾颜。去去断绝魂，叫天天不闻。①

"苦哉行"为乐府旧题，盖苦天下征伐也。诗人用彼鼠借喻安史叛军，用膻腥指回纥官兵，因为回纥少数民族多食牛羊肉。全诗记载经过洛阳等地所见所闻，前年是狂胡之兵，今秋是叛乱官军。"宝应中"应是宝应元年（762 年）冬，朝廷官军再次收复洛阳，不料官军中的回纥兵趁机劫掠，"名家女"被迫

① （唐）戎昱著，臧维熙注：《戎昱诗注》，上海古籍出版社 1982 年版，第 3—7 页。

“上马随匈奴”流落，遥望乡国归期无日，弱小女子遭遇摧残，令天津桥下的洛水为之哭泣。窦巩《洛中即事》云：“高梧叶尽乌巢空，洛水潺湲夕照中。寂寂天桥车马绝，寒鸦飞入上阳宫。”① 夕阳中洛水潺潺，天津桥上空阔落寞，梧桐树上空巢欲坠，上阳宫中寒鸦哀鸣，莫不是唐朝衰落的征象。

一座天津桥，千年话不尽，春秋故事悠悠传。

第三节　待月魏王堤

魏王堤，或曰魏王池，或称洛堤，也是洛阳都城繁盛之时的美好风景，《大明一统志》卷二十九《河南府》云：“魏王池，在洛阳县，洛水溢为池，为都城之胜。唐贞观中，以赐魏王泰，故名。”② 清人徐松《唐两京城坊考》卷五《东京·外郭城》云：“定鼎门街东第三街……半已西道术坊。隋炀帝多忌恶，五行、占候、卜筮、医药者皆追集东都，置此坊，遣使检察，不许出入。时改诸坊为里，以此偏居里外，既技艺所聚，谓之道术坊。唐贞观中并坊地以赐魏王泰，泰为池弥广数顷，号魏王池。泰死后立为道术坊，分给居人。神龙中并入惠训坊，尽为长宁公主第。开元初复旧。”③ 李世民儿子魏王李泰所筑魏王池，与洛水间有堤岸相隔，故又称魏王堤，为当时洛阳的名胜。

白居易笔下的魏王堤总是惹人怜爱，其《魏王堤》云：“花寒懒发鸟慵啼，信马闲行到日西。何处未春先有思，柳条无力魏王堤。”④ 元和四年（809年）春，白居易任太子宾客分司在洛阳，春游魏王堤，“岁暮凄寒，鸟慵花懒。斜日西沉之际，在魏王堤上，信马行吟。其时春气已萌，虽枯干萧森，而堤柳已含有回青润意，万缕垂垂。自来诗家，鲜有咏及者。乐天以‘无力’

① 《全唐诗》（增订本）卷二百七十一，第3045页。

② （明）李贤等重修：《大明一统志》，明天顺五年（1461年）内府刊本，第10页。

③ （清）徐松撰，李健超增订：《增订唐两京城坊考》，三秦出版社2006年版，第299—307页。

④ （唐）白居易著，谢思炜校注：《白居易诗集校注》卷二十八，中华书局2017年版，第2181页。

二字，状柳意之含春，与刘梦得之‘秋水清无力’状水势之衰，皆体物之工者。”① 魏王堤上柳条虽无力，却已透出春意，使人感奋。大和五年（831年），白居易又作《魏堤有怀》云：

魏王堤下水，声似使君滩。
惆怅回头听，踌躇立马看。
荡风波眼急，翻雪浪心寒。
忆得瞿唐事，重吟行路难。②

诗人立马踯躅，观澜听水，意绪难平，良多感慨。

魏王堤也是唐人上巳节游赏的好去处，开成二年（837年）三月三日上巳节，河南尹李珏发起了一次大型洛滨祓禊活动，白居易于宴会上即席赋诗并序云：“一十五人，合宴于舟中。由斗亭，历魏堤，抵津桥，登临溯沿，自晨及暮，簪组交映，歌笑间发，前水嬉而后妓乐，左笔砚而右壶觞，望之若仙，观者如堵。尽风光之赏，极游泛之娱。”“转岸回船尾，临流簇马蹄。闹于扬子渡，踏破魏王堤。”③ 刘禹锡《三月三日与乐天及河南李尹，奉陪裴令公泛洛禊饮，各赋十二韵》亦云：“川色晴犹远，鸟声莫欲栖。唯余踏青伴，待月魏王堤。”④ 魏王堤上人流不息，可见风景非常诱人。

唐僖宗中和二年（882年），晚唐诗人韦庄寓居洛阳，作《菩萨蛮·洛阳城里春光好》云：“洛阳城里春光好，洛阳才子他乡老。柳暗魏王堤，此时心转迷。桃花春水渌，水上鸳鸯浴。凝恨对斜晖，忆君君不知。”⑤ 面对东都洛阳的游览胜景魏王堤，一个“暗”字，写出了今不如昔的感喟，道出了失意

---

① 俞陛云：《诗境浅说》（续编），北京出版社2011年版，第214页。
② （唐）白居易著，谢思炜校注：《白居易诗集校注》卷二十五，中华书局2017年版，第2025页。
③ （唐）白居易著，谢思炜校注：《白居易诗集校注》卷三十三，中华书局2017年版，第2547页。
④ （唐）刘禹锡著，卞孝萱校订：《刘禹锡集》卷三十四，中华书局1990年版，第487页。
⑤ （唐）韦庄著，聂安福笺注：《韦庄集笺注》浣花词，上海古籍出版社2002年版，第415—416页。

士人的胸中块垒。韦庄又有《中渡晚眺》云：

> 魏王堤畔草如烟，有客伤时独扣舷。
> 妖气欲昏唐社稷，夕阳空照汉山川。
> 千重碧树笼春苑，万缕红霞衬碧天。
> 家寄杜陵归不得，一回回首一潸然。①

“妖气欲昏唐社稷”当指黄巢军攻占京城，诗人横渡洛水，击船歌吟，叹夕阳，伤时乱，回首泪流满面。

魏王堤上最风流的人物当属上官仪，唐人刘餗《隋唐嘉话》卷中记载：“高宗承贞观之后，天下无事。上官侍郎仪独持国政。尝凌晨入朝，巡洛水堤，步月徐辔，咏诗云：‘脉脉广川流，驱马历长洲。鹊飞山月晓，蝉噪野风秋。’音韵清亮。群公望之，犹神仙焉。”② 可见上官仪何等为时人所仰慕。唐高宗朝都洛阳时，上官仪为光禄大夫、西台侍郎，擅长五言诗，工于格律，应制奉和之作绮丽婉媚，有“上官体”之称。上官仪的《入朝洛堤步月》诗，描写了当时百官上朝时在皇城外等候的情景，因为居住在洛南，所以披星戴月赶早朝。上官仪位处至尊，姿态优雅，悠然自得，风仪可嘉。郭良《早行》云：“早行星尚在，数里未天明。不辨云林色，空闻风水声。月从山上落，河入斗间横。渐至重门外，依稀见洛城。”③ 写出了人们进入洛阳城，踏星望月，起早赶路的匆忙之情。

第四节　端门五凤楼

五凤楼为洛阳宫城端门上的五座楼，正对皇宫，是登高远望的好去处，

① （唐）韦庄著，聂安福笺注：《韦庄集笺注》卷三，上海古籍出版社 2002 年版，第 119—120 页。

② 上海古籍出版社编：《唐五代笔记小说大观》上册，上海古籍出版社 2000 年版，第 105 页。

③ 《全唐诗》（增订本）卷二百〇三，第 2122 页。

宋代以后毁坏。大和六年（832年）八月十日，白居易作《五凤楼晚望》云：“晴阳晚照湿烟销，五凤楼高天沉寥。野绿全经朝雨洗，林红半被暮云烧。龙门翠黛眉相对，伊水黄金线一条。自入秋来风景好，就中最好是今朝。”① 白居易在洛阳时遍游洛城，秋日登上五凤楼观景，一览无余：北面宫殿巍峨高耸，亭台楼阁金碧辉煌，西看上阳宫洛水穿流花木葱茏，南望天津桥上车水马龙，远处伊水龙门如画，东面则是坊里街区布划如棋，市场热闹繁荣。鲍溶《洛阳春望》写登五凤楼所见云：

五凤楼南望洛阳，龙门回合抱苍苍。
受朝前殿云霞暖，封岳行宫草木香。
四海为家知德盛，二京有宅卜年长。
东人犹忆时巡礼，愿觐元和日月光。②

春天登上五凤楼远眺，南望洛阳龙门，山势迂回，山色如黛，回想则天武后登封嵩岳，建都洛阳，颇有盛德，盼望中兴的宪宗皇帝东巡洛阳。

《洛城五凤楼中歌》是两句谶言，云：“天津桥畔火光起，魏王堤上看洪水。”③ 诗前小序记曰：“咸通四年秋，洛中大水，飘溺尤甚。先是，皇城守阍者，白昼闻五凤楼中有人歌云云。时郑相国涯留守洛师，谓阍者为妖妄。经月余，有遗烛烬天津桥者，烧其半。未几，水灾，魏王与月波二堤俱坏。乃明阍者之言。”唐人康骈《剧谈录》卷上《洛中大水》记载：

咸通四年秋，洛中大水，苑囿庐舍，靡不淹没。厥后，香山寺僧云：“其日将暮，见暴水自龙门川北下，有如决江海，鼓怒之间，殷若雷震，有二黑牛出于水上，掉尾跃空而进。众僧与居人凭高望之，谓城中悉为鱼矣。俄见定鼎、长夏二门，阴曀忽开，亦有青牛奋跃而出，相去约有百步，黑牛奔走而回，向之怒浪惊澜，翕然遂

① （唐）白居易著，谢思炜校注：《白居易诗集校注》卷二十六，中华书局2017年版，第2105页。
② 《全唐诗》（增订本）卷四百八十六，第5555页。
③ 《全唐诗》（增订本）卷八百七十五，第9973页。

> 低数丈。是夕飘溺尤甚，京邑遂至萧条。十余年间，尚未完葺。先是，皇城守阍者，白昼闻五凤楼中有人歌云："天津桥畔火光起，魏王堤上看洪水。"时郑相国涯留守洛师，闻之，以为妖妄。经月余，从事宴罢夜归，执烛者有火烬遗落，骑从才过，烟焰已高，救之不及，遂烧其半。及潦将兴，谷洛先涨，魏王与月波二堤俱坏，乃明阍者之言。[①]

咸通四年（863 年），皇宫守门人白天听到有人在五凤楼唱歌谣，说是天津桥畔火光起，魏王堤上看洪水，守门人预感到要遭遇水火灾祸，便报告给留守洛阳的郑涯，郑涯不以为然，说这是妖言，不料后来果然发生水灾火患，才明白不是妄言，历来被认为是直言谶谣。徐凝《洛城秋砧》云："三川水上秋砧发，五凤楼前明月新。谁为秋砧明月夜，洛阳城里更愁人。"[②] 李白《古风》五十九首其四十六云："一百四十年，国容何赫然。隐隐五凤楼，峨峨横三川。"[③] 唐朝自建国一百多年来，国家强盛显耀，五凤楼高大深邃，远望隐约可见。两诗人都写到了五凤楼和三川，皆是洛阳城的典型景物。

唐玄宗曾敕令于五凤楼大宴天下，开元二十三年（735 年），唐玄宗在东都，《新唐书》卷一百九十四《元德秀传》云玄宗："酺五凤楼下，命三百里县令、刺史各以声乐集。是时颇言帝且第胜负，加赏黜。河内太守辇优伎数百，被锦绣，或作犀象，瑰谲光丽。德秀惟乐工数十人，联袂歌《于蔿于》。《于蔿于》者，德秀所为歌也。帝闻，异之，叹曰：贤人之言哉！"[④]《资治通鉴》卷二百一十四记载：开元二十三年（735 年），"上御五凤楼酺宴，观者喧隘，乐不得奏，金吾白梃如雨，不能遏；上患之"[⑤]。可见五凤楼也是举行

---

① 上海古籍出版社编：《唐五代笔记小说大观》下册，上海古籍出版社 2000 年版，第 1476—1477 页。

② 《全唐诗》（增订本）卷四百七十四，第 5417 页。

③ （唐）李白著，（清）王琦注，郁贤皓校注：《李太白全集校注》卷一，凤凰出版社 2015 年版，第 147 页。

④ （宋）欧阳修、宋祁：《新唐书》卷一百九十四《元德秀传》，中华书局 1975 年版，第 5564 页。

⑤ （宋）司马光编著：《资治通鉴》卷二百一十四《唐纪三十》，中华书局 1956 年版，第 6810 页。

重大活动的地方，地位极其重要。

此外，晚唐曹邺提到的《四望楼》也非同一般，诗云：

背山见楼影，应合与山齐。
座上日已出，城中未鸣鸡。
无限燕赵女，吹笙上金梯。
风起洛阳东，香过洛阳西。
公子长夜醉，不闻子规啼。①

曹邺自注曰："楼在洛阳东，今废。秦时有贵公子贾虚每日宴其上。"四望楼在洛阳东，极其高峻，"座上日已出，城中未鸣鸡"。诗人笔触惊人神来，"风起洛阳东，香过洛阳西"。描写豪华安乐细致入微，"公子长夜醉，不闻子规啼"。四望楼上曾经的峥嵘，已化成了烟云。

洛阳著名的寺庙楼阁如敬爱寺楼、天宫寺的天宫阁、圣善寺阁等，莫不是登临的好去处。开成元年（836年），杜牧任洛阳监察御史分司东都，作《题敬爱寺楼》云：

暮景千山雪，春寒百尺楼。
独登还独下，谁会我悠悠。②

敬爱寺位于洛阳怀仁坊，是显庆二年（657年）太子李弘为唐高宗和武则天修建，天授二年（691年）改为佛授记寺，其后又改为敬爱寺。杜牧在一个早春傍晚，登楼远眺，白雪皑皑，暮霭沉沉，春寒料峭中，百尺高楼独上独下，心中悠悠感慨无人知晓。诗人言在此而意在彼，兴寄深远，极有思理。全诗俯仰身世，百感苍茫，字里行间豪气满满，富有雄浑之致。

天宫寺位于洛阳尚善坊北，天津桥侧，洛河南岸边，天宫阁是洛水之南的制高点，距离白居易住处履道坊不远，白居易常去登临赏景，有多首诗流传下来。大和四年（830年），《登天宫阁》云：

---

① 《全唐诗》（增订本）卷五百九十二，第6921页。

② （唐）杜牧著，陈允吉校点：《杜牧全集》卷三，上海古籍出版社1997年版，第39页。

午时乘兴出，薄暮未能还。

高上烟中阁，平看雪后山。

委形群动里，任性一生间。

洛下多闲客，其中我最闲。[①]

白居易以闲人自居，一生任性率真，自是洒脱。大和六年（832年），《天宫阁早春》云：“天宫高阁上何频，每上令人耳目新。前日晚登缘看雪，今朝晴望为迎春。林莺何处吟筝柱，墙柳谁家晒麴尘。可惜三川虚作主，风光不属白头人。”[②] 诗中说“前日晚登缘看雪，今朝晴望为迎春”，可见登临频繁。大和八年（834年），《早秋登天宫寺阁赠诸客》云：“天宫阁上醉萧辰，丝管闲听酒慢巡。为向凉风清景道，今朝属我两三人。”[③] 丝竹管弦伴醉饮，甚是悠然自得。大和九年（835年），《和皇甫郎中秋晓同登天宫阁言怀六韵》云：“碧天忽已高，白日犹未短。玲珑晓楼阁，清脆秋丝管。张翰一杯酣，嵇康终日懒。尘中足忧累，云外多疏散。病木斧斤遗，冥鸿羁绁断。逍遥二三子，永愿为闲伴。”[④] 诸人在一个秋天的早晨同登天宫阁，酬唱抒怀。开成三年（838年），《天宫阁秋晴晚望》云：

洛城秋霁后，梵阁暮登时。

此日风烟好，今秋节候迟。

霞光红泛艳，树影碧参差。

莫虑言归晚，牛家有宿期。[⑤]

天宫阁的秋天，风景独好，惹人怜爱。开成四年（839年），《早春独登天宫阁》云：“天宫日暖阁门开，独上迎春饮一杯。无限游人遥怪我，缘何最老最

① （唐）白居易著，谢思炜校注：《白居易诗集校注》卷二十八，中华书局2017年版，第2208页。
② （唐）白居易著，谢思炜校注：《白居易诗集校注》卷二十八，中华书局2017年版，第2240页。
③ （唐）白居易著，谢思炜校注：《白居易诗集校注》卷三十二，中华书局2017年版，第2446页。
④ （唐）白居易著，谢思炜校注：《白居易诗集校注》卷二十九，中华书局2017年版，第2290页。
⑤ （唐）白居易著，谢思炜校注：《白居易诗集校注》卷三十四，中华书局2017年版，第2613页。

先来。”[①] 登阁迎春，富于闲情逸致。白居易对天宫阁的确是情有独钟，春秋之际每每攀登赏景抒怀，显现出文人独有的雅趣。刘沧曾作《题天宫寺阁》云：“丹阙侵霄壮复危，排空霞影动檐扉。城连伊水禹门近，烟隔上阳宫树微。天敛暮云残雨歇，路穿春草一僧归。此来闲望更何有，无限清风生客衣。”[②] 天宫阁高耸云霄，南望可见伊水龙门，北眺可赏上阳宫风景，僧人归来衣带清风，闲适自在。

天宫寺中常有奇异传闻，唐人李冗《独异志》卷中记载：吴道子善画神，开元中，将军裴旻居母丧，诣道子于东都天宫寺图神鬼数壁，以资冥助。答曰：“废画已久，若将军有意为吾缠结，舞剑一曲，庶因猛励，获通幽冥。”旻于是脱去衰服，若常时妆饰，走马如飞，左旋右抽，掷剑入云，高数十丈，若电光下射，旻引手执鞘承之，剑透空而下。观者数千人，无不悚栗。道子于是援毫图壁，俄顷之际，魔魅化出，飒然风起，为天下之壮观。道子平生所画，得意无出于是。[③] 明人于慎行《谷山笔麈》卷八记载：“将军裴旻请吴道玄画东都天宫寺壁，道玄请裴将军舞剑以助之，裴为舞一曲，道玄奋笔立成，若有神助。夫舞剑之于挥毫，不相及矣，然能助之者，以神会也。”[④] 书法和剑术异曲同工，精神相通，这是艺术的共性。王谠《唐语林》卷五《补遗》记载：明皇幸东都。秋宵，与一行师登天宫寺阁，临眺久之。上四顾，凄然叹息，谓一行曰：“吾甲子得终无患乎？”一行曰：“陛下行幸万里，圣祚无疆。”及西巡至成都，前望大桥，上乃举鞭问左右曰：“是何桥也？”节度使崔圆跃马进曰：“万里桥。”上叹曰：“一行之言今果符合，吾无忧矣。”[⑤] 一行道士博览经史，精通阴阳五行之术，堪称神人。

---

① （唐）白居易著，谢思炜校注：《白居易诗集校注》卷三十四，中华书局 2017 年版，第 2624 页。

② 《全唐诗》（增订本）卷五百八十六，第 6848 页。

③ 上海古籍出版社编：《唐五代笔记小说大观》上册，上海古籍出版社 2000 年版，第 931 页。

④ （明）于慎行撰，吕景琳点校：《穀山笔麈》，中华书局 1984 年版，第 90 页。

⑤ （宋）王谠撰，周勋初校证：《唐语林校证》，中华书局 1987 年版，第 465 页。

圣善寺本名中兴寺，位于洛阳章善坊，即长夏门之东第三街，从南向北数第四坊，遗址区大致在今洛龙区安乐镇军屯村和曙光村，为神龙元年（705年）中宗李显创建，位于洛阳章善坊，次年，武则天去世，取“母氏圣善”之意追福而改。成崿《登圣善寺阁望龙门》云：“高阁聊登望，遥分禹凿门。刹连多宝塔，树满给孤园。香境超三界，清流振陆浑。报慈弘孝理，行道得真源。空净祥烟霁，时光受日温。愿从初地起，长奉下生尊。”① 起首言登高阁瞭望，指圣善寺内的报慈阁，即报答慈母养育恩之意，阁中有佛像，高大无比。唐人李绰《尚书故实》记载：郑广文作《圣善寺报慈阁大像记》云：“自顶至颐，八十三尺，额珠以银铸成，虚中盛八石。”② 报慈阁大像的构造可谓雄浑壮丽，惊骇人神。唐人李肇《唐国史补》卷中记载：“旧说，圣善寺阁，常贮醋数十瓮，恐为蛟龙所伏，以致雷霆也。”③ 站在报慈阁上，可见龙门山景，石窟寺塔相连，日丽空明，伊水清流，希望孝心永存。褚朝阳《登圣善寺阁》云：

飞阁青霞里，先秋独早凉。
天花映窗近，月桂拂檐香。
华岳三峰小，黄河一带长。
空间指归路，烟际有垂杨。④

霞光里阁高凉爽，美如天女散花，似闻月桂飘香，远处黄河如带，返回的路上杨柳青翠。《唐会要》卷四十八《议释教下》记载：“圣善寺：章善坊，神龙元年二月，立为中兴，二年，中宗为武太后追福，改为圣善寺。寺内报慈阁，中宗为武后所立。景龙四年正月二十八日制：‘东都所造圣善寺，更开拓五十余步，以广僧房。’计破百姓数十家，监察御史宋务光上疏谏曰：‘陛下

---

① 《全唐诗》（增订本）卷七百八十，第8907页。
② 上海古籍出版社编：《唐五代笔记小说大观》下册，上海古籍出版社2000年版，第1159页。
③ 上海古籍出版社编：《唐五代笔记小说大观》上册，上海古籍出版社2000年版，第186页。
④ 《全唐诗》（增订本）卷二百五十四，第2854页。一题作登少室山。

孝思罔极，崇建佛寺，土木之功，庄严斯毕。僧房精舍，宴坐有余，禅宇道场，经行已足。更事开拓，夺人便利。贫者有沟壑之忧，富者无安堵之所，行非急切，何至于斯。况阳和发生，播植伊始，兴役丁匠，废弃农功。一夫不耕，必有饥者，三时之务，安可夺焉。臣闻失鬼神之心，可因巫祝而谢；失君长之心，可因左右而谢；失父母之心，可因亲戚而谢；唯失百姓之心，不可解也。陛下以万邦为念，何用伤一物之心？应须拓寺，请俟农隙。'疏奏，上不纳。"[①] 景龙四年（710年），中宗一意孤行，不惜强拆百姓房屋几十家，拓建圣善寺，加宽僧房。唐人高彦休《唐阙史》卷下《东都焚寺》记述了圣善寺的焚毁情况："东都圣善寺，缔构甲于天下。愚曾看修寺记云：殿基掘地及泉，以蜃灰和香土错实之，所以备倾蛰也。乾符初，尝有估客沥愿帚除殿屋之表，工徒集金三十万，以埏埴叠脊峻十有三尺，每瓦丘铁贯之具，率以木者，神功异绩，不可殚记，咸此类也。巢贼陷洛之前年，寺僧见东鸱吻上有青碧霏烟，径冲天汉，如筒如幢，其围合抱。是日秋霁，天无纤云。斯气也，自卯至酉而后销散，烟中隐隐如有物。上下观者如堵，竟不能谕。粤二年，烬灭于贼燧。"[②] 圣善寺的毁灭，实在可惜。

安国女道士观位于正平坊，定鼎门街之东第二街，从南向北数第二坊，遗址大概在今洛龙区龙门大道以东、赵村以北区域，因为是太平公主旧宅而备受关注。太平公主私结朋党，加害太子李隆基，事败后被赐死家中，宅邸充公，改为安国女道士观，赏赐给了其妹玉真公主。王谠《唐语林》卷七《补遗》云：

> 政平坊安国观，明皇时玉真公主所建。门楼高九十尺，而柱端无斜。殿南有精思院，琢玉为天尊老君之像，叶法善、罗公远、张果先生并图形于壁。院南池引御渠水注之，叠石像蓬莱、方丈、瀛

---

① （宋）王溥：《唐会要》上卷四十八《寺》，上海古籍出版社1991年版，第993—994页。

② 上海古籍出版社编：《唐五代笔记小说大观》下册，上海古籍出版社2000年版，第1365—1366页。

> 洲三山。女冠多上阳宫人。其东与国学相接。咸通中，有书生云："尝闻山池内步虚笙磬之音。"卢尚书有诗云："夕照纱窗起暗尘，青松绕殿不知春。闲看白首诵经者，半是宫中歌舞人。"①

安国观规模宏伟，从卢尚书之诗可知，安国观中女道士多为上阳宫宫女。《全唐诗》卷二百七十九收录有卢纶此诗，题为《过玉真公主影殿》，影殿是供奉遗像真影的殿堂，殿内外阴森凄惨的景象，反衬出了上阳宫女的不幸遭遇，立意深刻。刘禹锡《秋夜安国观闻笙》云："织女分明银汉秋，桂枝梧叶共飕飗。月露满庭人寂寂，霓裳一曲在高楼。"② 寂静的秋夜，月光明亮，树叶飒飒，高楼上传来美妙的笙声，充满了诗情画意。刘禹锡又有《经东都安国观九仙公主旧院作》云：

> 仙院御沟东，今来事不同。
> 门开青草日，楼闭绿杨风。
> 将犬升天路，披霓赴月宫。
> 武皇曾驻跸，亲问主人翁。③

安国观的春景依旧，然而人事已经不同，曾是贵盛至极的昔日主人，如今衰败无处觅踪，令人几多感喟。王建《九仙公主旧庄》云："仙居五里外门西，石路亲迴御马蹄。天使来栽宫里树，罗衣自买院前溪。野牛行傍浇花井，本主分将灌药畦。楼上凤凰飞去后，白云红叶属山鸡。"④ 安国观初建之时何等尊贵有气势，人去楼空后何等破落见凄凉，凤凰和山鸡的落差对比形象可感，诗意可谓深沉。

北邙山上有玄元观，亦是名观，王谠《唐语林》卷五《补遗》云："北邙山玄元观，南有老君庙。殿台高敞，下瞰伊、洛。神仙塑像，皆开元中杨

---

① （宋）王谠撰，周勋初校证：《唐语林校证》，中华书局 1987 年版，第 661 页。
② （唐）刘禹锡著，卞孝萱校订：《刘禹锡集》卷二十四，中华书局 1990 年版，第 311 页。
③ （唐）刘禹锡著，卞孝萱校订：《刘禹锡集》卷二十二，中华书局 1990 年版，第 272 页。
④ （唐）王建著，尹占华校注：《王建诗集校注》卷六，巴蜀书社 2006 年版，第 250—251 页。

惠之所制，世称奇巧。”① 唐人康骈《剧谈录》卷下《老君庙画》云：“东都北邙山，有玄元观，南有老君庙，台殿高敞，下瞰伊洛，神仙泥塑之像，皆开元中杨惠之所制，奇巧精严，见者增敬。壁有吴道玄画五圣真容及老子化胡经事，丹青绝妙，古今无比。爱敬寺复有雉尾病龙，莫知画者谁氏。绘事奇巧，皆入神之迹。（雉尾在东庑观音院，天王部从中绯衣神人抱野雉一只，逼而观之，势若飞动。）”② 玄元观和老君庙中的绘画，在杜甫《冬日洛城北谒玄元皇帝庙》中都有记述，诗云：

配极玄都閟，凭高禁御长。守祧严具礼，掌节镇非常。
碧瓦初寒外，金茎一气旁。山河扶绣户，日月近雕梁。
仙李蟠根大，猗兰奕叶光。世家遗旧史，道德付今王。
画手看前辈，吴生远擅场。森罗移地轴，妙绝动宫墙。
五圣联龙衮，千官列雁行。冕旒俱秀发，旌旆尽飞扬。
翠柏深留景，红梨迥得霜。风筝吹玉柱，露井冻银床。
身退卑周室，经传拱汉皇。谷神如不死，养拙更何乡。③

唐高宗追尊老子为玄元皇帝，唐玄宗开元二十九年（741 年）诏令两京以及诸州，各置一所玄元皇帝庙。杜甫于冬日拜谒玄元皇帝庙，着力描写庙制尊严，渲染庙宇规模宏丽，意在歌颂李唐王朝的辉煌盛德。庙中有吴道子所画五圣图像，“五圣联龙衮，千官列雁行。冕旒俱秀发，旌旆尽飞扬”，极言吴道子所画之精工。仇兆鳌《杜诗详注》引汪道昆语曰：“诗句清丽奇伟，势欲飞动，可与吴生画手，并绝古今。”④ 诗画相得益彰，可谓天作之功。因为是冬日，故“翠柏”四句写景显出冷落。末四句奇思妙想，言人往而道存，李唐气数无尽。全诗叙述功德，反复申意，能得颂扬体事核理长之妙，不愧为大手笔。

---

① （宋）王谠撰，周勋初校证：《唐语林校证》，中华书局 1987 年版，第 489 页。
② 上海古籍出版社编：《唐五代笔记小说大观》下册，上海古籍出版社 2000 年版，第 1488 页。
③ （唐）杜甫著，（清）仇兆鳌注：《杜诗详注》卷二，中华书局 2015 年版，第 78—81 页。
④ （唐）杜甫著，（清）仇兆鳌注：《杜诗详注》卷二，中华书局 2015 年版，第 83 页。

第五节　则天上阳宫

上阳宫位于洛阳皇城西南，禁苑（神都苑）之东，南临洛水，为唐高宗李治上元年间在东都洛阳所修建，武则天坎坷传奇的一生总与上阳宫相连，上阳宫历经沧桑巨变，见证唐朝兴衰，诗人多有题吟。上阳宫的自然环境十分优越，风景美丽如画，王建《上阳宫》云：

上阳花木不曾秋，洛水穿宫处处流。
画阁红楼宫女笑，玉箫金管路人愁。
幔城入涧橙花发，玉辇登山桂叶稠。
曾读列仙王母传，九天未胜此中游。①

上阳宫的花木没有秋天，洛河穿过宫内分流四处，彩绘的楼阁上宫女在嬉戏，悠扬的乐声勾起行人的愁思，涧水边上初夏的橙花在绽放，幔帐围绕如城，桂叶芳香中宫妃乘车登山游览，传说中神仙王母娘娘的九重天，也比不过上阳宫啊！

上阳宫的月夜别有景致和思致，鲍溶《上阳宫月》云："水北宫城夜柝严，宫西新月影纤纤。受环花幌小开镜，移烛瑶房皆卷帘。学织机边娥影静，拜新衣上露华沾。合裁班扇思行幸，愿托凉风箧笥嫌。"② 洛水北岸的宫城敲响报更的木柝声，初升的月光影影绰绰，月照窗如镜，帘卷人望月，上阳宫女蛾眉顾盼彻夜难寐，希望能得到皇帝的宠幸。上阳宫中宫女的望幸以及她们的不幸遭遇，最为诗人同情，鲍溶又有《玉清坛》云："上阳宫里女，玉色楚人多。西信无因得，东游奈乐何。"③ 刘长卿《上阳宫望幸》云：

玉辇西巡久未还，春光犹入上阳间。

① （唐）王建著，尹占华校注：《王建诗集校注》卷八，巴蜀书社2006年版，第339页。
② 《全唐诗》（增订本）卷四百八十七，第5572页。
③ 《全唐诗》（增订本）卷四百八十六，第5557页。

万木长承新雨露，千门空对旧河山。

深花寂寂宫城闭，细草青青御路闲。

独见彩云飞不尽，只应来去候龙颜。①

东京遭乱以后，明皇幸蜀，御驾不返，春来上阳花木葱绿，门外山河依旧，只有空馆寂寥，御路生出杂草，彩云去来似在恭迎天子归还。章碣的《东都望幸》殊为别样，虽写宫女望幸，实是讽刺科举考试徇私舞弊，诗云："懒修珠翠上高台，眉月连娟恨不开。纵使东巡也无益，君王自领美人来。"五代王定保《唐摭言》卷九《好知己恶及第》记载："邵安石，连州人也。高湘侍郎南迁归阙，途次连江，安石以所业投献遇知，遂挈至辇下。湘主文，安石擢第，诗人章碣，赋《东都望幸》刺之。"② 元人辛文房《唐才子传》卷九《章碣》记载："碣，钱塘人，孝标之子也。累上著不第，咸通末以篇什称。乾符中，高湘侍郎自长沙携邵安古来京及第，碣恨湘不知己，赋《东都望幸》。"③ 可见此诗的主旨是以宫怨形式，抒发不得赏识的愤慨。

罗邺《上阳宫》云："春半上阳花满楼，太平天子昔巡游。千门虽对嵩山在，一笑还随洛水流。深锁笙歌巢燕听，遥瞻金碧路人愁。翠华却自登仙去，肠断宫娥望不休。"④ 上阳宫楼阁犹在，风景也还好，然宫人已欢乐难寻，唯余冷清寂寞在人间。唐玄宗宠幸杨贵妃，冷落后宫不知几千人。吴融《上阳宫辞》云：

苑路青青半是苔，翠华西去未知回。

景阳春漏无人报，太液秋波有雁来。

单影可堪明月照，红颜无奈落花催。

谁能赋得长门事，不惜千金奉酒杯。⑤

① 《全唐诗》（增订本）卷一百五十一，第1574页。

② 上海古籍出版社编：《唐五代笔记小说大观》下册，上海古籍出版社2000年版，第1653页。

③ （元）辛文房著，傅璇琮主编：《唐才子传校笺》第四册，中华书局1990年版，第35—37页。

④ （唐）罗邺著，何庆善，杨应芹注：《罗邺诗注》，上海古籍出版社1990年版，第15页。

⑤ 《全唐诗》（增订本）卷六百八十六，第7953页。

皇帝西去不归，时光催人老，上阳宫女孤寂落寞，无处倾诉，月光下倍感形影孤单，但愿不惜千金雇人作得《长门赋》，打动皇帝重新受到宠幸。徐夤《上阳宫词》云："点点苔钱上玉墀，日斜空望六龙西。妆台尘暗青鸾掩，宫树月明黄鸟啼。庭草可怜分雨露，君恩深恨隔云泥。银蟾借与金波路，得入重轮伴羿妻。"[①] 徐夤此诗相较吴融的委婉，流露出了深深的怨恨。玉石台阶上长出了苔藓，太阳西斜盼望不辍，梳妆台上满是灰尘，月光下黄鸟啼鸣，院子里的草尚且受到雨露滋润，宫女们却难以求得皇帝的恩典，纵使踏着月光到月宫去陪伴嫦娥，也胜过这上阳宫中的孤单凄凉啊。

上阳宫女的孤苦命运令人伤悲，白居易《上阳白发人》云："上阳人，红颜暗老白发新。绿衣监使守宫门，一闭上阳多少春。玄宗末岁初选入，入时十六今六十。同时采择百余人，零落年深残此身。忆昔吞悲别亲族，扶入车中不教哭。皆云入内便承恩，脸似芙蓉胸似玉。未容君王得见面，已被杨妃遥侧目。妒令潜配上阳宫，一生遂向空房宿。秋夜长，夜长无寐天不明。耿耿残灯背壁影，萧萧暗雨打窗声。春日迟，日迟独坐天难暮。宫莺百啭愁厌闻，梁燕双栖老休妒。莺归燕去长悄然，春往秋来不记年。唯向深宫望明月，东西四五百回圆。今日宫中年最老，大家遥赐尚书号。小头鞋履窄衣裳，青黛点眉眉细长。外人不见见应笑，天宝末年时世妆。上阳人，苦最多。少亦苦，老亦苦，少苦老苦两如何？君不见昔时吕向美人赋，又不见今日上阳白发歌。"[②] 白居易在诗题下注曰："天宝五载以后，杨贵妃专宠，后宫无复进幸。六宫有美色者，辄置别所，上阳其一也，贞元中尚存焉。"上阳宫女的境遇可想而知，元稹《和李校书新题乐府十二首·上阳白发人》亦云：

天宝年中花鸟使，撩花狎鸟含春思。
满怀墨诏求嫔御，走上高楼半酣醉。
醉酣直入卿士家，闺闱不得偷回避。

---

① 《全唐诗》（增订本）卷七百〇九，第 8237 页。
② （唐）白居易著，谢思炜校注：《白居易诗集校注》卷三，中华书局 2017 年版，第 298 页。

良人顾妾心死别，小女呼爷血垂泪。
十中有一得更衣，永配深宫作宫婢。
御马南奔胡马蹙，宫女三千合宫弃。
宫门一闭不复开，上阳花草青苔地。
月夜闲闻洛水声，秋池暗度风荷气。
日日长看提象门，终身不见门前事。
近年又送数人来，自言兴庆南宫至。
我悲此曲将彻骨，更想深冤复酸鼻。
此辈贱嫔何足言，帝子天孙古称贵。
诸王在阁四十年，十宅六宫门户闷。
隋炀枝条袭封邑，肃宗血胤无官位。
王无妃媵主无婿，阳亢阴淫结灾累。
何如决壅顺众流，女遣从夫男作吏。①

天宝以来上阳宫中有三千宫女遭遇遗弃，诗人为宫人打抱不平，希望官府把她们放出宫外正常生活。元和五年（810年），元稹又有《行宫》云："寥落古行宫，宫花寂寞红。白头宫女在，闲坐说玄宗。"② 此行宫即指上阳宫，全诗语少意足，有无穷之味，二十字道尽宫人寂寞心酸，浓缩了国运的由盛而衰，胜过千言万语。

上阳宫中题红叶的故事，是人间最凄美的浪漫，徐凝《上阳红叶》云："洛下三分红叶秋，二分翻作上阳愁。千声万片御沟上，一片出宫何处流。"③ 唐玄宗时上阳宫已是行宫，上阳愁是失宠嫔妃的共性，上阳宫的每一片红叶都承载着一腔悲怨，填满了宫中的深浅水沟。天宝宫人《题洛苑梧叶上》云：

① （唐）元稹撰，谢永芳编著：《元稹诗全集　汇校汇注汇评》戊编《乐府》，崇文书局2016年版，第506页。

② （唐）元稹撰，谢永芳编著：《元稹诗全集　汇校汇注汇评》丁编《律诗》，崇文书局2016年版，第297页。

③ 《全唐诗》（增订本）卷四百七十四，第5417页。

“旧宠悲秋扇，新恩寄早春。聊题一片叶，将寄接流人。”[1] 诗题下注曰：“天宝末，洛苑宫娥题诗梧叶，随御沟流出。顾况见之，亦题诗叶上，泛于波中。后十余日，于叶上又得诗一首。后闻于朝，遂得遣出。”这真是一个奇例。唐人孟棨《本事诗·情感第一》记载：顾况在洛，乘间与一二诗友游于苑中，坐流水上，得大梧叶，上题诗上曰：“一入深宫里，年年不见春。聊题一片叶，寄与有情人。”况明日于上游，亦题叶上，放于波中。诗曰：“花落深宫莺亦悲，上阳宫女断肠时。帝城不禁东流水，叶上题诗欲寄谁？”后十余日，有客来苑中寻春，又于叶上得诗，以示况，诗曰：“一叶题诗出禁城，谁人酬和独含情？自嗟不及波中叶，荡漾乘春取次行。”[2] 红叶上的诗歌，是无数宫女的心声和呐喊。上阳宫中乐声迷人，曾引出一段传奇，张祜《李谟笛》云：“平时东幸洛阳城，天乐宫中夜彻明。无奈李谟偷曲谱，酒楼吹笛是新声。”[3] 开元年间盛世太平，玄宗东来洛阳，上阳宫灯火彻夜通明，歌舞升平，李谟听音偷记下了乐谱，洛阳酒楼上于是传唱起宫中的新乐。元稹《连昌宫词》也写到了李谟偷曲的故事，诗云：“李谟擫笛傍宫墙，偷得新翻数般曲。平明大驾发行宫，万人鼓舞途路中。”[4] 前引李白《春夜洛城闻笛》云：“谁家玉笛暗飞声？散入春风满洛城。此夜曲中闻《折柳》，何人不起故园情？”[5] 洛阳城的笛声，具有感人的艺术魅力。

上阳宫是诗人抒发历史情怀的绝佳题材，窦庠《陪留守韩仆射巡内至上阳宫感兴二首》云：“翠辇西归七十春，玉堂珠缀俨埃尘。武皇弓剑埋何处，泣问上阳宫里人。”“愁云漠漠草离离，太乙句陈处处疑。薄暮毁垣春雨里，

① 《全唐诗》（增订本）卷七百九十七，第 9059 页。

② 上海古籍出版社编：《唐五代笔记小说大观》下册，上海古籍出版社 2000 年版，第 1239—1240 页。

③ 《全唐诗》（增订本）卷五百一十一，第 5877 页。

④ （唐）元稹撰，谢永芳编著：《元稹诗全集　汇校汇注汇评》戊编《乐府》，崇文书局 2016 年版，第 495 页。

⑤ （唐）李白著，（清）王琦注，郁贤皓校注：《李太白全集校注》卷二十二，凤凰出版社 2015 年版，第 3249 页。

残花犹发万年枝。”① 诗题中的韩仆射为韩皋，窦庠曾为东都判官，陪同韩皋巡视上阳宫，想当年高宗常在上阳宫听政，武则天传位太子后居于此，诗人不免有感而发。上阳宫因皇帝不再来幸洛阳而衰败，浓云密布野草茂盛，池台楼阁荒废难辨，断壁残垣上春雨连绵，只有那冬青树丛中开着小白花，一幅废宫荒苑的景象。刘沧《洛阳月夜书怀》云：

疏柳高槐古巷通，月明西照上阳宫。
一声边雁塞门雪，几处远砧河汉风。
独榻闲眠移岳影，寒窗幽思度烟空。
孤吟此夕惊秋晚，落叶残花树色中。②

深秋的月夜景色，孤寒凄凉，令人徒增伤悲情怀。刘沧又有《秋月望上阳宫》云：“苔色轻尘锁洞房，乱鸦群鸽集残阳。青山空出禁城日，黄叶自飞宫树霜。御路几年香辇去，天津终日水声长。此时独立意难尽，正值西风砧杵凉。”③ 晚唐的洛阳城随着唐王朝的内外交困，国势渐衰，不复繁盛，上阳宫重门深锁充满青苔尘埃，夕阳下乌鸦野鸽成群飞旋，宫城青山一片空寂，秋霜浓重黄叶凋零，御驾不见已经多年，天津桥下流水似在呜咽，值此凉气袭人捣衣声声之际，独立唯有惆怅意绪难平，那些被宫禁的少女该是多么伤痛啊！

神都天枢也是武则天的一大创举，唐人刘肃《大唐新语》卷八《文章第十八》云：“李峤少负才华，代传儒学，累官成均祭酒、吏部尚书，参知政事，封郑国公。长寿三年，则天征天下铜五十万余斤，铁三百三十余万，钱二万七千贯，于定鼎门内铸八棱铜柱，高九十尺，径一丈二尺，题曰‘大周万国述德天枢’，纪革命之功，贬皇家之德。天枢下置铁山，铜龙负载，狮子、麒麟围绕。上有云盖，盖上施盘龙以托火珠。珠高一丈，围三丈，金彩

① 《全唐诗》（增订本）卷二百七十一，第 3040 页。
② 《全唐诗》（增订本）卷五百八十六，第 6851 页。
③ 《全唐诗》（增订本）卷五百八十六，第 6859 页。

荧煌，光侔日月。武三思为其文，朝士献诗者不可胜纪。唯峤诗冠绝当时。其诗曰：‘辙迹光西崦，勋名纪北燕。何如万国会，讽德九门前。灼灼临黄道，迢迢入紫烟。仙盘正下露，高柱欲承天。山类丛云起，珠疑大火悬。声流尘作劫，业固海成田。圣泽倾尧酒，熏风入舜弦。欣逢下生日，还偶上皇年。’后宪司发峤附会韦庶人，左授滁州别驾而终。开元初，诏毁天枢，发卒销烁，弥月不尽。洛阳尉李休烈赋诗以咏之曰：‘天门街里倒天枢，火急先须卸火珠。计合一条丝线挽，何劳两县索人夫。’先有讹言云：‘一条线挽天枢。’言其不经久也，故休烈诗及之。士庶莫不讽咏。天枢之北，韦庶人继造一台，先此毁拆。”① 《全唐诗》卷六十一收录有李峤《奉和天枢成宴夷夏群僚应制》诗，文字略有不同。天枢建成后，大宴天下，文人朝士争相献诗歌颂，李峤的诗脱颖而出，翘首群雄。唐人张鷟《朝野佥载》卷一记载：“景云中，谣曰：‘一条麻线挽天枢，绝去也。’神武即位，敕令推倒天枢，收铜并入尚方。此其应兆。”② 唐睿宗景云年间，民间流传《天枢谣》曰：“一条麻索挽，天枢绝去也。”③ 长寿三年，天后于定鼎门内立述德天枢，民因作谣。明皇即位，敕令推倒，收铜入尚方。此其验也。因此李休烈作《咏毁天枢》云：“天门街上倒天枢，火急先须卸火珠。计合一条麻线挽，何劳两县索人夫。”④ 天枢的建造和毁灭，莫不引发了诗人的感慨。

第六节　石崇金谷园

西晋洛阳的富贵名流当推石崇，其金谷园别墅位于洛阳北邙山一带，曾经显赫一时，常引发后人反思。韦应物《金谷园歌》回忆金谷园的奢侈豪华：

---

① （唐）刘肃等撰，恒鹤等校点：《大唐新语》（外五种），上海古籍出版社 2012 年版，第 73 页。

② （唐）张鷟撰，郝润华、莫琼辑校：《朝野佥载辑校》卷一，山东人民出版社 2018 年版，第 12 页。

③ 《全唐诗》（增订本）卷八百七十八，第 10015 页。

④ 《全唐诗》（增订本）卷八百六十九，第 9917 页。

“石氏灭，金谷园中水流绝。当时豪右争骄侈，锦为步障四十里。东风吹花雪满川，紫气凝阁朝景妍。洛阳陌上人回首，丝竹飘飖入青天。晋武平吴恣欢燕，余风靡靡朝廷变。嗣世衰微谁肯忧，二十四友日日空追游。”呼吁后人“追游讵可足，共惜年华促。祸端一发埋恨长，百草无情春自绿”①，珍惜生命，不负年华。

张继《金谷园》云：“彩楼歌馆正融融，一骑星飞锦帐空。老尽名花春不管，年年啼鸟怨东风。”② 金谷园欢宴安逸快乐，岂料孙秀带兵进入，绿珠坠楼，花草枯落，徒留千古遗恨。张继又有《洛阳作》（一作初出徽安门）云：“洛阳天子县，金谷石崇乡。草色侵官道，花枝出苑墙。书成休逐客，赋罢遂为郎。贫贱非吾事，西游思自强。”③ 诗人羁留洛阳，满目繁华，感慨唯当多读书富于文才，自强不息求取功名。贯休《洛阳尘》云：“昔时昔时洛城人，今作茫茫洛城尘。我闻富有石季伦，楼台五色干星辰。乐如天乐日夜闻，锦姝绣妾何纷纷。真珠帘中，姑射神人。文金线玉，香成暮云。孙秀若不杀，晋室应更贫。伊水削行路，冢石花磷磷。苍茫金谷园，牛羊龁荆榛。飞鸟好羽毛，疑是绿珠身。”④ 回顾洛阳往事，石崇字季伦，富可敌国，金谷园楼台高耸接天，美艳女子众多纷乱，如今都化作了尘土云烟。

徐凝《金谷览古》云：“金谷园中数尺土，问人知是绿珠台。绿珠歌舞天下绝，唯与石家生祸胎。”⑤ 金谷园内的绿珠台，是一段西晋历史的见证。陈通方《金谷园怀古》云“缓步洛城下，轸怀金谷园”，眼见“昔人随水逝，旧树逐春繁。冉冉摇风弱，菲菲裛露翻。歌台岂易见，舞袖乍如存。戏蝶香中起，流莺暗处喧。徒闻施锦帐，此地拥行轩”⑥，抒发了悠悠思古情怀。杜

---

① （唐）韦应物著，陶敏、王友胜校注：《韦应物集校注》卷九《歌行上》，上海古籍出版社1998年版，第555页。

② 《全唐诗》（增订本）卷二百四十二，第2716页。

③ 《全唐诗》（增订本）卷二百四十二，第2710页。徽安门为洛阳城北门。

④ 《全唐诗》（增订本）卷八百二十六，第9390页。

⑤ 《全唐诗》（增订本）卷四百七十四，第5417页。

⑥ 《全唐诗》（增订本）卷三百六十八，第4156页。

牧《金谷园》云："繁华事散逐香尘，流水无情草自春。日暮东风怨啼鸟，落花犹似堕楼人。"① 吟咏石崇爱妓绿珠，于园中清凉台堕楼殉情一事。俞陛云《诗境浅说》续编评曰："前三句景中有情，皆含凭吊苍凉之思。四句以花喻人，以落花喻坠楼人，伤春感昔，即物兴怀，是人是花，合成一派凄迷之境。"② 极有见地，令人感喟。

许浑有多首诗吟咏金谷园，如《金谷园》云："三惑沉身是此园，古藤荒草野禽喧。二十四友一朝尽，爱妾坠楼何足言。"③《金谷园桃李》云："花在舞楼空，年年依旧红。泪光停晓露，愁态倚春风。开处妾先死，落时君亦终。东流两三片，应到夜泉中。"④《金谷怀古》云："凄凉遗迹洛川东，浮世荣枯万古同。桃李香消金谷在，绮罗魂断玉楼空。往年人事伤心外，今日风光属梦中。思量今日英雄事，身到簪裾已白头。"⑤ 金谷园在洛阳西北金谷涧，石崇与绿珠的故事令金谷园成为洛阳都城富贵奢侈生活的文化化石遗存，"浮世荣枯万古同"，可谓诗人对繁华烟云的真知灼见，留给后人的是无穷启示。

第七节　千秋北邙山

北邙山是洛阳城的背景和屏障，绵亘四百余里，居高临下，可以俯瞰全城，黄土层深厚，因而成为皇家贵族的首选墓地，最易触发诗人们的生死之慨，如沈佺期《邙山》云："北邙山上列坟茔，万古千秋对洛城。城中日夕歌钟起，山上唯闻松柏声。"⑥ 生死对照，令人警醒。

王建《北邙行》云："北邙山头少闲土，尽是洛阳人旧墓。旧墓人家归葬

---

① （唐）杜牧著，陈允吉校点：《杜牧全集》别集，上海古籍出版社 1997 年版，第 221 页。

② 俞陛云著：《诗境浅说》（续编），北京出版社 2011 年版，第 248 页。

③ （唐）许浑撰，罗时进笺证：《丁卯集笺证》卷十一，中华书局 2012 年版，第 760 页。

④ （唐）许浑撰，罗时进笺证：《丁卯集笺证》卷四，中华书局 2012 年版，第 206 页。

⑤ （唐）许浑撰，罗时进笺证：《丁卯集笺证》卷九，中华书局 2012 年版，第 632 页。

⑥ （唐）沈佺期、宋之问著，陶敏、易淑琼校注：《沈佺期宋之问集校注》，《沈佺期集校注》卷一《诗》，中华书局 2001 年版，第 47 页。

多，堆著黄金无置处。天涯悠悠葬日促，岗阪崎岖不停毂。高张素幕绕铭旌，夜唱挽歌山下宿。洛阳城北复城东，魂车祖马长相逢。车辙广若长安路，蒿草少于松柏树。涧底盘陀石渐稀，尽向坟前作羊虎。谁家古碑文字灭，后人重取书年月。朝朝车马送葬回，还起大宅与高台。”① 诗意富于讽刺意味，可明俗世的荣华享受，是人间永远的诱惑。张籍《北邙行》云：“洛阳北门北邙道，丧车辚辚入秋草。车前齐唱薤露歌，高坟新起白峨峨。朝朝暮暮人送葬，洛阳城中人更多。千金立碑高百尺，终作谁家柱下石。山头松柏半无主，地下白骨多于土。寒食家家送纸钱，乌鸢作窠衔上树。人居朝市未解愁，请君暂向北邙游。”② 诗中对达官贵人及荣华富贵的嘲讽，不言自明。白居易《清明日登老君阁望洛城赠韩道士》描写清明节祭扫景象云：“风光烟火清明日，歌哭悲欢城市间。何事不随东洛水，谁家又葬北邙山。中桥车马长无已，下渡舟航亦不闲。冢墓累累人扰扰，辽东怅望鹤飞还。”③ 在纷纷扰扰的热闹中，诗人生发出了人生如梦的嗟叹。刘言史《北原情三首》云：

错莫天色愁，挽歌出重闉。谁家白网车，送客入幽尘。
铭旌下官道，葬舆去辚辚。萧条黄蒿中，奠酒花翠新。
米雪晚霏微，墓成悄无人。乌鸢下空地，烟火残荒榛。
生人更多苦，入户事盈身。营营日易深，却到不得频。
寂寥孤隧头，草绿棠梨春。

洛阳城北山，古今葬冥客。聚骨朽成泥，此山土多白。
近来送葬人，亦去闻归声。岂能车轮疾，渐是墓侵城。
城中人不绝，哀挽相次行。莫非北邙后，重向洛城生。

① （唐）王建著，尹占华校注：《王建诗集校注》卷一，巴蜀书社2006年版，第8页。
② （唐）张籍著，李冬生注：《张籍集注》，黄山书社1989年版，第47页。
③ （唐）白居易著，顾学颉校点：《白居易集》卷三十三，中华书局1979年版，第2503页。

卜地起孤坟，全家送葬去。归来却到时，不复重知处。

叠叠葬相续，土干草已绿。列纸泻壶浆，空向春云哭。①

洛阳俗谚云“生在苏杭，死葬北邙”，邙山的优质土壤使帝王将相和平民百姓争相建墓于此，以致邙山无卧牛之空地，遍地是高耸嵯峨的冢墓，日日夜夜只闻哭声，天天人流络绎不绝。

传说北邙山上常有灵异之事发生，唐人段成式《酉阳杂俎》前集卷三《贝编》记载：

> 邙山有大蛇，樵者常见，头若丘陵，夜常承露气。见不空，作人语曰：“弟子恶报，和尚何以见度？常欲翻河水陷洛阳城，以快所居也。”不空为受戒，说苦空，且曰：“汝以瞋心受此苦，复忿恨，吾力何及！当思吾言，此身自舍昔而来。”后旬月，樵者见蛇死于涧中，臭达数十里。不空每祈雨，无他轨则，但设数绣座，手簸旋数寸木神，念咒掷之，自立于座上，伺木神吻角牙出，目瞚，则雨至。②

北邙山上的一条大蛇见到僧人不空，会说人话，言自己经常想翻倒河水陷没洛阳城，后被不空劝诫，死于洞中，不再为害。除了北邙山，洛阳城南的万安山也是安置墓葬之处，苏颋《大唐故悼王石塔铭》云：“唐开元五年，岁在丁巳，四月庚午朔二十一日庚寅，故悼王薨于上阳之中禁，年曰二岁，而未及周。呜呼哀哉！王即开元神武皇帝第九之爱子也，以某月二十七日景申，葬于万安山之东南岭。圹唯五尺，棺不三寸，垒石塔一丈于其上，不雕不砻，从省薄也。其铭曰：南有万安兮北有洛城，城可望兮天之京。呜呼悼王宁不恋兮。呜呼悼王宁不见兮。倚素塔兮陵翠微，空不碍兮云则飞，呜呼悼王兮其何归？”③ 唐玄宗追赠夭折之子为夏悼王，并以塔葬形式葬在了万安山。

---

① 《全唐诗》（增订本）卷四百六十八，第 5364 页。

② （唐）段成式撰，曹中孚校点：《酉阳杂俎》，上海古籍出版社 2012 年版，第 24 页。

③ 《全唐文》卷二百五十六，第 1543 页。

洛阳城南的伊阙龙门，是文人士大夫的游赏佳处，唐玄宗开元二十四年（736年），杜甫游东都洛阳，作《游龙门奉先寺》（龙门即伊阙一名阙口在河南府北四十里）云：“已从招提游，更宿招提境。阴壑生虚籁，月林散清影。天阙象纬逼，云卧衣裳冷。欲觉闻晨钟，令人发深省。”[①] 杜甫游龙门，夜宿奉先寺，望月观山，景色清幽，风月俱佳，高寒至极，闻听钟声，倏然令人有所警悟。玄宗天宝四载（745年），杜甫再游龙门，作《龙门》（伊阙）云：“龙门横野断，驿树出城来。气色皇居近，金银佛寺开。往来时屡改，川陆日悠哉。相阅征途上，生涯尽几回。”[②] 上四句写景，下四句感怀。言登高见龙门两山相对，望之若阙，驿道两旁树木葱茏，洛阳帝都气象雄伟，佛寺金碧辉煌，时光悠悠，再来龙门，山川依旧。末句瞻望未来，顿生悲凉，慨叹有生之年不知还能否再来龙门！代宗大历七年（772年）左右，韦应物在洛阳游龙门，作《 游龙门香山泉》云：

山水本自佳，游人已忘虑。
碧泉更幽绝，赏爱未能去。
潺湲写幽磴，缭绕带嘉树。
激转忽殊流，归泓又同注。
羽觞自成玩，永日亦延趣。
灵草有时香，仙源不知处。
还当候圆月，携手重游寓。[③]

香山泉流淌于香山山间，清澈幽深婉转葱茏，整日观赏其乐无穷，令人流连忘返断却俗念。又作《龙门游眺》云：

凿山导伊流，中断若天辟。

---

① （唐）杜甫著，（清）仇兆鳌注：《杜诗详注》卷之一，中华书局2015年版，第1页。
② （唐）杜甫著，（清）仇兆鳌注：《杜诗详注》卷之一，中华书局2015年版，第26页。
③ （唐）韦应物著，陶敏、王友胜校注：《韦应物集校注》卷七《游览》，上海古籍出版社1998年版，第437页。

都门遥相望，佳气生朝夕。
素怀出尘意，适有携手客。
精舍绕层阿，千龛邻峭壁。
缘云路犹缅，憩涧钟已寂。
花树发烟华，淙流散石脉。
长啸招远风，临潭漱金碧。
日落望都城，人间何役役。①

龙门若天工开物，祥瑞之气云集，为百千佛龛之所，清净悠闲，而东都城内则是人来人往忙碌不息，两相对照显明本意。大历八年（773年）左右，韦应物又游龙门，作《再游龙门怀旧侣》回忆故旧朋友，诗云："两山郁相对，晨策方上干。霭霭眺都城，悠悠俯清澜。邈矣二三子，兹焉屡游盘。良时忽已周，独往念前欢。好鸟始云至，众芳亦未阑。遇物岂殊昔，慨伤自有端。"②诗人自注曰："尝与窦黄州、洛阳韩丞、渑池李丞、密郑二尉同游。"可见韦应物不止一次与友人游览龙门，此处的旧侣当是指黄州刺史窦某，洛阳县丞韩某，渑池县丞李某，密县尉和郑县尉等人。龙门与香山隔伊水相望，想当年众人登山远眺，盘桓游赏不胜欢畅，如今睹物思人良多感慨。

汉魏古城是隋唐洛阳的影像，后人多有题咏，王贞白《经故洛城》云："山河徒自壮，周召不长生。……但余崩垒在，今古共伤情。"③没有永远的王朝，只有亘古壮丽的山河，面对古城残垒，人们的悲叹是一样的。唐代许棠、许浑、罗隐、罗邺、崔涂等诗人都有关于汉魏故洛城的诗歌，如许棠《过故洛城》云："七百数还穷，城池一旦空。夕阳唯照草，危堞不胜风。岸断河声

① （唐）韦应物著，陶敏、王友胜校注：《韦应物集校注》卷七《游览》，上海古籍出版社1998年版，第438页。

② （唐）韦应物著，陶敏、王友胜校注：《韦应物集校注》卷七《游览》，上海古籍出版社1998年版，第440页。

③ 《全唐诗》（增订本）卷七百〇一，第8137页。

别，田荒野色同。去来皆过客，何处问遗宫。”① 罗隐《经故洛阳城》云：

败垣危堞迹依稀，试驻羸骖吊落晖。

跋扈以成梁冀在，简书难问杜乔归。

由来世事须翻覆，未必余才解是非。

千载昆阳好功业，与君门下作恩威。②

洛阳故城断垣残壁依稀犹在，东汉的风云人物在罗隐的心中留下了深深的烙印，他所流露出的追念先贤的情思，正是洛阳都城文化吸引力的体现。古人途经洛阳故城而发思古之幽情的诗文还有不少，如罗邺《经故洛城》云：“一片危墙势恐人，墙边日日走蹄轮。筑时驱尽千夫力，崩处空为数里尘。长恨往来经此地，每嗟兴废欲沾巾。那堪又向荒城过，锦雉惊飞麦陇春。”③ 崔涂《过洛阳故城》云：“三十世皇都，萧条是霸图。片墙看破尽，遗迹渐应无。野径通荒苑，高槐映远衢。独吟人不问，清冷自呜呜。”④ 钱起《过故洛城》云：“故城门外春日斜，故城门里无人家。市朝欲认不知处，漠漠野田空草花。”⑤ 许浑《故洛城》云：“黍稷离离半野蒿，昔人城此岂知劳。水声东去市朝变，山势北来宫殿高。鸦噪暮云归古堞，雁迷寒雨下空壕。可怜缑岭登仙子，犹自吹笙醉碧桃。”⑥ 刘禹锡《故洛城古墙》云：“粉落椒飞知几春，风吹雨洒旋成尘。莫言一片危基在，犹过无穷来往人。”⑦ 由于隋炀帝另建新城，武则天时又加以扩建，遂使汉魏洛阳古城逐渐荒废，诗人们通过描写故城落日夕照下荒芜的田野，遍地的衰草，空荡的城池，冷清的街衢，寥落的人家，惊飞的雉鸟，萧索的市井，断墙残垣危堞，慨叹逝去的繁华不再，而往来不断的人群依旧川流不息，这种沧桑巨变带给诗人的是无穷无尽的人生

① 《全唐诗》（增订本）卷六百〇四，第 7036 页。
② 《全唐诗》（增订本）卷六百五十八，第 7616 页。
③ （唐）罗邺著，何庆善，杨应芹注：《罗邺诗注》，上海古籍出版社 1990 年版，第 19 页。
④ 《全唐诗》（增订本）卷六百七十九，第 7837 页。
⑤ （唐）钱起著，王定璋校注：《钱起诗集校注》，浙江古籍出版社 2015 年版，第 292 页。
⑥ （唐）许浑撰，罗时进笺证：《丁卯集笺证》卷六，中华书局 2012 年版，第 351 页。
⑦ （唐）刘禹锡著，卞孝萱校订：《刘禹锡集》卷二十四，中华书局 1990 年版，第 308 页。

感喟。杜牧《故洛阳城有感》云：

一片宫墙当道危，行人为汝去迟迟。
罼圭苑里秋风后，平乐馆前斜日时。
锢党岂能留汉鼎，清谈空解识胡儿。
千烧万战坤灵死，惨惨终年鸟雀悲。①

《唐诗鼓吹评注》论曰："此经洛阳，怀汉晋兴废之事而作也。首言过此见宫墙之危而不忍去，盖恨汉之亡也。夫其所以然者，以灵帝造荜圭、平乐以游佚，又听信谗言，兴钩党之祸以害贤良耳。至晋则尚清谈，虽王衍先识胡儿之患，亦何补于败亡哉？噫！洛阳用武之地，屡经兵火之变，坤灵亦灭，惟见长年乌雀之悲耳，能不过故城而有感乎。"② 王绩聚焦汉代故城，作《过汉故城》云："宫阙谁家域，蓁芜罥我裳。井田唯有草，海水变为桑。在昔高门内，于今岐路傍。余基不可识，古墓列成行。"结尾发出了"千秋并万岁，空使咏歌伤"③ 的凄凉喟叹。诗人伤今怀古，感慨时迁世变。陆敬《游隋故都》云"洛城聊顾步，长想遂留连。……兴悼今如此，悲愁复在旃。彷徨不忍去，杖策屡回邅"④，说明在象征历史变迁的都城故地，人们自然会生发出关于人生和社会的种种哲思。

刘希夷《代悲白头翁》是对唐代东都洛阳繁华的吟唱，"洛阳城东桃李花，飞来飞去落谁家？洛阳女儿好颜色，坐见落花长叹息"，"已见松柏摧为薪，更闻桑田变成海。古人无复洛城东，今人还对落花风"，"宛转蛾眉能几时？须臾鹤发乱如丝。但看古来歌舞地，惟有黄昏鸟雀悲"⑤。诗人将岁月的沧桑变迁寓于对历史的回眸之中，隐含了对人生的深邃思索。岁月抹去的只

---

① （唐）杜牧撰，何锡光校注：《樊川文集校注》第三，巴蜀书社 2007 年版，第 284—285 页。

② （清）钱牧斋、何义门评注，韩成武等点校：《唐诗鼓吹评注》卷六，河北大学出版社 2000 年版，第 294—295 页。

③ 《全唐诗》（增订本）卷三十七，第 488 页。

④ 《全唐诗》（增订本）卷三十三，第 455—456 页。

⑤ （唐）刘希夷著，陈文华注：《刘希夷诗注》，上海古籍出版社 1997 年版，第 37 页。

是古都的繁华，而沉淀下来的则是后人反思所留下来的历史经验教训，虽然这些诗文只是一鳞半爪的思绪片段，但也是能够引发来者思考的吉光片羽。

宋人邵雍《小车六言吟》云：“五凤楼前月色，天津桥上风凉。金谷园中流水，魏王堤外修篁。”“不为虚作男子，无负闲居洛阳。天地精英多得，尧夫老去何妨。”[1] 漫读诗书总会发现不同朝代的人们，面对洛阳千年遗存古迹时，所兴发的历史沧桑轮回之感是如此的一致，洛阳都城阅尽王朝兴亡人事代谢，留给后人的非物质文化遗产将是无穷无尽的。

① （宋）邵雍著，郭彧整理：《伊川击壤集》卷十四，中华书局 2013 年版，第 225 页。

第七章　迎来送往的赠别

洛阳大都市的繁华吸引了众多的士子文人，人们带着不同的理想来到这里寻求事业和成功，演绎了各种各样的人生故事，洛阳城的阡陌交通和四季风雨，经历了无数的送往迎来和离情别绪，一首首送别诗作向人们讲述着洛阳都城曾经的情感故事。崔日用《饯唐永昌》云："洛阳桴鼓今不鸣，朝野咸推重太平。冬至冰霜俱怨别，春来花鸟若为情。"① 洛阳山水具有灵性，四季花鸟重情义，都城浓厚的文化氛围孕育了市井百姓多感的情怀。储光羲《洛中贻朝校书衡，朝即日本人也》云："万国朝天中，东隅道最长。吾生美无度，高驾仕春坊。出入蓬山里，逍遥伊水傍。伯鸾游太学，中夜一相望。落日悬高殿，秋风入洞房。屡言相去远，不觉生朝光。"② 朝衡即日本人晁衡，曾任校书郎，"万国朝天中"写出了洛阳都城在异域的巨大影响力，显明了都城送别习俗的广泛传播。

第一节　洛水桥畔浮愁云

洛水是洛阳的风景线，洛水畔、洛阳桥（天津桥）等的送别图景是重复

---

① 《全唐诗》（增订本）卷四十六，第563页。

② 《全唐诗》（增订本）卷一百三十八，第1405页。

不尽的生活写意。储光羲《送恂上人还吴》云："洛城本天邑，洛水即天池。君王既行幸，法子复来仪。虚室香花满，清川杨柳垂。乘闲道归去，远意谁能知。"① 洛水如同天池般映照着洛城天邑，离别的人自然舍不得离开，留恋之情不言而喻。元和四年（809 年）六月，韩愈分司东都，这年冬天，侯继从王锷辟，参河中幕，韩愈于是作《送侯参谋赴河中幕》云：

忆昔初及第，各以少年称。君颐始生须，我齿清如冰。
尔时心气壮，百事谓已能。一别讵几何，忽如隔晨兴。
我齿豁可鄙，君颜老可憎。相逢风尘中，相视迭嗟矜。
幸同学省官，末路再得朋。东司绝教授，游宴以为恒。
秋渔荫密树，夜博然明灯。雪径抵樵叟，风廊折谈僧。
陆浑桃花间，有汤沸如烝。三月崧少步，踯躅红千层。
洲沙厌晚坐，岭壁穷晨升。沈冥不计日，为乐不可胜。
迁满一已异，乖离坐难凭。行行事结束，人马何跻腾。
感激生胆勇，从军岂尝曾。洸洸司徒公，天子爪与肱。
提师十万余，四海钦风稜。河北兵未进，蔡州帅新薨。
曷不请扫除，活彼黎与烝。鄙夫诚怯弱，受恩愧徒弘。
犹思脱儒冠，弃死取先登。又欲面言事，上书求诏征。
侵官固非是，妄作谴可惩。惟当待责免，耕斸归沟塍。
今君得所附，势若脱鞲鹰。檄笔无与让，幕谋职其膺。
收绩开史牒，翰飞逐溟鹏。男儿贵立事，流景不可乘。
岁老阴沴作，云颓雪翻崩。别袖拂洛水，征车转崤陵。
勤勤酒不进，勉勉恨已仍。送君出门归，愁肠若牵绳。
默坐念语笑，痴如遇寒蝇。策马谁可适，晤言谁为应。
席尘惜不扫，残尊对空凝。信知后会时，日月屡环絙。

① 《全唐诗》（增订本）卷一百三十八，第 1406 页。

生期理行役，欢绪绝难承。寄书惟在频，无恡简与缯。①

韩愈与侯继是贞元八年同榜进士，元和四年又同官学省，韩愈为博士，侯继为助教，两人关系非常笃厚，诗人回忆往昔交情，不堪离情，“别袖拂洛水，征车转崤陵”，不胜牵肠挂肚。杜牧有《洛中送冀处士东游》云：“嵩山高万尺，洛水流千秋。往事不可问，天地空悠悠。四百年炎汉，三十代宗周。二三里遗堵，八九所高邱。人生一世内，何必多悲愁。歌阕解携去，信非吾辈流。”② 千秋流淌的洛水，见证了无数的悲欢离合，也书写了代代相传的送别民俗。

唐代社会盛行祖道宴别，自上而下莫不相效，唐玄宗时期随着社会的太平，祖饯赋诗越发成风，宋代尤袤《全唐诗话》卷一《玄宗》记载玄宗：“开元十六年，帝自择廷臣为诸州刺史。许景先治虢州，源光裕郑州，寇泚宋州，郑温琦邠州，袁仁恭杭州，崔志廉襄州，李昇期邢州，郑放定州，蒋挺湖州，裴观沧州，崔成遂州，凡十一人。行，诏宰相、诸王、御史以上祖道洛滨，盛具，奏太常乐，帛舫水嬉。命高力士赐诗，令题座右。帝亲书，且给笔纸，令自赋，赉绢三千遣之。”③《新唐书》卷一百二十八《许景先传》记载：“十三年，帝自择刺史，景先由吏部侍郎为刺史治虢州，大理卿源光裕郑州，兵部侍郎寇泚宋州，礼部侍郎郑温琦邠州，大理少卿袁仁敬杭州，鸿胪少卿崔志廉襄州，卫尉少卿李昇期邢州，太仆少卿郑放定州，国子司业蒋挺湖州，左卫将军裴观沧州，卫率崔诚遂州，凡十一人。治行，诏宰相、诸王、御史以上祖道洛滨，盛具，奏太常乐，帛舫水嬉，命高力士赐诗，帝亲书，且给笔纸令自赋，赉绢三千遣之。”④ 唐玄宗亲自挑选任命源光裕、杨承令等十一人为各州刺史，命令百官诸王在洛水之滨举行大规模祖饯活动，赏

① （唐）韩愈著，屈守元、常思春主编：《韩愈全集校注》元和四年，四川大学出版社 1996 年版，第 476 页。

② （唐）杜牧撰，何锡光校注：《樊川文集校注》第一，巴蜀书社 2007 年版，第 85 页。

③ （宋）尤袤：《全唐诗话》卷一《玄宗》，中华书局 1985 年版，第 3 页。

④ （宋）欧阳修、宋祁：《新唐书》卷一二八《许景先传》，中华书局 1975 年版，第 4465 页。

赐给御膳房所供食物，派遣太常配置音乐，召教坊歌妓表演助兴，又亲自作十韵诗奖赏，荣耀非凡。唐玄宗《赐诸州刺史以题座右》诗云：“眷言思共理，鉴梦想惟良。猗与此推择，声绩著周行。贤能既俟进，黎献实伫康。视人当如子，爱人亦如伤。讲学试诵论，阡陌劝耕桑。虚誉不可饰，清知不可忘。求名迹易见，安贞德自彰。讼狱必以情，教民贵有常。恤惸且存老，抚弱复绥强。勉哉各祗命，知予眷万方。”① 希望十一位刺史到地方为官，能够劝农重教，爱护百姓，清廉为政。张九龄其时为中书舍人，因作《奉和圣制赐诸州刺史以题座右》云：

圣人合天德，洪覆在元元。每劳苍生念，不以黄屋尊。
兴化自群辟，择贤守列藩。得人此为盛，咨岳今复存。
降鉴引君道，殷勤启政门。容光无不照，有象必为言。
成宪知所奉，致理归其根。肃肃禀玄猷，煌煌戒朱轩。
岂徒任遇重，兼尔宴锡繁。载闻励臣节，持答明主恩。②

诗人赞扬皇帝体恤苍生，推行教化，亲选人才充当诸州刺史，驻守诸藩，实是英明决策，勉励诸州刺史振兴地方，替天行道，坚守臣节，报主明恩。张说有《洛桥北亭诏饯诸刺史》形象再现了当时的饯送场面，诗云：“离亭拂御沟，岸曲舞船楼。诏饯朝廷牧，符分海县忧。股肱还入郡，父母更临州。扇逐仁风转，车随零雨流。恩光水上溢，荣色柳间浮。预待群方最，三公不远求。”③ 离亭别曲营造出了浓郁的送别氛围，给予了对朝廷牧官的深切期望。孟浩然曾作《洛下送奚三还扬州》，诗云：“水国无边际，舟行共使风。羡君从此去，朝夕见乡中。余亦离家久，南行恨不同。音书若有问，江上会相逢。”④ 在洛水之滨送别友人的孟浩然，因友人的归去而产生了思乡之情，恨

---

① 《全唐诗》（增订本）卷三，第 27 页。
② （唐）张九龄著，刘斯翰校注：《曲江集》，广东人民出版社 1986 年版，第 168 页。
③ （唐）张说撰，熊飞校注：《张说集校注》卷五，中华书局 2013 年版，第 190 页。
④ （唐）孟浩然著，佟培基笺注：《孟浩然诗集笺注》卷下，上海古籍出版社 2013 年版，第 347 页。

不能随友人一起返回南国家乡。“洛水清奔夏，嵩云白入秋”①，“春和洛水清无浪，雪洗高峰碧断根”②，“洛水春渡阔，别离心悠悠”③，洛水流不尽，别离情无限，应是无言洛水对离人的真诚祝福。

洛水上的渡口、天津桥等，是洛水的标志性建筑，因而成为离别镜头的焦点，被诗人们反复提及。“悠悠天下士，相送洛桥津”④，“祖席洛桥边，亲交共黯然”⑤，“今日洛桥还醉别，金杯翻污麒麟袍”⑥，“洛桥歌酒今朝散，绛路风烟几日行”⑦，洛桥渡口成为离人分手的短暂驿站，饯行送别四季不断。刘希夷《洛中晴月送殷四入关》云：

清洛浮桥南渡头，天晶万里散华洲。

晴看石濑光无数，晓入寒潭浸不流。

微云一点曙烟起，南陌憧憧遍行子。

欲将此意与君论，复道秦关尚千里。⑧

洛桥南渡口，微云晨色中，离人依依惜别。开元十三年（725 年）至十四年（726 年），储光羲滞留洛阳待选，其间有多首洛水送别诗，如《洛桥送别》云：“河桥送客舟，河水正安流。远见轻桡动，遥怜故国游。海禽逢早雁，江月值新秋。一听南津曲，分明散别愁。”洛阳桥下洛水缓缓流过，远处传来的旖旎曲调，更增添了别离的愁绪。其《洛中送人还江东》云：“洛城春雨霁，

① 《全唐诗》（增订本）卷八百三十八《齐己〈送刘秀才往东洛〉》，第 9524 页。

② 《全唐诗》（增订本）卷八百四十六《齐己〈送韩蜕秀才赴举〉》，第 9639 页。

③ （唐）孟郊著，郝世峰笺注：《孟郊诗集笺注》卷八《送卢郎中汀》，河北教育出版社 2002 年版，第 408 页。

④ （唐）卢照邻著，李云逸校注：《卢照邻集校注》卷一《咏史四首》之二，中华书局 1998 年版，第 36 页。

⑤ （唐）韩愈著，屈守元、常思春主编：《韩愈全集校注》元和三年《祖席》（前字），四川大学出版社 1996 年版，第 462 页。

⑥ （唐）白居易著，谢思炜校注：《白居易诗集校注》卷三十一《醉送李二十常侍赴镇浙东》，中华书局 2017 年版，第 2378 页。

⑦ （唐）白居易著，顾学颉校点：《白居易集》卷三十五《皇甫郎中亲家翁赴任绛州宴送出城赠别》，中华书局 1979 年版，第 796 页。

⑧ （唐）刘希夷著，陈文华注：《刘希夷诗注》，上海古籍出版社 1997 年版，第 40—41 页。

相送下江乡。树绿天津道，山明伊水阳。孤舟从此去，客思一何长。直望清波里，唯余落日光。”一场春雨过后，天津桥树绿波碧，落日余晖中诗人还在遥望远去的朋友。其《洛潭送人觐省》又云：“清洛带芝田，东流入大川。舟轻水复急，别望杳如仙。细草生春岸，明霞散早天。送君唯一曲，当是白华篇。”① 清洛如带，装扮了洛阳城，轻舟随流水，送友人远去。皇甫冉《送包佶赋得天津桥》云：“洛阳岁暮作征客，□□□□□□□。相望依然一水间，相思已如千年隔。晴烟霁景满天津，凤阁龙楼映水滨。岂无朝夕轩车度，其奈相逢非所亲。巩树甘陵愁远道，他乡一望人堪老。君报还期在早春，桥边日日看芳草。”② 送别诗的结尾多言盼望归来，显出深情厚谊。人们热衷于洛桥送行，留下了一幕幕美好的画面，“洛水桥边雁影疏，陆机兄弟驻行车”③，这是李益《中桥北送穆质兄弟应制戏赠萧二策》的情景；“洛水桥长昼起雷。共羡府中棠棣好”④，这是刘禹锡《同乐天送河南冯尹学士》时的天气；“洛桥浮逆水，关树接非烟”⑤，这是顾况《送韦秀才赴举》逆水行舟的情形；“洛桥风暖细翻衣，春引仙官去玉墀”⑥，这是杜牧《洛中监察病假满送韦楚老拾遗归朝》于春风里。韩愈《祖席》（前字）记述洛桥送别云：“祖席洛桥边，亲交共黯然。野晴山簇簇，霜晓菊鲜鲜。书寄相思处，杯衔欲别前。淮阳知不薄，终愿早回船。”⑦ 诗人因为王涯往袁州任刺史而作此诗，即景申述离情，结以期待早归，颇有意味。

洛水横贯洛城，是洛阳人钟情的记忆，谭用之《别雒下一二知己》即云：

---

① 《全唐诗》（增订本）卷一百三十九，第1413页。
② 《全唐诗》（增订本）卷二百四十九，第2801页。
③ 《全唐诗》（增订本）卷二百八十三，第3219页。
④ （唐）刘禹锡著，卞孝萱校订：《刘禹锡集》卷三十一，中华书局1990年版，第429页。
⑤ 《全唐诗》（增订本）卷二百六十六，第2947页。
⑥ （唐）杜牧著，陈允吉校点：《杜牧全集》卷三，上海古籍出版社1997年版，第27页。
⑦ （唐）韩愈著，屈守元、常思春主编：《韩愈全集校注》元和三年，四川大学出版社1996年版，第462页。

“金鼎光辉照雪袍，雒阳春梦忆波涛。尘埃满眼人情异，风雨前程马足劳。”①洛阳桥横跨洛水，与人们生活息息相关，一如张说《离会曲》云：

何处送客洛桥头，洛水泛泛中行舟。
可怜河树叶萋萋，关关河鸟声相思。
街鼓喧喧日云夕，去棹归轩两相迫。
何人送客故人情，故人今夜何处客。②

可谓洛桥多送别的真实写照，洛水、洛树、洛舟、洛鸟，无不感染上了离人的情思，共同构成了一幅洛水桥畔依依惜别的水墨画。

第二节　都门是处伤别情

《历代宅京记》又称《历代帝王宅京记》，记述唐东都城曰：“东都城，左成皋，右函谷，前伊阙，后邙山。南面三门：中曰定鼎，左曰长夏，右曰厚载。东面三门：中曰建春，南曰永通，北曰上东。北面二门：东曰安喜，西曰徽安。西连禁苑。苑西四门：南曰迎秋，次曰游义，次曰龙烟，北曰灵溪。皇城在都城之西北隅，南面三门：中曰端门，左曰左掖门，右曰右掖门。东面一门，曰宾耀。西面二门，南曰丽景，北曰宣耀。东城在皇城之东。东曰宣仁门，南曰承福门。”③ 如此将唐代东都洛阳的整体面貌描绘了出来，给人以明晰的印象。《历代帝王宅京记》中的洛阳都城记是洛阳为都历史的形象画卷，顾炎武的撰写态度朴实无华，既具有史学家的严谨，同时又有文学家的清晰思路，这些城门也是常见的送别地点。

开元十四年（726 年），储光羲待选洛阳，前文已云有多首洛水送别诗，另外还有《洛阳东门送别》云：“东城别故人，腊月迟芳辰。不惜孤舟去，其

① 《全唐诗》（增订本）卷七百六十四，第 8755 页。
② （唐）张说撰，熊飞校注：《张说集校注》卷十，中华书局 2013 年版，第 507 页。
③ （清）顾炎武：《历代宅京记》卷九《雒阳下·唐》，中华书局 1934 年版，第 157 页。

如两地春。花明洛阳苑，水绿小平津。是日不相见，莺声徒自新。”[①] 诗人于洛阳东门送别故人，为了本次成行，友人从去年腊月等到今春，两地春色勾起许多相思，今日别后再难听到洛莺鸣叫了。储光羲还有《秋庭贻马九》云：

伊昔好观国，自乡西入秦。往复万余里，相逢皆众人。
大君幸东岳，世哲扈时巡。予亦从此去，闲居清洛滨。
稍稍寒木直，彩彩阳华新。迭宕孔文举，风流石季伦。
妙年一相得，白首定相亲。重此虚宾馆，欢言冬及春。
哲兄盛文史，出入驰高轨。令德本同人，深心重知己。
绛衣朝圣主，纱帐延才子。伯淮与季江，清濬各孤峙。
群芳趋泛爱，万物通情理。而我信空虚，提携过杞梓。
夫君美声德，直道期终始。孰谓忽离居，优游郑东里。
东里近王城，山连路亦平。何言相去远，闲言独凄清。
万里鸿雁度，四邻砧杵鸣。其如久离别，重以霜风惊。[②]

马九即扶风马挺，为储光羲伯父，自洛阳返回郑州别业，诗人“闲居清洛滨”作诗赠别，感于秋鸿秋景而伤心别离，因送别长辈而多言故事，情感深沉。韦应物《上东门会送李幼举南游徐方》云：“离弦既罢弹，樽酒亦已阑。听我歌一曲，南徐在云端。云端虽云邈，行路本非难。诸侯皆爱才，公子远结欢。济济都门宴，将去复盘桓。令姿何昂昂，良马远游冠。意气且为别，由来非所叹。”[③] 上东门即洛阳城东门，宴席酒后离歌唱起，离人和行者良久徘徊，不忍离去。王昌龄《东京府县诸公与綦毋潜李颀相送至白马寺宿》云：“鞍马上东门，裴回入孤舟。贤豪相追送，即棹千里流。赤岸落日在，空波微烟收。薄宦忘机栝，醉来即淹留。月明见古寺，林外登高楼。南风开长廊，夏夜如

① 《全唐诗》（增订本）卷一百三十九，第1410页。
② 《全唐诗》（增订本）卷一百三十七，第1390页。
③ （唐）韦应物著，陶敏、王友胜校注：《韦应物集校注》卷四《送别》，上海古籍出版社1998年版，第226页。

凉秋。江月照吴县，西归梦中游。”① 出了上东门即由车转船，诸公挥手作别，直至船行渐远。开元十四年（726年）正月，（张嘉贞）“复代卢从愿为工部尚书、定州刺史，知北平军事，累封河东侯。将行，上自赋诗，诏百僚于上东门外饯之。”② 玄宗亲自上东门外祖送赋诗，显示厚爱，随行臣僚作有应制诗若干篇，大诗人张说为之作序。张说《送工部尚书弟赴定州诗序》云：“宵旰天子，送冬卿之诗也。河朔愆岁，恒阳俟牧，借戚六官，导俗千里。俾乎列城迁仰止之化，邻境蒙波及之泽；不然者，岂尔郡而劳大贤哉！尚书河东侯，朝廷之旧宰也。操法度于掌握，运陶钧于方寸。是将敷皇惠，寒谷挟纩而知暄；畅君恩，疲人饮德而自饱。苏其槁瘁，乐我阳和，亢宗殿国，亦望于此。于时春带余寒，野衔残雪，太官重味，御酒百壶。供帐临岐，假丝竹以留宴；倾城出饯，会文章以宠行。三台厚常寮之意，八座深联事之瞩。既而离人遽起，班马争嘶，寻太行之远山，想邯郸之长陌。虽仰瞻鸿雁，来往易于前期；而相对桑榆，迟暮难于远别。送归之地，欢怅如何？应制华篇，凡若干首。骞翔鸾凤，欲挂千金之木；纠合蛟龙，附藏群玉之府。置之怀袖，以慰遐心云尔。”③ 冬卿指工部尚书，送行的场面阔大宏伟，人员众多，仪式隆重，彰显出了意义非凡。

定鼎门是隋唐洛阳城外郭城的正门，隋初名为建国门，唐代更名为定鼎门，位于隋唐城中轴线上，褚载《定鼎门》云“郏鄏城高门倚天，九重踪迹尚依然。须知道德无关锁，一闭乾坤一万年”④，贯休《送僧之东都》云“定鼎门连岳，黄河冻过春”⑤，这里是举行大型饯送仪式活动的地方。《旧唐书》卷九十一《张柬之传》记载：“其年秋，柬之表请归襄州养疾。许之，仍特授

① （唐）王昌龄著，胡问涛、罗琴校注：《王昌龄集编年校注》卷三，巴蜀书社2000年版，第128—129页。

② （五代）刘昫撰：《旧唐书》卷九九《张嘉贞传》，中华书局1975年版，第3092页。

③ （唐）张说撰，熊飞校注：《张说集校注》卷二十八《序》，中华书局2013年版，第1347页。

④ 《全唐诗》（增订本）卷六百九十四，第8063页。

⑤ 《全唐诗》（增订本）卷八百三十二，第9464页。

襄州刺史，又拜其子漪为著作郎，令随父之任。上亲赋诗祖道，又令群公饯送于定鼎门外。”① 中宗神龙元年（705年）秋天，张柬之因为失权，上表请求回襄州养病，皇上答应了他的要求，特任命他担任襄州刺史，又亲自赋诗祖道，并命令大臣百官在定鼎门外为他饯行送别，格外优容恩宠。开元十五年（727年）六月，朔方节度使、兵部尚书萧嵩受命赴朔方军，《册府元龟》卷四十《帝王部·文学》记载：玄宗“命有司于定鼎门外供帐置酒以送之，帝赋诗以光宠之”②。韦应物《赋得鼎门送卢耿赴任》云：

名因定鼎地，门对凿龙山。
水北楼台近，城南车马还。
稍开芳野静，欲掩暮钟闲。
去此无嗟屈，前贤尚抱关。③

永泰中卢耿曾为洛阳主簿，后赴任南昌令，参谋江西幕府。诗中洛阳城的定鼎门、龙门山、芳草楼台、暮钟车马等，莫不因送人而情意浓浓，结尾借前贤侯嬴的故事宽慰离人。韦应物又有《送李十四山人东游》云：“欻来客河洛，日与静者论。……送君都门野，饮我林中樽。立马望东道，白云满梁园。踟蹰欲何赠，空是平生言。”④ 无数的离人于都门上演了一幕幕的人生悲欢离合，留下了诗人遗响千古的绝唱。韦应物还有《留别洛京亲友》云：“握手出都门，驾言适京师。岂不怀旧庐，惆怅与子辞。丽日坐高阁，清觞宴华池。昨游倏已过，后遇良未知。念结路方永，岁阴野无晖。单车我当前，暮雪子

① （五代）刘昫等：《旧唐书》卷九十一《张柬之传》，中华书局1975年版，第2942页。

② （宋）王钦若等编纂，周勋初等校订：《册府元龟》卷四十《帝王部·文学》，凤凰出版社2006年版，第431页。

③ （唐）韦应物著，陶敏、王友胜校注：《韦应物集校注》卷四《送别》，上海古籍出版社1998年版，第223页。

④ （唐）韦应物著，陶敏、王友胜校注：《韦应物集校注》卷四《送别》，上海古籍出版社1998年版，第209页。

独归。临流一相望，零泪忽沾衣。”① 诗中充满了对洛阳的依恋，往事历历在目令人不舍。刘禹锡《送李二十九兄员外赴邠宁使幕》云：“家袭韦平身业文，素风清白至今贫。南宫通籍新郎吏，西候从戎旧主人。城外草黄秋有雪，烽头烟静虏无尘。鼎门为别霜天晚，賸把离觞三五巡。”② 鼎门离别的酒宴最难将息，酒过三巡不得不踏上征程。李颀《赠别穆元林（休）》云：

贰职久辞满，藏名三十年。丹墀策频献，白首官不迁。
明主日征士，吏曹何忽贤？空怀济世志，欲棹沧浪船。
举酒洛门外，送君春海边。彼乡有令弟，小邑试烹鲜。
转浦云鋈媚，涉江花岛连。绿芳暗楚水，白鸟飞吴烟。
赠赆亦奚贵，流乱期早旋。金闺会通籍，生事岂徒然。③

从诗中“举酒洛门外，送君春海边”来看，李颀显然是作为“居人”于洛阳送穆元休去江南。穆元休身为副职，大概怀才不遇不被赏识，无处施展才华，有心欲去江南，诗人为其鸣不平，希望江南美景能抚慰其抑郁心境。

第三节 阡陌交通有离亭

洛阳城外郊陌上送行的人群更是常见，薛曜《送道士入天台》云：“洛阳陌上多离别，蓬莱山下足波潮。碧海桑田何处在，笙歌一听一遥遥。”④ 阡陌交通的道路，处处都有分手的离亭。《途中口号》云：“抱玉三朝楚，怀书十上秦。年年洛阳陌，花鸟弄归人。”⑤ 诗题口号即口占，随口吟成。一个“弄”字写出了年年赴洛阳应考，年年失望而归的心酸。张说《送王光庭》

① （唐）韦应物著，陶敏、王友胜校注：《韦应物集校注》卷四《送别》，上海古籍出版社 1998 年版，第 232—233 页。

② （唐）刘禹锡著，卞孝萱校订：《刘禹锡集》卷二十八，中华书局 1990 年版，第 386 页。

③ （唐）李颀著，刘宝和注：《李颀诗评注》卷一，山西教育出版社 1990 年版，第 85 页。近人岑仲勉先生谓穆元林当作穆元休，盖由休、林形似致误。

④ 《全唐诗》（增订本）卷八十，第 868 页。

⑤ 《全唐诗》（增订本）卷九十九，第 1067 页。一作郭向诗。

云："同居洛阳陌，经日懒相求。及尔江湖去，言别怅悠悠。楚云眇羁翼，海月倦行舟。爱而不可见，徒嗟芳岁流。"① 人们总是在言及离别时，才会感到平日在一起的可贵。崔融《留别杜审言并呈洛中旧游》云："斑鬓今为别，红颜昨共游。年年春不待，处处酒相留。驻马西桥上，回车南陌头。故人从此隔，风月坐悠悠。"② 诗人逼迫离开洛阳，回车南陌头，怨而不怒，追忆当年，感激故知友人，缱绻之情动人心弦。李贺《洛阳城外别皇甫湜》云："洛阳吹别风，龙门起断烟。冬树束生涩，晚紫凝华天。单身野霜上，疲马飞蓬间。凭轩一双泪，奉堕绿衣前。"③ 李贺出城访问陆浑尉皇甫湜，离别之际，风亦成为别风，烟亦变为断烟，所望所感莫不沾染上了离情别绪。

"洛阳道八达，洛阳城九重"④，都城交通便利，出行频繁，洛阳城中随处可见送别的场景。顾况《送使君》有句云"天中洛阳道"⑤，洛阳居天下之中，道路四通八达，最方便迎来送往。韦应物《送渑池崔主簿》云："邑带洛阳道，年年应此行。当时匹马客，今日县人迎。暮雨投关郡，春风别帝城。东西殊不远，朝夕待佳声。"⑥ 洛阳大道是洛阳繁华的象征，也是离人回首最多的记忆，在宜人的春天离开都城，期望获得美誉佳声。开成元年（836 年），杜牧任洛阳监察御史分司东都，作《东都送郑处诲校书归上都》云："悠悠渠水清，雨霁洛阳城。槿堕初开艳，蝉闻第一声。故人容易去，白发等闲生。此别无多语，期君晦盛名。"⑦ 雨过天晴送别故友，深情无语，只有祝福。蔡希寂《洛阳客舍逢祖咏留宴》云："绵绵钟漏洛阳城，客舍贫居绝送迎。逢君

---

① （唐）张说撰，熊飞校注：《张说集校注》卷六，中华书局 2013 年版，第 256 页。

② 《全唐诗》（增订本）卷六十八，第 764 页。

③ （唐）李贺著，（清）王琦注释，王步高、刘林辑校汇评：《李贺全集》诗之卷四，珠海出版社 2002 年版，第 325 页。

④ 《乐府诗集》卷二十三《洛阳道》。

⑤ 《全唐诗》（增订本）卷二百六十六，第 2947 页。

⑥ （唐）韦应物著，陶敏、王友胜校注：《韦应物集校注》卷四《送别》，上海古籍出版社 1998 年版，第 243 页。作于长安。

⑦ （唐）杜牧著，陈允吉校点：《杜牧全集》卷三，上海古籍出版社 1997 年版，第 27 页。

贯酒因成醉，醉后焉知世上情。”[①] 祖咏是洛阳人，赊酒款待诗人，两人一醉方休，情谊不言自明。元和年间，李益官河南府少尹，东游扬州时作《洛阳河亭奉酬留守群公追送》云：“离亭饯落晖，腊酒减春衣。岁晚烟霞重，川寒云树微。戎装千里至，旧路十年归。还似汀洲雁，相逢又背飞。”[②] 河亭离亭皆是指送别之地，诗为酬答留别，深情婉然。武则天万岁登封元年（696 年）五月，契丹进犯边境，七月，朝廷命武三思东征防范，崔融以幕府掌书记身份跟随出征，杜审言作《送崔融》云：“君王行出将，书记远从征。祖帐连河阙，军麾动洛城。旌旆朝朔气，笳吹夜边声。坐觉烟尘扫，秋风古北平。”[③] 崔融与杜审言相从友善，从“祖帐连河阙，军麾动洛城”，可以看出此次东征事关重大，送行的帐幕从京城延续到了黄河边，军威震惊了洛阳城，希望旗开得胜，扫荡边尘。武则天圣历元年（698 年）春夏间，杜审言因坐事自洛阳丞被贬为吉州司户参军，宋之问等四十五人共同作诗相送，陈子昂有《送吉州杜司户审言序》云：“当用贤之世，贾谊窜于长沙；……朝廷相送，驻旌盖于城隅；……群公嘉之，赋诗以赠，凡四十五人，具题爵里。”[④] 诗人以贾谊比杜审言，盛赞其诗才震动朝廷上下，城内城外到处都是相送的人群。宋之问虽然卧病在床，仍作《送杜审言》以赠之。诗云：

卧病人事绝，闻君万里行。
河桥不相送，江树远含情。
别路追孙楚，维舟吊屈平。
可惜龙泉剑，流落在丰城。[⑤]

宋之问和杜审言是志同道合的朋友，一听到老朋友被贬至万里以外，便动情

① 《全唐诗》（增订本）卷一百一十四，第 1161 页。

② 《全唐诗》（增订本）卷二百八十三，第 3211 页。

③ （唐）杜审言著，徐定祥注：《杜审言诗注》，上海古籍出版社 1982 年版，第 21 页。

④ （唐）陈子昂著，徐鹏校点：《陈子昂集》卷七，上海古籍出版社 2013 年版，第 182—183 页。

⑤ （唐）沈佺期、宋之问著，陶敏、易淑琼校注：《沈佺期宋之问集校注》，《宋之问集校注》卷一《诗》，中华书局 2001 年版，第 398 页。

感慨万端，歉疚不能当面送行，于是托付江边的绿树相伴，使深情绵延无绝，运用拟人自然贴切。正如唐汝询《唐诗解》所言："言己卧病，不能送至河桥，庶江树为我含情耳。"① 后四句结合朋友的行程路线，连用典故，委婉地表达了对朋友怀才不遇的愤激和对当政者的不满。诗的音韵和谐，对仗匀称而又朴素自然，不尚雕琢，是其诗中被各种选集选得最多的一首，可见分量之重，代表了宋之问律诗的成就和个性的一个方面。

出行饯别到了唐代甚是风行，无论朝廷官员还是民间百姓，莫不热衷于是，尽管规模大小奢华程度有所不同，但所表达的情义却是一致的。尤其是当朝皇帝往往亲自参与，给出行者带来了无上荣光。《唐景龙文馆记》云："大学士李峤入东都祔庙，学士等祖送城东，上令中官赐御馔及蒲萄酒。"② 景龙年间（707—710 年），李峤入东都祔庙时，徐彦伯等学士于东城设宴赋诗相送，皇上赏赐御馔和葡萄酒，以示恩宠。代宗永泰元年（765 年），独孤及应召入长安，行至洛阳时，恰好遇上崔中丞（崔昭）为徐侍郎（徐浩）归京举行饯宴，一同与会的有十八人，皆赋诗相赠，独孤及代为作序。独孤及《崔中丞城南池送徐侍郎还京序》云："侍郎昔为河南督邮、河阳令，其解龟也，东人思其遗美。今出入夷险，历二十载而一来，厅树未老，佐吏半在，公位望章绶，辉光城邑，观者荣之。而东都主人，亦以笾豆醆斝，徼会修好之不暇，凡萃止十有五日而去。去之日，主人叹瞻伫之莫及也，故又酾酒于此池。池上有双彩舻，与竹斋对，布宾主位于樽之左右，而兰台、金闺、建礼、承明之英，十有八人，序列其次。池外有阙塞双岭，遥作外户，嵩高逶迤，数峰当窗。伊洛春树，若刺绣布锦，仙桃火然，顾我则笑。于是游眺之不足，则举白以相劝，而狂歌送之。唱棹鸣榔，箫鼓陈乎其间。醉中疑三江五湖，去人不远，谓千虑万事，无非妄作，况少别可以兴怆乎？但驷马行尘，明日

① （明）唐汝询选释，王振汉点校：《唐诗解》，河北大学出版社 2001 年版，第 459 页。

② （宋）李昉等：《太平御览》卷九百七十二《果部九 · 蒲萄》引《唐景龙文馆记》，中华书局 1960 年版，第 4309 页。

将远，登而无赋，谓樽酒何？宜歌而诗之，且以见追攀者之志。”① 登高必赋，饯行作诗，已经成为常例。贞元十七年（801 年），韩愈有《送窦从事序》写洛阳送别风俗云：“唐之有天下，号令之所加，无异于远近。民俗既迁，风气亦随，雪霜时降，疠疫不兴，濒海之饶，固加于初。是以人之之南海者，若东西州焉。皇帝临天下二十有二年，诏工部侍郎赵植为广州刺史，尽牧南海之民，署从事扶风窦平。平以文辞进，于其行也，其族人殿中侍御史牟，合东都交游之能文者，二十有八人，赋诗以赠之。于是昌黎韩愈嘉赵南海之能得人，壮从事之答于知我，不惮行之远也。又乐贻周之爱其族叔父，能合文辞以宠荣之。作《送窦从事少府平序》。”② 赵植为广州刺史，窦平任从事前往，临行之际，其族人窦牟邀请东都朋友能作文者二十八人，为窦平饯行，韩愈与窦牟友善，感伤远行，于是亲自作序，予以嘉奖。元和五年（810 年），洛阳处士石洪受辟为河阳节度从事，东都文士以诗送行，韩愈作《送石处士赴河阳幕诗并序》云：

河阳军节度御史大夫乌公为节度之三月，求士于从事之贤者。有荐石先生者。……先生不告于妻子，不谋于朋友，冠带出见客，拜受书、礼于门内，宵则沐浴戒行事，载书册，问道所由，告行于常所来往；晨则毕至，张上东门外。……于是东都之人士咸知大夫与先生果能相与以有成也。遂各为歌诗六韵，退愈为之序云。

长把种树书，人云避世士。忽骑将军马，自号报恩子。
风云入壮怀，泉石别幽耳。钜鹿师欲老，常山险犹恃。
岂惟彼相忧，固是吾徒耻。去去事方急，酒行可以起。③

乌公乌重裔为河阳节度使后，辟置幕府，石洪被推荐前往赴任，东都人士设

① 《全唐文》卷三百八十七，第 2333 页。

② （唐）韩愈著，屈守元、常思春主编：《韩愈全集校注》贞元十七年，四川大学出版社 1996 年版，第 1473—1474 页。

③ （唐）韩愈著，屈守元、常思春主编：《韩愈全集校注》元和五年，四川大学出版社 1996 年版，第 500—501 页。

宴上东门赋诗以送，韩愈为之作序，当时送人入幕风气非常盛行。

开成元年（836年），李绅任河南尹，管理东都洛阳事务，不久又改任宣武军节度使，离开洛阳时，送行的场面极为隆盛，李绅作《拜宣武军节度使》并诗序予以记述。序云："开成元年六月二十六日，制授宣武军节度使。七月三日，中使刘泰押送旌节止洛阳。五日赴镇，出都门，城内少长士女相送者数万人。至白马寺，涕泣当车者不可止。少尹严元容鞭胥吏市人，怒其恋慕，留台御史杜牧使台吏遮殴百姓，令其废祖帐。"其《拜宣武军节度使》诗云："油幢并入虎旗开，锦橐从天凤诏来。星应魏师新鼓角，地嫌梁苑旧池台。日晖红旆分如电，人拥青门动若雷。伊洛镜清回首处．是非纷杂任尘埃。"① 李绅因调迁离开洛阳赴新任，东都城男女老少数万人设帷帐祖饯相送，一直送到白马寺仍哭泣留恋依依不舍，甚至引起了少尹、留台御史等人的阻挠。都门外接连不断地送行队伍，无疑是人们借助送别形式臧否世情的一种方式。

《全唐诗话》卷五《卢渥》记左丞相卢渥事迹云："乾符初，母忧服阕，渥自前中书舍人拜陕府观察使……及赴任陕郊，自居守分司朝臣已下，争设祖筵，洛城为之一空，都人耸观，亘数十里。"唐僖宗乾符年初（874年），卢渥已年届六十，因服母丧期满，从中书舍人前往陕州出任陕府观察使，临行，东都洛阳的官员争相设宴饯送，洛阳城几乎为之空巷，人们踮足观看，络绎不绝，队伍绵延达几十里。卢渥作《题嘉祥驿诗》描述送行情景云："交亲荣饯洛城空，秉钺戎装上将同。星使自天丹诏下，雕鞍照地数程中。马嘶静谷声偏响，旆映晴山色更红。别后定知人易老，满街棠树有遗风。"② 唐人高彦休《唐阙史》卷下《卢左丞赴陕郊诗》记载这次盛事云："及赴任陕郊，洛城自保厘尹正已下，更设祖筵，以鲜华相尚，分秩故相。及朝容恶日，两邑县官，卑秩麻衣，倾都出郭，洛城为之一空。食器酒具，罗列道路，盛于清明簪洁松槚之日。填咽临都，驿前后十五里，车马不绝。左辖始舍辔居首

① 《全唐诗》（增订本）卷四百八十二，第5526页。

② （宋）尤袤：《全唐诗话》卷五《卢渥》，中华书局1985年版，第94页。

筵，则为川尹邀去，乃大合乐于旧相之座，而诸朝容已携酒馔出城者，散于田野选胜聚饮。歌乐四起，飘飘然若澧州上巳、会稽褉事也。无贵无贱，及暮醉归。有白髯驿吏声指曰：某自拥彗清郎，五十载未尝睹祖送之盛有如此者。”① 卢渥能得到如此隆盛的祖饯待遇，车马不绝，聚饮歌乐，以及白胡须驿吏的由衷赞叹，表明了他的为人喜爱和尊贵地位。

唐哀帝天祐二年（905 年）八月，右相柳璨召见司空图到洛阳，有意加害，司空图“惧见害，佯堕笏板，遂被放归。在洛曾谒卢渥，渥授以诗。归中条山王官谷山居时，朝中文士有诗送行，诗成集，图为作《寿星集述》”②。司空图为了躲避杀身之祸，故意堕笏失仪，将笏板掉落地上，表现出老朽之态，柳璨于是放其归山。中条山的王官谷有泉石林亭，是其先人的别墅，司空图还旧山时，朝中文士曾夜集赋诗隆重送行。诗作编辑成集后命名为《寿星集》，司空图为之作《寿星集述》予以详述。《寿星集述》小序云：“国史司马先生辞归，朝中赠诗号为《白云集》。予天佑乙丑岁八月五日，过僧阁云：‘昨夜嘉祥西阁望，老人星见为时明。’十四日朝参，其日大河南府奏老人星见，因以寿星目群公之作云云。”③ 此类因送别活动而成的送别诗集数量很大，可见唐人对送别赋诗的由衷喜爱。

福先寺也是文人雅士饯别送行的理想之地，白居易《福先寺雪中饯刘苏州》云：“送君何处展离筵，大梵王宫大雪天。庾岭梅花落歌管，谢家柳絮扑金田。乱从纨袖交加舞，醉入篮舆取次眠。却笑召邹兼访戴，只持空酒驾空船。”④ 福先寺是东都著名的寺院，规模宏大，位于都城最东边，靠近上东门，今老城东唐寺门村。大和五年（831 年）冬天，刘禹锡又遭受排挤，由礼部郎

① 上海古籍出版社编：《唐五代笔记小说大观》下册，上海古籍出版社 2000 年版，第 1362 页。

② 傅璇琮主编：《唐五代文学编年史》（晚唐卷），辽海出版社 1998 年版，第 977—978 页。

③ （唐）司空图著，祖保泉、陶礼天笺校：《司空表圣诗文集笺校》，安徽大学出版社 2002 年版，第 310 页。

④ （唐）白居易著，谢思炜校注：《白居易诗集校注》外集卷上，中华书局 2017 年版，第 2886 页。

中、集贤学士转任苏州刺史，明升暗降，途经洛阳时，正值大雪纷飞，白居易于福先寺设宴送别，深情款待，刘禹锡作《福先寺雪中酬别乐天》诗，感谢白居易盛情云："龙门宾客会龙宫，东去旌旗驻上东。二八笙歌云幕下，三千世界雪花中。离堂未暗排红烛，别曲含凄飏晚风。才子从今一分散，便将诗咏向吴侬。"① "上东" 即上东门，两位洛阳才子就此别过后便天涯两隔，各咏所好。白居易还有《送刘郎中赴任苏州》云："仁风膏雨去随轮，胜境欢游到逐身。水驿路穿儿店月，花船棹入女湖春。宣城独咏窗中岫，柳恽单题汀上蘋。何似姑苏诗太守，吟诗相继有三人。"② 言苏州有众量名胜古迹，太守大多都是善吟的诗人。刘禹锡又有《赴苏州酬别乐天》云："吴郡鱼书下紫宸，长安厩吏送朱轮。二南风化承遗爱，八咏声名蹑后尘。梁氏夫妻为寄客，陆家兄弟是州民。江城春日追游处，共忆东都旧主人。"③ 白居易曾为苏州太守，所以刘禹锡自言承遗爱，追忆旧游，怀念友人。白居易《醉中重留梦得》云："刘郎刘郎莫先起，苏台苏台隔云水。酒盏来从一百分，马头去便三千里。"④ 刘禹锡《醉答乐天》云："洛城洛城何日归？故人故人今转稀。莫嗟雪里暂时别，终拟云间相逐飞。"⑤ 一个醉留，一个醉答，两人私情之深可见一斑。刘禹锡因下雪受阻，在洛阳停留了半个月，还受到东都留守李逢吉的宴请，因作《将赴苏州途出洛阳，留守李相公累申宴饯宠行，话旧形于篇章，谨抒下情以申仰谢》予以答谢，诗云："岁杪风物动，雪余宫苑晴。兔园宾客至，金谷管弦声。洛水故人别，吴宫新燕迎。越乡忧不浅，怀袖有琼英。"⑥ 雪天离开洛阳情不自禁，将李逢吉所赠之诗比喻为琼英，格外珍重。

刘禹锡在洛阳的送别诗还有很多，如《洛中逢韩七中丞之吴兴口号五

① （唐）刘禹锡著，卞孝萱校订：《刘禹锡集》卷三十二，中华书局 1990 年版，第 442—443 页。
② （唐）白居易著，谢思炜校注：《白居易诗集校注》外集卷上，中华书局 2017 年版，第 2884 页。
③ （唐）刘禹锡著，卞孝萱校订：《刘禹锡集》卷三十二，中华书局 1990 年版，第 442 页。
④ （唐）白居易著，谢思炜校注：《白居易诗集校注》卷二十七，中华书局 2017 年版，第 2159 页。
⑤ （唐）刘禹锡著，卞孝萱校订：《刘禹锡集》卷三十二，中华书局 1990 年版，第 443 页。
⑥ （唐）刘禹锡著，卞孝萱校订：《刘禹锡集》卷三十六，中华书局 1990 年版，第 534 页。

首》云：

昔年意气结群英，几度朝回一字行。
海北天南零落尽，两人相见洛阳城。

自从云散各东西，每日欢娱却惨悽。
离别苦多相见少，一生心事在书题。

今朝无意诉离杯，何况清弦急管催。
本欲醉中轻远别，不知翻引酒悲来。

骆驼桥上蘋风急，鹦鹉杯中箬下春。
水碧山青知好处，开颜一笑向何人。

溪中士女出笆篱，溪上鸳鸯避画旗。
何处人间似仙境？春山携妓采茶时。[①]

韩七中丞即韩泰，早年与刘禹锡等一同参与过王叔文的永贞革新，两人交情很深。大和元年（827年）任湖州刺史，后转常州，经过洛阳，故旧相逢，刘禹锡置酒饯别，抚今追昔不胜感慨，援笔挥毫一气而成五首绝句，回忆共同经历的往事，预想韩泰未来的境况，表达依依惜别之情。开成元年（836年），刘禹锡任太子宾客分司东都，又有《洛中春末送杜录事赴蕲州》云："尊前花下长相见，明日忽为千里人。君过午桥回首望，洛城犹自有残春。"[②] 杜录事是刘禹锡的同僚，平日经常相见，骤然分离令人忽觉难以忍受，心中倍感失落。

龙门是洛阳的南大门，因其独特的地理位置和风景被格外重视，顾况

① （唐）刘禹锡著，卞孝萱校订：《刘禹锡集》卷二十八，中华书局1990年版，第368页。
② （唐）刘禹锡著，卞孝萱校订：《刘禹锡集》卷二十八，中华书局1990年版，第383页。

《洛阳行送洛阳韦七明府》云："始上龙门望洛川，洛阳桃李艳阳天。最好当年二三月，上阳宫树千花发。疏家父子错挂冠，梁鸿夫妻虚适越。"① 龙门是洛阳的延伸，对离人有着独特意义，洛阳县令韦七辞官南归，过龙门回望洛川有惜别之意。大和九年（835 年），白居易《龙门送别皇甫泽州赴任、韦山人南游》云："隼旟归洛知何日，鹤驾还嵩莫过春。惆怅香山云水冷，明朝便是独游人。"② 诗题中韦山人即韦楚，是白居易的山水友，离洛南游。皇甫泽州即皇甫曙，与白居易的关系很特殊，两人既是酒友，又是亲家，前往泽州赴任刺史。首句言皇甫曙，"鹤驾"句言韦楚，登上旅途宦游独行四方。白居易本年还有《送张常侍西归》云："二年花下为闲伴，一旦尊前弃老夫。西午桥街行怅望，南龙兴寺立踟蹰。洛城久住留情否，省骑重归称意无。出镇归朝但相访，此身应不离东都。"③ 张常侍即张仲方，与白居易相善，李德裕被罢相后，李宗闵复召其为常侍，自洛阳归长安，两人交往颇多，临别送上祝福。又有《韦七自太子宾客再除秘书监以长句贺而饯之》云："离筵莫怆且同欢，共贺新恩拜旧官。屈就商山伴麋鹿，好归芸阁狎鹓鸾。落星石上苍苔古，画鹤厅前白露寒。老监姓名应在壁，相思试为拂尘看。"④ 韦七即韦缜，白居易自注曰："韦往年尝与予同为秘监。"诗语曲折尽意，雍容大雅，多所劝慰，感情深挚。

白居易一生钟爱洛阳，尤其是晚年居住洛阳十几载，广泛交游，留下了几十首送别留别诗作，莫不情意缠绵，感人至深。如《除苏州刺史别洛城东花》云："乱雪千花落，新丝两鬓生。老除吴郡守，春别洛阳城。江上今重去，城东更一行。别花何用伴，劝酒有残莺。"⑤ 宝历元年（825 年）三月，白居易自洛阳赴任苏州刺史，暮春时节落花似雪，两鬓斑白重往江南，虽是

① 《全唐诗》（增订本）卷二百六十五，第 2942 页。
② （唐）白居易著，谢思炜校注：《白居易诗集校注》卷三十二，中华书局 2017 年版，第 2477 页。
③ （唐）白居易著，谢思炜校注：《白居易诗集校注》外集卷上，中华书局 2017 年版，第 2859 页。
④ （唐）白居易著，谢思炜校注：《白居易诗集校注》卷三十二，中华书局 2017 年版，第 2481 页。
⑤ （唐）白居易著，谢思炜校注：《白居易诗集校注》卷二十四，中华书局 2017 年版，第 1865 页。

无奈告别春花，情调显出苍凉，但并不颓唐，只觉风格遒上。白居易有《洛城东花下作》云："记得旧诗章，花多数洛阳。及逢枝似雪，已是鬓成霜。向后光阴促，从前事意忙。无因重年少，何计驻时芳。欲送愁离面，须倾酒入肠。白头无藉在，醉倒亦何妨。"① 洛阳城东遍植桃李，花枝繁茂，为唐时游览胜地，花开不能永久芬芳，人生亦不可时光倒流，唯愿一醉方休。大和七年（833年），李绅自太子宾客分司除浙东观察使，从洛阳出发，白居易作《醉送李二十常侍赴镇浙东》云：

靖安客舍花枝下，共脱青衫典浊醪。
今日洛桥还醉别，金杯翻污麒麟袍。
喧阗凤驾君脂辖，酩酊离筵我藉糟。
好去商山紫芝伴，珊瑚鞭动马头高。②

李二十常侍即李绅，与白居易同为太子宾客分司，两人洛桥醉别，借酒消愁。本年白居易又有《醉别程秀才》云："五度龙门点额回，却缘多艺复多才。贫泥客路黏难出，愁锁乡心掣不开。何必更游京国去，不如且入醉乡来。吴弦楚调潇湘弄，为我殷勤送一杯。"③ 诗中自注曰："程生善琴，尤能《沉湘曲》。" 程秀才多才多艺，把杯相送，不胜凄楚。当年年底姚合赴杭州刺史任，经过洛阳，白居易《送姚杭州赴任因思旧游二首》云："与君细话杭州事，为我留心莫等闲。闾里固宜勤抚恤，楼台亦要数跻攀。笙歌缥缈虚空里，风月依稀梦想间。且喜诗人重管领，遥飞一盏贺江山。""渺渺钱唐路几千，想君到后事依然。静逢竺寺猿偷橘，闲看苏家女采莲。故妓数人凭问讯，新诗两首倩留传。舍人虽健无多兴，老校当时八九年。"④ 诗话杭州生活，描写江南风俗，如此送人言别，韵味别致。大和八年（834年），常秀才落第东归，途

---

① （唐）白居易著，谢思炜校注：《白居易诗集校注》卷二十三，中华书局2017年版，第1861页。
② （唐）白居易著，谢思炜校注：《白居易诗集校注》卷三十一，中华书局2017年版，第2378页。
③ （唐）白居易著，谢思炜校注：《白居易诗集校注》卷三十一，中华书局2017年版，第2379页。
④ （唐）白居易著，谢思炜校注：《白居易诗集校注》卷三十二，中华书局2017年版，第2460页。

经洛阳，白居易《送常秀才下第东归》云："东归多旅恨，西上少知音。寒食看花眼，春风落第心。百忧当二月，一醉直千金。到处公卿席，无辞酒盏深。"① 劝慰落第之人，基调悲凉，感叹世道不济，人生多是无奈。开成五年（840年），崔使君侍亲赴唐州任，白居易《送唐州崔使君侍亲赴任》云：

连持使节历专城，独贺崔侯最庆荣。
乌府一抛霜简去，朱轮四从板舆行。
发时止许沙鸥送，到日方乘竹马迎。
唯虑郡斋宾友少，数杯春酒共谁倾。②

题下自注曰："崔郎中从殿中（侍御史）连典四郡，皆侍亲赴任。""朱轮四从板舆行"中板舆多为老人乘坐的代步工具，此指崔使君迎接父母至任所侍奉，赞美其真诚孝心。这也是古代的一种奉亲制度。会昌元年（841年），白敏中为户部员外郎自洛还京，白居易《送敏中新授户部员外郎西归》云："千里归程三伏天，官新身健马翩翩。行冲赤日加餐饭，上到青云稳著鞭。长庆老郎唯我在，客曹故事望君传。前鸿后雁行难续，相去迢迢二十年。"③ 诗题自注曰："长庆初，予为主客郎中、知制诰，迁中书舍人，去今二十一年也。"白敏中为白居易之弟，所任官职正是诗人二十年前曾任的官职，祝贺规劝之余，遥想当年，感慨万端。白居易珍重亲情、友情，大量的送别诗中也透露出了唐代社会的人情世风。

人生自古多别离，黯然销魂者唯别而已，洛阳地处中原，水陆交汇，东下西上南来北往的人流在此聚集，开放的洛阳人热情好客，文人雅士热衷赋诗饯行，形成了洛阳城别样的饯送风俗和人文情怀，绵延至今依然芬芳。

① （唐）白居易著，谢思炜校注：《白居易诗集校注》卷三十一，中华书局2017年版，第2404页。
② （唐）白居易著，谢思炜校注：《白居易诗集校注》卷三十五，中华书局2017年版，第2656页。
③ （唐）白居易著，谢思炜校注：《白居易诗集校注》卷三十六，中华书局2017年版，第2750页。

第八章　岁时四季的光景

洛阳都城的山水风物莫不独具情调，一年四季各有景致，正如邵雍《闲适吟》所云“春看洛城花，秋玩天津月。夏披嵩岑风，冬赏龙山雪”[①]，尤以春季的风景最为美丽，受到文人的格外推崇。

第一节　洛阳城里春光好

韦庄《菩萨蛮·洛阳城里春光好》曰“洛阳城里春光好”，“柳暗魏王堤”，“桃花春水渌”，“水上鸳鸯浴”[②]。隋炀帝《东宫春》云：“洛阳城边朝日晖，天渊池前春燕归。含露桃花开未飞，临风杨柳自依依。小苑花红洛水绿，清歌宛转繁弦促。长袖逶迤动珠玉，千年万岁阳春曲。”[③] 又有《晚春诗》云：“洛阳春稍晚，四望满春晖。杨叶行将暗，桃花落未稀。窥帘燕争入，穿林鸟乱飞。”[④] 唐太宗《赋得樱桃》云：“华林满芳景，洛阳遍阳春。

---

① （宋）邵雍著，郭彧整理：《伊川击壤集》卷十二，中华书局2013年版，第188页。

② （唐）韦庄著，聂安福笺注：《韦庄集笺注》浣花词，上海古籍出版社2002年版，第415—416页。

③ 《先秦汉魏晋南北朝诗·隋诗》卷三，第2665页。

④ 《先秦汉魏晋南北朝诗·隋诗》卷三，第2671页。

朱颜含远日，翠色影长津。乔柯啭娇鸟，低枝映美人。”① 阎德隐《三月歌》云：“洛阳城路九春衢，洛阳城外柳千株。能得来时作眼觅，天津桥侧锦屠苏。”② 韦应物《洛都游寓》云：“东风日已和，元化亮无私。草木同时植，生条有高卑。罢官守园庐，岂不怀渴饥。穷通非所干，跼促当何为。佳辰幸可游，亲友亦相追。朝从华林宴，暮返东城期。掇英出兰皋，玩月步川坻。轩冕诚可慕，所忧在絷维。”③ 这些描写洛阳春风、春水、春光、春柳、春花、春燕、春曲、春晖、春宫等的诗歌，展现了洛阳春景的秀美旎丽。

白居易书写洛阳春天的诗最多，如《洛阳春》云：“洛阳陌上春长在，惜别今来二十年。唯觅少年心不得，其余万事尽依然。”④ 春来洛阳，郊陌先知。又有《杨柳枝词八首》之二曰：“陶令门前四五树，亚夫营里百千条。何似东都正二月，黄金枝映洛阳桥。”⑤ 柳枝翠色，宛如黄金。《闲出觅春戏赠诸郎官》云：“年来数出觅风光，亦不全闲亦不忙。放鞚体安骑稳马，隔袍身暖照晴阳。迎春日日添诗思，送老时时放酒狂。除却髭须白一色，其余未伏少年郎。”⑥ 迎春赏春引发诗情，老夫聊发少年狂。《洛中春游呈诸亲友》云：“莫叹年将暮，须怜岁又新。府中三遇腊，洛下五逢春。春树花珠颗，春塘水麹尘。春娃无气力，春马有精神。并辔鞭徐动，连盘酒慢巡。经过旧邻里，追逐好交亲。笑语销闲日，酣歌送老身。一生欢乐事，亦不少于人。”⑦ 游春兴致高昂，分享欢乐与交亲。

开成元年（836 年），李绅被任命为河南尹到洛阳就职，白居易时任太子少傅分司，两人频繁郊游踏青，赋诗咏怀，白居易《叹春风兼赠李二十侍郎

① 《全唐诗》（增订本）卷一，第 12 页。

② 《全唐诗》（增订本）卷七百七十三，第 8852 页。

③ （唐）韦应物著，陶敏、王友胜校注：《韦应物集校注》卷七《游览》，上海古籍出版社 1998 年版，第 439 页。

④ （唐）白居易著，谢思炜校注：《白居易诗集校注》卷二十八，中华书局 2017 年版，第 2179 页。

⑤ （唐）白居易著，谢思炜校注：《白居易诗集校注》卷三十一，中华书局 2017 年版，第 2415 页。

⑥ （唐）白居易著，谢思炜校注：《白居易诗集校注》卷二十三，中华书局 2017 年版，第 1854 页。

⑦ （唐）白居易著，谢思炜校注：《白居易诗集校注》卷三十一，中华书局 2017 年版，第 2358 页。

二绝》云："树根雪尽催花发，池岸冰消放草生。唯有须霜依旧白，春风于我独无情。道场斋戒今初毕，酒伴欢娱久不同。不把一杯来劝我，无情亦得似春风。"① 李二十侍郎即李绅，兄弟中排行二十。又《春来频与李二十宾客郭外同游，因赠长句》云："风光引步酒开颜，送老消春嵩洛间。朝踏落花相伴出，暮随飞鸟一时还。我为病叟诚宜退，君是才臣岂合闲。可惜济时心力在，放教临水复登山。"② 题目也有的作李二，后脱落十，还是李绅。又《春尽日天津桥醉吟偶呈李尹侍郎》云："宿雨洗天津，无泥未有尘。初晴迎早夏，落照送残春。兴发诗随口，狂来酒寄身。水边行嵬峨，桥上立逡巡。疏傅心情老，吴公政化新。三川徒有主，风景属闲人。"③ 李尹侍郎即李绅。三首诗内容皆是描写春游之景，抒发喜春之情，感慨春日苦短。

开成二年（837 年）初春，白居易与太子宾客刘禹锡及李仍叔多次出游，白居易《洛阳春赠刘李二宾客》（齐梁格）云："水南冠盖地，城东桃李园。雪销洛阳堰，春入永通门。淑景方霭霭，游人稍喧喧。年丰酒浆贱，日晏歌吹繁。中有老朝客，华发映朱轩。从容三两人，藉草开一樽。樽前春可惜，身外事勿论。明日期何处，杏花游赵村。"④ 这里提到城东桃李园、洛阳堰、永通门等，还有洛城东的赵村，有杏花千余树，皆是洛阳春日的好去处。刘禹锡《和乐天洛城春齐梁体八韵》云：

帝城宜春入，游人喜日长。草生季伦谷，花出莫愁坊。
断云发山色，轻风漾水光。楼前戏马地，树下斗鸡场。
白头自为侣，绿酒亦满觞。潘园观种植，谢墅阅池塘。
至闲似隐逸，过老不悲伤。相问为功德，银黄游故乡。⑤

首句"帝城宜春入"，道出了洛阳都城春日的魅力，花草丰茂，云淡风轻，戏

---

① （唐）白居易著，谢思炜校注：《白居易诗集校注》卷三十三，中华书局 2017 年版，第 2500 页。
② （唐）白居易著，谢思炜校注：《白居易诗集校注》卷三十三，中华书局 2017 年版，第 2501 页。
③ （唐）白居易著，谢思炜校注：《白居易诗集校注》卷三十三，中华书局 2017 年版，第 2509 页。
④ （唐）白居易著，谢思炜校注：《白居易诗集校注》卷二十九，中华书局 2017 年版，第 2299 页。
⑤ （唐）刘禹锡著，卞孝萱校订：《刘禹锡集》卷三十四，中华书局 1990 年版，第 486 页。

马地，斗鸡场，池塘园林处处皆是景观。刘禹锡又有《洛中早春赠乐天》云："漠漠复霭霭，半晴将半阴。春来自何处？无迹日以深。韶嫩冰后水，轻盈烟际林。藤生欲有託，柳弱不自任。花意已含蓄，鸟言尚沉吟。期君当此时，与我恣追寻。翻愁烂漫后，春莫却伤心。"① 不经意间春天已经来临，大地林木花鸟莫不透露出了春的意象，吸引人们光顾观赏。白居易《和梦得洛中早春见赠七韵》云："众皆赏春色，君独怜春意。春意竟如何，老夫知此味。烛余减夜漏，衾暖添朝睡。恬和台上风，虚润池边地。开迟花养艳，语懒莺含思。似讶隔年斋，如劝迎春醉。何日同宴游，心期二月二。"② 两人心心相通，相约游春宴饮，不辜负大好时光。

"洛阳自古多才子，唯爱春风烂漫游"③，洛阳春季里的游人如痴如醉，白居易《和裴令公一日日一年年杂言见赠》云："一日日作老翁。一年年过春风。公心不以贵隔我，我散唯将闲伴公。我无才能忝高秩，合是人间闲散物。公有功德在生民，何因得作自由身。前日魏王潭上宴连夜，今日午桥池头游拂晨。山客砚前吟待月，野人樽前醉送春。不敢与公闲中争第一，亦应占得第二第三人。"④ 裴令公即裴度，数度出镇拜相，两人春日里于魏王潭上欢宴不断，于午桥池头纵情游乐，享受闲适惬意，赋诗吟月沉醉于送春。薛逢《醉春风》云："顷年曾作东周掾，同舍寻春屡开宴。斗门亭上柳如丝，洛水桥边月如练。洛阳风俗不禁街，骑马夜归香满怀。坐客争吟云碧句，美人醉赠珊瑚钗。"⑤ 大中至咸通年间，薛逢在洛阳任东周掾，斗门亭上洛水桥边美景如画，宴饮歌舞赋诗吟唱享受春趣，由于洛阳风俗不禁街，夜晚归来的人们带回了春的芳香。开元二十三年（735 年）春，李白来到东都漫游，作《春夜洛城闻笛》云："谁家玉笛暗飞声？散入春风满洛城。此夜曲中闻《折

① （唐）刘禹锡著，卞孝萱校订：《刘禹锡集》卷三十四，中华书局 1990 年版，第 491 页。
② （唐）白居易著，谢思炜校注：《白居易诗集校注》卷三十六，中华书局 2017 年版，第 2718 页。
③ 《全唐诗》（增订本）卷四百七十四《徐凝〈和秋游洛阳〉》，第 5418 页。
④ （唐）白居易著，谢思炜校注：《白居易诗集校注》卷二十九，中华书局 2017 年版，第 2301 页。
⑤ 《全唐诗》（增订本）卷五百四十八，第 6374 页。

柳》，何人不起故园情?”[1] 沉醉于春风里的洛阳人，在笛声中享受着春日的和煦温馨。

崔湜《酬杜麟台春思》云“春还上林苑，花满洛阳城”[2]，杜麟台即杜元志，开元考工郎中，杭州刺史，洛阳的春天是花的世界，宋之问亦云：“洛阳城里花如雪”[3]，春日的洛阳花开似雪，美景如云，令人向往。韩愈《李花二首》云：“平旦入西园，梨花数株若矜夸。旁有一株李，颜色惨惨似含嗟。问之不肯道所以，独绕百匝至日斜。忽忆前时经此树，正见芳意初萌牙。奈何趁酒不省录，不见玉枝攒霜葩。泫然为汝下雨泪，无由反旆羲和车。东风来吹不解颜，苍茫夜气生相遮。冰盘夏荐碧实脆，斥去不御惭其花。”“当春天地争奢华，洛阳园苑尤纷拏。谁将平地万堆雪，剪刻作此连天花。日光赤色照未好，明月暂入都交加。夜领张彻投卢仝，乘云共至玉皇家。长姬香御四罗列，缟裙练帨无等差。静濯明妆有所奉，顾我未肯置齿牙。清寒莹骨肝胆醒，一生思虑无由邪。”[4] 连天花如万堆雪，夸张而又生动。韩愈还有《感春五首》（分司东都作）云：

辛夷高花最先开，青天露坐始此回。
已呼孺人戛鸣瑟，更遣稚子传清杯。
选壮军兴不为用，坐狂朝论无由陪。
如今到死得闲处，还有诗赋歌康哉。

洛阳东风几时来，川波岸柳春全回。
宫门一锁不复启，虽有九陌无尘埃。

---

① （唐）李白著，（清）王琦注，郁贤皓校注：《李太白全集校注》卷二十二，凤凰出版社 2015 年版，第 3249 页。

② 《全唐诗》（增订本）卷五十四，第 665 页。

③ （唐）沈佺期、宋之问著，陶敏、易淑琼校注《沈佺期宋之问集校注》，《宋之问集校注》卷四《寒食陆浑别业》，中华书局 2001 年版，第 590 页。

④ （唐）韩愈著，屈守元、常思春主编：《韩愈全集校注》元和六年，四川大学出版社 1996 年版，第 537 页。

策马上桥朝日出，楼阙赤白正崔嵬。
孤吟屡阕莫与和，寸恨至短谁能裁？

春田可耕时已催，王师北讨何当回。
放车载草农事济，战马苦饥谁念哉？
蔡州纳节旧将死，起居谏议联翩来。
朝廷未省有遗策，肯不垂意瓶与罍。

前随杜尹拜表回，笑言溢口何欢咍。
孔丞别我适临汝，风骨峭峻遗尘埃。
音容不接秖隔夜，凶讣讵可相寻来。
天公高居鬼神恶，欲保性命诚难哉。

辛夷花房忽全开，将衰正盛须频来。
清晨辉辉烛霞日，薄暮耿耿和烟埃。
朝明夕暗已足叹，况乃满地成摧颓。
迎繁送谢别有意，谁肯留恋少环回。①

辛夷花最先开放，高达数丈，艳丽繁盛，正是观赏的好时节。韩愈又有《东都遇春》云："少年气真狂，有意与春竞。行逢二三月，九州花相映。川原晓服鲜，桃李晨妆靓。荒乘不知疲，醉死岂辞病。饮啖惟所便，文章倚豪横。尔来曾几时，白发忽满镜。旧游喜乖张，新辈足嘲评。心肠一变化，羞见时节盛。得闲无所作，贵欲辞视听。深居疑避仇，默卧如当暝。朝曦入牖来，鸟唤昏不醒。为生鄙计算，盐米告屡罄。坐疲都忘起，冠侧懒复正。幸蒙东都官，获离机与阱。乖慵遭傲僻，渐染生弊性。既去焉能追，有来犹莫骋。

① （唐）韩愈著，屈守元、常思春主编：《韩愈全集校注》元和五年，四川大学出版社 1996 年版，第 488 页。

有船魏王池，往往纵孤泳。水容与天色，此处皆绿净。岸树共纷披，渚牙相纬经。怀归苦不果，即事取幽迸。贪求匪名利，所得亦已并。悠悠度朝昏，落落捐季孟。群公一何贤，上戴天子圣。谋谟收禹绩，四面出雄劲。转输非不勤，稽逋有军令。在庭百执事，奉职各祗敬。我独胡为哉，坐与亿兆庆。譬如笼中鸟，仰给活性命。为诗告友生，负愧终究竟。"[①] 洛阳二三月，百花交相辉映，扮靓了山川，大地上充满了春的气息，水天一色，处处绿净，生机勃勃。顾况《洛阳行送洛阳韦七明府》云："始上龙门望洛川，洛阳桃李艳阳天。最好当年二三月，上阳宫树千花发。"[②] 又有《洛阳早春》云："故园桃李月，伊水向东流。"[③] 上阳宫千树发花，故园桃李芬芳，洛阳春天的香气沁人心脾。宋之问《寒食还陆浑别业》云："洛阳城里花如雪，陆浑山中今始发。旦别河桥杨柳风，夕卧伊川桃李月。伊川桃李正芳新，寒食山中酒复春。野老不知尧舜力，酣歌一曲太平人。"[④] 洛阳城里花如雪的时节，陆浑山中才开始发芽，城中的杨柳风似乎在轻轻地挥手道别，令诗人感到温馨。

洛城东是洛阳春天最美的风景区，杨衡《咏春色》云："霭霭复濛濛，非雾满晴空。密添宫柳翠，暗泄路桃红。萦丝光乍失，缘隙影才通。夕迷鸳枕上，朝漫绮弦中。促驷驰香陌，劳莺转艳丛。可怜肠断望，并在洛城东。"[⑤]"风起洛阳东，香过洛阳西"[⑥]。刘方平《春雪》云："飞雪带春风，裴回乱绕空。君看似花处，偏在洛阳东。"[⑦] 早春的洛阳东，桃李树枝头雪花纷飞，宛如花开片片，令人惊喜。洛阳城东遍植桃李，花开时节也是游览胜地，白居

---

① （唐）韩愈著，屈守元、常思春主编：《韩愈全集校注》元和五年，四川大学出版社 1996 年版，第 484 页。

② 《全唐诗》（增订本）卷二百六十五，第 2942 页。

③ 《全唐诗》（增订本）卷二百六十六，第 2944 页。

④ （唐）沈佺期、宋之问著，陶敏、易淑琼校注：《沈佺期宋之问集校注》，《宋之问集校注》卷四《寒食陆浑别业》，中华书局 2001 年版，第 590 页。

⑤ 《全唐诗》（增订本）卷四百六十五，第 5311 页。

⑥ 《全唐诗》（增订本）卷五百九十二《曹邺〈四望楼〉》，第 6921 页。

⑦ 《全唐诗》（增订本）卷二百五十一，第 2831 页。

易在洛阳也爱来此游赏，《与皇甫庶子同游城东》云：“闲游何必多徒侣，相劝时时举一杯。博望苑中无职役，建春门外足池台。绿油剪叶蒲新长，红蜡黏枝杏欲开。白马朱衣两宫相，可怜天气出城来。”① 皇甫庶子即皇甫镛，曾任河南少尹，太子右庶子分司东都，两人骑马出城悠闲赏春，诗酒自得。《洛城东花下作》云：“记得旧诗章，花多数洛阳。及逢枝似雪，已是鬓成霜。向后光阴促，从前事意忙。无因重年少，何计驻时芳。欲送愁离面，须倾酒入肠。白头无藉在，醉倒亦何妨。”② 诗人自注道：旧诗云：“洛阳城东面，今来花似雪。”又云：“更待城东桃李发。”又云：“花满洛阳城。”白居易置酒花下，慨叹既然无计留住花的芬芳，那就不妨醉倒卧于花中。又有《除苏州刺史别洛城东花》云：“乱雪千花落，新丝两鬓生。老除吴郡守，春别洛阳城。江上今重去，城东更一行。别花何用伴，劝酒有残莺。”③ 宝历元年（825年），白居易由太子左庶子分司东都迁苏州刺史，行前到洛城东与花告别，面对落英缤纷，飞扬如雪，充满依依不舍。刘希夷《代悲白头翁》云：“洛阳城东桃李花，飞来飞去落谁家。洛阳女儿好颜色，坐见落花长叹息。……古人无复洛城东，今人还对落花风。年年岁岁花相似，岁岁年年人不同。”④ 花开花又落，人生却无回头路，诗中触景生情，对人生和命运展开了哲学思考。洛阳女儿最爱美，如寒山《诗三百三首》所云：“洛阳多女儿，春日逞华丽。共折路边花，各持插高髻。”⑤ 洛阳女儿采摘花儿装扮自己，美丽自然动人。李白《洛阳陌》云：“白玉谁家郎，回车渡天津。看花东陌上，惊动洛阳人。”⑥ 到东陌赏花的还有俊男白玉郎，路过天津桥时，招来众人围观。储光羲《洛阳道五首献吕四郎中》第一首描写洛城春景云：“洛水春冰开，洛城春

---

① （唐）白居易著，谢思炜校注《白居易诗集校注》：卷二十三，中华书局 2017 年版，第 1861 页。

② （唐）白居易著，谢思炜校注：《白居易诗集校注》卷二十三，中华书局 2017 年版，第 1861 页。

③ （唐）白居易著，谢思炜校注：《白居易诗集校注》卷二十四，中华书局 2017 年版，第 1865 页。

④ （唐）刘希夷著，陈文华注：《刘希夷诗注》，上海古籍出版社 1997 年版，第 37 页。

⑤ 《全唐诗》（增订本）卷八百〇六，第 9165 页。

⑥ （唐）李白著，（清）王琦注，郁贤皓校注：《李太白全集校注》卷四，凤凰出版社 2015 年版，第 630 页。

水绿。朝看大道上，落花乱马足。”雪融冰化春意盎然，落花缤纷，行人出游。第三首写洛城贵公子们结对游赏云：“大道直如发，春日佳气多。五陵贵公子，双双鸣玉珂。”第四首写洛城春柳云：“春风二月时，道傍柳堪把。上枝覆官阁，下枝覆车马。”① 洛阳城里春光明媚，街道繁华，五陵贵公子高调出游，纵马飞驰意气风发，大道两旁的杨柳默默地守护着春天的美丽。

春日里，洛阳人在宴席上可以看到傀儡戏，大历诗人卢纶《焦篱店醉题》记述观看“弄邵翁伯”情景云：“洛下渠头百卉新，满筵歌笑独伤春。何须更弄邵翁伯，即我此身如此人。”② 诗题下自注曰：“时看弄邵翁伯。”焦篱店当是村店名，具体地址已不好弄清楚。邵翁伯当是木偶戏中的人物，弄即扮演之意。洛阳城里百花开放，渠头村民筵席上歌舞欢笑，只有诗人独自伤春，因为他从邵翁伯的滑稽可笑中，看到了自身的影子，众人皆醉所以开怀，诗人独醒因此伤悲，以笑写悲，更显人生苍凉。

第二节　洛城夏日长有情

唐文宗李昂似乎很喜欢夏天，开成三年夏日，与五学士联句，《夏日联句》有句云：“人皆苦炎热，我爱夏日长。”柳公权对句云：“熏风自南来，殿阁生微凉。”③ 受到文宗皇帝欣赏，夸赞说是词清意足。夏天日长，便于活动，深受人们喜爱。

白居易描写夏天的诗有很多，如《夏日》云：“东窗晚无热，北户凉有风。尽日坐复卧，不离一室中。中心本无系，亦与出门同。”④ 终日坐在卧室中，心静自然凉，不觉烦躁。又《夏日作》云：“葛衣疏且单，纱帽轻复宽。

① 《全唐诗》（增订本）卷一百三十九，第 1417 页。
② 《全唐诗》（增订本）卷二百七十九，第 3173 页。
③ 《全唐诗》（增订本）卷四，第 50 页。
④ （唐）白居易著，谢思炜校注：《白居易诗集校注》卷六，中华书局 2017 年版，第 528 页。

一衣与一帽，可以过炎天。止于便吾体，何必被罗纨。宿雨林笋嫩，晨露园葵鲜。烹葵炮嫩笋，可以备朝餐。止于适吾口，何必饫腥膻。饭讫盥漱已，扪腹方果然。婆娑庭前步，安稳窗下眠。外养物不费，内归心不烦。不费用难尽，不烦神易安。庶几无夭阏，得以终天年。”① 诗人穿一葛衣，戴一纱帽，享受简单的蔬菜，闲散安宁，舒适度夏，颐养天年。又有《夏日闲放》云：“时暑不出门，亦无宾客至。静室深下帘，小庭新扫地。褰裳复岸帻，闲傲得自恣。朝景枕簟清，乘凉一觉睡。午餐何所有，鱼肉一两味。夏服亦无多，蕉纱三五事。资身既给足，长物徒烦费。若比箪瓢人，吾今太富贵。”② 夏日里深居简出，知足常乐，悠然自得。白居易热天如何避暑呢，其《销暑》云：“何以销烦暑，端居一院中。眼前无长物，窗下有清风。热散由心静，凉生为室空。此时身自得，难更与人同。”③ 又《何处堪避暑》云：“何处堪避暑，林间背日楼。何处好追凉，池上随风舟。日高饥始食，食竟饱还游。游罢睡一觉，觉来茶一瓯。眼明见青山，耳醒闻碧流。脱袜闲濯足，解巾快搔头。如此来几时，已过六七秋。从心至百骸，无一不自由。拙退是其分，荣耀非所求。虽被世间笑，终无身外忧。此语君莫怪，静思吾亦愁。如何三伏月，杨尹谪虔州？”④ 又《池上逐凉二首》云：

青苔地上销残暑，绿树阴前逐晚凉。
轻展单衫薄纱帽，浅池平岸庳藤床。
簪缨怪我情何薄，泉石谙君味甚长。
遍问交亲为老计，多言宜静不宜忙。

窗间睡足休高枕，水畔闲来上小船。

---

① （唐）白居易著，谢思炜校注：《白居易诗集校注》卷三十，中华书局2017年版，第2341页。
② （唐）白居易著，谢思炜校注：《白居易诗集校注》卷三十六，中华书局2017年版，第2716页。
③ （唐）白居易著，谢思炜校注：《白居易诗集校注》卷二十八，中华书局2017年版，第2198页。
④ （唐）白居易著，谢思炜校注：《白居易诗集校注》卷三十，中华书局2017年版，第2328页。

棹遣秃头奴子拨，茶教纤手侍儿煎。

门前便是红尘地，林外无非赤日天。

谁信好风清簟上，更无一事但翛然。①

又《香山避暑二绝》云："六月滩声如猛雨，香山楼北畅师房。夜深起凭阑干立，满耳潺湲满面凉。""纱巾草履竹疏衣，晚下香山蹋翠微。一路凉风十八里，卧乘篮舆睡中归。"② 池水间、香山上都是诗人纳凉的好环境，还可以登高避暑，其《月灯阁避暑》云："旱久炎气盛，中人若燔烧。清风隐何处，草树不动摇。何以避暑气，无如出尘嚣。行行都门外，佛阁正岧峣。清凉近高生，烦热委静销。开襟当轩坐，意泰神飘飘。回看归路傍，禾黍尽枯焦。独善诚有计，将何救旱苗？"③ 大热的时候，到月灯阁乘凉，对轩开襟而坐，顿觉神清气爽。回来看到路边禾苗枯焦，叹息无计救黍离。又有《夏日与闲禅师林下避暑》云："落景墙西尘土红，伴僧闲坐竹泉东。绿萝潭上不见日，白石滩边长有风。热恼渐知随念尽，清凉常愿与人同。每因毒暑悲亲故，多在炎方瘴海中。"④ 与僧友一同到林下泉石间吹风，仍不忘念叨远在南方酷热中的亲人。

夏日酷暑难耐，人不胜其烦，追逐凉爽是人之常情，白居易《苦热喜凉》云："经时苦炎暑，心体但烦倦。白日一何长，清秋不可见。岁功成者去，天数极则变。潜知寒燠间，迁次如乘传。火云忽朝敛，金风俄夕扇。枕簟遂清凉，筋骸稍轻健。因思望月侣，好卜迎秋宴。竟夜无客来，引杯还自劝。"⑤ 厌烦炎热，希望秋天赶紧到来，遂设宴迎秋。元和三年（806 年），白居易《夏日独直寄萧侍御》云：

① （唐）白居易著，谢思炜校注：《白居易诗集校注》卷三十三，中华书局 2017 年版，第 2510—2511 页。

② （唐）白居易著，谢思炜校注：《白居易诗集校注》卷三十三，中华书局 2017 年版，第 2511 页。

③ （唐）白居易著，谢思炜校注：《白居易诗集校注》卷一，中华书局 2017 年版，第 33 页。

④ （唐）白居易著，谢思炜校注：《白居易诗集校注》卷三十六，中华书局 2017 年版，第 2771 页。

⑤ （唐）白居易著，谢思炜校注：《白居易诗集校注》卷十，中华书局 2017 年版，第 837 页。

宪台文法地，翰林清切司。鹰猜课野鹤，骥德责山麋。
课责虽不同，同归非所宜。是以方寸内，忽忽暗相思。
夏日独上直，日长何所为？淡然无他念，虚静是吾师。
形委有事牵，心与无事期。中臆一以旷，外累都若遗。
地贵身不觉，意闲境来随。但对松与竹，如在山中时。
情性聊自适，吟咏偶成诗。此意非夫子，余人多不知。①

诗中抒发了以虚静闲适为情怀的心愿，这也是诗人处夏的妙方。大和六年(832 年)，天气酷热，白居易《赠韦处士六年夏大热旱》云："骄阳连毒暑，动植皆枯槁。旱日乾密云，炎烟焦茂草。少壮犹困苦，况予病且老。既无白栴檀，何以除热恼？汗巾束头鬓，膻食熏襟抱。始觉韦山人，休粮散发好。"② 韦处士即韦楚，隐居乐道，独行善身，白居易有《荐李晏、韦楚状》云："伊阙山平泉处士韦楚，隐居乐道，独行善身，敛迹市朝，息机名利。况家传簪组，兄在班行，而楚独栖山卧云，炼气绝粒，滋味不接于口，尘埃不染于心，二十余年，不改其乐。志齐箕颍，节类颜原；搢绅之间，多所称叹。"③ 唐人康骈《剧谈录》卷下《李相国宅》云："平泉庄去洛城三十里……庄东南隅即征士韦楚老拾遗别墅，楚老风韵高致，雅好山水。相国居廊庙日，以白衣累擢谏署，后归平泉，造门访之，楚老避山谷。"④ 诗人因年老，不堪炎热，于是羡慕韦山人，赠诗达意。

开成三年（838 年），白居易《晚夏闲居绝无宾客欲寻梦得先寄此诗》云："鱼笋朝餐饱，蕉纱暑服轻。欲为窗下寝，先傍水边行。晴引鹤双舞，秋生蝉一声。无人解相访，有酒共谁倾？老更谙时事，闲多见物情。只应刘与

① （唐）白居易著，谢思炜校注：《白居易诗集校注》卷五，中华书局 2017 年版，第 471 页。
② （唐）白居易著，谢思炜校注：《白居易诗集校注》卷二十一，中华书局 2017 年版，第 1718 页。
③ （唐）白居易著，顾学颉校点：《白居易集》卷六十八，中华书局 1979 年版，第 1443 页。
④ 上海古籍出版社编：《唐五代笔记小说大观》下册，上海古籍出版社 2000 年版，第 1480—1481 页。

白，二叟自相迎。”[①] 闲来无事，白居易想约刘禹锡一起酌饮，两人可谓君子相惜，刘禹锡《酬乐天晚夏闲居欲相访先以诗见贻》云：“池榭堪临泛，翛然散郁陶。步因驱鹤缓，吟为听蝉高。林密添新竹，枝低缒晚桃。酒醅晴易熟，药圃夏频薅。老是班行旧，闲为乡里豪。经过更何处？风景属吾曹。”[②] 明言两人皆爱闲适，表明志趣相投。刘禹锡还有《团扇歌》云：“团扇复团扇，奉君清暑殿。秋风入庭树，从此不相见。上有乘鸾女，苍苍网虫遍。明年入怀袖，别是机中练。”[③] 兼言夏秋，颇有生趣。

第三节　洛阳古城秋色多

司马扎《送孔恂入洛》云：“洛阳古城秋色多，送君此去心如何。青山欲暮惜别酒，碧草未尽伤离歌。前朝冠带掩金谷，旧游花月经铜驼。行人正苦奈分手，日落远水生微波。”[④] 洛阳秋景色彩斑斓，充满了诱人的魅力。

虽然“洛阳自古多才子，唯爱春风烂漫游”，但是“今到白家诗句出，无人不咏洛阳秋”[⑤]，洛阳秋色同样富有吸引力，让无数诗人为之折腰倾倒，尤其是“白家诗句”传唱开来以后，没有人不歌咏洛阳秋色美如画。“白家诗句”指的是白居易的《秋日与张宾客、舒著作同游龙门醉中狂歌，凡二百三十八字》。题目中的舒著作即舒元舆，张宾客即张仲方，三人相与友善，大和七年（833 年）春，一起游龙门。这首七言长诗描绘了洛阳郊外诱人的秋景，“秋天高高秋光清，秋风袅袅秋虫鸣”，秋日天高气爽光景清明，秋风袅袅传送来秋虫唧唧的鸣叫声。“嵩峰余霞锦绮卷，伊水细浪鳞甲生”，远望嵩山峰

---

① （唐）白居易著，谢思炜校注：《白居易诗集校注》卷三十四，中华书局 2017 年版，第 2596 页。

② （唐）刘禹锡著，卞孝萱校订：《刘禹锡集》卷三十四，中华书局 1990 年版，第 493 页。

③ （唐）刘禹锡著，卞孝萱校订：《刘禹锡集》卷二十六，中华书局 1990 年版，第 337 页。

④ 《全唐诗》（增订本）卷五百九十六，第 6959 页。

⑤ 《全唐诗》（增订本）卷四百七十四《徐凝〈和秋游洛阳〉》，第 5418 页。

顶，云霞舒卷犹如锦缎，近看伊水河面，细浪波光好似鳞甲丛生。“洛阳闲客知无数，少出游山多在城。商岭老人自追逐，蓬丘逸士相逢迎”，诗人和友人秋游龙门，自得其乐。“南出鼎门十八里，庄店逦迤桥道平。不寒不热好时节，鞍马稳快衣衫轻”，出了定鼎门，南去十八里，人家安适，道路平坦，天气不冷也不热，正是赏秋好时节，轻衫跨上马，快捷又安稳。“并辔踟蹰下西岸，扣舷容与绕中汀。开怀旷达无所系，触目胜绝不可名”，并行马头来到岸边，上得船来沿河缓行，顿觉胸襟无所拘束，名胜奇景不可摹状。“荷衰欲黄荇犹绿，鱼乐自跃鸥不惊。翠藻蔓长孔雀尾，彩船橹急寒雁声”，荷叶在变黄，荇菜却碧绿，鱼儿水中跃，鸥鸟却不惊，翠绿的水藻长蔓似孔雀，摇橹声响中传来孤雁鸣。“家酝一壶白玉液，野花数把黄金英。昼游四看西日暮，夜话三及东方明”，一壶浊酒，几把野英，白天游到日暮，夜晚聊到天明。“暂停杯觞辍吟咏，我有狂言君试听。丈夫一生有二志，兼济独善难得并。不能救疗生民病，即须先濯尘土缨。况吾头白眼已暗，终日戚促何所成。不如展眉开口笑，龙门醉卧香山行。”① 诗人的“狂言”，抒发了“穷则独善其身，达则兼济天下”的理想，老而情弥笃，感人至深。此“白家诗句”一出，舆论哗然，好评如潮，随即引发了人们对洛阳秋的关注和喜爱，可谓无人不咏洛阳秋。

白居易对洛阳秋的赞美，还体现在他的其他多首咏秋诗中，如《立秋夕凉风忽至炎暑稍消即事咏怀寄汴州节度使李二十尚书》云：“袅袅檐树动，好风西南来。红缸霏微灭，碧幌飘飖开。披襟有余凉，拂簟无纤埃。但喜烦暑退，不惜光阴催。河秋稍清浅，月午方徘徊。或行或坐卧，体适心悠哉。美人在浚都，旌旗绕楼台。虽非沧溟阻，难见如蓬莱。蝉迎节又换，雁送书未回。君位日宠重，我年日摧颓。无因风月下，一举平生杯。”② 立秋日凉风到，喜不自禁寄书友人。又《秋游》云：

① （唐）白居易著，谢思炜校注：《白居易诗集校注》卷二十九，中华书局2017年版，第2261页。
② （唐）白居易著，谢思炜校注：《白居易诗集校注》卷三十六，中华书局2017年版，第2707页。

下马闲行伊水头，凉风清景胜春游。

何事古今诗句里，不多说著洛阳秋。[①]

诗人认为洛阳秋游胜过春游，甚至为古今诗句描写洛阳秋景不多而打抱不平。又《五凤楼晚望》（太和六年八月十日作）云："晴阳晚照湿烟销，五凤楼高天泬寥。野绿全经朝雨洗，林红半被暮云烧。龙门翠黛眉相对，伊水黄金线一条。自入秋来风景好，就中最好是今朝。"[②] 大和六年（832 年）八月十日，白居易登上洛阳宫城正门的五凤楼赏秋，傍晚的阳光下湿雾散去，晴空里五凤楼高高耸立，绿色的原野水洗般净亮，林中红叶在云霞中红紫烂漫，龙门两山对峙宛如两道青眉，伊水反射夕阳映成一条金线，入秋以来风景愈加亮丽，最美妙的一天属于今天。又有《天宫阁秋晴晚望》云：

洛城秋霁后，梵阁暮登时。

此日风烟好，今秋节候迟。

霞光红泛滟，树影碧参差。

莫虑言归晚，牛家有宿期。[③]

天宫寺位于尚善坊，是洛水之南的制高点，距离白居易住处履道坊很近，秋日天气晴好，诗人登高遥望，远处红色的霞光艳丽夺目，碧绿的树影参差摇曳，美不胜收。又有《七月一日作》云："七月一日天，秋生履道里。闲居见清景，高兴从此始。林间暑雨歇，池上凉风起。桥竹碧鲜鲜，岸莎青靡靡。苍然古磐石，清浅平流水。何言中门前，便是深山里。双僮侍坐卧，一杖扶行止。饥闻麻粥香，渴觉云汤美。平生所好物，今日多在此。此外更何思，市朝心已矣。"[④] 从七月一日秋生履道里后，诗人便开始高兴不已，尽情享受秋的凉爽和丰收。又有《幽居早秋闲咏》云："幽僻嚣尘外，清凉水木间。卧

---

① （唐）白居易著，谢思炜校注：《白居易诗集校注》卷二十七，中华书局 2017 年版，第 2139 页。
② （唐）白居易著，谢思炜校注：《白居易诗集校注》卷二十六，中华书局 2017 年版，第 2105 页。
③ （唐）白居易著，谢思炜校注：《白居易诗集校注》卷三十四，中华书局 2017 年版，第 2613 页。
④ （唐）白居易著，谢思炜校注：《白居易诗集校注》卷三十，中华书局 2017 年版，第 2329 页。

风秋拂簟，步月夜开关。且得身安泰，从他世险艰。但休争要路，不必入深山。轩鹤留何用，泉鱼放不还。谁人知此味，临老十年闲。”① 闲来身体安泰，正好体味秋之野趣。又有《秋凉闲卧》云：

残暑昼犹长，早凉秋尚嫩。
露荷散清香，风竹含疏韵。
幽闲竟日卧，衰病无人问。
薄暮宅门前，槐花深一寸。②

夏秋交替之际，秋凉最是惬意，整日卧闻花香，尽享秋风舒畅。刘禹锡《和乐天秋凉闲卧》云：“暑退人体轻，雨余天色改。荷珠贯索断，竹粉残妆在。高僧扫室请，逸客登楼待。槐柳渐萧疏，闲门少光彩。”③ 两人情投意合，以诗致意相交。刘禹锡还有《秋中暑退赠乐天》云：“暑服宜秋著，清琴入夜弹。人情皆向菊，风意欲摧兰。岁稔贫心泰，天凉病体安。相逢取次第，却甚少年欢。”④ 暑退天凉有利于身心，两人相逢的欢喜甚至胜过少年之时。白居易的《洛下寓居》作于秋日，诗云：“秋馆清凉日，书因解闷看。夜窗幽独处，琴不为人弹。游宴慵多废，趋朝老渐难。禅僧教断酒，道士劝休官。渭曲庄犹在，钱唐俸尚残。如能便归去，亦不至饥寒。”⑤ 表现了诗人恬淡的生活意趣。

秋来多思，张籍《秋思》云：“洛阳城里见秋风，欲作归书意万重。忽恐匆匆说不尽，行人临发又开封。”⑥ 诗人做客他乡，有感秋风萧瑟，写信寄家

① （唐）白居易著，谢思炜校注：《白居易诗集校注》卷三十三，中华书局 2017 年版，第 2558 页。

② （唐）白居易著，谢思炜校注：《白居易诗集校注》卷二十九，中华书局 2017 年版，第 2253 页。

③ （唐）刘禹锡著，卞孝萱校订：《刘禹锡集》卷三十四，中华书局 1990 年版，第 497 页。

④ （唐）刘禹锡著，卞孝萱校订：《刘禹锡集》卷三十四，中华书局 1990 年版，第 488 页。

⑤ （唐）白居易著，谢思炜校注：《白居易诗集校注》卷二十三，中华书局 2017 年版，第 1835 页。

⑥ （唐）张籍著，李冬生注：《张籍集注》，黄山书社 1989 年版，第 264 页。

人，要说的话太多，思念之情太深，唯恐有所遗漏，在捎信人要离开时，又拆开信封仔细看了一遍，这种心理情真意切，立意巧妙，别致生动。徐凝《洛城秋砧》云："三川水上秋砧发，五凤楼前明月新。谁为秋砧明月夜，洛阳城里更愁人。"[①] 此诗借秋砧书写秋思，意味隽永。黄河、洛水和伊水流经洛阳，明月笼罩着五凤楼，远处传来一片捣衣声，那是妇女们在为戍边的亲人赶制御寒的冬衣，砧石上的敲击声凄苦而又悲愁，令人伤感。李约《赠韦况》云："我有心中事，不与韦三说。秋夜洛阳城，明月照张八。"[②] 宋代尤袤《全唐诗话》卷二《李约》云："汧公勉之子也。为兵部外郎，与主客外郎张谂同官，每单床静言，达旦不寐。赠韦徵君况诗曰：'我有心中事，不向韦三说。秋夜洛阳城，明月照张八。'"[③] 李约字存博，元和年间为兵部员外郎，清心寡欲，博古探奇，从诗的内容来看，应该是赠（张八）张谂为是，非赠（韦三）韦况。李约与张谂、韦况一同弃官遁世，李约对张谂更加厚待，秋日的一夜，两人相谈甚欢，达旦不寐，所云不得而知。大中七年（853 年）秋天，许浑在洛阳作《洛中秋日》云："故国无归处，官闲忆远游。吴僧秣陵寺，楚客洞庭舟。久病先知雨，长贫早觉秋。壮心能几许，伊水更东流。"[④] 许浑的家乡在丹阳，因居洛有年，回忆起青春到各地的游历，叹如今不甚得意，遂发言感慨伊水东流，自己壮心不已。杜牧《洛阳秋夕》云："泠泠寒水带霜风，更在天桥夜景中。清禁漏闲烟树寂，月轮移在上阳宫。"[⑤] 秋风凉，秋水寒，夜景中的天津桥烟雾迷蒙，初生的月亮笼罩着上阳宫。崔涂《夕次洛阳道中》云：

秋风吹故城，城下独吟行。

高树鸟已息，古原人尚耕。

---

① 《全唐诗》（增订本）卷四百七十四，第 5417 页。

② 《全唐诗》（增订本）卷三百〇九，第 3496 页。

③ （宋）尤袤著：《全唐诗话》卷二《李约》，中华书局 1985 年版，第 34 页。

④ （唐）许浑撰，罗时进笺证：《丁卯集笺证》卷三，中华书局 2012 年版，第 146 页。

⑤ （唐）杜牧著，陈允吉校点：《杜牧全集》外集，上海古籍出版社 1997 年版，第 209 页。

流年川暗度，往事月空明。

不复叹岐路，马前尘夜生。①

日暮秋风重，诗人独行洛阳城，所到之处一片寂静，于是生发出逝者如流水、往事不可追的慨叹。刘沧《晚秋洛阳客舍》云：“清洛平分两岸沙，沙边水色近人家。隋朝古陌铜驼柳，石氏荒原金谷花。庭叶霜浓悲远客，宫城日晚度寒鸦。未成归计关河阻，空望白云乡路赊。”② 洛河两岸遍布人家，隋代的铜驼陌绿柳成行，石崇的金谷荒原遍地花开，霜染红叶，寒鸦晚叫，诗人禁不住思念起家乡来。

秋日离别更多不舍，刘禹锡《洛中送杨处厚入关便游蜀谒韦令公》云：“洛阳秋日正凄凄，君去西秦更向西。旧学三冬今转富，曾伤六翮养初齐。王城晓入窥丹凤，蜀路晴来见碧鸡。早识卧龙应有分，不妨从此蹑丹梯。”③ 贞元十八年（802年）夏秋之交，刘禹锡回洛阳省亲，友人杨处厚前来拜望，得知杨处厚因受株连屈居下僚无望升迁时，诗人深为同情，祝愿他此去剑南直上青云。元和初年，窦牟赋闲在洛阳，秋雨中送别侍御卢坦，作《秋夕闲居对雨赠别卢七侍御坦》云：“燕燕辞巢蝉蜕枝，穷居积雨坏藩篱。夜长檐溜寒无寝，日晏厨烟湿未炊。悟主一言那可学，从军五百竟何为。故人骢马朝天去，洛下秋声恐要知。”④ 清人金圣叹《贯华堂选批唐才子诗》卷五下认为前两联：

只写“秋居对雨”。不惟“居”字“雨”字写得苦，并“秋”字亦写得甚苦，此岂即所谓“洛下秋声”耶？抑亦心头别有其事，故甘此困穷，而以为洛下秋声也。（后两联）方写“赠别侍御”。“悟主”，车千秋也。“从军”班定远也。引此者，必有时事，然已

① 《全唐诗》（增订本）卷六百七十九，第7834页。

② 《全唐诗》（增订本）卷五百八十六，第6844页。

③ （唐）刘禹锡著，卞孝萱校订：《刘禹锡集》卷二十八，中华书局1990年版，第368页。

④ 《全唐诗》（增订本）卷二百七十一，第3028页。

不必深考。大意若言：我自为无救于此二者，故甘心穷居洛下，今故人骢马朝天，其必有以慰吾者也。①

诗中的秋雨秋声寄寓遥深，莫不意味深长。秋日又逢重阳，送人更加不堪，戴叔伦《九日送洛阳李丞之任》云：“为文通绝境，从宦及良辰。洛下知名早，腰边结绶新。且倾浮菊酒，聊拂染衣尘。独恨沧波侣，秋来别故人。”②重阳节当天，朋友出发上任，诗人设宴饯行，喝的是浮菊酒，一种时令性很强的酒，夸赞友人文采斐然，闻名洛阳城下，结以惜别。

苏味道《始背洛城秋郊瞩目奉怀台中诸侍御》是一首留别诗，云：“薄游忝霜署，直指戒冰心。荔浦方南纪，蘅皋暂北临。山晴关塞断，川暮广城阴。场圃通圭甸，沟塍碍石林。野童来捃拾，田叟去讴吟。蟋蟀秋风起，蒹葭晚露深。帝城犹郁郁，征传几骎骎。回忆披书地，劳歌谢所钦。”③ 垂拱二年（686 年）秋，苏味道由侍御史出使岭南，离开东都洛阳之际，远眺御史台，依依惜别往日诸御史朋友。当年御史府中的同事，牢记诤言守正于心。南国水边生荔挺，北方临水是香草。晴山历历断关塞，广城森森暗河川。场圃通往祭祀田，沟埂遮蔽隐石林。村童跃跃去拾穗，田翁悠悠发古韵。蟋蟀鸣叫秋风起，芦荡深秋霜露重。京都林木茂，驿站轻尘扬。不堪回望读书处，一曲离歌辞友朋。全诗写景抒怀交织在一起，烘托出一片忠君思想。

第四节　洛城冬日雪如玉

洛城冬日雪如玉，裴夷直《和周侍御洛城雪》云：“天街飞辔踏琼英，四顾全疑在玉京。一种相如抽秘思，兔园那比凤凰城。”④ 周侍御即周匡物，元

---

① （清）金圣叹：《贯华堂选批唐才子诗》卷五下，万卷出版公司 2009 年版，第 227 页。
② 《全唐诗》（增订本）卷二百七十三，第 3083 页。
③ 《全唐诗》（增订本）卷六十五，第 751 页。
④ 《全唐诗》（增订本）卷五百一十三，第 5900 页。

和十一年（816年）进士及第。洛阳城内飞雪满街，马儿踏着积雪奔跑，都城似天帝玉京一般缥缈神秘，无与伦比。

元和初年，窦牟在洛阳赋闲，冬日里作《洛下闲居夜晴观雪寄四远诸兄弟》："雪月相辉云四开，终风助冻不扬埃。万重琼树宫中接，一直银河天上来。荆楚岁时知染翰，湘吴醇酎忆衔杯。强题缣素无颜色，鸿雁南飞早晚回。"① 冬季月夜中的雪景煞是壮丽，白雪茫茫，明月皎洁，交相辉映，静谧中的万物纤尘不染，丛林中千树万树披挂晶莹，月光下宛若琼枝玉叶，仿佛银河从天上飘下，人间月宫，天上地下，俨然一片仙境。阎济美《天津桥望洛城残雪》云："新霁洛城端，千家积雪寒。未收清禁色，偏向上阳残。"② 此诗为应试诗，颇有故事。《太平广记》卷一百七十九《贡举二·阎济美》引《乾子》云：

阎济美，前朝公司卿许与定分，一志不为，某三举及第。初举，刘单侍郎下杂文落；第二举，坐王侍郎杂文落第。某当是时，年已蹭蹬，常于江激往径山钦大师处问法。是春，某既下第，又将出关，因献坐主六韵律诗曰："謇谔王臣直，文明雅量全。望炉金自跃，应物镜何偏。南国幽沈尽，东堂礼乐宣。转今游异士，更昔至公年。芳树欢新景，青云泣暮天。唯愁凤池拜，孤贱更谁怜。"座主览焉，问某，今年何者退落？具以实告。先榜落第，座主赧然变色，深有遗才之叹，乃曰，所投六韵，必展后效。足下南去，幸无疑将来之事。某遂出关。秋月，江东求荐，名到省后，两都置举，座住已在洛下。比某到洛，更无相知，便投迹清化里店。属时物翔贵，囊中但有五缣，策蹇驴而已。有举公卢景庄已为东府首荐，亦同处焉。仆马甚豪，与某相揖，未交一言。久乃问某曰："阎子自何至止？"对曰："从江东来。"敬奉不敢怠。景庄一旦际暮醉归，忽蒙问某行第，乃曰："阎二十，消息绝好，景庄大险。"某对曰："不然，必先

① 《全唐诗》（增订本）卷二百七十一，第3029页。

② 《全唐诗》（增订本）卷二百八十一，第3192页。

大府首荐。声价已振京洛，如某远地一送，岂敢望有成哉?”景庄曰：“足下定矣。”十一月下旬，遂试杂文。十二月三日，天津桥放杂文榜。景庄与某俱过。其日苦寒，是月四日，天津桥作铺帖经，景庄寻被绌落，某具前白主司曰：“某早留心章句，不工帖书，必恐不及格。”主司曰：可不知礼闱故事。亦许诗赎。某致词后，纷纷去留。某又遽前白主司曰：侍郎开奖劝之路，许作诗赎帖，未见题出。主司曰：赋天津桥望洛城残雪诗。某只作得二十字。某诗曰：“新霁洛城端，千家积雪寒，未收清禁色，偏向上阳残。”已闻主司催约诗甚急，日势又晚，某告主司，天寒水冻，书不成字。便闻主司处分，得句见在将来。主司一览所纳，称赏再三，遂唱过。其夕，景庄相贺云：“前与足下并铺，试蜡日祈天宗赋，窃见足下用鲁丘对卫赐。据义，卫赐则子贡也，足下书卫赐作驷马字，唯以此奉忧耳。”某闻是说，反思之，实作驷马字，意甚惶骇。比榜出，某滥忝第，与状头同参座主，座主曰：诸公试日，天寒急景，写札杂文，或有不如法。今恐文书到西京，须呈宰相，请先辈等各买好纸，重来请印，如法写净送纳，抽其退本。诸公大喜。及某撰本却请出，驷字上朱点极大。座主还阙之日，独揖前曰：“春间遗才，所投六韵，不敢惭忘，聊副素约耳。”①

阎济美是郑州荥阳人，大历九年（774年）春天，于长安科考落榜，离开时心有不甘，遂向主考官张谓献送了一首自己的六韵诗。张谓读后很是赞赏，深感遗落了人才。第二年，张谓正好到东都洛阳主考，阎济美又来参加考试，被张谓允许以作诗来代替帖经考试，诗题即是《天津桥望洛城残雪》。由于天色晚了，诗只做了四句，没有完成，张谓要求先交上来，收到卷子后，张谓大加赞赏，随即唱名通过。另一位考生卢景庄祝贺阎济美时说：你前一场考

① （宋）李昉：《太平广记》卷一百七十九，中华书局1961年版，第1335—1336页。

试把“赐”字写成“驷”字，错了。阎济美后悔莫及。第二天，张谓对众考生说：“因天气寒冷，时间很紧，各位的字迹都很潦草，文卷需要重新誊写再上交。”阎济美领到卷子后，发现“驷”字上头有一个红点，立即就明白了张谓的苦心关照之意。后来，阎济美中了进士，到张谓府上去拜谢，张谓客气地说：“去年春天我遗落的人才，今年有机会补上了，选贤授能是我的职责啊！”这也算是一段科举考试中，座主和考生之间的佳话吧。沈佺期《奉和洛阳玩雪应制》云：“周王甲子旦，汉后德阳宫。洒瑞天庭里，警春御苑中。氛氲生浩气，飒沓舞回风。宸藻光盈尺，赓歌乐岁丰。”① 此诗虽为应制而作，却也写出了雪景的美丽。瑞雪飘飘，洒落在宫殿御苑中，纷纷扬扬，充满朝气，昭示丰年，众人赋诗吟咏欢喜歌唱。

白居易《岁暮》云：“惨淡岁云暮，穷阴动经旬。霜风裂人面，冰雪摧车轮。而我当是时，独不知苦辛。晨炊廪有米，夕爨厨有薪。夹帽长覆耳，重裘宽裹身。加之一杯酒，煦妪如阳春。洛城士与庶，比屋多饥贫。何处炉有火，谁家甑无尘？如我饱暖者，百人无一人。安得不惭愧，放歌聊自陈。”②“霜风裂人面，冰雪摧车轮”，写出了洛阳冬天的寒冷，诗人进而想到了贫寒人家，不知如何度日，为自己的无力感到惭愧。又有《冬夜对酒寄皇甫十》云：“霜杀中庭草，冰生后院池。有风空动树，无叶可辞枝。十月苦长夜，百年强半时。新开一瓶酒，那得不相思？”③ 皇甫十即皇甫曙，字朗之，曾任河南少尹，为白居易酒友兼亲家，冬日酷寒，池水结冰，寒风呼啸，暗夜苦长，因而对酒思人。大和元年（827 年），刘禹锡任主客郎中分司东都，作《洛下初冬拜表有怀上京故人》云：

凤楼南面控三条，拜表郎官早渡桥。

---

① （唐）沈佺期、宋之问著，陶敏、易淑琼校注：《沈佺期宋之问集校注》，《沈佺期集校注》卷四《诗》，中华书局 2001 年版，第 227 页。

② （唐）白居易著，谢思炜校注：《白居易诗集校注》卷二十九，中华书局 2017 年版，第 2266 页。

③ （唐）白居易著，谢思炜校注：《白居易诗集校注》卷三十三，中华书局 2017 年版，第 2563 页。

清洛晓光铺碧篁，上阳霜叶剪红绡。

省门簪组初成列，云路鸳鸾想退朝。

寄谢殷勤九天侣，枪榆水击各逍遥。①

初冬的洛阳一片寒凉，早朝上奏章的官员渡桥静候，诗人的心却飞到了长安，希望得到重用为国效力。大和六年（832年），白居易到南龙兴寺闲游，作《南龙兴寺残雪》云："南龙兴寺春晴后，缓步徐吟绕四廊。老趁风花应不称，闲寻松雪正相当。吏人引从多乘舆，宾客逢迎少下堂。不拟人间更求事，些些疏懒亦何妨。"② 南龙兴寺位于宁人坊，即定鼎门街之西第一街，从南向北数第一坊，遗址大概在今洛龙区龙门大道以西、古城路以北，隋唐洛阳城考古遗址公园（定鼎门片区）内。隋为宁民坊，唐时避太宗李世民讳而改，其后多曰宁仁。诗人踏雪赏景，别有闲情逸致。开成三年（838年），白居易作《洛下雪中频与刘李二宾客宴集因寄汴州李尚书》云："水南水北雪纷纷，雪里欢游莫厌频。日日暗来唯老病，年年少去是交亲。碧毡帐暖梅花湿，红燎炉香竹叶春。今日邹枚俱在洛，梁园置酒召何人？"③ 刘李二宾客指刘禹锡和李仍叔，李尚书是李绅。刘禹锡作《和乐天洛下雪中宴集寄汴州李尚书》云：

洛城无事足杯盘，风雪相和岁欲阑。

树上因依见寒鸟，座中收拾尽闲官。

笙歌要请频何爽，笑语忘机拙更欢。

遥想兔园今日会，琼林满眼映旂竿。④

诸人无事，雪天漫游，相约饮酒赋诗，极有闲适情怀。李颀曾在寒冬送友人入长安应进士举，《送相里造入京》云："子月过秦正，寒云覆洛城。嗟君未得志，犹作苦辛行。暖酒嫌衣薄，瞻风候雨晴。春官含笑待，驱马速前程。"⑤

① （唐）刘禹锡著，卞孝萱校订：《刘禹锡集》卷二十四，中华书局1990年版，第316页。
② （唐）白居易著，谢思炜校注：《白居易诗集校注》卷二十八，中华书局2017年版，第2240页。
③ （唐）白居易著，谢思炜校注：《白居易诗集校注》卷三十四，中华书局2017年版，第2578页。
④ （唐）刘禹锡著，卞孝萱校订：《刘禹锡集》卷三十四，中华书局1990年版，第488页。
⑤ （唐）李颀著，刘宝和注：《李颀诗评注》卷三，山西教育出版社1990年版，第233—234页。

寒冬腊月，相里造自洛阳启程赴京应试，由于仕途不顺心里苦痛，诗人设宴饯别劝酒御寒，希望天晴变暖，祝福马到功成得到赏识。

洛阳四季的风光在帝都文化的熏陶下，春日的杨柳花鸟自然多情，夏日的朝阳余晖长情告白，秋日的天空大地瑰丽多彩，冬日的寒霜白雪晶莹如玉，都城士人徜徉于大道街衢，处处都有美丽相随，人人都是画中风景。

第九章　古朴尔雅的风俗

东京风俗自来醇厚，隋唐洛阳的民俗既有沿袭前代的传统节俗等，也有由于外来人员的加入而形成的异域新风尚，还有诸如千秋节之类庆贺皇上诞辰的特殊节气，极大地丰富了都城文化的形式和内涵，使得市井百姓的日常生活多姿多样、异彩纷呈。

元日是岁时节日习俗的起始，即农历的元旦春节，唐代官府在这一天往往要举行隆重的朝会予以庆祝，而民间亲朋好友邻里之间也要宴饮游玩，互相拜贺，到处喜气洋洋。大和七年（833年）的元日，白居易在洛阳作《七年元日对酒五首》庆贺新春，其一云：

庆吊经过懒，逢迎拜跪迟。不因时节日，岂觉此身衰。

因为过节各种仪式繁忙，诗人力不从心，感叹日渐衰老。其二云：

众老忧添岁，余衰喜入春。年开第七秩，屈指几多人？

但是诗人不惧衰老，不怕增岁，满怀豪气迈入新的一年。其三云：

三杯蓝尾酒，一碟胶牙饧。除却崔常侍，无人共我争。

一碟糖，三杯酒，诗人自得其乐。崔常侍即崔玄亮，为白居易挚友。其四云：

今朝吴与洛，相忆一忻然。梦得君知否，俱过本命年。

诗人自注曰：“余与苏州刘郎中同壬子岁，今年六十二。”白居易与刘禹锡同岁，今年一起度过第五个本命年。其五云：

同岁崔何在，同年杜又无。应无藏避处，只有且欢娱。①

诗人自注曰："余与吏部崔相公甲子同岁，与循州杜相公及第同年。秋冬二人俱逝。"同岁的崔相公和同年及第的杜相公，都已过世，自己且珍惜欢乐吧。晚年的白居易在节日里思念友人，感慨生命短促。

正月初七是传统的人日，白居易《六年立春日人日作》云："二日立春人七日，盘蔬饼饵逐时新。年方吉郑犹为少，家比刘韩未是贫。乡园节岁应堪重，亲故欢游莫厌频。试作循潮封眼想，何由得见洛阳春?"② 诗人自注曰："分司致仕官中，吉傅、郑谘议最老，韩庶子、刘员外尤贫。循、潮、封三州迁客，皆洛下旧游也。"吉郑指吉傅和郑谘议，刘韩指韩庶子和刘员外。会昌六年（846 年），白居易已在洛阳十几年了，正月二日立春，七日人日，迎新感春，人们互赠装着时蔬点心的春盘，诗人怀念故旧老友，想起了贬谪循州的牛僧孺、贬在潮州的杨嗣复、长流封州的李宗闵等，回想昔日曾一起游洛的逍遥快乐。这是白居易度过的最后一个新春，同年八月十四日，诗人即撒手人寰，葬于龙门。

第一节　上元节

正月十五上元节是汉代兴起的传统节日，至隋朝更加重视庆典仪式，统治者往往借以夸耀声威宣示太平，如设灯火，陈百戏之类，场面极为浩大。《资治通鉴》卷一百八十一记载：大业六年（610 年）正月十五，"帝以诸蕃酋长毕集洛阳，丁丑，于端门街盛陈百戏，戏场周围五千步，执丝竹者万八千人，声闻数十里，自昏至旦，灯火光烛天地；终月而罢，所费巨万。自是

① （唐）白居易著，谢思炜校注：《白居易诗集校注》卷三十一，中华书局 2017 年版，第 2351—2353 页。

② （唐）白居易著，谢思炜校注：《白居易诗集校注》卷三十七，中华书局 2017 年版，第 2819 页。

岁以为常。”胡三省注曰：“丁丑，正月十五日。今人元宵行乐，盖始盛于此。”① 域外番邦都来朝拜，参加演奏歌舞的人数多达上万，彻夜狂欢影响方圆几十里，欢度元宵节，由此而兴盛。《隋书》卷十五《音乐志下》亦云：“每岁正月，万国来朝，留至十五日，于端门外，建国门内，绵亘八里，列为戏场。百官起棚夹路，从昏达旦，以纵观之。至晦而罢。”② 各国使者云集参与庆典，戏场绵延八里之外，表演从早到晚不停歇，一直到正月末才结束。隋文宗朝薛道衡曾作《和许给事善心戏场转韵诗》描写洛阳上元夜的戏场，煞是精彩，诗云：

京洛重新年，复属月轮圆。云间璧独转，空里镜孤悬。
万方皆集会，百戏尽来前。临衢车不绝，夹道阁相连。
惊鸿出洛水，翔鹤下伊川。艳质回风雪，笙歌韵管弦。
佳丽俨成行，相携入戏场。衣类何平叔，人同张子房。
高高城里髻，峨峨楼上妆。罗裙飞孔雀，绮带垂鸳鸯。
月映班姬扇，风飘韩寿香。竟夕鱼负灯，彻夜龙衔烛。
欢笑无穷已，歌咏还相续。羌笛陇头吟，胡舞龟兹曲。
假面饰金银，盛服摇珠玉。宵深戏未阑，兢为人所难。
卧驱飞玉勒，立骑转银鞍。纵横既跃剑，挥霍复跳丸。
抑扬百兽舞，盘跚五禽戏。狻猊弄斑足，巨象垂长鼻。
青羊跪复跳，白马回旋骑。忽睹罗浮起，俄看郁昌至。
峰岭既崔嵬，林丛亦青翠。麋鹿下腾倚，猴猿或蹲跂。
金徒列旧刻，玉律动新灰。甲荑垂陌柳，残花散苑梅。
繁星渐寥落，斜月尚徘徊。王孙犹劳戏，公子未归来。
共酌琼酥酒，同倾鹦鹉杯。普天逢圣日，兆庶喜康哉。③

---

① （宋）司马光编著：《资治通鉴》卷一百八十一《隋纪五》，中华书局1956年版，第5649页。
② （唐）魏徵等：《隋书》卷十五《音乐志下》，中华书局1973年版，第381页。
③ 《先秦汉魏晋南北朝诗·隋诗》卷四，第2684—2685页。

诗题中的许给事即许善心，字务本，为隋代文学家。转韵即换韵，古体诗可以每隔若干句转换一韵，而格律诗必须一韵到底。洛阳城的正月十五夜晚，皓月当空，四面八方的人都前来京城，观看乐舞杂技百戏表演。街道上的车马川流不息，到处是临时搭起的观赏阁棚。鸿飞鹤翔不绝，管弦笙歌回荡，佳丽众多，才子豪华。人们装扮高贵，用具高雅。各种华灯，彻夜通明，欢歌笑语不绝于耳。羌笛吹奏的是陇头歌，胡舞伴随着龟兹曲。金银做面具，珠玉做点缀，直至深夜仍不歇息，所有表演皆是奇技。弹丸表演者纵马驱驰，挥剑跳跃。百兽舞、五禽戏、狮子、大象、青羊、白马、罗浮、郁昌等百戏节目，应有尽有。高山峰岭林丛青翠，麋鹿腾跃猿猴蹦跳。不知不觉中天色微明，王孙公子把酒相庆，黎民百姓欢喜安泰。

至唐代，正月十五上元节仍是一年中的大节，洛阳风俗不禁街，东都上元节的夜晚朝市热闹，灯火欢腾。高宗调露二年（680年），陈子昂、长孙正隐、崔知贤等六位诗友，于上元夜观灯赏景游乐，每人留下了一首《上元夜效小庾体》（同用春字）五言四韵诗，长孙正隐还为六首诗作了序，铺写彻夜欢游，漫步洛浦云："夫执烛夜游，古人之意，岂不重光阴而好娱乐趣哉！且星度如环，昬才周而已袭；月华犹镜，魄哉生而遽圆。忽兮遇春，俄兮临望。重城之扉四辟，车马轰阗；五剧之灯九华，绮罗纷错。兹夕何夕，而遨游之多趣乎！且九谷帝畿，三川奥域。交风均露，上分朱鸟之躔；溯洛背河，下镇苍龙之阙。多近臣之第宅，即瞰铜街；有贵戚之楼台，自连金穴。美人竞出，锦障如霞；公子交驰，雕鞍似月。同游洛浦，疑寻税马之津；争渡河桥，似向牵牛之渚。实昌年之乐事，令节之佳游者焉。而戒晓严钟，俄喧绮陌；分空落宿，已半朱城。盖陈良夜之欢，共发乘春之藻。仍为庾体，四韵成章，同以春为韵。"长孙正隐《上元夜效小庾体同用春字》诗云：

> 薄晚啸游人，车马乱驱尘。
> 月光三五夜，灯焰一重春。
> 烟云迷北阙，箫管识南邻。

洛城终不闭，更出小平津。①

“洛城终不闭”，说明上元夜通宵允许通行，可以直达黄河边的小平津。陈嘉言《上元夜效小庾体》亦云：“今夜可怜春，河桥多丽人。宝马金为络，香车玉作轮。连手窥潘掾，分头看洛神。重城自不掩，出向小平津。”② 陈子昂《上元夜效小庾体》云：“三五月华新，遨游逐上春。相邀洛城曲，追宴小平津。楼上看珠妓，车中见玉人。芳宵殊未极，随意守灯轮。”③ 赏月观灯，车水马龙，欢乐至极。这三首诗都提到小平津，可见是彻夜通行。崔知贤《上元夜效小庾体》云：“今夜启城闉，结伴戏芳春。鼓声撩乱动，风光触处新。月下多游骑，灯前饶看人。欢乐无穷已，歌舞达明晨。”④ 诗题下小序云：“上元之游，凡六人，皆以春字为韵，长孙正隐为之序。”锣鼓声声，歌舞翩翩，欢乐无穷。高瑾《上元夜效小庾体》云：“初年三五夜，相知一两人。连镳出巷口，飞毂下池漘。灯光恰似月，人面并如春。遨游终未已，相欢待日轮。”⑤ 灯光月光融为一体，知己遨游通宵不倦。韩仲宣《上元夜效小庾体》云：“他乡月夜人，相伴看灯轮。光随九华出，影共百枝新。歌钟盛北里，车马沸南邻。今宵何处好，惟有洛城春。”⑥ 灯如车轮，光华无比，到处是欢乐的人流，上元夜的洛城春煞是美好。

唐人刘肃《大唐新语》云：“神龙之际，京城正月望日，盛饰灯影之会。金吾弛禁，特许夜行。贵游戚属及下隶工贾，无不夜游。车马骈阗，人不得顾。王主之家，马上作乐以相夸竞。文士皆赋诗一章，以纪其事。作者数百人，惟中书侍郎苏味道、吏部员外郭利贞、殿中侍御史崔液三人为绝唱。……文多

① 《全唐诗》（增订本）卷七十二，第 790 页。
② 《全唐诗》（增订本）卷七十二，第 791 页。
③ （唐）陈子昂著，徐鹏校点：《陈子昂集》补遗，上海古籍出版社 2013 年版，第 277 页。
④ 《全唐诗》（增订本）卷七十二，第 785 页。
⑤ 《全唐诗》（增订本）卷七十二，第 788 页。
⑥ 《全唐诗》（增订本）卷七十二，第 786 页。

不尽载。”[1] 刘肃所记应是神龙元年（705 年）武周神都洛阳上元夜的盛况，由于官府不禁夜，特许通行，王公贵族竞相出游夸耀，数百文人赋诗歌咏作记，其中苏味道、郭利贞、崔液三人的诗公认最佳。苏味道《正月十五夜》云："火树银花合，星桥铁锁开。暗尘随马去，明月逐人来。游伎皆秾李，行歌尽《落梅》。金吾不禁夜，玉漏莫相催。”[2] 上元夜的东都，火树银花辉映全城，天津桥铁索大开，月光下游人熙熙攘攘，美丽的女伎唱着《梅花落》，在这个自由的夜晚，多么希望时光停留下来，让人们尽情赏玩。郭利贞《上元》云："九陌连灯影，千门度月华。倾城出宝骑，匝路转香车。烂漫惟愁晓，周游不问家。更逢清管发，处处落梅花。”[3] 东都的大街小巷华灯成片，月光下千门万户中，乘坐香车宝马的游人走出观赏，不思回家，唯恐天亮，古曲《梅花落》回荡在闹市中。崔液《上元夜六首》（一作夜游诗）云：

玉漏银壶且莫催，铁关金锁彻明开。
谁家见月能闲坐，何处闻灯不看来。

神灯佛火百轮张，刻像图形七宝装。
影里如闻金口说，空中似散玉毫光。

今年春色胜常年，此夜风光最可怜。
鳷鹊楼前新月满，凤皇台上宝灯燃。

金勒银鞍控紫骝，玉轮珠幰驾青牛。
骖驔始散东城曲，倏忽还来南陌头。

---

① （唐）刘肃等撰，恒鹤等校点：《大唐新语》（外五种）卷八《文章第十八》，上海古籍出版社 2012 年版，第 74 页。

② 《全唐诗》（增订本）卷六十五，第 750 页。

③ 《全唐诗》（增订本）卷一百〇一，第 1076 页。

公子王孙意气骄，不论相识也相邀。
最怜长袖风前弱，更赏新弦暗里调。

星移汉转月将微，露洒烟飘灯渐稀。
犹惜路傍歌舞处，踌躕相顾不能归。[①]

上元夜间全城之民不分男女老少，纷纷出游，各种各样的燃灯奇妙无伦，春色风光灯火下更加惹人怜爱，处处回荡着时尚的音乐歌声，人们无论相识不相识，相互致意赞不绝口，欣赏歌舞直至天亮，犹不尽意不愿回归。

开元年间，唐玄宗多次驻留东都，洛阳上元夜的游乐活动达到空前高潮，孙逖（一作沈佺期诗）《正月十五日夜应制》云："洛城三五夜，天子万年春。彩仗移双阙，琼筵会九宾。舞成仓颉字，灯作法王轮。不觉东方日（一作白），遥垂御藻新。"[②] 上元十五夜，洛阳温暖如春，朝廷宴饮宾客，都市戏舞轮灯，人们沉醉于观赏的欢乐之海，不知不觉东方已晓。元稹《灯影》云："洛阳昼夜无车马，漫挂红纱满树头。见说平时灯影里，玄宗潜伴太真游。"[③] 玄宗携带贵妃，于灯影里夜游，车马全部被禁。"见说"两句表明是用影戏来表演唐玄宗和杨贵妃的故事，这说明洛阳早在中唐时期就有了成熟的影戏。郑处诲《明皇杂录》卷下云："每正月望夜，又御勤政楼，观作乐。贵臣戚里官设看楼，夜阑，即遣宫女于楼前歌舞以娱之。"[④] 唐人薛用弱《集异记》补编"叶法善"记载：

开元初，正月望夜，玄宗移仗于上阳宫以观灯，尚方匠毛顺心结构彩楼三十余间，金翠珠玉，间厕其内，楼高百五十尺，微风所触，锵然成韵。以灯为龙、凤、螭、豹腾踯之状，似非人力。玄宗

① 《全唐诗》（增订本）卷五十四，第669页。
② 《全唐诗》（增订本）卷一百一十八，第1189页。
③ （唐）元稹撰，谢永芳编著：《元稹诗全集　汇校汇注汇评》丁编《律诗》，崇文书局2016年版，第352页。
④ 上海古籍出版社编：《唐五代笔记小说大观》上册，上海古籍出版社2000年版，第962页。

见大悦，促召师观于楼下，人莫知之。师曰："灯影之盛，固无比矣。然西凉府今夕之灯，亦亚于此。"玄宗曰："师顷尝游乎？"曰："适自彼来，便蒙急召。"玄宗异其言，曰："今欲一往得乎？"曰："此易耳。"于是令玄宗闭目，约曰："必不得妄视，若误有所视，必有非常惊骇。"如其言，闭目距跃，已在霄汉，俄而足已及地，曰："可以观矣。"既睹影灯，连亘数十里，车马骈阗，士女纷委，玄宗称其盛者久之。乃请回，复闭目腾空而上，顷之已在楼下，而歌舞之曲未终。①

由之可知，开元初的制灯、舞灯技术已经非常高超了，唐玄宗于上阳宫上元夜观灯，一番神游，有惊无险。薛曜《正夜侍宴应诏》(《英华》作正月望夜上阳宫侍宴应制）云："重关钟漏通，夕敞凤皇宫。双阙祥烟里，千门明月中。酒杯浮湛露，歌曲唱流风。侍臣咸醉止，恒惭恩遇崇。"② 薛曜娶的是城阳公主，圣历中曾参与修编三教珠英，奉皇帝之命作此诗，记述了侍宴上阳宫的所见所闻所感。玉漏晨钟及宫阙城楼，笼罩在明月光下，皇上盛宴宾客，歌舞相伴，侍臣们酩酊大醉，感谢宠幸深厚。中唐诗人张祜的《李谟笛》，反映了上元夜上阳宫宫中新曲流传到民间的情况，诗云："平时东幸洛阳城，天乐宫中夜彻明。无奈李谟偷曲谱，酒楼吹笛是新声。"③ 洛阳酒楼上传来悦耳的笛声，唐玄宗大吃一惊，怎么如此熟悉呢？一问才知，那个吹笛的人是有名的少年李谟，上元夜在天津桥赏月，听到了上阳宫中传出来的美妙新曲，用心记了下来到酒楼演奏，这就是李谟偷曲的故事。

---

① （唐）薛用弱：《集异记》，中华书局1980年版，第18页。
② 《全唐诗》（增订本）卷八十，第868页。
③ 《全唐诗》（增订本）卷五百一十一，第5877页。

第二节　上巳节

三月三日上巳节即祓禊节，文人之间盛行聚饮，隋唐洛阳的祓禊节庆集中于洛水两岸，所以称洛禊，人们来到水边，洗污濯垢，举行祭礼，消除不祥，祈福纳吉。隋朝卢思道《上巳禊饮诗》云："山泉好风日，城市厌嚣尘。聊持一樽酒，共寻千里春。余光下幽桂，夕吹舞青苹。何言出关后，重有入林人。"① 三月三日上巳禊饮之日，山水间春光最好，厌倦城市喧嚣的人们，踏春赏景，来到水边濯垢宴饮，想起老子出关归隐成仙，诗人慨叹自己何时才能享受林泉之致呢？

唐高宗调露二年（680年）三月三日，陈子昂、崔知贤、高球等人，于王明府山亭设宴集会，一同赋诗者有六人，王慎行为之作序。崔知贤《三月三日宴王明府山亭》（得鱼字）云："京洛皇居，芳禊春余。影媚元巳，和风上除。云开翠帘，水骛鲜居。林渚萦映，烟霞卷舒。花飘粉蝶，藻跃文鱼。沿波式宴，其乐只且。"② 诗题下小序云："调露二年，暮春三日，同集于王令公之林亭，申交契也。夫尚平远迹，寻五药于西山；仲连高蹈，让千金于东海。遗形却立，终希独善之资；排患解纷，未洽随时之义。岂若天地交泰，朝野欢娱。元巳迨辰，季阳司月。列芳林而荐赏，控清洛以开筵。追李郭之佳游，嗣裴王之故事。远近送春日，表里壮皇居。曾斡霞骞，烛城阴于翠鹢；浮梁雾绝，写川态于文虹。树密如鳞，花繁似霰。鱼纵相忘之乐，莺迁求友之声。景物载华，心神已至。于是恺佳宴，涤烦襟。沿杯曲水，折巾幽径。流波度曲，自谐中散之弦；舞蝶成行，无忝季伦之伎。而岁不我与，人生若浮。挥鲁阳之戈，奔曦可驻；骋山公之骑，余兴方遒。度志陈诗，式纪良会。仍探一字，六韵成章。"王令公即王明府，其余不详。京城洛阳的上巳春日，和风

① 《先秦汉魏晋南北朝诗·隋诗》卷一，第2635页。
② 《全唐诗》（增订本）卷七十二，第785页。

徐徐景色媚人，水碧林翠鱼翔蝶飞，人们沿着水岸设宴祓禊，不胜其乐。韩仲宣《三月三日宴王明府山亭》（得花字）云：“河滨上巳，洛汭春华。碧池涵日，翠斝澄霞。沟垂细柳，岸拥平沙。歌莺响树，舞蝶惊花。云浮宝马，水韵香车。熟记行乐，淹留景斜。”① 上巳的洛水之滨，碧水霞光细柳平沙，莺歌蝶舞宝马香车，宴饮行乐的人群夕阳西下仍不肯离去。高瑾《三月三日宴王明府山亭》（得哉字）云：“暮春元巳，春服初裁。童冠八九，于洛之隈。河堤草变，巩树花开。逸人谈发，仙御舟来。间关黄鸟，瀺灂丹腮。乐饮命席，优哉悠哉。”② 洛水之弯草绿花开，鱼跃鸟鸣，高行逸人携带童子数人，逍遥自在，从容行乐。席元明《三月三日宴王明府山亭》（得郊字）云：“日惟上巳，时亨有巢。中尊引桂，芳筵藉茅。书僮橐笔，膳夫行炰。烟霏万雉，花明四郊。沼蘋白带，山花紫苞。同人聚饮，千载神交。”③ 上巳之日春和景明，垫坐着茅草畅饮桂花酒，自行烧烤随意游赏，志同道合胜似神交。高球《三月三日宴王（明）府山亭》（得烟字）云：“洛城春禊，元巳芳年。季伦园里，逸少亭前。曲中举白，谈际生玄。陆离轩盖，凄清管弦。萍疏波荡，柳弱风牵。未淹欢趣，林溪夕烟。”④ 春日洛城盛行祓禊，弱柳轻风波澜不惊的水滨，到处是管弦乐歌的华车，随时可见举杯欢饮高谈阔论的人群。以上诸人的诗歌写景绘物，纵笔铺叙，全面展示了上巳日祓禊风俗的盛大场景。陈子昂《三月三日宴王明府山亭》记述洛禊的风情是：“暮春嘉月，上巳芳辰。群公禊饮，于洛之滨。奕奕车骑，粲粲都人。连帷竞野，袨服缛津。青郊树密，翠渚萍新。今我不乐，含意未申。”⑤ 季春上巳良辰佳日，络绎不绝的都市男女，神采奕奕，容光焕发，骑马驾车，奔赴洛水之滨，进行祓禊事宜，河岸上帷帐遍布，津桥旁人群熙攘，可以看出当时人对这一风俗的热衷。

① 《全唐诗》（增订本）卷七十二，第 786 页。
② 《全唐诗》（增订本）卷七十二，第 788 页。
③ 《全唐诗》（增订本）卷七十二，第 785—786 页。
④ 《全唐诗》（增订本）卷七十二，第 787 页。
⑤ （唐）陈子昂著，徐鹏校点：《陈子昂集》补遗，上海古籍出版社 2013 年版，第 278 页。

陈子昂大概因为参加进士初试落第，所以有些怅惘不乐。

唐代洛禊最引人瞩目的是白居易等文人，开成二年（837年）三月三日上巳节举行的一次文酒盛会，由河南尹李珏发起，裴度召集，有刘禹锡、白居易等十五人参加。白居易于宴会上作的即席诗题目非常长，可以视为序言。题目云："开成二年三月三日，河南尹李待价以人和岁稔，将禊于洛滨。前一日，启留守裴令公。公明日召太子少傅白居易、太子宾客萧籍、李仍叔、刘禹锡、前中书舍人郑居中、国子司业裴恽、河南少尹李道枢、仓部郎中崔晋、司封员外郎张可绩、驾部员外郎卢言、虞部员外郎苗愔和州刺史裴俦、淄州刺史裴洽、检校礼部员外郎杨鲁士、四门博士谈弘谟等一十五人，合宴于舟中。由斗亭，历魏堤，抵津桥，登临溯沿，自晨及暮，簪组交映，歌笑间发，前水嬉而后妓乐，左笔砚而右壶觞，望之若仙，观者如堵。尽风光之赏，极游泛之娱。美景良辰，赏心乐事，尽得于今日矣。"记叙了集会的缘起、人员，以及从早晨到晚上所经过的地方等。诸人戏水游乐，欢歌笑语，举杯饮酒，援笔赋诗，远望似群仙，引来观者如堵。又云："若不记录，谓洛无人，晋公首赋一章，铿然玉振，顾谓四座，继而和之，居易举酒抽毫，奉十二韵以献。（座上作）"参与此次祓禊集会的人相互应和，慨然赋诗，诗作汇编为《汝洛集》《洛中集》《洛下游赏宴集》等文集，传为千古美谈。白居易诗曰：

三月草萋萋，黄莺歇又啼。柳桥晴有絮，沙路润无泥。
禊事修初毕，游人到欲齐。金钿耀桃李，丝管骇凫鹥。
转岸回船尾，临流簇马蹄。闹于扬子渡，踏破魏王堤。
妓接谢公宴，诗陪荀令题。舟同李膺泛，醴为穆生携。
水引春心荡，花牵醉眼迷。尘街从鼓动，烟树任鸦栖。
舞急红腰凝，歌迟翠黛低。夜归何用烛，新月凤楼西。①

阳春三月莺飞草长，柳絮飘舞，沙路湿润而不泥泞，人们陆陆续续来到洛水

① （唐）白居易著，谢思炜校注：《白居易诗集校注》卷三十三，中华书局2017年版，第2547页。

岸边举行祓禊之事，扬子渡口、魏王堤边拥挤不堪。妓女歌舞相伴，游人竞相赋诗，朋友以礼相待。人们醉心于春色，街上鼓乐震动，树上百鸟翔集，娇媚的歌姬舞女，披星戴月而归。刘禹锡《三月三日与乐天及河南李尹奉陪裴令公泛洛禊饮，各赋十二韵》曰：

洛下今修禊，群贤胜会稽。盛筵陪玉铉，通籍尽金闺。
波上神仙妓，岸傍桃李蹊。水嬉如鹭振，歌响杂莺啼。
历览风光好，沿洄意思迷。棹歌能俪曲，墨客竞分题。
翠幄连云起，香车向道齐。人夸绫步障，马惜锦障泥。
尘暗宫墙外，霞明苑树西。舟形随鹢转，桥影与虹低。
川色晴犹远，鸟声莫欲栖。唯余踏青伴，待月魏王堤。①

洛水祓禊参与集会的来宾皆是达官显贵，胜过王羲之之流，宴会场面奢华盛大。洛水神女，岸上桃李，与嬉戏踏歌的人群融为一体。人们留恋大好春光，竞相对歌赋诗。岸上帷帐如云，车马拥道，举步难行，水中船行穿桥，不愿离去，直到暮色降临，月照沙岸。今仅存白居易和刘禹锡两诗，成为这次洛滨祓禊会的宝贵记录。两诗皆以描写祓禊欢乐场面为主旨，再现了游人愉悦的心情和各种活动热烈感人的情景。白居易等人的这次祓禊游宴活动，彰显了洛禊民俗的多种文化价值，洛禊中既有祓除不祥雅洁身心的心理寄托意识，更有对洛水洛神文化的崇拜和祭奠，二者共同熔铸了洛禊风俗除旧布新祈求幸福的文化精神。

春日里，洛阳还有美人拾翠的风俗，增添了都城女性的生活情趣，沈佺期《洛阳道》云："九门开洛邑，双阙对河桥。白日青春道，轩裳半下朝。乘羊稚子看，拾翠美人娇。行乐归恒晚，香尘扑地遥。"② 拾翠是古代妇女独有的乐趣，每当春天来临，妇女们成群结队外出采摘百草，以为娱乐。神都洛

① （唐）刘禹锡著，卞孝萱校订：《刘禹锡集》卷三十四，中华书局 1990 年版，第 487 页。

② （唐）沈佺期、宋之问著，陶敏、易淑琼校注：《沈佺期宋之问集校注》，《沈佺期集校注》卷四《诗》，中华书局 2001 年版，第 228 页。

邑城九门齐开，城阙巍峨，雄伟壮观。城中心大道上春日阳光灿烂，文武百官下朝乘车归府，牧童骑在羊背上悠然自在，洛阳女儿拾翠归来千娇百媚，生机盎然。

第三节　寒食节与清明节

寒食节与清明节本是两个不同的节日，由于日期相近，唐人往往把二者合而为一。寒食节对应的日子是冬至后的一百零五天，至此开始有疾风甚雨，杜甫有《一百五日夜对月》云“无家对寒食，有泪如金波”①。寒食节的主要活动是禁火祭拜扫墓，因与清明节的日子前后不差，清明节和寒食节的仪式内容等，便逐渐重合起来，如孙逖《和常州崔使君寒食夜》即云“闻道清明近，春庭向夕阑”②，王表《清明日登城春望寄大夫使君》云“春城闲望爱晴天，何处风光不眼前。寒食花开千树雪，清明日出万家烟”③，春日万里晴空，寒食清明两相宜。李崇嗣《寒食》云“普天皆灭焰，匝地尽藏烟”④，王建《寒食》云“田舍清明日，家家出火迟”⑤，又《寒食行》云“寒食家家出古城，老人看屋少年行”，“三日无火烧纸钱，纸钱那得到黄泉”⑥，说明寒食禁火。宋之问《寒食还陆浑别业》云：“洛阳城里花如雪，陆浑山中今始发。旦别河桥杨柳风，夕卧伊川桃李月。伊川桃李正芳新，寒食山中酒复春。野老不知尧舜力，酣歌一曲太平人。”⑦ 洛阳城和陆浑山的景致不同，寒食节的情趣各有其味。

---

① （唐）杜甫著，（清）仇兆鳌注：《杜诗详注》卷四，中华书局2015年版，第275页。

② 《全唐诗》（增订本）卷一百一十八，第1190页。

③ 《全唐诗》（增订本）卷二百八十一，第3194页。

④ 《全唐诗》（增订本）卷一百，第1070页。

⑤ （唐）王建著，尹占华校注：《王建诗集校注》卷五，巴蜀书社2006年版，第220页。

⑥ （唐）王建著，尹占华校注：《王建诗集校注》卷一，巴蜀书社2006年版，第3页。

⑦ （唐）沈佺期、宋之问著，陶敏、易淑琼校注：《沈佺期宋之问集校注》，《宋之问集校注》卷四，中华书局2001年版，第590页。

陈润《东都所居寒食下作》云："江南寒食早，二月杜鹃鸣。日暖山初绿，春寒雨欲晴。浴蚕当社日，改火待清明。更喜瓜田好，令人忆邵平。"① 诗人在洛阳过寒食节时，想到了江南寒食节的情景，春日来早杜鹃声声，雨过天晴山色葱绿，蚕户们在社日用各色花水洗浴蚕种，祈求丰收，等待到清明日重新取火，青翠的瓜田里枝蔓蜿蜒，令人向往回归田野。吴融《寒食洛阳道》云："路岐无乐处，时节倍思家。彩索飏轻吹，黄鹂啼落花。连乾驰宝马，历禄斗香车。行客胜回首，看看春日斜。"② 人生多波折，寒食节之际禁不住思念亲人，洛阳道上彩带飘飘，鸟啼花落，华车宝马川流不息，远行的客人们，回头看看春日的美景吧。

白居易居洛期间，作有多首寒食节诗，如大和六年（832 年）的《六年寒食洛下宴游赠冯李二少尹》云：

丰年寒食节，美景洛阳城。三尹皆强健，七日尽晴明。
东郊蹋青草，南园攀紫荆。风坼海榴艳，露坠木兰英。
假开春未老，宴合日屡倾。珠翠混花影，管弦藏水声。
佳会不易得，良辰亦难并。听吟歌暂辍，看舞杯徐行。
米价贱如土，酒味浓于饧。此时不尽醉，但恐负平生。
殷勤二曹长，各捧一银觥。③

诗题中冯少尹为河南少尹冯定，李少尹名不详。洛阳寒食节之际，春满洛阳城，处处是美景，人们聚会踏青，歌舞宴饮，不醉不休。又《洛桥寒食日作十韵》云：

上苑风烟好，中桥道路平。蹴球尘不起，泼火雨新晴。
宿醉头仍重，晨游眼乍明。老慵虽省事，春诱尚多情。

① 《全唐诗》（增订本）卷二百七十二，第 3055 页。
② 《全唐诗》（增订本）卷六百八十四，第 7925 页。
③ （唐）白居易著，谢思炜校注：《白居易诗集校注》卷二十二，中华书局 2017 年版，第 1787 页。

遇客踟蹰立，寻花取次行。连钱嚼金勒，凿落写银罂。

府酝伤教送，官娃岂要迎。舞腰那及柳，歌舌不如莺。

乡国真堪恋，光阴可合轻。三年遇寒食，尽在洛阳城。①

白居易在洛阳已多次过寒食，春色诱人，美景留人，或蹴球，或换火，或郊游，或宴饮，或歌舞，珍惜大好光阴吧。大和八年（834 年），白居易又作《玩半开花赠皇甫郎中》（八年寒食日池东小楼上作）云：

勿讶春来晚，无嫌花发迟。人怜全盛日，我爱半开时。

紫蜡黏为蒂，红苏点作蕤。成都新夹缬，梁汉碎燕脂。

树杪真珠颗，墙头小女儿。浅深妆驳落，高下火参差。

蝶戏争香朵，莺啼选稳枝。好教郎作伴，合共酒相随。

醉玩无胜此，狂嘲更让谁？犹残少年兴，未似老人诗。

西日凭轻照，东风莫杀吹。明朝应烂漫，后夜更离披。

林下遥相忆，樽前暗有期。衔杯嚼蕊思，唯我与君知。②

诗题中皇甫郎中即皇甫曙，与白居易为酒友兼亲家。白居易喜花半开，寒食日在池东小楼上念及故友，惜花纵情，作诗以寄。开成二年（837 年），白居易又有《寒食》云：

人老何所乐，乐在归乡国。我归故园来，九度逢寒食。

故园在何处，池馆东城侧。四邻梨花时，二月伊水色。

岂独好风土，仍多旧亲戚。出去恣欢游，归来聊燕息。

有官供禄俸，无事劳心力。但恐优稳多，微躬销不得。③

诗人在故园与亲朋好友欢游宴饮，欣赏风光，自得意满，安闲舒泰。

洛阳城的寒食节在晚唐诗人皮日休的眼里，则是另一番景象，其《洛中寒食二首》云："千门万户掩斜晖，绣幰金衔晚未归。击鞠王孙如锦地，斗鸡

① （唐）白居易著，谢思炜校注：《白居易诗集校注》卷二十六，中华书局 2017 年版，第 2093 页。
② （唐）白居易著，谢思炜校注：《白居易诗集校注》卷三十一，中华书局 2017 年版，第 2401 页。
③ （唐）白居易著，谢思炜校注：《白居易诗集校注》卷二十九，中华书局 2017 年版，第 2301 页。

公子似花衣。嵩云静对行台起，洛鸟闲穿上苑飞。唯有路旁无意者，献书未纳问淮肥。”“远近垂杨映钿车，天津桥影压神霞。弄春公子正回首，趁节行人不到家。洛水万年云母竹，汉陵千载野棠花。欲知豪贵堪愁处，请看邙山晚照斜。”① 春日寒食节，千家万户出游赏景不知归回，王孙公子击鞠斗鸡其乐无穷，只有北邙山上的夕阳令人无比伤感。正如张籍《北邙行》云：“洛阳北门北邙道，丧车辚辚入秋草。车前齐唱薤露歌，高坟新起白峨峨。朝朝暮暮人送葬，洛阳城中人更多。千金立碑高百尺，终作谁家柱下石。山头松柏半无主，地下白骨多于土。寒食家家送纸钱，乌鸢作窠衔上树。人居朝市未解愁，请君暂向北邙游。”② 因为北邙山上多坟头，所以寒食节家家烧送纸钱，祭拜扫墓纪念亲人。隋唐时期唐临《冥报记》卷下“隋洛阳人”提到洛阳寒食习俗，持酒食祭奠亲人，云：

隋大业中，洛阳人姓王，持五戒，时言未然之事，闾里敬信之。一旦，忽谓人曰：“今日当有人与我一头驴。”至日午，果有人牵驴一头送来，涕泣说言，早丧父，其母寡，养一男一女，女嫁而母亡，亦十许年矣。寒食日，妹来皈家。家有驴数年。洛下俗，以寒食日持酒食祭墓，此人乘驴而往。墓在伊水东，欲度伊水，驴不肯度，鞭其头面，被伤流血。既至墓所，放驴而失，有须还有本处。是日，妹独在兄家，忽见母入来，头面血流，形容毁瘁，号泣告女曰：“我生时避汝兄送米五斗与汝，坐此得罪，报受驴身，偿汝兄五年矣。今日欲度伊水，水深畏之，汝兄以鞭捶我，头面尽破，仍许还家更苦打我。我走来告汝，吾今偿债垂毕，何太非理相苦也。”言讫走出，寻之不见。女记其伤状处，既而兄还，女先观驴，头面伤破流血，如见其母伤状，抱以号泣。兄怪问之，女以状告。兄亦言初不肯度及失还得之状同。于是兄妹抱持恸哭，驴亦涕泪交流，不食水草。兄妹跪

① 《全唐诗》（增订本）卷六百一十三，第 7118 页。

② （唐）张籍著，李冬生注：《张籍集注》，黄山书社 1989 年版，第 47 页。

请，若是母者，愿为食草，驴即为食草。既而复止。兄妹莫如之何，遂备粟豆送五戒处，乃复饮食。后驴死，兄妹收葬焉。①

隋朝大业年间，洛阳有一姓王的人，能预测未来，很是灵验，得到闾里人们的尊敬信任，又因持五戒，大家于是称他为王五戒。有一天，如他所言，有人送他一头驴，且哭泣着讲述了事情的经过。原来那人幼年丧父，兄妹二人由寡母养大，女儿出嫁后，母亲过世，至今已经十几年了，今年寒食节妹妹回家来了。按照洛阳人的习俗，寒食日要携带食物酒水上坟祭祖，他骑着驴子去扫墓。坟墓在伊水东边，驴不肯下伊水，他就鞭打驴头，驴脸受伤流血满面。到了墓地，放驴去吃草，驴却不见了。过了一阵子，驴才又出现。当天妹妹在哥哥家时，亡母忽然进门，满脸是血，向女儿哭诉说，当初曾经瞒着你哥哥给你送了五斗米，罪报为驴身，还你哥哥五年的债，今天因为水深，不愿过伊水，遭到你哥哥鞭打流血，还说要回家再狠抽。你告诉他，欠的债已快还完了，不能再让我吃苦了。母亲说完就没了踪影，女儿出门找寻无果。兄长回家后，女儿观察驴头受伤的情形，与母亲受伤的情状一模一样，于是抱驴大哭，哥哥问明情况后，两人抱头大哭，驴也泪流不止，不饮不食。兄妹跪求驴吃草证明是母亲，果然吃草，然后不再进食。兄妹俩不知所措，只好准备了粮食，送到王五戒那里，请求放生。驴死后，兄妹收去进行了埋葬。

元和年间，苦吟诗人孟郊作《济源寒食》七首，描写了济源一带的寒食节气景象，诗云：

风巢袅袅春鸦鸦，无子老人仰面嗟。
柳弓苇箭觑不见，高红远绿劳相遮。

女婵童子黄短短，耳中闻人惜春晚。
逃蜂匿蝶踏地来，抛却斋糜一瓷碗。

---

① （唐）唐临撰，方诗铭辑校：《冥报记》，中华书局 1992 年版，第 60—61 页。

一日踏春一百回，朝朝没脚走芳埃。
饥童饿马扫花喂，向晚饮溪三两杯。

莓苔井上空相忆，辘轳索断无消息。
酒人皆倚春发绿，病叟独藏秋发白。

长安落花飞上天，南风引至三殿前。
可怜春物亦朝谒，唯我孤吟济水边。

枋口花间掣手归，嵩阳为我留红晖。
可怜踯躅千万尺，柱地柱天疑欲飞。

蜜蜂为主各磨牙，咬尽村中万木花。
君家瓮瓮今应满，五色冬笼甚可夸。①

其一为观巢伤感。孟郊无子，老来眼花，所以看到风中的鸟巢，慨叹不已，希望红花绿叶遮盖住鸟巢，不要被弓箭射杀。其二为儿童追蝶。幼童黄发垂髫，追逐凤蝶，无所顾忌，跑掉了饭碗，不亦乐乎。其三为踏春。诗人出门到野地里踏青，不知疲倦，渴了饮溪水，饿了食野花。其四为井台抒怀。诗人思念亲人不得见面，看到黑发青年发狂饮酒，慨叹自己华发已生寂寞落魄。其五为感身世飘零。长安的落花，也能飘落到皇宫，可怜我流落济水边，不得见君王。其六为触景生情。枋头花开，嵩山霞飞，漫山遍野，慰我心悲。其七为观蜂采蜜。蜜蜂采尽万花蜜，奔波辛劳贮满瓮，带来丰收的欢喜。诗人运用白描的手法，叙写了自己的所见所感，抒发了中年丧子、老来悲凉、

① （唐）孟郊著，郝世峰笺注：《孟郊诗集笺注》卷五，河北教育出版社 2002 年版，第 209—212 页。

仕途多艰、遭遇坎坷的怨怼情绪。

清明节相对于寒食节仪式活动更加丰富，李峤《清明日龙门游泛》反映了清明郊游踏青的情景："晴晓国门通，都门蔼将发。纷纷洛阳道，南望伊川阙。衍漾乘和风，清明送芬月。林窥二山动，水见千龛越。罗袂罥杨丝，香桡犯苔发。群心行乐未，唯恐流芳歇。"[1] 洛阳大道上人流涌动，风和日丽，龙门山色青翠，伊水清澈见影，到处是争先恐后寻春游乐的人群。李正封《洛阳清明日雨霁》云："晓日清明天，夜来嵩少雨。千门尚烟火，九陌无尘土。酒绿河桥春，漏闲宫殿午。游人恋芳草，半犯严城鼓。"[2] 雨过天晴，洛阳城里烟火袅袅，因为寒食禁火后，清明节始颁新火，街道巷陌明丽清洁，洛河桥畔杨柳成行映绿了酒杯，宫中滴漏安闲移动，不知不觉中已过午时，闭城宵禁的鼓声阵阵传来，游赏的人群恋春不肯回归。张继《清明日自西午桥至瓜岩村有怀》云：

晚霁龙门雨，春生汝穴风。鸟啼官路静，花发毁垣空。

鸣玉惭时辈，垂丝学老翁。旧游人不见，惆怅洛城东。[3]

雨后的街道鸟鸣花间，诗人漫游洛阳城，因没有考取功名而郁郁惆怅。李建勋《金谷园落花》云："愁见清明后，纷纷盖地红。惜看难过日，自落不因风。蝶散余香在，莺啼半树空。堪悲一尊酒，从此似西东。"[4] 金谷园中雨后花落纷纷，飞蝶黄莺兀自散去，令人叹息不已。韩愈《梨花下赠刘师命》云："洛阳城外清明节，百花寥落梨花发。今日相逢瘴海头，共惊烂漫开正月。"[5] 正月里，诗人在阳山与友人刘师命一起观赏梨花，回忆起洛阳城清明节的情景，百花凋落了梨花才开始绽放，今昔之感不同令人喟叹。开成元年（836

---

① 《全唐诗》（增订本）卷五十七，第 690 页。

② 《全唐诗》（增订本）卷三百四十七，第 3891 页。

③ 《全唐诗》（增订本）卷二百四十二，第 2710 页。

④ 《全唐诗》（增订本）卷七百三十九，第 8509 页。

⑤ （唐）韩愈著，屈守元、常思春主编：《韩愈全集校注》永贞元年，四川大学出版社 1996 年版，第 169 页。

年)，白居易在洛阳的清明节登高怀人，《清明日登老君阁望洛城赠韩道士》云：

风光烟火清明日，歌哭悲欢城市间。
何事不随东洛水，谁家又葬北邙山？
中桥车马长无已，下渡舟航亦不闲。
冢墓累累人扰扰，辽东怅望鹤飞还。①

祭扫是清明节的主要内容，北邙山上人头攒动，在纷纷扰扰的热闹中，诗人生发出了人生如梦的嗟叹。郑谷《旅寓洛南村舍》云："村落清明近，秋千稚女夸。春阴妨柳絮，月黑见梨花。白鸟窥鱼网，青帘认酒家。幽栖虽自适，交友在京华。"② 诗人寓居洛南，观赏清明万象，柳絮飘，梨花开，鱼儿肥，酒家忙，儿童热衷荡秋千，游人悠闲访亲友。

第四节　中元节

中元节设在七月十五日，俗称"七月半"，或"鬼节"，是一个融合了世俗孝道文化、佛教盂兰盆文化和道教超度文化的综合节日。

隋唐洛阳宫廷最著名的盂兰盆会当属武则天时期，如意元年（692 年）七月十五日，宫中出盂兰盆，分送佛寺，僧众云集，武则天率领百官，亲临洛阳南门，观看盂兰盆节盛况，杨炯作《盂兰盆赋》献上，予以颂扬，词甚雅丽，云：

粤大周如意元年秋七月圣神皇帝御洛城南门，会十方贤众，盖天子之孝也。浑元告秋，羲和奏晓。太阴望兮圆魄皎，阊阖开兮凉风袅。四海澄兮百川晶，阴阳肃兮天地窅。扫离宫，清重阁，设皇邸，张翠幕；鸾飞凤翔，晱𣋉倏烁，云舒霞布，翕赫曶霍。陈法供，

① （唐）白居易著，谢思炜校注：《白居易诗集校注》卷三十三，中华书局 2017 年版，第 2503 页。
② 《全唐诗》（增订本）卷六百七十四，第 7783 页。

饰盂兰，壮神功之妙物，何造化之多端。青莲吐而非夏，赪果摇而不寒，铜铁银锡，璆琳琅玕。映以甘泉之玉树，冠以承露之金盘。宪章三极，仪形万类，上寥廓兮法天，下安贞兮象地。殚怪力，穷神异，少君王子，掣曳兮若来；玉女瑶姬，翩跹兮必至。鸣鹎鹖与鸑鷟，舞鹍鸡与翡翠；毒龙拏兮赫然，狂象奔兮沉醉。怖魍魉，潜魑魅，离娄明目，不足见其精微；匠石洗心，不足徵其奥秘。缤缤纷纷，氤氤氲氲，五色成文若荣光，休气发彩于重云。蒨蒨粲粲，焕焕烂烂，三光壮观若合璧，连珠耿耀于长汉。夫其远也，天台杰起，绕之以赤霞；夫其近也，削成孤峙，覆之以莲花。晃兮瑶台之帝室，艳兮金阙之仙家。其高也，上诸天于大梵；其广也，遍法界于恒沙。上可以荐元符于七庙，下可以纳群动于三车者也。

于是乎腾声名，列部伍，前朱雀，后玄武，左苍龙，右白虎，环卫匝，羽林周；雷鼓八面，龙旂九斿，星戈耀日，霜戟含秋。三公以位，百寮乃入，鸣佩锵锵，高冠岌岌。规矩中，威容翕，无族谈，无错立。若乃山中禅定，树下经行，菩萨之权现，如来之化生，莫不汪洋在列，欢喜充庭。天人俨而同会，龙象寂而无声。圣神皇帝乃冠通天，佩玉玺，冕旒垂目，紞纩塞耳。前后正臣，左右直史，身为法度，声为宫徵。穆穆然南面以观矣。八枝初会，四影高悬。上妙之座，取于灯王之国；大悲之饭，出于香积之天。随蓝宝味，舍卫金钱；面为山兮酪为沼，花作雨兮香作烟。明因不测，大福无边。铿九韶，撞六律，歌千人，舞八佾，孤竹之管，云和之瑟。麒麟在郊，凤凰蔽日，天神下降，地祇咸出。于是乎上公列卿、大夫学士，再拜稽首而言曰："圣人之德，无以加于孝乎?"

散元气，运洪炉，断鳌足，受龙图，定天宝，建皇都。至如立宗庙，平圭臬，绣栭文楣，山楶藻棁，昭穆叙，樽罍设，以觐严祖之耿光，以扬先皇之大烈，孝之始也。考辰耀，制明堂，广四脩一，

> 上圆下方，布时令，合烝尝，配天而祀文考，配地而祀高皇，孝之中也。宣大乘，昭群圣，光祖考，登灵庆，发深心，展诚敬，刑于四海，加于百姓，孝之终也。夫孝始于显亲，中于礼神，终于法轮，武尽美矣，周命惟新。圣神皇帝于是乎唯寂唯静，无营无欲，寿命如天，德音如玉。任贤相，惇风俗，远佞人，措刑狱，省游宴，披图箓，捐珠玑，宝菽粟。罢官之无事，恤人之不足，鼓天地之化淳，作皇王之轨躅。太阳夕，乘舆归，下端闱，入紫微。①

赋文翔实地记述了盂兰盆盛会的过程和情景，洛城南门十方贤众参与，显示了天子之孝。上法天，下象地，细致精微，匠心奥秘，无不登峰造极，高出诸天大梵，广布法界恒沙，场面盛大，非比寻常。上千人一起歌诵韶乐，表演八佾，宝味金钱，整个仪式肃穆庄严，乐舞祭品奢华隆重。上公列卿，再拜稽首，大夫学士，祝词赞美，歌颂圣皇德政。直至夕阳西下，武后驾鸾回宫，仪式圆满成功。杨炯以纪实性笔触，描写了武则天君临天下的不凡风采，成为后世研究中元节风俗的可靠资料。

第五节　千秋节

诞节是唐代首创，始于唐玄宗，开元十七年（729 年），张说等大臣，上表请求将玄宗的生日八月五日，定为千秋节，后来成为惯例，千秋节于是成为全民性的节日。这一天特许聚集会饮，大酺天下，朝野同欢，休假三天，娱乐百姓，是为美事。

清人徐松《唐两京城坊考》卷五《东京·宫城·广达楼》引《河南志》注云：“开元二十四年，明皇在东都，千秋节御广达楼宴群臣。”② 开元二十四年（736 年），唐玄宗在洛阳，八月五日于广达楼宴饮群臣。李濯《广达楼

① 《全唐文》卷一百九十，第 1148 页。

② （清）徐松撰，李健超增订：《增订唐两京城坊考》，三秦出版社 2006 年版，第 272 页。

赋》（以“珠帘无隔露”为韵）云：“圣人定天保，据皇图。法乾坤之正位，当河洛而建都。闳扆居于斗极，立象魏于天衢。明堂掞云，可以恭祖考之配；土圭测景，可以验盈缩之符。盖将以同光日月，比德唐虞。以为损之又损，不可取则观象；不壮不丽，安可威戎耀胡？乃蒇匠石，命班输。审曲之官必萃，明中之士载驱。建崇楼于阙下，耸飞阁于城隅。谅维新以朴斫，盖仍旧之规模；因子来而悦使，岂殚力以为娱。材露桐柏，阶骈碱砆。应龙蜿蟺以骧宇，猛兽赑屃以乘桴。明珰藻耀于悬井，朱鸟骞翻于薄栌。璇题景曜，银榜霞铺。及丽谯而崛起，叠井幹以相扶。月透樔璧，星悬网珠。莫不功侔造化，妙尽洪纤。雉堞相望而暗连宫阙，门闱广达而俯接闾阎。德阳傍倚，少室前瞻。散春光于玉户，拥佳气于珠帘。桂栋连云，巢仪彩凤。蓂枝擢秀，影伴初蟾。若乃皇舆戾止，羽卫龙趋。召西园之花萼，奏北里之笙竽。湛尧樽而百辟和畅，皦舜乐而四海欢愉。穷欢浃日，宴乐成霈。下金屋之仙伎，出琼楼之艳姝。飞曼唱则众类斯洽，激清声则烦忧自无。皇情穆然，圣虑夕惕。数路必达，四门广辟。撤悬损膳，捐金抵璧。惧侈心之有萌，恐浇俗之未革。乃延直史，引词客，正八音，稽六籍。以为深居内视，不足以观政化。是用发号施令，将欲以省力役。虑一物之乖所，念九重而斯隔。故坐衢室以观谤，登总章而侧席。乃命遒人以劝农，宣木铎以徇路。求大隗之至道，示赫胥之太素。乐俗安居者皤皤而鼓腹，啜粟饮水者熙熙而含哺。抚薰风，歌《湛露》。开罪洛阳之狱，望气大庭之库。象乎帝先，廓我鼎祚。巍巍乎应天地之变通，荡荡乎作皇王之轨度。”① 全赋铺张扬厉，恢宏繁盛，先言广达楼的建造，合乎天地正位，历史德光。继言广达楼恢宏华丽，雕梁画栋，美不胜收。进而描写宴饮之乐，笔墨汪洋恣肆，帝王仪仗威严，百花盛开眩目，仙乐声中美酒佳人纵情娱乐。结尾处作者难能可贵地对现实进行了思考，提出任用贤能，推行教化，君明臣忠，令百姓安居乐业，方可称得上真正的国运昌盛。

① 《全唐文》卷五百三十六，第3220页。

第六节　中秋节

八月十五日中秋节，俗称拜月节或团圆节，唐人此日多以玩月赏月为趣。大和八年（834年）的中秋节，白居易作《八月十五日夜同诸客玩月》云："月好共传唯此夜，境闲皆道是东都。嵩山表里千重雪，洛水高低两颗珠。清景难逢宜爱惜，白头相劝强欢娱。诚知亦有来年会，保得晴明强健无？"① 洛阳中秋节的圆月最是明亮，洛水中的月影如珠似玉，备受白头人的喜爱，因为不知道明年还能否再看到。

裴夷直《同乐天中秋夜洛河玩月二首》云："清洛半秋悬璧月，彩船当夕泛银河。苍龙颔底珠皆没，白帝心边镜乍磨。海上几时霜雪积，人间此夜管弦多。须知天地为炉意，尽取黄金铸作波。""不热不寒三五夕，晴川明月正相临。千珠竞没苍龙颔，一镜高悬白帝心。几处凄凉缘地远，有时惆怅值云阴。如何清洛如清昼，共见初升又见沈。"② 中秋夜于洛河赏月，观看天上白璧般的圆月，在水中千变万化，明月照川清如白昼，遇到阴云蔽月时，禁不住惆怅叹惋。大中六年（852年），许浑分司东都在洛阳，八月十五日作《中秋日拜起居表，晨渡天津桥即事十六韵，献居守相国崔公兼呈工部刘公》云：

碧树康庄内，清川巩洛间。
坛分中岳顶，城缭大河湾。
广殿含凉静，深宫积翠闲。（内有含凉殿、积翠楼）
楼齐云漠漠，桥束水潺潺。
过雨柽枝润，迎霜柿叶殷。
紫鳞冲晚浪，白鸟背秋山。
月拜西归表，晨趋北向班。

① （唐）白居易著，谢思炜校注：《白居易诗集校注》卷三十二，中华书局2017年版，第2447页。
② 《全唐诗》（增订本）卷五百一十三，第5897页。

鸳鸿随半仗，貔虎护重关。

玉帐才容足，金樽暂解颜。

迹留伤堕屦，恩在乐衔环。

南省兰先握，东堂桂早攀。

龙门君夭矫，莺谷我绵蛮。

分薄嵇心懒，衰多庾鬓班。

人惭公幹卧，频送子牟还。

自睹宸居壮，谁忧国步艰。

只应时与醉，因病纵疏顽。①

诗题中的崔公即太子少师分司东都崔珙，刘公即工部尚书刘瑑，诗人慨叹自己年老身衰，尚未显达，希望得到提携快速升迁。唐人李玫《纂异记》中《嵩岳嫁女》一篇，记载了元和八年（813 年）中秋望夕，人们一边宴饮一边赏月的热闹景象，文云：

三礼田璆者，甚有文，通熟群书，与其友邓韶博学相类，皆以人昧，不能彰其明。家于洛阳。元和癸巳岁中秋望夕，携觞晚出建春门，期望月于韶别墅。行二三里，遇韶亦携觞自东来。驻马道周，未决所适。有二书生乘骢复出建春门，揖璆、韶曰："二君子挈榼，得非求今夕望月地乎？某弊庄，水竹台榭，名闻洛下，东南去此二、三里，傥能迂辔，冀展倾盖之份耳。"璆、韶甚惬所望，乃从而往。问其姓氏，多他语对。

行数里，桂轮已升，至一车门。始入，甚荒凉；又行数百步，有异香迎前而来，则豁然真境矣：泉瀑交流，松桂夹道；奇花异草，照烛如昼；好鸟腾翥，风和月莹。璆、韶请籁马飞觞。书生曰："足下榼中，厥味何如？"璆、韶曰："乾和五酘。虽上清醍醐，计不加

① （唐）许浑撰，罗时进笺证：《丁卯集笺证》卷十二，中华书局 2012 年版，第 780 页。《全唐诗》（增订本）卷五百二十六为杜牧诗。

此味也。”书生曰：“某有瑞露之酒，酿于百花之中，不知与足下五酘孰愈耳?”谓小童曰：“折烛夜一花，倾与二君子尝。”其花四出而深红，圆如小瓶，径三寸余，绿叶形类杯，触之有余韵。小童折花至，倾于竹叶中。凡飞数巡，其味甘香，不可比状。

饮讫，又东南行数里，至一门，书生揖二客下马。觞以烛夜花中之余，赉诸从者。饮一杯，皆大醉，各止于户外。乃引客入，则有鸾鹤数十，腾舞来迎。步而前，花转繁，酒味尤美。其百花皆芳香，压枝于路旁。凡历池馆堂榭，率皆陈设盘筵；若有所待，但不留璆、韶坐。璆、韶饮多，行又甚倦，请暂憩盘筵。书生曰：“坐以何难，但不利于君耳。”璆、韶诘其由，曰：“今夕中天群仙会于兹岳。籍君神魄，不杂腥膻，请以知礼导升降。此皆诸仙位坐，不宜尘触耳。”

言讫，见直北花烛亘天，箫韶沸空，驻云母双车于金堤之上，设水晶方盘于瑶幄之内。群仙方奏《霓裳羽衣曲》，书生前进，有玉女问曰：“礼生来未?”于是引璆、韶进，立于碧玉堂下。左右命璆、韶拜夫人。夫人褰帷笑曰：“下域之人，而能知礼。然服食之气，犹然射人，不可近他贵婿，可各赐薰髓酒一杯。”

璆、韶饮讫，觉肌肤温润，稍异常人，呼吸皆异香气。夫人问左右：“谁人召来?”曰：“卫符卿、李八百。”夫人曰：“便令此二童接待。”于是二童引璆、韶于神仙之后纵目。璆问曰：“相者谁?”曰：“刘纲。”“侍者谁?”曰：“茅盈。”“东邻女弹筝击筑者谁?”曰：“麻姑、谢自然。”“幄中座者谁?”曰：“西王母。”

俄有一人驾鹤而来，王母曰：“久望刘君矣。”刘君笑曰：“适缘莲花峰道士奏章事，须决遣。尚多未来客，何言‘久望’乎?”王母曰：“奏章事者有何所为?”曰：“论浮梁县令求延年矣，以其人因贿赂履官途，以苛虐为官政。生情于案牍，忠恕之道蔑闻；唯锥于货财，巧伪之计更作。自贻覆餗，以促余龄。但以莲花峰叟徇从于人，奏章甚悬，特纾死限，量延五年。”璆问：“刘君谁？”曰：“汉朝天子。”

续有一人，驾黄龙，戴黄旂，导以笙歌，从以嫔嫱，及瑶幄而下。王母复问曰：“李君来何迟？”曰：“为敕龙神设水旱之计，作沴淮、蔡，以歼妖逆。”汉主曰：“奈百姓何？”曰：“上帝亦有此问，予一表断其惑矣。”曰：“可得闻乎？”曰：“不能悉记，略举大纲耳。其表云：‘某孙某，克钧丕基，德洽兆庶。临履深薄，匪敢怠荒。不劳师车，平中夏、西蜀之孽；不费天府，扫东吴、上党之妖。九有已见其廓清，一方尚屯其氛祲。伏以虺蜴肆毒，痛于淮、蔡。豺狼尚惜其口喙，蝼蚁犹固其封疆。若遣时丰人安，是稔群丑；但使年饥疠作，必摇人心。如此倒戈而攻，可以席卷。祸三州之逆党，所损至微；安六合之疾甿，其利则厚。伏请神龙施水，疠鬼行灾，由此天诛，以资战力。”汉主曰：“表至嘉，第既允许，可以前贺诛锄矣。”书生谓璆、韶：“此开元、天宝太平之主也。”

未顷，闻箫韶自空而来，有执绛节者前唱言：“穆天子来。”奏乐，群仙皆起，王母避位拜迎，二主降阶，入幄环坐而饮。王母曰：“何不拉取老轩辕来？”曰：“他今夕主张月宫之宴，非不勤请耳。”王母又曰：“瑶池一别后，陵谷几迁移。向来观洛阳东城，已丘墟矣；定鼎门西路，忽焉复新。市朝云改，名利如旧，可以悲叹耳。”穆王把酒，请王母歌。以珊瑚钩击盘而歌曰：

“劝君酒，为君悲且吟。

自从频见市朝改，无复瑶池宴乐心。”

王母持杯，穆天子歌曰：

“奉君酒，休叹市朝非。

早知无复瑶池兴，悔驾骅骝草草归。”

歌竟，与王母话瑶池旧事。乃重歌一章云：

“八马回乘汗漫风，犹思往事憩昭宫。

宴移玄圃情方洽，乐奏钧天曲未终。

斜汉露凝残月冷，流霞杯泛曙光红。

昆仑回首不知处，疑是酒酣魂梦中。”

王母酬穆天子歌曰：

“一曲笙歌瑶水滨，曾留逸足驻征轮。

人间甲子周千岁，灵境杯觞初一巡。

玉兔银河终不夜，奇花好树镇长春。

悄知穆满饶词句，歌向俗流疑误人。”

酒至汉武帝，王母又歌曰：

“珠露金风下界秋，汉家陵树冷脩脩。

当时不得仙桃力，寻作浮尘飘陇头。”

汉主上王母酒，歌以送之曰：

“五十余年四海清，自亲丹灶得长生。

若言尽是仙桃力，看取神仙簿上名。”

帝把酒曰：“吾闻丁令威能歌。”命左右招来。令威至，帝又遣子晋吹笙以和。歌曰：

“月照骊山露泣花，似悲仙帝早升遐。

至今犹有长生鹿，时绕温泉望翠华。”

帝持杯久之。

王母曰：“应须召叶静能来，唱一曲当时事。”静能续至，跪献帝酒，复歌曰：

“幽蓟烟尘别九重，贵妃汤殿罢歌钟。

中宵扈从无全仗，大驾苍黄发六龙。

妆匣尚留金翡翠，暖池犹浸玉芙蓉。

荆榛一闭朝元路，唯有悲风吹晚松。”

歌竟，帝凄惨良久，诸仙亦惨然。于是黄龙持杯，立于车前，再拜祝曰："上清神女，玉京仙郎。乐此今夕，和鸣凤凰。凤凰和鸣，将翱将翔。与天齐休，庆流无央。"仙郎即以鲛绡五千匹，海人文锦三千端，琉璃琥珀器一百床，明月骊珠各十斛，赠奏乐仙女。乃有四鹤立于车前，载仙郎并相者、侍者，兼有宝花台。俄进法膳，凡数十味，亦沾及璆、韶，璆、韶饫饱。有仙女捧玉箱，托红笺笔砚而至，请催妆诗。于是刘纲诗曰：

"玉为质兮花为颜，蝉为鬓兮云为鬟。

何劳傅粉兮施渥丹，早出娉婷兮缥缈间。"

于是茅盈诗云：

"水晶帐开银烛明，风摇珠佩连云清。

休匀红粉饰花态，早驾双鸾朝玉京。"

巢父诗曰：

"三星在天银河回，人间曙色东方来。

玉苗琼蕊亦宜夜，莫使一花冲晓开。"

诗既入，内有环佩声，即有玉女数十，引仙郎入帐，召璆、韶行礼。礼毕，二书生复引璆、韶辞夫人，夫人曰："非无至宝可以相赠，但尔力不任挈耳。"各赐延寿酒一杯，曰："可增人间半甲子。"复命卫符卿等引还人间，无使归途寂寞。

于是二童引璆、韶而去，折花倾酒，步步惜别。卫君谓璆、韶曰："夫人白日上升，骖鸾驾鹤，在积习而已。未有积德累仁，抱才蕴学，卒不享爵禄者。吾未之信。傥吾子尘牢可逾，俗桎可脱，自今十五年后，待子于三十六峰。愿珍重自爱！"复出来时车门，握手告别。别讫，行四五步，杳失所在。唯见嵩山，嵯峨倚天。得樵径而归。

及还家，已岁余，室人招魂，葬于北邙之原，坟草宿矣。于是璆、韶弃家室，同入少室山，今不知所在。①

① 上海古籍出版社编：《唐五代笔记小说大观》上册，上海古籍出版社 2000 年版，第 496—500 页。

《纂异记》为唐人传奇小说集，有创作虚构的成分，《嵩岳嫁女》虚虚实实相结合，记述精通经典的田璆和朋友邓韶，家住洛阳，学识渊博，却不外露才华。中秋之夜，两人相约赏月，出了建春门，行走大约二三里，遇见两个书生，主动搭讪，邀请他俩到名闻洛下的某庄赏月观景。田谬与邓韶随后经历了嵩岳仙人嫁女的盛大铺张场面，适逢众天神当日相聚，他俩遇见了穆天子、西王母、汉武帝、唐玄宗等人物，见识了仙人吟诗唱歌的场面。故事涉及了浮梁县令请求延寿的徇私枉法事件，颇含讽刺意味。同时写到了李隆基的一段话，议论敕龙神，降雨淹淮西，揭露了统治者借天灾平定叛镇的不仁思想。虽然故事整体具有神秘色彩，但仍然能反映出中秋节的习俗，以及当时社会的各种现象。

此外还有冬至节，主要活动是祭拜。冬至又称“冬节”，这一天“日短至”，白昼最短，之后阳气渐升，下一个循环开始，古人以冬至为二十四节气之首，代表大吉，标志着新的一年即将到来，所以要进行祭祀拜贺，隋唐时期依然盛行。隋炀帝杨广《冬至乾阳殿受朝诗》云：

北陆玄冬盛，南至晷漏长。
端拱朝万国，守文继百王。
至德惭日用，治道愧时康。
新邑建嵩岳，双阙临洛阳。
圭景正八表，道路均四方。
碧空霜华净，朱庭皎日光。
缨佩既济济，钟鼓何锽锽。
文戟翊高殿，采眊分修廊。
元首乏明哲，股肱贵惟良。
舟楫行有寄，庶此王化昌。[①]

---

① 《先秦汉魏晋南北朝诗·隋诗》卷三，第2666页。

乾阳殿是东都洛阳宫城的正殿，遗址在今定鼎北路东侧，冬至日隋炀帝在此接受群臣和万国朝拜，仪式隆重庄严，王道长久昌盛。诸位大臣作诗应制诗相和，牛弘《奉和冬至乾阳殿受朝应诏诗》云："恭已临万，宸居御八埏。作贡菁茅集，来朝圭黻连。司仪三揖盛，掌礼九宾虔。重栏映如璧，复殿绕非烟。"① 赞美典礼肃穆，气派恢宏。许善心《奉和冬至乾阳殿受朝应诏诗》云："森森罗陛卫，哕哕锵璁珩。礼殚五瑞辑，乐阕九功成。"② 亦是歌颂朝廷礼仪的奢华盛大。

唐代洛阳的风俗文化，是洛阳都城文化的重要内容，一年中的各种节气，丰富了都市的生活，陶冶了人们的情操，有的至今流传，成为宝贵的非物质文化遗产，值得今人在创新的基础上继续传承。

---

① 《先秦汉魏晋南北朝诗·隋诗》卷五，第 2691 页。
② 《先秦汉魏晋南北朝诗·隋诗》卷六，第 2708 页。

结　语

隋唐洛阳文学和隋唐洛阳都城地位息息相关，当都城繁华时，文学异彩纷呈，诗歌、辞赋、散文、小说等百样生花，一旦都城遇变受创，文学的内容风格便走向清寂闲适，隋唐洛阳的都城文化是隋唐洛阳文学的风向标。洛阳的建都史自夏商周汉魏西晋北魏，至隋唐达到鼎盛，隋炀帝大业元年（605年），于旧成周之西十八里，旧王城之东五里，开辟新址营建京城，谓之新都，唐武德四年（622年）废除，贞观六年（632年）号称洛阳宫，显庆二年（657年）称为东都，光宅元年（684年）号称神都，神龙元年（705年）恢复东都，天宝元年（742年）称为东京，上元二年（761年）罢除，次年又称为东都。洛阳名称的变化过程，即是洛阳都城的兴衰历史，而不同时期的洛阳文学，都会受之影响生发转机，显示出蓬勃旺盛的生命力，以细腻的笔触记下都城的风云变幻、人文风貌、世道沧桑。

文学是文化的折射，文人借用诗辞文赋、传奇小说、野语笔记等多种艺术形式，巧妙摄取多维视角观照社会现实，生动传神全面地展现了隋唐洛阳都城的文化盛况，令人赞叹不已。那些站在北邙山巅回望洛阳都城的诗歌，让我们看到了洛阳城市的整体规划图景；那些描写城阙、宫观、高楼、甲第、池馆、御道等的文字，向后人展现了洛阳帝都曾经的辉煌壮丽。作为万方朝仪之地的洛阳都城，彰显了帝国的威严，见证了一个朝代的开阔气度，历经繁华气象和战乱荒芜的沧桑巨变，都城的文化魅力历久弥新，都城的文化遗产辉映千秋。诗歌华章中的隋唐里坊面貌历历在目，街道景观自有格调，名流宅邸比比皆是，市场流通兴旺发达，三教九流人文荟萃，洛阳才子名扬四海，日常生活场景充满了诗酒歌咏的情趣。散文辞赋的庙堂文学性质，决定了它的歌功颂德特色，从洛水到明堂，由上阳宫及龙门，咏洛辞赋撷取洛阳都城的一隅一端精雕细琢，多角度立体地完成了对王朝政治礼教的全面礼赞。宫廷朝士的吟唱促进了宫廷文学的繁荣，是宫廷文化的集中体现，官僚文人的奉和应制之作，服务于政教需要，虽不免粉饰太平，但也对文学发展起到了推波助澜的作用。市井小说中的各类奇闻逸事最具生活气息，诸如积德坊里杨素沉浮、天子皇上是是非非、高官宅第靡费奢华、巫术占梦浮想联翩、鬼怪妖孽神奇灵异、各类人物众生百相、古迹遗存眩目耀眼，等等，莫不演绎出了芸芸众生的精彩片段，鲜活了历史人物和事件。

东都洛阳的官僚体制造就了文人群体的闲适，形成了以白居易为中心的闲逸唱和，以及其他文人的赋闲酬唱，士子文人赏山乐水，集会宴饮，相互唱和，留恋光景，咏歌人生，留下了许多典丽佳话。千年洛阳多有故迹，文人对风景名胜的咏叹蔚然成风，一条洛水像天河，一方邙山抚慰魂灵，洛阳桥、魏王堤、五凤楼、上阳宫、金谷园，见证了悠悠洛阳城的朝代兴亡，尤为人们所钟情论道。洛阳大都市迎来送往的赠别故事，隐含了洛阳都城曾经的历史，洛水畔、城门口、大道旁、城郊外，随处可见送别的场景，日月里重复着不尽的生活写意。洛阳都城的山水风物莫不独具色彩，岁时四季的光景总为文人留恋，洛阳城里春光好，洛阳夏日长有情，洛阳古城秋气佳，洛阳冬雪白如玉，洛阳四季的风光在帝都文化的熏陶下，处处都有美丽相随，人人都是画中风景。东京风俗由来厚，古朴尔雅的岁时节日，如元日和人日、上元节、上巳节、寒食节、清明节、中元节、千秋节、中秋节、冬至节等，极大地丰富了都城文化的形式和内涵，令百姓的日常生活异彩纷呈，绵延不绝。隋唐洛阳文学形式丰富，绮丽多幻，与都城文化相辅相成，熠熠生辉。

参考文献

古籍

（隋）侯白著，曹林娣、李泉辑注：《启颜录》，上海古籍出版社 1990 年版。

（唐）魏徵等：《隋书》，中华书局 1973 年版。

（唐）徐坚等：《初学记》，中华书局 1962 年版。

（唐）杜宝：《大业杂记》，中华书局 1991 年版。

（唐）刘肃等撰，恒鹤等校点：《大唐新语》（外五种），上海古籍出版社 2012 年版。

（唐）钟辂纂：《前定录　续录》（及其他二十种）上册，中华书局 1991 年版。

（唐）段成式撰，曹中孚校点：《酉阳杂俎》，上海古籍出版社 2012 年版。

（唐）张鷟撰，郝润华、莫琼辑校：《朝野佥载辑校》，山东人民出版社 2018 年版。

（唐）戴孚撰，方诗铭辑校：《广异记》，中华书局 1992 年版。

（唐）唐临撰，方诗铭辑校：《冥报记》，中华书局 1992 年版。

（唐）姚汝能：《安禄山事迹》，上海古籍出版社 1983 年版。

（唐）封演著，张耕注评：《封氏闻见记》，学苑出版社 2001 年版。

（唐）张读撰，萧逸校点：《宣室志》，上海古籍出版社 2012 年版。

（唐）薛用弱：《集异记》，中华书局 1980 年版。

（唐）刘餗撰，程毅中点校：《隋唐嘉话》，中华书局 1979 年版。

（唐）杜光庭著，罗争鸣辑校：《杜光庭记传十种辑校》，中华书局 2013 年版。

（五代）孙光宪撰，林艾园校点：《北梦琐言》，上海古籍出版社 2012 年版。

（宋）钱易著，梁太济笺证：《南部新书溯源笺证》，中西书局 2013 年版。

（五代）刘昫：《旧唐书》，中华书局 1975 年版。

（宋）欧阳修：《新唐书》，中华书局 1975 年版。

（宋）王溥：《唐会要》，上海古籍出版社 1991 年版。

（宋）司马光编著：《资治通鉴》，中华书局 1956 年版。

（宋）计有功著，王仲镛校笺：《唐诗纪事校笺》，中华书局 2007 年版。

（宋）尤袤：《全唐诗话》，中华书局 1985 年版。

（宋）刘克庄撰，王秀梅点校：《后村诗话》，中华书局 1983 年版。

（宋）王谠撰，周勋初校证：《唐语林校证》，中华书局 1987 年版。

（宋）葛立方：《韵语阳秋》，中华书局 1985 年版。

（宋）阮阅编著，周本淳校点：《诗话总龟前集》，人民文学出版社 1987 年版。

（宋）阮阅编著，周本淳校点：《诗话总龟后集》，人民文学出版社 1987 年版。

（宋）李昉：《太平广记》，中华书局 1961 年版。

（宋）李昉：《太平御览》，中华书局 1960 年版。

（宋）王钦若等编纂，周勋初等校订：《册府元龟》，凤凰出版社 2006 年版。

（宋）曾慥编纂，王汝涛校注：《类说校注》，福建人民出版社 1996 年版。

（宋）郭若虚撰：《图画见闻志》，辽宁教育出版社 2001 年版。

（元）方回选评，李庆甲集评校点：《瀛奎律髓汇评》，上海古籍出版社 1986 年版。

（元）辛文房著，傅璇琮主编：《唐才子传校笺》1—5 册，中华书局 1987、1989、1990、1995 年版。

（明）唐汝询选释，王振汉点校：《唐诗解》，河北大学出版社 2001 年版。

（明）胡应麟：《少室山房笔丛》，上海书店出版社 2009 年版。

（明）冯梦龙纂：《古今谈概》，黑龙江人民出版社 1988 年版。

（明）蒋一葵撰，吕景琳点校：《尧山堂外纪》，中华书局 2019 年版。

（明）陶宗仪等编：《说郛三种》，上海古籍出版社 2012 年版。

（明）李贤等重修：《大明一统志》，明天顺五年（1461 年）内府刊本。

（明）于慎行撰，吕景琳点校：《穀山笔麈》，中华书局 1984 年版。

（清）彭定求等：《全唐诗》（增订本），中华书局 1999 年版。

（清）董诰等编，孙映逵等点校：《全唐文》，山西教育出版社 2002 年版。

（清）钱牧斋、何义门评注，韩成武等点校：《唐诗鼓吹评注》，河北大学出版社 2000 年版。

（清）乾隆御选，冉苒校点：《唐宋诗醇》，中国三峡出版社 1997 年版。

（清）沈德潜选编，刘福元等点校：《唐诗别裁集》，河北人民出版社 1997 年版。

（清）赵翼：《瓯北诗话》，凤凰出版社 2009 年版。

（清）何文焕：《历代诗话》，中华书局 2004 年版。

（清）徐松撰，李健超增订：《增订唐两京城坊考》，三秦出版社 2006 年版。

（清）顾炎武：《历代宅京记》，中华书局 1934 年版。

（清）王士禛撰，湛之点校：《香祖笔记》，上海古籍出版社 1982 年版。

（清）金圣叹：《贯华堂选批唐才子诗》，万卷出版公司 2009 年版。

［日］河世宁纂辑：《全唐诗逸》，中华书局 1985 年版。

逯钦立辑校：《先秦汉魏晋南北朝诗》，中华书局 1983 年版。

丁福保辑：《历代诗话续编》，中华书局 1983 年版。

郭绍虞、富寿荪编：《清诗话续编》，上海古籍出版社 1983 年版。

别集

（唐）沈佺期、宋之问著，陶敏、易淑琼校注：《沈佺期宋之问集校注》，中华书局 2001 年版。

（唐）张说撰，熊飞校注：《张说集校注》，中华书局 2013 年版。

（唐）杜审言著，徐定祥注：《杜审言诗注》，上海古籍出版社 1982 年版。

（唐）张九龄著，刘斯翰校注：《曲江集》，广东人民出版社 1986 年版。

（唐）骆宾王著，（清）陈熙晋笺注：《骆临海集笺注》，上海古籍出版社 1985 年版。

（唐）卢照邻著，李云逸校注：《卢照邻集校注》，中华书局 1998 年版。

（唐）刘希夷著，陈文华注：《刘希夷诗注》，上海古籍出版社 1997 年版。

（唐）王昌龄著，胡问涛、罗琴校注：《王昌龄集编年校注》，巴蜀书社 2000 年版。

（唐）陈子昂著，徐鹏校点：《陈子昂集》，上海古籍出版社 2013 年版。

（唐）王维著，（清）赵殿成笺注：《王右丞集笺注》，上海古籍出版社 1998 年版。

（唐）孟浩然著，佟培基笺注：《孟浩然诗集笺注》，上海古籍出版社 2013 年版。

（唐）李白著，（清）王琦注，郁贤皓校注：《李太白全集校注》，凤凰出版社 2015 年版。

（唐）李白撰，（宋）杨齐贤集注，（元）萧士赟补注：《分类补注李太白诗》，北京图书馆出版社 2003 年版。

（唐）杜甫著，（清）仇兆鳌注：《杜诗详注》，中华书局 2015 年版。

（唐）白居易著，顾学颉校点：《白居易集》，中华书局 1979 年版。

（唐）白居易著，谢思炜校注：《白居易诗集校注》，中华书局 2017 年版。

（唐）元稹撰，谢永芳编著：《元稹诗全集　汇校汇注汇评》，崇文书局 2016 年版。

（唐）刘禹锡著，卞孝萱校订：《刘禹锡集》，中华书局 1990 年版。

（唐）岑参著，陈铁民、侯忠义校注，陈铁民修订：《岑参集校注》，上海古籍出版社 2004 年版。

（唐）韦应物著，陶敏、王友胜校注：《韦应物集校注》，上海古籍出版社 1998 年版。

（唐）李颀著，刘宝和注：《李颀诗评注》，山西教育出版社 1990 年版。

（唐）张籍著，李冬生注：《张籍集注》，黄山书社 1989 年版。

（唐）王建著，尹占华校注：《王建诗集校注》，巴蜀书社 2006 年版。

（唐）孟郊著，郝世峰笺注：《孟郊诗集笺注》，河北教育出版社 2002 年版。

（唐）韩愈著，屈守元、常思春主编：《韩愈全集校注》，四川大学出版社 1996 年版。

（唐）韩愈著，王基伦注析：《韩愈诗选》，中州古籍出版社 2016 年版。

（唐）李商隐著，郑在瀛编著：《李商隐诗全集　汇编今注简释》，崇文书局 2011 年版。

（唐）钱起著，王定璋校注：《钱起诗集校注》，浙江古籍出版社 2015 年版。

（唐）姚合著，刘衍校：《姚合诗集校考》，岳麓书社 1997 年版。

（唐）许浑撰，罗时进笺证：《丁卯集笺证》，中华书局 2012 年版。

（唐）杜牧著，陈允吉校点：《杜牧全集》，上海古籍出版社 1997 年版。

（唐）杜牧著，何锡光校注：《樊川文集校注》，巴蜀书社 2007 年版。

（唐）李贺著，（清）王琦注释，王步高、刘林辑校汇评：《李贺全集》，珠海出版社 2002 年版。

（唐）韦庄著，聂安福笺注：《韦庄集笺注》，上海古籍出版社 2002 年版。

（唐）温庭筠著，刘学锴校注：《温庭筠全集校注》，三晋出版社 2016 年版。

（唐）戎昱著，臧维熙注：《戎昱诗注》，上海古籍出版社 1982 年版。

（唐）罗邺著，何庆善，杨应芹注：《罗邺诗注》，上海古籍出版社 1990 年版。

（宋）邵雍著，郭彧整理：《伊川击壤集》，中华书局 2013 年版。

著作

陈贻焮总主编，陈铁民、彭庆生副主编：《增订注释全唐诗》，文化艺术出版社 2001 年版。

陈伯海书系主编，朱易安、查清华副主编：《唐诗汇评》增订本，上海古籍出版社 2015 年版。

陈尚君辑校：《全唐诗补编・补全唐诗拾遗》，中华书局 1992 年版。

周绍良、赵超主编：《唐代墓志汇编续集》，上海古籍出版社 2001 年版。

傅璇琮主编：《唐五代文学编年史》，辽海出版社 1998 年版。

上海古籍出版社编：《唐五代笔记小说大观》，上海古籍出版社 2000 年版。

王汝涛编校：《全唐小说》，山东文艺出版社 1993 年版。

朱易安等主编，上海师范大学古籍整理研究所编：《全宋笔记》，大象出版社 2003 年版。

吴汝煜主编：《唐五代人交往诗索引》，上海古籍出版社 1993 年版。

肖占鹏主编：《隋唐五代文艺理论汇编评注》，南开大学出版社 2002 年版。

段塔丽：《唐代妇女地位研究》，人民出版社 2003 年版。

柯卓英：《唐代的文学传播研究》，中国社会科学出版社 2009 年版。

陶敏编：《全唐诗人名考证》，陕西人民教育出版社 1996 年版。

岑仲勉：《唐人行第录》（外三种），中华书局 2004 年版。

张忠纲主编：《全唐诗大辞典》，语文出版社 2000 年版。

吕宗力主编：《中国历代官制大辞典》（修订版），商务印书馆 2015 年版。

楼含松主编：《中国历代家训集成》，浙江古籍出版社 2017 年版。

马积高、叶幼明主编：《历代词赋总汇》，湖南文艺出版社 2014 年版。

张锡厚辑：《敦煌赋汇》，江苏古籍出版社 1996 年版。

臧嵘、王宏凯：《中国隋唐五代习俗史》，人民出版社 1994 年版。

万晋：《“变动”与“延续”视角下的唐代两京研究》，商务印书馆 2018 年版。

黄明兰、朱亮编：《洛阳名碑集释》，朝华出版社 2003 年版。

俞陛云：《诗境浅说》，天津人民出版社 2011 年版。

贾晋华：《唐代集会总集与诗人群研究》，北京大学出版社 2001 年版。

刘学锴：《温庭筠传论》，安徽大学出版社 2008 年版。

尤信雄：《孟郊研究》，文津出版社 1984 年版。

徐礼节：《张籍王建诗歌研究》，黄山书社 2015 年版。

白书斋、顾学颉：《白居易家谱》，中国旅游出版社 1983 年版。

许智银：《唐代送别诗研究》，上海古籍出版社 2020 年版。

论文

周祖譔：《武后时期之洛阳文学》，《厦门大学学报》1991 年第 1 期。

张涛、叶君远：《文学史视野下的中国古代文人社团》，《河北学刊》2006 年第 1 期。

韩大强：《生活的留恋与心灵的放达——以白居易为中心的洛阳闲适诗人群》，《中州学刊》2008 年第 5 期。

责任编辑：邵永忠
封面设计：黄桂月

图书在版编目（CIP）数据

隋唐洛阳文学研究/许智银 著. —北京：人民出版社，2022.6
（黄河文明与河洛文化丛书/罗子俊 主编；王东洋 副主编）
ISBN 978-7-01-024036-7

Ⅰ.①隋… Ⅱ.①罗… ②王… ③许… Ⅲ.①地方文学史-研究-洛阳-隋唐时代 Ⅳ.①I209.961.3

中国版本图书馆 CIP 数据核字（2021）第 253882 号

隋唐洛阳文学研究

SUITANG LUOYANG WENXUE YANJIU

许智银 著

人民出版社 出版发行
（100706 北京市东城区隆福寺街 99 号）

北京中科印刷有限公司印刷 新华书店经销

2022 年 6 月第 1 版 2022 年 6 月北京第 1 次印刷
开本：710 毫米×1000 毫米 1/16 印张：22.75 字数：365 千字

ISBN 978-7-01-024036-7 定价：80.00 元

邮购地址 100706 北京市东城区隆福寺街 99 号
人民东方图书销售中心 电话 （010）65250042 65289539